Kar Arian

Die Drachen von Tashaa

Band 1 – Bergl

Kar Arian

Die Drachen von Tashaa

Band 1

Bergluft

Fantasyroman

edition litera
im
R. G. Fischer Verlag

Bibliografische Information der Deutschen Nationalbibliothek
Die Deutsche Nationalbibliothek verzeichnet diese Publikation in der Deutschen Nationalbibliografie; detaillierte bibliografische Daten sind im Internet über http://dnb.d-nb.de abrufbar.

Orber Str. 30, D-60386 Frankfurt/Main

Schriftart: Savoy
Herstellung: RGF / NL
Printed in Germany
ISBN 978-3-8301-1242-6

Maximilian: »Hast du mal wieder geträumt?«

»Ja, Max, ich habe wieder geträumt.«

Inhalt

Prolog 9

Kontakt 30

Die Natur der Bindung 76

Der Zug der Kraniche 126

Die Gletscherspalte 192

Sonne über dem Kratersee 231

Die Rengsten 263

Minotaurus 340

Rutania 375

Die lauteren Gärten von Hohkracht 407

Prolog

Es war ein klarer Tag in den Bergen, die Sicht war berauschend. Leider konnte ich das alles nicht so richtig würdigen, denn meine Begleitung war furchterregend. Nein, sie sahen nicht wirklich schrecklich aus, keiner der fünf Männer versuchte mir Angst einzujagen, aber das hatten sie auch gar nicht nötig. Den Aufstieg aus dem Tal zum Gipfel hinauf hatte ich noch mit einer großen Portion Hoffnung begonnen. Meine erste Hoffnung war Flucht. Es reichte doch schon, wenn einer strauchelte, es brauchte nur einer zu straucheln, einfach nur das. Mehr wollte ich doch gar nicht. Mehr brauchte ich doch gar nicht. Die zweite Hoffnung war, dass sie blufften. Sie würden es nicht wirklich tun. Die letzte Hoffnung richtete sich auf meine Mitmenschen. Irgendjemanden würden wir doch treffen, irgendwelche Wanderer waren doch immer und überall in den Bergen unterwegs. Jeder würde meine missliche Lage sofort erkennen. Alles vergebliche Hoffnung, wir trafen niemanden und meine fünf Begleiter ließen mir keine Luft für irgendwelche Eskapaden. Der Gedanke an Flucht verstärkte sich mit jedem Meter, die Verzweiflung wuchs auch. Verdammt, ich würde mich nicht wie ein Schaf zur Schlachtbank führen lassen. Irgendetwas musste ich probieren, solange ich noch meine volle Bewegungsfreiheit hatte! Leider wussten meine Bewacher das auch. Der Schlag in den Rücken kam eine Sekunde zu früh. Ich krachte auf den Boden, gierige Hände drückten mich runter und dann wurden mir die Hände auf den Rücken gefesselt. Hochreißen und einen vorwärts treiben machte auch Spaß. Mir nicht, aber den fünfen. Flucht oder Gegenwehr konnte ich mir unter diesen Umständen abschminken. Es war schon schwierig genug, so den Berg hinaufzukommen. Also blieb nur die Hoffnung, dass sie mir doch nur Angst einjagen wollten, aber daran glaubte ich nicht wirklich. Sie würden tun, was sie mir genüsslich, ausführlich und detailliert angedroht hatten.

Dann waren wir oben auf dem Berg angelangt, auf einem kleinen Plateau, weit weg von jeglicher Hütte oder sonstiger menschlicher Gesellschaft. Keine Wanderwege auf den jenseitigen

Felshängen, kein Kletterparadies weit und breit, hierher würde sich niemand verirren. Sie hatten sich das Gebiet nur zu gut ausgesucht. Keiner sagte ein Wort, kommentarlos bekam ich einen Tritt in die Kniekehlen und strauchelte. Sie packten meinen Kopf, zwangen mich den Mund zu öffnen und knebelten mich. Danach suchten sie sich einen passenden Felsbrocken nahe dem Abgrund aus und schlangen mit entnervender Ruhe vor meinen Augen das Seil darum. Ich fing an zu zittern, ich wollte betteln, aber ich brachte nur ein dumpfes Röcheln zustande. Ich begann zu schwitzen, meine Augen flehten sie an, aber das Einzige, was ich bekam, war ein neuerlicher Stoß, der mich ganz umwarf. Dann wurden mir die Hände nach vorne gefesselt und die Knie und die Fußgelenke ebenfalls zusammengebunden. Sie schleiften mich unfeierlich an den Abgrund und zogen mich hoch, bis ich stehen musste. Mir wurde schwindelig, so knapp an der Kante und dieses grausige Ende vor Augen.

Sie hatten damit gedroht. Es würde keine Gnade geben und selbst eine Kugel in den Bauch war in ihren Augen eine Gnade. Nein, die Bosse des Syndikats würden in ein paar Tagen hierherkommen und sich ansehen, wie es einem Verräter erging. Verrat wurde nicht toleriert, Verrat wurde bestraft. Selber schuld, wer sich für ein Himmelfahrtskommando meldete, musste eben auch diese Möglichkeit in Betracht ziehen. Aber ich hatte damals, als ich den Job übernahm, nicht wirklich damit gerechnet, dass ich auffliegen würde. Genau das war dann aber zum dümmsten nur möglichen Zeitpunkt passiert, und dass ich mit einem Maulwurf nicht gerechnet hatte, war mein Pech. Meinen Kameraden, die den Job vorbereitet hatten, konnte ich auch keinen Vorwurf machen. Der Maulwurf war äußerst geschickt vorgegangen und er saß so weit oben, dass niemand eine Chance gehabt hatte, ihn früh genug zu entdecken. Ich bezweifelte, dass meine Kollegen ihn überhaupt je entdecken würden. Finden würde man mich niemals. Das Syndikat würde meinen Kameraden eine wunderschöne Spur auftischen und dann elegant verwischen. Ich hatte so etwas gelernt. Jeder würde einfach glauben, ich hätte die Seiten gewechselt. Keiner würde Verdacht schöpfen. Die Schufte waren raffiniert genug und würden einen plausiblen Grund in der richtigen Art und Weise verpackt präsentieren. Nein, niemand würde jemals auf den Gedanken kommen, dass man mich umgebracht hatte, und schon gar nicht wie.

Das war mir alles klar und das half alles nicht weiter. Jetzt stand ich am Abgrund und nur die Hände, die mich festhielten, hinderten mich daran, abzustürzen. Das wollten sie nicht. Runterfallen und sich einfach das Genick brechen, oh nein. Der Strick, den die Männer gerade mit so entnervender Genauigkeit um den Felsen gebunden hatten, wurde durch meine Handfesseln und dann wieder zurück zu den Felsen gezogen und dort befestigt. Sie nahmen sich Zeit, sie prüften, ob alles fest und sicher saß, und ich konnte nichts, einfach nichts machen. Ich hatte das Gefühl, als würde mir der Schädel platzen, aber ich hatte keine Chance. Ich wartete auf die Chance, ich versuchte das Quäntchen Glück zu erzwingen, das mir fehlte, aber es passierte nichts, was die fünf aufgehalten hätte.

Hilflosigkeit ist schrecklich. Hilflos ausgeliefert sein ist schrecklicher.

Klar hatte ich gelernt, mit hässlichen Situationen zurechtzukommen. Aber Training ist und bleibt Training. Auch wenn es noch so realistisch ist, auch wenn man sich böse Verletzungen holen kann, auch wenn man weiß, was davon abhängt, nicht zu versagen, die Wirklichkeit sitzt einem doch ganz anders im Genick.

Sie stießen mich über die Kante. Das Seil war lang, sehr lang. Der freie Fall sorgte für ein atemberaubendes Gefühl, und der Schmerz, als das Seil zu Ende war und meine Arme nach oben riss, trieb die letzte noch verbliebene Luft aus meinen Lungen. Ich pendelte ein wenig, nicht so viel, dass ich mit Wucht an den Felsen geschlagen wäre und mir die Knochen gebrochen hätte. Der Berg bildete an der Stelle, wo ich hinübergestoßen worden war, einen Überhang. Sie hatten sich die Stelle wirklich gut ausgesucht. Ich hing in der freien Luft, Kilometer Luft unter mir, neben mir, über mir. Sie wollten, dass ich in der Luft hing, bis ich starb. Und am liebsten wäre es ihnen wohl gewesen, wenn es Dohlen gegeben hätte oder Krähen, die mich bei lebendigem Leibe zerpickt hätten. Nun ja, vielleicht gab es hier irgendwelche Vögel, vielleicht würden sie kommen und mich lebend auffressen. Es war mir egal. Rasender Schmerz tobte durch meine Schultern, ich hatte das

Gefühl, als würden meine Arme aus den Gelenken gerissen, und ich hatte keine Chance, dem Schmerz auszuweichen. Ich drehte mich am Ende des Stricks, der Felsen, der mir Rettung vor der Pein versprach, tauchte auf und verschwand, um von dem Bergpanorama abgelöst zu werden. Eigentlich waren es ja nicht so viele Berge, sie hatten sich ein schroffes Tal ausgesucht, niemand würde sich hier auf die gegenüberliegenden Grate verirren. Ich kämpfte um Atem, den der Schmerz mir verwehren wollte, biss auf den Knebel, konnte nicht schreien und wollte doch.

Wie lange würde es dauern? Würde ich sterben, weil die Blutzirkulation stoppte und die Kälte in der Nacht mich umbrachte, oder würde ich ersticken? Würde ich mich so lange quälen müssen, wie sie es sich wünschten, oder würde es doch schneller gehen? Würden sie sich unendlich lange an meinem Anblick ergötzen, denn sie standen da oben und guckten auf mich hinunter, oder würden sie mich doch schließlich wieder heraufziehen und dann einfach erschießen? Himmel, warum erschossen sie mich nicht! Ich sah sie an und flehte um irgendetwas.

Schmerz, Schmerz, Schmerz, allumfassend flutete er durch meinen Körper, ich kämpfte um jeden Atemzug, der Knebel lag längst in meinem panisch aufgerissenen Mund, die Mundwinkel aufgerissen und blutend, Blut begann mir aus der Nase zu rinnen. Ich wollte nicht so enden und konnte doch nicht anders. Sie standen oben und sahen auf mich hinunter, schwindelfrei und ekelerregend zufrieden.

Knie und Fußgelenke hatten mir die Gangster wohlweislich zusammengebunden, damit ich nicht mit einer turnerischen Einlage die Beine nach oben um das Seil schlingen konnte, um mich hochzuziehen. Mit den Fingern konnte ich das Seil nicht erreichen, die Fesselung und mein an den Händen hängendes Gewicht hatten sie absterben lassen. Ich konnte die Finger inzwischen nicht mehr bewegen und ich hätte auch niemals die Kraft gehabt, mich so nach oben zu ziehen. Und je länger ich so in der Luft hing, umso schneller nahmen meine Kräfte ab.

Man wurde ohnmächtig, wenn der Schmerz zu groß wurde. Dumm, ich wurde nicht ohnmächtig, selbst diese Gnade wurde mir verwehrt. Schmerz, Schmerz, Schmerz, er trieb das Wasser zu den Augen hinaus. Ich wollte mich winden und konnte es nicht. Die Gesichter über mir verzerrten sich und waren dann verschwunden, ich sah nur noch verschwommen bläuliches Licht um mich herum. Ich zog die Füße an und warf sie nach vorne, begann wieder leicht zu trudeln und hätte schreien mögen. Der Schmerz, der gerade an den Rand meiner Wahrnehmung gerutscht war, flammte neu auf und zuckte durch meinen Körper. Ich warf meine Füße erneut nach oben und vorne, so weit ich konnte. Wie ein Kind, das ohne Bodenkontakt versucht aus dem Stillstand eine Schaukel in Bewegung zu setzen, so versuchte ich in Bewegung zu kommen. Der Felshang war meine einzige Chance, vielleicht würde es mir gelingen, mich dort irgendwie festzuhalten. Ich hatte keine Vorstellung, wie das gelingen sollte, mit gefesselten Händen und Füßen, aber eine andere Möglichkeit hatte ich nicht.

Ich drehte mich wieder vom Felsen weg, trudelte in eine Seitenbewegung, bekam wieder den Drall auf den Felsen zu, holte neu Schwung. Ich hatte niemals eine Ahnung gehabt, wie grausam Schmerzen in einem wüten konnten, auch meine Ausbilder waren nie jemals so weit gegangen, auch nicht annähernd so weit. Alles, alles, nur nicht das hier.

Pendeln, den richtigen Zeitpunkt abwarten, Schwung holen. Der Felshang schaukelte rauf und runter und auf mich zu. Die fünf Kerle waren gegangen, sie hatten genug gehabt von meinem Hängen, ihr Job war erledigt. Der Felsen kam näher, ich zwinkerte verzweifelt, um die Augen klar zu bekommen, war da nicht was, doch, da oben war etwas! Es sah aus wie ein schmaler schwarzer Streifen, nicht sehr hoch, aber irgendwie eine Stelle, die mir zum Festhalten aussichtsreich erschien. Ich begann meine Oberarmmuskulatur anzuspannen, mich etwas hochzuziehen. Es ging nur kurz, aber ich hatte ein entscheidendes Mehr an Schwung gewonnen. Atmen, atmen, ich befahl mir, was nicht mehr möglich erschien. Doch, ich kam dem Felsen näher und konnte sehen, dass dort oben eine schmale Felsnadel abstand. Wie ein Turner am Reck nahm ich alles an Kraft zusammen, was ich noch irgendwo in meinem Körper ergattern konnte und warf mich nach oben und vorne, die Hände jetzt bewusst gegen das Seil gespannt, als einzigen Gegenpol zu meinem Körper. Dann ließ ich los, gab dem Seil Beweglichkeit. Das Seil warf Wellen, als das Gewicht meines Körpers nicht mehr daran hing, ich fiel wieder hinein in den Zug, der erneut meine malträtierten Schultergelenke traf, es warf mich hin und her und dann trudelte ich auf den Felsen zu, sah, dass hier wirklich ein Stück abstand, riss nochmals die Füße hoch, kam weit über den Druck des Seils hinaus und klatschte dorthin, wohin ich wollte. Es war eine abstehende kleine Felsnadel und ich warf meine Arme über sie, als wäre sie das Liebste, was ich jemals umfangen hatte. Mein Körper knallte gegen den Felsen, mein Gesicht schrammte seitlich dagegen und dann hing ich wieder, aber diesmal in festem Kontakt mit der Welt. Entsetzen schlug über mir zusammen. In der Luft hängend gab es nur unendliche Leere um einen herum. Atme, atme, dieser Befehl, der mir vor so unendlich langer Zeit eingebläut worden war, war das Einzige, an das ich mich klammern konnte. Der schwarze Schatten, der mir aufgefallen war, waberte direkt vor meinen Knien. Ein schmaler Spalt in der Felswand, nicht mehr als ein paar Zentimeter hoch, so kam es mir vor, aber ich zog die Füße an und stemmte sie in diese Spalte. Sie rutschten leicht weg, die Spalte war doch höher, als es mir erschienen war. Alleine diese geringe Entlastung meiner Arme war furchtbar. Ich wusste, dass ich nicht mehr viel Zeit hatte, viel länger würde ich nicht mehr durchhalten. Es war ein Vabanquespiel, ich zog mich mit den Armen an der Felsnadel hoch, versuchte so viel Stand wie möglich in der Felsspalte zu bekommen und drehte mich mit Gewalt zur Felswand hin. Rote Schlieren begannen mein Gesichtsfeld einzuengen, die Füße rutschten in den Spalt hinein, weiter rutschte ich, die Knie verschwanden, ich musste entscheiden, ob ich die Felsnadel loslassen würde, aber die Entscheidung hatte ich schon längst getroffen, bloß wann, der Fels gab mich frei und umfing mich, als ich weiter seitlich gedreht in die Felsspalte rutschte, bergab in die Spalte hinein. Wenige Zentimeter hoch? Doch ein paar mehr Zentimeter hoch, denn ich passte hinein. Dann trafen meine Füße auf Felsen, die Bewegung stoppte, das Seil nur noch unter dezenter Spannung, lag ich da und schnappte nach Luft wie ein Fisch auf dem Trockenen. Das dauerte nicht lange, denn dann passierte das, was ich so lange erfleht hatte, es wurde schwarz um mich herum. Ich spürte meinen Körper nicht mehr, keine Schmerzen mehr, keinen Herzschlag mehr, dann verging auch das Denken.

Schwarz. Es war schwarz um mich. Ich konnte nichts sehen, ich fühlte nichts. Kurz wallte Entsetzen hoch, dann machte ich die Augen auf und zu. Tat ich das oder tat ich das nicht? Es gab keine Veränderung. Die Schwärze war undurchdringlich. Ich versuchte mich zu bewegen, es ging nicht. Ich versuchte mich aufzurichten, schlechter Gedanke, da war etwas Hartes über mir, zu nahe. Der Schmerz flammte auf, fräste eine brennende Bahn durch mich hindurch und in diesem Krampf merkte ich, dass ich gefesselt war. Ganz langsam wurde es besser, ich bewegte den Kopf vorsichtig, ja doch, ich hatte einen Kopf, so viel war mir jetzt auch wieder klar. Und dann sah ich etwas oberhalb von mir ein schmales, graues, gezacktes Stück in die Schwärze hineingerissen. Automatisch wollte ich dorthin, aber die Bewegung war nicht so erfreulich, ein neuer Krampf schüttelte mich und das Atmen fiel mir schwer. Mein Mund, was war damit, meine Hände, was war mit denen, was war mit mir los? Vorsichtig begann ich meinen Körper Stück um Stück zu erforschen, neu zu finden, was doch immer ganz selbstverständlich mir gehört hatte. Ein Bein, ein Arm, Bauch und Po, doch, alles da, ich merkte jetzt nur zu gut, was alles da war. Nur die Hände und Füße, die schienen sich verabschiedet zu haben, und im Mund spürte ich den Stoff des Knebels. Gefesselt und geknebelt, aufgehängt zum Sterben, die Erinnerung überflutete mich mit brutaler Intensität. Der Druck wurde zu groß, ich begrüßte den Knebel, denn jetzt brauchte ich etwas, wo ich draufbeißen konnte. Ich hatte noch nie ein Faible dafür gehabt, mit den Zähnen zu knirschen. Langsam und vorsichtig drehte ich mich auf den Bauch und robbte zu dem grauen Riss hoch. Es waren keine Meter, aber die paar Zentimeter brachten mich zum Zittern. Schon wieder, aber ich konnte einfach nicht anders. Die Felsspalte, durch die ich gerutscht war, war wirklich ziemlich schmal und nicht sehr hoch. Mein Glück, denn so hatten meine Henker sie übersehen. Und nochmals Glück, denn dadurch kam die Kälte der Nacht bei Weitem nicht so stark an mich heran, wie es sonst der Fall gewesen wäre. Kalt war es draußen, ich spürte es sofort. Egal, ich musste die Fesseln loswerden und suchte nach einem scharfen Grat, an dem ich den Strick um meine Hände und Füße durchscheuern konnte. Tasten war nicht so einfach, denn ich spürte einfach nichts, aber an der Spalte angekommen, sah ich immerhin wieder ein kleines bisschen etwas. Draußen herrschte eine diffuse Dämmerung. Kam die Nacht oder wollte schon der Morgen heraufziehen? Im Moment war mir das völlig gleichgültig, vorsichtig begann ich mit der Handfessel über die Kante der Spalte zu ratschen. Darauf konzentrierte ich mich zunächst einmal gänzlich, froh, die Vorstellung von dem, was draußen passiert war, ein wenig verdrängen zu können. Es ging, aber es ging langsam. Sie hatten stabile Stricke genommen. Ich fühlte mich nicht geehrt. Sie hatten einfach sicher sein wollen, dass der Strick nicht riss. Mit meiner Person hatte das wenig zu tun. Reiben, hin und her, ein bisschen die Zähne zusammenbeißen, ging da was? Zermürbende Zeiten später ging wirklich etwas, der Strick war zerfasert und gab meine Hände frei. Die Erleichterung ging in einer heftigen Schmerzattacke unter, als die Blutzirkulation wieder einsetzte. Eingeschlafene Füße waren eine Wohltat dagegen. Die Füße, ach ja, an die musste ich auch noch ran. Jetzt wurde es kompliziert und ich begann zu fluchen. Umdrehen war in der engen Spalte ein akrobatisches Kunststückchen, das ich nicht hinbekam. Die Idee, bis zu den Knien aus der Spalte hinauszurutschen, behagte mir sowieso überhaupt nicht. Diese entsetzliche Leere um mich, als ich draußen gehangen hatte, geisterte schon wieder durch meinen Kopf. Nein, ich rutschte lieber wieder ein wenig tiefer in die Spalte zurück, das Dunkel erschien mir plötzlich heimelig. Ich fing vorsichtig an, die Spalte mit den Armen zu erforschen, sie wurde höher, je weiter ich hineinrutschte. Die Wände waren durchaus voller scharfer Grate, auch der Boden war nicht ganz eben, ich fand eine geeignete Stelle und wieder begann das Reiben von Seil gegen Felsen. Ab und zu geriet auch etwas Stoff inklusive Haut dazwischen, was ich mit einem wütenden Stöhnen quittierte. Die Hände konnte ich noch längst nicht wieder benutzen, sie fühlten sich jetzt an, als würde ich Brennnesseln mit bloßen Fingern zu Dutzenden zerreiben. Klasse, und an den Füßen tat sich nicht wirklich etwas. Weitermachen mit dem entnervenden Hin und Her. Stunden später fiel dann auch dieser Strick und noch viel mehr

Zeit danach gaben auch die Schlingen um die Knie nach. Zu dem Zeitpunkt wusste ich nicht mehr so genau, wo oben oder unten war, es fühlte sich an, als würde ich in einer Badewanne voller roter Waldameisen liegen. Schubweise kamen Übelkeit und Schwindel, Kälte überschwemmte mich, mein ganzer Körper begann zu zittern. Ich schlang meine Arme um den Oberkörper und rollte mich in die klassische Fötushaltung zusammen, letzte Abwehr gegen das Entsetzen, das an meinem Verstand zerrte. Ruhig, ruhig; niemand war da, der mich in die Arme nahm und mir diese Worte ins Ohr murmelte. Verdammt, war das schwer, sich wieder den Weg zurückzukämpfen, aber ich wollte nicht meinen Verstand verlieren.

Irgendwann gewann die Erkenntnis, dass ich mich hatte zusammenrollen können, die Oberhand. Die enge Spalte war hier wirklich um einiges weiter geworden. Ich begann vorsichtig die Wände abzutasten, die Größe der Röhre zu untersuchen, in die ich geraten war. Ich stellte es mir als Röhre vor, aber in der Dunkelheit hat man nicht wirklich eine gute Raumorientierung. Voller Panik suchte ich nach dem grauen Riss in der Dunkelheit, dem Ausgang auf den Felshang. Doch, dort war etwas, dort hinter mir, oder hatte ich mich beim Zusammenrollen gedreht und müsste der Ausgang nicht genau auf der anderen Seite sein? Ich blieb liegen, ließ die Wellen von Panik über mich hinwegschwappen. Meine Finger stießen gegen ein Stückchen Strick. Vorsichtig packte ich das und tastete nach den anderen Teilen. Der Gedanke, diese Seile nicht verlieren zu dürfen, gab mir einen Punkt, an dem ich mich festhalten konnte. Ja, ich konnte die Finger wieder bewegen, das Gefühl war zurückgekehrt, auch die Füße waren wieder bei mir. Ich wickelte die Stricke zu einem Knäuel und verstaute es in der Hosentasche. Dann begann ich an der Wand entlang zurückzukriechen. In der Dunkelheit war das nicht so einfach, wie man sich das vorstellt, genauso wie in dichtem Nebel erkennt man nicht, ob man bergauf oder bergab unterwegs ist. Aber ich hatte doch recht gehabt, der Riss war vor mir, die Kälte wurde spürbarer. Es wurde Zeit, dass ich aus dieser Spalte hinauskam. Mit einem Ruck hielt ich an und platschte unrühmlich auf den Bauch. Wo war das Seil, an dem ich aufgehängt worden war und das mein Freifahrschein für die

Klettertour in die Freiheit sein sollte? Ich hatte das Seil gespürt, als ich in die Spalte gerutscht war, es hatte an meinen Händen gezerrt und als ich draußen hing, die Fesseln bestialisch einschneiden lassen. Und jetzt war es weg. Nein, verdammt, ich würde nicht wieder durchdrehen. Es musste einfach am Ausgang liegen, es war ja niemand gekommen, um es einzusammeln. Hysterisches Kichern erstickte im Tuch, als ich wieder die Zähne zusammenbiss. Der Knebel saß jetzt so locker, dass er mich nicht mehr störte. Da war die Spalte, ich sah keinen Strick, begann die Kante nach dem Strick abzutasten, aber ich fand nichts. Zögernd und zaudernd, wie ein verschrecktes Murmeltier nach einem Sturzangriff eines Adlers den Kopf wieder aus seinem sicheren Bau streckt, streckte ich schließlich meinen Kopf aus der Spalte heraus. Der Strick, an dem ich gehangen hatte, war nicht da. Draußen war es nicht mehr wirklich dunkel, aber die Morgendämmerung hatte noch nicht richtig eingesetzt. Ohnmacht und Befreiung hatten die ganze Nacht hindurch gedauert, jetzt brach ein neuer Morgen an. Ich fand das nicht symbolisch, sondern suchte meine Umgebung mit den Augen ab, um den verflixten Strick zu finden. Immerhin, es war hell genug, sodass ich etwas sehen konnte, und das war mir jetzt schon viel wert. Wo war nur der Strick geblieben? Ich musste schnellstmöglich an ihm hochklettern, um mich über das Plateau früh genug aus dem Staub zu machen, bevor wieder eine Abordnung des Syndikats nachsehen kam, ob ich auch noch artig im Wind baumelte. Kein Strick weit und breit. Oder doch? Ich kniff die Augen zusammen und fixierte den Überhang. Da hing etwas, lang und dünn und unschuldig in der frühen Morgenbrise leicht schwingend. Wut und Bestürzung mischten sich in mir. Der Strick war bei meiner Befreiungsaktion weggerutscht, ich hatte es nicht einmal gemerkt und nun hing er dort, unerreichbar für mich. Ich lag in meiner Spalte unter dem Überhang, der Strick war meilenweit entfernt, so kam es mir vor. Am liebsten hätte ich jetzt den Kopf auf die Arme sinken lassen, aber dann brandete etwas wie Trotz in mir hoch. Ich war nicht gedrillt worden, um jetzt so einfach aufzugeben! Ich war in die Spalte hineingekommen, ich konnte auch wieder heraus! Keine Frage, aber was dann? Es hatte mich schon genügend Überwindung gekostet, überhaupt meinen Blick wieder auf diese rundum unerfreuliche Aussicht zu richten. Die Übelkeit kehrte blitzartig wieder zurück und auch der Schwindel wollte mit Macht daran erinnern, dass es mir hier schlecht gegangen war. Ich verdrängte das alles und musterte die Felswand um mich herum. Da war die kleine Felsnadel, mein Rettungsanker, aber ansonsten war hier nicht wirklich viel zu sehen. Und jetzt musste ich mir eingestehen, dass es einen fehlenden Punkt in meiner Ausbildung gegeben hatte, den ich in dieser Sekunde schmerzlich vermisste. Freiklettern war nie ein Thema gewesen. Freikletterer waren in der Lage, ohne Sicherung die unmöglichsten Felsen hinauf- und hinunterzuklettern. Zugegeben, ich hatte nicht die Statur dazu. Die meisten Freikletterer, die ich kannte, waren eher schlanke, sehnige Typen gewesen, mit entsprechender Kraft in den Fingern und Zehen. Da haperte es bei mir jetzt momentan sowieso, nach der Fesselung taugten meine Zehen und Fingerspitzen nicht wirklich für eine solche Belastung. Und ich hätte den Überhang überwinden müssen. Selbst so etwas bekamen diese Freaks hin, aber für mich war das um Klassen zu viel verlangt, vermutlich auch nach dem besten Training, das ich mir hätte wünschen können.

Ich rutschte wieder in die Spalte zurück, so weit nach hinten, bis ich mich aufsetzen konnte. Jetzt wäre eine Zigarette hilfreich gewesen, im Film hätte der Held jetzt ein wenig geraucht und dann wäre ihm die erlösende Idee zur finalen Rettung gekommen. Ich zerrte nur den Knebel aus dem Mund und ließ den Stofffetzen um meinen Hals baumeln, lehnte am Felsen und versuchte so viel Logik zusammenzukratzen, wie ich nur auftreiben konnte. Ein kümmerlicher Ersatz, dabei war ich eigentlich gar nicht so ein kümmerlicher Wicht. Mir würde schon etwas einfallen. Leider war mein analytisches Denkvermögen unbestechlich. Draußen konnte ich keinen Blumentopf gewinnen. Schlechterdings würde das Syndikat in nicht zu ferner Zukunft auftauchen und feststellen, dass ich ihnen irgendwie abhandengekommen war. Dann würden sie die Umgebung genauer mustern und womöglich auf meine Spalte hier stoßen. Darauf zu warten erschien mir nicht spaßig. Alternative – ich warf einen unsicheren Blick in die andere Richtung, ins Dunkel. Heimelig war es mir vorgekommen. Schwachsinn.

Die unglaubliche Schwärze, dieses totale Nichts jagte mir ordentlich Angst ein. Keine Kerze würde mir sagen können, ob die Luft unverträglich wurde. Aber immerhin, dort ging es weiter, vielleicht hatte die Spalte auch ein anderes Ende, eines, das mich auf einer sanften Almwiese in die Freiheit entlassen würde. Der Wunschtraum zerplatzte vor der düsteren Realität, einem dunklen Weg, ohne bekanntes Ziel mit unbekanntem Untergrund, jeder Schritt würde tastend erfühlt werden müssen. Keine richtige Orientierung zu haben, ist ein nicht zu unterschätzender Faktor auf längere Zeit hin, aber so wirklich viel Zeit würde mir ohne Wasser und Nahrung sowieso nicht bleiben. Also tat ich das, was mir übrigblieb. Ich tat es nicht gerne, aber ich konnte auch nicht gefangen zwischen zwei hässlichen Alternativen bewegungslos verharren. Es wurde mir nämlich wieder kalt.

Also begann mein Weg hinein in den Berg, hinein in die Dunkelheit, weg von Sonne, Licht und menschlicher Gesellschaft. Auch wenn man weiß, was einen da erwarten würde, fiel es mir trotzdem sehr schwer. Ich schimpfte in Gedanken mit mir, nannte mich einen Idioten und führte alle guten Gründe auf, die mir eingefallen waren, inklusive des Punktes, dass blinde Menschen immer in diesem allumfassenden Dunkel lebten und auch damit fertig wurden. Es half nicht sehr viel, aber es half so viel, dass ich mich ohne weiteres Zaudern vorwärts bewegte. Tasten, an der Wand entlangrutschen, es ging nicht schnell vorwärts. Ich wusste ja nicht, ob nicht plötzlich die Röhre zu Ende war, ich konnte es ja nicht sehen. Ich wusste nicht, ob die Decke plötzlich niedriger wurde, und mit dem Kopf gegen Felsen zu knallen, macht keinen Spaß. Ich wusste auch nicht, ob sich vor mir plötzlich der Boden auftat, und abstürzen wollte ich nicht. Ich musste mich eben tastend vorarbeiten.

Und ich musste die Wand immer schön an meiner Seite fühlen, damit ich auch wusste, wo ich mich hinbewegte. Die Röhre könnte Abzweigungen bekommen und dann könnte ich mich restlos verirren. Mit der Wand an der Seite hatte ich immer noch die Option umzukehren. Sich in der Dunkelheit zu verirren, war keine angenehme Art und Weise, sich umzubringen. Tasten, sich vorwärts schieben, sich am Felsen ritzen, gegen Steinbrocken stoßen und sich die Beine aufschürfen. Es war ein elender Weg. Und er zog sich hin. Das Zeitgefühl ging völlig verloren, es kam mir so vor, als wäre ich bereits tagelang unterwegs, und wusste, dass das nicht wahr sein konnte. Irgendwann ziemlich bald fing ich an zu kriechen, die Röhre hatte sich zu einer Art Minigang geweitet. Das war zunächst eine kleine Erleichterung, aber die verbrauchte sich viel zu schnell. Auf den Knien über Felsen zu kriechen, ist nicht unbedingt so empfehlenswert. Hör auf zu maulen, sagte ich mir selber, du lebst noch, das hättest du dir vor nicht allzu langer Zeit nicht gedacht. Illusionslos wusste ich auch, dass es irgendwann übel werden würde, spätestens an dem Punkt, wo es kein Zurück mehr geben würde, weil der Rückweg schlicht zu lang sein würde. Ich wusste, was ich zu tun hatte, aber es schmeckte mir schon jetzt nicht. Tasten, vorwärts kriechen, eine Zeit lang auf dem Hosenboden rutschen, wenn die Knie zu sehr protestierten, aber immer weiter, weiter, weiter, weiter in der Dunkelheit. Die Konzentration wollte sich davonstehlen und ich musste mich immer wieder neu an die Wand erinnern. Ich durfte sie nicht verlieren. Immerhin merkte ich dadurch, dass der Gang noch mal ein Stück breiter geworden war, vielleicht auch höher? Vorsichtig begann ich dieses neue Raumgefühl umzusetzen. Aufstehen? Langsam ging ich in die Hocke und erreichte ziemlich bald die Decke über mir. So hoch war der Gang also doch nicht. Seufzend ging ich wieder auf die Knie und kroch weiter. Ich konnte mir eine Verzögerungstaktik nicht leisten, musste darauf bauen, dass ich aus dem Berg hinauskommen würde. Die Luft wurde schwerer, aber noch hatte ich keine Probleme mit dem Atmen. Noch ein Pluspunkt, vor nicht allzu langer Zeit war das ein ziemlich schwieriger Prozess gewesen. Hör auf damit, weiter, Konzentration auf das Vorwärts, ich durfte meinem Gedächtnis keine Chance geben, die Panik lauerte direkt unter der obersten Schicht meiner mageren Selbstbeherrschung. Irgendwann war es dann so weit, mein Körper lechzte nach einer Pause, nach Kaffee und einer herzhaften Brotzeit. Ich ignorierte das erfolgreich, aber die Forderungen kamen wieder, die Pausen dazwischen wurden kürzer. Schließlich machte ich wieder einen Versuch, ob der Gang sich nicht doch zum Gehen eignete. Er eignete sich eher weniger als früher und enttäuscht legte ich mich auf den Rücken. Das ist auf so einem felsigen Untergrund auch nicht gerade lauschig, aber es war besser als alles andere. Ich machte kurz die Augen zu und riss sie sofort wieder auf. Klar, einschlafen wäre jetzt schön gewesen, aber das ging noch nicht. Man täuschte sich so leicht, so weit war ich noch nicht vorangekommen. Der Berg war kein Hügelchen, es würde schon etwas dauern, da rauszukommen.

Eine endlose Ewigkeit später passierte das Grauenvolle, vor dem ich mich insgeheim gefürchtet hatte. Meine tastenden Finger fanden keinen Halt, sondern griffen ins Leere. Ich verharrte bewegungslos. Dann wurde mir klar, dass es nichts wirklich Dramatisches sein konnte, weil sonst die Kälte intensiver zu fühlen sein müsste. Ich tastete Millimeter um Millimeter ab und stellte fest, dass ich eine hässliche kleine Kuhle vor mir hatte, die zwar nicht wirklich tief war, aber voller scharfer Steinbrocken, und so schob ich mich über sie hinüber. Danach ging es mir etwas besser, bis sich der Gang verengte. Die Decke kam mir entgegen, weiter und weiter, zuerst konnte ich nicht mehr sitzen, dann nicht mehr auf den Knien kriechen. Ob es wirklich hilfreich war, dass ich nichts sehen konnte? Vielleicht wäre ich mit Licht an dieser Stelle umgekehrt. Denn das Gefühl, von allen Seiten von massivem Fels bedrängt und eingeengt zu werden, ließ es mir heiß werden. Immerhin konnte ich das Gestein um mich nicht sehen, aber es wurde schlimm. Schweiß brach aus und lief mir brennend in die Augen. Ich fuhr mir mit den Händen voller Steinstaub ins Gesicht, das machte es auch nur bedingt besser. Schließlich kroch ich auf dem Bauch weiter, die Luft wurde mir knapp, und jetzt, ja jetzt wäre ich wohl umgekehrt, wenn ich das geschafft hätte. Aber wieder war kein Platz da, um umzudrehen, es gab nur dieses vermaledeite Vorwärts.

Plötzlich, von einer Sekunde zur nächsten, traf mich ein Schwall frischer, kalter Luft. Ich schnappte danach, schnüffelte. Der enge Durchlass spie mich in etwas wie eine Art Höhle aus. Ich tastete herum und fand den Boden in weniger als einem halben Meter unter mir. Gott war ich froh. Dann stellte ich fest, dass ich mich zum ersten Mal wieder aufrecht auf meine beiden Füße stellen konnte. Einfach genial. Ich lehnte an der Wand und war glücklich.

Das Hochgefühl erstarb zwar auch bald genug, aber es hatte mir genügend Auftrieb gegeben, um weiterzumachen. Der Hunger meldete sich jetzt nicht mehr mit dezenten Hinweisen, sondern mit brüllendem Verlangen. Wasser, gab es denn hier nirgendwo Wasser? Es gab einfach nur Steine, Steine, Steine und kläglich suchte ich mir meinen Weg weiter. Immerhin konnte ich jetzt mit den Füßen tasten. Die Arme hielt ich hoch, um den Kopf zu schützen und die Wand zu fühlen. Ich wusste schon längst nicht mehr, ob ich in diverse Abzweigungen geraten war, aber ich wusste eines, nämlich dass ich immer strikt an der linken Wand geblieben war. Nur die Vorstellung, noch mal durch diese enge Stelle zurückkriechen zu müssen, vergällte mir einen möglichen Rückweg schon sehr. Es half dabei, weiterzumachen. Irgendwann war es mit dem Stehen dann wieder vorbei, halb vor Angst, es könnte wieder so eng werden, halb vor Angst, der Gang könnte überhaupt aufhören, wurde mir schummerig. Ich fing wieder an zu kriechen und jetzt wurde es hart. Wie lange steckte ich schon in dieser Röhre fest, sie hätte schon längst zu Ende sein müssen, ich hätte schon längst nach draußen kommen müssen, der Weg führte nicht durch den Berg, der Weg führte in den Berg. Das Einzige, was mir half, war die Luft, die ich immer noch atmen konnte. Dann meinte ich plötzlich ein feines Zischen zu hören, tat es als Halluzination ab. Die Sinne fangen bei Überreizung an, so komisch zu reagieren. Der Körper fing an wieder zu schmerzen, mit einem Seufzer setzte ich mich hin. Fünf Minuten Pause, mehr wollte ich mir nicht zugestehen, denn nichts würde besser werden. Ich machte versuchsweise ein paar Lockerungsübungen, aber gab das schnell wieder auf. Die Muskulatur protestierte überall. Hunger und Durst meldeten sich erneut mit Wucht und davor konnte ich nur versuchen davonzulaufen. Toll, davonzukriechen.

Dann traf meine Nüstern ein unvermuteter Lufthauch. Irgendwo vor mir musste Wasser sein. Die heftige Reaktion meines Körpers brachte mir eine genauso heftige Bauchlandung ein. Aufstehen und losrennen, super Idee. Irgendwo vor mir war Wasser und mir brummte der Schädel. Also gut, sich noch mal zusammenreißen, nein, ich würde den Knebel nicht brauchen, es würde auch so gehen. Schließlich wurde es zur Gewissheit, Wasser tropfte vor mir, ich konnte es nicht nur riechen, sondern dann auch immer deutlicher hören. Dann spürte ich es kühl meine Fingerspitzen berühren und hätte schluchzen mögen vor Erleichterung. Der Gedanke, ob das Wasser überhaupt verträglich war, war mir in der Sekunde völlig entfallen. Ich leckte den Felsen ab, hielt meine Finger hin und leckte diese ab, merkte erst nach Minuten, wie der trockene Mund sich langsam auf die Flüssigkeit überhaupt einlassen konnte. Das magere Tröpfeln machte mich schier wahnsinnig, aber auf diese Weise bekam ich auch nicht zu viel auf einmal. Tropfen um Tropfen sog ich das kostbare Nass in mich hinein. Irgendwann war ich wieder fähig, ein bisschen von der Wand abzulassen. Ich zog den ehemaligen Knebel, der jetzt wie ein Schal um meinen Hals gelegen hatte, über den Kopf und presste ihn gegen die Wand. Als er völlig durchnässt zu tropfen begann, hängte ich ihn mir wieder um und machte mich erneut auf den Weg. Das Tröpfeln verklang im Hintergrund und wieder gab es nichts anderes als Dunkelheit und Stille. Das machte mir zunehmend zu schaffen, diese Stille, die nur durch meine eigenen Bewegungen und meinen eigenen Atem durchbrochen wurde. Der Durst hatte sich beruhigt schlafen gelegt, dafür war der Hunger hartnäckiger als zuvor.

Und dann war es schlagartig aus mit lustig. Luft begann sich vor mir zu bewegen und eisige Kälte wehte zu mir. Die Luft war nicht wirklich frisch, die Kälte war klamm. Ich wurde schlagartig sehr wach und vergaß alles, was mich gerade so bedrängt hatte. Das Herz begann vernehmlich zu schlagen. Mit erhöhter Vorsicht bewegte ich mich weiter und dann bröckelte unter meinen Fingern der Fels und der Stein fiel und fiel. Meine Finger hatten ein Loch im Boden erreicht, das ziemlich groß sein musste. Ich tastete ein wenig weiter, und ja, da ging es hinunter. Irgendwann lag ich auf dem Bauch, hing mit dem Kopf über etwas, was ich in der Schwärze nicht sehen konnte und was doch ein tiefer Schlund zu sein schien. Ich suchte nochmals einen lockeren Stein und ließ ihn fallen, ich hörte, wie er an die Wand stieß, und ich hörte nicht, dass sein Fall irgendwann zu Ende war. Schaudernd zog ich mich wieder zurück und fing an, weiter am Rand entlang zu suchen. Wie weit würde sich dieses Loch ziehen? Wie groß war es? Konnte ich überhaupt drum herum gelangen? Ich konnte nicht springen, denn ich konnte nichts sehen. Der Schweiß brach mir aus allen Poren und gleichzeitig fing ich an, in der Kälte zu frieren. Meine Finger fanden das Ende des Schachts, und doch, es gab ein wenig Platz an der gegenüberliegenden Wand. Ich fing an mich Zentimeter um Zentimeter an dem Loch, das ich nicht sehen konnte, vorbeizuschieben. Das Grauen kam nach bangen Minuten. Noch war ich nicht an dem Loch vorbei, meine Finger spürten immer noch, dass neben mir nichts als Luft war, als die beruhigende, Halt gebende Wand an meiner Seite schlagartig verschwunden war. Ich erstarrte. Links tasteten meine Finger ins Nichts und rechts genauso. Entsetzt klammerte ich mich an dem Felsen fest. Keuchend rang ich um Fassung. Irgendwann wurde mir klar, dass die Felswand zurückwich, dort war entweder eine Mulde im Felsen oder ein Gang zweigte ab, aber der Boden war dort immer noch vorhanden und beruhigend fest. Meine rechte Hand tastete und tastete und fand keine Felswand, ich schob mich ein wenig von dem Loch im Boden weg und atmete tief durch. Nein, wirklich dort hinein, was auch immer es war, wollte ich nicht, die Luft erschien mir eher warm und das war nicht empfehlenswert. Also, so erstrebenswert es mir vorkam, von dem grässlichen Loch im Boden wegzukommen, umso mehr musste ich mich dazu zwingen, nicht zu weit davon wegzurutschen. Das Loch wurde meine Leitschnur, ich orientierte mich an ihm. Irgendwann würde es zu Ende gehen und ich würde wieder an der linken Wand landen. Himmel, war das doof, so um eine derartige Spalte herumzurutschen, aber mir blieb nichts anderes übrig. Also rutschte ich. Und stieß schließlich auf die Wand. Vorsichtig tastete ich daran herum, doch, es schien meine gute alte linke Wand zu sein, der ausdauernde Gefährte meiner schlaflosen Nächte. Ich schnaubte ein wenig, krabbelte zur Sicherheit ein ganzes Stück weiter und setzte mich mal wieder hin. Diesmal hatte ich wenigstens mein Halstuch, ein wenig Feuchtigkeit im Mund machte doch erstaunlich viel aus.

Nicht nachdenken, nicht einschlafen, mein Körper fing an mit Macht zu protestieren. Bewegung über einen so langen Zeitraum in dieser unnatürlichen Form konnte einfach nicht gut gehen. Ich hätte mich am liebsten zusammengerollt und wäre liegen geblieben. Das wäre ja auch einfach gewesen. Es stand niemand hinter mir, der mich anstieß, niemand, der mich anfuhr, meinen Hintern in Bewegung zu setzen. Wie viel einfacher und rundum netter ist es doch, wenn man einen Menschen hat, gegen den man revoltieren kann. Gegen Dunkelheit und Stille kann man das nicht so direkt und das machte es umso schwerer. Also weiter? Weiter. Ich schnaufte tief durch. Was dann kam, war eine grässlich lange Passage, die sich öde über gefühlte Stunden erstreckte, in einem Gang, der mich wie ein sich ewig hinziehender Bandwurm verschlang und nicht wieder ausscheiden wollte. Die Feuchtigkeit im Halstuch war irgendwann verbraucht, nur noch ein Hauch von einer gewesenen Wohltat. Die Kälte fing an mir zuzusetzen. Die vielen Schrammen und Schrunden, die ich inzwischen von den Felsen davongetragen hatte, schmerzten immer mehr, die Muskulatur weigerte sich, mich weiter auf dem Boden herumkriechen zu lassen. Mensch, du hast Jahrhunderte gebraucht, um auf deinen zwei Beinen einherzuwandeln, also tue gefälligst auch das. Irgendwann war es so weit, ich wollte nur noch ein bisschen liegen bleiben und konnte doch nicht mehr diesen Felsen unter mir ertragen. Da hockte ich mich hin, was alles in mir protestieren ließ, was noch die Kraft dazu hatte. Ich wusste, doch ich wusste es, dass ich mit dem langsamen Kriechen, das ich zustande bringen konnte, keine Kilometer zurückgelegt haben konnte, aber es fühlte sich an, als wäre ich den ganzen Berg auf Knien hinuntergerutscht. Ich lehnte mich an den Felsen und fühlte, wie alles um mich herum in Bewegung geriet. Die Dunkelheit begann zu schwanken und zu splittern, bekam Risse, verschob sich gegeneinander, wie ein Spiegel, der zu Bruch geht. Die Arme abgespreizt drückte ich die Hände gegen den Felsen, atmete tief und fest durch. Das Schwanken geriet zum Trudeln und hörte vielleicht auf. Die Schwärze war immer noch da, aber ich war zumindest nicht ohnmächtig geworden. Noch vorsichtiger als vorher machte ich mich erneut auf, wie ein Käfer immer tiefer ins Innere der Erde zu krabbeln. Lange Momente später gab es Platz nach oben, ich konnte mich ein wenig aufrichten, stehen, was meinen Kreislauf fast wieder kollabieren ließ. Aber trotzdem blieb ich in der Senkrechten und dann wurde die Luft wärmer. Zuerst war es nur eine Ahnung, dann wurde es spürbar. Und dann kam ein Hauch sich träge bewegender Luft. Ich schnüffelte, war da etwas von Erde zu erahnen? Meine Schritte beflügelten sich, die Dunkelheit wurde blasser, schien ins Gräuliche verschwimmen zu wollen.

Wie ein scharfer Stich bohrte sich die Lanze eines Lichtstrahls in mein Gehirn. So unvermutet traf mich dieser Lichtstrahl, dass ich mich völlig überrascht krümmte. Meine Wand hatte einen Bogen geschlagen oder ein großer Felsbrocken war in den Weg gefallen und direkt dahinter und oberhalb hatte sich ein kleines Loch aufgetan, durch das das Tageslicht eine schmale gleißende Bahn in mein dunkles Dasein warf. Das war alles. In dieser Situation hätte ich am liebsten Wut und Enttäuschung hinausgebrüllt, aber damit wäre es nicht besser, sondern im Gegenteil erst recht schlechter geworden. So viel hatte ich gelernt, Brüllen am Rande der Erschöpfung bedeutet, dass die geistigen Kräfte nachließen, und das war etwas, was man unterbinden musste. Die hochgekochte Wut packte ich und setzte sie in entschlossene Bewegung um. Ich würde mich nicht von diesem Lichtstrahl, der alles versprochen hatte und nichts halten konnte, unterkriegen lassen! Meine Augen durften sich nicht an dieses Licht gewöhnen, denn dann war die Dunkelheit danach umso entnervender. Ich hatte keine Chance, mit diesem Minilöchlein irgendetwas anzufangen, aber immerhin, ich war nicht so weit weg von der Erdoberfläche. Mit einer gehörigen neuen Portion Verbissenheit kämpfte ich mich weiter. Der Gang wurde nicht mehr niedriger, ich konnte gehen. Dann wurde er zunehmend uneben, ich stolperte vermehrt über Steinbrocken. Und dann kam das Licht. Eine ferne Ahnung zuerst, dann eine deutliche Aufhellung, dann tauchte der Gang um mich ganz langsam auf, ich konnte Strukturen erkennen, dann konnte ich meine Hände vor den Augen sehen. Die Erleichterung ließ mich fast in die Knie brechen, aber noch war ich nicht draußen. Also riss ich mich zusammen. Jetzt war es so einfach, ich konnte bereits die Steine in meinem Weg erkennen, jetzt war es hell genug, dass ich den Gang gänzlich erkennen konnte. Ich sah, dass der Weg sich vor mir krümmte. Hinter dieser Biegung schien das Licht sich nochmals deutlich zu verstärken, es strahlte fast die Wand an, ich konnte in der Lichtbahn die Staubteilchen tanzen sehen. Licht und Wärme riefen mich und ich vergaß alles um mich herum und rannte los.

An der Krümmung angelangt, verlangsamte ich meinen Lauf und blieb stehen. Konnte es sein oder würde es wieder nur eine trügerische Hoffnung sein? Nein, diesmal nicht, ich ging weiter und vor mir sah ich eine Schutthalde, die fast den gesamten Gang ausfüllte. Fast, denn ganz oben gab es ein Loch und durch das strömte Luft, Licht und Wärme auf mich herunter. Ich begann unverzüglich die Schutthalde hinaufzugehen und merkte schon nach wenigen Schritten, dass es so nicht klappen würde. Der Schutt geriet unter meinem Gewicht in Bewegung und statt hinaufzukommen, rutschte ich wieder hinunter. Also fing ich gezwungenermaßen nochmals an zu kriechen. Es war nicht besonders spaßig, aber so kam ich verhältnismäßig gut voran. Das Loch kam immer näher, ich roch jetzt wirklich die Natur dort draußen. Die letzten Meter waren heftig, denn die grelle Hoffnung auf Rettung stritt sich hartnäckig mit der Besonnenheit, dass nichts anderes als wieder ein schroffer Felshang auf mich warten konnte, und was dann? Dann durfte mich die Enttäuschung nicht übermannen, ich müsste dann immer noch in der Lage sein, nach einer Lösung zu suchen. Also Haltung bewahren, und das auf dem Bauch eine Schutthalde hochkriechend. Das Loch war da, mein Kopf passte hindurch und das wusste ich nur zu gut, wo der Kopf durchpasste, da passte auf geheimnisvolle Art und Weise auch der Körper hindurch. Es passte sogar mein ganzer Oberkörper hindurch und ich schob mich voller Freude vorwärts.

Es war eine Felswand, irgendetwas hatte den Gang verschüttet, auch außen gab es eine Menge Schutt und darunter ein kleines bisschen Felsen, das mir genug Platz zum Stehen, Hinsetzen, Liegen bieten würde. Mehr nicht, aber das war ja schon mal etwas. Ich robbte hinaus und hinunter, aufatmend lehnte ich mich dann draußen an die Felswand, vergrub das Gesicht in den Händen, glaubte noch nicht ganz daran, dass der elende Weg durch die Finsternis zu Ende war. Schließlich nahm ich die Hände herunter und sah mich um. Berge. Ja, hatte ich irgendwie erwartet. Ziemlich steil und ziemlich unwegsam. Blauer Himmel und Sonne. Wunderbar. Dann ein Blick in die andere Richtung, direkt zu meinen

Füßen war das kleine Stückchen Felsen zu Ende, auf dem ich stand. Vorsichtig ging ich in die Knie und beugte mich über die Kante. Was ich dann sah, verschlug mir gänzlich den Atem. Es ging unter mir ziemlich steil hinunter, mindestens acht, zehn Meter waren das, dann folgte ein breiter Absatz am Berghang, der mir jegliche weitere Aussicht verwehrte. Der Absatz war wirklich sehr breit – und dort sah ich Gestrüpp, tote Zweige auf einem wirren Haufen liegen. Ein Blick nach oben, nein, da ging es fast senkrecht hinauf, ich würde nach oben nicht entkommen können. Mir blieb nichts anderes übrig, als es mit dem Absatz zu versuchen. Wenn es von dort nicht weiterging, saß ich in der Falle, denn über diesen steilen Hang würde ich nicht wieder hinaufkommen. In dem Moment war mir auch klar, dass das sowieso nichts brachte. Das wenige Wasser im Gang konnte mich nicht am Leben erhalten. Entschlossen drehte ich mich um, kniete hin und schob meine Füße langsam über die Kante. Ich tastete nach Halt, fand ein bisschen was, ließ mich tiefer rutschen, hielt mich mit den Händen an der Felskante fest. Der Schmerz in den Schultern überfiel mich schlagartig mit unglaublicher Intensität, ich schrie und meine Hände ließen los, bevor ich irgendwie anders hätte reagieren können. Ich rutschte hilflos ab, versuchte den Sturz zu bremsen, Halt zu finden, irgendetwas zu tun, aber da war nichts. Vielleicht bewirkte mein Gezappel eine geringe Verzögerung, aber ich krachte mit ziemlicher Wucht in das Gestrüpp auf dem Absatz, überschlug mich und warf mich im gleichen Augenblick panisch zur Seite und so weit möglich auch nach hinten. Trotzdem kam mir die Kante bedrohlich nahe, ich hatte ordentlich Schwung bekommen auf dem Weg hinunter. Mein Körper protestierte erneut, neuerliche Schmerzen zwangen wieder Schreie aus meiner Kehle. Wenn es hier irgendein lebendes Wesen gab, so hatte ich meine Anwesenheit laut und deutlich kundgetan und auch, dass es mir nicht besonders gut ging. Jeder Indianer wusste es besser. Die kannten ja auch keinen Schmerz.

Kontakt

Die Luft flimmerte vor meinen Augen, ich blieb liegen, konnte mich einfach nicht mehr rühren. Das Flimmern wurde schlagartig stärker, es wurde ein kräftiges Grieseln, wie beim Fernsehbild, wenn der Film zu Ende ist. Ich sah nichts mehr, fühlte nichts mehr, und dahinein stiegen rote Blasen vor meinen Augen auf und zerplatzten in zerfließendes Purpur. Etwas riss an mir, zerrte mich zur Seite, zurück, ich wusste nicht was. Das Flimmern ließ nach, die Welt tauchte um mich wieder auf, aber die roten Blasen blieben, alles schien in diesem wallenden Purpur zu versinken. Ich krabbelte zur Seite, dahin, wohin es mich irgendwie zog, und dort ging es ein Stückchen am Berghang weiter, weiter und weiter. Wieso krabbelte ich hier so unsinnig herum, ich wusste es nicht, konnte mich aber nicht gegen den Zwang wehren. Ich wollte aufhören, zurück, konnte nicht, das breite Felsband machte eine Biegung, ging in den Hang über, aber ich krauchte an die Kante und fiel einfach hinunter. Der Schreck ließ mich kreischen, der Sturz dauerte allerdings nicht lange, sondern endete in einem neuerlichen Schutthaufen. Ich kollerte ein Stück weiter und blieb heftig atmend mit geschlossenen Augen liegen, wagte nicht, mich zu rühren, wagte nichts zu denken. Stille um mich herum, nur durch meinen heftigen Atem unterbrochen, schließlich öffnete ich die Augen.

Wenige Meter von mir entfernt saß ein Waran. Saß? Nein, er lag da. Ein Waran. Ein sehr großer Waran. Ein ungewöhnlich großer Waran. Diese Echsen wurden sehr groß, das wusste ich aus den Tierfilmen, die ich als Kind mit Begeisterung gesehen hatte. Sie fraßen Fleisch. Ganze Kühe. Iiiirrr, nichts wie weg. Es ging nicht. Gebannt starrte ich auf die riesige Echse. Sie bewegte sich nicht. War sie tot? Idiot, nichts wie weg. Ich konnte mich immer noch nicht rühren. Die Echse öffnete ihre Augen und sah mich an. Rotgoldene Augen blickten mich ohne zu blinzeln an. Unter diesem Blick konnte ich mich nicht abwenden, ich starrte zurück, vergaß genauso den Lidschlag. Sekunden dehnten sich zu einer kleinen Ewigkeit. Mit einem Schlag wurde der Bann gebrochen, eine riesige Faust fuhr in mein Gehirn, umklammerte es und zerquetschte es. Der Schmerz, gepaart mit schierer Panik, ließ mich die Augen verdrehen, die Welt schwankte und kippte weg, was blieb, waren die tanzenden purpurnen Schleier. Ich versuchte alles auszuschalten, die Welt dort draußen auszuschließen, versuchte mich auf meinen Körper zu konzentrieren und der Schmerz kehrte erneut zurück.

Er wütete in meinem rechten Bein. Es war eingeklemmt. Ein merkwürdiges Gefühl beschlich mich. Es war typisch, plötzlich wusste ich, woran mich dieses Gefühl erinnerte. Ich war neun Jahre alt gewesen, ich hatte genau gewusst, dass es verboten war. Da stand es vor mir, das geheiligte Motorrad meines ältesten Bruders, unantastbar für die jüngeren Geschwister. Der Schlüssel steckte. Der Bruder war nicht da. Mit dieser unvergleichlichen Mixtur aus Angst, Verlockung, Zaghaftigkeit und Forschheit stieg ich auf die schwere Yamaha und startete sie. Ich kam damals nicht sehr weit, wenn ein Floh einen Elefanten reiten will, hat er viel mehr Chancen, damit durchzukommen, aber ich hatte großes Glück. Die Hose ging in Fetzen, das Bein wurde gequetscht und ich wurde der Länge nach zerschrammt und war voller blauer Flecke, aber sonst passierte nichts und auch die Yamaha blieb heil. Mein Bruder ließ danach niemals wieder den Schlüssel stecken. Genau das gleiche Gefühl wie damals hatte ich jetzt gespürt. Das Wissen, etwas Verbotenes getan zu haben und doch der Verlockung nicht widerstehen gekonnt zu haben. Und das Ergebnis war ein eingeklemmtes Bein. Hilf mir, mach es los. Der Ruf drang klar und rein zu mir durch, bezwingend in seiner Dringlichkeit. Ich rappelte mich unsicher auf, spürte meine Füße sich mit ihren Krallen kräftig in den Schutt stemmen und fiel wieder um, denn ich konnte doch nicht auf zwei Beinen stehen. Es waren vier und sie waren wie kleine Säulen. Der Schwanz fuhr über den Schutt und als ich schreien wollte, kam erneut diese Faust, die durch meinen Kopf strich und alles Denken auslöschte.

Irgendwann später kam ich wieder zu mir. Hilf mir, mach es los. Daran erinnerte ich mich, das war alles, was ich tun konnte. Ohne weiteres Nachdenken ging ich zu dem Monsterwaran. Er war noch größer, als ich gedacht hatte. Das rechte Bein war in eine

Spalte geraten und ein Felsbrocken war so unglücklich verrutscht, dass der Waran gefangen war. Irgendwo hinter einer Wand aus dickem Fleece schien in unendlicher Ferne in mir drinnen jemand wild zu schreien, versuchte an irgendetwas zu rütteln, aber das war fern und blass. Ich konzentrierte mich auf das Bein. Vorsichtig legte ich meine Hände um den Felsen, aber ich hatte nicht wirklich genug Platz, um kräftig ziehen zu können. Na ja, eigentlich nachvollziehbar, wenn das gegangen wäre, hätte der Waran sich auch selbst befreien können. Ich betrachtete den Felsbrocken genauer. Von hinten kam ich nicht richtig an ihn heran. An der Seite, mit der er fest an den anderen Felsbrocken lehnte, konnte ich eine kleine Schrunde erkennen, eine Art Rille. Konnte man dort einen Ast hineinstoßen, um den als Hebel zu verwenden? Das Seil, um meine Füße geschlungen, um mich zu töten, das Seil, das ich mühsam abgerubbelt hatte und das ich mit mir auf meinem scheußlichen Weg hierher mitgebracht hatte, kam mir plötzlich in den Sinn. Ich holte es aus der Hosentasche und verknotete die längsten Teile. Dann steckte ich es in die Rille und schob so viel wie möglich nach, hoffend, die Rille würde den ganzen Felsbrocken umlaufen. Was sie tat. Das Seil auf der anderen Seite hervorzufummeln, kostete mich erhebliche Mühe, ich keuchte sogar ein wenig, denn ich wollte niemandem weiteren Schmerz bereiten. Dann brachte ich beide Enden des Strickes nach vorne und begann, seitlich von dem Waran stehend, zu ziehen. Los, hilf mit, wackele jetzt mal mit dem Fuß. Der Gedanke in meinem Kopf war recht plastisch und mit einer gewissen Neugier erkannte ich, dass der Waran wohl gemerkt hatte, dass die Lage des Felsbrockens sich zu verändern schien. Er bewegte seinen Fuß mit überraschend heftiger Intensität. Der Felsbrocken begann sich zu bewegen, kippte dann nach vorne und seitlich in meine Zugrichtung und damit genau auf mich zu. Das Seil gab schlagartig nach, ich konnte mich nicht festhalten oder abfangen, knickte in den Knien ein, konnte mich nicht halten und überschlug mich. Ich landete auf dem Rücken, alle viere von mir gestreckt. Der Schlag trieb die Luft aus meinen Lungen, kurzfristig rang ich darum, Luft holen zu können, dann setzte die Atmung wieder ein und ich bemerkte, dass ich direkt neben den vorderen Pranken des Warans gelandet war. Die kräftigen Krallen bohrten sich knapp neben meinem Gesicht ins Geröll. Die Echse zog vorsichtig ihre Hinterläufe zu sich her und richtete sich vorne ein wenig auf. Aus der Höhe kam ein riesiger Kopf auf mich zu. Es war überhaupt kein Waran. Welcher Wahnsinn hatte mich geritten? Das Vieh würde mich jetzt unweigerlich zerknacken. Es öffnete sein Maul und ich hatte freien Blick auf eine beeindruckende Zahl und Größe an elfenbeinfarbenen Reißzähnen. Eine gespaltene lange Zunge fuhr aus dem Maul heraus und tastete nach meinem Gesicht. Mein Magen revoltierte endgültig, meine gesamten Innereien begannen sich zu verkrampfen, aber ich lag wie gelähmt. Der Druck wurde stärker, ich konnte ihm nicht entgehen, die Welt schlug Wellen und mit einem Seufzer der Erleichterung flüchtete ich in die Ohnmacht.

Irgendwann später fühlte ich mich weich schaukeln, Hunger und Durst schienen von einem fernen Stern ihren Weg in meine Eingeweide zurückzufinden. Ich konnte nichts sehen, nur der Hunger und Durst wurden stärker und ließen meinen Körper sich winden. Ich stöhnte, kam nicht richtig zu mir, der Krampf wurde stärker, der Hunger wurde übermächtig, ließ sich nicht mehr zurückdrängen, zerbrach meine Abwehr und fiel wie ein Raubtier über mich her. Meine Augen öffneten sich, die Sicht klärte sich, mit enormer Schärfe rückten die gegenüberliegenden Berge auf mich zu. Dann fokussierten sich meine Augen neu, neben mir lag das Kaninchen, um dessentwillen ich in diese dusselige Spalte geraten war. Mit einem kräftigen Ratschen riss ich das Kaninchen in Stücke, das Blut lief mir aus den Mundwinkeln. Ich schlug meine Zähne in das Fleisch, riss Fetzen ab, schluckte, hustete, spuckte und holte den nächsten Bissen. Die Knochen zerbrachen zwischen meinen Zähnen wie Rohr, sie wurden zerkrümelt. Das Kaninchen war nur zu schnell verschlungen, es blieb nichts davon übrig, auch das Fell war in meinem Magen verschwunden und mit einer gewissen Zufriedenheit legte ich mich wieder hin. Der Schmerz im rechten Bein war nicht mehr so schlimm, er würde bald ganz aufhören. Ich würde bald wieder ins Nest zurückkehren und dann würde Mama zurückkommen und alles würde gut werden.

Das seltsame neue Gefühl in mir zupfte ein wenig an mir, aber es war eigentlich gar nicht schlecht. Eigentlich war es sogar sehr gut. Mit doppelter Zufriedenheit ließ ich meinen Kopf auf meine Pranken sinken und nickte ein.

Aufwachen war etwas mühsam. Zuerst war ich etwas desorientiert. Warum lag ich zwischen lauter Felsbrocken an einem Berghang? Ich blinzelte in die Sonne, rieb mir die Augen. Ich hatte, an einem besonders großen Felsbrocken gelehnt, geschlafen. Wie seltsam. Der Felsbrocken hatte die Sonne schön abgestrahlt, mir war angenehm warm. Im Berg war es immer so kalt gewesen. Ich erstarrte. Vorsichtig begann ich meinen Körper zu untersuchen. Alles noch da, alles beweglich, ja, ich fühlte mich so gut wie schon lange nicht mehr. Was war denn bloß passiert? Richtig, Hunger und Durst waren verstummt. Ich starrte perplex meine Hände an. Sie hatten rotbraune Flecke. War das noch Dreck und Staub aus dem Gang? Irgs, die Echse! Ich schreckte hoch, stand drei Meter weiter, bevor ich so genau wusste, dass ich mich bewegt hatte. Das riesige Etwas war nicht mehr da. Hatte ich geträumt? Ich hatte seinen Fuß aus einer Felsspalte befreit, das Unglaublichste, was mir in den Sinn hätte kommen können. Vielleicht war ich schon halb hinüber gewesen und hatte halluziniert. Das erschien mir eine vernünftige Erklärung zu sein, die ich sofort akzeptierte, auch wenn in meinem Hinterkopf irgendetwas unangenehm über Hunger und Durst murmelte. Der konnte sich nicht so mir nichts, dir nichts in Luft auflösen. Unruhig suchte ich nach der Spalte, fand sie, fand den Felsbrocken, den ich – zusammen??? – weggezogen hatte, und fand den Strick, den ich zu diesem Zweck verwendet hatte. Die Knie wurden weich und ich setzte mich doch erst noch mal hin. Die Echse war weg und sie hatte mich entgegen meiner festen Überzeugung nicht gefressen. Wo kam so ein Tier nur in unseren Bergen her? Von etwas Vergleichbarem hatte ich noch nie gehört. Doch, einmal hatte es einen Film über Saurier gegeben. Ich grinste, ja klar, Saurier, das hier war das verlorene Tal, wo Eiszeitgiganten überlebt hatten. Lächerlich. Ich hatte halluziniert.

Okay, dann sollte ich mir jetzt zur Abwechslung mal etwas Überblick verschaffen. Ich stand auf, holte den Strick und sah mich um. Hohe Berge umgaben mich, vor mir lag ein tiefes Tal, nackter Fels dominierte. Ob das Tal einen Ausgang hatte oder nur ein Kessel war, ließ sich von hier aus nicht erkennen. Der Hang, auf dem ich stand, machte eine Biegung, ich würde erst dahinter sehen, wie es weiterging. Der Hang sah einigermaßen verwendbar aus, man konnte hier weiterkommen. Schön. Eine sanfte, kleine rosa Blase stieg vor meinen Augen auf und zerplatzte lautlos. Irritiert schüttelte ich den Kopf. Nach Hause? Nein, als Erstes musste ich unbedingt versuchen Wasser zu finden. Auch wenn mir momentan nichts fehlte, ich musste doch irgendwann wieder etwas zu essen und zu trinken bekommen. Wieso hatte ich keinen Hunger und keinen Durst mehr? Eine weitere kleine, sanfte rosa Blase stieg hoch und zerplatzte. Die Erinnerung an ein Kaninchen tauchte in mir auf, klare und deutliche Bilder, meine Hände rissen Fetzen aus dem Kadaver, frisches Blut lief mir über das Kinn. Es hatte mich keine Überwindung gekostet, nicht in dem Moment. Jetzt, im Nachhinein, kam es mich hart an. Die rotbraunen Flecken auf meinen Händen bekamen eine ganz andere Bedeutung. Ich starrte sie ein wenig an. Ein Kaninchen. Das war der Grund gewesen. Eine neue rote Blase stieg auf. Wasser? In meinem Kopf entstand das Bild vom Hang ein paar hundert Meter weiter. Ein dünnes Rinnsal brach dort aus dem Berg, vielleicht die Fortsetzung von dem Wasser, das mir im Berg das Leben gerettet hatte. Hunger? Noch ein Kaninchen? Nein, ich schluckte hart, nicht unbedingt. Wenn ich ehrlich war, sah ich sie eigentlich lieber herumhoppeln. Jaha, ich hatte auch so ein dusseliges Überlebenstraining hinter mir, ich wusste aus Erfahrung, womit der Mensch sich ernähren kann, wenn er muss. Ich war nicht scharf darauf. Na gut, dann nicht. Vielleicht später. Nachdem dieses Problem sich auf befriedigende Weise gelöst hatte (wieso eigentlich?), überlegte ich, wo ich Unterschlupf für die kommende Nacht finden würde. Ich blinzelte ein wenig nach oben, suchte die Sonne, um so ungefähr eine Ahnung zu bekommen, wie lange ich dafür noch Zeit haben würde. Meine Armbanduhr hatten die Männer mir abgenommen, bevor wir uns auf die Bergtour begeben hatten. Sie hatte ein mechanisches Werk, das auf Bewegung reagiert, gehabt, blieb also nicht stehen, weil man sie nicht aufzog oder die Batterie zu Ende ging. Das hatte mir damals, als ich sie kaufte, schon so ungeheuer gut gefallen. Bei meinem Lebenswandel war das ungemein praktisch.

Andere hatten das anscheinend auch so gesehen. Leichenfledderei bei lebendigem Leibe, das war eine harte Sache gewesen. Sie hatten mir damals auch demonstrativ alles andere abgenommen, bis auf die Kleidung hatten sie mir nichts gelassen. Keine Sorge, Wärme ist kein Problem. Mein Blick wurde von dem Felsbrocken angezogen, an dem ich geschlafen hatte. Der Felsbrocken hatte seine Form verändert.

Er hatte jetzt einen neuen Aufsatz. Der Aufsatz war ebenfalls grau wie der restliche Felsen, aber er hatte zwei dunklere Stellen in der Mitte und darüber öffneten sich zwei Augen. Rotgolden, unverkennbar. Ich hatte an die Monsterechse gelehnt geschlafen. Jetzt hatte sie ihren Kopf, der auf der anderen Seite auf der Erde gelegen hatte, gehoben und auf den Rücken gedreht, wie ein Vogel, der einschlafen will. Ob Echsen auch so schliefen? Eigentlich sah sie eher munter aus. Ich blieb einfach stehen, denn etwas anderes hätte mir auch nichts genutzt. Wenn sie mich fressen wollte, hätte sie das ja ausreichend lange tun können. Hunger, Kaninchen, eine Erinnerung zupfte vage an mir, aber ich blickte hoch, direkt in die rotgoldenen Augen hinein. Was bist du bloß, dachte ich, wer bist du, und musste über mich lachen. Zwei oder drei kleine rotgoldene Bläschen tanzten über mein Blickfeld und zerplatzten in einem kleinen Schauer. Freude? Ja, seltsam, in der Sekunde überkam mich schlichte Freude, Freude, am Leben zu sein. Ich konnte zwar nicht verstehen, wie das möglich war, aber ich freute mich einfach darüber, dass es so war. Noch verrückter, Auge in Auge mit der Monsterechse, ergriff mich einfach eine tiefe Dankbarkeit. Komm. Die Echse ließ mich nicht aus den Augen und wie vorher schon konnte ich mich nicht wehren. Ich ging auf sie zu, den Blick auf etwas gerichtet, das ich nicht einordnen konnte. Die Echse stand auf. Vier starke Füße, die Hinterläufe etwas länger als die Vorderläufe, ein starker Hals, der gerade genug Beweglichkeit zuließ, um den Kopf auf den Rücken zu legen, ein mächtiger Schädel, die Schnauze vorgezogen, die Augen von Wülsten überkrönt. Sie hatte einen nicht zu langen Schwanz, an dem ich vorsichtig vorbeiging. Er erinnerte ein wenig an den Schwanz eines Krokodils. Nein, kein Saurier, definitiv kein Saurier. Die Echse fixierte mich, zog mich zu sich. Das war es gewesen, diesen Ruf hatte ich die ganze Zeit gespürt, versteckt in mir nahm ich wahr, was ich tat, aber ich konnte das alles nicht kontrollieren. Konnte ich das nicht? Ich blieb abrupt stehen und schüttelte den Kopf. Komm. Ein Gefühl, dass es genau so richtig war, was ich tat, dass es so sein musste, breitete sich in mir aus. Ich zauderte noch kurz. Komm. Es war rundum verrückt und es war richtig. Ich machte die letzten Schritte ein wenig mühsam, es war ein bisschen, wie wenn ich durch Schlamm waten würde, aber ich ging. Der Kopf der Echse senkte sich auf mich zu. Ich stand jetzt frontal vor ihr und wieder öffnete sich ihr Maul und ihre gespaltene Zunge berührte mich. Ein Kaleidoskop von Farben und Bildern mixte sich vor meinen Augen. Und dann blieb eines stehen. Ein großer rotgoldener Drache warf brüllend seinen Kopf in den Nacken, hob sich auf seine Hinterläufe, breitete seine Flügel aus und blies seinen feurigen Atem über mich. Das Feuer hüllte mich ein, es tat mir nicht weh, es war nur ein Bild, aber ich war gebannt. Ein deutliches Gefühl von Zufriedenheit und Stolz durchflutete mich. Noch bin ich klein, aber das werde ich mal sein. Papa.

Ich hatte ein Drachenbaby gefunden.

Danach war alles furchtbar einfach. Ich setzte mich hin, legte den Kopf in die Hände und machte meine Augen zu. Das war alles ein furchtbar dummer Scherz und ich würde gleich aufwachen und alles wäre wieder in Ordnung.

Nicht okay? Nein, es war nicht okay. Ich verlor schlicht den Verstand, das war ganz und gar nicht okay. Etwas zappelte unruhig in meinem Geist und schickte bizarre Wellen durch das Dunkel vor meinen Augen. Das Baby war verunsichert ob meiner merkwürdigen Reaktion. Unwillkürlich runzelte ich meine Stirn und richtete mich auf. Das konnte ja nun überhaupt nicht sein. Der Drache kommunizierte mit mir? Ich machte die Augen wieder auf und sah nach, ob das Baby noch da war. Es war. Ich hatte nicht geträumt und tot war ich auch noch nicht. Fressen? Kaninchen? Danke für das Angebot, jetzt gerade nicht. Danach hätte ich mich am liebsten geohrfeigt. Das war alles völlig verrückt. Der Drache hatte das Kaninchen gejagt, obwohl ihm seine Mama deutlich verboten hatte, das Nest zu verlassen. Dann war es prompt in die Bredouille geraten und günstigerweise war ich aufgetaucht und hatte es befreit. Kaninchen war gut. Oh Himmel, ich wollte daran nicht denken. Doch, wichtig. Das Bild stieg mit Macht aus meiner Erinnerung hervor. Wir haben eine Mahlzeit geteilt zusammen geschlafen sind jetzt verbunden. Das Baby brabbelte aufgeregt. Mit wurde schummerig. Das war jetzt alles etwas viel.

Zitternd nahm ich allen Mut zusammen und trat auf den Drachen zu. Ich hob meine Hände und packte seinen Kopf unter seinem Kinn. Die Berührung ließ uns beide ein wenig beben. Noch nie war ich einem so großen Tier so nahe gewesen, geschweige denn, dass ich es berührt hätte. Und gleichzeitig wusste ich auch, dass es für den Drachen etwas völlig Neues war. Noch nie hatte ihn jemand angefasst. Unter dem Kinn gab es eher fein geschichtete Hornflächen. Es fühlte sich fest und glatt und lebendig an. Ich war nicht tot, ich würde nicht sterben? Verbunden? Ich drehte den Drachenkopf ein wenig, ein unglaubliches Gefühl durchflutete mich. Ich hatte einen Drachen unmittelbar vor meinen Augen und er ließ es geschehen, dass ich seinen Körper berührte. Diesmal war ich es, der den direkten Blickkontakt aufnahm. »Du sprichst mit mir.« Ich sagte es laut und versuchte es gleichzeitig in diese Augen hineinzuprojizieren. Der Drachenkopf senkte sich noch eine Unze, seine Nasenlöcher weiteten sich und geräuschvoll sog er die Luft ein. Ich stützte mich ein bisschen gegen den Drachen und tat automatisch das Gleiche, ich sog tief den Geruch der Echse ein. Interessant, es roch keinesfalls nach Blut oder irgendwie nach Zoo. Es war ein reiner und eher sanfter Duft nach Wildnis. Bin noch klein. Kenne dich jetzt. Na, das war ja gut. Wir hatten uns also beschnuppert und konnten jetzt zur Tagesordnung übergehen. Ich versuchte es noch mal. »Du.« Ich räusperte mich, nahm einen neuen Anlauf. Unterhaltung mit einem Drachen war stark gewöhnungsbedürftig. Meine Stimme klang auch nicht gerade so, wie ich es von mir gewöhnt war. Noch mal etwas Luft holen. »Du sprichst mit mir?« Diesmal konnte ich die Antwort sogar in meinem Geist heraussortieren. *Verbunden*.

Es gab kein Ausweichen mehr, ich musste das jetzt so akzeptieren. Ziemlich schwach trat ich ein paar Schritte zurück, brachte etwas Abstand zwischen mich und den Drachen. Ich war damit nicht fertig, ich wusste nicht, ob ich damit überhaupt jemals fertig werden würde, aber auf jeden Fall brauchte ich eine Pause. Schlafen? Das Baby war ebenfalls ein wenig erschöpft, so kam es mir vor. Kein Wunder, auch Drachen fanden nicht alle Tage einen Menschen, den sie, statt ihn zu fressen, zu einem Gefährten auserkoren. Ehrlicherweise wäre mir jetzt ein kräftiger Schluck Brandy sehr recht gewesen, aber Wasser war immer noch besser als nichts. »Ich gehe jetzt was trinken, hast du auch Durst?« Der Drache rappelte sich auf und ich machte gleich noch vier Schritte zur Seite. Oooch, doch so groß das Baby. Ich ging los, das Bild von dem kleinen Bach, das der Drache mir gegeben hatte, hatte sich gut in mein Gedächtnis eingegraben. Er kam mit. Das Ganze war noch eine unsichere Kiste, ich wusste nicht, ob ich gleich über den Haufen getrampelt werden würde, der Drache wusste nicht, ob ich ihm in die Quere stolpern würde. Ich fand das kleine Bächlein schnurstracks nach dem Bild in meinem Geist. Zugegeben, es war auch sehr einfach gewesen, aber trotzdem, so für den Anfang nicht schlecht. Als Antwort bekam ich einen leichten Hauch von Befriedigung. Gut, ich kam schon ein wenig besser mit den Äußerungen des Drachenbabys zurecht. Am Bach kniete ich nieder und schwappte mir Wasser ins Gesicht, rubbelte mich ein wenig, tauchte die Hände ins Wasser und säuberte mich äußerst oberflächlich. Dann trank ich lange. Das Wasser schmeckte frisch, ich genoss es. Als ich fertig war, stellte ich etwas schuldbewusst fest, dass der Drache gewartet hatte. Kein Problem, du brauchtest das jetzt. Ich nicht so nötig. Brauche nicht so viel Wasser. »Ach, gut, bei deiner Größe hätte das Bächlein sonst auch nicht so lange gereicht.« Ich grinste den Drachen ein wenig an und als Antwort schickte er mir ein paar kleine rotgoldene Bläschen. Das war also das Drachenpendant zum Kichern und er hatte meinen mühsamen Beitrag zur Auflockerung der Situation sofort akzeptiert. Ein netter Kerl.

Plötzlich war ich nur noch müde. Mein Körper und mein Geist weigerten sich, noch sonderlich viel mehr mitzumachen und verlangten drastisch nach einer Auszeit. Ich sah wieder den Haufen Todholz und Gestrüpp vor mir, in den ich vor Kurzem von oben herab hineingepurzelt war. Nest? Schlafen? Ich guckte seufzend auf den Drachen. Wollte er sich jetzt wirklich mit mir zusammen irgendwohin legen, um zu pennen? Nicht irgendwo. Da. Nest. Das

Gestrüpp tauchte wieder vor meinen Augen auf. Ach du liebes bisschen, ich war ins Schlafzimmer von Familie Drache gefallen, ein Geschenk aus heiterem Himmel sozusagen. Apropos Familie. Da fiel mir doch ein, dass es einen Papa Drache und eine Mama Drache gab? Klar. Papa – danke, ich brauchte keine Auffrischung, hatte den Feuer speienden Drachen nur zu gut in Erinnerung. Was aber war nun mit den Eltern von meinem neuen Gefährten? Papa nicht da. Kommt nicht. Nur Mama. Ob ich das jetzt beruhigend finden sollte? *Mama bringt Fressen.* Vor meinen Augen erschien das unglaubliche Bild, wie ein Drache über die Bergkette angesegelt kam. Ich schreckte ziemlich auf und drehte mich unwillkürlich um. Nein, da kam nicht jetzt gerade eine besorgte Drachenmama angeflogen, aber anscheinend war das nicht auszuschließen. Mein Herz begann schon wieder ein paar Takte zuzulegen. Verbunden. Pause. Schlafen. Der Drache erhob sich, drehte sich um und stapfte davon, in die Richtung, aus der wir gekommen waren. Er hinkte noch leicht. Sollte ich jetzt nicht einfach die Gunst der Sekunde ergreifen und mich in die andere Richtung aus dem Staub machen? Komm schon. Nest. Schlafen. Das Baby war ziemlich energisch für meinen Geschmack. Ich bekam einen sanften mentalen Stupser, der mich einfach von den Füßen riss und landete unfeierlich mit dem Gesicht im Dreck. So ging das nicht wirklich gut weiter, aber ich war einfach zu müde, um mich gegen den neuerlichen Zwang zu wehren. Das würde ich irgendwann ausfechten müssen, aber nicht jetzt. Mamadrache hin oder her, es blieb mir überhaupt nichts anderes übrig, als zu dem Felsabsatz mit dem Gestrüpp zu gehen. Ich hinkte hinter dem Drachen her. Nach mehreren Metern wurde mir das bewusst und ich blieb dezent wütend über mich stehen. Ich hatte nicht mein Bein in einer Spalte stecken gehabt, mein Bein tat nicht weh. Ich brauchte also nicht zu hinken. Verdammt, knurrte ich mich an, hör mit dem Scheiß auf. Dummerweise tauchte da sofort die plastische Erinnerung an ein Kaninchen auf und wie es sich anfühlte, Knochen zu fressen. Anscheinend gehörte mein Kopf nicht mehr mir alleine. Du bist du, ich bin ich. Verbunden. Oh du liebes bisschen, für Drachenlogik, eines Drachenbabys noch dazu, war ich überhaupt nicht in Stimmung. Nest. Schlafen. Der Zwang schlug erbarmungslos zu, ich stolperte hastig los.

Auf dem Absatz angekommen, sah ich, dass der Drache sich zwischen der Felswand und dem größten Gestrüpphaufen platziert hatte. Er hatte sich hingelegt und wartete auf mich. Seine rotgoldenen Augen waren unverwandt auf mich gerichtet und ich wankte gehorsam zu ihm hin. Inzwischen war ich so müde, dass mir so ziemlich alles egal war. Sonne, Mond und Sterne konnten Ringelpietz mit Anfassen veranstalten, es hätte mich nicht mehr vom Hocker gerissen. Mein Bein, hrrsss, nein, mein Bein brauchte keine Ruhe. So viel dazu. »Wenn ich mich neben dich lege, wirst du mich dann zerquetschen?« *Drachen wälzen sich nicht beim Schlafen*. Na gut, das wollte ich dem Baby jetzt mal unbesehen glauben. Ich grabbelte mir einen Haufen Reisig zusammen und schichtet den neben dem Drachen auf. Diese nicht allzu bequeme Unterlage war besser als alles andere, was mir in der letzten Zeit als Unterlage untergekommen war, und ich hätte mich sonst wohin gelegt, wenn ich nur nicht blanken Felsboden unter mir fühlen musste. Als Nächstes bekam ich das Bild von einem Drachenrücken angeboten. »Danke schön«, antwortete ich mit dem letzten Rest an Höflichkeit und Verständnis, der in irgendeinem Eckchen meiner Persönlichkeit noch übrig geblieben war, »aber ich schlafe heute lieber auf dem Boden.« Das Reisig fühlte sich himmlisch an. Ich rollte mich irgendwie zusammen und tauchte augenblicklich weg.

Wie lange ich schlief, wusste ich nicht. Wie lange der Drache schlief, wusste ich auch nicht. Ich wachte nicht einfach auf, sondern tauchte ganz langsam in ein Kaleidoskop von Farben hoch. Es war unbeschreiblich schön. Nie zuvor hatte ich etwas Vergleichbares gefühlt, es war, als würde man in einem Regenbogen tauchen, schwimmen, fliegen. Dann zerplatzten die Farben, ein prosaisches körperliches Bedürfnis brachte mich unfeierlich in die raue Wirklichkeit zurück. Ich taumelte hoch, um das Holz herum, weiter weg vom Schlafzimmer, dann stellte ich mit einer gewissen Zufriedenheit fest, dass ich augenscheinlich keine inneren Verletzungen erlitten hatte. Es kam kein Blut mit. Mein Körper fühlte sich noch derartig zerschlagen an, dass ich mir da vorher nicht hundertprozentig sicher gewesen war.

Ich trat ein paar Schritte vor. Jetzt klärte sich mein Kopf.

Frische Luft, leichter Sonnenschein, ein gigantisches Bergpanorama vor mir, Berge um mich herum. Wer noch nie in den Bergen gewesen ist, kann das nicht verstehen. Ich guckte zu den Bergspitzen hoch, die von der Sonne entflammt waren, und plötzlich packte mich das heiße Verlangen, dort hinaufzukommen. Könnte ich doch fliegen! Noch nicht, aber bald. Eine rotgoldene Blase trudelte gemächlich durch mein Blickfeld. Langsam drehte ich mich um. Ich hatte nicht geträumt. Der Drache hatte seinen Kopf gehoben und blickte mich mit zu Schlitzen verengten Augen an. Der Kontakt kam blitzschnell und ohne Vorankündigung zustande. In diesem Moment stand ich noch da, an der Kante und blickte zu der Echse hinüber, in der nächsten Sekunde sah ich eine schlanke, kleine, irgendwie vertraute Gestalt im hellen Licht der Sonne vor mir stehen. Die Berghänge wuchsen vor mir empor, dort drüben, dass wusste ich plötzlich, war eine ergiebige Erzader nicht zu weit hinter der Felswand, dort drüben hatte ein Steinadler sein Nest, der Blick schweifte nach oben, nach rechts und links, dort flogen die beiden Adler auf der morgendlichen Jagd. Jagd. Das brachte mich dazu, langsam meine Füße zu strecken und mich ein wenig genüsslich zu schlängeln. Meine Krallen kratzten über den Felsen, hinterließen ein paar neue Schrunden zu der Menge, die sich dort schon befand. Das Nest war schon einige Male in Benutzung gewesen, ich war nicht das erste Baby, das hier aufwuchs. Ich stand auf, fühlte meine vier Füße sich kräftig abstützen, das linke Hinterbein war noch ein wenig empfindlich, aber das konnte ich leicht vernachlässigen. Ich spürte die herrliche, verheißungsvolle Morgensonne und stapfte nach vorne auf die Kante zu. Mein Schwanz schwang ganz leicht von einer Seite auf die andere. Dann stand ich neben meinem Gefährten und gemeinsam blickten wir auf die Berge. Die Luft trug mir einige verlockende Duftnuancen zu. Und neben mir dieser schon so vertraute Geruch; er war noch nicht ganz okay, aber er würde sich schon berappeln. Mit einem Schlag spürte ich wieder meine eigenen zwei Arme, spürte, dass ich auf zwei Beinen stand, keine Krallen hatte, sondern Schuhe an den Füßen. Ich holte tief Luft, versuchte wieder festen Boden unter die Füße zu bekommen. »Du«, ich holte nochmals Luft, »du kannst das nicht einfach so machen.« *Wieso nicht?*

Der Drache drehte seinen Kopf und sah mich an. Mir wurde mulmig. Man sollte keinen Drachen, der einen leeren Magen hat, beschimpfen, wenn man direkt neben ihm stand. *Außerdem, diesmal warst du das*. Gigantisch. Ich schlich mich in das Gehirn von diesem Riesenbaby da neben mir? Auf leeren Magen war das ein wenig starker Tobak. »Das kann ja wohl nicht wahr sein.« Mein energischer Protest wehte mir ersterbend von den Lippen, denn mir wurde schlagartig bewusst, dass es sehr wohl wahr sein konnte, wenn ich hier nämlich neben einem leibhaftigen Drachen stand.

Wo um Himmels willen war ich? Ich drehte mich um und starrte die Felswand hoch, die ich gestern hinuntergestürzt war. Dort oben musste ein kleiner Felsabsatz sein und ein kleiner Schutthaufen und darüber ein Loch, durch das ich geklettert war. Ich suchte die Felswand ab, fand nichts, geriet in Panik. Das Loch musste da sein! Meine Panik übertrug sich ungefiltert auf den Drachen. Er gab eine Art Röhren von sich, drehte sich rasant um und ich bekam den Echsenschwanz um die Beine gefegt, was mich umriss. Ich landete mit dem Kopf über der Kante und krallte meine Hände in den Felsen, soweit das irgend ging. Pass auf! Mein Schrei flammte in seinen Kopf, eine gelbe Schliere schlängelte sich durch meinen Blick. »Nicht auf mich treten.« Ich zwang mich ruhig liegen zu bleiben, zwang mich tief ein- und auszuatmen. Die gelbe Schliere zerfaserte und löste sich auf. Der Drache drehte seinen Kopf und sah mich besorgt an. Werde es lernen. »Gut«, brachte ich gerade noch so heraus. Dann rollte ich mich vorsichtig zur Seite und von der Kante weg. Diese Kanten waren einfach nicht so das Wahre für mich. Ich fiel zu leicht über sie hinunter. Danach fühlte ich mich ziemlich flau und damit kam schon das nächste Problem auf mich zu. Nahrung, wo bekam ich bloß etwas zu essen für mich her? Vielleicht sollten wir es zunächst mal mit etwas Wasser probieren, das hatte gestern ja ganz gut geklappt. *Jagen*? Eine größere rotgoldene Kugel tauchte auf. Nett gemeint, aber ich jagte bislang eigentlich auf andere Art und Weise. Auf Mama warten? Das klang nicht gerade so überschäumend begeistert wie das ›Jagen‹. Schon wieder so ein Problem. Was würde Mamadrache von dem neuen Mitesser halten? Höhle. Warten. Kommt bald. Brillante Idee, warum war ich nicht schon eher darauf gekommen, mir einen Ort zu suchen, der mich etwas außer Sicht brachte. Die Höhle war auf der anderen Seite unseres Schlafplatzes, um eine kleine Felsnase herum, geschützt vor meinen Augen, aber nicht vor meinem Drachenblick. Ich begab mich ziemlich eilig dorthin, um die Höhle zu inspizieren. Der Drache kam nicht mit. Er machte es sich zwischen dem Gestrüpp gemütlich und ließ sich die Sonne ein wenig auf den Bauch scheinen.

Vor der Höhle gab es viel Platz, aber kein Gestrüpp oder sonstiges Holz, nur ein ebenes Felsband. Die Höhle war erschreckend hoch und reichte ziemlich weit in den Berg hinein. Ich konnte nicht erkennen, wie der Berg über ihr aussah, nebendran jedenfalls war Schluss, dort ging es steil bergab. Von Kanten hatte ich definitiv genug, daher ging ich lieber in die Höhle hinein. Viel zu sehen gab es dort zunächst nicht. Der Boden war von einer Art körnigem Sand bedeckt. Die Wände waren erstaunlich glatt. Es gab keinen Schutt, alles machte einen durchaus sauberen Eindruck. Weiter hinten wurde der Sand tiefer und dann stieß ich auf etwas Weißes. Ich bückte mich und hob eine Art Scherbe auf. Sie war aus kräftigem Kalkstein, ganz sauber und blank. Ich fand noch mehr von dieser Art Scherben, schalenartig gebogen. Vorsichtig ging ich weiter, aber schließlich war die Höhle zu Ende, es gab keinen Ausgang. Die Wände schlossen sich einfach glatt zusammen, die Höhle war hier deutlich niedriger als vorne, aber immer noch ziemlich hoch. Ich drehte mich zum Eingang um und konnte ein großes Stück Himmel sehen. Ein merkwürdiger Ort, irgendwie beschlich mich hier ein Gefühl, als müsste ich die Schultern rollen und das Gesicht verziehen, als sollte ich hier eigentlich eher nicht sein. Es war nicht wirkliche Beunruhigung, nur so ein vages Gefühl. *Mama kommt, bleib drin*. Ich verschwand schlagartig so weit in der Höhle wie nur irgend möglich. Über den Himmelsausschnitt, den ich sehen konnte, huschte ein großer Schatten hinweg, ich hörte ein Rauschen, dann war wieder der unschuldige blaue Himmel zu sehen. Ich drückte mich in der hintersten Ecke an die Wand und versuchte mich möglichst in Nichts aufzulösen. Eine Höhle ist eine Höhle ist eine Höhle. Es war kein so guter Ort, um sich vor jemandem zu verstecken, weil man nicht weglaufen konnte. Das wurde mir ziemlich deutlich bewusst. Dann kam die Faust, die in mein Gehirn fuhr und alles wegwischte, was mein Denken ausmachte. Die Welt tauchte in kräftiges Orangerot, zerfloss und kippte weg.

Als ich zu mir kam, fühlte sich mein Körper zunächst einfach nur steif an. Dann merkte ich, dass ich auf Sand lag. Dann merkte ich, dass ich in einer Höhle lag. Dann merkte ich, dass ich Hunger und Durst hatte. Was war doch gleich los? Oh, der Drache hatte mich ausgeschaltet. Das musste ich jetzt doch mal klären. So ging das wirklich nicht. *Mama hätte dich bemerkt, du hast zu laut geschrien*. Geschrien, ich hatte doch nicht geschrien. *Doch, im Geist, und Mama hört dich bestimmt so, wie ich dich hören kann.* Mama ist wieder weg? Verflucht, ich hatte gänzlich vergessen, warum ich in diese Höhle gegangen war. *Ja, sie ist wieder weg. Komm frühstücken*. Drachenbabys waren äußerst pragmatisch. Was war das für eine Höhle? *Bruthöhle, komm jetzt endlich.* Ich kriegte ein paar dunkelrote Schlieren ab, das Baby wurde ungeduldig. Die Kalkscherben, die ich wieder vor mir sah, bekamen schlagartig einen Sinn. Es waren die Eierschalen der Dracheneier und ich stand auf dem Sand, in dem die Dracheneier ausgebrütet wurden? Hervorragender Platz, um sich vor einem weiblichen Drachen in Sicherheit zu bringen, man setze sich in ihre Nisthöhle! So viel zu den Überlegungen eines Drachenbabys, wenn es um einen sicheren Rückzugsort ging. Ich stellte fest, dass es hohe Zeit war, mein eigenes Denken auch mal wieder anzuwerfen. *Frühstück!* Ja, ja, ich kam ja schon. Wieso der Drache mich unbedingt dazu brauchte, war mir nicht klar. Er hatte bislang ja auch ganz gut ohne mich gefressen. In der Höhle wollte ich aber nun auch nicht wirklich bleiben, also beeilte ich mich dezent, wieder zu unserem Schlafplatz zurückzukommen.

Das Drachenbaby saß nicht mehr am Schlafplatz, sondern war ein ganzes Stück weiter in Richtung des kleinen Baches marschiert. Dort hockte es und wartete mit sichtlicher Ungeduld. Neben ihm lag eine ausgewachsene Ziege. Ich stoppte ein paar Schritte entfernt. Das sah jetzt entfernt so aus, wie wenn ein Jagdhund die geschossene Ente aus dem Wasser geholt und apportiert hatte. *Quatsch, was willst du haben?* Der Drache hatte wirklich Hunger und er hatte sich so lange zusammengenommen, um mir den

Vortritt zu gewähren. Das berührte mich tief und in der gleichen Minute zog sich mein Magen protestierend zusammen. Ich sollte jetzt also diese tote Ziege essen. Davon hielten meine Nerven nicht so viel. »Das ist sehr nett gemeint von dir, aber du kannst gerne haben, was du möchtest. Iss du erst mal.« Der Drache fauchte. Ich hatte noch niemals einen Drachen fauchen hören und erschrak ordentlich. Die Augen waren nicht mehr rotgolden, sondern mehr orangefarben, er schien entrüstet zu sein, dass ich mich nicht auf die Ziege stürzte. *Wenn wir zusammen sind, fressen wir auch zusammen*. Ach du liebes bisschen, gab es auch im Drachenleben einen Verhaltenskodex und ich hatte hier die erste eherne Regel gebrochen? Nun, ganz egal, aber ich konnte einfach nicht hingehen und eine Ziege – auch noch roh – verschlingen. Kein Kodex, es war nun mal so. Verbunden. Gemeinsame Mahlzeit. Komm. Der Drache hatte Hunger. Ich hatte Hunger. Aber ich konnte schlicht nicht. Es ging nicht. Ich würde eher vor Hunger sterben oder anfangen Gras zu verschlingen, bevor ich mich über diese Ziege hermachen würde. Mir war unklar, warum ich in dieser Sekunde derartig heftig reagierte. Hunger. Komm. »Nein.« Meine Stimme war laut geworden. »Ich bin ein Mensch, Menschen …«, meine Worte erstickten in einem heftigen orangeroten Blasenschwall. Die Blasen platzten überall in allen Größen. Hunger. Komm. Nein. *Willst du sterben?* »Nein!« Jetzt schrie ich wirklich. *Willst du, dass ich sterbe?* »Nein!« Ich schrie immer noch. Komm. »Nein!« Ich spürte ein großes Bedauern und dann ein starkes Mitgefühl. *Du hast Angst. Ich verstehe dich. Aber wenn du diesen Schritt nicht tust, wirst du dich umbringen und mich auch. Du kannst es. Du hast es schon einmal getan. Verzeih dir. Verzeih mir*. Ich versank in einem brodelnden Sumpf, mir wurde warm, dann heiß, die Blasen wurden größer und zerplatzten mit größerer Intensität, der heiße Schlamm spritzte und traf meine ungeschützten Arme und verbrühte mich, ich versuchte aus dem Sumpfloch herauszukommen, aber es gelang mir nicht. Der graue Schlamm legte sich um meine Füße, zog an mir, zog mich in die Tiefe, ich begann zu strampeln, um mich zu schlagen, schrie, aber die zähe Flüssigkeit legte sich um mich und erstickte meine Bewegungen und ich sank immer tiefer, bis nur noch mein Kinn über den

Morast hinaussah. Der Schlamm drückte auf meinen Körper, wie wenn ich in einen Schraubstock gespannt worden wäre, dann erreichte der Schlamm meinen Mund und ich musste aufhören zu schreien, dann schwappte er in meine Nasenlöcher und ich schleuderte mich mit letzter Anstrengung nach oben, konnte etwas Raum gewinnen, riss den Mund auf und schnappte nach Luft. Eine riesige Blase stieg aus dem Sumpf auf und zerplatzte direkt vor meinen Augen, der heiße Schlamm überzog mein Gesicht und ich versank.

Irgendwann spürte ich angenehme Wärme auf meinem Gesicht. Mit geschlossenen Augen spürte ich dieser Wärme nach. Sie war rundum angenehm. Ich holte tief Luft, sanfter Duft nach Wildnis, gemischt mit einer leicht süßlichen Note. Wohlige Wärme zog durch meinen ganzen Körper. Sanftes rotgoldenes Licht umflutete mich und schmiegte sich an mich. Ich gähnte und streckte mich zufrieden. Dann riss ich die Augen auf. Ich lag in einer Minihöhle. Mein Kopf und Oberkörper waren auf die linke Pranke von einem Drachen gebettet, über mir sah ich seine Kehle, er hatte seinen Kopf auf den Pranken liegen und es so geschickt eingerichtet, dass ich gerade so Platz hatte. Die Kehle vibrierte in sanftem Schnurren. Das sanfte rotgoldene Licht kehrte zurück. Ruhig, ruhig. Eine gewisse Schwere kehrte in meine Glieder zurück. Selbst wenn ich ihm nicht in die Augen sah, hatte er solche Möglichkeiten der geistigen Beeinflussung? Was würde geschehen, wenn er mal ausgewachsen war? *Ich könnte eine ganze Armee erschrecken, ich müsste nur richtig darüber nachdenken*. Hübsche Idee, ich sah das mal so vor mir und grinste ein wenig. Kriege würden ziemlich unsinnig werden unter diesen Voraussetzungen. Na, sehr wahrscheinlich würde dann meinen Mitmenschen etwas anderes Grässliches einfallen. Ich seufzte ein wenig und fuhr mit meiner Hand über die Pranke. Sie fühlte sich sehr verlässlich an, die Drachenhaut war auch hier glatt und durchaus nicht hart oder rissig. Na ja, es war ja auch ein Baby, es hatte glatte Haut wie ein Babypopo. Ich versuchte, ob ich hineinkneifen könnte. Nein, das ging denn doch nicht. Der Drache grunzte ein wenig, vorsichtig belustigt über mich, aber er nahm seinen Kopf nicht weg. Leichte Unruhe kam in mir auf. Da stimmte doch etwas nicht? Die Erinnerung war plötzlich da.

Eine Ziege, ein Mahl, ein Drachenmahl. Der sanfte und süßliche Geruch war Drachenbaby × Ziegenblut. Mein Magen revoltierte, ich begann heftig zu würgen. Weg, nichts wie weg. Ich rammte meinen Kopf in die Kehle des Drachen, es war, wie wenn ich auf eine dicke Matte stoßen würde. Weg, nichts wie weg. Ich holte diesmal mit aller Kraft aus und schlug gezielt zu. Meine Faust traf die Kehle, versank ein Stückchen und wurde wie mit einer sanften dicken Decke abgefangen. Wirkungslos verpuffte die Wucht meines Schlags. Mit einem Schlag war es mit meiner Selbstbeherrschung vorbei. Wut, Frustration, Ärger über das, was die Banditen mit mir gemacht hatten, alles, was sich in mir angestaut hatte, alles brach in einem einzigen Tobsuchtsanfall aus mir hervor. Der Drache gab mir keinen Raum. Wohin ich auch trat und schlug, die Tritte und Schläge wurden von einer dicken Schicht von Drachenhaut neutralisiert. Ich tat mir nicht einmal weh. Schließlich blieb ich keuchend liegen, die Nutzlosigkeit war mir schon vorher klar geworden, aber meine Wut kochte immer noch. *Komm runter.* Na ja, das wusste ich auch. Ich musste mich beruhigen und in den Griff kriegen und dazu gab es durchaus ein paar nützliche Übungen, die ich früher hatte lernen müssen. Angst, das hatte ich gelernt, war nicht ganz schlecht. Angst gab einem den erforderlichen Adrenalinschub und machte einen vorsichtig. Man beachtete Warnzeichen besser. Man durfte ihr nur nicht ungebührlich Raum geben. Frust und Ärger waren deutlich hinderlich bei meinem Job. Ich musste so was zwar zulassen, damit ich glaubwürdig blieb, aber es durfte niemals so überhandnehmen, dass es mein Denken beeinflusste. Wut war ausgeschlossen. Wenn man wütend wurde, war man so gut wie tot. Das war immer so ein wenig mein Knackpunkt gewesen, denn ich hatte ein ordentlich großes Potenzial an Wut mitbekommen, und das immer zu kontrollieren, war eine meiner wichtigsten mentalen Übungen geworden. Also schaltete ich um, begann die Emotionen zu kanalisieren, ließ sie dahin fließen, wohin ich sie haben wollte.

»Okay, ich bin wieder da. Lass mich jetzt endlich raus.« Der Drache hob vorsichtig den Kopf und ließ einen Schwall kühler nachmittäglicher Luft über mich hinwegstreichen. Ich fröstelte, stellte fest, dass ich schweißgebadet war und dass ich nicht gebrochen hatte. Wenigstens etwas. Der emotionale Vulkanausbruch hatte allerdings seine Spuren hinterlassen, mit einiger Überraschung stellte ich fest, dass der Drache auch ein wenig angeschlagen wirkte. *Verbunden sein bedeutet nicht nur, dass du mich spürst, ich spüre auch dich*. Ich holte etwas zittrig Luft. *Du kannst so wild werden, das hatte ich schon befürchtet*. Oh prima, das ausgerechnet von einem Drachen gesagt zu bekommen. *Wärst du wirklich weggerannt und in den Abgrund gestürzt?* Hirnlos hatte er höflicherweise weggelassen. »Wahrscheinlich.« Der Drache grunzte zufrieden. Er hatte alles richtig gemacht. Na super. Ich kam mir beschämend kindisch vor, dabei war er das Baby und nicht ich. So ist es immer mit diesen Wutanfällen, hinterher ist man meistens nicht glücklich oder zufrieden, sondern schämt sich. Der Drache stand auf, ich rutschte von seiner Pranke auf den Felsboden und rappelte mich ebenfalls auf. Ein wenig schwankend stand ich direkt unter seiner Brust und blickte auf sein Herz. Seine beiden Vorderläufe waren bereits so hoch wie ich, er würde ausgewachsen wahrlich gewaltige Ausmaße annehmen. *Ich wachse nicht mehr ganz so viel*. Eigentlich wusste ich das bereits. Seltsam. Eigentlich wusste ich eine ganze Menge über Drachen und insbesondere über diesen hier. Was wusste der Drache über mich? Er kannte mich nicht, aber er hatte sich mir geschenkt, mich zu seinem Gefährten erkoren und was gab ich ihm außer Widerborstigkeit? *Nein*. Der Drache senkte sein Haupt zu mir und stupste mich ganz vorsichtig an. *Dieses Geschenk kann man nicht zurücknehmen*. Geschenke sollte man nie zurücknehmen müssen oder wollen. Ich trat an den Vorderlauf, spreizte meine Füße über seine Pranke, lehnte mein Gesicht gegen den Vorderlauf, lehnte meinen ganzen Körper an den Drachen und umfasste den Fuß mit beiden Armen. Dann öffnete ich meinen Geist vorbehaltlos und bot mein ganzes Leben, alles, was mich ausmachte, dar. Die Faust kam, aber jetzt öffnete sie sich und wurde zu einer Hand, die vorsichtig durch mich hindurchfuhr, sortierte, wendete und sachte zur Seite legte. Es war beängstigend und keineswegs erfreulich. Es gab einen Haufen Dinge in meinem Leben, die nicht so wirklich gut aussahen, aber sie gehörten nun mal auch zu meinem Leben und zu mir dazu und ich hatte ziemlich früh gelernt, dazu zu stehen.

Die Faust zog sich zurück, ließ zunächst ein verwirrendes Gefühl der Leere zurück, dann fühlte ich die Drachenhaut an meinen Handflächen, roch den Drachen. So ist es immer, zuerst kommt das Körpergefühl zurück und dann der Geruchssinn. Vorsichtig trat ich zurück, ein wenig beklommen blickte ich zu meinem Drachen hinauf. Ich hatte ihn nicht mal gefragt, ob er mein Geschenk auch annehmen wollte. *Ich hätte es ablehnen können. Du hättest auch ablehnen können*. Na ja, also ehrlicherweise war mir in den letzten beiden Tagen nicht so ganz klar gewesen, was ich da eigentlich getan hatte, außer dass ich überlebt hatte. *Lüge dir nicht in die Tasche*. Der Drache wurde volkstümlich. *Ich habe schließlich jetzt auch was gelernt*. Ach, und Drachen logen nicht? Was war das mit der Sage von der Drachenlist? *Ich kann sogar sehr gut lügen, aber ich kann nicht mich selbst belügen. Das kannst du doch auch nicht wirklich, sei ehrlich. Und weil ich mich nicht selbst belügen kann, kann ich auch dich nicht belügen. Schon vergessen? Verbunden*. Erkenntnis macht nicht immer Spaß. Ich schluckte. Und jetzt? *Jetzt haben wir Durst*. »Hör mal, das ist schon richtig, aber trotzdem, gewöhne dir das nur nicht an. Ich bin ich und du bist du. Verbunden hin oder her.« Der Drache drehte sich einfach um und ich konnte sehen, wo ich blieb. Schließlich stand ich immer noch mehr oder weniger fast unter ihm. Und den Schwanz wollte ich durchaus nicht schon wieder über die Beine gezogen bekommen. Ich spürte, dass er höchst zufrieden war, wie er da abzog, absolut sicher, dass ich mitkommen würde. Natürlich kam ich mit, denn ich hatte inzwischen wirklich starken Durst, aber so ganz schmeckte mir das doch nicht. Der Drache musste ein wenig Benehmen lernen. Nun gut, er war ja noch jung und daher auch noch etwas ungestüm.

Diesmal tranken wir gemeinsam und das war ein höchst befriedigendes Erlebnis. Irgendwie kam ich damit mehr zur Ruhe als durch alles andere. Danach wusch ich mich mal wieder, versuchte Blut und Sonstiges, was ich immer noch nicht so wirklich genau wissen wollte, von meiner Haut und meinen Kleidern wegzubekommen. Das Blut war allerdings inzwischen eingetrocknet und ließ sich nur noch bedingt entfernen, auch wenn das kalte Bachwasser sein Bestes dazu gab. Bei meinem Drachen klappte das viel besser. Bei ihm war der süßliche Geruch danach völlig verschwunden.

Anschließend saßen wir einträchtig nebeneinander auf einem kleinen Abhang und beguckten zusammen die umliegenden Berge. An mir nagte das offensichtliche Problem. Wie kam ich hier heraus? Ich konnte, so gerne ich meinen Drachen hatte, hier nicht wirklich bleiben, das hier war Drachenland, nicht für Menschen geeignet, noch dazu, wenn man wie ich ohne jegliche Hilfsmittel gestrandet war. Dieses schmale Tal vor uns hatte keinen Ausgang, dass hatte der Drache mir schon gezeigt. Aber über den Bach hinweg hätte ich vielleicht eine Chance? Der Drache sah mich betrübt an. *Das kannst du nicht, du kommst hier nicht weg*. »Natürlich komme ich.« *Ach ja, mit einem U-Boot vielleicht?* Ich setzte mich schier neben mich. Also gut, der Drache hatte durch mich sein Spektrum erheblich erweitert. »Wie willst du denn von hier mal verschwinden? Deine Mama wird dich doch nicht immer füttern.« *Ich werde fliegen*. Tja, das Offensichtliche zu erkennen, ist nicht immer ganz leicht. Der Drache hatte noch keine Flügel, die mussten ihm wohl erst wachsen. »Wie lange wird es noch dauern, bis du fliegen kannst?« Das wusste mein Drache nicht so genau. *Ich spüre, wenn es so weit ist.* Er war unruhig geworden, weil ich unruhig war. Aber ich konnte nicht hier herumsitzen und darauf warten, dass demnächst wieder eine Ziege vom Himmel fiel, bis mein Baby so weit ausgewachsen war, bis es fliegen konnte. Was hätte es mir zudem genutzt? Ich konnte deswegen noch lange nicht fliegen, mir würden keine Flügel wachsen. Das Drachenbaby stand auf und machte eine halbe Wendung auf dem Abhang. Es schüttelte sich kräftig, was einen mittleren Sandsturm auslöste, und bohrte seine Krallen fest in den Felsen. Dann richtete es seine Augen auf den Himmel hinter mir und konzentrierte sich. Mir wurde mulmig. »Was tust du da?« Ich bekam keine Antwort und das war das erste Mal, dass der Drache für mich plötzlich nicht erreichbar war. Ich wusste nicht, was ich jetzt tun sollte, sollte ich weglaufen, mich ducken, versuchen den Drachen zu beruhigen, ihn anschreien? Mir fiel nichts ein und so blieb ich ziemlich hilflos sitzen. Was sich als sehr gute Entscheidung herausstellte. Der Drache schüttelte sich erneut, mit erhöhter Vehemenz. Dann trudelte er seitwärts gegen ein paar hohe Felsbrocken und schrappte an ihnen entlang. Er drehte und wendete sich und dazu quietschte er. Das war besonders entnervend, ein quietschender Drache war augenblicklich für mich fast nicht auszuhalten. Die Felsbrocken begannen zu wackeln, der Drache schubberte jetzt mit neuer Wucht seine andere Schulter an ihnen. Es gab ein mittleres Erdbeben, dann begannen die Felsbrocken sich zu bewegen und mit großer Gewalt stürzte die Lawine zu Tal. Mein Drache war wieder ein paar Schritte in die andere Richtung getorkelt. Er stand da, ließ den Kopf ein wenig hängen, keuchend, und ab und zu kam noch ein leiser Quietscher. Die Lawine hatte selbst hier oben eine ordentliche Staubwolke aufgewirbelt und die Sonne brach sich in den vielen feinen Staubteilchen, die noch um den Drachen tanzten. Dann hob er seinen Schädel und riss sein Maul auf, stellte sich leicht auf die Hinterläufe und zum ersten Mal hörte ich den ersten Ansatz zu einem tiefen, machtvollen Drachenschrei. In die flirrenden, golden glitzernden Staubteilchen hinein entfalteten sich zwei riesige Schwingen. Sie waren hauchzart, mit filigranen Verstrebungen, perlgrau. Und sie waren riesig. Der Drache schlug ein paar Mal mit ihnen und der Staub wirbelte um ihn hoch. Ich bekam auch eine kräftige Brise ab und klammerte mich mal vorsichtshalber am Boden fest. Dann fasste der Drache wieder Boden, hob die Flügel an und legte sie vorsichtig zusammen. Sie passten wunderbar zu seiner Schulterform. Ich blieb still sitzen.

Schließlich kam der Drache auf mich zu, den Schädel gesenkt, schnoberte er mich an und ließ sich vor mir auf den Boden krachen. Sein Schädel landete mehrheitlich auf meinem Magen und ich hatte plötzlich ein Drachenbaby auf dem Schoß. Automatisch hob ich die Hände und begann sein Genick zu reiben. Allerdings, dies war ein Drache, kein Hund und keine Katze. Rot, gelb, grün waberte es durch meinen Geist. Ich machte mir jede Menge Vorwürfe, aber im Grunde hatte ich nicht ahnen können, dass mein mentales Drängen auf den Drachen so wirken würde. Oder waren die Flügel weit genug entwickelt und es war sowieso Zeit gewesen, sie von ihrer Schutzhaut zu befreien? *Es tut weh*. Das hatte ich nun auch noch davon. *Es juckt*. »Jucken oder wehtun?« *Jucken*. Ich befreite mich von dem Drachenkopf und stand auf. Die Schultern waren jetzt in etwa in meiner Kopfhöhe, wenn der Drache lag. Ich sah, dass die Schutzhaut in Fetzen noch festhing und das musste wohl jucken. Ich begann mich umzusehen, suchte nach einem scharfkantigen Stein, der gut in meine Faust passte. Schließlich fand ich etwas, was vielleicht funktionieren würde. Dann ging ich zu meinem Drachen zurück und begann vorsichtig an den Hautfetzen zu säbeln. Ich hatte nicht unbedingt mit einem Erfolg gerechnet, sondern eher meinen guten Willen demonstrieren wollen. Drachenhaut ließ sich nicht mal so eben zerschneiden. Aber diese Schutzhaut ließ sich erstaunlicherweise doch ablösen. Sie war wohl so konstruiert worden. Ich war sehr, sehr vorsichtig, der Drache seufzte und ich machte gleich drei Schritte zur Seite. Man konnte ja nicht wissen. Wenn es ihm nicht passte, was ich tat, war es das gewesen. Ein gewisser Unwillen huschte durch meinen Kopf. Ja, schon gut, okay, ich wusste ja, dass ich nicht mehr in Gefahr war, gefressen zu werden, aber eine unbedachte Bewegung, solange ich so nahe war, und ich konnte ernsthafte Verletzungen davontragen. »Menschen sind fragil«, sagte ich halb entschuldigend. *Aber sie haben geschickte Hände. Mach weiter. Das tut so gut*. Ich versuchte die Hautfetzen, so gut es ging, zu entfernen und dabei bewunderte ich die Drachenflügel. Sie lagen so unauffällig dicht an den Schultern. Wenn ich nicht gesehen hätte, wie groß sie waren, hätte ich das nicht für möglich gehalten, jetzt, wo ich sie zusammengefaltet direkt vor mir hatte. Vorsichtig strich ich dem Drachen über den Rücken, ertastete feste, beinharte Drachenhaut. Der Drache hatte keine Schuppen, sondern wirklich eher Haut. Ein mir zugewandtes Auge öffnete sich zu einem kleinen Schlitz. *Schuppen bekomme ich erst später. Jetzt bin ich noch zu jung dazu.* »Aber nicht zu jung für Flügel?« Die Frage fand er unangenehm und ich bekam eine dunkelrote Schliere dafür. Ich ließ den scharfen Stein in meine Hosentasche gleiten. Er war ganz nützlich gewesen, wer wusste, ob ich nicht plötzlich wieder Verwendung dafür haben würde und nichts Passendes zur Hand war. »Besser so?« *Frag dich doch selber.* Oha, der Drache war genervt. Nun gut, man sollte dafür Verständnis haben, Schlangen waren auch immer gereizt, wenn sie sich häuteten. Der Drache zischte mich erbost an, der Vergleich schmeckte ihm nicht. Ich grinste ihn ein wenig an und dachte an ein paar kleine rotgoldene Bläschen, die ich ein wenig aufsteigen und dann zerplatzen ließ. Als ich wieder so weit war, meinen Drachen ansehen zu können, hatte er sich ein wenig bewegt, er lag jetzt so, dass er mich mit gedrehtem Kopf direkt ansehen konnte. Seine Augen waren groß geöffnet und mit einer gewissen abschätzenden Intensität auf mich gerichtet. Wir sahen uns ein wenig an, mein Geist war wie leer gefegt, ich wollte auch gar nicht in Kontakt treten und der Drache versuchte es auch nicht. Endlich zog eine Wolke über uns hinweg und warf einen Schatten über uns. Ich schauderte ein wenig und der Moment war vorbei.

»Wie lautet dein Name?« Ich wusste auf eine unbestimmte Art, dass diese Frage nicht unbedacht gestellt werden sollte. Was tat ich bloß hier? Wollte ich eine Antwort oder wollte ich sie nicht? Hatte ich noch eine Wahl? Dummerweise stellte ich mir das vor und glaubte gleichzeitig nicht mehr daran. Ich war schon längst gefangen, aber ich konnte es nicht zugeben, ohne wahnsinnig zu werden. Und trotzdem musste ich diese Frage stellen. Der Drache richtete sich zu seiner ganzen Größe auf und spannte seine Flügel aus. *Menschen sind doch nur glücklich, wenn sie allem einen Namen gegeben haben. Vorher finden sie keine Ruhe*. Ich schluckte und guckte mein Drachenbaby an, das überhaupt nichts Babyhaftes mehr an sich hatte. Wie schnell lernten Drachen noch mal? Das kleine Einmaleins der Menschenkunde hat dieser hier jedenfalls mit beachtlicher Geschwindigkeit kapiert. Der Drache faltete seine Flügel wieder ein und schrumpfte zu etwas, was mir verdächtig vertraut vorkam. Ein vertrauter Drache. Verbunden. Mir wurde seltsam zumute. Mein Geist wurde in rotgoldenes Licht getaucht, es war keine Stimme, die ich hörte, sondern die Worte waren in mir. Es ist kein besonderer Name. Er könnte zu jedem unserer Art passen. Wir sind Felsendrachen. Ich bin Der, der von den Bergen kommt. Ein Name für Trompetenschall und Pergamentpapier. Ich kann dich so nicht im unscheinbaren Licht des Alltags nennen. Willst du etwas akzeptieren, das deinen vollen Namen in sich trägt? Dann nenne ich dich Berkom. Der, der von den Bergen kommt. Zwei purpurne Lanzen fuhren durch meinen Geist und kreuzten sich. Dann zerplatzten sie und überschütteten mich mit purpurfarbenem Licht. Dein Name? Es war eine machtvolle Stimme, die meinen Geist zum Klingen brachte, nah und fern zugleich. Willst du weitergehen? Gib deinen Namen preis und geh oder verweigere ihn und wende dich. Ein grauer Wind fuhr mir durchs Gebein und schickte mich auf einen Felsengrat. Vor mir sah ich eine schmale Spalte im Gestein, Dunkelheit wehte mich von dort an und rundum gab es nichts als graue Nebelschwaden. Sollte ich dorthin gehen oder gerade nicht? Die Frage erschien mir nur noch akademisch. Denn in mir glomm ein goldenes Leuchten auf, ich nahm es entgegen und schickte es in die Höhe. Ich ließ es aus meiner innersten Quelle sprudeln und in dem goldenen Glänzen schwang mein Name mit. Brenn. Das kommt von Brennstein und das steht für Bernstein. Bernstein, das Gold aus dem Meer. So viel Leid, so viel Schönheit. Zwei Hände, die einen großen goldfarbenen Klumpen vom Sandstrand hochhoben, umspült von den sanften Wogen eines großen östlichen Meeres. Das Meer rauschte. Seine Wellen sangen und mein Körper sang mit ihnen. Er löste sich im Rauschen des Meeres auf, verschmolz mit der sanften Brandung. Das Gold sandte blitzende Reflexe in meine Augen. Ich konnte sie nicht mehr offen halten, geblendet schlossen sie sich und die Welt verging.

Der Stein drückte. Ich suchte nach einer bequemeren Lage. Es gab keine. Unwillig schnaubend öffnete ich meine Augen. Ich lag auf einem Felsband, vor mir einen leichten Abhang und unter meinem Rücken drückte ein kleiner Stein. Ich richtete mich etwas auf, stützte mich auf meine Arme. Auf dem Abhang stand der Drache und bewegte seine Flügel in einem abgestimmten Rhythmus. Ich blieb einfach liegen und beobachtete dieses außerordentliche Schauspiel. Am eindrucksvollsten erschien mir eine Übung, in der eine Schwinge steil nach oben gerichtet wurde, während die andere verkürzt blitzschnelle wirbelnde Schlagbewegungen seitlich vollführte. Das Ganze erinnerte mich plötzlich verdächtig an Schattenboxen. Der Drache hob seine Flügel an, schüttelte sie leicht und faltete sie zusammen. Dann kam er zu mir. Es war einfach unbeschreiblich, wie er sich umdrehte, den Abhang hinauf auf mich zukam. Ich lag auf dem Rücken und der Drache wuchs vor mir empor, füllte mein Blickfeld, füllte den Himmel. *Brenn, du kannst jetzt wählen. Entweder du kommst mit oder du bleibst hier.* Mitkommen hieß, verbunden mit ihm mitzukommen, hierbleiben hieß, dass er mich ausschalten würde. Ich war noch etwas benommen, mir war nicht ganz klar, was ich hier auf diesem Felsband gemacht hatte, außer dass ich anscheinend hier geschlafen hatte. Und wie war ich hierhergekommen? Und jetzt sollte ich schon wieder liegen bleiben? Kam ja gar nicht infrage. Aber wo wollte der Drache hin? *Es wird dir nicht sonderlich gefallen.* Ach nun gut, mir hatte in der letzten Zeit manches nicht so gut gefallen. Fünf Männer tauchten vor meinen Augen auf. *Nein, das meine ich nicht. Nur, wenn du wieder zu toben anfangen willst, dann werde ich diesmal meinen Vorderfuß auf dich stellen und du kannst dir überlegen, ob du dir meine Krallen selber in den Bauch jagen willst oder ob du vorher mit Zappeln aufhörst.* Das Vieh wollte mich auf dem Boden festnageln, um meine Wutanfälle unter Kontrolle zu bekommen? Ich stand ziemlich schnell auf meinen zwei Beinen und funkelte das Drachenbaby an. Das war dann kein so ergiebiger Versuch. Der Drache hatte das Babyhafte abgestreift, wie wenn er das zusammen mit der Schutzhaut über seinen Flügeln erledigt hätte. Seine Augen hielten mich fest. *Nahrung. Ich werde jetzt etwas besorgen gehen.* Oh. Das also. Ein kleiner Versuch mit einer Andeutung, dass das Essen doch eingeflogen würde. *Das kann dauern. Ich brauche aber jetzt Nachschub.* Ich war immer noch zu benommen, um mir über die Konsequenz Gedanken zu machen, warum andere Drachen sehr wohl auf die Eltern warten konnten, aber dieser Drache hier das nicht wollte. Er war schon einmal jagen gewesen. Nun ja. Also war es wohl besser, ich kam mit, bevor er wieder seinen Fuß in einer Spalte verhakte. Ich war noch nicht vollends bis zum Schluss dieser Überlegung gediehen, als ein rotes Licht mein Gesichtsfeld überschwemmte und ich darin aufgesogen wurde. Er hatte es wirklich sehr eilig.

Die beste Zeit für die Jagd ist die Dämmerung, aber wir werden mal nachsehen, was heute angesagt ist. Die Luft erzählte ganze Romane. Schlagartig war die Welt ziemlich belebt, von wegen graue Felsen und sonst nichts. Ein paar Kilometer entfernt an einem anderen Berghang befand sich eine ganze Herde Gämsen. Das war zu weit weg. Eine Murmeltierkolonie in nicht allzu großer

Entfernung wurde kurz gestreift, aber die Tiere waren eigentlich zu klein, ein Notbehelf. Einer der Adler schrie hoch und schrill im Wind. Ich hob den Kopf und wendete mich nach Osten. Um den Berg herum ging es zunächst noch ganz gut, dann kam eine verhältnismäßig steile Stelle. Felsendrachen waren nicht eine der größten Drachenarten, aber auch nicht gerade besonders klein und sie kamen trotzdem in den Bergen gut zurecht. Ich war wendig und kräftig und ich hatte jetzt meine Flügel. Sie waren zwar noch nicht zum Fliegen geeignet, aber sie konnten mich hervorragend stabilisieren. Ich konnte sie nur halb ausfahren und damit genau das erforderliche Maß an Schubkraft erreichen, das mich über ein paar kniffelige Stellen hinwegbrachte, die sonst tatsächlich grenzmäßig schwierig geworden wären. Ich blieb wieder stehen und sog die Luft zufrieden ein. Das war ja noch viel besser als erwartet. Jagen! Es ging los! Etwas in mir brummelte dezent von auf dem Teppich bleiben. Na gut. Dann fokussierte sich mein Blick auf eine Bewegung einen halben Kilometer weiter schräg unter mir. Eine einzelne Gämse kletterte dort auf einem schmalen Felsgrat entlang. Es war noch ein ziemlich junges Tier, nicht ganz ausgewachsen und es hatte sich von der Herde getrennt. Dumm. Noch dümmer war, dass ich vor Begeisterung ein trompetenartiges Schnauben ausstieß. Wenn ich hätte Feuer speien können … konnte ich aber leider noch nicht. Die Gämse erschrak und rannte los. Das hätte sie auf dem Felsgrat nicht tun sollen, denn sie rutschte aus, verlor das Gleichgewicht und stürzte ab. Ich stürzte hinterher. Es war einfach herrlich, sich den Berg hinuntergleiten zu lassen, der Felsen sprach zu mir in seiner eigenen Sprache, die ich instinktiv verstand. Hier war eine gute Stelle, um sich leicht abzufangen, dort konnte man ruhig sich über eine ganze Strecke gleiten lassen, hier gab es wieder eine Möglichkeit zur Verzögerung. Mein Schwanz fuhr als fünfte Hand über den Felsen, ich spürte auch mit ihm, wohin ich meine Bewegung lenken sollte. Man konnte so hervorragend damit balancieren. Bevor ich auf den Grat stieß, faltete ich die Flügel ein wenig auf und bremste den Fall. Eingebauter Fallschirm sozusagen, das machte so einen Spaß. Ich musste nur aufpassen, dass ich nicht wirklich abhob. Denn tragen würden mich meine Flügel noch nicht. Dazu mussten sie noch etwas aushärten. Das war so ähnlich wie mit Hirschen und ihrem Geweih. Ich wäre vor Überraschung fast über den Grat hinausgeschossen. Hirsche?!? Hirsche, die sich den Bast vom Geweih fegten, Hirsche auf der Waldlichtung, die ihre Brunftschreie ausstießen, Hirsche, die sich im Kampf mit ihren Geweihen verkeilten. Ich machte einen Satz vor Begeisterung. Eine dunkle Stimme mahnte, ich solle ein wenig vorsichtiger sein. Aber das mit den Hirschen gefiel mir einfach zu gut. Davon abgesehen, dass man sie auch fressen konnte, aber das war hier wirklich zweitrangig.

Richtig, und wo war jetzt die Gämse geblieben? Sie hing im Geröll etwas unterhalb des Grates fest, hatte sich zwei Beine gebrochen. Ich wusste es, ohne hinsehen zu müssen. Blitzschnell war ich neben ihr, packte ihr Genick und zerbiss es. Der Knochen splitterte und die Gämse zuckte nicht einmal mehr. Ich stieß ein lautes Schnauben aus. Später würden mal Dampfwolken aus meinen Nüstern schießen, aber jetzt war es auch so einfach toll. Das war meine Beute, meine ganz alleine! Eine schlanke Gestalt manifestierte sich vor meinen Augen. Ja, mein Gefährte musste ebenfalls etwas essen, ich musste die Gämse zu ihm schaffen. Mein Hinterlauf zuckte nach vorne und ich kratzte mich an der Seite. Jetzt wurde es etwas kniffelig, denn wie kam ich mit der Gämse wieder dort hinauf, wo ich hergekommen war? Mein Blick schweifte nach links. Die Felswand kam auf mich zu, mein Blick fuhr an ihr entlang und jede noch so kleine Spalte, jede Unebenheit, jede Mulde vergrößerte sich partiell in meinem Blick. Das war der Weg. Ich packte die Gämse und marschierte los. Der Bach war hier mehr eine Art Wasserfall, ich warf die Gämse etwas in die Luft, um sie wieder besser fassen zu können, und stapfte durch die Gischt. Dann kam die Stelle, wo ich nach oben klettern konnte. Mein Schwanz stützte mich zusätzlich ab, aber mit der Gämse war das schon eine Plackerei. Ich nahm wieder meine Flügel zu Hilfe. Aber ich war ganz schön erleichtert, als ich den Abhang erreichte und die Beute ablegen konnte. Meine Flügelgelenke protestierten jetzt doch ziemlich, ich würde eine Weile besser zurückhaltender mit ihnen umgehen. Auch wenn ich das eigentlich nicht konnte. Er wollte nicht hierbleiben. Ich sah auf die Gämse und dann auf die schmale Silhouette über mir. Ein wenig seufzte ich. Bisher war es nett gewesen. Jetzt kam die echte Plackerei. Nun, ich verstand das ja jetzt, Menschen waren Allesfresser und er konnte so nicht wirklich längere Zeit überleben, ohne Schaden zu nehmen. Wir brauchten einfach noch ein wenig Zeit, er und ich. Die Welt verschob sich vor meinen Augen in sich und dann spürte ich meinen Körper wieder, stand auf dem Abhang und sah mich gleichzeitig dort weiter unten stehen. Mein Zurückschrecken half mir nichts. Entgegen meinem Willen wurde ich hinuntergezogen, ging zum Drachen und der Beute. Ich hatte sie genauso gut getötet wie er, ich wusste das, aber immer noch protestierte alles in mir, wenn es um das Fressen ging. Das Verständnis in seinen Augen machte mich eher rasend, als dass es mir geholfen hätte. Und immer noch war ich nicht ganz ich selbst, immer noch spürte ich die Pranken, als wären es meine, spürte ich an meinen Schultern die schmerzenden Flügel, spürte ich das Verlangen zu fliegen und noch nicht fliegen zu können, spürte ich das Verlangen nach der Beute, nach Blut und Knochen und Fleisch. Meine Magennerven begannen wieder zu revoltieren. Sollte das denn nie besser werden? Geduld. Der Gedanke war in meinem Kopf und gleichzeitig auch nicht. Meine Sicht spaltete sich weiter auf. Meine Pranke hob sich, senkte sich auf den warmen Kadaver, meine Zunge kostete den wunderbaren Geruch, der Geschmack war köstlich. Eine heiße rote Welle brandete durch mich hindurch und brannte alles hinweg, was mich fesselte. Der rote Vorhang senkte sich gnädig über mich und löschte mein Denken aus.

Später wischte ich meine Hände unglücklich in einem sandigen Flecken unterhalb eines kleinen Geröllfeldes ab. Der Drache war wieder zu einem Felsbrocken mutiert, lag unterhalb von mir bewegungslos am Hang und verschmolz perfekt mit seiner Umgebung. Seine Zufriedenheit dokumentierte sich in einigen rosa Bläschen, die träge durch mein Blickfeld zogen. Mein Geist dagegen wanderte ruhelos von einem Problem zum nächsten, ließ meinen Körper nicht zur Ruhe kommen, auch wenn der nichts dagegen gehabt hätte. Ich starrte verärgert hinunter. Da lag der Brocken und ruhte sich aus. Reiß dich zusammen, er ist immer noch jung und Kleinkinder brauchen viel Ruhe. Gut, so weit konnte ich dem ja zustimmen, aber ich war kein Kleinkind mehr und kam trotzdem nicht vom Fleck. *Was erwartest du eigentlich von dir?* Ich gab auf. Nur im Film können die Helden tage- und nächtelang die allerunglaublichsten Strapazen unbeschadet überstehen und dann noch in dreizehnter Stunde die Welt retten. Ich krauchte einfach zu meinem Drachen, suchte mir einen Platz an seinem Rücken und schlief erschöpft ein.

Diesmal war es etwas, was einem Erholungsschlaf so nahe kam, wie es mir unter den gegebenen Bedingungen nur möglich war. Ich schreckte immer wieder hoch, um sofort wieder wegzudösen, mit halbem Ohr hörte ich das ruhige Schnurren meines zufriedenen Drachens. Ich wachte auf, bevor die Sonne unterging, und stellte fest, dass ich während des Schlafes so lange herumgewirtschaftet hatte, bis ich längelang auf dem Rücken des Drachen ausgestreckt auf dem Bauch liegend geschlafen hatte. Meine Arme und Füße baumelten an seinen Seiten herab und der Drache wagte schier nicht Luft zu holen, damit ich ja nicht ins Rutschen geriet. Drachengeduld. Ich schickte ein dankbares goldgelbes Leuchten zu ihm. Vorsichtig glitt ich hinunter. Mein Körper fühlte sich wieder erheblich mehr nach mir selbst an, auch wenn ich immer noch nicht ganz okay war. Die Felsen waren eben hart und für menschliche Haut nicht so wirklich geeignet, aber die Schrammen und Schrunden, die ich mir geholt hatte, heilten und das fing an sich bemerkbar zu machen. Ich konnte noch von Glück sagen, dass mein Bartwuchs von Natur aus dürftig war, denn in meinem zerschundenen Gesicht auch noch juckende Bartstoppeln zu spüren, hätte es wahrlich nicht besser gemacht. Trotzdem, ich wusste genau, dass es mir erheblich besser ging, wenn mein Körper mir Unbehagen wegen zerschrammter Oberschenkel signalisierte. Da war diverses anderes also wieder ins Lot gerückt worden.

Ich machte ein paar Schritte zur Seite und begann mit ein paar Lockerungsübungen. Tja, da protestierten die Muskeln noch, aber ich machte langsam und vorsichtig weiter. Ich wusste, was ich tun musste, hatte es oft genug geübt. Geschmeidigkeit und Kraft behielt man nicht, wenn man sich bei Verletzungen vor jeder Bewegung drückte. Dann wurde man unweigerlich steif und das machte es dann noch schwieriger. Dosierte Bewegung, richtig angewendet, hatte eine erstaunliche Wirkung. Ein paar Mal war ich aus hässlichen Situationen nur deswegen herausgekommen, weil meine Gegner nicht damit gerechnet hatten, dass ich meine Körperbeherrschung so schnell zurückgewinnen würde. Irgendwann fiel mir der Drache ein. Ich drehte mich zur Seite und sah, dass er mich die ganze Zeit über beobachtet hatte. Wenn es ihm möglich gewesen wäre, hätte er seinen Kopf auf seine Arme gestützt, so jedenfalls sah er aus. *Interessante Übungen. Das sah jetzt aber nicht wirklich nach Schattenboxen aus.* Der Drache hatte seine Augen zu Schlitzen verengt und genoss diese kleine spitze Bemerkung. Blitzschnell spurtete ich los, den Hang seitlich hinauf und sprang von oben her auf den Hals des Drachen. Ich hatte gut gezielt, landete weit oben, brauchte nur einen halben Lidschlag und saß ihm im Genick. »Du bist ein boshaftes Stück. Wie wirst du erst sein, wenn du drei Jahrhunderte alt bist, boshaft, heimtückisch und zänkisch mit sooo langen Zähnen.« Hach, jetzt hatte ich ihn. Ich grinste höchst vergnügt. Der Drache unter mir erstarrte. Mein Grinsen gefror. Um Himmels willen, was hatte mich denn jetzt geritten! Ich konnte doch nicht einfach so einen Drachen besteigen! Dummerweise saß ich aber auf ihm. Ein eisiger Schreck fuhr mir in die Knochen und vor Schreck klammerte ich mich fest. Der Drachenkopf fuhr in die Luft und er röhrte. Dann schüttelte er sich vehement. Ich fühlte mich wie ein Staublappen, den man ausschüttelt. Der Hals unter mir bog sich in alle Richtungen, der Himmel hüpfte hinauf und hinunter. Dann hielt er plötzlich still. Vorsichtig holte ich Luft. In der Sekunde kippte der Drache einfach zur Seite und legte sich hin. Die Erde kam auf mich zu, ich merkte noch, dass er sich abbremste, ließ ihn los, um meinen Fall mit den Händen abzufangen, mein Fuß rutschte von seinem Hals, ich verlor den Halt und landete auf dem Rücken. Der Drache fuhr mit überraschender Schnelligkeit mit der Beweglichkeit einer Schlange herum und ich hatte zwei Reihen Zähne an meinem Magen, bevor ich noch einen Finger hätte rühren können. Zwei goldene Augen hefteten sich auf mich. Er fauchte rasselnd. Vorsichtig hob ich meine beiden Hände über den Kopf und ergab mich in der klassischen Haltung. Woraufhin sich das Maul öffnete und ich eine Ladung Drachenzunge ins Gesicht bekam, zusätzlich überschüttete er mich mit einem Schwall goldgelber Blasen. Ich wendete hilflos lachend das Gesicht zur Seite und versuchte so der nassen Zunge zu entgehen und wieder Luft zu holen. Mit einem Drachen zu balgen, war eine überaus überraschende Erfahrung. Der Drache ließ von mir ab, ich wischte mit dem Ärmel über meine Augen und richtete mich immer noch lachend auf. Der Drachenschädel kam auf mich zu und er presste sich an mich. Ich legte meine Arme um seine Schnauze und drückte ein wenig zu. Ein bunter Farbenreigen huschte kurz vorbei, dann gab ich ihn frei. Anschließend versuchte ich mich zu säubern, aber eigentlich war das vergebliche Liebesmüh. Ich war inzwischen sowieso mehrheitlich meiner Umgebung angepasst, nämlich in Staubgrau von oben bis unten eingefärbt. Dem Drachen hatte die Balgerei jede Menge Spaß gemacht, ich spürte es.

Die Dämmerung war schon sehr nah, wir machten uns auf den Rückweg zu unserem Schlafplatz. In den Bergen kann es schnell dunkel werden, die Schatten werden lang und dann kommt die nächtliche Kühle. Wir waren noch ein ganzes Stück von unserem Felsplateau entfernt, aber der Drache wollte nicht hierbleiben. Ich konnte in der verschwimmenden Dunkelheit nicht mehr sehr viel erkennen, es wurde schwierig für mich, nicht abzurutschen. Ich trat ein paar Mal daneben, hatte Mühe, mein Gleichgewicht zu halten. Es gab keine Sterne, noch nicht, dazu war die Nacht noch zu neu. In dieser diffusen Dunkelheit war es wirklich gefährlich, sich in diesem Gelände zu bewegen. Ich strauchelte nochmals, eine gelbe Schliere wanderte vorbei, ich heftete mich an sie und plötzlich verschob sich mein Blick. Der Felsboden erschien in erstaunlich klarer Dreidimensionalität, die graue Dämmerung verlor ihre Dominanz. Ich konnte die Nachtluft schmecken und ich fühlte den nächsten Schritt im Einklang mit Fels und Geröll, Spalten und Schrunden. Als wir unseren Schlafplatz erreichten, löste sich der Drache mit einer leichten Bewegung von mir und der menschliche Körper mit seinen ungleich stärkeren Einschränkungen kam mir eine Sekunde lang fremd vor. Diesmal schlief ich so, wie es sich für einen Drachengefährten gehört, zwischen den Vorderläufen meines Drachen. Die Kälte der Nacht konnte mir nichts anhaben und die Berge wachten über uns. Ich schlief tief und traumlos.

Der nächste Tag begann mit einer gemeinschaftlichen Morgengymnastik. Berkom betrieb Flügelgymnastik, ich nahm mir meinen ganzen Körper von oben bis unten vor. Der Drachenalarm erwischte uns etwas unvorbereitet. Wir waren einfach etwas lasch in unserer Aufmerksamkeit geworden. Ich drückte mich unter einen flachen Überhang, bis zur Nisthöhle schaffte ich es nicht mehr. Mein Drache sauste, so schnell er konnte, von meinem Versteck weg. Ich hörte das Schlagen von ausladenden Flügeln, sah den großen Schatten über mich hinwegstreichen und fühlte mich schutzlos ausgeliefert, denn Felsen konnten vor einem Felsendrachen nicht wirklich Schutz geben. Mein Glück war, dass Berkom anfing ein wenig Theater zu machen, er tat so, als wäre er schon halb verhungert. Das lenkte das Muttertier derartig ab, dass sie meine Wenigkeit nicht so beachtete, wie sie es sonst zweifelsfrei getan hätte. Sie ließ die Nahrung für ihr Junges fallen und dann hörte ich ein helles Fauchen. Mit einem dezenten Brüllen tauchte die Welt um mich in einen roten Schimmer, von einer Welle heißer Luft gefolgt. Ich presste mich erschrocken, so tief es ging, unter den Felsen. Mamadrache war nervös. Ihr gefiel nicht, was sie sah. Der Mama war aufgefallen, dass ihr Kind flügge geworden war und sie fand das wohl beunruhigend frühreif. Ein ausgewachsener Drache kreiste über seiner Brutstätte und war unruhig, spürte, dass etwas nicht so war, wie es sein sollte. Ein orangefarbener Finger gab mir einen Schlag auf den Schädel. Ich zuckte zusammen und verkroch mich in mich selbst. Also gut, es war keine Erfolg versprechende Idee, ausgerechnet jetzt in mentalen Kontakt treten zu wollen. Aber irgendwie musste ich doch auch wissen, was vor sich ging, ob ich etwas tun sollte. *Halt die Klappe! Du versaust noch alles.* Der Babydrache stimmte ein kleines Babydrachengequäke an und begann sich über die abgelieferte Mahlzeit herzumachen. Ich fühlte mich, als würde mir jemand das Gehirn nach außen wenden und darüber schaben. Das Drachengebrüll klang, als würde das Muttertier wegfliegen, aber ich blieb mit verkrampften Gliedern in meinem Versteck. Es dauerte ewig. *Sie ist wirklich weg. Ich glaube, du kannst jetzt rauskommen.* Ich war ziemlich zittrig und das wurde auch nicht besser, als ich draußen nur wenige fünfzig Meter entfernt von meinem Versteck einen geschwärzten größeren Kreis auf dem Felsen sah. Drachenfeuer von Felsendrachen war eine heiße Angelegenheit. Ein Bild entstand vor meinen Augen, wo ein Drache auf dem Plateau vor der Nisthöhle landete und die Wände der Höhle mit seinem Feuer glatt schmolz. Der körnige Sandboden entstand aus dieser enormen Hitze heraus. Mir wurde leicht übel. *Mama landet nur dort bei der Höhle oder sehr viel weiter weg. Sie kommt nicht dahin, wo wir jetzt sind.* Sehr beruhigend. Nur nicht hilfreich, wenn man wusste, was so ein Drachenfeuer anrichten konnte. Einmal in den Beschuss geraten, dann war es vorbei, ein für alle Mal. Ich sah ein paar lilafarbene, größere Blasen um mich herumtrudeln. Der Drache war verlegen? Er schämte sich? Ach herrje, genauso gut müsste ich mich schämen, schließlich war ich der Erwachsene, ich war derjenige, der eigentlich wusste, was Gefahr bedeutete und wie man damit umging, mich traf die Schuld darum viel stärker. Eines war allerdings für mich glasklar. Ich konnte hier nicht bleiben. Was, wenn das Muttertier wirklich in Sorge geriet? Was, wenn sie sich vergrämen ließ? Ich gehörte hier nicht hin, ich musste wieder zurück! Ich brachte meinen Drachen in Gefahr, nur weil ich da war! Ich würde einen Weg über die Felsen finden, bestimmt würden mich meine Kollegen schon längst suchen, gewiss hatten sie eine Spur gefunden und suchten mich auf der anderen Seite des Berges. Du machst dir was vor. Ein wunderhübscher Vorwand, die Sorge um den Drachen. Klingt so doch viel besser, aber das ist nicht die Hauptsache. In Wirklichkeit geht es nur um dich und deine Angst. Ich begann zu schwitzen, obwohl die Sonne noch lange nicht ihre volle mittägliche Kraft erreicht hatte, und schob diese leise Stimme in mir zur Seite. Wo war ich hier, diese grundsätzliche Frage ließ sich nicht mehr verdrängen. Ich achtete nicht mehr auf den Drachen, sondern ging zielstrebig auf die Stelle zu, an der ich über die Felswand in das Gestrüpp gefallen war. In der Felswand dort oben musste die Spalte mit dem kleinen Schutthaufen sein. Wenn es mir wohl auch nicht gelingen konnte, über den Berg selbst zu klettern, so konnte ich doch durch den Gang wieder zurückkriechen, durch den ich hierhergekommen war. Ich war ausgeruht, ich war kräftig, ich würde den Weg zurück schaffen und ich würde irgendwie auf der anderen Seite aus der Spalte herausklettern können. Vergessen war das grausame Erlebnis dort auf der anderen Seite des Berges, vergessen, was mit mir dort passiert war, vergessen, vergessen, alles vergessen. Ich musste hier weg.

Meine Augen fanden die Spalte nicht, keinen Schutthaufen, kein Loch, nichts. Die Felswand erstreckte sich glatt und fugenlos vor meinen Augen, so weit ich sehen konnte. Das gab es doch nicht. Meine Knie wurden weich und ich setzte mich unvermittelt hin. Ich verstand es nicht. Wenn die Spalte nicht da war, dann musste ich also doch über den Berg hinüber? *Du kannst hier nicht mehr weg. Du hast dich anders entschieden.* »Man kann sich immer neu entscheiden, man kann immer noch mal von vorne …« Ich hörte auf. Man konnte nicht immer von vorne anfangen, manchmal war der Weg zurück blockiert und man musste vorwärts gehen. Wie in dieser Spalte, als ich nur ein Vorwärts gekannt hatte und das Zurück mir immer verwehrt zu sein schien. Mir wurde kalt und mulmig. »Ich kann nicht. So nicht.« Was tut man, wenn man am ultimativen Scheideweg steht und sieht, dass der Zug schon längst mit einem darin abgefahren ist? *Dann sollte man in seiner Hand nachsehen, wohin der Fahrschein geht, den man selber gelöst hat.*

Katie, ich musste plötzlich an sie denken, es war eigentlich nichts so Ernstes gewesen, aber plötzlich musste ich an sie denken. Meine Familie, meine Geschwister, die Eltern, ich würde mich in Rauch auflösen, einfach so im Nichts verschwinden. »Ich kann nicht!«, und dann mit unglaublicher Wucht die Erkenntnis: »Das hält kein Mensch aus.« Wie sollte ich hier leben, das war unmöglich. *Du kannst. Du kannst es, weil du du bist. Du kannst es, weil du etwas kannst, was nicht viele Menschen so perfekt beherrschen wie du. Es liegt in deiner Natur.* Es schüttelte mich, ich konnte fast nicht mehr klar denken, Panik hatte mich ergriffen. Ein Adrenalinstoß pulste durch meine Adern. Eine große Hand legte sich über mich, hielt mich am Boden fest, zwang mich die Augen für eine andere Wirklichkeit zu öffnen. Verschiedene Männer standen um einen Tisch, an den Wänden hingen Flaggen und Fotos. Sie hatten Dossiers vor sich, blätterten in ihnen, zeigten sich das eine oder andere, sprachen darüber. Ihre Stimmen, manchmal fern, manchmal näher, konnte ich nicht genau orten. »Der hier … IT-Kenntnisse und dazu noch ein wenig Fernmeldewissen und er wird perfekte … Arzt … wir brauchen in den Gruppen immer jemanden, der die Jungs zusammenflicken kann … Erstaunlich, so ausgeprägt noch nie gesehen … ein wahres Chamäleon … ein echter Glückstreffer, so was kommt einem nur einmal in einem Dutzend Jahre unter und schon gar nicht in der Stärke … Er wird einen ausgezeichneten Führungsoffizier brauchen. Wen haben wir denn da …«

Das Bild verlor an Substanz, zerfaserte am Rande, verblasste. Ich blickte in die Augen des Drachen. *Du bist ein Chamäleon und noch dazu ein Empath. Du hast ein enormes inneres Potenzial.* Erschöpft schloss ich die Augen. Ich wusste, wozu ich ausgebildet worden war, ich wusste, was ich getan hatte. Wo andere zugrunde gegangen waren, hatte ich meinen Job getan, und das nicht nur einmal. Zu Lande und zu Wasser, im Osten und im Westen hatte ich meine Fähigkeiten ausgespielt. *Wenn du nicht in der Lage wärst, mit dem Leben hier zurechtzukommen, wärst du jetzt schon längst tot. Du kannst es, du musst dir nur vertrauen.* Ein bitteres Lachen stieg in meiner Kehle hoch. »Woher willst du wissen, was ich kann und was nicht.« Meine Verzweiflung schwappte über mir zusammen und der Drache zeigte mir mitleidslos eine ganze Serie von Bildern aus meinem Leben, Auftrag um Auftrag, bis ich nur noch schreien wollte. Ich entwand mich seinem Griff, blockte ihn ab, drehte mich um und warf einen hoffnungslosen Blick auf die Felswand über mir. Sie war glatt und grau und gab mir nichts, an dem ich mich hätte festhalten können. Auf mich selbst zurückgeworfen, senkte ich den Kopf. »Ich kann nicht. So nicht.« Der letzte Job war unvollendet. Ich hatte ihn nicht beendet. Ich konnte so nicht weggehen. Der Drache stieß eine Art Brüllen aus. *Du störrischer Esel wirst mir irgendwann einmal den letzten Nerv rauben! Also gut, einmal, aber nur dieses eine Mal.*

Eine Hand fuhr in meinen Geist und zerpflückte ihn. Ich schrie überrascht auf. Meine Erinnerung wurde in Fetzen gerissen und ich kreischte entsetzt. *Wen willst du erreichen?* Ich konnte mich nicht erinnern. *Wen?* Ich wusste kaum mehr, wer ich war. *Wen?* Braune Augen, dunkle Haare, Bart, ein braun gebranntes Gesicht, eine kräftige Stimme, ohne Vorwarnung fiel ich übergangslos in das Bild eines Wohnzimmers an einem sonnigen Herbsttag. »John?« Ich traute meiner Stimme nicht so ganz, sie kiekste, ich räusperte mich und versuchte es nochmals. »John.« John McKenzie, ein großer, kräftiger Schotte, mein ehemaliger Ausbilder, saß an seinem Schreibtisch und studierte einen Ordner mit Papieren. Er reagierte nicht und ich sprach ihn lauter an. »John!« Immer noch keine Reaktion. Daraufhin trat ich an den Schreibtisch und schlug mit meiner Hand klatschend auf die Papiere. »John!« Ich brüllte und John McKenzie sah hoch. Seine Kinnlade klappte nach unten, er erbleichte ein wenig. Er war älter, als ich ihn in Erinnerung gehabt hatte. »Bran? Bist du das? Wo kommst du her?« Die bekannte Stimme zog an mir mit unerklärlicher Kraft. Ich nahm diese Kraft auf und fühlte mich fester in mir verankert. »Das ist jetzt nicht entscheidend. Hör zu.« Ich erzählte gerafft meinen letzten Auftrag, ich erzählte ihm von der Entdeckung des Maulwurfs und was mit mir passiert war bis zu dem Moment, als ich in die Spalte stürzte. »Sag ihnen das, der Maulwurf muss ausgeschaltet werden, sonst gibt es eine Katastrophe.« »Bran, der Mann sitzt so weit oben, ohne Beweise …« Ich unterbrach John verzweifelt. Mir blieb keine Zeit mehr. »Ich kann dir nicht mehr geben als das, was ich dir erzählt habe. Sie müssen die Beweise selber finden. Sie müssen ihn aufhalten.« »Bran, wo bist du, komm zurück.« Ich sah John etwas wehmütig an. »Sag ihnen, dass ich lebe. Aber ich werde nicht zurückkommen.« »Brandon!« John rief mich, aber ich spürte jetzt den Drachen an mir reißen und ich konnte dem nicht widerstehen. In der letzten Sekunde konnte ich mich nicht mehr zurückhalten und schickte das Bild von gleißenden Felsgipfeln in Johns Geist. Ich sah, wie er seine Augen aufriss, wie das Blut aus seinem Gesicht wich, als er erkannte, wozu ich jetzt fähig war. Meine Gedanken sprangen zu meinen Eltern, eine wortlose Bitte, dann zerrte der Drache mich endgültig weg und in diesem Wegzerren sandte ich das Bild eines großen Schattens, der über die Berge glitt. Dann tauchten meine Augen in den Blick des Drachen, ich sah mein eigenes Spiegelbild in seinen Pupillen. Mager, dreckig und verschrammt, Bartstoppeln auf den Wangen und einen brennenden Blick, der vom Spiegel der Augen zurückgeworfen wurde und sich in meine eigenen Augen bohrte. Mein Herz setzte einen

Schlag aus. Ich schloss meine Augen und brach zusammen. Undeutlich spürte ich, wie der Drache mich packte und wegschleifte, dann verlor ich endgültig das Bewusstsein.

Übelkeit. Ein schaler Geschmack auf der Zunge. Bäh, am besten, man übergab sich. Wo war ich? Dunkelheit, absolute Nacht. Eingeschlossen im Berg? Ich erschrak und spürte meinen Herzschlag sich ansatzlos verdoppeln. Mach die Augen auf, na also. Mein Blick klärte sich ein wenig, aber trotzdem blieb alles seltsam verschwommen. Ich kam mir vor, als müsste ich durch Watte stapfen, um einen irgendwie gearteten Gedanken zu fassen. Mein Körper fühlte sich seltsam an, fremd, kalt, ungelenk, steif. Ich bewegte meine Hände, begann sie überhaupt irgendwie zu fühlen. Drei Schritte weiter erkannte ich vage einen großen Schatten. Der Drache atmete noch, aber ziemlich schwach. Er lag auf der Seite, einer seiner Flügel war halb aufgefächert. Das gab mir den Rest. Hatte ich das gewollt? Natürlich nicht. Ich hatte es nicht gewusst. Warum hatte er mir nichts gesagt? Hätte ich auf ihn gehört? Nichtwissen schützt nicht vor den Folgen, Lektionen waren dazu da, gelernt zu werden. Wozu? Mir wurde noch übler, der Horizont stellte sich auf den Kopf. Der Drache starb und es war meine Schuld. In letzter Konsequenz schleppte ich mich zu ihm, wollte zu ihm, um mit ihm zusammen zu sterben. »Berkom.« Ich flüsterte seinen Namen, aber da war nichts. Ich drückte meine Hände an seine Brust, versuchte seinen Herzschlag zu spüren, spürte nichts. Das Grauen ließ mich in die Knie brechen, ich kroch zu seinem Kopf, sah das halb geöffnete Maul. Die beeindruckenden Zähne erschienen mir plötzlich zart und zerbrechlich und ich hätte ihn am liebsten, so wie er da in seiner ganzen Größe vor mir lag, gänzlich in Seidenpapier einwickeln mögen. Der Drache entglitt mir und in diesem Verlust erkannte ich endlich, wohin ich gehörte. Ein Drachengefährte war mit seinem Drachen verbunden. Dem konnte ich nicht entgehen, dem musste ich mich bis zur letzten Konsequenz unterwerfen. Ich kniete vor dem Drachen, legte meine Hand an seine Kehle und ließ meinen wankenden Geist ruhig werden. Dann glitt meine Hand zu seinem Kiefer. Seitlich am Ansatz konnte ich den Herzschlag finden, ungleichmäßig, flatternd. Meine Hand sank herunter. Einen zeitlosen Moment lang verharrte ich regungslos. Dann stand ich auf und wendete mich ab. Vorsichtig, immer noch halb blind, tastete ich mich am Berghang entlang. Undeutlich war ich mir der Stelle bewusst, die ich bei unserer gemeinsamen Jagd gesehen hatte. Stolpernd und ungelenk über die steinigen Flächen rutschend gelangte ich schließlich dahin, wohin ich wollte. Hinter einem größeren Stein blieb ich schwer atmend liegen. Oh Gott, meine Möglichkeiten waren jämmerlich, ich wusste das. Die Chance, die mir auf einem anderen Berg versagt geblieben war, wurde mir jetzt geboten. Der Adler flog über die Kolonie der Murmeltiere hinweg und mit schrillen Alarmpfiffen verschwand alles, was vier Beine hatte, in den verschiedenen Bauen. Direkt vor mir lag auch der Eingang zu einem Bau und eines der Murmeltiere wollte tatsächlich diesen Weg benutzen. Meine Hand erwischte es am Hinterteil und ich zog es aus seiner rettenden Höhle heraus. Es versuchte mich zu beißen, ich achtete nicht darauf, sondern tötete es mit einem kurzen trocken Schlag gegen den Stein. Dann ging ich mit dem schlaffen Körper in meinen Händen zurück, torkelnd, wie wenn ich zu viel getrunken hätte, schwindelig und gegen immer neue Wellen von Übelkeit ankämpfend. Ich wusste nicht mehr so genau, wohin ich ging, ich hatte nur einen verschwommenen Gedanken, ich musste zurück. Das tote Murmeltier umklammerte ich mit der einzigen Willensanstrengung, zu der ich entfernt fähig war. Der Drache lag noch genauso da, wie ich ihn verlassen hatte. Ich holte den scharfkantigen Stein aus meiner Hosentasche, legte das tote Murmeltier auf den Felsboden und öffnete ihm die Kehle. Das Blut tropfte über meine Hände, ich hob den Kadaver auf und hielt ihn über das Drachenmaul. Blut tropfte auf Zähne, Zahnfleisch, Gaumen, Zunge. *Komm.* Mein Ruf war zittrig und schwach. *Komm.* Es klang, als würde ich in eine Nebelwand hineinrufen, als würde mein Ruf gedämpft wieder zurückgeworfen. *Komm.* Ich fand ein kleines, goldgelb brennendes Flämmchen in mir, formte aus der kleinen Flamme einen kleinen, flammenden Ball. Komm. Dem ersten kleinen Ball folgte ein größerer, der schon heller brannte. Es war nicht mehr ein Ball, sondern es waren zwei Blasen und da stieg eine dritte auf. Die Blasen schwebten langsam dahin und zerplatzten wie Seifenblasen, ergossen sich in goldgelbe Wellen.

Wärme breitete sich aus, umhüllte mich, breitete sich weiter aus. Ich hörte die Meeresbrandung, hörte Möwen schreien. In meinen Händen hielt ich eine goldgelbe Sonne, die heller und immer heller brannte. »Berkom!« Ich schrie und in meinen Schrei hinein krachte ein donnerndes Brüllen. Die kleine heiße Sonne verwandelte sich in einen roten Riesen und ich wurde ins Universum geschleudert, fiel taumelnd durch Galaxien und Sternbilder, bis mich ein roter Nebel umfing und ich darin unterging.

Ein nasser Waschlappen fuhr mir über das Gesicht. Ich schüttelte mich wie eine Katze, die bespritzt wird, drehte meinen Kopf hin und her und versuchte dem Waschlappen zu entkommen. Dazu fuchtelte ich mit den Händen herum. *Mach schon. Du hast lange genug geschlafen*. Ich schlug die Augen auf und sah direkt in das leicht geöffnete Maul eines Drachen. Die gespaltene Zunge fuhr mir noch mal quer über das Gesicht, dann zog er sich ein wenig zurück. Ich richtete mich auf. Der Drache guckte mich prüfend an. »Wie …?« Ich sackte ein wenig zusammen, als mich die Erinnerung einholte. *Ein Murmeltier?* »Ein Notbehelf.« Der Drache hob seinen Kopf und fauchte. Dann sah er mich wieder an, ein direkter Blick, dem ich nicht ausweichen konnte. Aber ich konnte ihm standhalten. *Bist du immer so dumm? Bist du immer so genial? Du hast dein Leben aufs Spiel gesetzt für mich.* Ich drehte die Frage um und gab sie genauso zurück. Ein Geschenk. *Verbunden*. Der Kontakt kam unvermittelt zustande, unverwechselbar. Rot und Gold zogen in unterschiedlichsten Schattierungen vorbei. Als mein eigenes Denken wieder einsetzte, stellte ich fest, dass wir uns im Gestrüpp des Schlafplatzes zusammengeringelt hatten. Ich stand auf und versuchte so etwas Ähnliches wie eine Morgentoilette hinzubekommen. Es ging so halbwegs. Dann hätte ich plötzlich nichts gegen eine Tasse Kaffee gehabt. Tja, eine Kaffeemaschine gab es hier weit und breit nicht. Der Bach kam mir plötzlich ziemlich weit weg vor. Ich fühlte mich schlapp und ausgelaugt. Nun, das war kein Wunder. Wunderbar war eher, dass wir beide noch lebten. Berkom meinte dazu lediglich, dass er noch den Proviant der letzten Lieferung durch den Luftservice von Firma Mama gehabt hätte. Er war ungewöhnlich schnodderig und ging auch ziemlich eilig über das Thema hinweg. Viel mehr schien er besorgt darüber zu sein, dass ich etwas zu trinken bekam. *Reiten?* Er war einfach süß, aber ich hatte das deutliche Gefühl, dass das jetzt nicht der richtige Zeitpunkt für solche Erweiterungsmaßnahmen war. Gleichzeitig hatte ich aber auch einen starken Widerwillen dagegen, mich von dem Drachen zu dem Bach schleifen zu lassen. So schlecht stand es denn doch nicht um mich. Aber der Bach war in meinem jetzigen Zustand tatsächlich zu weit weg, es war sinnlos, darüber zu streiten.

»Würdest du Wasser zu mir bringen?« Der Drache staunte mich an. Ich drehte mich um und verschwand um die Ecke. Die Nisthöhle war unverändert. Ich bückte mich und suchte mir eine größere, schön geschwungene Eierschale aus. Sie hatte keinen Sprung. Berkom sah mich verwundert an, als ich damit in den Händen zu ihm zurückkam. Ich schickte ihm das Bild von dem Bach, von Wasser in der Schale. Er starrte mich an, starrte die Schale an. *Du meinst, ich könnte darin Wasser holen? Ich bin ein Drache. Das da ist eine Eierschale.* »Probiere es. Wenn du die Eierschale zerbrichst, sind noch ein paar mehr da, du kannst es also dann noch mal versuchen.« Ich stellte mich auf die Zehenspitzen und klemmte ihm die Eierschale zwischen die Lippen. Er zog ab, ich wollte lieber überhaupt nicht wissen, was er jetzt dachte, sondern setzte mich etwas eilig wieder hin. Herumlaufen und auf Zehenspitzen stellen war bereits nicht so ganz das Wahre heute Morgen. Himmel, fühlte ich mich zittrig. Wann war es mir das letzte Mal so richtig gut gegangen? Und wie um Himmels willen sollte es weitergehen? Ich wusste, dass ich Berkom nicht mehr verlassen würde, ich wusste jetzt, dass ich mit ihm leben und mit ihm sterben würde, aber das alleine war schon ein zu großer Happen zu schlucken. Ich war ein Mensch und er war ein Drache und da harmonisierte die Lebensspanne schon mal ganz gewaltig nicht. Drachen lebten jahrhundertelang, oder war das nur ein Gerücht? Würde Berkom sterben, wenn ich starb? Wie sollte ich damit umgehen, wenn es so war? Ich konnte doch nicht dafür verantwortlich sein, wenn sein Lebensalter endete, bevor es in seinen Augen überhaupt angefangen hatte. Ich grübelte und grübelte und kam keinen Schritt weiter. Das unglaubliche Bild von einem Drachen, der mit einer Eierschale im Maul angeschlichen kam, riss mich aus diesen unerfreulichen Gedanken. Ob ich wollte oder nicht, ich musste lachen. Ich versuchte es zu unterdrücken, aber es ging einfach nicht. Berkom warf mir einen ausgesprochen beleidigten Blick zu. Aber er ging eisern so vorsichtig weiter, als würde er tatsächlich auf rohen Eiern laufen. Dann hielt er mir die Schale hin. Ich nahm sie vorsichtig entgegen und blickte in klares Wasser. Er hatte es tatsächlich geschafft. Der Durst war plötzlich übermäßig, ich setzte die Schale an und trank und trank. Erst als ich alles ausgetrunken hatte, blickte ich auf und gab einen umfassenden Dank zurück. Das kriegten wir inzwischen schon sehr gut hin, auf der emotionalen Ebene konnten wir uns ganz gut ohne Worte verständigen.

»Und jetzt?« Die gesammelten Probleme der letzten Tage prasselten mental auf die graue Haut eines Drachen. *Kommt Zeit, kommt Rat.* Die hatten mich schon früher schier wahnsinnig gemacht, diese dusseligen Lehrsprüche. Leersprüche hatte ich immer dazu gesagt. Trotzdem eignete man sich im Laufe der Zeit eine ganze Menge davon an, ob man wollte oder nicht. Der Drache seufzte blasiert. *Mittels rechtsdrehender ionisierter enzymatischer Elementarteilchen wird der Metabolismus auf eine graduell verschobene Einstellung justiert. So ist es den Alveolen in hochpotenzierter Form möglich, die Oxygenisierung des Hämoglobins zu maximieren.* Schon mal mit einem Drachen über transversale reversive Induktion diskutiert? *Du brauchst nicht wieder zu brüllen.* »Nett. Eigentlich war ich ja auch der Meinung, dass du fürs Brüllen zuständig wärst.« Ich konnte mir nicht helfen, aber ich fühlte mich wie auf einem schwankenden Seil, von dem ich noch nicht einmal wusste, ob es überhaupt so festgebunden war, dass es mein Gewicht aushielt. Und dann sollte ich zuversichtlich Ruhe bewahren. Mir war nach Brüllen. *Ruhig, ruhig.* Diesmal war ich schneller, bevor der Einfluss des Drachen meine geistige Beweglichkeit dämpfen konnte, schob ich ihn zurück. In der nächsten Sekunde kam ich mir gänzlich bescheuert vor. Was tat ich da eigentlich, das da vor mir war ein Drachenbaby und ich behandelte es wie ein ausgewachsenes Monster. *Vergiss es.* Kein Baby? *Drachen haben die Kenntnisse von Jahrhunderten in sich. Ich muss nicht alles so langsam und umständlich lernen wie die Menschen. Wenn ich etwas wissen muss, weiß ich es. Vielleicht nicht vorher, aber was ich brauche, habe ich in mir. Instinkt und Weisheit, beides in ausgewogenem Maß.* Drachen waren unglaubliche Geschöpfe. Manchmal vielleicht etwas eingebildet, aber dazu hatten sie auch ein kleines bisschen Grund. *Gymnastik?* Ich seufzte. Mir war nicht danach. Wahrscheinlich sollte ich mich genau deshalb aus diesem gemütlichen Holzhaufen schälen, in den ich mich, warum auch immer, schon wieder zurückgezogen hatte. Vermutlich hatte ich mich instinktiv verkrochen. »Berkom, gib mir einen vernünftigen Grund, warum ich jetzt trainieren sollte.« *Es ist langweilig ohne deine Gesellschaft.* So, da hatte ich es. Drachenschläue hatte mich ausgetrickst. Also gab es keine verständlichen Antworten, sondern Flügelschlagen und Fußfolgen. Ich tat mein Bestes, auch wenn es noch ziemlich schwächlich war, was ich zustande brachte, aber ich kämpfte mich durch ein paar Übungen, bevor ich mich schweißgebadet hinsetzen musste. *Besser als nichts.* Berkom wirbelte ungerührt noch ein wenig mehr Staub auf. Ich blickte keuchend auf seine Flügel und blinzelte irritiert mit den Augen. Die Flügel waren anders. Ich erinnerte mich genau an perlgraue Zartheit. Diese Flügel erschienen mir jetzt schlagartig aus reißfesten Membranen, aufgespannt zwischen stahlharten Trossen, zu bestehen. »Berkom, wie lange war ich bewusstlos?« *Nicht so lange. Ein paar Tage, oder so.* Rums. »Und wovon ...« *Lass es sein. Du weißt, wie du hier am Leben bleibst.* »Du hast gejagt?« *Ja.* Eine kurze prosaische Antwort. Da stimmte etwas nicht. Mamadrache wäre nicht tagelang ausgeblieben, es sei denn, ihr wäre etwas zugestoßen. Nur, was sollte Drachen so zustoßen. Und wenn das Muttertier vorbeigekommen war, warum war ich dann nicht im Drachenfeuer verbrannt? Sie hätte mich nicht verschont, in diesem Holzhaufen bei ihrem Jungen liegend. *Doch. Genau deshalb. Kein Drachenfeuer auf ihr Junges, wenn es in seinem Nest sitzt.* Das Jungtier hatte sich schützend über mich gebeugt und der Altdrache war schließlich davongeflogen. Ich konnte ansatzweise den Konflikt empfinden, der sich hier abgespielt haben musste, wirklich erfassen konnte ich ihn nicht. »Berkom, wie viele Drachengefährten gibt es? Wusste deine Mutter, was ich für dich bin? Was ist deine Mutter für dich?« Der Drache blinzelte verwirrt, dann schickte ich ihm das Bild meiner

Familie. Ich schickte ihm alle Empfindungen, die damit zusammenhingen, und erkannte, dass irgendwie ein erheblicher Teil dieser Bindung der an meinen Drachen glich. *Nein, so ist es nicht. Wir kennen uns. Ich weiß, wer sie ist, und sie weiß, wer ich bin. Sie sorgt für mich. Wir vergessen uns nicht. Es gibt eine Bindung. Aber wir lieben uns nicht.*

So einfach war das also. Ich schluckte.

Drachengefährten gab es nie sehr viele. Sie hat verstanden, warum du bei mir bist. Berkom fauchte ein wenig. *Es hat ihr nicht gefallen.* Das schien mir eine dezente Untertreibung zu sein. Wahrscheinlich wäre ich bei dieser Drachen-Diskussion aus den Latschen gekippt, wenn ich nicht schon ohnmächtig gewesen wäre. »Du brauchst nicht zu versuchen, mich zu schonen. Diesmal nicht. Wann kommt sie wieder mit Futter?« Berkom drehte verlegen den Kopf zur Seite. *Sie kommt wahrscheinlich nicht mehr. Aber ich bin schon ganz gut im Jagen. Kein Hunger.* Familienstreitigkeiten breitete man ungern in der Öffentlichkeit aus. Trotzdem ging das so nicht, aber dann bremste ich mich doch wieder. Berkom war ein junger Drache, diese Dinge waren nicht so einfach. Darin herumzustochern, konnte vielleicht zum jetzigen Zeitpunkt genau falsch sein. Ich biss mir ein wenig auf die Lippen. Familientherapeutische Auswirkungen bei Drachen zu überblicken, überstieg ganz bestimmt meine gegenwärtige Kompetenz.

Daher wandte ich mich den praktischen Dingen des Lebens zu. Ich brauchte ein Feuer. Nochmals würde ich nicht wieder rohes Fleisch fressen, hrmpf, essen. *Gerade eben warst du von Feuer überhaupt nicht so angetan.* »Ob ich gebraten werde oder ein Kaninchenschlegel, das ist hier die Frage.« Berkom kicherte in meinen Gedanken. Also begann ich nach einer Art Feuerstein zu suchen. Das beschäftigte mich ausreichend lange, um alle möglichen anderen Ungewissheiten auszuschließen. Ich konnte diese Fragen nicht beantworten und ich hatte keine Möglichkeit, Antworten zu finden. Also musste ich damit leben. Berkom ging jagen. Erstaunlicherweise ging er alleine, er schien plötzlich nicht mehr erpicht darauf zu sein, mich mitzunehmen. Mit einiger peinlicher Deutlichkeit wurde mir dann klar, dass er sich jetzt sicher war, dass ich keine Dummheiten machen würde, solange er weg war.

Kein Sturz in den Tod, aus welchem Grund auch immer. Es war wirklich peinlich. Verbunden zu sein, hatte also seine Schattenseiten. Das beruhte durchaus auf Gegenseitigkeit. Für einen Drachen war es bestimmt auch nicht einfach, plötzlich von einem Menschen berührt zu werden. Ich hielt darin inne, zwei Steine nutzlos aufeinanderzuschlagen, um einen Funken zu erzeugen. Ich sah mich plötzlich dort hocken, auf einem nackten Felsabhang, inmitten hoher Berge, die Haare zerstrubbelt, meine Kleider schon deutlich ramponiert, bedeckt von Dreck, Staub und Blut. Mit ekelerregter Faszination erkannte ich, dass ich das Blut schon längst bemerkt hatte, aber es hatte mich nicht gestört. Ein Drache würde zu mir zurückkommen. Ein Drache würde auf mich zukommen. Leibhaftig. Unvorstellbar. Ich würde mit einem Drachen leben. Nichts würde mehr sein wie zuvor.

Der Drache kam zurück. Ich hockte immer noch da, gefangen in der Unbegreiflichkeit der Gegenwart. In einer Sekunde sah ich Berkom, in der nächsten Sekunde kam ein riesiger Drache auf mich zu. Das Bild wechselte hin und her. Der Drache blieb stehen. Er wartete. Geduldig wartete er darauf, dass ich meinen inneren Kampf beendete. Er tat nichts und dieser Geduld hatte ich nichts entgegenzusetzen. Ich richtete mich auf und ging ihm entgegen. Es war vorbei.

Nachdem es mir nicht gelungen war, einen Feuerstein zu finden, gab es eben noch einmal ein Drachenmahl. Ich würde es überleben, ich wusste es jetzt. Ich akzeptierte, was ich tat, auch wenn ich es immer noch nicht gerne tat. Anschließend wanderten wir wieder zu unserem Schlafplatz zurück und ich schickte nur einen kurzen Blick zu den Sternen über den Gipfeln, bevor ich einschlief, blutbesudelt und mit dem Geruch meines Drachen in der Nase.

Die Natur der Bindung

Schließlich kam ein neuer Morgen über die Bergspitzen geschlichen. Mir war eigentlich schlecht. Diese Übelkeit lauerte schon seit längerer Zeit unterschwellig ständig im Hintergrund, aber ich hatte sie immer recht gut verdrängt. Lange würde das nicht mehr gehen. Wir holten uns unseren morgendlichen Trank aus dem Bach und damit war ich eigentlich schon fast wieder bedient. Es ging so nicht weiter, aber ich wusste auch keinen anderen Weg. *Komm in die Sonne, dann wird es besser*. Wie lange war ich jetzt schon hier? Welche Jahreszeit war das? Es würde Winter werden; hier, wo immer ich war, würde es wohl auch Winter werden? *Ja, es gibt die normalen Jahreszeiten, so wie du sie kennst.* Hübsch, wenigstens etwas. Und wie sollte das im Winter hier gehen? *Wir werden nicht mehr da sein*. Ach, super. Ich würde also mit Berkom über die Berge davonfliegen. *Genau*. Mein Drache warf mir einen prüfenden Blick von der Seite zu. Was ging da vor? »Verheimlichst du mir etwas?« Eine lila Blase. Er war verlegen. Er konnte mir doch überhaupt nichts verheimlichen, oder doch? *Nicht wirklich*. Mit den richtigen Fragen bekam man die richtigen Antworten? *So ähnlich*. Ach super. »Also gut, was wird das jetzt?« *Du hast noch den scharfkantigen Stein?* Ja, den hatte ich noch. Zusammen mit einer Eierschale und ein paar Stücken Seil bildete er meine gesammelten Besitztümer.

Der Drache schnaufte tief. Meine Eingeweide zogen sich zusammen. Das war jetzt nicht wirklich lustig. *Du brauchst mein Blut.* »Was? Ich soll dein Blut trinken?« Das ließ mich schlicht erstarren. *Nein. Nicht trinken. Es muss in deine Blutbahn gelangen*. Atmen. Atmen. Einatmen, ausatmen. Blutsbrüderschaft? *Nein, so ist es nicht. Du brauchst mein Blut in dir*. Der Drache zeigte mir das grauenvolle Bild, wie ich meinen Kopf in sein Maul legte und er zubiss. Galle stieg unvermittelt in meinen Mund, diesmal konnte ich mich nicht mehr beherrschen, ich kniete mich hin und erbrach mich. Zitternd schleppte ich mich ein paar Schritte zur Seite und lehnte mich kraftlos an einen Felsbrocken. Das war einfach nicht machbar. Ich war doch kein Dompteur, der seinen Kopf in den

Rachen eines Löwen steckte. Der biss nämlich nicht zu, weil der Dompteur das mit einem bestimmten Griff verhinderte. Ich sollte das genau nicht verhindern, sondern – »Warum kannst du mich nicht ins Bein beißen?« Schlapp machte ich ein Angebot, dass mir schon viel zu viel abverlangte. *Das geht nicht. Es hat physiologische Gründe.* »Physiologische Gründe?« Ich klammerte mich an jede kleine Sekunde. Ich war dazu nicht imstande, ich konnte das nicht. *Mein Blut muss sehr schnell dein Gehirn und dein Herz erreichen. Das klappt nur, wenn ich deine Halsschlagader öffne.* »Du wirst mich umbringen.« Die letzte Konsequenz von dem, was er da von mir verlangte, stieß mich in ein bodenloses Loch. Er würde mich töten. Also gut, dann war es das also, dann war es damit vorbei. Heute war der letzte Tag meines Lebens. Ich guckte hoffnungslos die Berge an. Mit diesem Anblick würde ich also sterben. Der Drache fauchte. *Bevor du in Selbstmitleid abtauchst, könntest du deine geschätzte Aufmerksamkeit vielleicht noch mal ungeteilt mir zuwenden?* Uh, das war giftig. *Blödsinn. Natürlich bringe ich dich nicht um. Mein Biss wird dich nicht töten. Er wird sich genauso schnell schließen, wie er sich geöffnet hat.* Ungemein beruhigend. Trotzdem, alleine die Vorstellung, wie ich meinen Kopf – freiwillig – in das Drachenmaul legte, ließ mich schon wieder würgen. »Es gibt keinen anderen Weg?« Ein kümmerlicher Fluchtversuch. Natürlich gab es keinen. Berkom hätte ihn sonst schon längst gewählt. *Du kannst es.* Hach, schön, wenn er so ein Vertrauen in mich und meine Fähigkeiten hatte. *Es ist auch für mich nicht leicht.* Oh du meine Schande. Die andere Seite der Medaille hatte ich gänzlich ausgeblendet. Völlig auf mich konzentriert, hatte ich vergessen, dass ich hier nicht der einzige Akteur war. Jetzt war es an mir, ordentlich verlegen zu sein. Egozentrik war kein erstrebenswertes Merkmal. *Menschen neigen dazu.* Berkom schnaufte. *Drachen manchmal auch.* Ich schickte meine Frage vorsichtig los, ich wollte nicht verletzend wirken, aber ich hatte keine Vorstellung, was für ihn an dieser Sache belastend war. *Ein Drache ist unverletzbar. Du wirst mich verletzen. Mein Blut wird fließen.* Meine Haare stellten sich auf. Es war unvorstellbar. Das war absolut ausgeschlossen. Mein Drache sollte bluten! Oh nein, Ende der Durchsage. Mein Herzschlag verdoppelte sich ansatzlos und Adrenalin schoss in meinen Körper. Ich stand auf meinen beiden Beinen und warf einen wilden Blick um mich, um den Feind auszumachen, der Berkom bedrohte. *Äh. Interessant. So weit sind wir schon?* Ich kam wieder zu mir und stellte fest, dass es wohl dezent unsinnig war, wenn ich einen Drachen gegen irgendwelche Gefahren verteidigen wollte. *Nein, ist es nicht. Drachengefährten reagieren so, das ist ganz normal. Es dauert nur sonst etwas länger, bis es so weit ist. Du entwickelst dich ziemlich schnell.* »Dann sollten wir es hinter uns bringen.« Solange ich noch in dieser verqueren Stimmung war. *Nimm den Stein*. Ich nahm ihn. Berkom legte sich hin. *Komm her*. Ich ging zu ihm. Er öffnete sein Maul. *Der rechte obere Fangzahn, der Schnitt in den Kiefer muss tief und lang genug sein, damit es richtig blutet*. Kraft, ich brauchte Kraft. Atmen. Ich packte den Stein mit Verzweiflung. Ich beugte mich in das Maul hinein, visierte den Fangzahn an, den Kiefer direkt dahinter. Ich stützte mich mit einer Hand auf den unteren Gaumen und schnitt mit aller Kraft, die ich aufbringen konnte, in den oberen Kiefer hinein. Das Blut schoss über meine Hand, lief mir den Arm hinunter, heiß, brennend, ich verlor vor Schreck die Balance, knickte in die Knie und riss meinen Arm zurück. Der Stein fiel mir aus der Hand. Berkom schloss sein Maul über meinem Genick. Ich stützte mich immer noch mit einer Hand auf seinen unteren Gaumen, mit der anderen Hand packte ich verzweifelt seine Lippe, versuchte freizukommen, versuchte sein Maul zu öffnen, in schierer Panik drückte ich mich von ihm ab und trieb seinen Fangzahn tief in meinen Hals.

Der Schmerz war unvorstellbar. Er zerriss mich. Eine Hitzewelle packte mich, ich glühte, brannte. Dann raste eine Kältewelle über mich hinweg, ich erstarrte zu Eis. Dann verschwand mein Temperaturempfinden, Hitze und Kälte wurden zu stark, ich konnte nicht mehr unterscheiden, ob es nun glühend heiß oder beißend kalt war, und dachte ersterbend, dass das auch normal sei. Wenn die Temperatur zu hoch oder zu tief wurde, konnte der Mensch sie nicht mehr unterscheiden. Und irgendwann konnte er gar nichts mehr fühlen. Atmen. Einatmen, ausatmen. Ich lag auf der Seite, der Drache lag schützend vor mir. Er hatte mich wieder freigegeben. Es war vorbei. Es war leider nicht vorbei. Eine neuerliche Schmerzattacke ließ mich aufstöhnen. Meine Eingeweide zogen sich zusammen, der Krampf erfasste mich gänzlich und ich schrie. Warum hörte das nicht auf, es musste jetzt aufhören. Die nächste Welle war übler. Gepeinigt begann ich um mich zu schlagen. Das war grauenvoll. Meine Knochen begannen zu zerfallen, meine Eingeweide schienen sich aufzulösen. Ich schrie. Dann brachen meine Schreie ab. Meine Stimmbänder lösten sich aus meiner Kehle, ich sah sie vor mir in der Luft, dann flatterten sie davon. Ich stierte ihnen hinterher. Die Qual packte mich erneut, schleuderte mich herum, ließ mich vergessen, wo oben oder unten war. Eine riesige Hand riss meine Bauchdecke auf und holte mein Eingeweide heraus, Darmschlingen wurden auf dem Boden ausgebreitet. Ein weißer, gleißender Blitz schoss durch mich hindurch, zerteilte mich, riss mich aus meinem Körper. Plötzlich existierte ich frei schwebend im Raum. Ich sah meinen Körper unter mir liegen, in Agonie wie ein verkrüppelter, knorriger Ast in unmöglicher Form verdreht. Was passierte mit mir? Das da unten war ich, da gehörte ich hinein. Ich hing hilflos in der Luft, gestalt- und formlos. Los, mach schon, rein da, los. Ein neuerlicher Blitzschlag traf mich und schleuderte mich zurück in meinen Körper. Keuchend, mit Schaum vor den Lippen, warf ich mich sinnlos herum. Ein tiefes Röcheln kam aus meiner Kehle. Berkom drehte vorsichtig seinen Kopf. Seine Zunge fuhr mir sanft über das Gesicht. *Schlaf jetzt, Brenn. Schlaf jetzt. Ich passe auf dich auf.* Wehrlos Mächten ausgeliefert, die ich nicht einmal ansatzweise verstand, drückte ich mich an meinen Drachen und gab auf.

Aufwachen war seltsam. Zuerst spürte ich den Felsen, auf dem ich lag, dann spürte ich den Felsen über und unter mir. Dann spürte ich den Berg, den Felsen gegenüber, der ein anderer Berg war. Ich spürte den Berg daneben, ich spürte das ganze Tal. Meine Möglichkeiten weiteten sich, ich begann eine Ahnung von der Bergkette zu bekommen, in der dieses tiefe Tal lag. Es war unheimlich. Der Schreck zog an meinem Gedärm. Ich krabbelte ein paar Schritte zur Seite und kriegte es noch gerade so auf die Reihe. Danach setzte ich mich, schnaufte und fuhr mir über das Gesicht. Dann vergrub ich mein Gesicht in meinen Händen. Dann ließ ich sie sinken und betrachtete sie, drehte sie hin und her. *Sieht aus wie Hände, fühlt sich an wie Hände, es sind deine Hände.* »Keine Krallen?« Ich räusperte mich. *Noch nicht. Es dauert ein wenig, bis deine Nägel wachsen. Wird hübsch aussehen. Du wirst es mögen. Besonders an deinen Füßen.* Mit einem verschreckten Kiekser zog ich meine Füße zu mir her und schlang meine Arme um sie. Idiotisch. Berkom lag immer noch ziemlich unverrückt an der gleichen Stelle, wie gestern. Oder vorgestern? Egal. Jedenfalls schielte er zu mir hin und ließ einen Eckzahn blinken. Er grinste. Ich starrte ihn entgeistert an. Das war eine Sinnestäuschung. Drachen konnten nicht grinsen. Drachen machten das nur mental. *Was glaubst du denn, dass nur du was dazulernst?* Ich hatte mich noch nicht erholt. Zusammengekauert hätte ich mich am liebsten in irgendeinem netten Gestrüpp verkrochen. *Zieh dich aus.* Ich erstarrte. *Los, mach schon, zieh dich aus.* Ich glotzte Berkom an. *Zieh dich aus.* »Du spinnst, was soll das denn?« *Und dann geh und wasch dich.* »Bist du verrückt?« *Du stinkst.* Das schlug dem Fass den Boden aus. Zornig fuhr ich hoch und begann mich meiner Kleidung zu entledigen. An einem schattigen frühen Morgen hoch in den Bergen war das die beste Gelegenheit, um sich eine Lungenentzündung zu holen. Vielleicht war das seine Art, mich loszuwerden. Der Drache hatte seine Augen zu Schlitzen verengt. Er fand das anscheinend unheimlich spaßig. Ich kochte. Schließlich hatte ich mich komplett entkleidet, na gut, bis auf den Slip. *Prüde?* Ich wäre ihm gerne an die Gurgel gefahren. *Hier sieht dich doch niemand.* »Geht dich das vielleicht was an?« *Hu, empfindlich heute Morgen.* Der Drache stand gemächlich auf und dehnte sich. Dann drehte er sich und stellte sich quer zu mir, hob den Schwanz, schachtete aus und schwang seinen Kopf mit entnervendem Bogen zu mir. *Außerdem kannst du sowieso nicht mit mir konkurrieren.* Dieses Imponiergehabe war das Letzte, was ich jetzt brauchen konnte. Ich grapschte meine Kleider, grollte »Bist du völlig übergeschnappt!« und dann ließ ich alles fallen und erstarrte. Meine Stimme grollte mit dem satten tiefen Ton eines ausgewachsenen Drachen und gleichzeitig sprach ich. Diese Dualität war völlig unmöglich. Dieser Laut war unmöglich. Berkom kam zu mir und stupste mich sanft an. *Wenn du mit deiner Drachenstimme sprichst, werden alle Menschen vor dir ihre Knie beugen.*

Darum hatte ich nicht gebeten. Ich hatte eigentlich um überhaupt nichts gebeten. Ich hatte nur bei meinem Drachen bleiben wollen. *Geh dich waschen.* Mir fiel nichts anderes ein, also bückte ich mich nach meinem Zeug und ging wirklich zum Bach. Der Felsen unter mir sprach zu mir, er übermittelte mir interessante Aspekte von Sprüngen und Rissen, Absplitterungen und der Ahnung von Eiszeiten und jahrhundertealten Auffaltungen. Ich schüttelte mich und versuchte es von Neuem. Diesmal wisperte mir der Wind etwas von Schneefeldern im Norden zu, von Regen, der an einem südlichen Bergtrauf fiel, von der sich kräuselnden Oberfläche eines tiefen Bergsees, einem Kratersee, einige Kilometer weiter entfernt. Ich wurde unwiderruflich verrückt. *Wenn du es nicht wissen willst, komm zur Ruhe. Du hast das gelernt. Ruhe.* Die mentalen Übungen, die ich angewendet hatte, um mich zu konzentrieren, kamen mir ungerufen in den Sinn. Langsam tauchte meine Umgegend wieder vor meinen Augen auf, ich sah, dass ich den Bach bereits fast erreicht hatte. War ich gegangen oder geflogen? *Gegangen.* Ich kniete mich am Wasser nieder und hielt meine Hände hinein. Frisch und sauber plätscherte es den Berg hinunter. Versuchsweise wollte ich seinem Weg zurück und hinauf in den Felsen folgen, aber dann zog sein reiner Geruch mich herab und ich trank lange. Danach wusch ich mich langsam und genussvoll. Das Wasser war herrlich. Das Bündel Kleider am Bachrand erfüllte mich mit einem gewissen Widerwillen. Es stank wirklich erbärmlich. Berkom hatte das die ganze Zeit über ausgehalten? Es stank übel, es stank nach Krankheit. Ich zerrte die Kleider ins Wasser, tauchte sie ein, rubbelte, tunkte, wrang sie aus. Es war ziemlich widerstandsfähiges Zeug gewesen, das ich getragen hatte, und es hielt so einigermaßen, aber präsentabel sah ich damit nicht mehr aus. Eigentlich hatte ich sowieso keine große Lust dazu, mir wieder etwas anzuziehen. Die Sonne war da, die Luft war herrlich angenehm auf meiner Haut, es gab eigentlich keinen Grund, etwas daran zu ändern. Ich wackelte erfreut mit meinen Zehen. Die Kleider konnten vor sich hin trocknen, ich brauchte sie momentan nicht. Es ging mir gut, ich fühlte mich rundum zufrieden. Das dauerte eine halbe Sekunde, dann setzte mein Denken wieder ein. Keine Übelkeit mehr, keine Schwächeanfälle, alles wie weggeblasen? Ich blickte hoch, meinem Drachen in die Augen. *Ein Drachengefährte muss seinem Drachen überallhin folgen können.* »Wir werden zusammen fliegen.«

Ich ließ meine Hand ins Wasser fallen, ließ das Wasser über die Handfläche fließen. Etwas Fundamentales war geändert worden. Ich hatte mich verändert. *Du hättest sonst nicht mit mir fliegen können.* Und was war mit all den Sagen und Geschichten von Drachenreitern? *Mumpitz. Wenn ein Mensch in große Höhe kommt, und das kommt er, wenn er mit einem Drachen über die Berge fliegt, dann wird die Luft zu dünn zum Atmen für ihn. Er braucht ein Sauerstoffgerät. Ansonsten wird er ohnmächtig. Wozu haben wohl die Piloten in den Kampfjets ihre Atemgeräte? Zum Spaßvergnügen?* Ich fand es immer noch irritierend, wenn Berkom so selbstverständlich von Dingen sprach, die gänzlich außerhalb seiner Erfahrungen lagen. Er schielte mich schon wieder so verschmitzt an. *Ich bin jetzt viel schlauer als jeder andere Drache vor mir. Keiner hatte je so einen Gefährten wie ich.* Na bravo. Ich stand auf und boxte ihn in die Rippen. »Dann denke immer schön daran, wem du all diese Weisheiten verdankst, damit du nicht zu übermütig wirst.« Berkom hopste ungelenk zur Seite, begeistert über meine Aufforderung zum Spiel, rutschte auf dem Abhang aus und konnte sich nicht schnell genug abfangen. Er begann den Abhang hinunterzuschlittern und der wurde steiler. Vor Schreck breitet er seine Flügel aus und hob ab. Es war ein gigantischer Anblick, einen fliegenden Drachen so hautnah vor sich zu sehen. Berkom flog nicht sehr weit, sondern drehte sofort wieder bei und landete keine 300 Meter entfernt. Vorsichtig ließ ich meinen Geist in seinen sickern. Er keuchte. Er war erschrocken. Er war geflogen. Zum ersten Mal in seinem Leben. »Ich bin stolz auf dich. Das war sehr gut.« Ich schickte ihm eine fein gewobene rotgoldene Schärpe. Ich war wirklich unbändig stolz auf meinen Jungdrachen. Er war jetzt kein Baby mehr. Kein Drache war so schnell gewachsen wie er. *Komm runter zu mir.* Berkom rief nach mir, und mir blieb ein wenig die Spucke weg. »Das kann ich nicht. Ich kann nicht so gut klettern. Ich bin nicht stark genug für so eine Tour. Ich war noch nie ein guter Kletterer. Ich habe das nie gelernt. Komm rauf zu mir. Du kannst das. Ich kann das nicht.« Der

Drache kauerte auf einem netten schmalen Felsband unter mir. Und die Felswand, die zu ihm führte, sah für mich von hier oben einfach steil und glatt aus. Es gab nichts, was mir geholfen hätte, hinunterzukommen. Und abseilen konnte ich mich auch nicht. *Lass die Albernheiten und komm runter. Ich habe keine Lust, hier zu versauern.* »Berkom, ich werde abstürzen. Das willst du doch bestimmt nicht. Sei nicht störrisch, komm rauf. Es ist unmöglich, da komme ich nicht runter.« *Du weißt nie, was du kannst, bevor du es nicht probierst.* Schon wieder einer dieser grässlichen Sprüche. Ich biss die Zähne zusammen und drehte mich um, legte mich hin und schob mich auf die Felswand zu. Mein Denken drehte sich um 180 Grad. Wie in einer Matrix schälte sich die Wand vor meinen Augen heraus. Ich stockte. Das Felsenabbild vergrößerte sich und ich erkannte mit absoluter Gewissheit, wohin ich meine Hände und Füße setzen konnte. Mit jeder Bewegung justierte sich das Bild neu, zeigte mir die Möglichkeiten nach oben, unten, rechts oder links. Und es zeigte mir auch, wo es nicht weitergehen würde. Bevor noch meine tastende Hand einen lockeren Stein ergreifen konnte, wusste ich bereits, dass der unter meinem Gewicht abbrechen würde. Ein großer Schatten manifestierte sich in meinem Bild. Waberndes Rot füllte mein Gesichtsfeld aus. Ich blieb an die Felswand gelehnt stehen, drehte mich um, sah meinem Drachen ins Gesicht, sprachlos. Der Atem stockte mir kurz, nicht weil mich die Kletterei angestrengt hätte, sondern weil ich es schlicht kaum fassen konnte. Eine steile Felswand einfach so hinunterzuklettern, fast als würde man eine schlichte Bockleiter hinuntersteigen, das brachte mich doch aus der Fassung. *Du hast eben seit Neuestem ein gutes Gespür für Felsen.* »Und du bist passenderweise ein Felsendrachen.« Ich lachte, warf meinen Arm über die gerade in praktischer Nähe befindliche Nase meines Drachen und drückte ihn fest. Ein rotgoldenes Band wand sich um mein Handgelenk und um den Hals meines Drachen. *Wenn du willst, kannst du vorausgehen.* Ein Angebot mit Hintersinn? Es war mir schlicht egal. Ohne weiter darüber nachzudenken, kletterte ich in die Wand hinein und über den Drachen hinweg, denn das Felsband war zu schmal, um an ihm anders vorbeizukommen. Und das Felsband hörte hinter uns auf, vor uns ging es dagegen weiter. Es war befremdlich, aber das wich dem Staunen, das Staunen wich Verwunderung, Verwunderung wich schlichter Freude. Ich kletterte mit Berkom den ganzen Tag in den Bergen herum, wir alberten, indem wir die Murmeltiere beschlichen und uns schier zu Tode lachten, als sie den anschleichenden Drachen negierten, aber vor meinem »Hu!« in ihre Baue flüchteten, sonnten uns in der Mittagssonne und hüpften unter dem Wasserfall des kleinen Baches herum, als es auf den Nachmittag zuging. Dann bekamen wir beide unisono Hunger. Wir jagten gemeinsam, es war noch keine Meisterleistung, aber wir hatten Erfolg. Der Gedanke daran, dass ich eigentlich vielleicht doch noch mal nach einem Feuerstein suchen sollte, um vielleicht doch noch mal mein Essen zu kochen, tauchte erst sehr viel später auf, als wir schon längst wieder zusammengerollt auf unserem Schlafplatz lagen. Aber es war nur ein leiser Gedankenhauch am Rande und er verging so schnell, wie wenn ein lauer Windhauch ihn verweht hätte.

Tage später tauchte ich langsam aus dem Gemenge von neuem Fühlen, neuen Sichten und neuen Erkenntnissen auf. Ich stand auf der Andeutung einer Bergwiese, bohrte mit einem Zeh in der lockeren Krume herum, die sich mühsam hier hielt, und saugte die saubere kalte Bergluft in meine Lungen. Berkom hatte eine kleine Flugübungsstunde eingelegt. Nach seinem ersten Flug hatte er begonnen, diese kleinen Luftsprünge zu verbessern. Es würde nicht einfach sein, von hier fortzufliegen. Das Tal war eng, man konnte nicht wirklich viel Schwung holen und musste dann ganz ordentlich steigen, um über die Gipfel zu kommen. Dazu hatte er sich nicht weiter geäußert und ich hatte ihn auch nicht gefragt, denn ich war zu beschäftigt damit, die Berge in ihrer ganzen Schönheit in mich aufzunehmen und zu erkunden. Wir litten noch keine Not, wir waren auf unseren Jagdzügen immer erfolgreich, aber ich merkte, dass wir uns dafür immer weiter von unserem Schlafplatz entfernen mussten. Manchmal war es ganz schön nervend, wenn man wusste, dass gerade auf der anderen Seite des Tals ein paar Ziegen herumstrolchten, während auf unserer Seite für Stunden der Kletterei kein einziger anderer Vierbeiner greifbar war. Jagd war eine befriedigende Tätigkeit. Ich wusste, dass ich das nie für möglich gehalten hatte, aber hier in diesem Tal und mit meinem Drachen vereint war das eine andere Kiste. Ich stocherte weiter mit der Zehe in der Erde herum. Die Erkenntnis traf mich mit der Gewalt eines Hammerschlags. Ich fand mich auf dem bisschen Erde sitzend wieder, bevor ich hatte Luft holen können und fluchte kräftig. Meine Kleider lagen zum Trocknen an einem Bach und ich hatte sie seit jener Sekunde, als ich sie dort hinlegte, gänzlich vergessen. Hatte ich überhaupt noch was an? Himmel, ich war tagelang ohne Kleidung durch die Berge geklettert und es ging mir dabei fantastisch. Ich starrte mit immer größer werdendem Entsetzen auf meine Arme, meine Beine. Ich hatte keine einzige Schramme davongetragen, obwohl ich mit meiner ungeschützten Haut ein Dutzend Mal über Felsen geschrammt war. Weder Bauch noch Rücken hatten irgendetwas abgekriegt. Ich war unversehrt, im Gegenteil, meine Verletzungen, die ich mir früher auf meinem Weg hierher geholt hatte, waren völlig verheilt. Ich fasste meinen Fuß an, er fühlte sich an wie sonst auch. Oder doch nicht? Ich strich mit meiner Hand über die Haut an meinen Schenkeln, an meiner Brust, ich konnte keinen Unterschied feststellen. Es musste aber einen Unterschied geben, denn sonst wäre ich nicht ohne jegliche Blessuren durch die letzten Tage gekommen. Schließlich kniff ich mich in den Arm. Das spürte ich deutlich. Oh, genial, ich hatte auch keine Schuhe gebraucht. Aber Hornhaut war mir doch nicht plötzlich gewachsen? Mit erneuertem Misstrauen betrachtete ich meinen Körper. Das war keine Hornhaut, oder? Einen Sonnenbrand hatte ich auch nicht bekommen, obwohl ich unbekleidet tagelang durch die Sonne geturnt war. Und schlagartig wurde mir noch etwas anderes bewusst. Keine Übelkeit, kein Brechreiz, ich fühlte mich so wohl wie schon seit langer, langer Zeit nicht mehr. Es ging mir schlicht fantastisch. Meine Muskeln waren beachtlich und ich hatte Kraft und Wendigkeit, wie ich es mir nur wünschen konnte, zurückgewonnen. Aber ich aß nichts anderes, als was ich hier zuvor auch gegessen hatte, und ich wusste, dass diese einseitige Ernährung mich letztlich schädigen würde. Kein Mensch ernährte sich über einen längeren Zeitraum hinweg ausschließlich von rohem Fleisch, ohne dass er Probleme bekam.

Berkom kam zu einem denkbar ungünstigen Zeitpunkt zurück. »Was hast du Riesenviech aus mir gemacht?« Ich schrie und fauchte ihn an, meine Angst wurde von einem orangeschillernden Zorn übertüncht. Berkom stutzte völlig überrascht. Dann fauchte er zurück. *Was bildest du dir denn ein? Du weißt ganz genau, dass du anders nicht mitkommen kannst, und du warst einverstanden. Menschen mit ihren ständigen Reflexionen sind widerwärtig! Kannst du dich nicht einmal einfach freuen, dass du etwas geschenkt bekommen hast?* Er sah das so. Ich sah das anders. »Ich bin überhaupt kein Mensch mehr, also denk dir was anderes aus!« Ich fauchte. Berkom fauchte. Die Absurdität dessen, was ich hier gerade tat, ließ etwas in mir zerbrechen und ich brüllte meine ohnmächtige Wut hinaus. Der Hall eines donnernden Drachenschreis kam als Echo noch dreimal zu mir zurück, ich stand wie erstarrt mit hängenden Armen da und horchte. Berkom hatte sich hingesetzt und horchte mit. *Nicht schlecht. Ich wusste nicht, dass Drachengefährten so ein Volumen bekommen können. Na da.* »Berkom«, sagte ich noch schwach von der Eruption, »was soll ich jetzt bloß machen?« *Trainieren. Bis jetzt hast du gespielt. Das reicht aber nicht.* Er wollte noch etwas sagen, verschluckte es aber und ich war noch zu erschüttert über das donnernde Gebrüll, das ich selber zustande gebracht hatte, dass ich darauf nicht eingehen konnte. »Was ist mit mir?« Hilflos blickte ich an mir herunter, blickte Berkom an. *Wieso, ist doch noch alles dran, wenn ich es richtig sehe.* Der Drache rieb seinen Schädel an einem flachen Felsstück und hinterließ eine kleine Schrunde. *Deine Haut ist widerstandsfähiger als früher. Das muss sie sein, sonst kannst du nicht auf mir reiten. Du würdest das ohne Polster sonst niemals aushalten und ich dulde nichts Idiotisches wie eine Decke auf meinem Rücken.* Er verschluckte wieder etwas, aber ich konnte immer noch nicht darauf eingehen. *Du brauchst Training. Was glaubst du denn, was das wird, wenn wir gemeinsam abheben? Ein Spaziergang? Hör auf zu träumen. Einen Drachen zu reiten, ist keineswegs lustig.*

Also begann ich zu trainieren. Vorher schlich ich mich allerdings mit einem schlechten Gewissen zu meinen Kleidern und zog mich an. Das schlechte Gewissen rührte daher, dass ich jetzt wusste, dass es absolut unnötig war, und es doch nicht unterdrücken konnte. Ich kam mir vor, als hätte ich einen Rückfall. Trotzdem konnte ich nicht anders. Das einzige Zugeständnis war, dass ich meine Lederjacke nicht anzog. Letztlich war das natürlich ein fauler Kompromiss mit mir selbst und es half auch nichts. Ein gewisses Unwohlsein stellte sich nämlich sehr schnell ein. Es war nicht so schlimm, dass ich aus der Haut hätte fahren mögen, aber es war unangenehm genug, um mir zu signalisieren, dass mein Körper jetzt anders tickte. Training war da keine schlechte Idee. Das war etwas, was ich gut konnte. Zu meinem größten Erstaunen kam ich mit Übungen, die mir früher immer ziemliche Probleme bereitet hatten, teilweise erstaunlich schnell voran. Bei anderen hatte ich mehr Mühe, obwohl das früher nicht der Fall gewesen war. Aber weil ich wusste, wie das Ergebnis aussehen sollte, konnte ich auf der einen Seite den Schwierigkeitsgrad bald steigern und auf der anderen Seite entsprechend hartnäckig arbeiten. Arbeit war es, kein Zuckerschlecken. Und das war nur ein Teil, denn ich begann mit der gleichen Zielstrebigkeit auch meine mentalen Möglichkeiten zu trainieren. Das war ein eher herbes Teilstück und Berkom bekam noch einige Male ein heftiges Fauchen von mir ab. Dummerweise war er ein Drache und so konnte er fantastisch zurückfauchen. Das machte dann nur halb so viel Spaß.

Höchst unpassenderweise verabschiedete sich dann die Sonne und Regenwolken zogen auf. Damit hatten wir beide irgendwie nicht gerechnet, wir waren in einem immerwährenden warmen Sonnenschein herumgetollt und hatten keine Vorkehrung für schlechtere Zeiten getroffen. Mit etwas Besorgnis wurde mir klar, dass ich das von meinem Drachen auch nicht erwarten konnte, er war ja schließlich noch zu jung für solche Überlegungen. Das hätte schon eher mir einfallen müssen. Leider, da konnte ich uns auch nicht helfen, gab es hier oben keine Kühlschränke oder Gefriertruhen, es hätte keinen Sinn gemacht, auf Vorrat zu jagen. Jetzt, in dem dünnen Nieselregen, der alles grau und klamm erscheinen ließ, war es mit Jagen nicht so sehr erbaulich. Ohne mich hätte Berkom sowieso noch lange nicht derartig viel Praxis in der Jagd gehabt. Er wäre von seiner Mutter versorgt worden, bei einem solchen Schlechtwettereinfall sowieso. Das hatte ich ihm nun vermasselt. Eigentlich hätte ich dann auch für Ausgleich sorgen müssen, aber so gut jagen wie Berkom konnte ich schlicht nicht. So schlichen wir tropfend durch einen tropfenden Tag und fanden das nicht so lustig. Diesmal war ich derjenige, der auf Bewegung bestand, mein Jungdrache wäre lieber zwischen seinem Gestrüpp verschwunden. Etwas mürrisch trottete er mit mir mit, als ich auf einen Jagdausflug bestand. *Man findet sowieso nichts.* Ein maulender Drache. »Ach ja, und was ist das, drei Kilometer weiter, knapp unterhalb von unserem Wasserfall?« So nah waren die Gämsen uns schon lange nicht mehr gekommen. Berkom fand das trotzdem nicht nett. *Du bist unfair. Du wendest dich mit meinen eigenen Waffen gegen mich. Das ist nicht fair.* Ich blieb stehen und ließ es auf eine Kollision ankommen. Berkom schaffte es gerade noch so, mich nicht über den Haufen zu stoßen. Verblüfft röhrte er. »Auch wenn es nieselt, kann man aufmerksam sein. Auch wenn mal blödes Wetter ist, kann man seine Augen aufsperren. Dann eigentlich erst recht. Wo sind die Gämsen jetzt?« Berkom guckte mich an wie ein Auto. *Wozu soll das denn gut sein?* »Berkom, wenn die Gämsen plötzlich so nah bei uns sind, muss das doch einen Grund haben, oder nicht? Sie sind sonst nie so nah. Warum also sind sie jetzt plötzlich hier?« Der Drache gab eine Art Grunzen von sich. Er konzentrierte sich und schickte mir dann ein Bild, das mich leicht schaudern ließ. Sie waren nicht umsonst in eine Gegend abgedriftet, die sie sonst aus gutem Grund mieden. Man lebt als Gämse nicht so ganz friedlich in direkter Nachbarschaft zu einem Drachennest. Aber der neue Nachbar, der sich in der Gegend herumtrieb, wo die Gämsen sich sonst häufiger aufhielten, war anscheinend noch unerfreulicher als ein Jungdrache.

Berkom hatte einen Höhlenbären entdeckt. Normalerweise wäre das kein Problem gewesen. Der Höhlenbär, der es gewagt hätte, sich einem Nistplatz von Drachen zu nähern, hatte eine ausgesprochen kurze Lebenserwartung. Aber hier war kein Angriff eines ausgewachsenen Drachenweibchens zu befürchten und der Bär hatte wohl bemerkt, dass der große, geflügelte Schatten ausgeblieben war. Ob er darüber spekulierte, hier ein halb verhungertes Drachenbaby zu finden? Das konnte ich mir entfernt durchaus vorstellen, auch wenn dazu schon eine gehörige Portion Dreistigkeit gehörte. Auf jeden Fall mussten wir den Höhlenbären loswerden, denn zwei so große Fleischfresser und dann noch so ein kleinerer wie ich dazu, das vertrug diese Gegend hier nicht.

Ich saß in dem Nieselregen und blickte illusionslos ins Tal. Fressen und gefressen werden, darum ging es jetzt, und dass ich plötzlich ein Teil dieses Kreislaufs war, erschien mir eigentlich unpassend. *Das Steak früher kam auch irgendwoher*. Gewiss. Das war nicht der Punkt. Berkom schüttelte sich leicht. *Was ist jetzt mit dem Bären?* Ja, was war mit ihm. *Wir gehen hin und hauen ihm eins auf die Mütze*. Oh, ja, klar, natürlich. Die direkte Methode war immer die einfachste und durchschlagendste. »Und was machst du, wenn der Bär sich in eine Höhle verzieht? Dumm gucken. Oder davor Wurzeln schlagen.« Ich schüttelte mir die Regentropfen aus den Haaren. »Was macht er jetzt?« Berkom sah nach. *Er schnüffelt unruhig am Joch herum*. Das Joch war ein netter hoher Berg mit einem hübschen Joch, deshalb hatten wir uns auf diese Bezeichnung geeinigt. Am Joch gab es nicht so viele Höhlen und sie waren nicht unbedingt so groß, dass so ein Höhlenbär hineingepasst hätte. Keine grundsätzlich günstigen Rückzugsmöglichkeiten für ihn also. Ich hatte noch keine richtige Strategie entwickelt, aber eigentlich konnte ich das auch nicht, denn ich hatte es noch nie mit einem Höhlenbären zu tun gehabt. Also fehlten mir sämtliche Parameter, nach denen ich mich hätte richten können. Irgendeine Art Bewaffnung erschien mir unter den gegebenen Umständen nützlich. Ich suchte im Gestrüpp unseres Schlafplatzes herum und fand ein kräftiges Stück Ast, das Berkom für mich herausriss. Es konnte mir entfernt als Keule dienen. Selbst mit der besten Keule gegen einen Höhlenbären anzutreten war zwar ziemlich widersinnig, aber ich fühlte mich trotzdem damit in der Hand besser. Wir trotteten los, das Nieseln wurde weniger und hörte schließlich auf. Das Joch war eine ganze Strecke entfernt. Das half mir alles auch nicht weiter. Mir kam keine Erleuchtung, wie wir den Höhlenbären auf gute Art und Weise hätten loswerden können. Je näher wir dem Joch kamen, desto langsamer bewegten wir uns vorwärts. Irgendwann konnte der Bär uns wittern, was ich so lange wie irgend möglich vermeiden wollte. Meine Strategie hatte ich mir inzwischen zusammengebastelt, aber Berkom würde sie nicht gefallen und ich wollte mit ihm darüber nicht diskutieren. Eigentlich gefiel mir meine Strategie auch überhaupt nicht, aber etwas Besseres war mir nicht in den

Sinn gekommen. Ich begann den Wind abzuschätzen, die Gegend mental zu erkunden, um mir ein geeignetes Plätzchen für unser Treffen auszusuchen. Schließlich wurde ich fündig. Ich brauchte etwas Platz und den fand ich in etwa einem halben Kilometer Entfernung an der anderen Hangseite des Berges, den wir gerade entlangkamen. Ich bedeutete Berkom anzuhalten und sondierte weiter. Ein höchst sinnvoll platzierter riesiger Felsblock würde dem Drachen Deckung geben. Für meine Wenigkeit gab es auf halber Höhe eine allerdings ziemlich kleine Höhle, aber ich hoffte, dass sie reichen würde. Ich drehte mich zu Berkom um, was mir angesichts dessen, dass ich dem Bären damit den Rücken zuwendete, bereits Schwierigkeiten bereitete, auch wenn der noch so weit entfernt war.

»Okay, das ist unser Vorgehen. Der Wind kommt vom Bären her auf uns zu, er wird also weder dich noch mich frühzeitig wittern können. Du wirst hinter dem Felsblock lauern. Ich werden den Bären auf dich zulocken. Wenn er in geeigneter Nähe ist, springst du hinter dem Felsen hervor und brüllst ihn an. Das sollte ihn so erschrecken, dass er so lange läuft, bis er unser Gebiet verlassen hat und nicht mehr zurückkommt. Er wird nicht so blöde sein und sich mit einem wehrhaften Drachen auseinandersetzen wollen. Also denk daran, du erschreckst ihn kräftig und schlägst ihn in die Flucht. Kein übereilter Angriff, ist das klar.« Berkom hechelte ein wenig. *Wieso darf ich ihn nicht fertigmachen?* »Wir machen niemanden fertig, wenn wir nicht müssen.« *Ach. Saublöde Einstellung.* »Eine sehr vernünftige Einstellung. Gewöhne dich besser gleich daran. Wir trampeln nicht wie ein hirnloses Monster durch die Weltgeschichte.« Meine Hoffnung, dass ich um den kitzligen Part drum herumkommen würde, solange Berkom über die in seinen Augen dämliche Beschränkung seiner Rolle räsonierte, war leider umsonst, denn mit einem Mal packte mich eine dünne orangefarbene Leine und fesselte mich. *Und du gehst den Bären holen, oder wie war das gleich noch mal? Wie willst du das machen?* »Lass los. Berkom, lass mich los. So nicht. So rede ich nicht mit dir.« Der Drache fauchte mich an, der Druck verstärkte sich. *Was hast du vor? Was wirst du tun?* Unter der geistigen Fessel blieb ich still stehen. »Nein.« Ich holte langsam und tief

Atem. »So nicht.« Ich sah Berkom noch nicht einmal an. Der Drache fauchte erneut. *Du begibst dich in Gefahr. Das werde ich nicht zulassen.* »Das wirst du. Du hast deinen Part und ich meinen.« Und dann ging ich schlicht in Kontakt. »Verbunden.« Der Drache wollte ein schauriges Geheul anstimmen und ich legte meine Hand auf seine Seele. Ich spürte den Schauer, der durch den Drachen ging. Dann zog ich mich vorsichtig zurück. Die orangefarbene Leine war verschwunden, Berkom hatte meinen Teil des Unternehmens akzeptiert, wenn er auch darunter litt. »Ich bin vorsichtig.« Mit diesem ziemlich unsinnigen Versprechen, das aber trotzdem seltsamerweise uns beiden half, machte ich mich auf den Weg. Natürlich war ich aufgeregt, mein Denken schränkte sich bei jedem Schritt immer weiter ein, bis es so ziemlich völlig ausgeschaltet war. Vor einem Kampf, dem man in die Augen sehen musste, war das immer so. Man reduzierte sich auf seine Instinkte, auf das Bauchgefühl. Nur damit bekam man die Reaktionsgeschwindigkeit, die man brauchte. Denken geschah auf einer anderen Ebene. Eben darum musste man für körperliche Auseinandersetzungen so ausdauernd trainieren, damit Reflexe und Instinkt aufeinander abgestimmt und geschult wurden. Und man musste seine Angst abschirmen. Damit hatte ich gerade ordentlich zu kämpfen.

Eigentlich wäre ich furchtbar gerne irgendwo ganz anders gewesen. Es machte überhaupt keinen Spaß, sich einem leibhaftigen Höhlenbären zum Fraß anzubieten. Anders würde ich den Bären nicht dazu bringen, hinter mir herzurennen. Bären waren außerdem sehr schnell, ich unterschätzte das nicht. Ich musste die Gelegenheit sehr gut einrichten, sonst war es um mich geschehen. Wenn es mir gelang, vor dem Bären in der kleine Höhle zu verschwinden, war alles im rosa Bereich. Ansonsten sah es mau aus. Ich griff unbewusst nach Berkom. Ja, er hatte sich hinter den Felsblock gekauert, die Muskeln angespannt, um rechtzeitig dahinter hervorzubrechen. Ich rief das Bild des Bären und sah ihn nicht mehr allzu weit vor mir in einem Kaninchenbau herumbuddeln. Er war anscheinend schon ziemlich hungrig. Schlecht. Sehr schlecht. Dann hatte ich es also mit einem missgelaunten und hungrigen Höhlenbären zu tun. Und wenn ich ihn mir so ansah, dann schien es ein eher junges Tier zu sein. Keine Erfahrung, aber dafür umso mehr Sturm und Drang. Ach hervorragend. Es hätte doch auch ein rheumatischer, zahnloser Opa sein können. Mein Griff um die provisorische Keule verstärkte sich und ich lockerte ihn sofort wieder. Aus der Lockerheit heraus musste ich agieren, verkrampfte Muskeln waren eine schlechte Ausgangsbasis. Wo war der Bär? Da. Der Wind stand immer noch günstig, er hatte noch keine Ahnung von meiner Anwesenheit oder gar einer noch ganz anderen. Ich begann lauthals zu pfeifen. Es klang ziemlich merkwürdig, aber es erfüllte seinen Sinn. Ich schlenderte hier so fürbass, machte einen kleinen Spaziergang und schwang voller Zufriedenheit diese kleine Keule in meiner Hand. Das Leben war ja so schön. Der Bär stutzte und hob irritiert den Kopf. Dann war er alarmiert und stellte sich auf die Hinterfüße. Ein mehrheitlich erschreckender Anblick, auch wenn ich ihn nicht leibhaftig sah, mir reichte es auch so völlig. Der Bär ließ sich fallen und kam mit unglaublicher Geschwindigkeit angaloppiert. Er hatte überhaupt nicht gezögert. Abrupt hörte ich auf zu pfeifen und nahm die Füße in die Hand. Es hatte geklappt und es hatte für meinen Geschmack etwas zu gut geklappt. Hoffentlich war mein Vorsprung groß genug. Der Bär sah mich noch nicht, aber er hatte mich jetzt doch irgendwie ins Visier bekommen. Ich rannte. Und ich konnte erstaunlich schnell rennen und noch erstaunlicher war, wie gut ich mit dem Berg zurechtkam. Ich flog nur so über den ungleichen, abschüssigen Boden hinweg, was eigentlich unmöglich war. Der felsige Boden war nach dem Regen rutschig und tückisch. Mit weiten Sätzen kam ich über Stellen hinweg, die ich sonst nur mit äußerster Vorsicht und am besten angeseilt bewältigt hätte. Der Bär hatte keine Probleme. Er kam näher. Und wie. Ich brauchte mich nicht umzudrehen, ich sah es in einer merkwürdigen Zweiteilung. Ein Teil sorgte dafür, dass ich trittsicher davonrannte, der andere Teil zeigte mir, wie der Bär hinter mir herkam. Es war eigentlich ziemlich verwirrend, aber ich hatte überhaupt keine Zeit, mich damit aufzuhalten. Keuchend erreichte ich in letzter Sekunde den Platz vor Berkoms Versteck und hechtete in die Minihöhle. Der Bär krachte in voller Fahrt hinter mir her mit dem Kopf gegen den Felsen. Was ihn nicht unbedingt störte, denn er versuchte mich mit seiner

Pranke zu erreichen und aus der Höhle zu ziehen. Ich sah die Krallen vor meinem Gesicht herumfuchteln und drückte mich noch ein wenig weiter in die Höhle hinein. Er kam nicht an mich heran, aber das war wenig tröstlich, denn der Bär begann die Höhle aufzugraben. Ich war ein wesentlich besserer Grund dafür, als einen Kaninchenbau aufzubuddeln. Berkom, los, jetzt darfst du! Wo blieb der Drache bloß? Himmel, der Höhlenbär hatte mit seiner Buddelei Erfolg, er kam mir näher! Er knurrte. Ich konnte bereits seine blutunterlaufenen Augen sehen und die riesigen Fangzähne, die vorne aus seinem Unterkiefer ragten. Ein halb rätschendes, halb grausig rumpelndes Röhren erscholl und der Bär fuhr herum.

Berkom stand mit drohend aufgerissenem Maul auf dem Platz und röhrte nochmals. Der Höhlenbär erstarrte. Dann richtete er sich auf seine Hinterbeine auf und brüllte. Er wollte angreifen und er griff an. Mit einer fließenden Bewegung ließ er sich auf alle viere fallen und raste los. Das ging blitzschnell und dann krachte er in den Drachen hinein. Berkom krallte sich mit seinen Hinterfüßen in den Felsen und richtet sich vorne leicht auf, um mit seinen Vorderpranken zuzuschlagen. Vor meine Augen senkte sich ein roter Vorhang und ich war aus der Höhle draußen, bevor ich mir darüber klar werden konnte, was ich tat. Der Höhlenbär versuchte die Seite des Drachen mit seinen Krallen aufzureißen. Das gelang ihm nicht. Im Gegenzug versuchte der Drache ihn zu beißen, aber der Bär fiel, statt ihm auszuweichen, seinen Hals an und klammerte sich dort fest. Er versuchte Berkoms Kehle zu erreichen. Mein Drache kreischte und in meinem Kopf explodierte eine grelle Sonne. Ich brüllte eine donnernde Herausforderung und der Bär erstarrte. Meine Drachenstimme ließ seine Rückenhaare sich sträuben, in einem merkwürdig verzerrten Anblick konnte ich das genau erkennen. Dann war ich bei meinem Drachen, war auf seinem Rücken, rennend, fand Halt über seiner Schulter und blickte direkt auf den Bären hinab. Mit einer fließenden Bewegung holte ich mit der Keule aus und schmetterte sie dem Bären direkt zwischen die Augen. Berkom schüttelte sich mit einem Aufbäumen, ich glitt von ihm ab und flog, mich in der Luft überschlagend, auf den Bären. Der war benommen von meinem Schlag gestürzt. Der Drache fuhr herum und fand zielsicher das Genick des Bären. Er packte ihn und biss mit aller Gewalt zu, die in ihm kochte. Der Höhlenbär zuckte konvulsivisch und seine Pranken fuhren durch die Luft. Ich wurde weggeschleudert und krachte mich überschlagend mehrere Meter weiter an einen Felsbrocken. Der Schlag trieb die Luft aus meinen Lungen, ich konnte mich kurzfristig nicht bewegen. Gelähmt sah ich, wie der Drache sich auf die Hinterfüße erhob und die Schwingen entfaltete. Er riss den Bären mit in die Höhe und schüttelte ihn wie einen nassen Sack. Dann ließ er ihn auf die Erde fallen und krachte auf ihn hinunter, um ihn erneut zu packen und nochmals zu schütteln. Der Bär reagierte nicht mehr, wie ein großes schlaffes Bündel wurde er hin und her geschleudert.

Die tiefroten Schlieren vor meinen Augen lösten sich nach und nach auf. Ich spürte meinen Körper ganz von ferne wieder, merkte, wie die Gegenwart wieder näher rückte. Ich holte zitternd Luft, meine Lungen reagierten wieder. Der Nachhall des Adrenalinschubs pulste immer noch durch meinen Körper und ließ ihn beben. Der Drache röhrte nochmals und blieb dann heftig atmend neben dem toten Bären stehen. Dann schnob er machtvoll und in der vom Nieselregen noch gesättigten kühlen Luft bildeten sich zwei kräftige Dampfstrahlen. Er hob einen seiner Vorderläufe und stampfte. Dann kam er auf mich zu und im ersten Moment wollte ich rückwärts auf dem Boden liegend vor ihm wegkrabbeln. Die Kampfwut hatte ihn noch voll im Griff. Er schnob nochmals, diesmal war er so nah, dass ich sah, wie sich seine Nüstern öffneten und dass sie inwendig glühend rot waren. Die Dampfstrahlen erreichten mich, es war tatsächlich heißer Wasserdampf. *Du!* Er keuchte immer noch. *Du! Tu das nie wieder!* Er fuhr mit gebleckten Zähnen auf mich los. Seine Krallen rissen den Boden neben meinen Beinen auf, als er abrupt stoppte. »Ich glaube, das liegt nicht in deiner Macht.« Meine Stimme kam mir fremd vor. Sie war klar und kräftig und völlig ruhig. Sie hatte einen tiefen, unterschwelligen Klang, den sie nie zuvor gehabt hatte, als würde die tiefste Glocke aus dem vielfältigen Geläut eines großen Kirchturms über ein weites Tal klingen. Überrascht klappte mein Drache sein Maul zu und stierte mich an. »Ein Drachengefährte kämpft mit seinem Drachen gemeinsam. Ein Drachengefährte steht seinem Drachen zur Seite. Ein Drachengefährte verteidigt seinen Drachen. Das ist so verankert in seiner Verbundenheit mit ihm.« Den Nachsatz konnte ich mir nicht verkneifen. »Muss ich dir das erklären?« *Es gefällt mir nicht.* Ach, ach, das klang jetzt aber sehr zahm. »Das muss es auch nicht. Aber du musst es akzeptieren und du musst lernen, damit klarzukommen.« Verständnisvolles Palaver auf der Basis, dass ich auf dem Rücken vor einem wutschnaubenden Drachen lag und freien, ungehinderten Blick in dessen gereizt aufgesperrtes Maul hatte, war eine ganz neue Erfahrung. Eine lila Schliere. Na endlich. Ich setzte mich auf, packte das Maul und zog es zu mir her. Der Drache kam noch einen Schritt näher, seine Krallen bohrten sich jetzt neben meinem Gesäß in den Boden, ich lag fast unter ihm. Ich umfasste seinen Schädel, meine Hände packten seine Kehlgrube und ich drückte mein Gesicht an seine Stirn. Berkom schloss die Augen unter meinen Armen und sog meinen Geruch in sich hinein. »Du musstest dir für deinen ersten Kampf natürlich einen Höhlenbären aussuchen. Darunter ging es ja wohl nicht.« Mein Drache stutzte. Ich stand auf und Berkom erreichte ein strahlend goldener Sonnenstrahl. Sein Schwanz schlug mit Effet um seine Flanken, er hob mit einem kräftigen Schwung seinen Kopf und stieß einen trompetenartigen Schrei aus. *Du bist stolz auf mich!* »Du kleiner Idiot. Natürlich.« Einen Drachen kleiner Idiot zu nennen, war zwar auch idiotisch, aber es passte zu gut. Außerdem war ich damit beschäftigt, dem Freudenausbruch des Drachen so weit aus dem Weg zu gehen, dass ich nicht versehentlich zertrampelt wurde oder von dem Schwanz ein paar Rippenbrüche davontrug. Mir wurde noch nachträglich ziemlich warm. Kühle, regenfeuchte Luft? Ich schwitzte.

Anschließend verstauten wir den Bären so einigermaßen, damit er nicht zu sehr von irgendwelchen anderen Mitessern in Mitleidenschaft gezogen wurde. Ich schichtete Felsbrocken um Felsbrocken auf den großen Kadaver. Das brachte mich noch mehr ins Schwitzen. Es begann wieder zu nieseln, dazu setzte jetzt auch noch ein unangenehmer Wind ein. Schwitzen im Regen bei Wind mit klammer, verdreckter Kleidung und ohne ein warmes, geschütztes Plätzchen, mal sehen, ob das gut ging. Ein Feuer wäre jetzt doch ganz nett. Und wenn es nur zum Anschein von Gemütlichkeit beigetragen hätte. Aber es gab kein Feuer und es ging auch so. Zur Feier des Tages gab es statt Gämsenragout also Bärentatzen. Berkom futterte so viel, dass er zurück zu unserem Schlafplatz fast schwankte. Aber er wollte immer noch nirgends anders schlafen als dort in seinem Gestrüpp. Er brauchte im Gegensatz zu sonst ziemlich lange, um zur Ruhe zu kommen. Zum Schluss, weil er immer noch mit dem Schwanz schlug, legte ich meine Hand auf sein Herz und ließ meinen Geist zu seinem wandern. Gemeinsam betrachteten wir unseren Kampf nochmals und inmitten kleiner, blauer, beruhigender Bläschenschauer schliefen wir dann gemeinsam ein.

Das schlechte Wetter blieb uns über Tage erhalten. Es regnete mal stärker, mal schwächer und dazu gab es eine Garnierung von Wind, wie ich ihn hier noch nicht erlebt hatte. Er kam in Böen, was ausgesprochen unangenehm war. Ab und zu schlief er etwas ein, ab und zu säuselte er auch nur, aber hin und wieder, und das für meinen Geschmack viel zu oft, pfiff er mit entnervendem Heulen um die Felsen. Wenn es mal keinen Wind gab, schien sich der Nebel zu verfestigen. Wir waren froh um den Höhlenbären, denn so mussten wir uns ein paar Tage lang nicht erneut auf Jagd begeben, sondern hatten unser Auskommen. Natürlich ging das nicht sehr lange, das Fleisch wäre verdorben, aber immerhin bekamen wir so eine gewisse Pause.

Ich übte mit dem Nebel zurechtzukommen, denn der brachte gänzlich neue Elemente in meine veränderten Wahrnehmungsmöglichkeiten. Ich musste mich auch erst daran gewöhnen, dass der Drachenblick funktionierte, egal ob ich in ein Nebelfeld hineinging und real überhaupt nichts sah oder ob der Nebel sich wirbelnd um mich drehte, und ich nicht mehr wusste, ob ich bergauf oder bergab ging. Wenn das passierte, und es passierte überraschend oft, blieb ich stehen und ließ meine neuen Instinkte die Umgebung herausfiltern. Ich begriff, dass ich mich nicht verirren konnte. Ich lernte, dass ich mich auf meine neuen Sinne verlassen konnte, dass ich untrüglich meinen Weg fand und dass ich im Geist weiterhin sehen konnte, auch wenn meine eigenen Augen längst versagten. Und ich begriff, dass ich eine deutlich widerstandsfähigere Natur bekommen hatte. Ich bekam keine Lungenentzündung, keine Infektion, ich hustete und nieste nicht, obwohl ich dem miserablen Wetter inmitten hoher Berge ungeschützt preisgegeben war. Wenn ich noch irgendeinen Beweis für meine Veränderung hätte haben wollen, so bekam ich ihn jetzt unwiderlegbar serviert. Ohne meine neue Natur hätte ich den Kampf mit dem Höhlenbären nicht ohne ernsthafte Verletzungen überstanden. So kam ich sogar ohne einen einzigen blauen Flecken davon. Letztlich brachte das dann den dezent unerfreulichen Gedanken auf, was mir passieren musste, damit ich mich tatsächlich verletzte. Woraufhin Berkom gereizt reagierte. Solche Gedankengänge fand er ausgesprochen unerfreulich. Also beließ ich es dabei und konzentrierte mich darauf, auch mit ihm ein paar Dinge bei schlechtem Wetter zu üben. Er grummelte ziemlich darüber, aber das hielt mich nicht auf. Außerdem interessierte es mich tatsächlich. *Unsinn, natürlich funktioniert das.* »Dann lass es uns ausprobieren.« *Blöde Experimente. Dahinten ist ein kleiner Überhang, da könnten wir ein wenig trocknen.* »Wieso, zerfließt du im Regenwasser?« Selbst das Fauchen wurde ihm über in diesen Tagen. Aber letztlich machte er mit. Wir probierten, wie gut wir zueinanderfinden konnten. Wir probierten, ob wir uns über große Distanz trotz Regen und peitschendem Wind mental erreichen konnten. Wir übten in diesem unerfreulichen Wetter über schwierige Felspassagen zu klettern. Wir vergrößerten die Distanzen und ich konnte nicht feststellen, dass es dadurch schwieriger wurde, Berkom zu erreichen. Es schien hauptsächlich eine Sache der Konzentration zu sein. Selbst der Wille war nicht so ausschlaggebend. Ich merkte, dass ich Berkom kaum abwehren konnte. Wenn er sich meldete, war ich empfangsbereit, egal was ich gerade tat oder vorhatte. Und so musste ich letztlich mit einer Dreiteilung fertig werden, mitten in einem kniffeligen Hang feststeckend, der Wind riss an mir und ich sah im strömenden Regen kaum einige Meter weit, kam zu dem Blick für den Felsen auch noch eine dritte Facette, mein Drache.

Als die Sonne sich wieder nachhaltig zurückmeldete, waren wir beide ziemlich froh. Nicht dass uns das Sauwetter wirklich etwas ausgemacht hätte, aber man stand bei Sonnenschein doch das entscheidende Quäntchen fröhlicher auf als in nasskalttrübem Schmuddelwetter. Ein paar hauchzarte Nebelschwaden zogen vorbei. Das Bächlein hatte etwas mehr Fahrt bekommen, es war auch nicht ganz so klar wie sonst, aber das Wasser schmeckte immer noch fein. Zum Frühstück brauchten wir beide nicht mehr, es reichte, wenn wir einmal am Tag etwas zwischen die Zähne bekamen. Vermutlich hätten wir auch ohne Essen ein paar Tage keine Probleme bekommen, aber der Jungdrache legte noch zu und brauchte daher ordentlich Nachschub. Die Gämsen waren, erfreut über das Ableben des Höhlenbären, wieder in ihr gewohntes Domizil verschwunden. Berkom nahm seine kleinen Flugübungen wieder auf, die er im Regen und Wind unterbrochen hatte. Mit solchen heftigen Böen zurechtzukommen, war für ihn noch zu schwierig. Ich bekam eine gewisse Vorstellung, wie anstrengend Fliegen eigentlich war. Selbst ein harmlos aussehendes Gleiten war mit der deftigen Anstrengung verbunden, die Flügel im richtigen Winkel gegen den Wind gedrückt zu halten. Einmal nachgeben und man trudelte in der Gegend herum, was einem schnell schlecht bekommen konnte. Wie lange konnte man mit ausgestreckten Armen und angespannter Armmuskulatur den Atem anhalten? Okay, dann hatte man eine ungefähre Vorstellung, was es bedeutete, sich in ein Segelflugzeug zu verwandeln. *Drachen sind auch gut zu Fuß. Felsendrachen jedenfalls.* Das hatte ich auch schon gemerkt. Es erstaunte mich immer wieder, wie gelenkig und wendig Berkom sich in diesen Bergen bewegte.

»Gibt es denn noch andere Drachenarten?« Diese Frage hatte mir schon lange im Kopf herumgespukt. *Ja*. Ich bekam das Bild eines gigantischen bräunlichen Monsters mit ziemlich hässlichen Stacheln auf dem Hals und Rücken. *Die wohnen im Sumpf*. Nett. Dann sollten wir uns von Sümpfen also besser fernhalten. Es gab, wie ich dann sehen durfte, auch grüne Exemplare, die auch nicht so wirklich zuvorkommend aussahen. Diese schienen sich in dichten Wäldern wohlzufühlen. Ich hatte definitiv eine Affinität zu Felsendrachen entwickelt. Das waren die wahren Drachen. Als ich so weit gekommen war, wurde mir etwas merkwürdig zumute. Drache war nicht gleich Drache? Anscheinend nicht mehr. Mein Drache erschien mir jedenfalls keinesfalls entfernt mit diesen gräulichen Monstern vergleichbar, die mir als andere Artverwandte vorgestellt worden waren. Ich prägte mir das ein für den Fall, dass mir irgendjemand Fremdes mal über den Weg lief. Der würde Berkom genauso scheußlich wie jeden anderen Drachen finden und keinesfalls meine Sichtweise teilen. »Kannst du mit den anderen Drachen sprechen? Wie kommst du überhaupt mit deinen eigenen Artgenossen aus?« Ich wusste so wenig von der Welt außerhalb des Tals, also gut, überhaupt nichts. Der Drache neben mir war ein wenig unruhig. *Andere Felsendrachen trifft man eigentlich nicht so oft. Es gibt nicht so furchtbar viele von unsere Sorte.* Waren die älteren Semester unleidlich? *Es hängt mit dem Nahrungsangebot zusammen.* Oh, ja, der Aspekt war mir ja auch schon mal in den Sinn gekommen. Felsendrachen logierten also tatsächlich, wie ihr Name sagte, eher in gebirgigem Terrain. Also war es nützlich, dass ich jetzt ganz gut klettern gelernt hatte. Ich würde das weiterhin brauchen. Felsendrachen waren unter allen Drachenarten die eher kleinere Art, auch wenn sie bei Weitem nicht zu den Kleinsten gehörten. Okay, so ein Monster wie dieser Sumpfdrache an einem steilen Gebirgshang, das machte auch keinen Sinn. Die Vorstellung davon schickte ich Berkom und sie ließ uns beide gemeinsam kichern. »Und Menschen? Gibt es die auch dort draußen?« Der Drache schnaufte. *Es tut immer noch weh?* »Nein, eigentlich nicht. Doch, irgendwie schon. Ach, ich weiß nicht. Gibt es welche oder nicht?« *Ich weiß nicht.* Ich bekam nur ein undeutlich verwaschenes Bild von etwas, was vielleicht ein paar Häuser hätten sein können, oder auch nicht. »Wieso kannst du mir das nicht sagen? Ich denke, du weißt alles, was du wissen musst.« *Es funktioniert aber nicht so. Ich weiß das, was ich jetzt gerade brauche. Du kannst ja mal versuchen, ob dein Drachenblick so funktioniert. Dann kannst du es dir selber ansehen.* Das hatte ich natürlich schon versucht. Und festgestellt, dass ich mich hervorragend in den Bergen umsehen konnte, aber darüber hinaus ging es einfach nicht sonderlich toll. Mir wurde ziemlich schnell schlecht, wenn ich das versuchte. Ich hatte schon darüber nachgedacht, ob das eine gewisse Beschränkung der Drachen war, entweder rein räumlich betrachtet oder artgemäß. Felsendrachen hatten den Blick eben für Felsen, nicht für Heide und Sumpf? Oder ob es an etwas anderem lag? *Es geht nicht so, dass du 50 Cent oben einwirfst, dann eine Kurbel betätigst und unten kommt dann der Zettel mit der Lösung heraus.* Na ja, anscheinend war auch im Drachenleben nichts wirklich einfach. Es hätte ja mal sein können. Und einen Versuch war es auch wert. Ich war nicht wirklich enttäuscht, aber eine gewisse Unruhe hatte mich wieder gepackt. Nach den Erfahrungen mit dem Höhlenbären fand ich es dringend nötig, an der Abstimmung mit meinem Drachen zu üben. Ich musste herausfinden, wie Felsendrachen kämpften und ich musste meine eigenen Aktionen daraufhin anpassen. Wir mussten beide zusammen agieren können. Das Problem, dass ich schlicht durchgedreht war, als Berkom in Gefahr geraten war, war noch mal etwas anderes. Ich befürchtete, dass ich hier ziemlich schlechte Karten hatte, das in den Griff kriegen zu wollen. Umgekehrt schien es ja auch schwierig zu sein. Daran zu arbeiten, würde der zweite Schritt sein, jetzt fehlte mir noch der erste. Und für Kampfübungen brauchte ich schlicht einen vernünftigen Übungsplatz. Den es hier in den Bergen nicht wirklich gab. Für den Anfang brauchte ich einen ebenen, nicht zu kleinen Bereich, ungefähr in der Größe von drei Fußballplätzen. So etwas gab es hier einfach nicht. An der Beschränkung, nicht tun zu können, was ich wollte, knabberte ich etwas. Auch Drachen und ihre dazugehörigen Drachengefährten waren kein Superman. Doof.

Der Drache merkte natürlich, dass ich am Philosophieren war, und war unglücklich. Er war sowieso inzwischen etwas gedrückt. Ich hatte die Dummheit besessen und ihn gefragt, warum er eigentlich nicht wie verabredet den Höhlenbären angebrüllt hatte. Das seltsame Röhren, das er damals von sich gegeben hatte, hatte ja nun wirklich nichts mit der donnernden Stimme eines Drachen zu tun gehabt. Er hatte merklich kleinlaut zugegeben, dass er zu jung war, um so etwas zu produzieren, und in der Aufregung noch dazu war er nicht imstande gewesen, etwas anderes hinzubekommen. Meine Stimme dagegen war die eines ausgewachsenen Drachen und es war nicht so einfach für ihn, damit klarzukommen. Auch dass ich ihn mit derartiger Leichtigkeit stoppen konnte, wenn ich wollte, wie ich das damals gemacht hatte, machte ihm zu schaffen. Auch für Jungdrachen war das Leben bisweilen beschwerlich.

Nach dem Feuerspeien hatte ich ihn dann nicht mehr gefragt. Ich hatte schon begriffen, dass auch das eine Frage des Alters war, um genau zu sein, der Geschlechtsreife. Das Thema gehörte definitiv zu der Sorte ›Finger weg‹. Kenntnisse bekam man dann, wenn man ihrer bedurfte, nicht weil man neugierig war.

Das Ergebnis war ergreifend. Wir schlichen beide mit leidender Miene durch den schönsten Sonnenschein, den man sich vorstellen konnte, fraßen unlustig, was uns so vor die Schnauze kam, und verdauten den ganzen Schlamassel schlecht, was sich in hässlichen Träumen meinerseits mit entsprechend unruhigem Schlaf allerseits und Verdauungsstörungen drachenseits auswirkte. Die Lehre daraus zog ich ziemlich schnell, aber es schmeckte mir so wenig, dass ich einige Zeit damit zubrachte, lautlos zu protestieren. Was natürlich nichts nutzte. Getreu dem Motto, der Klügere gibt nach, akzeptierte ich schließlich, was nicht zu ändern war. Wenn es meinem Drachen schlecht ging, ging es mir schlecht. Ich wusste schon, dass sich das so weit auswirken konnte, dass ich schlicht die gleichen Beschwerden spürte wie er. Das war nicht lustig. Umgekehrt wurde aber auch ein Paar Schuhe daraus. Wenn es mir schlecht ging, spürte der Drache es auch. Diese Wechselwirkung war mir vorher nicht bewusst gewesen, vielleicht war sie früher auch nicht so stark gewesen, bevor wir unsere Verbundenheit besiegelt hatten. Also packte ich eines Nachmittags meinen Drachen und machte dem Herumgeeiere ein Ende. Dabei stieß ich auf des Pudels Kern. Berkom begann einen leichten Minderwertigkeitskomplex zu entwickeln. Sein Drachengefährte war ihm davongeeilt. Sein Drachengefährte kam mit allem zurecht. Sein Drachengefährte hatte bei dem Höhlenbären die entscheidenden Punkte gesammelt. Dabei war er der Drache und ich nur ein halblebiges Würstchen. Wenn dieses halblebige Würstchen aber so dominant war, was war er dann für ein Drachenwinzling. Er würde es niemals schaffen, aus dem Tal zu fliegen, sondern kläglich scheitern. Und wenn es ihm wider Erwarten doch gelingen sollte, würden die anderen Drachen ihn nur auslachen, weil er so ein kleines Drachenlicht war. Oje, oje, oje. Ich hätte ihn am liebsten geschüttelt, nur lag das leider nun wirklich außerhalb meiner Möglichkeiten. Also erklärte ich ihm die Wechselwirkung zwischen uns beiden. Es war leider nun mal so, wir konnten uns nur noch bedingt auseinanderdividieren. Berkoms Minderwertigkeitskomplex hatte sich prompt auf mich ausgewirkt, ohne dass ich es wirklich gemerkt hatte. Ich hatte die ganze Zeit darüber nachgedacht, dass ich, so wie es aussah, mich niemals auf dem Drachen würde halten können, wenn er mit mir wegfliegen sollte. Wie sollte ich mich um Himmels willen auf diesem Rücken ohne jegliches Geschirr halten? Ich hatte Albträume ohne Ende, in denen ich ständig in das Tal stürzte und elendiglich zerschellte und infolgedessen Berkom dann ebenfalls abstürzte. Also gut, dieses Problem, das ich da wälzte, hatte Berkom genauso unbewusst gedrückt wie umgekehrt.

Nachdem wir unsere Schwierigkeiten ausgeführt hatten, konnten wir darangehen, sie zu analysieren und damit zu beseitigen. Bei Berkom ging das sehr schnell, denn letztlich war er ja superstolz auf mich. Er würde doch nicht glauben, dass ein solcher Drachengefährte, wie ich es war, sich mit einem mickrigen Drachen abgeben würde? Das war natürlich ein unzulässiger Umkehrschluss und den nahm ich her, um unsere Verbindung nicht nur mental, sondern auch verstandesmäßig zu untermauern. Es war schlicht völlig wurst, was die anderen Drachen von ihm oder mir halten würden. Es war völlig wurst, ob er über den Berg flog oder nicht. Was einzig und allein zählte, war, dass wir das Beste daraus machten, Tag für Tag. Insofern, das sagte ich Berkom auch, waren die letzten Tage nicht umsonst. Wir hatten sie gebraucht, um die Situation zu verstehen. Wir konnten einer dem anderen nichts vormachen. Das war zu schlucken.

Was das Fliegen anbelangte, so hatte der Drache eine Idee. Nach wie vor würde er zwar keine Decke, kein Geschirr und schon gar keinen Sattel dulden. Davon abgesehen hätte ich das alles herzaubern müssen. Ich hatte keinen einzigen dieser Gegenstände zur Verfügung. Was er aber bereit war zu probieren, war eine Halteschlinge um seinen Hals. Sitzen würde ich direkt über den Flügelgelenken. Das war der einzige Punkt, wo es auch Sinn machte, alles andere war viel zu schwierig. Wie bei einem Flugzeug befindet sich auch beim Drachen der ruhigste Punkt direkt über den Flügeln. Mit den Unterschenkeln würde ich unter die Flügelgelenke rutschen und somit einen festen Halt mit den Knien gewinnen. Mit dem Halteseil dazu sollte ich eine reale Chance haben, oben zu bleiben. »Berkom, wie haben andere Drachengefährten das denn gemeistert? Die fliegen doch auch mit ihren Drachen?« Eine große lila Blase. Überdimensional. Er hatte daran wirklich schwer getragen. Es gab dazu kein Pendant, hier versagten die gesammelten Weisheiten der Drachengesellschaft, die ihm zur Verfügung standen. Es gab schlicht bisher keinen Drachengefährten bei Felsendrachen, zumindest wusste er von keinem. Die anderen Drachengefährten verwendeten bei ihren Feld-, Wald- und Wiesendrachen kein Geschirr, weil sie sich an den Halsstacheln festhielten. Felsendrachen hatten keine Halsstacheln. Also gut, eine Halteschlinge. Woher nehmen und nicht stehlen. Ich hatte immer noch das Seil aus meinem anderen Leben, aber das reichte natürlich bei Weitem nicht um den Drachenhals herum. Berkom dachte nach, ich grübelte. Mir kam das Bärenfell in den Sinn, das Berkom nicht gefressen hatte. Es war aber eine ziemlich unerquickliche Sache, so ein halb durchgekautes stinkendes Bärenfell zu verwenden, das natürlich nicht gegerbt oder sonst wie behandelt werden konnte. Berkom hatte die erheblich bessere Idee. Er zeigte mir die Stelle, an der er seine Flügel entfaltet hatte. Ich hatte die Hautfetzen abgesäbelt und die sollten dort noch vorrätig sein, wo ich sie fallen gelassen hatte. Wir marschierten sofort los, um nachzusehen, ob sie keinen anderweitigen Abnehmer gefunden hatten. Ich ärgerte mich derweil, weil mir die Drachenhaut in der ganzen Zeit, die wir hier waren, nicht einmal in den Sinn gekommen war. Drachenhaut war etwas Kostbares. Wie hatte ich das einfach vergessen können? Eine kleine rotgoldene Blase hüpfte durch meinen Geist. *Du hast immer Drachenhaut unter deinen Händen, wenn du mich anfasst. Wie sollte das für dich noch den exklusiven Beigeschmack des Besonderen behalten? Es ist Alltag.* Das Wunder inmitten des Alltags. Ich bekam eine kleine Gänsehaut und verhielt meinen Schritt. Diese wenigen Sätze brannten sich in mir ein, ich würde niemals mehr diese Sekunde vergessen. Wir fanden die Fetzen der Drachenhaut. Es waren gar nicht so wenige Stücke und ich befühlte sie mit einer Mischung aus Interesse und einem kleinen bisschen Ehrfurcht. Drachenhaut war unverletzlich. War sie auch unzerreißbar? Kaum, denn sonst hätte Berkom sie ja nicht abschälen können. Der Drache grunzte. *Sie ist in Streifen gerissen, das ist so vorgesehen, sonst hätte ich ja die Flügel nicht frei bekommen.* »Sollbruchstellen?« *Genau. Aber das ist es auch. Du wirst sie nicht zerreißen können. Ich vermutlich auch nicht.* Wir probierten es, und es war so, wie Berkom sagte. Weder er noch ich konnten die Drachenhaut weiter zerreißen. Ich nahm also alles, was ich fand, und begann es zu verknoten. Schließlich bekamen wir sogar zwei Halteschlingen zustande. Ich stülpte sie Berkom um den Hals und wir probierten den Sitz aus. Sie durften seine Luftröhre nicht beieinträchtigen oder seine sonstige Bewegungsfreiheit einschränken, damit er ungehindert agieren konnte. Im Grunde würden wir das erst in der Luft wirklich ausprobieren können. Ich betrachtete noch den Drachen und justierte ein wenig an den Seilen herum, die ich gebastelt hatte, da traf mich unvorbereitet ein kräftiger mentaler Schlag. Grüngelb waberte es durch meinen Geist und warf mich fast um. *Los. Jetzt. Ich weiß nicht, ob ich es noch mal schaffe.*

Der Drache zitterte. Angst überflutete mich und raubte mir den Atem. Ich hatte keine Ahnung gehabt, dass es so schlimm für ihn war. Die Angst kam in immer stärkeren Schüben und Wellen. Ich kämpfte um Stand, kämpfte um ein wenig Luft. Blinzelnd versuchte ich Abstand zu gewinnen, es war völlig vergeblich. Da tauchte ich in dieses gelbgrünliche Leuchten hinein und fischte darunter nach dem beruhigenden Blau, das sich in einem See tief innen drin befand. Das Blau stieg auf und mischte sich mit dem Grün und Gelb. Es dämpfte und nahm die Heftigkeit. Ich konnte wieder sehen, keuchend schnappte ich nach Luft, konnte wieder Atem holen. Ich verstärkte das Blau und ließ es driften. Langsam begann es auch bei Berkom zu wirken. Er keuchte ein wenig, aber er zitterte nicht mehr so sehr. »Komm hier rüber zu dem Lawinenabgang. Da liegt noch ein Felsstück, da kann ich draufklettern.« Der Untergrund dort war etwas unsicher, die Lawine hatte eine tiefe Schrunde im Berghang hinterlassen und es konnte sich jederzeit wieder eine Lawine lösen. Ich rief meinen Drachenblick und schickte dieses Bild an den Drachen. Es war das erste Mal, immer war ich zuvor der Empfänger gewesen, nie der Sender. Es fühlte sich seltsam fremd an, als ich den doch so vertrauten Geist meines

Drachen auf diese Weise berührte. Aber Berkom griff nach meinem Bild wie ein Ertrinkender nach einem Rettungsring. Er stapfte hinüber zu dem Felsbrocken, konzentrierte sich verzweifelt auf den Untergrund und versuchte alles andere auszublenden. Ich konnte nur hoffen, dass sein Überlebenswille größer war als alles andere. Wenn er zu toben begann, würde er mich abwerfen und eine Lawine auslösen. Ich würde von der Lawine verschüttet und getötet werden. Aber auch er würde von der Lawine mitgerissen werden, und ob er sich rechtzeitig daraus lösen könnte, war durchaus fraglich. Lawinen waren auch für Felsendrachen eine Gefahr. Konnte die größere Gefahr die andere kompensieren?

Ich schaltete alles Denken aus, legte meine Hand leicht auf seinen Hals und ging mit ihm mit. Vor dem Felsbrocken angekommen, legte ich meine Hand auf den rauen Stein und war mit wenigen sparsamen Bewegungen oben angelangt. Ich bewegte mich langsam und vorsichtig, untermauerte alles mit größeren blauen Blasen und befahl mir selbst ruhig zu atmen. Der ruhige Atemzug übertrug sich auf andere Lebewesen, das wusste ich aus früheren kritischen Situationen. Der Drache hob seinen Kopf und ich sah die von gelbgrünen Kreisen umschlossene Iris. Ich schickte noch mehr große blaue Blasen und legte meine Hände auf den Hals, ließ den Rhythmus des ruhigen Atems hindurchfließen. Die Haut unter meinen Händen zuckte und fühlte sich heiß an. Ich ließ meinen Drachenblick in den Boden sickern, es gab schon die ersten feinen Verschiebungen, das Gewicht des Drachen drückte auf den unsicheren Untergrund. Ich konnte nicht mehr länger warten. Mit einer schlichten, ruhigen Bewegung hob ich meinen linken Fuß und ließ ihn über den Halsansatz des Drachen gleiten. Meine Hände fassten das Halteseil auf beiden Seiten des Halses. Mein Körper rutschte leicht zurück und fand die korrekte Position über den Flügeln. Meine Füße glitten vorsichtig zurück und berührten die Flügel. Der Drache quietschte, als hätte ich ihn gestochen, und setzte mit kleinen, trippelnden Schritten zurück. Der Boden begann zu schwanken und geriet in Bewegung. Der Drache hob seine Flügel und meine Knie fanden ihren Platz unter seinen Flügelgelenken. Der Drache begann leicht mit den Flügeln zu schlagen, hatte nur noch losen Kontakt zum Boden. Die lockeren Steine kamen ins Rutschen, der Drache griff jetzt nach vorwärts aus. Ich saß auf dem Drachen und spürte doch nicht viel um mich her, denn die Flügel brausten und ich konnte nur daran denken, den ruhigen Atemrhythmus beizubehalten. Fünfzig Meter weiter waren wir aus dem heiklen Gebiet heraus, aber der Drache wollte jetzt abheben. »Nein, Berkom, nicht.« Ich musste meine aufsteigende Panik bekämpfen. Das wäre das Ende. Hinter uns löste sich die Lawine mit Getöse und ließ Schutt und Steine über den darunter liegenden Hang zu Tal stürzen. »Berkom, es ist gut. Ich bin es. Ruhig. Ruhig. Die Lawine ist vorbei. Es ist alles gut. Ruhig. Ruhig.« Wir hatten nicht mehr viel Platz, vor uns ging der Berghang zu Ende und es kam ein steiles Stück, das man nur mit Vorsicht durchklettern konnte. »Dreh um, dort kommen wir nicht weiter.« Der Drache reagierte überhaupt nicht. »Berkom, dreh um. Ruhig. Komm, dreh um.« Ich spürte überhaupt nichts, es war, als würde ich auf einem Ozeandampfer stehen, auf dem das Steuerrad zerbrochen war. Also tat ich das Einzige, was mir noch übrigblieb. Ich schickte das Bild unseres Schlafplatzes los, totes Holz und Gestrüpp, der ultimative Ort der Sicherheit. Berkom legte die Flügel an und wurde langsamer, dann hielt er an. Vor unseren Füßen öffnete sich die steile Felswand und ich durfte nicht einmal vor Erleichterung aufatmen, denn es war noch nicht vorbei. Langsam und unbeholfen drehte der Drache um, es war, als könne er sich plötzlich nicht mehr geordnet auf seinen vier Füßen bewegen. Schwankend und unsicher tapste er jetzt, brauchte manchmal zwei Anläufe, um überhaupt einen Schritt zu tun. »Ruhig, ruhig.« Meine Stimme war eine halbe Etage tiefer gerutscht. Ich wagte nichts weiter zu tun. Mir kam es so vor, als wanke der Drache, und ich befürchtete, er könnte das Gleichgewicht völlig verlieren und sich überschlagen. So schlimm war es dann doch nicht, aber der Rückweg war schaurig. An dem Lawinenabgang vorbeizukommen, war eine größere Kunst. Der Drache scheute zurück und ich schickte ein ums andere Mal das Bild des Schlafplatzes, um ihn zu einem weiteren Schritt vorwärts zu bewegen. Wir kämpften uns in einem weiten Bogen vorbei, wobei der Hang hier steiler war und ich meine wieder aufsteigende Panik mit größter Energie zurückdrängen musste. Schließlich sahen wir den Bach vor uns und damit waren wir fast zu Hause. Der Drache hob den Kopf und röhrte ein wenig. Er legte an Tempo zu und das half erheblich dabei, ihn zu stabilisieren. Wie eine Dampfwalze bretterte Berkom in seinen Nistplatz und bevor ich noch irgendeine Chance gehabt hätte, zu reagieren, ließ er sich fallen. Ich hatte insofern Glück, dass er sich nicht auf die Seite warf, sondern einfach in sich zusammensackte, aber dafür hätte mich der abrupte Halt fast heruntergeschleudert. Der Drache schnaufte und ich schnaufte. Ich saß immer noch auf ihm und wagte nicht mich zu rühren, um keine neuerliche Explosion unter mir hervorzurufen. *Runter?* Es war eine zaghafte Anfrage, meine Antwort war ein erleichtertes »Aber ja doch. Ich mach schon.« Das ›gerne‹ verkniff ich mir gerade noch in letzter Sekunde. Ich zog meine Füße unter den Flügeln hervor, was ein erschrockenes Zucken unter mir und in mir auslöste, dann beugte ich mich vorsichtig auf den Hals vor und hob das linke Bein über den Rücken, löste die linke Hand von dem Halsriemen und ließ mich hinuntergleiten. Die Erde fühlte sich unvermutet hart an und die Knie gaben nach. Ich sackte genauso zusammen wie mein Drache, fiel gegen seine Brust und setzte mich unfeierlich hin. Berkom drehte seinen Kopf und schnorchelte mich an. »Ich bin es. Immer noch. Oder schon wieder. Also ich bin es.« Die Welt begann sich dezent im Kreise zu drehen. Ich stützte meine Hände auf den Boden und holte begierig Luft. Das hatte ich wohl irgendwie im Laufe unseres Rückwegs vergessen. Man sollte immer schön atmen, das war doch sehr nützlich. Etwas später stellte ich fest, dass ich wieder festen Boden unter mir hatte und dass ich schweißgebadet war. Ich lehnte immer noch an Berkoms Hals und der fühlte sich ebenfalls etwas ungewöhnlich an. Heiß? Meine Wahrnehmung war noch etwas getrübt. Uff, wir hatten es geschafft. Die Erkenntnis kam in kleinen Schüben. Ich war auf meinem Drachen geritten. Er hatte mich nicht abgeworfen. Wir waren nicht in einen Abgrund gestürzt. Es war gut gegangen. »Berkom, du hast es geschafft.« Ich blieb still an meinen Drachen gelehnt sitzen und tauchte in ein sanft schillerndes Farbgemisch ein. Wir brauchten erheblich Zeit, bis Berkom so weit war, dass er sich normal hinlegen konnte, und ich brauchte genauso lange, bis ich in der Lage war, meinen gewohnten Schlafplatz einzunehmen. Danach brauchten wir noch etwas länger. Aber dann schliefen wir schließlich doch ein und es wurde ein langer tiefer Schlaf der seelischen Erschöpfung.

Den nächsten Versuch starteten wir beide mit erheblich gesteigerter Vorsicht. Im Liegen nämlich. Ich ließ Berkom nach dem Aufwachen einfach weiterhin auf seinem Schlafplatz liegen und krabbelte auf seinen Rücken. Das war überhaupt kein Problem. Ich konnte überall herumrutschen, lediglich an den Flügeln reagierte der Drache etwas empfindlich. »Kitzelig?« *So ähnlich. Komm wieder runter.* Okay, es war ihm nach gestern immer noch nicht ganz geheuer. Zugegeben, mir auch nicht. Die Vorstellung, auf diesem riesigen Tier zu sitzen, war mir doch relativ unheimlich. Ich hockte mich zu Berkom und wir lehnten uns quasi gegeneinander. Er war traurig, dass er es nicht besser im Griff hatte, und ich kämpfte ein wenig damit, so einen Ritt wie gestern erneut durchstehen zu müssen. Aber irgendwie mussten wir beide uns ja daran gewöhnen. Aber ach, wie nett war es da, nebeneinanderher einträchtig zu Fuß über die Felsenklippen zu setzen. »Fällt es allen am Anfang so schwer?« Eine dämliche Frage, aber ich konnte sie nicht wieder herunterschlucken. Ich hatte es zurzeit wirklich raus, immer die falschen Fragen zu stellen. Zum Glück fasste der Drache es diesmal rein theoretisch auf. *Ja.* Oh. *Normalerweise finden wir unsere Gefährten auch erst wesentlich später.* Noch ein Oh. Ein Drache war also theoretisch erst dann, wenn er bereits längst dem Nistplatz entwachsen und in die Freiheit der Berge aufgebrochen war, damit beschäftigt, sich so ein Anhängsel wie mich zu besorgen. Ein leises Grauen schlich sich bei mir ein. Sehr wahrscheinlich gab es deswegen so wenig Drachengefährten bei Felsendrachen. Sie lebten in einem Umfeld, das nicht für panikartige Amokläufe geeignet war. Und damit tendierten die Überlebenschancen für den Gefährten und den Felsendrachen gegen null. Felsendrachen mussten geritten werden. Denn irgendwann war es unabdingbar notwendig zu fliegen und das ging nur gemeinsam. Hier hatte ich noch keine Flugzeuge gesichtet. Die Drachen des Flachlandes konnten einfach mal eine schöne Strecke weit davonstürmen, ohne dass sie in einen Abgrund purzelten. Bei Felsendrachen ging das nicht. Mir wurde leicht schummerig. War deshalb das Muttertier weggeblieben, als sie merkte, dass Berkom sich gebunden hatte? Weil sie ihrem Jungen keine Überlebenschance einräumte und daher auch keinen Sinn darin sah, ihn weiter zu füttern? Eine sehr pragmatische Sichtweise, ich hoffte irgendwie, dass es so nicht wäre.

Ich langte nach meinem Drachen. Er war schon unglücklich genug, da sollte ich nicht noch mehr dazu beitragen. »Komm, du hast es geschafft, und ich auch, und wir kriegen das gebacken. Wir machen es langsam.« Der Drache seufzte. Ich war leider mal wieder zu blöde, um den offensichtlichen Knackpunkt zu erkennen, den Berkom schon lange ausgemacht hatte. Ich war nämlich mal wieder mit dem Zusammenbasteln von Lösungen beschäftigt und begriff die volle Tragweite der Schwierigkeiten nicht. Also erfreute ich Berkom mit dem Vorschlag, dass er sich frontal vor den Schlafplatz und mit dem Kopf zu ihm hingerichtet aufstellen sollte. Dann würde ich aufsteigen und wir würden erst mal einfach nur stehen bleiben. Da er dann seinen Schlafplatz direkt vor Augen hatte, würde er wohl nicht davonstürmen wollen. *Das ist kindisch.* Na ja, ein wenig, aber lieber war ich vorsichtig und kindisch und dafür waren wir nachher beide heil. Berkom stand also auf und stellte sich in Positur. Die beiden Halsschlingen trug er noch von gestern. Ich stand neben seiner Seite und hatte das nächste Problem. Wie sollte ich um Himmels willen auf dieses Riesenvieh hinaufkommen? Stabhochsprung wäre ein geeignetes Mittel dafür gewesen. Ich brauchte einen Felsbrocken und ansonsten mussten wir uns dafür etwas einfallen lassen. *Ich packe dich mit meinen Zähnen und schmeiße dich rauf.* Dem Drachen ging das alles sehr an die Nieren. Ich ließ mich nicht aufstacheln. Nervosität mit Nervosität zu begegnen war nicht Erfolg versprechend. Stattdessen zerrte ich den widerwilligen Drachen zu einer steinernen Aufsteighilfe und platzierte ihn daneben. Von dort aus krabbelte ich eher ungelenk als gekonnt auf den Rücken, rutschte in die richtige Position und fühlte erst einmal nach, was sich unter mir tat. Es brodelte. Dezent, aber es brodelte. Ich hielt meine Füße nach vorne gestreckt von den Flügeln weg, ich hatte kein gutes Gefühl dabei, wenn ich mich in die richtige Reitpositur gesetzt hätte. So verharrten wir beide, ich wagte kaum zu atmen und unter mir gab es auch keine Verbesserung. Meine Hände hatten sich unbewusst um die Drachenhautschlingen gekrampft und das merkte ich schließlich. Schlecht. Verkrampfung bekam der Drache ungefiltert mitgeteilt. Also entspannte ich meinen ganzen Körper bewusst und legte eine meiner Hände auf seinen Hals. Die Haut fühlte sich leicht erhitzt an, was ich gut verstehen konnte. Mir war auch sehr gut warm, dabei war der Morgen noch jung und eigentlich relativ kühl.

»Berkom?« Ein vorsichtiger Versuch. Nichts. »Berkom.« Nichts. Okay. Absitzen. Ich rutschte irgendwie von ihm ab und landete so dämlich auf dem Felsbrocken, dass ich abglitt und dem Drachen vor die Nase fiel. Das erschreckte ihn und er machte röhrend einen Satz zur Seite. Mit unseren Nerven stand es wirklich nicht zum Besten an diesem Morgen. Ich konnte jedenfalls die Krallen seiner Vorderpranke knapp über mir hinweghuschen sehen und hatte mehr Glück als Verstand, dass er mich nicht versehentlich aufschlitzte. Der Wunsch, jetzt aufzuhören und friedlich vereint zu unserem Bach und unserem Morgentrunk zu wandern, war übermächtig. Ich lag auf dem Boden und ärgerte mich über meine Ungeschicktheit. Der Drache stand ein paar Meter weit weg und ich konnte seine Iris grünlich schimmern sehen. Ganz schlecht. Ein riesiger Drache stand wenige Meter entfernt von mir, aufgeregt, fremd. Ich griff nach ihm mit meinem Geist und rief ihn vorsichtig zu mir. Der Drache drehte seinen Kopf und schnarchte. Da platzte mir der Geduldsfaden. So nicht. Mit einem Schlag war ich präsent, griff nach dem grünlichen Gewoge, das in ihm wallte, und zerteilte es. »Hör auf mit dem Unsinn. So schlimm ist es auch wieder nicht. Schließlich sitzt nicht irgendjemand auf dir, sondern ich bin es.« *Oh. Ja. Richtig.* Dann etwas kleinlaut: *Ich vergesse das ständig. Können wir jetzt gehen?* Ähem, der Junge wollte sich auch drücken, genauso wie ich es auch gerne getan hätte. »Nichts da, so leicht geben wir uns nicht geschlagen.« Berkom seufzte, wie wenn er mindestens den halben Berg auf seiner Seele mit zu dem Felsbrocken zurückschleppen musste, als er wieder angeschlichen kam. *Noch ein Versuch?* »Noch ein Versuch.« *Du bist furchtbar hartnäckig.* »Ja. Ich weiß, dass wir es besser können. Und das machen wir jetzt.« Berkom stellte sich wieder an den Felsbrocken, ich kletterte auf den Stein, packte das Halteseil und schwang ohne Zögern das Bein über den Drachennacken. Mein Drache drehte den Kopf und sah mich an. Der Blick war steinerweichend und ich tat das Dümmste, was mir nur einfallen konnte. Ich verschmolz mit dem Drachen. Heiß. Der Wunsch, ruhig zu bleiben. Der Wunsch, davor davonzurennen. Einfach rennen. Rennen. Ich grub meine Krallen mit größter Wucht in den Felsboden. Ich durfte mich nicht bewegen. Rennen. Meine heißen Krallen bohrten Löcher in den Felsboden unter mir. Rennen. Stehen bleiben. Rennen. Das Gewicht auf meinem Rücken. Entsetzlich. Das durfte nicht sein, niemals durfte sich etwas auf meinem Rücken aufhalten. Das war einfach nicht drin. Rennen. Nein. Stehen bleiben. Dann eben die Flügel entfalten und davonfliegen. Das ging nicht. Fliegen war noch nicht drin. Bald, aber noch nicht heute. Rennen. Das Gewicht blieb, ruhig und unverrückbar lastete es an der richtigen Stelle. Interessant. Das war die richtige Stelle? Das war sie. Er saß da genau richtig. Ich schnaufte tief durch. Der umfassende Wunsch nach Flucht flaute ab. Der Schlafplatz schälte sich vor meinen Augen aus einem diffusen Zwielicht. Sicherheit und Ruhe überfluteten mich bei diesem Anblick. Leise begann ich meinen Schwanz zu bewegen. Das ging. Vorsichtig hob ich meine rechte Pranke an. Das ging auch. Die Morgenluft fächelte um mich und ich bemerkte die Berge um mich herum. Das kannte ich so gut. Zu Hause. Ich drehte mich um und erstarrte. Das Gewicht auf meinem Rücken hatte sich mitgedreht. Es war immer noch da. Ich roch ihn, seinen vertrauten Geruch, stark und wild und so überraschend mild. Das war gut. Er war bei mir. Ein Schritt. Noch einer. Das Gewicht rutschte nicht, es lastete einfach an dieser Stelle, wo es hingehörte. Hingehörte. Er gehörte dahin? Noch ein Schritt. Ich spürte das Licht der Morgensonne auf meinem Hals. Angenehm. Noch ein Schritt. Der Berghang breitete sich in den glänzenden Sonnenstrahlen vor mir aus. Was gab es Schöneres als einen sonnigen Morgen in den Bergen. Noch ein Schritt und dann gleich noch einer. Der Weg lockte mich, er rief mich. Meine Muskeln zogen sich in der Begierde zu laufen zusammen. Ruhig. Jetzt nicht. Schritt. Nicht schneller, Schritt. Aber der Morgen war klasse. Es war herrlich. Schritt. Mein Schwanz fegte über den

Felsboden und ein paar Steine flogen den Hang hinunter und polterten in die Tiefe. Die beiden Adler flogen über das Tal und riefen mit ihren hohen Stimmen in den leichten Morgenwind. Ich ging. Meine Krallen fanden die kleinen Unebenheiten des Felsbodens, meine Pranken kosteten den warmen Untergrund. Laufen? Schritt. Aber es war so schön, dass ich einfach ein wenig schneller gehen musste. Keine schmale Gestalt neben oder vor mir, auf die ich immer so achtgeben musste. So war das ja noch viel besser. Er war bei mir und ich konnte laufen. Schritt. Ich griff aus. Meine Füße streckten sich, zum ersten Mal seit Wochen griffen meine Beine wirklich wieder aus. War das herrlich! Nur diesen ausgewogenen und doch befreienden Schritt gehen zu können, war berauschend. Er kam mit. Das Gewicht auf meinem Rücken schwang in der freieren Bewegung meiner Schultern stärker mit. Aber er saß immer noch da, wo es richtig war. Ich ließ meinen Schwanz erneut ein wenig schwingen. Der Bach tauchte vor mir auf und plötzlich hatte ich Durst. Wir würden jetzt unseren Morgentrunk nehmen. Das war auch gut. Keuchend kniete ich vor dem Bach und krallte meine Hände in das magere Gras am Ufer. Berkom tauchte sein Maul ins flirrende Nass und trank. Ich beobachtete, wie das Wasser durch seine Kehle rann, wie er schluckte. Einen kostbaren Augenblick hindurch fühlte ich mich ihm einfach nah und doch ganz für mich.

Dann justierte sich die Welt in gewohnter Weise. Es waren keine Krallen, die sich in das Gras bohrten, sondern meine Hände. Meine Beine hatten nicht diese mächtige Muskulatur, die ich gerade gespürt hatte. Aber immer noch schwang die Erinnerung an dieses lang ausholende Schreiten in mir, diese Bewegung, die durch den ganzen Körper ging, jede Fingerspitze erreichte und wohltuend durchflutete. Ich stand auf und ging zu Berkom. »Mit dir zu laufen und gemeinsam zu klettern ist großartig. Dich zu reiten ist großartiger. Berkom, wie wird es sein, wenn wir zusammen fliegen?« *Anstrengend*. Ein listiger Blick von der Seite. Dann platzte ein ganzer Strudel von rotgoldenen Bläschen über mich herein und wir gingen in einem Freudentaumel unter.

Den nächsten Ritt vertagten wir. Wir brauchten beide ein wenig Zeit, um alles zu sortieren. Wir schliefen erstaunlich viel in dieser Zeit, aber, so beruhigte ich Berkom, das war genau richtig. »Man lernt im Schlaf. Unser Gehirn muss jetzt alles richtig verarbeiten, noch ein paar Dinge herausfiltern, die wir noch nicht richtig kapiert haben, und das macht es alles, wenn wir schlafen. Also geben wir ihm die Chance.« Berkom wollte keine neurologischen Vorlesungen hören, sondern sich zwischen seinen Hölzern vergraben. Unsere nächsten Taten waren bescheiden. Ich begann sozusagen mit einer Art Einmaleins des Reitens. Ich übte das Aufsteigen, na ja, vielmehr das geordnete Absteigen. Die Lektion, wie ich gestürzt war, hatte sich eingeprägt. Ein Drache war ein Drache, verbunden hin oder her. Wenn er mich mit seinen Krallen – ganz unabsichtlich – erwischte, hatten wir beiden ein Problem. Außerdem war der Drache einfach furchtbar hoch. Es war durchaus nicht trivial, aus dieser Höhe sicher auf dem Erdboden zu landen. Wieder machte sich mein veränderter Körper bemerkbar. Ich konnte die Wucht, mit der ich aus der Höhe auf den harten Boden auftraf, erstaunlich gut abfedern und ausgleichen. Meine Sehnen, Muskeln, Gelenke hielten ungleich viel mehr aus als früher. Das konnte ich nun wirklich beurteilen und es war wieder ein Punkt, der mir zuerst eher Furcht einflößte und weniger Zuversicht. Der Lernprozess, was mir früher möglich gewesen war und was jetzt, war für mich mitunter mühsam. In den Felsen beim Klettern war es viel einfacher gewesen. Dort hatte mir der Drachenblick geholfen. Hier half nur Übung und daraus ergab sich dann ein mühselig erworbenes kleines bisschen Wissen, das ich anhäufte. Mit dem Aufsteigen gab es eigentlich weniger Schwierigkeiten. Da wir uns in den Bergen aufhielten, hatte ich genügend Felsen oder sonstige terrainbedingte Hilfestellungen, um ohne Probleme hinaufzukommen. Schwierig war, Berkom dazu zu bewegen, meine Füße unter seinen Flügeln zu akzeptieren. Da war er empfindlich, kitzelig. Ich konnte das verstehen. Ich war mir nicht einmal sicher, ob die Flügel nicht noch weiter aushärten mussten und die Empfindlichkeit, die Berkom an den Tag legte, nicht durchaus sinnvoll war. So tasteten wir uns Schritt für Schritt voran, dazu kamen die anderen Übungen, meine Trainingseinheiten und Berkoms Flügelgymnastik. Berkom war schließlich in der Lage, mit mir Kontakt aufzunehmen, wenn ich auf ihm saß. Ich konnte mit ihm reden und das war der entscheidende Knackpunkt. Dann lernte er, mich sozusagen wie im Schlaf auszubalancieren. *Das ist schwierig.* »Das kann nicht sein. Ich bin nicht so schwer oder groß. Du solltest mich überhaupt nicht spüren.« *Irrtum. Ich habe immer das Gefühl, dass du woandershin willst als ich. Dann denke ich, dass ich dich verliere. Wenn ich meine Füße hebe, fühle ich, dass du dich mitbewegst, und das ist so komisch.* »Auch ich muss lernen, mich deinen Bewegungen gut anzupassen.« Wir begannen damit, die Geschwindigkeiten vorsichtig abzuwandeln, wir bauten Wendungen ein und Stopps, alles sehr dezent, denn die Bergwelt bot uns für solche Unternehmungen nicht wirklich Raum. Aber wir lernten unsere Bewegungen aufeinander abzustimmen. Unser Geist stenografierte mit.

Etwas zu fressen brauchten wir beide auch und das war es, was uns am meisten Spaß machte. Eigentlich hätte es mich entsetzen müssen, aber das war ganz klar nicht der Fall. Die gemeinschaftliche Jagd war für uns nicht nur ungemein befriedigend, sondern auch etwas, was uns schlicht guttat. Ich begriff endgültig, dass mein neuer Organismus auf rohes Fleisch ausgerichtet war. Ich würde mir nie mehr Gedanken über Vitamine, Ballaststoffe und Spurenelemente machen müssen. Ich musste nur den Nachschub regeln. Anderen Nachschub brauchte ich nicht zu regeln. Meine Kleidung hielt der neuen Belastung nicht mehr wirklich stand. Die Hose ging bei meinen Reitversuchen ziemlich bald in Fetzen. Ich lief in einer Art Robinson-Bermudashorts-Variante herum, die bestimmt sehr schick gewesen wäre, wenn man sie mit dem richtigen Label versehen im richtigen Laden gekauft hätte. Meine Kreation war schlicht made by Drache. Oben ohne lief ich sowieso schon länger wieder herum, es hatte sich einfach so ergeben. Irgendwann nebenbei kickte ich dann auch die Schuhe zur Lederjacke in das Gestrüpp unseres Schlafplatzes. Ich registrierte das dann schließlich doch, aber da war es nur ein flüchtiger Nebengedanke beim Einschlafen des Abends, mehr nicht. Ich hatte keine Lust, mich darüber aufzuhalten, dass ich Kleidung lästig fand. Und Lästiges zu ertragen, kostete Energie und die wollte ich lieber in meine anderen Aktivitäten investieren. Ich wusste nur zu gut, dass ich das eigentliche Problem damit gekonnt verdrängte, aber damit war ich äußerst einverstanden. Ich kümmerte mich lieber um die offensichtlichen Offensivziele. Berkom blieb neutral. Er hatte ja auch genug zu kämpfen und brauchte nicht noch meine Unausgegorenheiten dazu.

Drei Wochen später standen wir auf einem kleinen Plateau, das Joch hatten wir hinter uns gelassen. Unsere Jagdausflüge hatten wir stark ausgedehnt. Inzwischen nutzte ich die Gelegenheit und ritt ganze Passagen, wenn es sich anbot. Unser Aktionsradius erweiterte sich damit immens. Wir kletterten gemeinsam, wir liefen und rannten gemeinsam und wir ritten. Und damit begannen wir beide, das Reiten anders wahrzunehmen. Es war keine anstrengende Aufgabe mehr, sondern Mittel zum Zweck. Das nahm dem Ganzen dann schlagartig die Brisanz und plötzlich war es gar nicht mehr so schwierig. Nun standen wir also auf dem Plateau und hatten vor uns eine steil abfallende Wand. Das wäre nun nicht das Problem gewesen, denn über solche Felswände kletterten wir tagtäglich, aber hier war vor Kurzem eine Lawine heruntergekommen und der ganze Untergrund war unsicher. Nach oben oder unten zu klettern war sinnlos, da wir an dem Lawinenabgang nicht vorbeigekommen wären. Umkehren wollte Berkom aber nicht. Er hatte in nur zwei Kilometer Entfernung eine Herde von Widdern entdeckt, junge Schneeziegen, eine ziemlich große Gruppe. Er wollte dorthin. Ich wollte ihn nicht aufhalten, aber ich konnte nicht den Lawinenabgang durchklettern. Berkom begann gereizt mit dem Schwanz zu schlagen. Alarmstufe eins für mich, denn wenn ich mich wie üblich dicht neben dem Drachen aufhielt, war das für mich gefährlich. Ein Schlag mit dem Schwanz an meinen Kopf würde zwar nicht meine Schädeldecke zertrümmern, wie es früher der Fall gewesen wäre, aber umwerfen könnte er mich immer noch, und wenn man sich in der Nähe eines Abgrunds befand, konnte das ungesund ausgehen. Also brachte ich mich schleunigst aus der Reichweite des Drachen. Berkom gefiel das nicht. Er mochte es nie, wenn ich vor ihm Deckung beziehen musste. Berkom tatzte ein wenig frustriert in der Luft herum, dann kam er hinter mir her. *Schneeziegen.* »Ich weiß. Sehr hübsch. Ich komme da leider zu Fuß nicht rüber.« *Okay. Dann eben nicht zu Fuß.* Ich sah Berkom mit zusammengekniffenen Augen an. Was hatte er ausgeknobelt? »Was hast du vor?« *Sitz auf*. Das war keine Lösung. Ich schaffte es zu Fuß nicht, der Drache aber genauso wenig. »Berkom, das ist Unsinn. Du kannst mich da auch nicht rübertragen.« *Doch. Kann ich. Tragen. Sitz auf.* »Berkom, das ist Unsinn. Das kannst du nicht.« *Doch. Kann ich. Sitz auf*. Der Drache wurde unruhig. Ich stand mit dem Rücken an einem Felsen. Der Drache vor mir begann mit den Vorderläufen zu stampfen. Er begann außerdem zu blasen. Das wurde eng für mich. Er hatte mich klassisch in die Enge getrieben, denn um wegzukommen, hätte ich mich an seinen krallenbewehrten Pranken vorbeidrücken müssen. Solange er aber so herumtatzte, war das höllisch gefährlich. Also tat ich das, was ich für klüger hielt. Ich kletterte auf den Felsen nach oben. Eigentlich hatte ich vorgehabt, auf diese Weise schlicht den notwendigen Abstand zu gewinnen, aber das gelang mir nicht. *Sitz auf*. Ich hatte vergessen, welche Möglichkeiten der Drache hatte. Es war so lange her, dass er diesen Zwang gegen mich gerichtet hatte, dass ich völlig überrascht wurde. Unwillkürlich tat ich das, was ich in den letzten Tagen immer wieder freiwillig mit voller Absicht gemacht hatte. Ich saß auf.

Der Drache lief los. Vom Zwang befreit, konnte ich trotzdem nichts anderes tun, als erschreckt nach dem Halteseil zu greifen. Von einem rennenden Drachen sprang auch ein Drachengefährte nicht auf abschüssigem Felsboden ab. Meine Füße rutschten widerstandslos in die richtige Reitposition und mit noch größerem Schrecken blickte ich über meine Schulter. Berkom hatte die Flügel geöffnet. Er begann kräftig mit ihnen zu schlagen. »Nein. Nicht!« Es war zu früh. Es war zu früh für ihn. Die Drachenflügel schlugen stärker, es brauste um mich. Durch den Drachenkörper ging ein kräftiger Ruck, als Berkom absprang. Ich bekam einen heftigen Stoß, klammerte mich instinktiv fest, dann wurde die Bewegung des Körpers unter mir ruhiger. Ich spürte nicht mehr die Schritte des Drachen unter mir, sondern nur das heftige Schlagen der Flügel an meinen Kniekehlen. Der Drachenkörper unter mir schien sich jetzt eher wellenförmig zu bewegen. Es war mehr als ungewohnt. Es sprengte jegliche Vorstellungskraft. Ich hatte darüber nachgedacht, wie es sich anfühlen würde. Ich hatte keine Ahnung gehabt. Berkom flog. Er flog und ich saß auf ihm.

Die Landung war um einiges heftiger als der Abflug. Ich bekam einen derartig starken Stoß, dass es mich nach vorne drückte und ich heftig mit Kopf und Schulter auf den Hals des Drachen krachte. Ich hatte überhaupt nicht bemerkt, dass Berkom landen wollte. Er hob die Flügel hoch und merkte, dass es Schwierigkeiten mit dem Bremsen gab. Also richtete er die Flügel auf und schlug gegenläufig. Ich bekam Schläge und Stöße in verschiedene Richtungen und klammerte mich an alles und mit allem, was ich hatte, fest. Schließlich blieb Berkom stehen und ich rutschte hastig von ihm herunter. Wir waren beide ziemlich fertig. »Wieso jetzt?« Ich hatte meine Hände auf meine Oberschenkel gedrückt und mich nach vorne gebeugt. So bekam ich momentan besser Luft. Der Drache stand ein paar Meter weiter und hatte die Flügel noch hoch erhoben. Er schlug noch ein paar Mal mit ihnen, bis er so weit war, dass er sie zusammenfalten konnte. Dann klärte sich mein Blick. Wir waren über die Lawine hinweggeflogen und noch ein paar Meter weiter. Vorsichtig machte ich einen Schritt, doch, es ging. Meine Füße gehorchten mir noch. Das war auch fester Boden unter meinen Füßen. *Es war gerade praktisch*. Das nannte ich mal eine genial vernünftige Erklärung dafür, dass er uns beide in Lebensgefahr gebracht hatte. »Hast du dir mal darüber Gedanken gemacht, dass du mich hättest fragen können?« *Besser nicht*. »Oder meine Meinung hättest einholen können?« *Erst recht nicht*. Ein sanft lilafarbenes Band zerfaserte sich vor meinen Augen in dünnste Fäden. Er hatte gewusst, dass Fliegen im Bereich des Möglichen lag, aber er war nicht hundertprozentig sicher gewesen, ob er es wirklich schaffen würde. Aber er hatte es wissen wollen. »Überrumpelungstaktik?« *Meine einzige Chance. Du bist zu schlau, zu stark und zu wendig. Da muss ich anders vorgehen*. Ich schluckte hart. »Das meinst du jetzt nicht ernst.« Berkom ließ ein wenig den Kopf hängen und sah mich schräg von der Seite an. *Also gut. Irgendwann musstest du ja wohl darauf kommen. Die Drachengefährten, von denen ich weiß, sind viel stärker an ihre Drachen gebunden als du. Sie sind*, Berkom fauchte ein wenig, *gemeinsam gefährlich, aber du bist für dich alleine gefährlich. Du bist immer noch eine Entität*. Ich hörte es und es klang für mich wie Donner über dem kahlen Wald. Berkom fletschte die Zähne und kräuselte die Lippen. »Dann bin ich froh, dass ich einen Felsendrachen gefunden habe. Dass du etwas kannst, was die anderen Drachen nicht können.« Berkom öffnete das Maul, der Ausdruck des Erstaunens war so deutlich menschlich, dass es mich leicht erschütterte. Ich begann etwas von der Macht der Drachen in meinem Jungdrachen zu ahnen und es machte mich schaudern. Ein Drachengefährte zu sein, konnte ganz andere Aspekte beinhalten, als ich es bislang erlebt hatte. Und es gab für mich keine Garantie, dass Berkom das, was er da andeutete, nicht noch wahrmachen würde. Er konnte mich versklaven. *Nein.* Berkom klang weder traurig noch fröhlich. Er stellte einfach etwas fest. Und diese Schlichtheit war überzeugend. *Das kann ich nicht. Und da du mit mir verbunden bist, kann es auch kein anderer Drache. Solange ich lebe, wirst du jedem Drachen widerstehen können, wenn du es willst.* Ein paar Seufzer und schiefe Blicke in der Vergangenheit bekamen ihren Sinn. »Berkom, du wirst von mir immer alles bekommen, was ich dir geben kann. Das weißt du doch.« Der Drache richtete sich auf und warf einen rotgoldenen Blick auf mich. *Ich weiß.* Die Bindung, die wir eingegangen waren, legte sich sichtbar um ihn und mich. Ich nahm das Band und faltete es auseinander, bis es ein warmes Leuchten war, das uns beide schützend umhüllte.

Drachenschläue hatte es geschafft. Ich hatte getan, was jeder Drachengefährte tat, wenn er zum ersten Mal mit seinem Drachen flog. Ich hatte unsere Bindung bestätigt.

Wir gingen dann auf die Jagd. Erfolgreich. Der Widder, den Berkom schlug, war ein schmächtiges Tier, das schon den Geruch von Krankheit und Verfall an sich trug. Er kam mit den anderen Schneeziegen nicht mehr mit und starb schnell und unspektakulär. Danach strolchten wir durch die Gegend, die wir noch nicht so gut kannten. Das Tal erstreckte sich immer noch an unserer Seite, es war immer noch so schroff und tief eingeschnitten wie bei unserem Schlafplatz und die Berggipfel konnten wir beide immer noch nicht erklimmen. Aber in nicht allzu weiter Ferne war das Tal dann zu Ende, wir könnten also tatsächlich im Grunde um das ganze Tal herumwandern und so auch die Berge gegenüber unserm Schlafplatz erreichen. Aber nach wie vor schlief Berkom nur in seinem

Nest und nirgendwo sonst. Solange wir auch unterwegs waren, wenn es ums Schlafen ging, war kein anderer Platz möglich. Das machte dann solche Exkursionen unmöglich. »Wenn wir noch ein wenig mehr Praxis haben, könnten wir über das Tal hinüberfliegen und uns drüben umsehen.« *Nein.* Berkom sagte nicht mehr dazu, es klang sehr endgültig. Er wollte auch nicht weiter darüber sprechen. Ich akzeptierte das. Wir hatten gerade genug andere Dinge zum Überlegen und Ausprobieren, als dass dieser Aspekt nun vordringlich gewesen wäre. Unter anderem mussten wir über den Teil, über den wir hinübergeflogen waren, auch wieder zurückfliegen. Heißa, das war wirklich nicht so einfach. Wir standen beide etwas verunsichert vor dem Abgrund und versuchten uns zu sammeln. Letztlich war dann ausschlaggebend, dass wir es tun mussten, wenn wir nicht schlaflos auf dieser Seite der Welt Wurzeln schlagen wollten. Am liebsten hätte ich tatsächlich die Augen zugekniffen, aber wir schafften es dann so halbwegs. Die Landung war wieder grässlich und diesmal hatte ich mehr Glück als Verstand, dass ich dabei nicht stürzte. Die Wucht war einfach für mich völlig unkalkulierbar und gänzlich unvorhersehbar. Jedenfalls waren wir danach ein paar Tage lang ungewöhnlich zahm, stromerten nur in der näheren Umgebung herum und ich war sogar damit einverstanden, nicht einmal einen kleinen Übungsritt zu unternehmen. Dafür kam ich diesmal sogar ziemlich schnell auf die richtige Spur. »Berkom, tun die Flügel weh? Hast du sie überanstrengt?« Ein verlegenes Räuspern. *Nein.* »Berkom?« *Nicht wirklich.* Daraufhin musste ich mir selber ein Bild von der Situation machen und ging in vollen Kontakt. Die Flügel waren tatsächlich nicht so das Problem. Sie waren tatsächlich weitgehend gehärtet und hatten ihre endgültige Stabilität erreicht. Das Problem waren die Flügelgelenke an der Schulter. Hier schien der Knorpel noch nicht ganz ausreichend ausgereift zu sein. Möglicherweise hatte das auch mit Gelenkfugen zu tun, die noch verwachsen mussten. Ich war leider kein Arzt, um das fachgerecht beurteilen zu können. Ich löste mich von meinem Drachen und hatte danach erst einmal eine Weile damit zu tun, ihn zu beruhigen. Er fand das nämlich absolut unmöglich, dass ich einfach mal so nachsehen ging, was Sache war. »Du hättest es mir ja schlicht sagen können.« *Ich hatte keine Lust.* »Oh, ein fantastischer Grund. Hast du vergessen, dass ich irgendwann sowieso merke, was los ist? Du vergisst doch bestimmt nicht, wie das ist, wenn ich Schmerzen habe und du sie auch spürst? Ich spüre deine Schmerzen genauso.« Der Drache brummte unwillig. Er war beleidigt und wollte aus dem Schmollwinkel nicht herauskommen. »Ist es nachvollziehbar, dass ich lieber, bevor ich deine Schmerzen spüre, versuche etwas dagegen zu tun? Du willst doch nicht etwa lieber Schmerzen ertragen, obwohl ich dir helfen kann?!?« Ein schmollender, beleidigter Drache. »Geh üben. Die Gelenke werden nicht wirklich ordentlich verwendbar, wenn du jetzt die Flügel anlegst und dich verkriechst. Mach ein bisschen Wind.« Den Rest verschluckte ich und drehte mich einfach um, um mich in etwa einem halben Kilometer Entfernung mit etwas anderem – im Grunde gänzlich Unsinnigem – zu beschäftigen. Aber es wirkte. Berkom begann Flügelgymnastik zu machen und das war es, was zählte. Der Rest ergab sich dann von ganz alleine, so en passant näherten wir uns den Nachmittag über wieder an und gingen dann in wortlosem Einverständnis zu unserem Bach. Dort planschten wir ein wenig herum und damit stellte sich die übliche Eintracht wieder ein.

Die Dinge entwickelten sich danach offensiv schwierig. Mit dem Fliegen waren wir zurückhaltend. Berkom hatte keine Lust, dass ich nachsehen ging, wie weit er jetzt war, und verweigerte daher jeglichen Versuch kategorisch. Ich begriff, dass es hier eine empfindliche Stelle in unserem Gefüge gab, die ich besser nicht unter zu große Belastungsspannung brachte. Andere Drachen hatten an der Stelle mit ihren Drachengefährten wohl überhaupt kein Problem. Die kamen anscheinend nie im Leben auf den Gedanken, sich mal eben so in den Körper ihres Drachen zu verselbstständigen, wie mir das möglich war. Dafür ritt ich aber wieder und das war durchaus heftig genug für meinen Geschmack. Berkom nahm die erste Gelegenheit wahr, um mich etwas zurechtzustutzen, und sauste in vollem Speed über ein Geröllfeld, dass mir Hören und Sehen verging. Ich klebte auf ihm wie eine Fliege an der Wand und wurde derartig durchgeschüttelt, dass ich, als er endlich zum Stehenbleiben zu bewegen war, nur noch von ihm hinunterkippte. Dabei schlug ich mir dann auch noch den Kopf etwas zu heftig an und sah tanzende Sterne. Halb ohnmächtig streckte ich alle viere von mir und kriegte nichts mehr auf die Reihe. So bescheuert war es mir schon lange nicht mehr gegangen. Also gut, auch meine neue Natur war nicht so gestrickt, dass mir überhaupt nichts mehr etwas anhaben konnte. Hatte ich mir ja schon immer gedacht. Nachdem ich mich dann so halblebig zusammengekratzt hatte, hinkte ich hinter meinem Drachen her. Der nahm nicht sonderlich viel Notiz von mir, sondern ging ungerührt seiner Wege. Ich nahm das hin, als Älterer musste man das Bocken der Jugend eben ohne Murren ertragen. Das Einzige, was es für mich schwerer machte, war der Umstand, dass ich es mit einem Drachen zu tun hatte. Das gab dem Ganzen schlicht eine andere Dimension. Die nächsten Tage waren von diesem deutlich raueren Umgang von Berkom mit mir geprägt. Was der Höhlenbär nicht zustande gebracht hatte, gelang Berkom ohne Weiteres. Ich holte mir blaue Flecke. Meine Muskulatur brannte. Jedes Mal, wenn ich auf ihm saß, machte er mich so lange nieder, bis ich mit Seitenstechen und pfeifender Lunge mich fast nicht mehr halten konnte. Dieses ›fast‹ war der entscheidende Punkt. Niemals ging Berkom auch nur einen Schritt zu weit. Niemals brachte er mich wirkliche in Gefahr. Immer stoppte er gerade rechtzeitig. Und das tat er nicht, weil ich um Schonung bat, denn das tat ich nicht. Er wusste nur zu gut, wie weit er gehen konnte. Das wiederum schmeckte mir sehr schlecht. Es war ein gewisses idiotisches Kräftemessen, das wir da unterschwellig veranstalteten. Zunächst war es für mich eine Art härteres Training. Letztlich ging es am Ende für mich nur noch darum, mein Gesicht zu wahren. Ich wollte nie und nimmer nachgeben und schon darum setzte ich mich mit einem gewissen Trotz täglich der Tortur aus. Ich wurde einsilbig, denn ich war meistens müde, meine Knochen, Sehnen und Gelenke schmerzten und alleine schon der Gedanke an Bewegung ließ meine Muskeln aufbegehren. Ich empfand Berkom als ein fremdes Ungetüm, an das ich gefesselt war. Nur wenn ich zwischen seinen Vorderläufen an seiner Brust mich zum Schlafen zurechtkuschelte, fühlte ich den Zugang zu ihm, fand im ruhigen Farbenspiel selber zu Ruhe.

Letztlich konnten wir so natürlich nicht bis Ultimo weitermachen. Ich grübelte vermehrt über die unerquickliche Vorstellung, von einem Drachen unterjocht zu werden. Ich wusste auch nicht mehr so genau, was ich Berkom zutrauen durfte und was nicht. Verunsichert zog ich mich zurück. Schließlich brach der Drache das Schweigen. *Hör doch endlich damit auf.* Ich erschrak geradezu und das zeigte deutlich, wie weit es mit uns gekommen war. *Das kannst du genauso gut auch einmotten.* Ich guckte ihn vorsichtig an. »Was soll ich einmotten und womit soll ich aufhören?« *Du brauchst nicht zu erschrecken, wenn ich mich am Kopf kratze. Und du sollst endlich aufhören, darüber zu räsonieren, wie das wäre, wenn ich dich einkassieren würde. Ich kann das nicht. Auch wenn ich es wollte, du könntest mich mit dem Wackeln deines kleinen Fingers davon abhalten.* »Okay, das sagst du so, aber ansonsten beweist du mir gerade ausführlich, dass ich keine Chance gegen dich habe.« Der Drache schnaubte. Gerade hatte er noch fünf Meter von mir entfernt auf einem kleinen Abhang gelegen, jetzt fuhr er mit unglaublicher Geschwindigkeit in die Höhe und zu mir herum. Ich hockte mit ausgestreckten Beinen und aufgestützten Armen da und hatte plötzlich eine Reihe Zähne eines wutschnaubenden Drachen am Magen. *Also gut!* Berkoms Nüstern glühten rot und er brachte ein überzeugendes Grollen zustande. Ich konnte mich nicht mehr rühren und starrte lediglich entgeistert meinen ausrastenden Drachen an. Was um Himmels willen hatte ich jetzt angestellt, um ihn so aus der Fassung zu bringen? *Alles! Nichts! Ich könnte dich zerreißen!* Ich schluckte trocken. *Keiner hält mit einem Drachen mit. Kein Tier, kein Mensch. Und auch kein Drachengefährte kann aushalten, was du mitmachst. Wenn ich das akzeptiere, dann akzeptiere du auch endlich, dass du kannst, was sonst keiner kann.* Der Drache hatte mich festgenagelt und ich hatte keine Möglichkeit, wegzukommen. *Sehr richtig. Das klären wir jetzt ein für alle Mal. Ich werde dich jetzt festhalten und du wirst tun, was dir beliebt.* Ich schnappte nach Luft, wollte Nein schreien und konnte das nicht mehr. Mein Denken war gelähmt, fixiert und gebunden. Die Welt wurde grau, ich konnte keine Farben mehr erkennen. Ich wollte vor Entsetzen aufschreien, mich aus dem Griff winden und konnte es nicht. Da wurde ich still. Vorsichtig und mit Fingerspitzen tastete ich nach der Fessel in meinem Geist. Interesse erwachte in mir, ich hatte keine Angst mehr. Der Drache war einen Schritt zurückgetreten. Ich sah ihn an. Grau stand er vor mir, groß und grau in einer Welt voller grauer Schattierungen. Ich wusste um die Farben, ich wusste, dass sie in mir waren, aber ich versuchte nicht nach ihnen zu fassen.

Steh auf. Berkoms Worte erreichten mich als Befehl, der zwingend ausgeführt werden musste. Ich stand auf, blieb ruhig stehen, wartend, was er als Nächstes von mir wollte. Berkom sah mich unverwandt an. *Geh zum nächsten Felsen und bring mir ein bisschen Moos.* Ich tat, was er mir befahl. Es war völlig unsinnig, mit dem Moos fingen weder er noch ich etwas an, aber ich tat, was er sagte und damit gleichzeitig befahl. Mit dem Moos in meiner Hand stand ich vor ihm und sah, dass er verblüfft ein wenig mit den Augen zwinkerte. *Leg das Moos hin und springe auf meinen Rücken.* Ich führte aus, was er mir zugestand. Also sprang ich auf seinen Rücken, nicht etwa in die Reitposition über seiner Schulter, wo ich meinen Platz hatte, sondern, so wie er gesagt hatte, auf seinen Rücken. Ich unterdrückte ein aufsteigendes Kichern. Natürlich hatte er mich in Reitposition bringen wollen, aber das hatte er nicht gesagt. Um auf den Rücken zu kommen, musste ich ein Stück den Abhang hoch, Anlauf nehmen und dann war es immer noch ein äußerst gewagter Sprung. Ich klatschte irgendwo an seine Seite, grabschte heftig nach seiner Wirbelsäule und hampelte herum, um auf seinen Rücken zu kommen. Es glückte mir fast, aber die Haut war zu glatt und so rutschte ich dann doch ab und fiel auf den Boden. Ich lag auf dem Rücken und Berkom fuhr herum, um mir ins Gesicht zu schnobern. *Nichts passiert?* »Nein, natürlich nicht. Du vergisst wohl, dass du mich in der letzten Zeit ganz anders hast stürzen lassen. Ich bin ein bisschen abgehärtet worden.« Ich holte tief Luft. »Soll ich es noch mal versuchen? Dein Befehl steht noch.« Berkom stutzte, dann holte er ein wenig keuchend Luft und dann stieß er mit voller Wucht in meinen Geist. Ich blieb immer noch still unter der Fesselung und ließ ihn gewähren. Berkom war es, der sich zurückzog und mich nicht aus den Augen ließ. Berkom löste den Zwang auf und gab mich frei. Die Welt nahm ihre gewohnte Form an. Ich setzte mich auf und hielt Berkom meine Hand hin. Er kam zu mir und drückte seinen Kopf dagegen. Ich begann seine Stirn zu kraulen und drückte schließlich meinen Kopf gegen seinen. »Ich war ein wenig vernagelt. Brett vor dem Kopf oder so.« *Du bist noch unglaublicher, als ich dachte. Chamäleon. Du bist wahrlich ein Chamäleon. Keiner kann mit einem Drachenzwang spielen. Du kannst es. Du bist unglaublich.* Ich verstand jetzt einiges besser. Auf der einen Seite musste Berkom sich meinethalben einschränken. Ich war eigenständig und musste mir so vieles erarbeiten, was für einen Drachengefährten eigentlich intuitiv selbstverständlich war. Ich ahnte, welche Komplexität dahintersteckte. Für Berkom war das mühselig und manchmal sogar schmerzhaft. Auf der anderen Seite aber bekam Berkom durch mich eine Unterstützung, die die anderen Drachen von ihren Drachengefährten niemals erhalten konnten. Das eine gab es nicht ohne das andere. Berkom hatte das schon vor langer Zeit erkannt und er hatte unser anders geartetes Verhältnis akzeptiert. Ich hatte etwas länger dafür gebraucht. Jetzt wusste ich auch, dass ich dem Drachenzwang tatsächlich entgehen konnte. Aber ich konnte den Zwang verwenden, um mich dahinter zu tarnen. »Wahrscheinlich müssten wir den Zwang nicht einmal besonders lange aufrechterhalten, wenn wir auf andere Drachen stoßen sollten und es gefährlich wäre, wenn ich nicht so gebunden wäre, wie sie es erwarten. Man sieht immer das, was man erwartet, und dann achtet man nicht mehr darauf.« *Andere Drachen. Darüber hast du nachgedacht?* »Wir werden doch wegfliegen. Und dann werden wir doch andere Drachen treffen?« *Na ja. Vielleicht. Möglich. Du hast recht.* Berkom machte einen Schritt zurück und schnaufte mich nochmals an. *Unglaublich. Du bist unglaublich.* Ich drückte mich mit den Armen ab in den Stand, machte zwei blitzschnelle Schritte rückwärts den Abhang hinauf und sprang schwungvoll ab. Ich hatte richtig gerechnet, landete rittlings mitten auf dem Hals des Drachen, der immer noch seinen Kopf Richtung Boden gesenkt hatte, wo ich gerade gesessen hatte. Ich gab meinem Körper nochmals Schwung, hob die Füße hoch und drehte mich auf den Bauch, sodass ich den Kopf des Drachen vor mir hatte. Eigentlich wollte ich das Genick erreichen, aber Berkom machte mir einen Strich durch die Rechnung. Er warf seinen Kopf in die Höhe und dann ging er leicht auf die Hinterhand. Die Welt schwankte. Ich fand keinen Halt und rutschte den Hals hinunter auf seinen Widerrist.

Berkom kam auf die Vorderhand herunter, ich konnte das Gleichgewicht nicht halten und rutschte über seine Schulter hinunter. Das Halteseil baumelte vor meinem Gesicht, ich bekam es zu fassen und glitt, der Schwerkraft folgend, an dem Seil nach vorne vor die Brust des Drachen. In diesem abwärts gerichteten Gleiten ließ ich los, kam federnd auf dem Boden an und münzte den Schwung in einen lang gezogenen Hechtsprung um. Mit einem Salto landete ich auf den Füßen und stand drei Meter von meinem Drachen entfernt aufrecht und ruhig da. Der Drache schnob. »Gut, was?« Ich war weder außer Atem geraten noch spürte ich einen schnelleren Puls. *Elegant. Steigst du jetzt immer so ab?* »Nein, wahrscheinlich nicht. Ich glaube, das hebe ich mir für besondere Gelegenheiten auf.« Und dann ließ ich meine Freude aus mir heraussprudeln und Berkom hopste wie ein Märzhase über den Hang.

Am Abend, als wir schon auf unserem Schlafplatz zusammengeringelt lagen, sagte ich schläfrig: »Es muss eigentlich schon Menschen hier geben. Oder wo kämen sonst die Drachengefährten her. Vielleicht läuft es mit mir so anders, weil ich durch den Berg gekommen bin?« Ich hatte niemals mehr nach der Spalte Ausschau gehalten, durch die ich hierhergekommen war. Ich hatte es mir schlicht verkniffen. Etwas zu suchen, was nicht mehr relevant war, war unsinnig. Für Unsinniges hatte ich keine Zeit gehabt. Der Drache ruckte ein wenig. *Kann sein. Ist es wesentlich?* Im Wegdämmern murmelte ich: »Eigentlich nicht.«

Dann flogen wir wieder. Es war eigentlich mehr ein großer Hüpfer und er geschah unabsichtlich. Wir erschraken beide ein wenig. Aber die Landung war äußerst sanft, schließlich hatte Berkom die Flügel noch nicht einmal richtig ausgebreitet. Ich legte meine Hand auf seinen Hals und wir merkten beide, wie erleichtert wir waren. Tja, mit dem Hochgefühl war das also so eine Sache. Weder das Reiten noch das Fliegen waren zu Beginn nett oder erfreulich. Es war desillusionierend. Beim Reiten hatte mir Berkom ja ziemlich schnell klargemacht, dass er mir damit den Himmel oder die Hölle auf seinem Rücken bieten konnte. Ich hegte die Hoffnung, dass der Himmel irgendwann überwiegen würde. Und genauso hoffte ich darauf auch beim Fliegen. Der grässliche Lehrsatz ›Übung macht den Meister‹ bestätigte sich für mich jeden Tag aufs Neue und das war einfach hart. Meine Lehrjahre hatte ich eigentlich abgehakt gehabt und jetzt wieder bei null anfangen zu müssen, kratzte an meinem Selbstwertgefühl. Berkom murmelte dazu des Abends lediglich etwas wie *Du schaffst das schon* und duselte ein. Ihm schien es wesentlich weniger auszumachen, dass wir nicht in einer rosaroten Wolke dahinschwebten. Schweben ließen wir sowieso außen vor. Wir blieben mehrheitlich beim Reiten. Das Fliegen war für uns beide etwas, wozu wir regelrecht Überwindung brauchten. Wir einigten uns wortlos darauf, dass wir es bei diesen verlängerten Hüpfern belassen würden, bis wir uns etwas sicherer fühlten. Alleine flog Berkom auch nicht. Das war er von Anfang an nicht wirklich, er hatte niemals mehr als ein paar bescheidene Versuche gemacht. Ansonsten hatte er lediglich Trockenübungen vollführt. Ich Dussel machte mir darüber natürlich mal wieder nicht wirklich Gedanken, das heißt, ich hielt es einfach für eine Sache des Wachstums. Ich glaubte, Berkom müsse sich einfach noch mehr auswachsen, um mit dem Fliegen richtig loslegen zu können. Was natürlich Quatsch war. Aber ich war mit dem Reiten völlig ausgelastet und checkte nicht, wo der Hase im Pfeffer lag.

Als ich dahinterkam, war es natürlich zu spät.

Der Zug der Kraniche

Es begann mit einem leisen Kribbeln in den Zehen und Fingerspitzen. Ich nahm das zunächst irritiert zur Kenntnis. Als es nicht wirklich aufhörte, sondern unterschwellig mal stärker, mal schwächer pulsierte, wurde ich unruhig. Schließlich merkte ich, dass diese Unruhe von meinem Drachen ausging. Zuerst wollte ich bemüht großzügig sein. Er hatte von mir einiges zum Aushalten gehabt, also sollte ich das im Gegenzug auch hinkriegen. Als ich dann das erste Mal in einem teuflischen Stück Bergwand schier abstürzte, weil das Kribbeln plötzlich stärker wurde und meine Konzentration zerriss, ließ ich diesen Blödsinn schnell bleiben. Ich hockte auf der Wiese eine halbe Wegstunde weiter und rief nach meinem Drachen. Berkom kam um die Ecke geschossen und bremste mit ausgestreckten Krallen direkt neben mir. Er hüpfte dann einen halben Meter zur Seite, um mich nicht zu zerfetzen, und drehte sich von mir weg, den Kopf nach Osten gewendet. Er schien zu wittern. »Was ist los? Warum bist du so nervös?« Dass ich eben deshalb schier böse abgestürzt wäre, sagte ich lieber nicht. Der Drache war wirklich nervös. Mein Puls hatte sich noch nicht richtig beruhigt und jetzt schoss er bereits wieder deutlich nach oben. Ich war alarmiert. Berkom drehte knapp seinen Kopf zu mir und dann gleich wieder in die andere Richtung. *Es gefällt mir nicht.* »Was gefällt dir nicht?« *Es riecht schlecht.* »Es riecht schlecht?!?« *Ich glaube, wir kriegen schlechtes Wetter.* Konsterniert guckte ich meinen Drachen an. Wir hatten schon mal schlechtes Wetter erlebt und es hatte uns nicht das kleinste bisschen gekratzt. Es war nicht erfreulich, aber kaum etwas, um aus der Haut zu fahren. Genauso gebärdete sich Berkom aber. »Hei, komm schon, wir werden das doch wohl überleben. Wir haben doch alles überlebt. Und wenn es eine Windhose gibt, gehen wir in die Nisthöhle, da kommt kein Wirbelsturm rein.« Berkom schlug mit dem Schwanz und ich duckte mich rechtzeitig. Gleichzeitig stampfte der Drache mit dem Hinterlauf und ich schlug drei Purzelbäume, um aus seiner Reichweite wegzukommen und mich nicht aufrichten zu müssen. Der Schwanz fegte erneut so knapp über mich hinweg, dass ich den Luftzug sehr deutlich spürte. Mir wurde warm. »Komm schon, was ist da im Busch?« *Wir müssen weg. Zum Schlafplatz. Komm.*

Berkom machte keine Umstände mehr. Er drehte um und raste davon. Ich blickte ihm völlig verdutzt hinterher, rappelte mich auf und trabte los. Wir waren nicht wirklich so furchtbar weit weg von unserem Schlafplatz, aber warum er sich jetzt in Sicherheit bringen musste, überstieg meine Vorstellungskraft. Der Tag war doch nicht ungewöhnlich? Was brachte ihn nur so aus dem Gleichgewicht? Ich brauchte natürlich erheblich länger als der Drache, bis ich bei unserem Gestrüpp ankam. Der Anblick von Berkom, der gespannt vom Kopf bis zur Schwanzspitze an der Kante des Absatzes stand und witterte, nahm mir den Atem. Sein Hals bog sich in einem kraftvollen Bogen. Sein Körper strahlte machtvolle Stärke aus. Augen und Nüstern weit geöffnet, nahm er die Botschaften von Wind, Wetter und Gezeiten entgegen. Es rieselte mir kalt über den Rücken und meine Haare stellten sich auf. *Nimm, was du brauchst, und steig auf.* »Berkom, was ist los?« *Mach schon, wir haben keine Zeit mehr. Steig auf.* Etwas in mir zerbrach und ich sah, wie sich ein elektrisches Spannungsfeld über den Bergen aufbaute und mit unglaublichen Entladungen abbaute. Dahinter lauerte der Winter. Er kam mit einem Blizzard, der mit seiner Stärke alles übertraf, was ich je in meinem Leben gesehen hatte. *Steig auf.* So wie der Drache mich hineingestoßen hatte, so riss er mich jetzt auch wieder heraus. Ich keuchte. Undeutlich verwischte sich der sonnige Tag um mich herum und bekam eine gelbliche Färbung. Ohne einen weiteren Gedanken zu fassen, stolperte ich zu meinem Drachen. Meine Füße verfingen sich im Gestrüpp unseres Schlafplatzes und ich fiel in Äste und Reisig. Ein vage bekannt anmutender Geruch zog an mir vorbei und ich konnte für eine Sekunde besser sehen. Meine Hände ertasteten Leder. Ich war über meine alte Lederjacke und meine Schuhe gestolpert. Völlig eigenmächtig zogen meine Hände die Jacke hervor und ich zog sie an, ohne zu wissen, was ich wirklich tat. Die Schuhe folgten. Dann rannte ich zu Berkom. Und zum ersten Mal bestieg ich den Drachen so, wie es nur ein echter Drachengefährte fertigbringt. Mit voller Geschwindigkeit erreichte ich Berkom, lief seine Vorderhand hinauf. Der Drache hob in exakt abgestimmter Bewegung mit mir seinen Fuß hoch und gab mir den nötigen zusätzlichen Schwung, der mich präzise auf seinen Widerrist katapultierte. Vorbeugen, das linke Bein über den Widerrist schwingen und sich in die Reitposition gleiten lassen schloss sich nahtlos an. Ich saß innerhalb von weniger als drei Sekunden auf dem Drachen und war bereit. Meine Hände hatten die Halteschlingen ergriffen, meine Knie waren unter die Flügelgelenke gehakt.

Berkom schrie. Es war kein mächtiger Schrei, aber es war ein Ruf. Seine Flügel breiteten sich aus und mir wurde kalt. Er konnte das nicht wirklich vorhaben. Er konnte nicht hier, von diesem Platz aus, ohne jeglichen Anlauf losfliegen wollen? Das war der untauglichste Versuch, den es geben konnte. »Berkom, nicht!« Mein Schrei verhallte und dann verliefen sich meine Überraschung, meine Angst, mein Erschrecken in den Windungen eines uralten Drachenschädels. Ich schlug die Drachenhautschlinge um meine Hände und fasste sie fester. Die Drachenhaut erschien mir unendlich dünn. Wie sollte sie mich halten, das war unmöglich. Vor meinen Augen, am Hals des Drachen vorbei, öffnete sich das Tal, der Abgrund dräute, und gegenüber, so schrecklich nah, standen die anderen Berge. Wie oft hatte ich sie angesehen. Nie waren sie so drohend auf mich eingestürzt wie in dieser Sekunde. Die Flügel begannen zu schlagen. Meine Sicht schränkte sich ein. Ich wollte diesen Wahnsinn verhindern und konnte es nicht. Ein kleines Stimmchen wisperte, das ich mich befreien könnte, wenn ich das nur wollte. Ein anderes Stimmchen wisperte von dem unkalkulierbaren Risiko, das ich damit für meinen Drachen heraufbeschwören würde. Ein drittes Stimmchen erhob sich und murmelte, dass ich genau dadurch meinem Drachen ein entscheidendes Mehr an Kraft geben würde. Ein viertes Stimmchen tauchte in den Chor mit ein und deklamierte von Tod und Sonnenschein. Ich griff nach einer rotgoldenen Decke und deckte die Stimmen zu. Mein Blick wendete sich nach rückwärts, ich suchte die Felswand hinauf. Ein schmaler Felsabsatz, ein kleiner Schutthaufen, ein kleines schwarzes Loch. Nebelschwaden zogen vor meinen Augen hoch, rotgolden färbte ich sie ein. Der Drache hob ab.

Die Luft brauste um mich. Die Luft drückte auf mich. Ich packte die Drachenhaut in meinen Händen noch fester. Meine Knie stabilisierten mich. Ich atmete gegen den Druck. Meine Bauchmuskulatur verkrampfte sich und das Zwerchfell presste mit Gewalt die Luft in meine Lungen. Meine Ohren schlossen sich und meine Hals- und Kinnmuskulatur wurde hart. Die Luft drückte stärker gegen mich. Ich schloss meine Augen. Und sah, wie die Berghänge auf uns zurasten. Ich spürte entfernt die mächtigen Muskeln unter mir arbeiten, ahnte die enorme Kraft, die sich unter mir entfaltete. Die Hänge schienen wie bei der Filmaufnahme aus einem Hubschrauber nach unten wegzurutschen. Berkom stieg. Am Rande meines Sichtfelds huschte etwas vorbei. Meine Augen, aber ich hatte meine Augen ja gar nicht geöffnet, folgten automatisch diesem Huschen, abwärts, hinunter. Zum ersten Mal richtete ich meine Augen auf den Abgrund und sah bis auf die Talsohle hinab. Zwischen dem Schutt und dem Geröll der Lawinen, die von den Berghängen hinabgestürzt waren im Laufe der Jahrhunderte, in ewigem Zwielicht, denn bis hier hinunter schien die Sonne niemals, sah ich die Knochen und Gerippe von Gämsen, Schneeziegen, Bären und Drachen liegen. Es waren nicht ein oder zwei Drachengerippe, die ich erkannte, es waren mehr. Mein Blick saugte sich daran fest und unwillkürlich wollte ich mich vorbeugen. Ein heißer Windstoß fuhr durch meinen Kopf und zerstörte das Bild des tiefen Schlundes unter mir. Sekundenlang taumelte ich haltlos in der Luft.

Luft um mich, sonst nichts, Kilometer Luft unter mir. Ich hing an einem Seil, aufgehängt zum Sterben. Panik stieg hoch. Ein roter Blitz fuhr durch mich hindurch und zerstörte den Bann. Ich spürte den enormen Druck auf mir, spürte, dass ich alle Kraft brauchte, um zu atmen, fing mich in diesem einen Punkt. Einatmen, ausatmen, einatmen. Die Konzentration auf diese elementare Übung, die wir früher ausdauernd zu zelebrieren gelernt hatten, schaltete alles andere um mich herum aus. Der Druck ließ nach. Die Luft strömte freier in meine malträtierten Lungen. Mein Körper begann die Klammer zu lösen, die er in sich aufgebaut hatte. Ich öffnete die Augen. Sonnenlicht traf mich unvorbereitet und geblendet schloss ich die Augen wieder, um sie dann vorsichtig blinzelnd zu öffnen. Berkom stieg nicht mehr. Er flog geradeaus, über die Berggipfel hinweg, die mit ihrem ewigen Schnee gleißende Reflexe zu uns hochsandten. Der Himmel spannte sich mit durchsichtigem Blau über uns. Zarte Nebelschleier schwebten da und dort und das Panorama von Bergkette um Bergkette entfaltete sich vor mir. Ich hörte mein Herz schlagen, der Puls an meiner Halsschlagader pochte. An meinen Fingern spürte ich den Hals meines Drachen. Ich konzentrierte mich wieder auf meine Atemübung, damit ich nicht anfing zu schwanken oder irgendeine Bewegung machte, die ihn aus dem Gleichgewicht bringen würde. Die Flügel bewegten sich an meinen Seiten mit beruhigendem Gleichmaß. Ich merkte das jetzt, Berkom flog mühelos. Ich spürte das Auf und Ab der Flügel neben mir wie einen Rhythmus, den ich schon lange vermisst hatte. Die Wellenbewegung des Körpers unter mir und von Hals und Kopf vor mir war dezent, sie erinnerte an ein weiches Schaukeln. Ich fühlte mich in dieses Schaukeln hinein, atmete mit dem Rhythmus des Flügelschlags. Berge und Täler zogen unter uns vorbei. Berkom flog. Irgendwann einmal nahm die Achtung gebietende, von Schnee und Gletschern gekrönte Reihe der Gipfel ein vorläufiges Ende. Felsen tauchten auf, die Gipfel wurden flacher, wir konnten ab und an einen vorbeihuschenden Hauch von Grün wahrnehmen.

Berkoms Flugrhythmus änderte sich. Wieder begann sich der Luftdruck aufzubauen, wurde das Atmen schwierig. Wieder begann mein Körper Spannung zu erzeugen, um sich gegen den stetig ansteigenden Druck zu wehren. Meine Muskulatur jaulte auf, als ich sie erneut in Anspruch nahm. Ich biss die Zähne zusammen. Die Luft peitschte mir ins Gesicht. Ich schloss die Augen, nahm den Kopf an den Hals des Drachen hinunter, drückte mich auf seinen Widerrist und Hals. Mit angewinkelten Armen kauerte ich mich zusammen. Die Landung war ein sehnenzerreißender Schlag, der mir einen lachsroten Schleier vor die Augen trieb. Ich begriff nichts mehr, fühlte kurzfristig nichts mehr, die Welt drehte sich und schwankte. Irgendwann hörte das ganz langsam wieder auf. Meine Sicht klärte sich ein wenig. Berkom bewegte sich nicht mehr. Er hatte einen lang gezogenen Abhang für die Landung ausgesucht und lag jetzt schwer atmend halb auf der Seite. Die Flügel hatte er irgendwie noch einziehen können, ich hatte das nicht mehr mitbekommen. Sein Kopf lag ausgestreckt auf einer sandigen Stelle. Er hatte das wirklich sehr gut hinbekommen. In all dem Durcheinander, das in mir herrschte, fand ich nur einen Punkt. Mein Drache hatte es geschafft. Er war geflogen wie ein alter Hase. Dankbarkeit überflutete mich, Dankbarkeit dafür, dass dieser Drache mich zu seinem Gefährten erkoren hatte, und ich das Privileg hatte, mit ihm mein Leben teilen zu dürfen. Staunen überkam mich, dass dieser Drache mich gewählt hatte. Ich ließ mich langsam und vorsichtig von dem Drachen gleiten und ging zu seinem Kopf. Ich kniete mich an seinem Kopf nieder und strich über seine Nase. Berkom öffnete seine Augen. Wortlos schickte ich alles, was ich in mir fühlte, an ihn und sah, wie sich sein Blick änderte. Berkom richtete seinen rotgoldenen Blick auf mich. Sein Maul öffnete sich und seine lange gespaltene Zunge fuhr über meinen Arm und schlängelte sich um ihn. Noch nie hatte der Drache mich so festgehalten. Warm fühlte sich die Zunge an und ein starkes Gefühl der Sicherheit durchrieselte mich. *Solange ich lebe, sollst du mein Gefährte sein.* »Solange ich lebe, werde ich dein Gefährte sein.« Der Drache hatte sein Tal verlassen und war über die Berge geflogen. Sein Drachengefährte war mit ihm geflogen.

Berkom brauchte eine Erholungsphase. Ich saß mit angezogenen Knien und die Arme um sie geschlungen neben ihm und bewachte seinen Schlaf. Das war etwas gänzlich Neues für mich. Wir hatten immer gemeinsam geschlafen, waren eigentlich auch immer gemeinsam aufgewacht. Jetzt wachte ich. Er lag nicht mehr so wie hingeklatscht auf dem Abhang, sondern wie es für einen Drachen passend war und er schlief. Ich besah mir die Gegend, ließ meine Sinne wandern, schickte ein paar wenige langsam trudelnde rotgoldene Blasen in die Träume meines Drachen. Diese Berge um uns waren lange nicht so hoch wie die, die wir verlassen hatten. Sie waren lieblich. Ich kannte Felsen, Schutt und Steine. Hier gab es sanfte Hänge mit Grasmatten, Andeutung von Almen. Es gab natürlich auch Fels und Stein, aber es war alles nicht so schroff und hart wie in unserem Tal. Vorsichtig tastete ich mich weiter, schickte den Drachenblick zurück. Was ich sah, ließ mich frösteln. Das finale Unwetter hatte unser Tal erreicht und tobte in dem Talkessel in einer Weise, die mir hier auf einem von der Sonne beschienenen Abhang die Lust aufkommen ließ, mich sofort irgendwo zu verkriechen. Es riecht schlecht. Oh Himmel, das war die Untertreibung des Jahrhunderts gewesen. Wieso war dieses Unwetter plötzlich hereingebrochen, wieso hatten wir nie zuvor derartig übles Wetter mitmachen müssen? Ich wusste, dass das Wetter in den Bergen schnell umschlagen konnte, aber genau das hatte es nie richtig getan. Nur um dann mit derartig schauriger Vehemenz zuzuschlagen? Wären wir im Tal geblieben, wären wir umgekommen. Nicht weil wir direkt in diesem Toben der Elemente getötet worden wären, die Nisthöhle hätte uns ausreichend Schutz geboten, sondern weil wir danach auf lange Zeit hinaus nicht auf Jagd hätten gehen können. Der Winter war über das Tal gekommen. Er nahm es in die Zange und würde es für lange Wochen nicht mehr freigeben. Und zwischen Schneegestöber, neuerlichen Blizzards, Nebel und immer wieder Schnee wären wir nicht mehr in der Lage gewesen, uns aus der Höhle zu wagen. Wir wären jämmerlich verhungert. Denn im Schneefall und gegen den Wind hätte Berkom es nicht mehr geschafft, über die hohen Berge um das Tal herum aufzusteigen. Gerippe im Tal, Drachengerippe, es schüttelte mich und das Grauen packte mich erneut. Der Drache seufzte im Schlaf. Das holte mich aus dem schaurigen Schlund zurück. Ich warf einen Blick auf meinen Drachen, aber Berkom schlief weiter.

Ganz leise und vorsichtig spürte ich zu ihm hin. Er schlief tief und fest. Diese Ruhe nahm ich in mich auf und fühlte die Sonnenstrahlen auf meiner Haut, war wieder hier, auf diesem Abhang, nicht mehr auf dem Grund des Tales. Ich begann den Wind zu schmecken, fing an zu wittern und die Botschaften zu sortieren, die er mitbrachte. Als die Sonne sich dem Abend zuneigte und die Schatten länger zu werden begannen, wachte Berkom auf. Er gähnte und streckte sich, dann klappten seine Augen auf und er blinzelte mich verschlafen an. Gleich würde er sich auf den Rücken drehen und mir seinen Bauch hinhalten, damit ich den kratzen konnte. *Hä? Bauch kratzen?* Ich grinste ihn ein wenig an. »Okay, keine gute Idee. Deinen gewaltigen Ranzen zu kratzen würde mich überfordern.« *Interessant. Ich werde mir das merken. Wenn du mal wieder frech geworden bist, kann ich dir das zur Strafe aufbrummen. Vielleicht mag ich es ja sogar, am Bauch gekratzt zu werden.* Ich lachte. Berkom hob seinen Kopf und schickte mir ein paar lustig hüpfende Bläschen. Die Gewissheit, dass wir beide lebend aus dem Tal herausgekommen waren, setzte sich so langsam in mir fest. Aber ich hatte auch ausreichend Zeit gehabt, nachzudenken. Ich krabbelte zu Berkom und nahm sein Maul in meine Hände. Dann fixierte ich seine Augen. »Du hast das die ganze Zeit gewusst? Was sich unten auf dem Grund des Tales befindet? Und mir nichts gesagt?« Berkom wollte mir ausweichen, aber ich ließ ihn nicht los. *Ja. Ich wusste es. Es hätte dich verrückt gemacht, also habe ich nichts gesagt.* Ich seufzte. »Das hört jetzt auf, okay? Ich bin kein neugeborenes Küken. Ich muss wissen, was los ist, damit ich dich richtig beraten kann.« Der Drache räusperte sich. *Neugeborenes Küken*? Und dann kam: *Beraten???* Er zog dazu die Wülste über den Augen hoch, was ich bisher für schlicht unmöglich gehalten hatte. Die Mimik eines Drachen war eigentlich eher starr und die Kommunikation – falsch. Drachen konnten mit einer sehr großen Palette körperlicher Aktionen und Reaktionen kommunizieren. Es brauchte keine Gedanken, keine Worte. Wenn ein Drache mit seinem Schwanz um sich peitschte, verstand jeder das ohne Umschweife. *Ja, genau, wenn ich dich packe und in der Mitte durchbeiße, dann hast du was falsch gemacht, das ist dir dann spätestens auch klar*. »Weiche nicht aus.« *Okay, okay. Aber du hättest es wirklich nicht gut aufgenommen*. »Zugegeben. Weiter.« Berkom seufzte. Wenn er jetzt noch die Augen verdrehte und gen Himmel richtete, würde ich ihm einen Faustschlag auf die Nase versetzen. Berkom seufzte nochmals. *Wenn ein Drache es nicht schafft, rechtzeitig das Tal zu verlassen, und vom Winter überrascht wird, versucht er es eben irgendwann schließlich doch. Aber er schafft es nicht. Er bleibt an den Felswänden hängen und stürzt ab. Das Gleiche passiert, wenn er es zu früh versucht. In jedem Fall ist das Ergebnis das Gleiche. Wenn er nicht zum richtigen Zeitpunkt und unter den richtigen Bedingungen den Versuch startet, landet er unten im Tal. Ganz unten*. »Und sein Drachengefährte mit.« Irgs. Kalt erwischt. Meine Kombinationsgabe hatte Sendepause gehabt. Die ganze Zeit über war dieses Wissen klar vor meinen Augen ausgebreitet gelegen, aber ich hatte es einfach nicht realisiert. Berkom war absolut schuldlos. Er hatte mir alle erforderlichen Parameter übermittelt, aber ich hatte schlicht geschlafen. Drachen fanden ihre Drachengefährten erst viel später. Drachen fanden ihre Drachengefährten erst, wenn sie das Tal verlassen hatten. Felsendrachen fanden überhaupt keine Drachengefährten, weil sie das nicht überlebten. Ich setzte mich hin und mir wurde noch nachträglich schummerig. *Jaha. Drachen machen keine Flugversuche, das geht nicht in dem Tal. Dazu ist dort kein Platz. Wenn du es nicht aufs erste Mal packst, dann packst du es nie. Ich wusste auch nicht vorher, ob das mit dir zusammen geht. Aber es hat ja funktioniert*. Ungemein tröstlich. Mir wurde noch eine Idee schlechter. »Kein Drache hat dieses Tal bisher lebend mit dem zusätzlichen Gewicht eines Menschen verlassen, noch dazu ohne Möglichkeit, das auszuprobieren, und noch dazu, wo der Flug alleine schon eine Sache auf Leben und Tod ist. Na wunderbar.« Berkom wühlte sich ein wenig in den sandigen Boden des Abhangs hinein, er wirkte sehr zufrieden und tat das regelrecht genießerisch. *Jetzt sind wir hier. Klasse Sache. Und du bist gut mitgeflogen. Hat Spaß gemacht da oben. Wir müssen das bald mal wiederholen.* »Berkom!« Ich schrie ihn entrüstet an. Mein Drache kicherte. *Ich wusste, dass du dich köstlich erschrecken würdest. Du kriegst dann so einen leicht grünlichen Schimmer. Das steht dir ganz gut. Ab und zu, meine ich. Dann bleibst du auf dem Teppich.* »Berkom, warum dann der Abflug vom Schlafplatz aus? Irgendwo anders hätten wir wenigstens ein klein wenig Anlauf nehmen können.« *Solange du im Tal bist, schläfst du nur im Nest. Und du verlässt das Tal nur von dort aus. Ich hätte nirgendwo anders den Abflug probieren können, weil ich stattdessen automatisch zur Nisthöhle gelaufen wäre.* Ultimative Sicherheit. Er hatte sich vom Tal nur lösen können, indem er es an genau diesem Platz verließ. Auch einem Drachen waren also Grenzen bei dem, was er tun konnte und was nicht, gesetzt. Ein tiefes Grollen erscholl an meiner Seite und ließ mich ein wenig zusammenfahren. Berkoms Stimme hatte sich geändert. Sie war tiefer und runder geworden. *Verlass dich nur nicht zu sehr darauf. Ich habe das Tal schließlich verlassen, es hat mich nicht halten können. Und jetzt bin ich hier, frei und …* Ui, ui, da hätte er jetzt fast einen faustdicken Fauxpas hingelegt. Berkom unterbrach sich. *Komisch. Ich bin an dich gebunden wie du an mich, aber das ist so selbstverständlich, dass ich mich trotzdem völlig frei fühle. Ungebunden. Ich fühle mich ungebunden.* Er schnupperte nach mir. Ich setzte mich an seine Brust und begann ein wenig seine Kehlgrube zu kratzen. »Natürlich fühlst du dich frei und ungebunden. Du bist gerade ein bisschen erwachsener geworden. Du hast dein Nest verlassen. Wenn du dich jetzt nicht frei fühlst, wann denn dann.« Berkom schickte mir einen davonflatternden grünlichen Wimpel. Für ihn war das anscheinend ein mächtiger Schreck gewesen. In mir kam eine leise Ahnung davon auf, was es für ihn bedeuten musste, wenn er mich verlieren sollte. Verbundenheit war keine

Einbahnstraße. Ich prägte mir das ein. Dieser Schrecken war so unvermittelt und unvorhergesehen aufgetreten, dass dieses Gefühl in meinem Drachen nahe unter der Oberfläche sitzen musste. »In fünfhundert Jahren weißt du, dass du mich nicht verlieren wirst. Ich komme immer zurück, wie ein falscher Fünfziger.« *Außerdem wäre es praktisch egal gewesen. Entweder ich schaffe es, über die Berge zu fliegen, oder ich schaffe es nicht. Kein Drache fliegt über die Drachenberge, wenn er zum Abflug einen Anlauf braucht.* Berkom war wieder bei unserem Aufbruch aus dem Tal. Das beschäftigte ihn naturgemäß noch sehr. Mich berührte es plötzlich, dass ich in dieser einzigartigen Stunde bei ihm war. Kein anderer Drache hatte die Chance, das mit seinem Gefährten teilen zu können.

Festmahl? Die Dämmerung war über uns hereingebrochen, aber Berkom strahlte Zuversicht aus. In völlig fremder Umgebung und obwohl es dunkel wurde, wollte er jetzt auf Jagd gehen. Ich schluckte. Der Drache tat nichts. Er wartete auf mich. Ich riss mich energisch am Riemen und stand auf. Zu Hause waren wir auch schon mal des Nachts unterwegs gewesen, aber da hatte ich auch inzwischen fast jeden Stein gekannt. Zu Hause. Zu Hause? Es gab mir einen kleinen Schlag durch und durch. Zu Hause war für mich ein Absatz mit Gestrüpp und totem Holz, eine Felswand im Rücken, ein Abgrund vor Augen. Ich hatte nie mehr an meine alte Wohnung gedacht, und das Gefühl, das in dem Wort ›zu Hause‹ schwang, bezog sich eindeutig nicht mehr auf etwas, was mit einem Haus zu tun hatte. *Ich bin aufgebrochen, du hast einen längeren Weg zurückgelegt.* Und dann kam zum ersten und einzigen Mal die Frage: *Bereust du es?* Ich war in meinem alten Leben nicht am Ende gewesen. Ich war nicht todkrank oder alt gewesen. Ich hatte Pläne gehabt, unbestimmt und nicht besonders konkret, aber sie gingen schon über das hinaus, was mich im Alltag beschäftigte. Gut, man hatte versucht mich umzubringen, aber das hatte ja nicht geklappt. Und manchmal hatte ich schon darüber nachgedacht, ob ich nicht doch einen anderen Weg gefunden hätte, der mich gerettet hätte. Außerdem war da auch noch Katie. Und meine Familie. War es richtig gewesen, dass ich hiergeblieben war? War es richtig gewesen, meinem Drachen ein in dieser Welt fremdes

Wesen anzuhängen? Wenn ich heute ja sagte, was würde ich in zehn Jahren sagen? Menschen schwankten. Menschen wollten heute dies und morgen das. Menschen würden sich meistens am liebsten vor einer Entscheidung drücken. Es könnte ja noch etwas anderes dazwischenkommen. Natürlich wusste Berkom so gut wie ich, dass ich keine Entscheidungsfreiheit mehr hatte. Ich hatte meinen Kopf in ein Drachenmaul gelegt und meine Menschlichkeit verloren. Das vergaß ich zwar ständig, aber es war nichtsdestotrotz so. Aber bereute ich es? Ich hatte durchaus das eine oder andere in meinem bisherigen Leben bereut. Das, was ich hier getan hatte, gehörte ganz gewiss nicht in diese Kategorie. Die Frage war, ob ich mich mit meinem jetzigen Wissen noch mal darauf eingelassen hätte. War die Frage zu diesem Zeitpunkt überhaupt zulässig? Wäre ich lieber jetzt wieder auf der anderen Seite der Drachenberge? Intuitiv und ohne weiter zu überlegen und abzuwägen, war dieser Punkt plötzlich das, was die Antwort in mir hochsteigen ließ. Ich wollte nicht zurück über die Drachenberge. Ich wollte bei Berkom bleiben. Mein Drache hob seinen Kopf und kam zu mir. Dann schwang er in einem hohen Bogen seinen Hals über mich und schloss mich in einen überwältigenden Kreis ein. Er berührte mich nicht, aber seine Präsenz umschloss mich auf eine ganz neue Weise.

In der Dunkelheit gingen wir zusammen auf die Jagd. Es war faszinierend. Ich schickte meine Sinne voraus und zurück und seitlich und erfasste meine Umwelt mit allen Fasern. Die Nacht war lau. Das war besonders überraschend, denn hinter uns tobte der Winter mit ungebrochener Macht. Aber das Unwetter kam nicht über die Drachenberge hinüber. Was Berkom geschafft hatte, blieb Schnee, Hagel und Sturm verwehrt. In meinem Geist hörte ich das Donnern des Wintergewitters im Tal. Dann zog Berkom mich vorsichtig zurück und ließ mich meine Füße hier und jetzt spüren. Das Verlangen war da. Das Verlangen, mich jetzt mit meinem Drachen zu verbinden, war stark. Ich widerstand und ließ mich in meinem eigenen Körper versinken. Berkom kratzte sich seine rechte Seite mit seinem Hinterlauf. Dann hob er den Kopf und sog die Nachtluft ein. Ich tat es ihm nach. Die Luft wehte mit Ahnungen von Schneefeldern und Schneehühnern auf uns zu. Eine Schneeeule flog auf weichen Schwingen vorbei. Ich folgte ihr ein wenig und erahnte Mäuse unter niedrigen Moosmatten. Dann tauchte in der mosaikartigen Schattenwelt der nächtlichen Gerüche ein elektrisierendes Aroma auf. Prall und voll erreichte uns die Nachricht von einer Herde Wildziegen, kleinere Anverwandte der Schneeziegen. Erst in der Sekunde kam ich darauf, Berkom zu fragen, ob er nach dem langen Flug überhaupt jagen konnte. Ich bekam einen rotgoldenen Blitz zurück. Er war fit. Welche Frage. Welche Idiotie mich in der Sekunde ritt, wusste ich auch nicht, aber ich begann zu laufen. Die Schuhe waren hinderlich, aber jetzt konnte ich sie nicht mehr ausziehen. Ich lief, die Nase im Wind und mit untrüglichem Blick für den Untergrund, über den ich hinwegsprintete. Jäh brach der Abhang vor mir ab, ich ließ mich in die Wand fallen und griff mit schlafwandlerischer Sicherheit in die Schrunden und kleinen Grate, an denen ich Halt fand. Mit dem Licht der von ferne blitzenden Sterne klomm ich ohne Anstrengung mit absoluter Sicherheit durch eine Klamm in ein kleines Tal. Die Ziegen schliefen dicht an der Felswand. Als sie mich bemerkten, war es zu spät. Das Zicklein hatte nicht einmal mehr Zeit, um erschreckt zu blöken. Ich zog mich genauso schnell, wie ich gekommen war, auch wieder zurück. Ich wollte die Herde nicht in die Flucht schlagen. Zwei Ziegen sprangen trotzdem auf und verschwanden in der Nacht. Ihre Hufe klapperten über die Felsen und ließen Steine davonpurzeln. Schließlich kehrte wieder Stille ein. Ich legte mir das Zicklein über die Schultern und stieg wieder hinauf. Immer noch war ich fest mit meiner Umwelt verbunden, immer noch zeigten mir Instinkt und Wissen, wie ich mich bewegen musste. Oben auf dem Abhang wartete Berkom auf mich. Er stand über einer Ziege, die er geschlagen hatte. Er musste eine von denen, die geflüchtet waren, erwischt haben. Leise brummte er mich an. *Du brauchst deine neuen Fähigkeiten nicht unbedingt hier und jetzt derartig auf die Probe zu stellen*. Das Zicklein glitt von meiner Schulter. »Festmahl?« Diesmal kam die rotgoldene Bestätigung von ihm und ich gab sie ihm zurück. Wir bekamen beide unser Festmahl.

Als ein schmaler Sternengürtel sich seinen Weg über die Berggipfel gesucht hatte und uns mit einem Band Sternenlicht übergoss, suchten wir uns einen Platz für die Nacht. Wir fanden ihn in einem halben Kilometer Entfernung. Es war ein hübsches Fleckchen, zumindest bei Nacht erschien es uns so. Der Felsen hatte hier einen kleinen Überhang gebildet, unter den wir uns zusammenrollten. Gesättigt und mit dem Geruch des Gefährten in der Nase schliefen wir zum ersten Mal auf fremdem Boden ein.

Sonnenschein kitzelte mich an der Nase, ich nieste und schlug die Augen auf. Berkom bewegte sich träge neben mir und blinzelte ebenfalls in den neuen Tag. Schlagartig war ich auf den Füßen und stand vor dem Felsen. Adrenalin pur schoss durch meinen Körper. Wo waren wir? Wo war die Gefahr? Drohte Berkom hier etwa irgendetwas? *Hier drohen uns ein paar Ziegen*. Ich schnuffelte noch kurz vor mich hin und versuchte den rasenden Puls zu beschwichtigen. Das war gar nicht so einfach. Ich war absolut kampfbereit, und das sozusagen nahtlos aus dem Schlaf heraus. Das war nicht so leicht zu verkraften. Berkom lag ruhig unter dem kleinen Überhang und beobachtete, wie ich um meine Fassung rang. Schließlich schaffte ich es, mich umzudrehen und mich wieder zu ihm zu setzen. Ich lehnte den Kopf an seinen Halsansatz und atmete tief ein. »Passiert so was öfter?« *Ab und an. Am Anfang natürlich häufiger. Im Laufe der Zeit wirst du damit besser zurechtkommen*. Anklagend pochte ich mit meiner Faust an seinen rechten Vorderlauf. »Du hast das gewusst? Und hast mich nicht gewarnt?« *Wozu? Der Felsüberhang war doch hoch genug. Du konntest dir hier nirgends den Schädel einrennen. Und Platz hattest du ja auch ausreichend*. Mir blieb der Mund offen stehen. »Du hast gestern den Schlafplatz danach ausgesucht, dass ich heute Morgen einen Anfall haben konnte?« *Das ist unvermeidlich. Du musst lernen, damit klarzukommen. Komm schon, entspanne dich. Hier will mir nicht wirklich gerade jemand die Gurgel durchschneiden*. »Sehr beruhigend!« Gurgel durchschneiden, also wirklich. Mein Herzschlag legte schon wieder zu. Ich machte kurz die Augen zu und begann mich aktiv zu entspannen. Es ging so halbwegs. Aber die Erfahrung, so von null auf hundert innerhalb einer Sekunde zu kommen, war etwas, was ich erst mal wegstecken musste. Für Morgenmuffel wäre das ein herbes Programm gewesen. Zum Glück war ich morgens eigentlich eher gut drauf. So kam ich dann einigermaßen ins Gleis und wir konnten den Tag geordnet beginnen.

Als Erstes suchten wir uns Wasser. Das war nicht ganz so einfach, denn in der allernächsten Umgebung gab es nichts. Das fand ich überraschend. *Generationen von Drachenmüttern haben sich schon die richtige Umgebung für ihre Jungen ausgesucht.* Also gut. Aber hier musste es auch Wasser geben, die Ziegen lebten ja nicht nur von ein wenig Gras, Moos und Flechten? Berkom fand dann etwas, ein kleines Wasserloch in einem Felsen, in dem sich Regenwasser gesammelt hatte. Gnädig ließ er mir den Vortritt. Es reichte so gerade mal knapp für uns beide, aber nicht mal eine Katzenwäsche war dann für mich drin. Die Lederjacke hatte gestern noch ein paar Blutflecke mehr abbekommen, aber inzwischen waren es so viele, dass sich praktisch ein Muster gebildet hatte, das sich eingefressen hatte. Waschen war da vergebliche Liebesmüh. Wir hockten friedlich an dem Überhang, wo wir geschlafen hatten. Der Boden war hier angenehm sandig, nicht so felsig oder gar steinig wie der Rest des kleinen Plateaus. Man hatte von dort aus einen recht schönen Blick auf die weitere Umgebung. Ich leerte rein interessehalber die Taschen der Lederjacke und auch die eine noch intakte Tasche meiner zerfetzten Hose aus. Dann legte ich meine Besitztümer vor uns in den Sand. Ein scharfkantiger Stein. Mit Erinnerungen behaftet. Nun war ich erst so kurz in diesem Land, aber schon gab es Erinnerungen. Und was für welche. Ein Seil. Ich hatte das Knäuel immer noch bei mir. Ein Seil zu haben konnte manchmal lebensrettend sein. Noch eine Erinnerung, als mir so ein Seil furchtbar gefehlt hatte. Ich warf einen prüfenden Blick auf die beiden Drachenhautschlingen um Berkoms Hals. Sie waren noch da. Eigentlich wusste ich ja, dass er gelernt hatte, sie auch bei der Jagd nicht zu verlieren, aber ich sollte darauf besser aufpassen, so erschien es mir jedenfalls in diesem Moment. Eine kleine Scherbe. Ein wenig Rührung überkam mich. Ein Drachenbaby zerbrach die Schale des Eies und strampelte sich im warmen Sand der Nisthöhle ins Leben. Ein schmaler Fetzen Stoff. Ich hielt ihn in der Hand und spürte, wie Betroffenheit hochstieg. Geknebelt zu werden hatte mir zu schaffen gemacht. Ich bleckte unwillkürlich die Zähne, als ich daran dachte. Und erstarrte mit dem Wissen, dass hier und heute diese fünf bewaffneten Männer gegen mich keine Chance mehr hatten. Heute könnte ich sie töten.

Ich hätte das nicht gewollt und ich hätte es auch nicht getan, aber wenn es darum gegangen wäre, ob ich überlebte oder nicht, hätte ich nicht gezögert. Fünf bewaffnete Männer konnte ich heute ausschalten und es würde mich nicht einmal besonders anstrengen. Ich bleckte nochmals die Zähne. Vielleicht war es sogar ganz gut, dass ich jetzt hier war und nicht der Versuchung erliegen konnte, doch noch einen Weg zurück zu suchen. *Du hast es zu Ende gebracht.* Ja, hatte ich. Und meinen Drachen dabei fast umgebracht. Ich sollte diesen fünf Bastarden gleich noch mal dafür den Kragen extra umdrehen. Und den Rest der Bande könnte ich auch gleich zu Hackfleisch verarbeiten. Verdammt, jetzt würde ich aus dieser Spalte heraus hinaufklettern, so wie andere auf einem ebenen Weg spazieren gingen, Seil und Überhang hin oder her. *Brenn. Komm schon.* Mühsam kämpfte ich mir durch einen wallend orangeroten Vorhang den Weg zurück auf eine nettes Felsenplateau in der Sonne, mit einem anderen, wesentlich hübscheren Überhang und einem angenehmen, weichen Sandboden. *Steck das Tuch weg. Und pass auf die Scherbe auf.* Ich tat, was Berkom sagte, und packte alles wieder weg. Dann spürte ich, wie sich langsam die Wut in mir legte. *Gut. Dann können wir ein wenig auf Erkundungstour gehen, wenn du wieder bei dir bist.* Zuerst die Kampfattacke, dann der Wutanfall, ich schien heute Morgen wirklich nicht besonders gut drauf zu sein. Der Drache, für den alles viel aufwühlender sein musste, erschien dagegen die Ruhe selbst zu sein. *Keine Sorge, ich habe Spaß genug.* Ich warf Berkom einen scheelen Blick zu. Der Drache stand auf und schüttelte sich, sodass ich eine ordentliche Ladung Sand abbekam. Der erste Tag fing also rundum gelungen an.

Wir gingen dann unserem Vorrat von gestern einen Besuch abstatten. Es war noch alles da und es reichte für einen zweiten Tag. Keine Jagd heute. Eigentlich schade. Es war so hübsch gewesen, durch die Wand zu setzen und die Klamm hinunterzukarriolen. *Brenn. Hör auf damit.* Schade. Ich war immer noch so drauf. Ich schnupperte in die Luft. Ob es hier auch Höhlenbären gab? Heute wäre ich so richtig in Stimmung, um einen zu vermöbeln. Berkom fuhr herum und versetzte mir einen Schlag mit seiner Tatze. Der holte mich von den Füßen und ließ mich überschlagend noch drei Schritte weiterschlittern. Die Krallen hatten Kratzer hinterlassen. Ich schüttelte mich wie eine nasse Katze und fuhr mir mit den Händen durch die Haare. Wenn Berkom gereizt reagierte, war es für mich höchste Eisenbahn, achtzugeben. Inzwischen waren wir schon einen Berg weiter gekommen, überfällig, mich wieder einzuklinken. Ein kleiner Pass lag hinter uns. Berkom bewegte sich zielsicher weiterhin vom Tal weg. »Glaubst du, dass das Unwetter doch noch hierherkommt?« *Eher nicht. Aber Winter wird es auch hier. Wir müssen noch ein ordentliches Stück Weg hinter uns bringen, bevor wir ein Fleckchen finden, wo wir überwintern können.* Mein pampiges ›Dann fliegen wir halt noch ein paar Stunden‹ verkniff ich mir gerade noch rechtzeitig. Die Krallenspuren, die ich eben davongetragen hatte, waren unproblematisch und würden ohne Spuren zu hinterlassen verheilen. Aber ich sollte es vermeiden, Berkom erneut zu provozieren. Auf Tattoos nach Drachenart konnte ich gut verzichten. Stattdessen nervte ich den Drachen damit, dass ich wissen wollte, warum der Wintereinbruch so abrupt erfolgt war. Berkom wollte lieber die neuen Berge angucken, als blöde Fragen beantworten. Ich stellte plötzlich fest, dass ich mich wie ein quengelndes fünfjähriges Balg benahm, was ziemlich ernüchternd wirkte. *Ich dachte schon, die Wirkung der Höhenluft würde überhaupt nicht mehr nachlassen.* »Entschuldige.« *Schon gut.* Berkom hatte sich auf einem erhöhten Platz aufgestellt und windete in alle Richtungen. Ich stand neben ihm und legte meine Hand auf seinen Vorderlauf. Unbewusst griff ich nach dem Drachen. Der Wintereinbruch in den Drachenbergen hatte sich über Tage aufgebaut. Ich hatte meine Instinkte nicht weit genug geöffnet, um das zu spüren. Interessant. Instinkte mussten sozusagen abgerufen werden, sie übernahmen nicht immer das Kommando. Das war für mich eine große Erleichterung. Irgendwie hatte ich schon befürchtet, dass ich durch meine Transformation eher meine Vernunft verlieren würde. Stattdessen hatte ich tatsächlich etwas dazubekommen. Die kleinen Ausrutscher wie heute Morgen musste ich nur in den Griff kriegen. Ich bohrte ein wenig tiefer und zog noch einen Fetzen Wissen aus dem Fundus des Drachen. Der Winter kam tatsächlich so abrupt in den Drachenbergen. Das gab den Jungdrachen die Möglichkeit, bis zum letztmöglichen Zeitpunkt an Kraft zuzulegen. Jeder Tag zählte dabei. Ich verstand jetzt, warum Berkom frühzeitig auf die Jagd gegangen war und sich nicht mit der Versorgung durch seine Mutter begnügt hatte. Er hatte schneller zulegen müssen, damit er mein Gewicht kompensieren konnte.

Berkom schüttelte mich vorsichtig ab. Meine Sicht wurde wieder klar und ich wandte meinen Blick von dem Drachenfuß direkt vor mir ab zu dem Panorama um mich. Das war überwältigend. *Schön, dass du das auch mal siehst und nicht ständig irgendwo innen drin herumbohrst.* Ich ging darüber hinweg. Ein Drache, der Sinn für Landschaft bewies, war ein ziemlich heftiger Brocken. Noch dazu, wenn es sich um einen Jungdrachen handelte. *Meine Vorfahren sind hier gewandert.* Verdammt. Mir ging der Sinn für das historische Moment völlig ab. Mamadrache war wohl kaum tagelang geflogen, um ihr Junges zu versorgen. Mamadrache hatte sich wahrscheinlich bei den Ziegen bedient, die wir gestern gefunden hatten. Mamadrache war hier irgendwo um die Ecke. *Nein. Wenn sie mich noch versorgen würde, wäre sie tatsächlich hier in der Gegend. Aber nicht mehr jetzt. Ich wäre auch ohne dich jetzt flügge gewesen. Mama hätte mir sowieso nichts mehr gebracht. Die letzte Zeit vor dem Abflug jagen Drachen immer selber.* Berkom wandte seinen Kopf zu mir. *Brenn, und selbst wenn sie jetzt hier auftauchen würde, wäre keiner von uns in Gefahr. Sie würde mir nichts tun. Ich bin ihr Junges, auch wenn ich das Nest verlassen habe. Und du bist mein Drachengefährte. Das wird jeder Drache respektieren, dem wir begegnen.* »Tröstlich.« *Natürlich, wenn ein anderer Drache mir an den Kragen wollte, würde das für dich gleich mitgelten.* Ich schluckte. Mitgefangen, mitgehangen. Das war nur recht und billig. Dann betrachteten wir gemeinsam die Landschaft. Die Drachenberge waren noch erstaunlich nah, aber das sah nur so aus. In Wirklichkeit hatten wir ziemlich viele Kilometer hinter uns gebracht. Vor uns, auch noch in einiger Entfernung und hinter verschiedenen Bergketten, befand sich erneut eine Reihe monumentaler Gebirge. Das Land vor uns aber ließ mir das Herz aufgehen. Wir würden hier ein wunderbares Leben führen können. *Fast.* »Wir bleiben nicht hier?« *Nein. Hier werden wir leben, wenn wir alt sind. Felsendrachen kehren schließlich wieder zu den Drachenbergen zurück. Hier, wo die Berge für alte Knochen und alte Lungen verträglich sind, können wir in Ruhe das Alter genießen.* Und sterben im Anblick der Drachenberge? Mir blieb der Atem kurz stehen. *Hast du gedacht, Drachen leben ewig? Wir leben lange, aber auch unser Leben geht irgendwann einmal zu Ende.* »Aber nicht jetzt.« *Nein, nicht jetzt. Lass uns gehen.* »Berkom.« Ich bat. Der Drache senkte den Kopf und sah mich von der Seite an. *Das willst du jetzt wirklich?* »Es ist richtig. Es ist wichtig. Und ich will es.« *Dann komm.*

Ich holte tief Luft, trat zurück, nahm Anlauf und bestieg den Drachen, so wie ich es vor unserem Abflug getan hatte. Berkom erahnte mit schlafwandlerischem Geschick den Zeitpunkt, wo er mir mit dem Fuß den nötigen Schwung geben musste, und er dosierte ihn erneut exakt auf den Punkt genau. Atemlos vor Erstaunen über dieses makellose Aufsteigen saß ich auf dem Drachen. Berkom ging leicht auf die Hinterhand und entfaltete seine Schwingen. Diesmal sah ich, wie sich die Flügel neben mir in die Luft erhoben, dicht neben mir sich in den Himmel auffalteten und dann in all ihrer Macht gen Boden schlugen. Ein fester Ruck ging durch den Drachenkörper. Diesmal war es Lust, schiere Lebenslust, die uns beide packte. Berkom sprang in den Himmel und sein Flügelschlag ließ die Luft um uns brausen. Er hob mit einer Leichtigkeit ab, die mich in Ekstase badete. Ich hatte gedacht, es würde eine muskelzerfetzende Plackerei sein. Ich hatte gedacht, der schwere Drachenkörper müsse sich furchtbar plagen. Die sanften Berge erlaubten einen sanften Abflug. Wir hatten Platz und einen günstigen Aufwind, der uns vorsichtig anhob. Berkom gab ein heiseres Quietschen von sich, stürzte sich in diesen Aufwind und ließ sich vor Begeisterung zu einem rasanten spiralförmigen Steigflug hinreißen, der mir allerdings etwas den Atem abdrückte. Der tanzende Horizont war nicht wirklich zuträglich, deshalb schloss ich meine Augen und legte mich wieder in kauernder Stellung auf den Widerrist.

Auf angenehmer Flughöhe angekommen, setzte sich Berkom zielstrebig in Richtung Westen in Bewegung. Ich spürte, wie sich sein Sinn auf dieses Vorwärts ausrichtete. Vorsichtig richtete ich mich auf. Der Himmel flog mit uns. Ich verstand auf Anhieb, warum viele Menschen Ballonfahren und Drachenfliegen manisch anzog. Mit meinem Drachen unter mir fühlte ich plötzlich, dass ich alles, was mich bedrückte, hinter mir lassen konnte. Ich badete im Himmel und in dem reinen, unverfälschten Sonnenschein. Ich fühlte den Flugrhythmus in mir singen. Meine Hand löste sich aus dem Griff der Drachenschlinge und ich legte sie auf Berkoms Hals. Ein paar rotgolden tanzende Bläschen blitzten in der Sonne. Meine Augen verloren sich in Bergen und Tälern, weit unter uns ausgebreitet. *Die Drachenhautschlinge, nimm sie wieder in die Hand.* Berkoms Stimme klang sanft, wie aus einer anderen Welt. *Atme.* Ich atmete doch. Ich hatte noch nie solche Luft geschmeckt. *Atme.* Ich atmete, sog die Luft tief in mich ein. Bemerkte, dass ich mich auf einem Drachen in ziemlicher Höhe in der Luft befand. Schnappte nach der Drachenschlinge und zuckte zusammen. Der Drache glich mein Wackeln aus, aber der Schlag seiner Flügel wurde unterbrochen. Wir machten eine schaukelnde Ausgleichsbewegung, ich biss die Zähne zusammen, verkrampfte mich von oben bis unten und dann bekam der Drache den Bogen wieder heraus und gewann den gleichförmig rhythmischen Flügelschlag zurück. Ich wusste nicht, was ich tun sollte. *Atme.* Ich zog die Luft bewusst ein, fixierte meinen Blick am Widerrist meines Drachen, merkte, dass das nicht reichte. Also tat ich das Einzige, was mir übrigblieb. Ich kauerte mich über den Widerrist des Drachen, legte meinen Kopf an seinen Hals und schloss die Augen zu schmalen Schlitzen. Schließlich spürte ich die beruhigende, gleichförmige, kraftvolle Bewegung des großen Körpers unter mir. Ich ließ diese Bewegung in mich einfließen und gewann meine eigene Ruhe zurück. Mein Pulsschlag regulierte sich auf den Schlag der Flügel ein. Langsam richtete ich mich wieder auf. Aber aufrecht zu sitzen bereitete mir Unbehagen, deshalb beugte ich mich wieder etwas vor, ging in eine andeutungsweise gehockte Stellung über dem Widerrist und stützte meine Hände in den Drachenschlingen fest auf Berkoms Hals. Dann hob ich den Kopf und öffnete die Augen weit. Der Himmel war blau und die Sonne schien golden, aber die Ekstase war verflogen. Ich atmete bewusst regelmäßig weiter. Der Drache flog. Ich flog. Die Flügel neben mir bewegten sich mit einem herrlichen Gleichmaß. Auch das gab mir Sicherheit.

Atmen, einatmen, ausatmen. Wir flogen. Leise rührte sich die Freude darüber wieder in mir. Berkom schickte mir ein kleines, festes rotgoldenes Kügelchen.

Wir blieben noch eine Weile in der Luft, aber lange bevor der Nachmittag sich dem Ende zuneigte, meldete Berkom, dass er jetzt einen Landeplatz suchen würde. Ich kauerte mich wieder zusammen, drückte meine Hände und meinen Kopf an den Drachenhals. Meine Muskulatur verkrampfte sich erwartungsvoll. Es gab einen heftigen Schlag und die Schwingen richteten sich auf, schlugen kräftig in entgegengesetzter Richtung und Berkom hielt an. Ich brauchte eine halbe Sekunde, bis ich merkte, wie er seine Flügel anlegte, und dann richtete ich mich erstaunt auf. Die Spannung in meiner Muskulatur ließ nach. Ich schnaufte und Berkom schnaufte gleichzeitig. Das brachte mich zum Lachen. Der Drache machte einen ungelenken Schritt zur Seite, der mich aus dem Gleichgewicht brachte, und ich fiel von dem Drachen, kugelte über den Boden. Erdboden unter meinen Fingern und Füßen, unter meinem Körper, wir waren gelandet. Ich blieb liegen, guckte zu meinem Drachen und dann applaudierte ich. »Das war eine erstklassige Landung. Gratulation.« Der Drache legte seinen Kopf schief und sah mich interessiert an. »Das macht man im Flugzeug so, man bedankt sich bei den Piloten für den guten Flug und die sichere Landung.« *Dann wirst du dir im Laufe der Zeit die Haut von den Handflächen klatschen*. Berkom grinste. *Ich bin der beste Pilot, den du je finden wirst*. Ich schickte Berkom ein paar dicke rotgoldene Blasen. »Das glaube ich auch.«

Wir suchten uns ein Nachtquartier und das Ergebnis war für uns recht ungewöhnlich. Berkom hatte ein liebliches Tal als Landeplatz gewählt und hier gab es tatsächlich keine Felshänge oder etwas Ähnliches. Äußerst merkwürdig. Berkom schnupperte ständig am Erdboden herum. Erde war für uns nicht mehr selbstverständlich. Selbstverständlich waren Steine. Trotzdem mochte ich es. Wir fanden schließlich ein hübsches, dichtes Gebüsch, das groß genug für uns war. Berkom walzte hinein und ließ sich zufrieden mittendrin fallen. Es gab eine leichte Erschütterung, die entfernt an ein Erdbeben erinnerte. Jedenfalls zog ich ihn damit auf und er seufzte genießerisch. Wir waren geflogen.

Am nächsten Morgen fiel ich unrühmlich über das Gestrüpp und verhedderte mich in den Ästen, als ich panisch nach irgendwelchen imaginären Feinden Ausschau halten wollte. Berkom quietschte vor Vergnügen und ich war sauer. Dabei war ich mehrheitlich auf mich selber sauer, weil es mir nicht gelungen war, diese Aktion zu unterdrücken. Ich hatte es mir schließlich so fest vorgenommen. Noch mal würde mir das nicht passieren. Pustekuchen. Also fauchte ich Berkom an und der kringelte sich in dem Gestrüpp. Beleidigt stapfte ich davon und kümmerte mich um die Morgentoilette. Dabei stellte ich fest, dass es ein kühler Morgen war. Es war so frisch, dass meine Atemluft kondensierte. Das vertrieb augenblicklich meine Grillen. Wir befanden uns nicht mehr in den höchsten Bergen. Es hätte eher wärmer sein müssen. *Es wird irgendwann demnächst schneien*. Aha. Und dann hatten wir ein Problem. *Nein, noch nicht. Nicht so wie im Tal. Hier können wir immer noch jagen. Aber der Schnee kommt früh dieses Jahr. Wir sollten das Gebirge schnell überqueren, sonst wird das nicht besonders lustig*. »Wir können hier nicht über Winter bleiben?« *Besser nicht*. »Berkom?« Er war diesmal nicht wirklich verlegen, aber zugeben tat er es auch nicht so gerne. Es wäre ja auch viel einfacher gewesen, hierzubleiben. Nicht tun zu können, was man gerne wollte, fiel einem Drachen sehr schwer. *Die Altdrachen machen da nicht mit*. Ich begriff augenblicklich, dass Berkom nicht bereit war, sich hier zum jetzigen Zeitpunkt mit einem oder mehreren Altdrachen anzulegen. Mir war nicht ganz klar, ob er das nicht tun wollte, weil er sich dazu noch zu jung fühlte, ob er einen gewissen Respekt vor den alten Drachen hatte, der ihm einen derartigen Angriff erschwerte, oder ob es einfach auch ein gewisses natürliches Regulativ war, das sich hier zeigte. Jungdrachen mussten sich bewähren. Die Natur ließ keine Schwächlinge überleben. Die erste Prüfung war der Flug aus dem Tal. Die zweite Prüfung war, sich nicht dem bequemeren Leben hier hinzugeben, sondern die nächste Gebirgskette anzugehen. Der Jungdrache flog. Er lernte noch zu fliegen, da musste er bereit sein, sich schon dem nächsten hohen Gebirge zu stellen. Wer das nicht schaffte, wurde aussortiert. Dafür sorgten dann untrüglich die Altdrachen. Uff. Ich wollte nicht gerne aussortiert werden. Berkom schlug spielerisch in die Luft. *Wir kriegen das schon gebacken*. Als Nächstes bekamen wir einen Morgentrunk gebacken. Diesmal war ich fixer und fand einen kleinen Bach. Trotz des kalten Morgens badeten wir mit größtem Vergnügen. Danach ging es uns beiden viel besser. So ein Bad ab und zu hob ungemein die Laune. Anschließend setzte ich mich auf Berkom und wir ritten zur Abwechslung wieder ein Stück.

Reiten war unter diesen Bedingungen eine gänzlich neue Erfahrung für uns. In den Drachenbergen klappte das nur über relativ kurze Strecken gut. Meistens hatte Berkom alle paar Schritte achtgeben müssen, wie wir über irgendwelche schwierigen Passagen hinwegkamen. Hier konnte er anfangen, seine Geschwindigkeit zu entfalten. Zu Fuß hätte ich keine Chance gehabt, mitzuhalten. Allerdings war das weit ausholende Gehen für Berkom durchaus anstrengend. Bevor er erschöpft war, war ich allerdings bereits ein Stück darüber hinaus, um eine Pause zu bitten. Mit brennenden Beinmuskeln und protestierenden Rückenmuskeln ließ ich mich von ihm gleiten. Das Fliegen hatte ich noch nicht richtig verkraftet, da war dieser Ritt das i-Tüpfelchen für meinen Körper. Ich merkte nämlich erst jetzt, wie anstrengend die Flüge wirklich für mich gewesen waren. An allen Ecken und Enden ziepte und knirschte es. Ich kam mir teilweise vor wie ein alter Mann. *Das Reiten beansprucht den Körper anders als das Fliegen. Beim Fliegen ist die Atmung ein größeres Problem, und dann die Höhe. Du kriegst einen Höhenkoller. Das ist beide Male passiert. Das wird mit mehr Training besser*. »Training? Ich trainiere doch schon ständig. Was war das denn, was du mit mir zu Hause veranstaltet hast?« Die Drachenberge waren immer noch das Zuhause. *Wie, glaubst du, hättest du dich sonst gehalten? Du wirst noch besser werden, keine Sorge*. »Noch besser?« *Klar. Ich bin noch jung. Wenn ich meine volle Kraft entwickelt habe, was glaubst du, was dann hier abgeht? Da war das hier ein Spaziergang*. Ich ächzte ein wenig vor Entsetzen. Dieser Gedanke war mir überhaupt nicht gekommen. Wenn ich nun mit meinem Drachen nicht mithalten konnte? *Du bist wirklich unmöglich. Letzte Nacht hast du mein Herz zum Stillstand gebracht, als du durch die Felswand geturnt bist wie ein junger Gott, und heute meinst du, du wärst unfähig.*

Also gut, pass mal auf. Du hast mein Blut in dir. Schon vergessen? Wie solltest du da nicht mit mir mithalten. Entsetzen wich Betroffenheit. Ich war wirklich nicht ganz auf dem Damm. Wie konnte ich nur so dämlich sein? Verdammt, Berkom wusste genau darüber Bescheid, was mit mir passierte, was mit einem Drachengefährten passierte, wenn er das Tal verließ. Woher wusste er das alles bloß? Es gab doch bei Felsendrachen keine Erfahrungswerte dafür. *Aber bei den anderen Drachen. Ich habe mich kundig gemacht, was da so passiert.* Na bravo. »Dann kannst du mich ja vielleicht mal vorwarnen, bevor ich mich wieder zum Affen mache.« *Aber das macht doch so einen Spaß.* Ich starrte Berkom an. Dann sprang ich ihm übergangslos an die Kehle. Ich kriegte seine Schnauze zu fassen und schlang meine Füße um sein Genick. Berkom erstarrte vor Überraschung. Dann stieß er eine Art Röhren aus und stieg. Er schüttelte seinen Kopf mit Vehemenz und begann Sätze zu machen. Ich wurde zwar fürchterlich durchgeschüttelt, aber ich hatte mich so gut verklammert, dass er mich nicht loswurde. Daraufhin probierte er den Trick, mit dem er mich das letzte Mal geschlagen hatte. Er ließ sich fallen. Nur diesmal war ich darauf vorbereitet. Kurz bevor Berkom auf dem Boden aufschlug, löste ich meine Füße von ihm, hielt mich nur noch an seinem Kopf fest und ließ mich auch dort einen Tick später los. Ich kam wie vorgesehen aus geringer Höhe mit den Füßen auf dem Boden auf und befand mich direkt neben dem zu Boden gegangenen Drachen. Im aufwallenden Dreck sprang ich hoch und auf seinen Hals. Ich warf mich mit meinem vollen Gewicht auf seinen Backenknochen, drückte seinen Kopf auf den Boden und hielt ihm das Auge zu. Der Drache strampelte, ich stieß mich von ihm ab und machte einen Handstandüberschlag über seinen Kopf hinweg, dem ich ein paar Flickflacks anschloss. Dann blieb ich stehen und sah nach, was Berkom machte. Der lag mit nach hinten und vorne weggestreckten Füßen auf dem Bauch. Es war ein urkomisches Bild. Und er guckte genauso. Ich begann zu lachen. »So ein Spaß.« Berkom ließ sich wieder umfallen, ruderte ein wenig mit den Pranken in der Luft herum und ich setzte mich haltlos lachend hin. Anschließend sammelte mein Drache seine Vorder- und Hinterläufe wieder zusammen, legte sich ordentlich hin und ich kroch zu ihm und spürte sämtliche Knochen meines Körpers einzeln. Ich sollte solche gymnastischen Einlagen in der nächsten Zeit unterlassen. Berkom gab mir einen ganz leichten Stupser. *Spaß muss sein. Außerdem war das ein guter Trick. Hast du noch mehr auf Lager?* »Klar. Ich brauche ja ab und an auch was für dich zum Training.« Eine Drachenzunge fuhr mir über das Gesicht und ich legte meine Arme um das Drachenmaul.

Wir machten uns bald auf den Weg, denn wir wollten beide nicht die Aufmerksamkeit von irgendwelchen älteren Herrschaften erregen. Man störte sie besser nicht, fanden wir einhellig scheinheilig. Trotzdem mussten wir uns heute wieder mit Proviant versorgen und dabei gab es dann ein Problem. Wir fanden nichts. Nun hatten wir hier die netteste Landschaft, Wiesen, Hügel, Berge, es sah so wunderschön besinnlich und sanft und zuvorkommend aus, aber es gab kein Wild. Zumindest keines in Drachenmenügröße. Das brachte uns ein wenig aus dem Konzept. Ich sinnierte darüber, wo eigentlich die ganzen Viecher in den Drachenbergen hergekommen waren. Dort war das Überleben ungleich härter für sie als hier, aber wir hatten immer so viel um uns gehabt, dass wir selbst ohne Mama-Zulieferungen nie wirklich in Not geraten wären. »Wir müssen noch weitersuchen. Irgendwo muss es etwas für uns geben.« Berkom reagierte überhaupt nicht. Wir hatten uns darauf geeinigt, dass ich wieder ritt, auch wenn das für mich hart war, aber Fliegen wäre noch härter gewesen. *Keine Zeit. Müssen weiter*. Das war das Äußerste, was er von sich gab, ansonsten konzentrierte er sich darauf, möglichst viel Boden gutzumachen. Mich beschlich der Verdacht, dass er lieber geflogen wäre und nur aus Rücksicht auf mich zu Fuß ging. Eine vorsichtige Andeutung in dieser Richtung wurde schlecht aufgenommen. Mir kam ein mulmiger Gedanke. Es gab keine größere Beute in der Umgebung. Mein Jungdrache wollte sich schnell aus dem Staub machen, aber er wollte nicht fliegen. Beim Fliegen war man in dieser Gegend so schön weit sichtbar. Drachenalarm?!? Hatte uns doch schon ein Altdrache auf dem Kieker? Ich begann mich von der Konzentration, mich auf dem eilends ausschreitenden Drachen zu halten, zu lösen. Zuerst versuchte ich es auf die übliche Art und Weise, aber ich bekam auf dem doch ziemlich heftig schaukelnden und stoßenden Drachenrücken die Sortierung von feinsten Nuancen in der Luft nicht richtig hin. Dann versuchte ich das Wetter abzuchecken. Das hatte uns ja schon mal einen eiligen Aufbruch beschert. Ich konnte hier nichts Besonderes herausfiltern. Also doch ein Drache? So versuchte ich zum ersten Mal den Drachenblick unter diesen Bedingungen anzuwenden. Die Sichtweise änderte sich auf dramatische Art und Weise. Mein Blick wurde nach Nordosten gezogen. Es wirkte so, als würde ich ein Fernglas vor den Augen haben, das sich plötzlich und ohne Rücksprache verselbstständigte. Und dann zoomte sich der Fokus meines Blicks auf einen Berg, den ich mit bloßem Auge lediglich als Erhebung in der Ferne erkannt hätte. Der Berg sprang mir regelrecht entgegen, sodass ich erschreckt Luft holte, und kam noch näher. Ich erkannte einen Ausläufer dicht unter seinem Gipfel und auch dieser vergrößerte sich blitzschnell. Dort stand ein Drache, Berkom nicht unähnlich, aber er war in einer unheimlichen Mischung aus Dunkelgrau und Dunkelrot gefärbt. Seine Schuppen waren groß und rissig. Er hatte ein paar wenige harte Dornen rund um seinen Schädel und das gab ihm ein scheußlich grimmiges Aussehen. Der Drache hatte seinen Kopf nach Westen gewendet, aber jetzt drehte er ihn und sah mich an. Unsere Augen trafen sich und mich durchfuhr es wie ein Blitz. Die Augen des anderen Drachen wurden dunkelrot. Eine heiße Faust fuhr durch meinen Schädel und Berkom brüllte mich an. *Bist du völlig verrückt! Du kannst ihn doch nicht auch noch herausfordern!* Verdattert klammerte ich mich an meinem dahinstürmenden Drachen fest. Berkom hatte schlagartig deutlich Tempo zugelegt und ich merkte, wie mich das zum Flattern brachte. Ich hatte übergangslos alle Hände voll zu tun, um mich an Bord zu halten. Berkom stieg nicht auf, obwohl mich das jetzt schier wahnsinnig machte. Weg, nur weg, und Fliegen war die schnellste Möglichkeit dazu. Berkom rannte. Ich hatte es noch nie erlebt, wie es sich anfühlte, auf einem rennenden Drachen zu sitzen. Es fühlte sich apokalyptisch an. Ich presste die Kiefer aufeinander, versuchte irgendwie den Rhythmus dieses rasenden Galopps zu erhaschen und war immer zu langsam. Da tat ich das Gleiche, was mir in der Luft als einziger Ausweg übriggeblieben war. Ich beugte mich vor und hockte mich zusammengekauert über den Widerrist des Drachen. Das war die richtige Entscheidung. Die üblen Stöße und Schläge des Drachenrückens milderten sich erstaunlich. Ich bekam besser Luft und konnte die Anspannung in meinen Armen und Beinen auf ein entfernt erträgliches Maß reduzieren. Ich vergaß meinen Schrecken, ich vergaß die Besorgnis, dass Berkom in dem Dahinrasen einen Fehltritt tun könnte, dass er irgendwo dagegenrennen und sich das Genick brechen könnte. Ich fühlte kein Schwanken und kein Straucheln, ich fühlte nur Geschwindigkeit.

Irgendwann blieb Berkom keuchend stehen. Wenn Drachen schwitzen könnten, so wäre er jetzt schweißüberströmt gewesen. So glühte seine Haut beunruhigend unter meinen Händen. Es war ein dumpfes Glosen, schwärend und unterschwellig gefährlich. Ich stieg nicht ab, denn ich wusste nicht, wie ich meine eigenen zwei Beine benutzen sollte. Ich wusste nicht, wie ich mich überhaupt ohne den Drachen bewegen sollte. Mein Körper hatte sich in flammende Schmerzbahnen aufgelöst. Berkom ließ den Kopf leicht hängen und keuchte. Ich erinnerte mich daran, dass ich auch Lungen hatte, und keuchte mit. Weitere qualvolle Minuten später konnte ich wenigstens wieder Luft holen, ohne dass es mir schier die Brust zerriss. *Ich weiß, dass du ein großartiger Kämpfer bist. Aber du musst das nicht bei der erstbesten Gelegenheit ausprobieren wollen. Denk daran, wenn es um Drachen geht, bist nicht du alleine derjenige, der es ausbaden muss.* Ich hatte dieses dunkelrotgraue Biest herausgefordert? *Laut und deutlich.* Ich würde mit dem Drachenblick vorsichtiger umgehen müssen. Ich hatte das nicht so vorgehabt. Es hatte sich so ergeben. *Ha.* Berkom schnaubte abfällig. *Der Drachenblick tut genau das, was du willst. Unverbrämt. Du wolltest wissen, ob da ein Drache lauerte, und wenn ja, wolltest du ihm klarmachen, dass er sich gefälligst von uns fernhalten sollte, wenn er vorhatte, noch ein wenig in Ruhe seinen Lebensabend zu genießen.* »Na ja.« Ich gab auf. »Du hast recht.« Ich ertrank in lila Blasen. Es war mir wirklich peinlich. Man stapfte nicht durch die gute Stube von Großvater und plusterte sich auf. Es war oberpeinlich. *Wenn wir Glück haben, können wir morgen ein Stück fliegen. Wenn er es schlecht aufgefasst hat, gibt es heute noch einen Satz heiße Ohren.* Ich produzierte noch ein paar lila Blasen und fühlte mich ziemlich bescheuert. *Okay, dann mal los.* Berkom startete erneut und ich hätte vor Wut und Schmerz schreien mögen. Ich hatte uns das eingebrockt, ich war schuld, dass Berkom laufen musste und dass wir beide keine Zeit hatten, uns um Nahrung zu kümmern. *Das hier ist alles gänzlich neu für dich. Es ist normal, dass du dich erst zurechtfinden musst.* Und dann konnte er es sich wohl nicht verkneifen. *Hast du das wirklich ernst gemeint?* Dummerweise ja. Und das alte Vieh hatte das bestimmt genau mitgekriegt. Der Satz heiße Ohren ginge voll und ganz auf meine Kappe. *Das wird interessant werden mit dir. Wir werden eine Menge Spaß haben.* Ich krallte mich perplex da oben fest. *Ich bin jetzt schon gespannt darauf, was passiert, wenn du zum ersten Mal einem Wüstendrachen begegnest.* Ungefragt bekam ich das Bild eines wahren Monsters präsentiert, riesig, gelblich beige gefärbt, mit dolchartigen langen Sporen an den Hinterläufen, panzerartigen, überlappenden Hornplatten und einem mit säbelzahntigerartigen Hauern bestückten Maul. »Berkom, sorge dafür, dass wir denen erst mal aus dem Weg gehen«, sagte ich schwach. Berkom machte einen überraschenden kleinen Satz. *Ich wusste es. Erst mal. Später jagen wir die auch zum Teufel. Ich wusste es. Mit dir werde ich jede Menge Spaß haben.* Und nach dieser erhellenden Auskunft raste er ansatzlos in einem geradezu mörderischen Tempo über die nächsten drei Hügel, sodass mir Hören und Sehen verging. Wenn sich Enthusiasmus bei meinem Drachen so ausprägte, würde ich in Zukunft versuchen, ihn weniger zu begeistern.

Irgendwann mitten in der Nacht blieb Berkom schließlich stehen. Ich war zu keinem Gedanken mehr fähig. Meine Welt hatte aufgehört zu existieren und bestand nur noch aus einem tobenden Inferno. Wieso es mir trotzdem gelungen war, auf dem Drachenrücken zu bleiben, entzog sich meiner Vorstellungskraft und war mir in dem Moment auch gänzlich schnuppe. Ich glaube, ich verletzte mich beim Absteigen nur deshalb nicht, weil Berkom sich hinlegte. Daher fiel ich nicht so tief, als ich wie eine Gummipuppe von meinem Platz auf seinem Rücken herunterkippte. Meine Arme und Beine gehörten irgendwie nicht mehr richtig zu mir und schlenkerten wie an einer Gliederpuppe völlig eigenständig irgendwo in der Weltgeschichte herum. Mit mir hatten sie nur noch entfernt zu tun. Hatte ich je gedacht, dass ich unter Schmerzen gelitten hatte? Ich hatte keine Ahnung gehabt. Dies hier war ein Stückchen jenseits dessen, was ein Mensch unter rasenden Qualen verstand. *Lass die Drachenschlingen los.* Berkoms Stimme erreichte mich zwar, aber ich konnte nicht mehr auseinanderdividieren, was er meinte. Das Letzte, was ich begriff, war eine graue Wand, die sich über mein Denken stülpte und dann alles auslöschte. Ich wurde ohnmächtig.

Als ich wieder zu mir kam, lag ich in einem kleinen Kessel, den Berkom um mich gewühlt hatte. Er hatte sich schützend um mich gelegt und ich war zunächst nur unserem Schöpfer dankbar dafür, dass uns beiden nichts passiert war. »Felsendrachen sind nicht gut zu Fuß?« Ich murmelte das in ein passend direkt vor mir befindliches Felsendrachengehör. Berkom zuckte mit dem Kopf und hob ein Augenlid. *Nicht so gut wie Feld- und Wiesendrachen. Aber es gibt Felsendrachen, die haben Drachengefährten …* Ich boxte Berkom versuchsweise in den Hals. Es ging. Ich konnte mich wieder bewegen. Und es war Tag. Hatten wir die restliche Nacht geschlafen oder womöglich den ganzen nächsten Tag auch? Da war doch was? Ein alter Drache drehte sein Haupt zu mir. Ich wollte hochschießen, aber meine Muskulatur jaulte nur entschieden auf und mit einem leisen Pfeifen brach ich einfach wieder auf der Stelle zusammen. *Lass es ruhig angehen.* »Guter Ratschlag.« Immerhin hatte ich es damit wenigstens heute geschafft, beim Aufwachen nicht total durchzudrehen. Ob das ein Fortschritt war, wenn man sich stattdessen eigentlich überhaupt nicht mehr rühren konnte, fand ich dann doch sehr fraglich. »Berkom, wie lange war ich weg?« *Nur ein paar Stunden. Wir sind fast die ganze Nacht hindurch gelaufen.* »Berkom, hast du genug geschlafen? Was macht der Altdrache jetzt? Sollen wir weiter oder brauchst du eine längere Pause?« *Oh Himmel, was muss ich noch tun, damit dieser unruhige Geist mal für länger als eine halbe Stunde die Klappe hält? Kann sich nicht auf den Füßen halten, quäkt aber wie eine ganze Ochsenfroschherde.* »Oh, wenn du willst, kann ich ja selber nachsehen gehen.« *Wage es ja nicht. Gerade habe ich ein wenig Ruhe reingebracht, da wirst du das nicht wieder kaputt machen.* Ich grinste matt. Es war nur ein vorgeschobenes Geplänkel, in

Wirklichkeit hätte ich mich keine zehn Meter auf dem Drachen halten können. Ich ließ mich gegen Berkom sinken und schlief ansatzlos wieder ein. Wir machten noch einige Stunden Pause und dann versuchte ich, wie weit ich mich aufrappeln konnte. An den liegenden Drachen gelehnt konnte ich immerhin wieder stehen. Danach probierte ich ein paar tastende Schritte. Nachdem ich das hinbekommen hatte, kam der Rest recht schnell wieder. Ich fühlte mich allerdings derartig schwach, dass ich schon wieder wütend wurde. Was Berkom amüsiert beobachtete. Er ließ mich meine Gehversuche zu Ende bringen, dann verlangte er meine Scherbe und brachte mir tatsächlich einen Schluck Wasser. Der Tümpel dazu war nicht allzu weit weg, aber ich war ihm trotzdem dankbar dafür. Blieb das Fressen. Wir hatten einen Tag verpasst und wir waren nicht gerade sparsam mit unseren Kräften umgegangen. Nachschub war also angesagt. Berkom äußerte sich dazu nicht. Zur Anwesenheit von irgendwelchen fremden Drachen sagte er nur, dass keiner in der Nähe wäre und auch keiner das beabsichtige. Wie er darauf kam, verriet er mir nicht. Dafür verlangte er von mir prosaisch, dass ich ihn jetzt zu Fuß begleiten solle. Ich taumelte also mit ihm mit und fühlte die Erde um mich herum einen Reigen aufführen. Nach einer gewissen Zeit wurde es besser. Mein Kreislauf begann sich zu stabilisieren. Anderes wurde dafür schlechter. Ich hatte große Lust darauf, das Stückchen Stoff aus der Jackentasche zu ziehen, damit ich etwas hatte, wo ich draufbeißen konnte. Ich schaffte es dann doch ohne das. Nach mühseligen Minuten wurde es auch damit besser. Und nach den ersten drei oder vier Kilometern begann ich mich wieder ansatzweise normal zu bewegen. Danach ging es ziemlich schnell bergauf mit mir. Was auch gut war, denn es ging nun auch terrainmäßig bergauf.

Gegen Mittag kamen wir auf einen nicht allzu hohen Bergtrauf und Berkom hielt an. Er schnüffelte und sein Schwanz begann kleine Schläge zu vollführen. Unwillkürlich holte ich mir auch eine Prise Luft. Bevor ich allerdings damit weitergekommen wäre, hatte ich ein graues Lasso um die Brust. Das Lasso fesselte meine Arme an meine Seiten und wickelte sich blitzschnell um meine Beine. Ich wollte mich wehren, da zogen sich die Schlingen zu und ich fiel um. *Ich gehe jetzt und du wartest hier auf mich. Du bleibst diesmal hier.* »Berkom!« Ich protestierte. Der Drache wendete sich zu mir um. *Bau ja keinen Scheiß. Du bleibst hier und damit basta.* Der Drache drehte sich um und ich sah nur noch seinen schwingenden Schwanz vorbeistreifen und sich entfernen. Berkom ging auf die Jagd und ließ mich hier gefesselt zurück. Das war ein starkes Stück. Ich bäumte mich unter der Fessel auf und das bekam mir schlecht. Mein Körper war immer noch nicht ganz okay und der Protest, den ich mit dieser Aktion hervorrief, war doch mehr als deutlich. Also blieb mir nichts anderes übrig, als die Behandlung zu tolerieren. Im Grunde hatte der Drache recht. Ich war für einen Jagdausflug gerade nicht in der richtigen Form. Trotzdem war es natürlich indiskutabel, mich deswegen hier so festzuhalten. In der nächsten Sekunde erstarrte ich mehr oder weniger. Mein Drache war weg. Er war allein unterwegs in einem fremden Land und mit der Aussicht, in jeder Sekunde von einem bösartigen Altdrachen angefallen zu werden. Er war allen Gefahren schutzlos ausgeliefert, denn ich war nicht bei ihm. Er konnte in ein Loch stürzen und sich das Genick brechen. Er konnte auf ein Knäuel von giftigen Vipern treten und gebissen werden.

Meine Schutzinstinkte gingen vollends mit mir durch und produzierten die absurdesten Vorstellungen. Ich warf mich wild gegen die Fessel, versuchte sie zu lockern und abzustreifen und merkte, dass Berkom so schlau gewesen war, das Lasso um einen Felsbrocken zu schlingen. Er hatte mich tatsächlich festgebunden. Als ich mitbekam, dass eine Art Wolfsgeheul mir in der Kehle hochstieg, kriegte ich die Kurve. Das ging überhaupt nicht. Man blökte nicht wie ein Schaf nach seinem Drachen, nur weil der mal eben zum Einkaufen musste. Langsam entspannte ich mich. Dann merkte ich, dass ich sehr wohl in der Lage war, meine Arme zu bewegen. Das Lasso spannte sich schließlich nur mit einer einzigen Schlinge um meine Brust. In der nächsten Sekunde verschob sich meine Sicht. Es gab überhaupt kein Lasso. Ich lag neben dem Felsbrocken, aber es gab nichts, was mich festgehalten hätte. Der Blick wechselte erneut und über die Wirklichkeit schob sich der Anblick des grauen Lassos. Es war verwirrend und es tat meinen Augen weh. Ich hatte das Gefühl, dass sich in meinem Gehirn irgendetwas verschob. Ich ließ mich zurücksinken und schloss die Augen.

Dann hob ich vorsichtig meine Hände und tastete nach dem Lasso. Meine Finger fanden, was es überhaupt nicht gab. Ich legte meine Hände um das dünne Seil und zog vorsichtig daran. Das Lasso gab nach und die Schlinge öffnete sich ein wenig. Es reichte, um hinauszuschlüpfen. Ich befreite meine Füße und setzte mich auf. Dann öffnete ich meine Augen wieder. Ich hielt nichts in Händen, kein Seil, nichts. Aber ich spürte es und so schloss ich meine Augen erneut und probierte, ob ich willentlich die Sicht wechseln konnte. Das Lasso war da, schlaff hing es in meiner Hand, harmlos und unverbindlich. Ich hielt das dünne graue Seil in Händen, sah es und spürte es. Es gehörte zu meinem Drachen. Seufzend fuhr ich mit der rechten Hand durch die Schlinge und zog sie um das Handgelenk zu. Dann ließ ich das Lasso los, rutschte zu dem Felsbrocken, lehnte mich an ihn und zog die Knie an.

Dann wartete ich. Es war eine ganz ordentliche Geduldsprobe, und der Wunsch, den Drachen suchen zu gehen, wurde stärker. Ich kämpfte. Kämpfte darum, sitzen zu bleiben und nicht wie ein Irrer durch die Gegend zu rennen. Als die Begierde zu stark zu werden drohte, nahm ich seufzend das Seil in die Hand und zog daran. Es war fest um den Felsbrocken geschlungen. Ich konnte nicht so einfach weg. Ich musste vorher die Schlinge um mein Handgelenk lösen. Das wollte ich nicht. Diese Entscheidung hatte ich nun mal getroffen und sie war unumkehrbar. Das Lasso fühlte sich geschmeidig an, es war anschmiegsam, dehnte sich, aber es gab nicht wirklich nach. Ich blieb, wo ich war, und das Seil hielt mich. Ich ließ meine Hände über die Knie baumeln und legte den Kopf in den Nacken. Dann schloss ich erneut die Augen und leerte meinen Geist. So fand mich mein Drache.

Er stand direkt an dem Felssockel, um den er gebogen war, und sah mich an. Ich spürte, dass er mich beobachtete und öffnete die Augen. Mein Blick tauchte in seinen und ich sah, was er sah. Sah mich sitzen, die Hand in der Schlinge, sah mich einfach an den Felsbrocken gelehnt sitzen. Dann rutschte das Bild an seine richtige Stelle. Mit einem Blinzeln konnte ich die Sichten wechseln. Das Einzige, was immer gleichbleibend unverändert blieb, war mein Gefühl. Das Lasso war immer da, ob ich es nun sah oder nicht. Berkom trat auf mich zu. Er sah mich unverwandt an, packte das Lasso an der Vertäuung am Felsen und zerbiss es. Dann ließ er das immer noch sehr lange Seil, das immer noch an meinem Handgelenk festgebunden war, in meinen Schoß fallen. *Geschenke erhält man manchmal unerwartet*. Ich blickte auf das Lasso. »Du schenkst es mir?« Ich holte ein wenig Luft. »Gute Idee.« Berkom sah mich immer noch unverwandt an. *Du wirst schnell groß*. Ich stand auf, hob die Hand, an der immer noch das Lasso hing, und legte sie Berkom auf das Maul. Einen zeitlosen Moment hindurch floss die Bindung zwischen uns frei hin und her. Das lose baumelnde Seil bekam ein Eigenleben. Wie bei einem Zaubertrick wendete sein Ende sich entgegen der Schwerkraft nach oben und schlang sich um meinen Arm. Das Seil wand sich in Schlingen bis zu meiner Schulter. Obwohl es vorher deutlich länger gewesen war, passte es plötzlich exakt. Dann verschwand es. Es verschwand völlig. Ich sah es nicht, egal wie ich meinen Arm auch anstarrte, ich fühlte es nicht mehr. Berkoms Zunge fuhr mir einmal über die Hand. Mein Arm sank herunter. *Wenn du mit deiner Bindungshand einen anderen Drachen berührst, wird er sich gut überlegen, was er tut. Im Zweifelsfall wird er dann nicht umhinkönnen und dich unterstützen*. »In dubio pro reo.« Ich starrte immer noch meine Hand und meinen Arm an. *Wenn du es brauchst, wird das Seil da sein*. Ich guckte Berkom überrascht an. »Aber …« *Wenn du es brauchst, wird es da sein.* Wirklich, das war ein unerwartetes Geschenk.

Ich löste mich schließlich von Berkom und ließ meine Nase die Arbeit übernehmen. Eine Schneegans. Nicht schlecht. Er hatte sie hinter dem Felssockel abgelegt. Der Hunger meldete sich mit zupackender Vehemenz. Berkom trat zwei Schritte zurück und ließ mich vorbei. Sehr nett. Ich war um die Biegung verschwunden, als mir gerade noch klar wurde, was ich da tat. Ich stürzte mich wie ein wildes Tier auf die Jagdbeute? Ich zog den Kopf zwischen die Schultern, drehte um und ging zurück. Berkom stand noch an der gleichen Stelle. »Du brauchst es dringender. Nimm du die Gans.« Der Drache schüttelte leicht den Kopf. *Bin satt. Habe schon gefuttert. Die Gans ist für dich alleine*. Ich starrte ihn kurz überrascht an, dann machte ich kein Federlesen mehr.

Vor Anbruch der Dämmerung hatten wir uns so weit erholt,

dass wir eine weitere Runde in Sachen Flugunterricht probieren wollten. Fliegen machte sich im Dunkeln einfach besser. Die Richtung konnte Berkom gut halten und wir waren nicht so exponiert. Also kletterte ich an Bord und wir suchten uns eine passende Startbahn. Das war zum Glück nicht schwierig und wie beim letzten Mal war auch dieser Start geradezu überwältigend einfach. Das hier war wirklich ein nettes Stückchen Erde. Ich mochte es. Berkom stieg nicht so sehr hoch diesmal und ich merkte, dass dadurch das Fliegen für ihn etwas anstrengender wurde. *Weiter oben trägt uns die Luft besser.* Aber wir waren dafür, irgendwelche Radaranlagen möglichst zu unterfliegen. *Blödsinn. Wenn die Altdrachen uns wirklich finden wollten, hätten sie das schon längst getan.* Wie wahr. Allerdings mussten wir sie ja auch nicht dringend auf unsere Anwesenheit aufmerksam machen. *Dafür hast du schon ausreichend gesorgt.* »Ja, ja, schmier es mir noch mal aufs Butterbrot. Danke.« In der Sekunde wurde mir bewusst, dass wir flogen. Wir flogen und es war völlig normal. Ich guckte etwas panisch um mich, aber dann stellte ich fest, dass sich deswegen überhaupt nichts änderte. Berkom flog gelassen im gleichen Rhythmus wie vorher weiter. Also hörte ich auf, Panik zu schieben und mich an die Drachenhautschlingen zu klammern. Stattdessen begann ich mir anzusehen, wohin wir flogen. Berge. Nein, wir flogen über Berge. Worauf wir zusteuerten, war ein Gebirge. Und was für eines. Die Gebirgskette türmte sich vor uns auf, schroffe Berghänge über schroffe Berghänge schienen das Firmament ankratzen zu wollen. Die Gipfel waren allesamt von ewigem Schnee gekrönt. Es sah majestätisch aus. Es sah ein wenig furchterregend aus. Da sollten wir drüberkommen? *Ich kenne einen Weg.* Oh, schön, beruhigend. Ich glaubte nicht wirklich daran, dass der Weg, der vor uns lag, ein netter kleiner Sonntagsnachmittagsspaziergang sein würde, aber was wollte ich schon machen. Wir mussten über diese Berggiganten hinwegkommen. Mitten in der Nacht landete Berkom auf einem hohen Plateau. Wir hatten die lieblichen Gefilde hinter den Drachenbergen verlassen und befanden uns inzwischen im Vorgebirge. Mein Drache war müde und wir suchten uns taumelig etwas Ähnliches wie einen geschützten Schlafplatz. Das heißt, ich taumelte, Berkom war nur ein bisschen müde. An der nächstbesten Felswand rollten wir uns zusammen und schliefen übergangslos ein.

Der Morgen kam für meine Verhältnisse um Stunden zu früh. Schlaftrunken rappelte ich mich auf und trat an die Abbruchkante des Plateaus. Klar war die Luft, klar und kalt. Ich dehnte mich ein wenig, reckte und streckte mich. Die Berge vor uns wurden von den ersten Sonnenstrahlen übergossen, einer hinter dem anderen begrüßte mich. Felsen unter mir, Felsen in meinem Rücken, Felsriesen vor mir. Es gefiel mir. Die Berge riefen mich, ich streckte meine Hände aus und trank die Schwingungen von Luft, Licht und den Felsen in mich hinein. Ein sanfter rosa Hauch zog vorbei und mischte sich dazu. Ein angenehm warmes Gefühl breitete sich in meinem Bauch aus. Mein Drache war aufgewacht. Er fühlte sich wohl. Ihm gefiel, was er sah. Ich sah über meine Schulter zu ihm. Eigentlich war es ein ungemein erschreckender Anblick. Vor der unwegsamen Bergwand lag ein großer grauer Drache. Er lag einfach da, aber allein seine Größe wirkte bedrohlich. Dazu kam er selbst, seine großen Pranken mit den scharfen, langen Krallen, sein wehrhafter Schwanz mit den scharfen Zacken, der mit knochenbrechender Kraft zuschlagen konnte, und ein gefährlich bestücktes Maul. Die Morgensonne spiegelte sich in seinen Augen und färbte sie rötlich. Berkom gähnte herzhaft und der Bann brach. Dann stand er auf, streckte sich, schüttelte sich und kam zu mir getrottet. Neben mir stehend guckte er sich das an, was ich eben schon betrachtet hatte. Ich kratzte seine Backenknochen. Berkom gähnte nochmals und ringelte seinen Schwanz. *Netter Morgen. Gehen wir frühstücken.* Wir rutschten ausgelassen einen halben Berghang hinunter und landeten platschend in einem ausgesprochen kalten Gebirgsbach. Wir spritzten uns eine halbe Stunde lang nass und Berkom hopste wie eine Bergziege in der Gegend herum. Erst als ich schon auf ihm saß und wir einen Platz zum Abfliegen suchten, wurde mir klar, dass mich heute Morgen keine Panikattacke heimgesucht hatte. Ich spürte Berkoms Belustigung. *Du hattest ja auch alles im Griff und einen Haufen Felsen um dich herum.* »Ach, ich habe dich Riesenbaby im Griff? Das ist ja mal eine interessante Nachricht. Werde ich mir gut merken.« Und an anderes Terrain würde ich mich auch wieder gewöhnen.

Ich kniff Berkom, so gut es ging, in den Hals und er röhrte ein bisschen. Danach hob er ab und ich hatte genug damit zu tun, den Start hinzubekommen. Tatsächlich machte es mir diesmal wieder ein bisschen weniger Schwierigkeiten. Ich kam mit dem Ablauf immer besser klar.

Wir flogen den ganzen Morgen hindurch. Berkom musste immer wieder ein Stück steigen. Das war anstrengend, auch für mich. Der Luftdruck presste mir jedes Mal die Lungen zusammen und ich musste um jeden Atemzug kämpfen. Kaum hatten wir die nächste Höhenlage erreicht und ich atmete ein wenig befreit auf, ging es schon wieder hinauf. Gegen Mittag bat ich um Schonung. Berkom landete auf einem ziemlich kurzen Hangstück und musste heftiger stoppen als sonst. Ich war darauf nicht so richtig gefasst und hatte auch nicht den Drive für die richtige Anspannung und so krachte ich erst einmal kräftig auf den Nacken des Drachen. Halb betäubt ließ ich auch noch los und flog mit Schwung nach vorne über seine Schulter hinunter. Ich schaffte es gerade noch, mich zusammenzukugeln, dann traf ich heftig auf dem harten Boden auf. Der Drache war über mir und ich rollte unter seinen Bauch. Ich sah die Pranken auf mich zukommen, zog den Kopf, so gut es ging, ein und kriegte einen Schlag, der mich nochmals zur Seite kickte. Diesmal hatte es mich erwischt. Der Schreck betäubte mich zusätzlich. Ich blieb irgendwo liegen und wusste nicht, wo oben oder unten war, konnte mich nicht bewegen. Die kräftigen Krallen einer Tatze bohrten sich vor meinen Augen in den Boden. Ich starrte sie an, wollte wegzucken und kriegte es nicht auf die Reihe. Ich bekam keine Luft. Eine eiserne Klammer umspannte meine Brust. Feurige Ringe begannen vor meinen Augen zu tanzen. Ein dumpfer Schlag traf meinen Rücken und löste die Verspannung. Meine Brust hob sich und ich schnappte nach Luft. Eine Schmerzwelle überrollte mich. *Kannst du dich bewegen?* Nein, konnte ich nicht. *Versuche deine rechte Hand zu bewegen.* Wo war rechts? *Versuche deine Hände zu bewegen.* Schwächlich krümmte ich die Finger meiner Hände und kratzte damit kraftlos über den Boden. So kam ich auch nicht von diesen Krallen weg, die mich zerfetzt hatten und die mir viel zu nah waren. Unwillkürlich zog ich die Beine an, um zu flüchten und scharrte ein wenig mit den Füßen. Ich lag auf dem Bauch und Berkom stand direkt neben mir. Okay. Berkom war da. Es war alles okay. Aufrichten. Ich stützte meine Hände auf den Boden und wollte mich hochdrücken. Quer über den Rücken brannte eine flammende Linie und mit einem leisen Schrei fiel ich wieder zurück. Ein Drachenmaul fuhr mir über den Hals und drückte sanft auf mein Genick. *Bleib liegen. Du blutest. Kannst du die Jacke ausziehen?* Konnte ich den Mount Everest besteigen? Klar konnte ich das. Ich fasste mit der linken Hand über den Rücken nach dem Jackenärmel der rechten Hand. Der Rücken fand es nicht so gut, derartig beansprucht zu werden. Ich zerrte an dem Ärmel herum und bekam ihn schließlich auch mit übermäßiger Anstrengung über die Schulter bis zu meinem Oberarm heruntergezogen. Da blieb das Teil hängen und vor Schmerzen wurde mir schwindelig und übel. Die Arme fielen kraftlos an meinen Seiten herunter und ich begann mich zu krümmen. Der Drache stellte seinen Vorderfuß auf mein Gesäß und drückte mich flach auf den Bauch. Ich schnappte erneut nach Luft, die Schmerzen explodierten in mir. Diesmal schrie ich wirklich in Qual. Etwas packte mich am Genick und riss an mir. Ich schrie erneut. Der Drache hatte die Jacke zwischen die Zähne genommen und nach hinten weggezogen. Erstaunlicherweise hielt das Leder dieser Behandlung stand. Qualitätsarbeit durch und durch und gutes Leder noch dazu war es gewesen. Meine Hände steckten in den umgestülpten Jackenärmeln fest und ich konnte mich nicht bewegen, weil der Drache mich immer noch mit seiner Tatze auf den Boden drückte. Brennend fuhr es mir über den Rücken. Ich versuchte wegzukommen. Es ging nicht. Erneut schien etwas wie ein Reibeisen mir die Haut vom Rücken abzuziehen. Ich schrie. Langsam sank das Feuer in meinem Rücken zu einer Art Glühen zusammen. Das Gewicht auf meinem Gesäß verschwand. Ich traute dem Frieden nicht. Das Glühen konnte bei der kleinsten Bewegung wieder aufflammen. Ich hatte genug. Ein Drachenkopf erschien in dem kleinen Blickfeld vor meinen Augen. *Es geht jetzt. Aber du solltest dich nicht unnötig bewegen. Bleib einfach liegen*. Gute Idee. Ich schloss die Augen in dem vergeblichen Versuch, damit meine Misere zu mildern. Das Glühen waberte noch einige Zeit um mich, aber es loderte nicht mehr auf.

Irgendwann nach unendlichen Zeiten wagte ich meinen rechten Arm ansatzweise zu bewegen. Das ging. Zentimeterweise schob ich den Arm über meinen Rücken und packte den linken Jackenärmel. Dann hielt ich die Luft an und spannte meine gesamte Muskulatur an. Ich zog energisch an der Jacke und bekam meine Hand frei. Der Schmerz kam mit wilden Stichen zurück. Ich atmete krampfhaft durch die zusammengebissenen Zähne und wälzte mich auf die Seite. Dann konnte ich mich endlich krümmen. Damit ging es mir dann partiell besser. Ich konnte besser atmen und besser stöhnen. Der Drachenschädel tauchte in meinem Gesichtsfeld auf. Er schnupperte mir ins Gesicht und dann kratzte erneut etwas über meinen Rücken und drückte mich nach vorne. Ich bekam ein wenig Dreck in den Mund, als ich aufheulte. *Muss das sein?* Ich schlug meine Finger in den Boden und drückte mit der flachen Hand dagegen. Die Anspannung im Arm lenkte meine Konzentration auf einen anderen Punkt. Dann begann ich zu zählen. Bei 34 begann ich die Armmuskulatur wieder portionsweise zu entspannen. Der Schmerz hatte sich auf ein erträgliches Maß reduziert. Ich schnaufte wie nach einem 3000-Meter-Lauf und fühlte mich ausgelaugt. »Berkom.« Ich rief nach meinem Drachen. *Bist du wieder da?* Der Drache neigte sein Haupt zu mir. »Irgendwie schon.« Ich guckte ihn auf der Seite liegend an. »Was ist passiert?« *Ich habe dich getreten.* »Das meine ich nicht. Was ist mit dem Rücken?« *Wenn du Glück hast, behältst du keine Narben zurück. Muskeln oder Nerven sind wohl nicht wirklich zertrennt worden, sonst hättest du dich ja nicht mehr bewegen können.* Sehr tröstlich. *Die Blutung habe ich gestoppt. Es musste ein bisschen bluten. Spucke ist gut zur Desinfektion. Spucke ist gut für die Heilung. Drachenspucke ist dafür am allerbesten.* »Dann hast du jetzt wenigstens auch ein bisschen Blut von mir bekommen.« Ich seufzte. »Aber wir wollen es nicht übertreiben. Du bist schließlich kein Vampir, oder?« Der Drache stutzte. Ich sah plötzlich eine ganze Menge sehr überzeugende Drachenzähne aus nächster Nähe. *Guck's dir an. Sieht nicht nach solchen Eckzähnen aus, wie man sie dafür bräuchte, oder?* Mir wurde ein wenig flau. So dicht hatte ich Berkoms Gebiss noch selten vor Augen gehabt. »Okay. Ich glaube es dir. Der Rücken ist sauber? Blutet es nicht mehr?« *Nein, alles paletti.* Berkom legte sich neben mich und ich machte unglücklich die Augen zu. Es war alles so gut gegangen, und dann hatte ich einen Fehler gemacht. Allzu viele Fehler durfte ich mir nicht mehr erlauben. Ich hatte mein Konto schon deutlich überzogen. *Hör auf damit. Du hast in den letzten Tagen Erstaunliches geleistet. Ich hätte ein bisschen besser aufpassen sollen. Ich weiß schließlich, was du für ein Sturkopf sein kannst.* Scheiße. Der Drache musste auf mich aufpassen, genau da lag der Hase im Pfeffer. Schließlich war ich der Erwachsene und der Drache das Jungtier. Umgekehrt sollte ein Paar Stiefel draus werden. *Kapier das endlich. Du bist hier der Frischling unter den Drachengefährten.* Der Drache fauchte mich an. *Du hast einen Fehler gemacht. Okay. Und du bezahlst dafür. Okay. Also, was willst du mehr.* »Nichts. Gar nichts.« Diesmal brüllte mir Berkom mehr oder weniger direkt in den Gehörgang und ich dachte, der Himmel würde über mir zusammenstürzen. *Dann hör damit auf, an dir herumzumäkeln.* Der Drache holte Luft und ich fürchtete schon, er würde mir vollends den Gehörsinn aus dem Gehirn blasen. *Das macht mich nämlich verrückt.* Er flüsterte mir das ins Ohr und mir wurde noch ein wenig jämmerlicher zumute, als es das schon war. Das war ja alles viel komplizierter, als ich gedacht hatte. *Es ist überhaupt nicht kompliziert. Ich bin nicht der Wächter deiner Schritte. Nur müssen am Schluss wir beide die Suppe auslöffeln.* »Gemeinsam. Wenn du deine Krallen irgendwo rein versenkst, wo sie nichts verloren haben, stecke ich auch mit drin.« Vorsichtig hob ich meine Hand und legte sie auf die unbarmherzigen Krallen, die sich in so beunruhigender Nähe neben meinem Magen in den Boden bohrten. »Okay. Akzeptiert. Waffenstillstand.« Der Drache schnaubte. *Das glaube ich jetzt nicht. Der Wurm krümmt sich am Boden und verlangt einen Waffenstillstand.* Was blieb mir anderes übrig. Ich holte ein paar kleine goldene Kügelchen hervor und ergab mich dem Drachen. Die Zufriedenheit, die das auslöste, überschwemmte mich geradezu.

Nachdem klar war, dass ich nicht mehr weiterkonnte, bis der Rücken sich etwas beruhigt hatte, blieben wir auf dem schmalen Hang. Es war wirklich nicht die geeignete Stelle, um sich länger aufzuhalten, aber das ließ sich jetzt nicht ändern. Berkom machte ein paar kurze Abstecher in die nähere Umgebung und ließ sich dann neben mir nieder. Er schnupperte zu mir her. *Brenn, kannst du einfach still liegen bleiben?* »Sicher kann ich das. Wieso?« *Du weißt schon. Proviant. Ich würde etwas besorgen gehen, aber wenn du Probleme hast, bleibe ich noch ein bisschen da*. Ich unterdrückte den ersten Impuls, ihn zur Schnecke zu machen, und dachte etwas gründlicher nach. Der Rücken würde es sehr übel nehmen, wenn ich versuchte, dem Drachen zu folgen. Ich würde warten müssen und das letzte Mal war das eine anstrengende Sache gewesen. Ich seufzte abgrundtief. »Ich weiß es nicht. Wahrscheinlich wäre es am besten, wenn ich schlafen könnte.« *Gute Idee. Machen wir es so.* Ein grauer Vorhang senkte sich über mich und ich kippte weg. So wortwörtlich hatte ich das mit dem Schlafen eigentlich nicht gemeint.

Irgendwann später wachte ich auf. Es fühlte sich an, als würde ich durch eine Art Sirup waten. Zäh und widerwillig tauchte die Wirklichkeit um mich auf. Ich spürte harten Boden unter mir, roch zerrissenes Fleisch. Irgendetwas fühlte sich komisch an, besser liegen bleiben. Ein kurzer Hang, ich wusste wieder, wo ich war. Der Rücken war wund. Berkom war auf der Jagd. Mein Kopf fühlte sich diesig an. Ein leiser, jappender Ton fuhr mir durch und durch. Schlagartig war ich hellwach. Mein Kopf fuhr hoch und ich hockte halb kniend an der Felswand über dem Hang, bevor ich eigentlich wusste, was ich tat. Es war schon fast Nacht und in der Dämmerung erkannte ich schwarze Schatten vor noch schwärzeren Felsen auf dem nächstgelegenen Berg. Die Schatten bewegten sich hin und her und Lichter leuchteten auf und verschwanden. Augen. Schatten mit Augen. Der Drachenblick zeigte mir die schnuppernden Nasen und die aufgeregt gebleckten Mäuler von einer Meute von fünf oder sechs Tieren, die auf mich wie eine Mischung aus Wolf und Wildschwein wirkten. Sie waren schlanker als Wildschweine, hatten aber deren Statur, das Fell von Wildschweinen, aber die Hälse und Köpfe von Wölfen. Mir sträubten sich die Haare. Jappen ertönte, es war immer noch leise, aber es ließ mich erneut zusammenfahren. Von den gebleckten Zähnen flockte Schaum. Sie hatten mich entdeckt und sie wollten mich haben. Ich biss die Zähne aufeinander. So nicht. So einfach sollten sie mich nicht kriegen. Aber mit nichts anderem als einer läppischen Felswand im Rücken hatte ich auch keine gute Ausgangsbasis für eine Verteidigung. Ich ließ den Blick schweifen. Nach oben kam ich nicht wirklich weg, der Felsen war denkbar ungeeignet. An der Seite ging es auch erst einmal nicht sonderlich nützlich weiter, ein schmaler Weg führte um den Berg herum. Dort könnte ich ein wenig in eine Wand hineinklettern, aber ich wusste nicht, ob die Biester auch klettern konnten. Die Meute nahm mir jegliche Entscheidung ab. Das Jappen ging in ein Wuffen über und das kam näher. Ich rannte davon auf die Wand zu. Steine polterten zu Tal. Das Rudel kam um die Ecke geschossen und ich sprang hastig in die Wand hinein. Sie waren verdammt schnell. Ich kraxelte so fix hinauf, wie ich noch nie in eine Felswand eingestiegen war. Die Biester waren geschmeidig und flink. Sie kamen in der Wand hinter mir her. Mit leichtem Grausen stellte ich fest, dass ich eine ziemlich kleine Felswand erwischt hatte. Es war nicht mehr als eine Stufe, darüber erstreckte sich ein Geröllfeld und dahinter erhob sich die nächste Felsstufe. So weit würde ich es nicht schaffen. Spätestens in dem Geröllfeld würden sie mich einkreisen und anfallen.

Ich blieb in der Wand knapp unter der Kante und stellte mich. Wenigstens diesen Platz hatte ich gut gewählt. Sie kamen nicht von allen Seiten an mich heran, sondern mussten es von unten versuchen. Es war entnervend, zusehen zu müssen, wie sie zu mir hochkletterten. Fünf schwarze Schatten mit grünlich gelb leuchtenden Augen und mit gefletschten Zähnen jagten hinter mir her. Ich hockte in einer schmalen Felsschrunde und hielt mich rechts und links mit den Händen an Unebenheiten im Fels fest. Der Rücken sandte irritierende Meldungen aus. Ich wusste plötzlich, dass ich mich nicht mehr allzu lange würde halten können. In die Wand zu steigen war eine absolut dumme Idee gewesen. Für meinen lädierten Rücken war diese Flucht die absolut dümmste Idee gewesen. Wut schoss in mir hoch. Ich hatte mir das eingebrockt. Blutgeruch lockte jedes Raubtier an, Blut signalisierte Verletzung und Verletzung bedeutete Beute. Ich fauchte. Sie würden mich nicht kampflos bekommen! Eines der Rudelmitglieder sprang hoch und schnappte nach meinem Bein. Ich hob den Fuß und knallte ihm den in das geifernde Gebiss. Der Angreifer rutschte ab und konnte sich nicht halten. Mit den Füßen scharrend fiel er die Wand hinunter, aber er meisterte den Absturz so geschickt, dass er sich dabei nicht verletzte und auf dem schmalen Weg auf seinen vier Beinen wohlbehalten landete. Er stand ein paar Minuten still und leise schwankend unten, dann gab er dieses entnervend gedämpfte Jappen von sich und begann wieder zu mir hochzuklettern. Das ließ mich erstarren. Das Rudel rückte näher. Ich sah ihre Augen, die mich fixierten, ihre gerunzelten Nasenrücken und die harten Grannen auf ihrem Hals und Rücken, die sich vor Erregung aufgerichtet hatten. Ich roch sie, ein herber, leicht fauliger Geruch. Sie begannen zu knurren. Ihre Ohren legten sich an. Mein Rücken begann zu brennen. Das Knurren steigerte sich zu belferndem Geifern und ich spuckte wie eine in höchstem Verdruss gereizte Katze. Das Knurren brach schlagartig ab und fünf Ohrenpaare richteten sich fragend auf. Die gekräuselten Nasenrücken glätteten sich, das Fell legte sich. Die Ohren klappten nach hinten. Die grüngelblichen Lichter der Augen verschwanden. Das Rudel drehte sich um und verschwand so schnell und behände, wie sie hinaufgeklettert waren, nach unten. Die Schatten verschmolzen mit der Dunkelheit. Sie waren weg.

Ich hockte in der Felswand und spürte meine Arme zittern. Der Rücken brannte. Ein Stein löste sich über mir und fiel direkt neben mir die Wand polternd hinunter. Meine Arme verkrampften sich und mein Magen drehte einen Looping. Die Gefahr war nicht vorbei. Die Gefahr war größer geworden. Die Gefahr lauerte direkt über mir. Bebend drehte ich den Kopf und sah nach oben. Gegen den Nachthimmel zeichnete sich eine dunkle, riesige Masse ab. Ich konnte mich nicht mehr rühren. Vor den Sternen sah ich, wie sich der schwarze, große Schädel bewegte. Er beugte sich zu mir. *Schaffst du es bis hier rauf?* Ich wusste es nicht. Ich wusste überhaupt nichts mehr. Mein Kopf war mit einem Schlag wie leergefegt. Ich spürte, wie meine Knie zu zittern begannen. *Brenn, rauf hier!* Ich konnte mich nicht bewegen, konnte meine Hände nicht vom Felsen lösen. *Brenn, komm her!* Der ultimative Drachenruf erreichte mein leergefegtes Inneres und riss an mir. Ohne zu wissen, was ich tat, und ohne es wirklich kontrollieren zu können, drehte ich mich in der kleinen Felsschrunde und fand den nächsten Halt für meine Hände. Meine Finger erreichten die Kante, ich zog mich hinauf und stand auf. Nach drei Schritten brachen meine Beine unter mir weg und ich blieb halb auf der Seite liegen. Der Drache war bei mir und begann meinen Rücken abzulecken. Es brannte. Es tat weh. Es tat gut. Die Berührung der Zunge drückte mich rhythmisch ein wenig nach vorne. Es fühlte sich an wie eine Massage. Eine schmerzhafte Massage, aber trotzdem war die Berührung für mich eine Wohltat. *Du hättest mich rufen sollen.* Ich schnaufte und begann entfernt meine Beine wieder zu fühlen. *Noch können sie dich so leicht verletzen. Du hättest gebissen werden können. Was hätte ich dann gemacht?* »Du hättest sie in der Luft zerrissen.« *Wahrlich. Aber es hätte vielleicht nichts mehr genutzt. Ich möchte nicht irgendwann einmal zu spät kommen.* Ich seufzte ein wenig, weil mir das Lecken der Zunge so gut tat. Es brannte immer noch, aber es war jetzt ein eher wärmendes Brennen. *Brenn, du musst dich einfach zügeln. Das war ein Rudel Felsenporks. Du kannst denen nicht einfach erklären, dass sie dich belästigen und darum besser daran tun, wenn sie Fersengeld geben.* Ich brummte ein wenig dunkel und zufrieden. Die Massage war wirklich wohltuend. *Sie hatten dein Blut gerochen und waren hinter dir her. Wenn wieder mal jemand hinter dir her ist, rufe mich. Bitte. Du kannst das noch nicht alleine durchstehen.* Ein bettelnder Drache, das war so irritierend, dass ich ein wenig aus dem Einduseln aufschreckte, in das ich verfallen war. »Ich passe in Zukunft besser auf. Versprochen.« Dann brachte die Zunge des Drachen mich wieder dazu, mich zu entspannen. Felsenporks. Aha. Was gab es noch so alles in diesen Bergen? Der Gedanke verflüchtigte sich und ich schlief ein.

Die Sonne schien mir direkt ins Gesicht und ich tastete verschlafen nach meinem Gesicht, richtete mich auf und rieb mir gähnend die Augen. Der Schlaf war gut gewesen. Meine Jacke rutschte mir von der Hüfte. Ich hatte halb auf ihr gelegen, halb hatte sie mich zugedeckt. Ein leises Stechen im Rücken ließ mich innehalten. Hatte ich unglücklich auf einem Stein gelegen? Ein Geröllfeld dehnte sich vor mir aus und sehr, sogar sehr nah befand sich eine Kante. Ich kroch ein paar Schritte von der Kante weg. Sie war etwas zu nahe für meinen Geschmack. Was machte ich hier? Zwei

Sekunden später stand ich auf meinen Füßen und blickte wild um mich. Wo war mein Drache? »Berkom!« Ich brüllte in aufkeimendem Schrecken. *Komme gleich*. Ich suchte nach ihm, konnte ihn aber nirgends entdecken. Der Drache kam kurz darauf angeflogen. Es war das erste Mal, dass ich Berkom voll im Flug sehen konnte. Es war ein wunderbarer Anblick. Ein wenig einschüchternd, aber wunderbar. Das Sonnenlicht spielte um seine Flügel und er kam mit solcher Eleganz angeschwebt, dass ich nur staunen konnte. Auf dem Geröllfeld setzte er in einiger Entfernung von mir so sachte auf, dass ich mich erneut wunderte. Dann kam er sehr langsam und vorsichtig auf mich zu. »Berkom.« Ich flüsterte es nur, so gerührt war ich. Der Drache senkte seinen Kopf und hielt mir die Scherbe aus Eischale entgegen. Er hatte es tatsächlich fertiggebracht, Wasser trotz des Transportwegs drinzubehalten. Ich trank. Derweil schnüffelte der Drache an meinem Rücken herum. *Nicht schlecht*. »Quatsch. Viel besser.« Ich bewegte vorsichtig die Schultern und spürte wieder das leichte Stechen. »Drachenspucke ist phänomenal. Wir könnten damit einen schwunghaften Handel aufziehen.« *Die Abnehmerschaft müsste aber über gute Nerven verfügen. Sie müsste sich nämlich in die Reichweite eines Drachen begeben*. Berkom grinste mich an. Ich grinste zurück. Dann guckte ich auf die Jacke und guckte meinen Drachen an. Der Rücken. Die Felsenporks. Mir fiel so einiges wieder ein. *Ich habe die Jacke geholt. Es sind ein paar Dinge drin, die wir gut gebrauchen können*. Eine Scherbe zum Wasserholen zum Beispiel. Und Berkom hatte mich zugedeckt. *Ich musste zwischendrin mal weg und der Rücken brauchte Schutz*. »Wie lange … ?« *Es war besser so. Der Rücken musste heilen. Es ging so schneller*. »Heilschlaf. Na super.« Diesmal guckte ich Berkom schief an. »Wie viele Altdrachen sind vorbeigekommen und wie viele von diesen Felsenporks?« *Wir sind hier mutterseelenalleine gewesen. Sonst hätte ich dich nicht alleine gelassen*. Die Felsenporks waren nicht zurückgekommen. Die Anwesenheit eines Wachdrachen hatte sie ausreichend abgeschreckt, sodass Berkom mich sogar hatte schlafen lassen können, während er unterwegs war. *Wenn es nötig gewesen wäre, wärst du rechtzeitig aufgewacht. Das hat das letzte Mal ja auch geklappt*. Na, das war ja mal eine tröstliche Aussicht.

Ich band mir die Jacke um die Hüften, denn der Rücken sollte Luft und Licht abbekommen.

Wir machten uns auf den Weg, diesmal zu Fuß. Weder Reiten noch Fliegen vertrug der Rücken im Moment, aber ich wollte nicht länger warten. Die Gipfelüberquerung saß mir im Genick. Der Winter und die Altdrachen dräuten hinter uns und ich hatte schon für genug Verzug gesorgt. Berkom fand das nicht so wirklich tragisch, das war mir bewusst, aber ich hatte keine Ruhe. Also überquerten wir das Geröllfeld und ich betrachtete aufmerksam die nächste Bergstufe. Besonders schwierig sollte die Kletterei wegen des Rückens nicht werden. Die Bergwand war steil, aber nicht unwegsam. Es war machbar. Ich begann vorsichtig und achtete auf die Meldungen, die meine Rückseite von sich gab. Es war erträglich. Berkom kletterte mit. Das war für mich ausgesprochen wohltuend. Wir waren in den Drachenbergen so oft zusammen geklettert und das hatte mir in der letzten Zeit gefehlt. Oben angekommen stand ich vor dem nächsten Geröllfeld und der nächsten Gebirgsstufe. Ach herrje, ging das jetzt so weiter? *Pause?* Selbstverständlich nicht. Ich war ja gerade erst zu mir gekommen, da ging es schon noch ein Stückchen weiter. Ein orangefarbener Anflug huschte warnend vorbei. »Ja, ja, ich passe schon auf.« Drachen konnten nervend sein. Ich stapfte etwas forsch los und bekam einen deutlicheren Anpfiff, woraufhin ich mich mäßigte. Er hatte ja recht, ich durfte meinen gerade so halblebig verheilten Rücken nicht so belasten, dass die Verletzung wieder aufbrach. Dann dauerte alles noch viel länger. Ich brauchte bis zum Nachmittag, bis ich die nächste Stufe erreicht hatte, und da reichte es mir dann tatsächlich. Die Stiche im Rücken hatten sich zu einem warnenden Signal verstärkt und ich setzte mich hin. Berkom reichte das nicht. *Hinlegen.* Protest war zwecklos, das merkte ich sofort. Also legte ich mich auf den Bauch, bevor der Drache das besorgte. Berkom begann erneut meinen Rücken abzulecken und diesmal war es keine sanfte Massage, sondern ein ziemlich raues und heftiges Drücken und Walken. Es tat weh. Es tat sogar ganz ordentlich weh. Es war so unangenehm, dass ich unwillkürlich versuchte auszuweichen. Damit erreichte ich nur, dass ich eine Tatze aufs Gesäß bekam und der Drache mich unzweifelhaft festhielt. Ich verschluckte jeden Kommentar und alles, was mir sonst so in den Sinn kam, und versuchte mich trotzdem zu entspannen. Ganz langsam wurde es ein wenig besser, aber ich atmete auf, als der Drache endlich von mir abließ. Vorsichtig checkte ich ab, ob ich mich jetzt wieder vom Boden abkratzen durfte, und setzte mich auf. Mir war ein bisschen flau.

Der Drache hatte den Kopf gehoben und sah sich um. Er witterte ein wenig und meinte dann nur, dass ich auf ihn warten solle. Es würde schnell gehen. Damit war er bereits weg. Er war schlicht davongeflogen. Der Luftdruck, den seine wirbelnden Flügel verursachten, ließ mich meine Hände in den Boden krallen, damit ich nicht weggeschleudert wurde. Der Rücken protestierte leise und ich holte tief Luft. Das war alles nicht wirklich einfach. Immerhin gelang es mir diesmal tatsächlich, ohne weitere Ausfälle abzuwarten, bis Berkom zurückkam. Wobei er recht hatte, es ging wirklich schnell. Er hatte unser verspätetes Mittagessen in nächster Nähe aufgespürt und nachher ging es mir um ein paar entscheidende Grade besser. Wir legten noch eine Verdauungspause ein und dann stapfte ich wieder los.

Im Grunde war das relativ idiotisch. Fliegend wären wir in null Komma nichts über diesen Berg hinweggekommen. Ich hätte bleiben können, wo wir waren, und wir hätten nichts versäumt. Ob es für meinen Rücken besser war, dass ich unbedingt in der Gegend herumwandern musste, war mir eher unklar. Nach der letzten Behandlung durch Berkom hatte ich fast den Eindruck, dass Wandern ihm nicht zuträglich war. Aber ich konnte einfach nicht still sitzen. Ich hätte unwillkürlich die Jacke angesehen und das wollte ich vermeiden. Das hatte ich nämlich dummerweise vorhin getan. Die Risse auf der Rückseite der Jacke waren höchst unerfreulich. Ich hatte die Jacke sehr schnell beiseitegelegt, aber nun ja. Lieber stapfte ich ein wenig weiter, als da zu sitzen und auf das Teil zu starren. Es war jetzt endgültig unansehnlich. Ich philosophierte besser darüber, wie Berkom es hinbekommen hatte, die Eierschale aus der Tasche zu holen, ohne etwas kaputt zu machen. Das war eine wirklich erstaunliche Leistung gewesen. Ich spürte ein leises Grabbeln an meinem Genick und erschrak ziemlich. Der Drache pustete mich leicht an. *Meine Lippen sind durchaus geschickt*. »Uff, hast du mich erschreckt.« Ich hustete leicht und der Drache meinte nur, dass er gemerkt hätte, dass ich blind durch die Gegend liefe. *Wenn du nachdenken willst, setzen wir uns. Wenn du marschieren willst, dann marschiere. Aber beides zusammen kann in dieser Gegend schnell ungesund werden*. Vermutlich hatte er damit recht. Also passte ich auf, wo ich hintrat und überließ das nicht einfach meinen Instinkten.

Die nächste Schichtstufe hatte einen Walm, der ziemlich ekelhaft zu ersteigen war. Ich hätte mich am liebsten dafür geohrfeigt, dass ich die Kletterei doch noch in Angriff genommen hatte. Die letzten Meter verwünschte ich mich in allen Farben und Formen. Wenn ich jetzt wieder zu bluten anfing, war ich wirklich selber schuld. Verdammt, ich hatte die Risse in der Jacke gesehen, ich hatte also eine Vorstellung davon, wie mein Rücken aussah. Oder ausgesehen hatte. Die Drachenspucke musste wirklich wahre Wunder vollbracht haben, wenn ich hier so herumturnen konnte. Und ich war dabei, mir das gründlich zu verderben. Wenn Berkom mich dafür wieder ausschaltete, hatte er völlig recht. Dann erreichten wir doch noch die nächste Stufenfläche und ich hätte vor Erschöpfung und Entsetzen am liebsten gebrüllt. Vor uns erstreckte sich eine kilometerlange Schutthalde, die ohne Unterbrechung in einen Schutthang überging. Lose Steine über lose Steine, es war wie das Waten durch Sand. Jederzeit konnte sich eine Lawine lösen und uns mitreißen. Es gab noch nicht einmal irgendwo ein vernünftiges Plätzchen, wo wir hätten schlafen können. Berkom stand still neben mir und ertrug klaglos die Wellen von Wut, Hilflosigkeit, Erschöpfung und Ärger, die von mir ausgingen. *Du willst nicht hierbleiben?* »Nein, wie denn! Hier ist nirgends ein Fußbreit Boden so beschaffen, dass wir uns ohne Probleme ausbreiten könnten.« *Also willst du weiter?* »Ja, aber das kann ich nicht. Wenn ich noch viel weiter laufe, bricht der Rücken womöglich wieder auf.« *Dann muss ich dich tragen*. »Das hält der Rücken auch nicht mehr aus.« Ich hatte uns das alles eingebrockt. Der Drache behielt seine Langmut bei. *Du kannst nicht hierbleiben. Du kannst nicht weiter. Willst du wieder hinuntersteigen?* Dieser Vorschlag war so irre, dass er mein stummes Getobe unterbrach. »Zurück? Bist du wahnsinnig? Natürlich müssen wir vorwärts kommen.«

Dann steig auf. Berkom legte sich vorsichtig hin. Steine rutschten polternd unter seinen Füßen weg und fielen über den Walm hinunter. Es rasselte und krachte und das Geräusch war so alarmierend, dass ich mich unwillkürlich auf den Drachenrücken flüchtete. Berkom stand auf und noch mehr Steine rasselten davon. Automatisch nahm mein Körper die richtige Position ein und Berkom entfaltete seine Flügel. Das Blut sackte mir in den Magen ab. Das konnte er jetzt nicht machen. Ich war fertig mit der Welt, die Verletzungen im Rücken waren kurz davor, wieder aufzubrechen und ich war keinesfalls in der Lage, jetzt zu fliegen! Alles andere, aber nicht fliegen! Berkom kümmerte sich nicht um mein mentales Gestrampel, sondern hob ab. Ich verkrampfte mich von oben bis unten und biss die Zähne zusammen. Es passierte nicht mehr, als dass er die Schutthalde und auch noch den nächsten Hang überflog. Danach fanden wir ein geradezu lauschiges Plateau mit einem wunderbar ebenen Landeplatz und Berkom setzte so weich wie eine Flaumfeder auf. Ich war völlig perplex, als er die Flügel einfaltete und sich hinlegte. *Du kannst jetzt absteigen. Wir bleiben hier*. Ich hockte immer noch auf dem Drachen. *Absteigen?* »Äh, ja, ich mache schon.« Ich ließ mich im Zeitlupentempo hinunterrutschen. Der Rücken sagte überhaupt nichts. Meine Beine waren ein wenig wackelig, aber ich kam noch genügend weit, bis ich mich hinsetzte, um den Schein zu wahren. *Wir hätten gleich wieder fliegen müssen, aber das ging einfach nicht.* Der Drache guckte mich ruhig an. *Wir kriegen das schon wieder auf die Reihe*. Ich sagte nichts, sondern hatte nur einen heftigen Anflug von einer lila Abenddämmerung. Berkom ignorierte das mehrheitlich und kümmerte sich wieder um den Rücken. Es war wieder sehr unangenehm und das einzig Gute daran war, dass ich mich diesmal beherrschen konnte und die Behandlung ohne Zwischenspiel überstand. Danach war mir leicht übel und ich wollte nichts anderes mehr als schlafen. Und das taten wir dann auch.

Am nächsten Tag ließ Berkom sich auf keine Diskussionen ein und wir flogen. Wir flogen immer nur kleine Stückchen, stufenweise sozusagen, und wir machten zwischendrin auch immer wieder Pausen, in denen er sich entweder meinen Rücken vornahm oder Futter beschaffte. Wasser fanden wir in einem Gebirgsbach, dessen Lauf wir schlicht folgten. Nach dem fünften oder sechsten dieser Miniflüge fing es an, besser zu werden. Der Schock, den ich erlitten hatte, flaute ab und die Flugtherapie begann zu wirken. Ich fand es furchtbar peinlich. Ein Drachengefährte, der Angst davor hatte, sich auf seinen Drachen zu setzen, nur weil er durch seine eigene Dämlichkeit sich eine blutige Nase geholt hatte, war in meinen Augen ein ziemlich jämmerlicher Waschlappen. Berkom ließ mich das alleine mit mir ausfechten. Dafür fand er dann zum Glück einen Pass, sodass wir ein wenig abkürzen konnten, und legte dann eine längere Flugstrecke ein, wo wir um ein paar Berge herumkurvten und so die Steigung abmildern konnten. Trotzdem kamen wir an diesem und dem nächsten Tag ein ordentliches Stückchen höher. Wir brauchten drei Tage, bis wir schließlich die Vorberge überflogen hatten. Dann standen wir am Fuß des gewaltigen Gebirgsmassivs und fühlten uns gemeinsam ziemlich klein und mickrig im Anblick dieser Giganten. »Du sagtest, dass du einen Weg weißt?« Berkom drehte seinen Kopf zu mir. *Jeder Felsendrache kennt diesen Weg von Geburt an.* Das ließ eine unspezifische Unruhe in mir aufkommen. Wenn man sich immer auf der gleichen Route bewegte, machte man es seinen Feinden sehr leicht. Sie konnten sich die schwierigsten Passagen aussuchen, um einem übel mitzuspielen. Ich schüttelte leicht den Kopf. Wer sollte sich an einem Felsendrachen vergreifen wollen! Das musste schon ein besonders dummes Tier sein. Die Felsenporks jedenfalls waren damals nicht mehr aufgetaucht und sonst hatte kein einziges Raubtier unseren Weg gekreuzt. Ich hatte inzwischen auch auseinanderklamüsert, warum sich in den Drachenbergen so viele Herden von Gämsen, Ziegen und andere für Drachen fressbare Tiere aufhielten. Felsendrachen fraßen mäßig und sie schlugen ausschließlich so viel, wie sich benötigten. Zusätzlich wurden die Drachenbabys lange Zeit gefüttert und das Futter brachte das Muttertier mit. Andererseits erlaubte das Drachennest aber keinem anderen größeren Raubtier, sich in der weiteren Umgebung anzusiedeln. Die Herden lebten also mit einem Maximum an Ruhe und einem minimalen Blutzoll und konnten sich damit prächtig entwickeln. Drachen hatten keine Feinde außer den eigenen Artgenossen. Oder? *Menschen sind meistens auch uner-*

quicklich. Entweder vernichtet man sie gleich oder man geht ihnen aus dem Weg. Mit ihnen zu leben, ist praktisch unmöglich. Ich erstarrte. Mein Drache dachte so über mich und meinesgleichen? *Nein. Du bist mein Drachengefährte.* »Stopp mal. Vor nicht allzu langer Zeit hast du über Menschen überhaupt nur vage Andeutungen gemacht. Und jetzt das?« *Du hast gefragt. Das ist die Antwort.* Die sprichwörtliche List der Drachen konnte einen also tatsächlich aufs Glatteis führen, wenn man nicht höllisch aufpasste. Ein Drachengefährte war dagegen nicht gefeit. Die ganzen hässlichen Sagen und Geschichten über Drachen ballten sich zu einem Knäuel, das immer größer wurde und sich wie ein Kokon um mich zu schließen begann. Der Boden wurde mir unter den Füßen weggezogen. Wie konnte ich nur um Himmels willen mit so einem Wesen eine Verbindung eingehen! Ich war blind, taub und geistig umnachtet gewesen, dass ich an so etwas auch nur im Traum gedacht hatte. Es war nichts als Einbildung, List, Lug und Trug! Menschen und Drachen gaben nie im Leben ein funktionierendes Duo ab. Ich musste dem ein Ende machen, sonst war ich verloren! Ich musste dem ein Ende machen, sonst waren meine Mitmenschen in Gefahr. *Du bist aber kein Mensch mehr.* Dieser Satz schien wie ein mächtiger Ruf von den Berghängen des Gebirgsmassivs dröhnend widerzuhallen, bis ich meine Hände auf meine Ohren presste, in die Knie brach und mich krümmte. Ich hatte alles verspielt und mir blieb nichts mehr. Ich konnte nicht mehr zurück in mein altes Leben. Ich konnte mich aber auch in diesem Land nirgendwohin wenden, denn es gab niemanden meiner Art. Ich krümmte mich noch ein wenig mehr, aber dann begehrte ich auf. »Ich bin vielleicht kein Mensch mehr, aber ich kann noch sehr wohl mit Menschen leben. Wenn ich nichts sage, wird keiner merken, dass ich anders bin. Ich kann das.« Der Drache trat zwei Schritte zur Seite. *Wahr. Du kannst das wahrscheinlich. Du kannst den Schatten der Menschlichkeit über dich ziehen und dich dahinter verbergen, wie du das bei deinen Aufträgen früher getan hast. Du hast das nicht nur gelernt, sondern es ist Teil deines Wesens. Chamäleon.* Ich prallte ein wenig zurück und der Abstand zwischen uns vergrößerte sich. Chamäleon, das hatte er so abfällig ausgesprochen, als wäre es ein Makel. So hatte er das noch nie gesagt. Als ob ich nicht wüsste, wer ich sei, und mich damit völlig disqualifiziert hätte.

Ich richtete mich auf und drehte mich um. Die riesigen Berge im Rücken blieben stumm. Ich sah zurück und über die Vorgebirge und die liebliche Landschaft des Altendomizils hinweg bis zu den Drachenbergen. Der Drachenblick zeigte mir ein Drachenweibchen, das über die hohen Berge hinwegflog und die Nisthöhle anvisierte. Sie tat das mitten im Winter und legte ihr Ei ab, vergrub es im Sand der Nisthöhle und blieb dort, Wochen in Schnee und Eis ausharrend, bis die Sonne ins Tal zurückfand und sich das Weibchen wieder in die Luft schwang und davonflog. Das Ei blieb sich selbst überlassen, bis die Witterung günstig war und das Drachenbaby ausschlüpfte und sich durch den Sand ans Licht kämpfte. Ich drehte mich um und ging zu meinem Drachen zurück. Ich legte meine Hand auf seinen Fuß und ließ meinen Geist in seinen sinken. »Wenn du versuchst, mich irre zu machen, wird dir das nicht mehr gelingen. Wenn du mir mit albernen Geschichten über Drachenhorte kommst, werde ich mich amüsiert mit einem Glas Rotwein in der Hand an einem gemütlichen Feuer niederlassen und es als genau das anhören, was es ist, nämlich ein Schauermärchen. Wenn du glaubst, du kannst über diese Berge kommen und dann jeden Menschen, dem du begegnest, anfallen, nur weil das ein Mensch ist, irrst du dich. Wenn Drachen das im Allgemeinen tun, wirst du damit aufhören. Wenn irgendein Mensch, dem du begegnest, versucht, dir Übles anzutun, wird dieser Mensch sich wundern. Hast du den Höhlenbären vergessen? Ich meinte das ernst. Denn wehe dem, der dich angreift.« Der Drache keuchte ein wenig und versuchte loszukommen. Ich hielt ihn fest. »Menschen sind manchmal die Pest. Aber das ist nicht immer so. Wenn wir über die Berge kommen, müssen wir uns nicht unbedingt im Zentrum der Hauptstadt des am dichtesten besiedelten Landstriches niederlassen. Lass uns erst mal nachsehen, was hinter diesen Riesenbergen ist, dann können wir immer noch überlegen, was wir tun.« Der Drache senkte seinen Kopf und suchte nach mir. Dann drückte er sich ganz vorsichtig an mich. *Menschen sind manchmal scheußlich zu ihren Artgenossen. Wenn sie merken, dass du keiner mehr bist, werden sie dich noch viel scheußlicher behandeln.* Ich seufzte. »Ich weiß das, keine Sorge, ich weiß das nur zu gut.« Von ferne sah ich fünf Männer mit einem sechsten einen Berg hochsteigen. »Aber du wirst trotzdem nicht über jeden herfallen, der des Wegs kommt.« Der Drache seufzte. *Verbunden zu sein ist schwer*. Ich kratzte seine Nase. »Gebunden zu sein ist schwerer.« Ich schickte einige rote Blasen in die Luft, mischte goldene darunter. Der Drache ließ grüne, gelbe, blaue dazu aufsteigen und dann brach ein Damm und die ganze Fülle der Farben stieg um uns in den Himmel.

Wir blieben an diesem Tag in einer Art Höhle, einem sehr tiefen Überhang am ersten kleinen Anstieg. In der Nacht kam Wind auf und heulte um unseren Unterschlupf und wir waren ganz zufrieden, dass wir so ein geschütztes Plätzchen gefunden hatten. Am Morgen knirschten meine Schritte über eine dünne Schicht Schnee. Der Bach, der nicht sonderlich weit entfernt zu finden war, hatte eine Eisschicht bekommen. Es war empfindlich kalt. Aus alter Gewohnheit zog ich meine Jacke an, aber ich merkte im Verlauf des Vormittags, dass das nicht nötig war. Trotzdem fühlte ich mich so irgendwie im Schnee besser. Berkom schnüffelte an der weißen Schicht herum und fand Schnee blöd. Wir nutzten die ersten leisen Aufwinde, um so schnell wie möglich loszukommen. Es ging auch bis gegen Mittag ganz gut, aber dann gerieten wir in einen heftigen Abwind und Berkom konnte mit Mühe landen. Ich war ziemlich weiß um die Nase und er keuchte heftig. Wir waren auf einem schmalen Sims gelandet und der Wind verhieß nichts Gutes. Die Landung war eine reine Glückssache gewesen. Wir waren viel zu lange in der Luft geblieben. Diese Berge hier waren nicht nett. Sie waren keine Spielwiese. Ich saß an die Felswand gepresst und versuchte mein Gesicht aus dem Wind zu bekommen. Es wurde deutlich kälter. Wir blieben über Nacht auf diesem schmalen Sims und fanden es ätzend. Aber ich lobte Berkom für die schwierige Landung über den grünen Klee und darüber freute er sich ungeheuer.

Der Morgen kam für unseren Geschmack um Stunden zu spät. Der Wind fuhr immer noch höchst ungemütlich um die Ecken und wechselte ständig die Richtung. Dazu mischten sich ab und zu Schneeflocken darunter. Es war höchst unerfreulich. Mein Rücken maulte ein wenig, aber das unterdrückte ich entschieden. Wir konnten hier nicht bleiben. Der Sims war so schmal, dass keiner von uns schlafen konnte. Ich schickte den Drachenblick los und begann die Umgegend zu erkunden. Das Schlechtwettergebiet hing in dieser Höhenregion fest. Wenn wir es schafften, weiterzusteigen, würde es besser werden. Leider mussten wir dazu zwingend fliegen, denn rund um unseren Sims herum befanden sich lotrechte Wände ohne die geringsten Klettermöglichkeiten für Berkom. Wo war der Weg, den doch alle Drachen einschlugen? *Nur weil alle Drachen diesen Weg nehmen, ist das doch nicht unbedingt ein festzementierter Trampelpfad. Die Berge ändern sich möglicherweise im Laufe der Jahrhunderte. Wo früher ein Pass begangen werden konnte, geht eine Lawine runter und man kann dort nur noch fliegen.* Auch von Drachen wurde Flexibilität verlangt. Nun ja, in einem etwas größeren Zeitrahmen natürlich. Schließlich krallte ich mich in der Felswand ein wenig hoch und stieg auf Berkom auf. Anders hätte ich das Aufsteigen unter diesen widrigen Umständen nicht geschafft. Davon abgesehen hätte ich mich auch nicht getraut, auf traditionelle Art und Weise aufzusteigen, der Sims war einfach zu schmal. Berkom stürzte sich hinab und mir verging Hören und Sehen. Es war wie eine grauenvolle Achterbahnfahrt. Außerdem wurden wir immer wieder in gefährliche Nähe an die Felswand gedrückt und Berkom kämpfte um jeden Meter. Schließlich kamen wir um den Berg herum und an dessen Rückseite gab es einen windstillen Bereich. Zuerst waren wir froh, aus dem drückenden Getöse heraus zu sein, dann stellten wir fest, dass diese windstille Zone erst recht kräfteraubend war. Berkom sackte ab, so sehr er sich auch mühte. Ich schickte den Drachenblick los und fand eine schmale Lücke zwischen zwei gigantischen Felszacken. Mit größter Anstrengung erreichte Berkom den Talhang an dieser Stelle, dann ließ er sich müde in dem Gemisch aus Kieselsteinen und anderem Geröll zu Boden sinken. Ich war genauso entkräftet, denn der Wind hatte auch an mir gezerrt und das Atmen war zu einem Kraftakt sondergleichen geworden. So lagen wir einmütig nebeneinander und versuchten mehr oder weniger zu uns zu kommen.

Es war eine stille, karge Gegend, in der wir gelandet waren.

Die beiden hohen Felszacken standen inmitten anderer hoher Berge und es schien nichts außer nacktem Fels zu geben. Das bewahrheitete sich leider auch. Ich fing nicht den Hauch eines anderen Lebewesens in dieser Region auf. Wir schienen das einzige Lebendige zu sein, das es hier weit und breit gab. Das Wort lebensfeindlich begann eine ziemlich plastische Wirkung vor meinen Augen zu entfalten. Ich stupste Berkom an und fragte, ob wir nicht doch ein Stückchen hinaufgehen sollten, zu dem Einschnitt zwischen den beiden Zacken. Gemeinsam schlurften wir mühsam dort hinauf. Berkom hätte sich am liebsten irgendwo in eine Ecke verzogen und geschlafen. Mir war diese absolut stille Gegend unheimlich. Der Drache fand die Gegend nicht besonders übel, er meinte, es gäbe rundum nichts Besonderes. Trotzdem kam er hinter mir hergehoppelt, als er merkte, dass ich nicht auf seinen Vorschlag eingehen wollte. Ich war auch müde und fühlte mich zerschlagen, aber das hielt mich nicht auf. Ich fand dieses absolut kahle Tal schlicht ungemütlich. Die Zacken mit ihren hohen Felswänden ragten unheilschwanger über uns auf. Ich hatte das Gefühl mich ducken zu müssen und ein eisiger Schauer rieselte mir das Rückrat hinunter. Durch den Einschnitt pfiff ein ständiger kalter Luftstrom, ich drängte vorwärts. Umgeben von Bergen lag ein mit Kieselsteinen und Geröll gefülltes kahles Tal vor uns. Irgendein Unterschied zu vorhin? Irgendwelche Verbesserungen? Komplette Fehlanzeige. Das Gehen auf dem lockeren Gesteinsboden war anstrengend, ich merkte das schon nach der kurzen Strecke, die wir gerade eben hinter uns gebracht hatten. Selbst ohne diesen hässlichen Flug, der mir noch in den Knochen steckte, war dieser Untergrund nicht zu unterschätzen. Berkom sah sich müde um. »In welche Richtung müssen wir?« *Das Tal verläuft eigentlich quer, aber wir sind sowieso zu weit nach Südwest abgekommen und können daher eigentlich eine Strecke dem Tal folgen, bevor wir wieder nach Westen abbiegen müssen.* Ich blieb still stehen und dann tat ich das, was ich schon lange nicht mehr gemacht hatte. Ich ließ meinen Instinkten freie Bahn. Schlagartig war die Luft voll Raunen und Rauschen. Ich drehte mich erschreckt um mich selbst. Das Geräusch schwoll an und dann wälzte sich eine hohe Wand aus Schnee auf uns zu. Die Lawine kam mit Urgewalt angeschossen, füllte das Tal vor uns mit weißer Masse. Ich gab einen erstickten Schrei von mir und wollte wegrennen, aber Berkom packte mich an der Schulter und schüttelte mich. Zum ersten Mal bekam ich die Drachenzähne voll zu spüren und das war kein Spaß. Der Schreck ließ mich zu mir zurückfinden und meine Sicht klärte sich. Das Tal lag still und ruhig vor mir, keine Lawine bedrohte uns, kein Flöckchen Schnee hatte sich in das gänzlich trockene Tal verirrt. Berkom hatte mich losgelassen und ich stand verwirrt da. *Das Tal wurde von einem Gletscher geformt. Das ist einige tausend Jahre her*. Verflixt, ich hatte mich die ganze Zeit von einem Gletscher bedroht gefühlt, den es seit tausend Jahren überhaupt nicht mehr gab? Das konnte ja noch heiter werden, wenn ich die gesamte Erdgeschichte dieses Gebirges durchmachen musste! Der Drache schnaubte müde. *Du lässt dich von diesem Gebirgsmassiv beeindrucken. Dann ist dein Geist empfänglich für die Schwingungen rund um uns. Und die sind hier manchmal ziemlich heftig. Du musst dich noch sorgfältiger abschotten, als sonst.* »Berkom, bitte.« Ich zitterte leicht. Der Drache seufzte. *Also gut.*

Ich stieg diesmal wieder nach Drachenart auf und Berkom flog nochmals weiter. Es war für uns beide nicht ideal, denn Berkoms Flügelgelenke wurden erneut beansprucht und für meinen Rücken war es auch nicht günstig. Aber ich konnte einfach nicht in diesem Tal bleiben. Den leichten Gegenwind nutzte Berkom aus, um zu steigen. Das war zwar wieder äußerst anstrengend, aber dann kamen wir in eine Schicht, in der der Wind uns tatsächlich in die gewünschte entgegengesetzte Richtung trug. Und das war ein sanfter, ruhiger Wind, der uns wirklich mit minimalem Krafteinsatz dahinsegeln ließ. Berkom und ich entspannten uns deutlich. Ich erinnerte mich dumpf daran, in der Schule etwas von Luftschichten und den sich umkehrenden Windrichtungen gehört zu haben. Das sich das auch auf das Gebirgstal in einer Welt, die ich immer noch nicht zuordnen konnte, anwenden ließ, schien dem damaligen Schulunterricht ein ganz neues Gewicht zu geben. Wir flogen ziemlich lange, bis der Drache meinte, wir wären ausreichend weit gekommen und müssten jetzt wieder auf Kurs nach Westen einschwenken. Also verließen wir unsere angenehm tragende Luftschicht, bogen ab und ackerten uns zwischen zwei weiteren Bergen hindurch. Danach fanden wir uns in einem Gewirr von ineinander verschachtelten Kegeln, Kämmen und Kuppen wieder, die allesamt nur eines kannten: Sie zwangen uns nach oben zu steigen. Wir brauchten jetzt allerdings dringend eine Pause und diesmal fanden wir ein äußerst komfortables Quartier. Es war zwar mit allem anderen, was wir vorher gekannt hatten, nicht zu vergleichen, aber im Gegensatz zu dem Sims in der letzten Nacht war es das absolute Nonplusultra. Es war ein ebenes Stück Fels an einer Wand und rechts und links ging es erst in einigem Abstand wieder dezent bergab. Wir ließen uns mehr oder weniger fallen und schliefen sozusagen auf der Stelle ein.

Eigentlich hätten wir eine längere Pause gut vertragen, aber wir wachten mit Hunger und Durst auf. Berkom hatte keinen Sinn für Rückenmassage, sondern suchte nach Wasser und etwas zu essen. Ersteres fand sich nicht und Letzteres auch nicht. Die ersten Spuren entdeckte er um einiges von unserer Route entfernt und so weit wollte er nicht unbedingt abweichen. Die Gebirgsformationen sprachen dagegen. Seufzend machten wir uns auf den kargen Weg. Noch war es für keinen von uns ein Problem, aber zusammen mit der nicht unbeträchtlichen Anstrengung der letzten Zeit kam es uns doch hart vor, auch noch auf beides verzichten zu müssen. Wir arbeiteten uns beharrlich nach oben und es war ätzend für uns beide. Irgendwann war die karge Kahlheit der Berge um uns etwas, was mich zum Schreien reizte. Hatte der Wind uns letzthin fast verrückt gemacht, so machte uns jetzt das Fehlen von Wind zu schaffen. Es war still. Die Stille war bedrückend. Sie atmete Tod. Mir wurde bewusst, wie sehr ich all die Zeit hindurch in Interaktion mit allen anderen Lebewesen um mich herum gelebt hatte und wie ich mich dadurch definiert hatte. Hier gab es keinen Anhaltspunkt. Als wir dann doch ein Lebewesen sichteten, hatte das keinen Freudenausbruch zur Folge. Wir bekamen Gesellschaft in der Luft. Hoch über uns kreiste ein Vogel. Für meine Augen war er klein, aber er musste eine gigantische Flügelspannweite haben. Irgendwann hatten wir nicht nur einen Begleiter, sondern drei. Die Erfahrung sagte mir, wer sich da zu uns gesellt hatte, und ich fand das nicht erfreulich. Über uns kreisten Geier. Ich sagte nichts zu Berkom, um seine Konzentration ja nicht zu stören. Wir kämpften uns einen langen, unsäglich langen Tag durch öde Berge. Die Lebensfeindlichkeit dieser Passage war furchtbar entnervend. Ich verlangte keine Pause und Berkom bot keine an und wir bissen beide die Zähne zusammen. Gegen Abend drehten die Geier ab und ließen uns alleine und das erleichterte meine Seele geradezu um Zentner. Wenn die Geier uns nicht mehr für ein mögliches Abendessen hielten, mussten sie aus Erfahrung wissen, dass wir bald aus der kritischen Zone herauskommen mussten. *Sie haben vielleicht ein lohnenderes Ziel gefunden und kommen später wieder.* Der Drache konnte so was von aufbauend sein. Ich war zu angestrengt, um selbst nachzusehen, sondern schickte nur eine stumme Bitte. *Es dauert noch.* Ich bat um eine etwas konkretere Antwort. Berkom gab sie unwillig. Er wusste vermutlich recht gut, wie es gerade um mich bestellt war, und wollte mich nicht desillusionieren. *Morgen Mittag.* Es war desillusionierend. Ich verschwand kurzfristig hinter einer Wand von Enttäuschung und Jammer. Allerdings kam ich ziemlich rasch dahinter hervor, denn letztlich, und das wurde mir dann doch sehr deutlich bewusst, hatte ich es um Längen besser als jeder Mensch. Mein Drache konnte mir wenigstens sagen, dass wir auf Wasser stoßen würden. Bis morgen Mittag war eine lange Zeit, aber sie war endlich und sie konnte überstanden werden. Mir fiel spontan ein langer Weg durch die Dunkelheit ein, den ich angetreten hatte, ohne etwas über Wasser oder Essen zu wissen. Ich begann mich leise zu wundern. War ich weicher geworden mit einem Drachen an meiner Seite? War ich weicher geworden, weil mein um so viel härterer Körper mir mit seinen Instinkten so viel mehr Möglichkeiten bot? Das war ein beunruhigender Gedanke und ich wurde unruhig. *Andere Möglichkeiten erfordern andere Maßstäbe.* Der Drache machte einen kleinen Hopser in der Luft. Ich hätte mich an meiner eigenen Spucke verschluckt, wenn ich noch welche gehabt hätte. *Auf mir sitzt das perfekte Weichei. Das Weichei hat sich nur von einem Sims in einer Felswand gestürzt, die lotrecht Hunderte von Metern abfiel und wo sich niemand hätte halten können, in einem Wind, der uns an ebendieser Felswand hätte zerschellen lassen können. Jeder andere hätte mit den Zähnen geklappert.*

Dem Weichei hätte man das sogar zugestanden, weil es gerade eine ziemlich unangenehme Flugerfahrung zu verdauen bekommen hatte. Das Weichei hat genau den einen richtigen Moment abgepasst, an dem wir abfliegen konnten, und hat nicht gezögert. Ein perfektes Weichei eben. Uh, Lob konnte giftig sein. »Ich habe den Zeitpunkt für unseren Abflug bestimmt?« *Hast du. War exakt genau richtig.* Berkom legte einen halben Zwischenflügelschlag ein, der mir schon wieder den Magen in den Mund trieb. *Ich werde noch rauskriegen, wie du das machst.* Fasziniert begriff ich, das, egal was ich von mir hielt, mein Drache noch andere Facetten erkennen konnte. Das hier war nicht einfach ein junges Lebewesen, das dabei war, die Welt zu entdecken, sondern ich saß auf einem Drachen. Er hatte die Weisheit von Drachengenerationen in sich. Mein Jungdrache war jung und uralt zugleich. Wie konnte er damit zurechtkommen? Wurde er davon nicht zerrissen?

Ich begriff endlich, warum der Zugang zu all diesem Wissen nicht einfach wie ein offenes Buch für ihn war. Der unreglementierte Zugriff könnte seinen Geist überlasten und auch meinen. Aber wenn wir es brauchten, so lag das Wissen für uns bereit. Ich wurde ruhig. Mit brennendem Durst, nagendem Hunger, Stichen im Rücken, schmerzenden Armen und Beinen über trockene, todhauchende wüste Berge fliegend, fand ich zur Ruhe. Und so begann ich die leeren, kahlen Berghänge vor mir mit Farben anzumalen. Ich tauchte die Gipfel in zartes Perlgrau, die Talsohlen in samtiges Dunkelblau, ließ die Hänge in Schattierungen von smaragdenem Grün und Himbeerrot changieren. Vor meinen Augen entfaltete sich die Palette der Farben des Regenbogens von einem Ende des Himmels bis zum anderen. Ich griff nach den Farben und ließ sie aufblühen. Wir flogen durch das Farbenspiel der Ewigkeit. Eine sanfte Stimme flüsterte mir zu: *genug*. Erwachend spürte ich kühlen Wind auf meinem Gesicht. Dunkles Firmament erstreckte sich um mich. Sterne funkelten in unendlicher Weite und blitzten und gleißten. Ich flog. Dann spürte ich in meinen Händen das vertraute Gefühl von Drachenhaut. Meine Hände stützten sich auf einen Drachenhals. Meine Füße umschlossen den Leib eines Drachen. Ich versank darin. *Brenn, zurück*. Ich spürte meinen Körper mit plötzlicher Intensität, spürte, wie er sich quälte, spürte, wie er arbeitete, betrachtete ihn mit einer gewissen Anteilnahme. *Brenn!* Der Ruf erreichte mich mit elektrisierender Stärke. Meine Haare stellten sich auf. Ich keuchte. »Berkom?« *Ich bin da*. Wir flogen doch. Wie sollte er nicht da sein. Sonst würde ich stürzen. Er war da. Wir flogen. Die Welt justierte sich um mich. Die Sterne verblassten und die Nacht wandelte sich in Grau. Die Morgendämmerung zog hinter den Bergen hoch. Der Morgen kam, die Nacht war vorbei und wir flogen immer noch. Mein Drache sagte nichts. Wir flogen mit der aufsteigenden Sonne. Wir flogen in die wärmenden Strahlen hinein. Wir flogen weiter und ich konnte nichts anderes tun, als es aushalten. Ich begann mit meinen Konzentrationsübungen. Atmen, einatmen, ausatmen. Ich versagte mir die Verlockung, mich in den Rhythmus des Flügelschlags zu vertiefen. Als wir schließlich doch landeten, war es für mich fast ein Ding der Unmöglichkeit, mit dem festen Boden zurechtzukommen. Ich schwankte vor mich hin und der Boden hüpfte und wellte sich. Es war einfach falsch, hier jetzt auf meinen zwei Füßen herumgehen zu wollen. Zwischen meine Füße gehörte ein Drachenleib. Es war überhaupt unmöglich, zu gehen. Wir sollten fliegen. Wie ein Matrose auf seinem ersten Landgang nach wochenlanger Seefahrt kämpfte ich um mein Gleichgewicht. Irgendwann konnte ich mich hinknien und meine Hände in Wasser tauchen. Das Wasser war kalt. Ich ließ die ersten Schlucke um meine Zunge spielen, den eingetrockneten Gaumen befeuchten. Es dauerte lange. Schlucken tat weh. Mein Magen protestierte leise. Ich ignorierte das und nahm noch einen Schluck. Es ging langsam. Ich ignorierte auch die plötzlich aufflammende Begierde, das Wasser in mich hineinzuschütten. Ein Schluck um den anderen, kurz im Mund aufgewärmt, zelebrierte ich diszipliniert den Trunk. Es dauerte wirklich ziemlich lange, bis ich von dem Wasser abließ.

Berkom hatte sich ein paar Meter zur Seite hingesetzt. Ich sah ihn irgendwie erwachend an. Das da war mein Drache. Er war kein Teil meines Körpers, sondern von mir getrennt. Es fühlte sich immer noch komisch falsch an. Ich sollte auf ihm sitzen und fliegen. *Bleibe bei dem Wasser*. Berkom stand auf und drehte sich um. Ich sah ihm perplex hinterher. Es war höchst komisch, denn ich hatte irgendwie das Gefühl, dass ich mich von mir selbst entfernte. Das ging wirklich nicht. Ich saß hier und das hier war Wasser. Ich tauchte meine Hand hinein und trank noch einen Schluck. Dann setzte ich mich hin und winkelte die Beine an. Dann merkte ich, dass es meine Beine waren. Ich merkte, dass ich einen Oberkörper hatte und Arme. Ich merkte, dass ich einen Körper hatte und dass der ziemlich beleidigt über die Behandlung war, die ihm zugemutet worden war. Der Rücken. Ach herrje, der Rücken. Ich hatte keinen Spiegel und ich fühlte jetzt alle kleineren und größeren Blessuren rundum, sodass ich den Rücken nicht mehr herausgefiltert bekam. Ich begann zu stöhnen. Das ging jetzt wieder, meine Kehle war so weit wieder befeuchtet worden, dass sie sich in der Lage dazu sah, Töne zu produzieren. Ich stöhnte nach Herzenslust. Als Berkom mit zwei Schneehühnern ankam, war ich immer noch nicht wirklich fertig damit. Ich betrachtete die beiden Häufchen, die da vor mir auf den Kieselsteinen lagen, und guckte Berkom fragend an. »Eines für dich und eines für mich?« Der Drache wartete. »Beide für dich«, entschied ich mich und nahm zufrieden über diese Lösung noch einen Schluck Wasser. *Falsch. Beide für dich.* »Du kannst sie haben.« Der Drache sah mich immer noch aufmerksam an. *Iss.* Es war verschwendet. Es war viel besser, wenn er das fraß. Das reichte für mich dann gleich mit. Ich verzog irritiert den Mund und schüttelte leicht den Kopf. Es passierte schon wieder. Es war falsch, dass ich hier saß und nicht auf dem Drachen. Wir sollten fliegen. *Iss.* Erneut irritiert guckte ich den Drachen an. Wieso war er da und doch bei mir? *Iss!* Eine Faust fuhr in mein Gehirn und schüttelte mich, dass mir Hören und Sehen verging. Zwei Schneehühner schälten sich vor meinen Augen aus einem merkwürdigen Gewoge. Ich aß. Mein Magen protestierte erneut und ich überging es erneut. Dafür sah ich Berkom jetzt wieder klar. Wir waren wieder eindeutig voneinander getrennt. *Du musst aufpassen. Wir sind jetzt ziemlich hoch in den Bergen. Du reagierst darauf.* »Ich glaube, ich reagiere jetzt nur noch auf ein Angebot für ein Schlafquartier.« Der Drache grinste leicht. *Wie wäre es mit da drüben. Freie Sicht auf ein hübsches steiniges Ufer und einen kleinen Wasserlauf. Fließende Untermalung für den Schlummer.* Ich stierte Berkom nur noch an. Dann kam ich irgendwie auf die Füße und wankte in die angegebene Richtung. Dort fand ich einen etwas größeren Felsbrocken, vor dem ich ein paar störende kleinere Felsbrocken zur Seite räumte und mich dann mit einem nicht zu unterdrückenden Stöhnen in den Staub legte. Danach war ich weg. Ich träumte absolut nichts, sondern schlief den tiefen Schlaf der Erschöpfung.

Berkom jagte zwei Tage für uns. Es war für mich die Pest, denn ich sah ständig Schneestürme auf uns zukommen und ihn verschlingen, aber Berkom bestand darauf. Wir waren so schnell gestiegen, dass mein Körper eine Phase der Assimilierung brauchte. Dem Rücken tat die Pause auch gut. Am zweiten Tag begann ich wieder mit verschiedenen Turnübungen. Das war hart, aber notwendig. Am Morgen des dritten Tages begann es zu schneien und in diesem weißen Geriesel stiegen wir wieder gemeinsam auf. Ich hatte nach dem Weg gefragt und keine befriedigende Antwort bekommen. Einzig das bekam ich heraus, dass wir uns nicht ganz auf dem Kurs befanden, den die Drachen sonst so üblicherweise nahmen, aber noch machte uns das keine Probleme. Wir fanden immer wieder einen Pass oder Sattel, der uns durchließ. Der Schneefall begleitete uns den ganzen Tag hindurch und behinderte die Jagd nicht unwesentlich. Berkom schüttelte angewidert den Kopf und röhrte ein wenig beleidigt. Den Schnee juckte das nicht. Er legte sich auf den Boden und deckte alles zu. Wir fanden dann ein unvorsichtiges vierbeiniges Etwas, das ich überhaupt nicht zuordnen konnte. Es ließ sich aber essen. Berkom nannte es Jurk. Es schmeckte nicht besonders angenehm, aber darauf konnten wir beide keine Rücksicht nehmen. Am Abend landeten wir auf einem breiten Felsenband zwischen Steilwänden. Es war nochmals deutlich kälter geworden, meine Atemluft kondensierte bei jedem Atemzug und ich schauderte zusammen, als ich nach dem Absteigen mir die Füße vertrat. Diese Nacht schlief ich in einer Drachenhöhle. Berkom legte seinen Kopf über mich und gewährte mir den Schutz seines Körpers gegen die Kälte der Nacht.

Am Morgen waren die Felsen rund um uns mit einer dicken Schicht Reif bedeckt. Es schneite nicht mehr, aber es war empfindlich kalt. Wir hielten uns nicht mehr auf, sondern flogen los. Die dünne Höhenluft wurde für mich schwieriger, ich merkte, dass ich zu schwimmen begann, und musste ziemlich früh am Tag bereits mit Atemübungen beginnen. Die Anstrengung, mich auf dem Drachen zu halten, wurde zuerst spürbar, dann wurde es belastend, dann wollte ich nur noch, dass es aufhörte. Ich vergaß, dass Berkom sich ebenfalls abmühte. In mir schrie nur noch alles danach, dass ich mich nicht mehr halten konnte. Das Blut begann in meinen Adern zu pulsieren und stieg mir in den Kopf. Meine Finger fühlten sich an, als würden sie an meinem Körper absterben und so fühlte sich mein Körper überhaupt an. Ich bestand nur noch aus einem irre klopfenden Herzen, einem Herzschlag, der meinen Kopf sprengen wollte, und einem sich auflösenden Körper. Die Sicht vor mir begann zu verschwimmen. Dann hörte ich lautes, kratzendes Atmen. Das Geräusch drang bis in die äußersten Zehenspitzen und brachte mich wieder zu mir. Berkom war am Ende.

Vor uns lag ein Sattel, der nochmals eine Steigung verlangte. Ich sah die grässliche Felswand vor uns, sah den Himmel darüber, sah die beiden schneeweißen Bergspitzen an beiden Seiten des Sattels. Und ich spürte, dass der Drache das nicht mehr packte.

Er musste aber. Wir hatten keine andere Chance, zurück und einen anderen Weg zu suchen wäre für uns beide unmöglich gewesen. So griff ich zu meinem letzten Trick. Ich zeichnete die filigranen Gestalten von Kranichen in die Luft vor uns. Ich zeigte Berkom, wie diese Vögel über die höchsten Berge flogen. Ich zeigte ihm, wie sie sich mit ihrem schmalen Körperbau quälten und doch die Höhe gewinnen mussten. Was diesen zarten Geschöpfen möglich war, sollte ein mächtiges Wesen wie ein Drache nicht zwingen? Ich ließ den Drachen dem Vogelzug folgen. Der Felsen kam auf uns zu und Berkom gab ein zischendes Geräusch von sich. Sein Flügelschlag verdoppelte sich einen irren Moment lang und der Sattel huschte so knapp unter uns hinweg, dass ich fürchtete, dass wir ihn streifen würden. Dahinter ging Berkom in einen Gleitflug. Wir segelten abwärts und Berkom begann leicht zu trudeln. Ich schickte ihm ein kurzes warnendes Rütteln und er begann ein wenig mit den Flügeln zu schlagen, aber das war ziemlich kraftlos. Ich suchte und fand einen lang gezogenen Bergrücken und dorthin dirigierte ich meinen wackeligen Flieger. Berkom fiel bei der

Landung schier auf die Nase und ich dachte, dass ich entzweibrechen würde. Die Wucht der Landung war gebrochen, aber ich fiel noch nachträglich von dem Drachen und überschlug mich ein paar Mal.

Nach zehn schrecklichen Minuten krochen wir beide mit der gleichen Intention zueinander und schmiegten uns aneinander. Wir brauchten dringend ein wenig Trost nach diesem grässlichen Flug. Nach langen Minuten löste ich mich von meinem Drachen und versuchte, ob ich wieder auf meinen eigenen Füßen stehen konnte. Das gelang mir sogar auf Anhieb und ich begann Berkom zu streicheln. Er atmete immer noch pfeifend und hatte die Augen halb geschlossen. Aber es ging ihm besser und er würde sich wieder erholen. Diesmal stolperte ich davon und ließ den Drachen zurück. Ich fand das kleine Schneefeld nicht weit entfernt. Meine Jacke musste als Transportbehältnis herhalten, ich schaufelte so viel Schnee darauf wie nur möglich und schleifte das zum Drachen zurück. Dann platzierte ich den Schnee vor seiner Schnauze. Berkom leckte den Haufen kraftlos auf und ich holte Nachschub. Es war ein fürchterlich schwächlicher Ersatz für Wasser, aber hier gab es nichts anderes und Berkom begann zu dehydrieren. Ich brachte Schneehaufen um Schneehaufen zu dem Drachen, bis er seinen Kopf hob und mich mit klareren Augen ansah. *Es ist gut.* Da setzte ich mich zu ihm und lehnte mich an seine Brust, einzig und allein dankbar dafür, dass wir noch beieinander sein durften. Ein leises Zirpen ließ mich die Ohren spitzen. Ich witterte und roch einen vagen Geruch von einem kleinen, wieselartigen Raubtier. Der winzige Körper konnte nicht einmal ansatzweise für Berkom in Betracht kommen, aber ich hatte ihn in null Komma nichts verschlungen. Ich vergaß alles, was ich früher mal über Sein und Nichtsein gedacht hatte. Ich vergaß, was in einem anderen Leben getan und gelassen worden war. Meine Normen zerbrachen. Zurück blieb der schiere Überlebenswille.

Schnee war wirklich ein kümmerlicher Ersatz für Wasser. Irgendwann schleppte sich Berkom zu dem kleinen Schneefeld und fraß Schnee, bis es mir unheimlich wurde und ich ihn davon wegzerrte. Er war nicht glücklich darüber, aber er kam mit mir mit. Und weil wir nun schon auf den Füßen waren, ging ich einfach los. Ich hatte irgendwie das dringende Bedürfnis nach diesen Tagen, in denen wir fast nur hatten fliegen können, wieder meine beiden Füße zu dem zu benutzen, wozu sie eigentlich gedacht waren, nämlich zum Gehen. Es blieb uns nämlich nicht erspart, dass wir erneut ein wenig nach oben gelangen mussten. Bei seinem Gleitflug war Berkom ziemlich weit hinuntergesegelt und das war nicht nützlich. Vor uns lag immer noch ein Riegel von Bergen, die wir überqueren mussten, ob uns das nun gefiel oder nicht. Mir gefiel es nicht. Berge waren gut und schön, aber diese hier waren grauenvoll. Wir fanden weder etwas zu fressen für Berkom noch Wasser. Trotzdem musste der Drache ein wenig ausruhen, aber nach einer kurzen Pause stupste Berkom mich an. Er wollte hier nicht über Nacht bleiben. In der aufziehenden Dämmerung suchten wir uns einen möglichst geschickten Abflugplatz und ich saß auf. Ich hatte meine Zweifel, ob das eine gute Idee war, aber ich war still. Der Drache musste es wissen. Berkom stieg auf. Es war für mich fast unvorstellbar, aber er schaffte es tatsächlich, sich in einem leichten Aufwind nach oben zu arbeiten. Dann sah ich, warum er zum Aufbruch gedrängt hatte. Nebel zog herein. Dichte Wolken legten sich unter uns über die Bergwelt und nur noch die Spitzen ragten daraus empor. An diesen Spitzen orientierten wir uns, denn es kam Wind auf, der uns vorantrieb. Diesmal war es kein stürmischer Wind, der uns gebeutelt hätte, sondern ein Wind, der Berkom unter die Flügel fuhr und ihn hob. Ich ließ meine Sinne los. Unter der Nebeldecke erstickte jedes Leben. Aber hinter der nächsten Bergkette zeigte sich mir ein flaches, weites Schneefeld. Ich dirigierte Berkom dorthin und diesmal landete er sicher in dem Geröll davor. Aufatmend rutschte ich vorsichtig hinunter und machte ein paar Schritte. Es war gut gegangen, der Drache hatte es geschafft. Der Schnee war an der Kante geschmolzen und die Tropfen hatten sich in einem schmalen, kleinen Wässerchen gesammelt, das ein paar Schritte durch das Geröll gegluckert war, bevor es versickerte. Jetzt war das Wasser gefroren, aber Berkom hauchte darauf und taute die dünne Eisschicht weg. Dann trank er das Wasser und danach warteten wir zähe Minuten, bis so viel zusammengekommen war, dass auch ich etwas abbekam. Es war herrliches Wasser. Erst danach bemerkten wir beide, dass es tiefe Nacht geworden war und dass auf dem Schneefeld ein paar Kugeln mit plüschigem weißem Pelz auf zwei langen Beinen herumsprangen. Ich machte Berkom ein paar Andeutungen, die er sofort in die Tat umsetzte. Er bewegte sich leise ein paar Meter an der Schneekante weiter und blieb dort wie ein tiefdunkler Schatten stehen. Ich schlich mich in einem weiten Bogen um das Schneefeld herum, bis ich an den Schneeflops vorbei war. Dann stürmte ich in einer senkrechten Linie an ihnen vorbei. Die Rechnung ging auf. Die Mehrzahl der Schneeflops hopste in der gewünschten Richtung vor mir davon. Ein paar entkamen an mir vorbei, aber Berkom erwischte sechs oder sieben. Das war eine reife Leistung, die ich bewunderte. Die herumflitzenden Flops zu kriegen war für einen Drachen nicht einfach. Geholfen hatte uns allerdings der Umstand, dass die Flops beim Balzen gewesen waren. Sonst hätten sie den Drachen und mich schon früher wahrgenommen und unsere gemeinsame Jagd wäre kaum erfolgreich gewesen. Danach suchten wir uns einen Platz, um den Rest der Nacht zu ruhen. Wirklich schlafen konnten wir beide trotzdem nicht. Die Flugpassage über den Sattel spukte in uns herum.

Am frühen Morgen waren wir beide eher gereizter Stimmung. Fehlender Schlaf, gepaart mit zu wenig Nahrung und körperlicher Höchstleistung, dazu wenig Wasser, das waren keine guten Voraussetzungen. Dazu kam die Kälte, die zwar nicht mehr so durchdringend war, aber mir immer noch zusetzte. Felsendrachen schienen auch eher für die etwas gemäßigteren Zonen geeignet zu sein, hochgebirgstauglich waren sie nicht wirklich. *Gib's doch zu, dir gefällt das hier unheimlich gut*. Berkom mäkelte an mir herum und ich verzog das Gesicht, weil ich Schmerzen in der Schulter spürte. Die Drachenzähne hatten Blutergüsse hinterlassen und die letzten Tage hatten nicht zur Verbesserung der Situation beigetragen. Wahrscheinlich sollte ich froh sein, dass der Drache mir nicht einfach das Schulterblatt gebrochen hatte. *Ich kann das nachholen*. Berkom war schlechter Laune. »Okay, okay. Ist ja gut. Ich geh jetzt mal Frühstück besorgen. Du kannst so lange ja noch ein bisschen herumraunzen und die Gegend mit deiner schlechten Laune verpesten.« Ich stand auf und kriegte sogar ein paar Schritte hin, bis mich die orangefarbene Leine abrupt stoppte. *Du bleibst sowieso da. Wenn einer auf Jagd geht, bin ich das!* Na wunderbar. Der Junge war wirklich schlechter Laune. »Nein, Berkom, diesmal nicht. Diesmal gehe ich und du wirst warten.« Ruhig nahm ich die orangefarbene Leine in die Hand und zog sie mir über den Kopf, um sie dann fallen zu lassen. Diese einfache und absolut durchschlagend wirksame Handlung brachte den Drachen zum Kochen. Er kriegte vor Ärger sogar die Nüstern gebläht und schoss eine Ladung heißen Dampf auf mich ab. Das war in dieser Höhenlage nicht schlecht. Letztlich war Berkom etwas indigniert über sich selber und das bewirkte gerne mal, dass man dann erst recht patzig wurde. Er hatte bei seinem Drachengefährten Trost und Schutz gesucht und das war ihm inzwischen aufgegangen. Ein Drache suchte keinen Trost und keinen Schutz, er war ja schließlich ein Drache. Bei seinem Drachengefährten war das selbstverständlich etwas ganz anderes, der durfte das ständig und dauernd. Nun ja, auch nicht ständig und dauernd, aber jedenfalls war das so herum völlig in Ordnung. Anders herum war es ein harter Brocken zu verdauen. Ich wollte ihn daran in Ruhe herumkauen lassen, aber das wurde nun nichts. Wir bekamen einen handfesten Streit. Mir wurde das unheimlich. Unsere Kraft brauchten wir außerdem wahrlich für andere Dinge, als uns gegenseitig an die Gurgel zu gehen. Oder lag es daran, dass ich Berkom zu nahe gekommen war? Die Grenzen zwischen ihm und mir hatten sich in den letzten Tagen für mich mehr als einmal verwischt, und das in ganz unterschiedlichen Ausprägungen und Stärken. War das alles nur Halluzination gewesen oder war es doch mehr? Das ließ mich zusammenschauern. Der Drache hatte in seinem Gezanke mit seinen Krallen einige Pfund Steine und Felsbrocken verschoben. In diesem zerwühlten Geröll stand er und war plötzlich still. Er guckte mich konsterniert mit schief gelegtem Kopf an. *Halluzination?* Also gut. Dann war es wirklich gefährlich für mich. *Klasse. Das Chamäleon kommt auch schon dahinter, dass es keine gute Idee ist, in einen Drachen mutieren zu wollen.* Ich hatte genug. So konnte man nicht vernünftig diskutieren. Überhaupt gab es sowieso nichts zu diskutieren. Ich drehte mich um und marschierte los. Diesmal spielte der Drache beleidigte Leberwurst und ließ mich anstandslos gehen. Ich brachte erst einmal eine ordentliche

Entfernung zwischen uns und dann atmete ich durch. Ich konnte endlich anfangen zu zittern. Mit einem Drachen zu streiten war eigentlich unmöglich. Ein Drachengefährte konnte per se faktisch so gut wie überhaupt nicht gegen seinen Drachen aufbegehren. Streit war lebensgefährlich. Ich setzte mich eilig hin und beugte mich vornüber. Der Schock ließ die Welt um mich kurzfristig verschwimmen und Übelkeit stieg in mir hoch. Es dauerte ein bisschen, dann wurde es besser. Dieser verdammte Drache! Und meine Empathie, die mir immer wieder einen Streich spielte! Ich musste das in den Griff kriegen, sonst eskalierte die Situation irgendwann einmal zu unser beider Schaden. Wenn der Drache seinen Drachengefährten angriff, war es das. Für beide.

Wie leicht ließ sich ein Drache provozieren? Drachengefährten wurden aus gutem Grund fest an ihren Drachen gebunden, mehr oder weniger versklavt. Es war nichts anderes als ein Schutzmechanismus für sie selber, aber auch für den Drachen.

Die Gletscherspalte

Mir wurde erneut schlecht. So langsam bekam ich eine Ahnung davon, was ich Berkom in aller Unschuld zugemutet hatte und wie oft das schon hätte schiefgehen können. Aber wie um Himmels willen sollten wir damit zurechtkommen? Das Zittern setzte wieder ein. Ein leiser Windhauch fächelte mir frische Luft zu, strich mir durch die Haare. Ich fühlte mich mies. Da hinein stieß der Geruch nach Jurks und lenkte meine Aufmerksamkeit automatisch in eine andere Richtung. Angespannt, mit ansteigendem Adrenalinspiegel im Körper stand ich aufrecht witternd da und merkte das erst einige Momente später. So viel zu Instinkten. Die Jurks galt es auszukundschaften, dann konnte ich Berkom rufen. Bis dahin hatte der sich hoffentlich ein wenig eingekriegt. Ich suchte nach der Windrichtung und berechnete, wo sich die Tiere ungefähr aufhalten mussten, dann ging ich eilends los. Es war eine ganze Herde und sie lagerte in einem kleineren Hochtal. Der auflebende und umgesprungene Wind hatte ihre Anwesenheit verraten. Ich schlich mich nach allen Regeln der Kunst an und hockte mich hinter einem großen Felsbrocken auf der Anhöhe östlich des Tals hin. Mir lief der Speichel im Mund zusammen, es war fürchterlich peinlich. Jetzt fing ich schon an, wie ein Hund im Angesicht seines Futters, zu sabbern. Die Jurks schienen noch zu dösen, sie sahen jedenfalls ausgesprochen friedlich aus und hatten meine Anwesenheit sichtlich nicht bemerkt. Vorsichtig zog ich mich kriechend von der Anhöhe zurück, bis ich außer Sicht war. Ich ging in die Hocke und drehte mich um, dann erstarrte ich.

Ich war den Hang so weit hinuntergekrochen, bis es für mich sicher erschien, dass die Jurks von meinen Bewegungen nichts mitbekamen. Der Hang grenzte an die Abhänge einiger anderer Hügel. Zu meiner Linken standen knapp unter dem Scheitelpunkt auf diesem nächstgelegenen Hügel einige Felsenporks. Ich hatte nicht gedacht, dass diese Biester ein solches Verbreitungsgebiet hatten. Ich hatte nicht gedacht, dass ich jemals wieder in eine solche Konfrontation geraten würde. Entgeistert starrte ich nach oben. Ich fühlte mich so hilflos wie ein Jurk. Die Felsenporks hatten nichts anderes getan als ich. Sie hatten sich im Windschatten an ihre Beute herangepirscht.

Ansatzlos raste ich mit Höchstgeschwindigkeit davon. »Berkom!« Mein gleichzeitig mentaler Schrei war durchdringend, aber ich wusste auch, dass der Drache nicht in wenigen Sekunden bei mir sein konnte. Ich musste ein bisschen Zeit schinden. Vielleicht würden die Felsenporks sich auch zuerst die Jurks vornehmen und mich außen vor lassen. Das stellte sich als Wunschtraum heraus, denn die Felsenporks legten die Reihenfolge anders fest. Sie wollten als Erstes mich erwischen und sich danach um die Jurks kümmern.

Ich rannte. Eine rennende Beute war wohl sehr verlockend. Ich hatte keine Chance.

Ich erreichte noch den nächsten Hügelkamm, aber knapp unter dem Scheitel hatten sie mich eingeholt. Die Felsenporks jagten still. Ich hörte nur das näher kommende Hecheln und dann die hetzenden Schritte ihrer Pfoten, dann sprang der vorderste Verfolger mich an. Er traf mich in den Rücken und ich stürzte den letzten Meter des Hügels hinauf, überschlug mich mit dem Felsenpork zusammen und kugelte über den Kamm. Dahinter fiel der Hang steil ab und der Felsenpork und ich fielen beide den Steilhang hinunter. Die restliche Meute hielt rechtzeitig an und stierte uns hinterher. Der Fall dauerte nicht zu lange, aber lange genug, um mir sämtliche Gedanken aus dem Kopf zu pressen. Ich drehte mich in der Luft, verlor die Orientierung und krachte gegen den Felsen. Das minderte die Fallgeschwindigkeit nur partiell. Dann wurde der Steilhang flacher, ich prallte erneut gegen Felsen, wurde herumgeschleudert und schlug im Schnee auf. Die Wucht des Aufpralls ließ mich noch ein paar Mal überschlagen, dann blieb ich liegen. Der Schnee war nicht wirklich weich, sondern ziemlich hart. Ich schnappte nach Luft. Es dauerte allerdings nur eine knappe Sekunde, dann hatte ich den Kopf oben, um nach den Felsenporks zu suchen. Der eine, der mit mir hinuntergefallen war, war ein wenig weiter weg geschleudert worden, zuckte und schien sich verletzt zu haben. Er kam jedenfalls nicht auf die Füße. Dafür sah ich, dass die restliche Meute bereits den halben Abstieg hinter sich hatte. Sie waren wirklich gute Kletterer. Ich schätzte das überhaupt nicht. Vorsichtig bewegte ich meine Arme und Beine, aber ich schien zumindest so weit intakt zu sein, dass ich es mit Aufstehen versuchen sollte. Ich stand dann nicht einfach auf, sondern kam auf die Beine und raste sofort in vollem Tempo davon. Die heranhetzenden Felsenporks waren ein starker Anreiz dafür, die Beine in die Hand zu nehmen und nach Blessuren später zu suchen.

Ich rannte über den Schnee, der so hart war, dass ich nicht übermäßig einsank. Ich machte mir überhaupt keine Gedanken darüber, wieso sich eine große Schneefläche vor mir ausbreitete, ich rannte um mein Leben. Im Rennen blickte ich zurück und sah, dass die Felsenporks aufholten. Man sollte nie in die eine Richtung sehen und in die andere Richtung mit voller Pace rennen. Als meine Füße in der Luft strampelten, wurde mir das schlagartig klar. Es war zu spät. Zum zweiten Mal stürzte ich ab. Diesmal hatte ich eine Spalte im Schnee übersehen. Es war eine ziemlich tiefe

Spalte. Sie war keineswegs so tief wie der Steilhang, den ich eben hinuntergepurzelt war, aber tief genug. Unten landete ich ohne große Abfederung auf einem eisharten Boden und das tat gemein weh.

Diesmal blieb ich liegen und konnte mich nicht mehr rühren. Oben an der Spalte erschienen die Felsenporks und stierten auf mich hinunter. Ich lag auf dem Rücken und starrte zurück. Wenn sie jetzt auch in diese Spalte hinuntergeklettert kamen, war es um mich geschehen. Die Felsenporks schnüffelten am Rand entlang, dann verschwand eines der Tiere, tauchte wieder ein paar Meter weiter auf, andere bewegten sich ebenfalls nervös hin und her. Ich konnte mich immer noch nicht rühren, obwohl ich gerne dringend irgendwohin geflüchtet wäre. Ich wusste zwar nicht wohin, aber zuzusehen, wie die Felsenporks nach einer Stelle suchten, wo sie an mich herankommen konnten, machte überhaupt keinen Spaß. Dann schien die Meute noch aufgeregter zu werden und das eine oder andere Tier schien sich von der Spalte zu entfernen. Was ich dann hörte, ließ mich in Schweiß ausbrechen. Es war ein vielstimmiges, heiseres, leises Heulen und Jappen und dazwischen ertönte ein grausiges, leises, schrilles Kreischen. Die Felsenporks waren nicht mehr zu sehen. Ich hörte auch nichts mehr, als ab und zu entfernt etwas wie ein mehrstimmiges Knurren und Keifen. Ich konnte nur vermuten, dass sie sich über den verletzten Pork hergemacht und ihn getötet hatten. Vermutlich fraßen sie ihn jetzt. Mir wurde flau und ich versuchte, ob ich mich bewegen konnte. Es ging immer noch nicht, die Lähmung hielt an. Ich spürte meinen Körper nicht. Berkom, wo blieb nur der Drache! Jetzt jammerte ich nach ihm. Verdammt, wo war er bloß! *Gleich*. Gleich war gut. Vor zehn Minuten wäre besser gewesen. Ach verdammt, gleich war sehr gut. Gott sei Dank, mein Drache kam. Ich fing sofort an, mich besser zu fühlen. Leider konnte ich mich immer noch nicht bewegen. Ein Schatten fiel über die Spalte, dann sah ich den Kopf meines Drachen. Die Erleichterung, die mich überflutete, war enorm. Ich brachte erst einmal überhaupt nichts heraus. Was auch nicht nötig war, der Drache wusste auch so, was ich wissen wollte. *Sie sind weg*. Na klar, wenn ein Drache angesaust kam, um seinen Drachengefährten zu verteidigen, dann gaben Felsenporks Fersengeld. Hatte ich mir so gedacht. Aber es war ungemein erleichternd, das dann doch direkt zu hören. *Brenn, steh auf*. Dem Drachen gefiel überhaupt nicht, dass ich immer noch da unten herumlag. Die dringliche Bitte brachte mich dazu, einen etwas entschiedeneren Versuch zu unternehmen. Zuerst gelang mir nur ein seltsames Wackeln und undifferenziertes Wedeln mit Armen und Beinen, dann schaffte ich es, mich auf die Seite zu drehen und auf die Knie aufzurichten. Die Hände auf den Boden gestützt, musste ich eine Pause einlegen. Jetzt sah ich auch, dass ich auf Eis gelegen hatte.

Rund um mich herum bestand alles aus Eis, der Boden, die Wände, alles war aus Eis. Vorsichtig stand ich auf und stützte mich gegen die glatte Eiswand. Mir wurde nur ein wenig schwindelig, dann spürte ich, wie mein Blutkreislauf einsetzte und dass ich immer noch einen funktionierenden Herzschlag hatte. Komischerweise spürte ich meinen Körper immer noch nicht richtig. Ich konnte mich jetzt zwar bewegen, aber ich hatte kein Gespür für meine Hände, Füße, den Rücken oder sonst etwas. Ich begriff, dass ich mich gegen eine glatte Eiswand stützte, aber ich fühlte das nicht so richtig. *Komm nach oben*. Ja, sehr gerne. Ich hob meinen Kopf und begann die Eiswand nach einer Stelle abzusuchen, an der ich hinaufklettern konnte. Die Felsenporks waren nicht hinuntergeklettert. Mir wurde klar, warum. An einer eisglatten Wand konnte man nicht hinunterklettern. Man schlug einen Pickel ein, seilte sich ab und das war es. An eisglatten Wänden konnte man auch nicht hinaufklettern. Ich stand unten, guckte die Wand an und fühlte mich sterbenselend. Berkom wurde unruhig. *Was ist jetzt?* Wo war ich hineingefallen? In eine Gletscherspalte? Jeder, der sich in den Bergen aufhielt, tat gut daran, über Gletscherspalten Bescheid zu wissen. Man mied sie wie die Pest. Man fiel garantiert nicht hinein. Wenn man hineinfiel, hatte man ein größeres Problem. Normalerweise musste dann die Bergwacht anrücken. Wenn die Bergwacht nicht kam, blieb man meistenteils verschollen. Hier gab es keine Bergwacht.

Ich fühlte mich so, als hätte man mir die Füße weggezogen, in meinem Kopf rauschte es. Ich versuchte die aufsteigende Panik zu unterdrücken, weiter denken zu können. Es ging nicht so einfach, aber es gelang mir schließlich doch, die Spalte zu untersuchen, in die ich gefallen war. So weit ich sehen und tasten konnte, änderte sich leider Meter um Meter nichts. Ich war völlig durcheinander, aber der Drache drang schließlich doch zu mir durch. *Brenn, was ist los?* »Das ist ein Gletscher, richtig?« *Ja, das ist ein Gletscher.* »Ich bin in eine Gletscherspalte gefallen.« *Gletscherspalte.* »Berkom, ich komme hier nicht raus.« Ich lehnte mich an die eisige Wand und fühlte mich nur noch miserabel. Der Drache stieß ein entgeistertes Röhren aus. Dann begann er den Rand der Spalte aufzureißen. Eisbrocken regneten auf mich hinunter, ich zog den Kopf ein und brachte mich schnell außer Reichweite. »Hör auf, du kannst dich nicht bis zu mir heruntergraben.« Berkom riss weiter an der Kante herum und es dauerte noch einige Minuten länger, bis er die Vergeblichkeit seiner Bemühungen einsehen konnte. Die Spalte war natürlich auch viel zu schmal, er kam nicht zu mir hinunter, um mich herausfliegen zu können. Das war also das Ende? Das war es. Das Ende. Der Tod. Der Tod für mich. Der Tod für ihn. Meinen Drachen.

In meiner Kehle sammelte sich eine Art Heulen, ein lang gezogener Klagelaut, den ich mit Macht zurückdrängte. Berkom gelang das nicht. Sein schauriger Schrei sträubte mir die Haare und trieb meinen Adrenalinpegel in ungeahnte Höhen. Ich wollte meinen Drachen erreichen und kam nicht zu ihm durch. Vielleicht kam ich auch nicht mehr zu mir selber durch. Die absolute Panik, die in heftigen Wellen von meinem Drachen ausging, pulste durch mich hindurch und überschwemmte mich. Hilflos wurde ich geschüttelt und schlug meine Finger zu Krallen verkrümmt in die eisige Wand. Ein roter Strom erreichte mein Gehirn und fegte Barrieren und Schranken hinweg. Schlagartig verdrehte sich die Welt vor mir. Ungeahnte Kraft sammelte sich in meinem Körper, Kraft stand meinen Muskeln zur Verfügung, die alles in den Schatten trieb, was ich je zuvor gespürt hatte. Meine Augen bohrten sich durch die Eiswand vor mir. Ein Gedanke huschte vorbei, die ganze Wand zu sprengen, mit der Kraft, die durch mich schoss. Hitze brandete in meinem Körper auf. Ich sah hoch, aus der Spalte hinaus in den Himmel. Mein Blick erfasste den Drachen. Seine Augen waren leblos, sein Körper zu Fels erstarrt, grau, ein großer Gesteinshaufen.

Der entsetzte Schrei kam mir nicht über die Lippen, eine neue Kraftwelle schwappte über mich hinweg, eine neue Hitzewelle traf meinen Körper. Der Drache in mir entfaltete seine Flügel. Ich merkte, wie die letzten Reste meiner Menschlichkeit wie Laub von den Bäumen in einem Herbststurm davongeweht wurden. Ich wollte nach diesen Blättern haschen und konnte es nicht mehr. Mein Körper ging in Flammen auf. Die Flammen fraßen sich durch meine Blutbahnen und brachten das Blut zum Sieden. Die Eiswand an meinen in sie verkrallten Händen begann zu schmelzen und feine Dampffäden zogen nach oben aus der Spalte hinaus. Mein Atem war heiß, dampfte vor meinen Augen.

Ich zog die Hände aus der Wand und betrachtete mit entferntem Interesse die Löcher, die sie hinterlassen hatten. Dann schlug ich meine Krallen höher in die Wand und riss die Wand auch dort auf. Meine Pranken fanden Halt im ewigen Eis.

Ich konnte nicht länger zögern, denn mein Körper begann unter der Hitze zu zerfallen. Eiweiße lösten sich auf und mein Gehirn begann zu brodeln.

Ich stieg die Wand hinauf, ohne bewusst noch wahrzunehmen, was ich tat. Ich stützte mich auf den Schnee des Gletschers und die Hitze ließ den Schnee unter mir davonschmelzen, sodass ich einbrach. Ich schrie, ein heller Schrei wie der Schrei einer Möwe über der Meeresdünung. Der Drache schloss die Lider seiner Augen und öffnete sie mit einem sengenden Blick. Der Himmel zerbrach in Tausende schwarze glänzende Edelsteine und fiel in meine ausgestreckten Hände. Dann schob sich das Firmament zu einem Punkt zusammen und breitete sich wieder aus. Mein Körper zuckte und wand sich in den verebbenden Wellen einer Qual, die ich nicht mehr fühlte. Ein inneres Auge in mir schloss sich und nahm mich mit. Der Drache beugte sich über mich und ich wurde ohnmächtig.

Die Ohnmacht hielt mich zwei Tage in ihren Klauen und als ich endlich wieder zu mir kam, war ich hilflos wie ein neugeborenes Kätzchen. Berkom fütterte mich, was höchst ungewöhnlich war und wohl einzigartig, denn Drachen fütterten niemals irgendetwas unmittelbar, nicht einmal ihren eigenen Nachwuchs und hatten dafür eigentlich keine ererbten Anlagen. Ungebeten erhielt ich

Auskunft darüber, dass er mich in den verbliebenen zwei Tagen nicht nur beschützt hatte, wie das ebenfalls für einen Drachen, noch dazu einen männlichen, absolut außerhalb der gewohnten Bahnen lag, sondern mir auch immer wieder eine Ganzkörpermassage verpasst hatte, um den Kreislauf anzuregen und zu stabilisieren. Die Selbstheilungskräfte meines Körpers hatte er damit auch aktiviert. *Ungewöhnliche Vorkommnisse erfordern ungewöhnliche Maßnahmen.* Ich fühlte mich immer noch nicht ganz wieder bei mir. *Du bist wahrscheinlich das Ungewöhnlichste, was mir je in meinem Leben unterkommen wird.* Ich grinste zittrig. Ich fühlte mich zittrig. Ich fühlte mich immerhin wieder irgendwie. Der Drache hatte sich wieder um mich geringelt und wärmte mich in dem Schutzwall seines Körpers. Meine Jacke lag unter mir, was meinen zittrigen Fingern immerhin erlaubte, sich in etwas Wohlbekanntem zu vergraben. Etwas anderes Wohlbekanntes holte mich aus meinem aufkommenden Eindämmern. Der Geruch meines Drachen umgab mich mit höchster Intensität. Ich schnupperte. Berkoms Odeur war aromatisch, würzig und vielschichtig. Das hier war der Geruch eines Drachen. Der reine und sanfte Geruch nach Wildnis aus den Tagen in den Drachenbergen streifte meine Erinnerung. *Auch Drachenbabys haben einen angeborenen Schutz. Kein Höhlenbär könnte ein Drachenbaby über den Geruch identifizieren. Er würde, wenn er es nicht sieht, nicht beachten und vorbeigehen.* Mein Drache hatte den Geruch der Jugend abgestreift und seinen eigenen Geruch entwickelt. Dies hier war er, individuell und unverwechselbar. Ich schnupperte nochmals und schlief mit einer Nase voll Berkom ein.

Die Tage danach waren ausgesprochen unangenehm. Mein Körper erwachte zum Leben und machte mir selbiges zur Hölle. Ich wusste nicht, wie ich liegen sollte, und konnte mich nicht auf den Füßen halten, um irgendwo anders hinzukommen. Ich konnte nicht ständig stöhnen, weil das Berkom derartig unruhig machte, dass ich es mir bald verkniff. Ich wäre zu gerne vor mir selbst davongelaufen. Wenn ich das nur gekonnt hätte. Wir lagerten direkt neben dem Gletscher, Berkom hatte mich an der Jacke gepackt und von dem Eis heruntergeschleift, aber dann nicht mehr viel weiter wegbringen wollen. Er hatte zunächst abwarten wollen, was alles in mir und an mir kaputtgegangen war. Alles in allem hatte ich mächtigen Dusel gehabt. Neben ein paar Schürfwunden war mein Körper kräftig gestaucht worden, was mir das Leben sauer machte, aber ich hatte mir nichts gebrochen. Die Drachennatur hatte einige Verletzungen schlicht ausgebrannt und mein Gehirn und meinen Organismus nicht bleibend geschädigt. Allerdings war mir nicht klar, ob dieser Eingriff nicht doch irgendwelche Verschiebungen hinterlassen hatte. Nach den Überlebenschancen bei einem solchen Vorkommnis fragte ich Berkom lieber nicht. Ich befürchtete, ich würde keine Antwort bekommen, was dann Antwort genug gewesen wäre. Für den Augenblick hatten wir es jedenfalls beide überlebt und das musste mir momentan genügen. Das tat es auch rundum. Ich war außerdem ausreichend damit beschäftigt, meine Wunden zu lecken. Genauer gesagt tat Berkom das und ich fühlte mich ausgesprochen unwohl dabei. Diese Hilflosigkeit stieß mir sauer auf. Die erstbeste Gelegenheit nutzte ich, um mich auf Berkoms Rücken zu hieven. Ich wollte von diesem Gletscher weg, obwohl Berkom das eigentlich ablehnte. Der Gletscher versorgte uns mit Wasser. Auf dem Gletscher lag der zerrissene Körper eines Felsenporks. Es gab da eine äußerst unangenehme Gletscherspalte. Ich wollte weg. *Der Felsenpork hat nicht schlecht geschmeckt.* Ach danke, das interessierte mich wirklich nicht. Eigentlich wollte ich das weder wissen noch darüber nachdenken müssen. *Sei nicht so empfindlich. Merk dir das lieber.* Ich war zurzeit lieber empfindlich und wollte mir nicht einprägen, dass ich mich von Felsenporks ernähren konnte. Der Drache seufzte ein wenig und rückte sich um mich herum zurecht. Ich hoffte, diese Angewohnheit, sich schützend um mich zu ringeln, würde sich nicht verfestigen. Genau aus diesem Grund heraus kämpfte ich mich in die Höhe und arbeitete mich auf den Drachenrücken hinauf. Nach der Plackerei hing ich da oben heftig schnaufend und forderte den Drachen dazu auf, sich auf die Hufe zu schwingen und den Abflug zu machen. Ich erntete ein vorwurfsvolles Kopfschütteln. Jetzt hatte er mich so sorgfältig gebadet, gewickelt und gefüttert und jetzt wollte ich all diese Mühe wieder zunichte machen. Mir ging es wirklich nicht besonders und genau deswegen wurde ich wütend. Ich raunzte den Drachen an und daraufhin gab er nach und stand auf. Ich blieb sogar oben. Dann wanderte Berkom los und er tat es wirklich mit einer besonderen Vorsicht, die mich gleich wieder rührte und meine Wut verrauchen ließ.

Zu unser beider größtem Erstaunen war dieses Reiten für mich wie eine Medizin. Die vorsichtige, ruhige und sanfte Bewegung tat mir ungemein gut. Die Verkrampfungen im ganzen Körper lockerten sich langsam. Verschiedene Dinge schienen sich in meinem Inneren einzurenken. Ich hatte zwar immer noch Schmerzen, aber sie waren erträglicher. Ich schlief ruhig und erholte mich zusehends. Natürlich mussten wir längere Pausen einschalten, denn Berkom brauchte nicht zu wenig Zeit für die Jagd. Aber das war kein Problem, denn ich war nur froh, dass es überhaupt etwas zu jagen gab. Diesmal setzte ich mich durch und sorgte dafür, dass er den Löwenanteil an der Beute bekam. Wenn ich ein wenig hungerte, war das nicht so schlimm. Der Drache musste mein Gewicht mitschleppen und brauchte alles, was wir zusammenkratzen konnten.

Am dritten Tag unserer Wanderung wachte ich dann schließlich gänzlich auf. Wir hatten uns kontinuierlich fortbewegt, aber eben zu Fuß. Wir waren nicht das kleinste Stückchen geflogen. Wie war das möglich? Wohin gingen wir? Über die Berge zu kommen war nur im Flug möglich. Wo waren wir? Berkom wackelte ein wenig schuldbewusst mit dem Kopf. Das war natürlich nur Show, denn wenn er wirklich Schuldgefühle gehegt hätte, hätte ich das natürlich gewusst. *Du wolltest doch unbedingt weiter.* »Na und?« *Und Fliegen wäre noch zu viel gewesen.* »Okay. Und?« *Also dachte ich, wäre es praktisch, wenn wir wieder ein bisschen mehr in die Richtung vom Drachenpfad gelangen könnten.* Oh, wir waren also deutlich von dem normalen Weg, den die Drachen über das Gebirge nahmen, abgekommen? *Na ja, ein wenig schon. Ich hab das aber schon ganz gut korrigiert.* »Macht das was aus?« Berkom zuckte mental mit den Schultern. Das wusste er tatsächlich nicht. Die Drachen folgten eigentlich ohne größere Abweichungen dem Drachenpfad. Ich hatte langsam die Nase voll von unserem Sonderweg. Wir könnten jetzt einfach mal so in die Gänge kommen, wie das bei allen anderen Drachen auch funktionierte. Berkom stupste mich sehr dezent mit der Schnauze an. *Du warst von Anfang an kein Durchschnitt. Ich glaube nicht, dass du das noch werden kannst.* Damit hatte er allerdings recht. Ich hatte einen Drachen in mir beherbergt. Damit stand ich vermutlich ziemlich alleine da. Ich ließ Berkom sich hinlegen und setzte mich selber an seine Vordertatze. Ich lehnte mich an seinen Fuß und legte meine Hand an ihn. »Macht dir das etwas aus?« Das würde wohl für den Rest unserer gemeinsamen Tage so bleiben. Wenn ich etwas, was uns beide im Innersten berührte, ansprach, würde ich dabei immer seinen Vorderlauf berühren wollen. Der Drache blieb liegen, was ich anschließend honorierte, aber ein heftiges, entfernt an ein Wiehern erinnerndes Geräusch schüttelte ihn und ließ mich mitbeben. So einen Ton hatte ich von ihm noch nie gehört. *Du malst die Berge mit Farben an. Du holst Sterne vom Himmel. Du sprichst von Dingen, die kein Mensch einem Drachen sagen würde. Und jetzt fragst du mich, ob es mir etwas ausmacht?* »Äh.« Ich bekam nur diese höchst intelligente Äußerung zustande. Der Drache bog seinen Hals in einem fast unvorstellbaren Winkel und schnaubte mir direkt ins Gesicht. *Ich denke, dass ich für das, was man so gemeinhin für angemessen hält, verdorben bin.* Warum ich aufstand und ein paar Schritte vortrat, wusste ich nicht. Vermutlich hatte der Drache mich dazu aufgefordert, ohne dass es mir wirklich bewusst wurde. Berkom stand ebenfalls auf. Der Drachenkopf schwebte über mir. Das Maul öffnete sich in genau dem richtigen Abstand über meinem Gesicht, um mir den differenzierten Anblick eines furchterregenden Drachengebisses zu eröffnen. Dann schoss das geöffnete Maul auf mich herab und packte meine rechte Schulter. Der Drache schüttelte mich, sodass mir die Zähne klapperten, und hielt mich dann fest. Ich hing in dem Drachenmaul und versuchte die Dinge auf die Reihe zu bekommen. Irgendetwas schien falsch zu laufen. Ich konnte nur vermuten, dass Berkom mir, nachdem er mich bei dem vor Jahrhunderten vergangenen Gletscher schon mal links gepackt hatte, jetzt bei einem real existierenden Gletscher auch auf der anderen Seite den Abdruck seiner Zähne zukommen lassen wollte. Aus ästhetischen Gründen der Symmetrie sozusagen. Bloß wieso ausgerechnet jetzt? *Macht dir das etwas aus?* Scheiße. Die Zähne drückten. Ich kannte das Drachengebiss, ich wusste, wozu es gedacht war. Ich schniefte unglücklich und ließ den Kopf ergeben hängen. »Das ist eine unzulässige Frage. Du weißt ganz genau, wie weit du gehen kannst, bevor du mir schadest. Wenn du nicht gerade zu toben beginnst.« Der Drache verstärkte den Druck seiner Zähne. Ein deutlich mulmiges Gefühl beschlich mich. Kein Drache tat so etwas seinem Drachengefährten an. Kein Drache würde seine Zähne seinem Drachengefährten so zu schmecken geben. Ich hob meinen Kopf und lehnte ihn an den Drachenkopf, lehnte mich bewusst in den Druck der mörderischen Reißzähne hinein. »Angemessen.« Der Drache gab mich frei und meine wackeligen Beine trugen mich keine zwei Schritte weiter. *Scheiße*. Der heiße Atem des Drachen fauchte über mich hinweg. Dann bekam ich eine Drachenzunge quer über den Nacken und als ich zusammenzuckend unwillkürlich hochruckte, auch noch über das Gesicht. *Du bist ein Scheißkerl*. Der Drache seufzte. *Ich werde uns, so gut es geht, in die Nähe des Drachenpfads bringen. Wenn es nicht geht, fliegen wir direkt über den nächsten Pass. Wir entscheiden das morgen Abend. Okay?* »Okay.« Ich hoffte bloß, dass ich bei den nächsten Entscheidungen nicht wieder die Zähne zu spüren kriegen würde. Darauf konnte ich dann doch verzichten. Sehr gut sogar.

Wir flogen dann tatsächlich. Ich fühlte mich für einen Versuch fit genug und wollte unbedingt endlich aus diesem Gebirge herauskommen. Wir hatten genug Zeit vertan. Berkom sah das anders. *Erwartet uns irgendjemand zu einem bestimmten Zeitpunkt irgendwo Bestimmtes? Bricht die Welt zusammen, wenn wir nicht in den nächsten Stunden einen bestimmten geografischen Punkt überquert haben?* »Der Winter …« *… kann uns nichts anhaben. Diese lausigen kleinen Hügel vor uns nehmen wir mit links*. Der Drache blähte angeberisch die Nüstern. Ich war nicht so überzeugt. Und ja, doch, ab und zu hatte ich so einen Rückfall in menschliches Verhalten, das sich einfach liebend gern an einem Terminkalender orientierte. Wenn die ganze Welt um einen zu Bruch ging, war es doch so beruhigend, wenn man feststellte, dass morgen die Mülltonnen auf die Straße gestellt werden mussten. Mit einer gewissen Beunruhigung erkannte ich, dass mir die Mülltonnen zu fehlen begannen. Mein altes Leben hatte nicht viel

Raum für Tradition und Brauchtum gelassen, aber irgendwo war die Möglichkeit dazu immer latent vorhanden gewesen, nur darauf wartend, dass sie ergriffen wurde.

Hier, in diesen kahlen Bergen, konnte ich nicht mehr ausweichen. Egal wie die Welt hinter den Bergen aussehen würde, es würde für mich weder Mülltonnen noch Rasenmäher geben. Mit einem Drachen an der Seite sollte man anderen Lebewesen nicht zu nah auf den Pelz rücken, es sei denn, aus dem einen bekannten Grund. In dem Moment wurde mir ziemlich drastisch bewusst, dass ich mich viel stärker verändert hatte, als ich rein äußerlich auf den ersten Blick erkennen ließ. Ich saß auf einem Felsbrocken an einem felsigen Hang und blickte über das Panorama des Hochgebirges. Es war ein feindliches, abweisendes Gesicht, das uns zugewandt wurde. Wir kämpften jeden Tag um unser Überleben, um Wasser und Nahrung. Es gab keine Gewissheit, dass wir fanden, was wir brauchten. Andererseits hatten wir weitreichende Fähigkeiten, um zu überleben, das war die andere Seite der Medaille. Aber der Felsen, an dem ich lehnte, war für mich weder hart noch unangenehm, sondern schlicht das Gleiche wie für einen normalen Menschen ein Küchenstuhl. Nichts Besonderes, aber eben auch nichts besonders Unangenehmes. Ein Mensch würde nie so empfinden können. Die Vorstellung von einem Hochhaus und einer U-Bahn geriet für mich zu einer befremdlichen Vision, die mich abstieß. Mit gelindem Erschrecken stellte ich fest, dass es nicht die Tatsache an sich war, dass man morgens, wenn man zur Arbeit ging, den Schrank öffnete und ein sauberes Unterhemd herausnahm, die mich abstieß, sondern es war die Tatsache, dass man sich überhaupt ein Unterhemd anzog. Das war exotisch und fremd geworden. Wenn ich Glück hatte, besaßen die Menschen in diesem Teil meiner neuen Welt keine Schränke mit so viel Unterhemden. Ich starrte weiter auf das Gebirgspanorama. Ich schlief auf nacktem Fels so unbeschwert wie ein zivilisierter Mensch in seinem Bett. Ich würde mit einem Bett nie mehr etwas anfangen können. Verdammt, nein, wahrscheinlich auch das nicht. Ich würde nie mehr so unter Menschen leben wie bisher. Das war eine Tatsache. Ich war kein Mensch mehr. Das war auch eine Tatsache. Die Berge sagten nichts dazu.

Berkom blieb sehr lange auf der Jagd. Er ließ mir für meinen Geschmack viel zu viel Zeit, um das auseinanderzuklamüsern.

Für weitere Grillen blieb dann keine Zeit mehr. Wir standen der nächsten hohen Bergkette gegenüber und wussten diesmal, was auf uns zukam. Wir wussten beide nicht, ob wir das packen konnten. Das Einzige, was uns dann dazu trieb, es einfach anzugehen, war ein kurzer, aber äußerst heftiger Blizzard, der uns diesmal eine Schneedecke hinterließ, die mir im Stehen bis an die Hüften reichte. Wir konnten von Glück sagen, dass der Drache in der Lage war, sich das untrügliche Wissen um die Bodenbeschaffenheiten besorgen zu können. Unter diesen Schneemassen konnten wir keinerlei Mulden, Ecken, Kanten, Einschnitte oder Ähnliches erkennen, aber das Gewicht des Drachen ließ ihn bis auf den Grund durch die Schneedecke brechen. Er hätte sich lässig verfangen oder verletzen können. So erkannte Berkom, wohin er gehen konnte und wo er besser wegblieb. Ich ritt und hatte es damit genial einfach. Zu Fuß sich durch diesen Schnee mühen zu müssen, hätte einen Menschen nach kurzer Zeit an den Rand der Erschöpfung getrieben und seine Überlebenschancen gen null tendieren lassen. Auch ein Drachengefährte tat gut daran, sich nicht mit solchen überflüssigen Kraftanstrengungen zu belasten. Ich trug das meine für uns dazu bei, indem ich mit dem Drachenblick die vor uns liegenden Berge abcheckte. Der Weg, den ich Berkom vorschlug, war deutlich länger, als wenn wir es direkt und fliegend versucht hätten. Aber so konnten wir fast überwiegend zu Fuß eine erkleckliche Menge an Höhenmetern gutmachen.

Der Blizzard hatte uns eine kleine Verschnaufpause gegönnt, aber der Wind lebte ziemlich schnell wieder auf. Der Schnee wurde hochgeweht und vernebelte unsere Sicht zusätzlich. Wir stapften durch eine Art eisigen Sandsturm. Normalerweise hätten wir uns unter diesen Umständen in eine Höhle oder etwas Ähnliches verzogen und abgewartet, bis es besser wurde, aber Berkom teilte mir mit, dass der Wind nicht so bald aufhören würde, und damit hatte Warten keinen Sinn. Ich hatte den Kopf eingezogen und verkroch mich in den Resten meiner Jacke. Atmen war in den Böen, die den feinen Schnee aufwirbelten, schwierig. Es hörte ja auch nicht einfach mal nach einer Viertelstunde auf und wir konnten uns auch nicht, wie das mal früher so üblich gewesen wäre, nach einer unerquicklichen halben Stunde oder so in ein nettes Haus mit einem noch netteren Wohnzimmer zurückziehen. Es wurde dunkel, es wurde Nacht und der Wind pfiff immer noch sein entnervendes Lied. Diesmal war ich gewappnet. Als ich merkte, wie der Wind sich in mir fing und meine Nervenbahnen im selben Takt zu vibrieren begannen, fing ich mich rechtzeitig ab und setzte meine Konzentrationsübungen dagegen. Der Erfolg war für mich überraschend durchschlagend. Die ätzende Mühsal unseres Wegs verlor ihre umfassende erdrückende Macht. Das war etwas, was wir schlicht tun mussten. Das war etwas, was wir schlicht tun konnten. *Siehst du*. Ja, ja, ich war manchmal etwas langsam, aber letztlich kapierte ich es dann ja doch. Wir teilten eine ausgesprochene Zufriedenheit mit einer Art flamingofarbenem Rosa. Gegen Morgen drückten wir uns hinter eine scharfe Felsnase, die einen schmalen Einschnitt abdeckte. In der geschützten Ecke hatte sich der Schnee angehäuft und Berkom beschäftigte sich damit, den hinauszuexpedieren. Damit hatten wir dann ein nasses Fleckchen Felsen mit ein wenig verdreckten, platt gedrückten Schneeflecken und vor uns einen kleinen Schneewall. Darüber konnte man den vorbeitanzenden Schneewolken zusehen. So was von gemütlich. Berkom legte sich hin und ich verkroch mich zwischen seinen Vorderläufen.

Wir schliefen kurz und machten uns ziemlich bald wieder auf den Weg. Die Helligkeit des Tages war ziemlich diffus, denn der Schnee wirbelte im Wind weiter um uns herum und nebelte uns ein. Außerdem war der Himmel grau von neuen Schneewolken, die ihn gänzlich bedeckten. Es fing dann auch ziemlich bald an zu schneien. Darunter mischten sich auch noch ab und an ein paar spitze Eiskörner. Gegen Mittag fanden wir überraschenderweise ein kleines Loch in einem Felsen, in dem sich Wasser gesammelt hatte, das jetzt natürlich gefroren war. Berkom taute es auf und wir tranken die Pfütze leer. Sehr viel war es leider nicht. Berkom schleckte ein wenig Schnee auf und fand es ausgesprochen unbefriedigend. Ich nahm auch eine Handvoll Schnee und gab ihm recht. Wir tappten weiter, das heißt, Berkom tappte durch die Schneewehen und ich hockte zusammengekrümmt auf ihm. Am meisten half uns das Wissen, dass die Schneewehen in Kürze aufhören würden. Wir kamen in die Höhenlage, wo der Schnee sich an den Steilhängen nicht mehr halten konnte. Wir wussten auch, dass der Schneefall in Kürze überhaupt aufhören würde. Am meisten trieb mich das Wissen voran, dass wir, wenn wir diese vermaledeiten Gipfel vor uns überqueren wollten, einen bestimmten Punkt in Kürze erreichen mussten, um eine günstige Sequenz im Zusammenspiel zwischen Tageszeit, Wind, Schnee und Terrain zu erwischen. Ich grinste nicht einmal mehr darüber, wie schnell sich die Gegebenheiten ändern konnten. Da hatte doch ein größeres Etwas vor sehr kurzer Zeit gemeint, dass irgendwelche Zeitpunkte für irgendwelche geografischen Eckpunkte völlig unbedeutend seien. *Ich bleibe aber dabei. Die Welt bricht nicht zusammen, egal ob wir da rechtzeitig hinkommen oder nicht. Schön, wenn wir es schaffen, wenn nicht, machen wir etwas anderes.* »Okay. Beeile dich trotzdem.« *Ja, ja.* Menschen konnten manchmal nervtötend sein, auch wenn sie keine Menschen mehr waren. Ich überging den Nachsatz des Drachen großzügig. Schließlich ließ der Schneefall nach und hörte ganz auf. Die Schneedecke wurde dünner und blieb zurück. Der Weg wurde heftig steil und ich überlegte schon, ob es besser wäre, wenn ich abstiege, da war es vorbei.

Berkom kletterte über eine steile Kante und vor uns erhob sich in majestätischer Einsamkeit der riesige Bergstock. Der Plan war, dass wir, sobald der Wind günstig war, an der Bergflanke vor uns vorbeifliegen würden. Wir würden ziemlich hoch gehen, um mit möglichst minimaler Verzögerung durchzukommen, denn dahinter befand sich noch ein weiterer hoher Bergkamm. Danach hatten wir es geschafft. Nur, und das wussten wir beide, gab es in diesem Gebirge unvorhersehbare Fallwinde und daher mussten wir unbedingt hoch genug kommen, um einen gewissen Puffer zu haben. Unsere vorausberechnete Flugbahn sah wie ein halbes umgedrehtes Trapez aus. Mein eigener Plan umfasste noch eine Kleinigkeit, die ich mir ausgedacht hatte. Berkom stand da und betrachtete den Giganten vor uns. Da wollte ich hinüber. Da sollte er hinüberkommen. Wir hätten uns noch ein bisschen weiter nach Norden durchschlagen sollen, der Drachenpfad, der dort verlief, erschien so aus der Entfernung plötzlich ausgesprochen einladend. »Das glaubst du jetzt nicht wirklich. Der Drachenpfad führt auch über dieses Massiv. Er kann gar nicht kilometerweise niedriger sein als das hier.« Berkom beäugte den Berg vor uns immer noch skeptisch. »Ich hätte uns noch was ganz anderes aussuchen können.« Ich schickte dem Drachen die detaillierte Ansicht von den Bergen zur Linken und zur Rechten. Es war eine unerquickliche Ansicht, nicht ausschließlich von dem ersten Anstieg her betrachtet, sondern vor allem auch unter dem Aspekt, was danach noch kam. Berkom seufzte. *Ich habe nie angenommen, dass du es mir schwerer machen willst, als es unbedingt sein muss.* Er seufzte noch mal. *Es ist immer noch schwer.* Der Mensch in mir sagte klar und deutlich: ›Tu's nicht, es wird ihm schaden.‹ Der Drachengefährte in mir sagte unmissverständlich: ›Es gibt keine andere Möglichkeit für dich.‹ Ich hockte auf Berkom und hatte die Wahl. Grässlich, warum hatte er mich nicht ein für alle Mal gebunden und mir das erspart. Das war natürlich völliger Quatsch. Es war nur so ein blödes Getue, denn meine Entscheidung hatte ich aus dem Bauch heraus schon längst gefällt und jetzt wollte mir nur der höchst logische Verstand einen Strich durch die Rechnung machen. Wenn ich mich verkalkuliert hatte, hatte ich das. Das musste ich dann eben hinnehmen. Nebenbei sondierte ich stetig die verschiedenen Parameter, Windstärke, Geschwindigkeit, Richtung, Wetter, Tageszeit und noch ein paar mehr. Der Drachenblick tastete sich den Weg entlang, den wir einschlagen wollten, und erfasste die dortigen Verhältnisse. Vor mir setzte sich eine vierdimensionale Matrix zusammen, die ich nicht mehr nur sehen konnte, sondern bis zu einem gewissen Grad fühlen musste. »Los!« Ich stieß Berkom sozusagen von der schmalen Kante, über die er vorhin hochgeklettert war. Ich ließ dem Drachen keine Chance, den Aufbruch zu verzögern. Überrascht breitete der Drache die Flügel aus und sprang. Kurz fielen wir haltlos ab, dann fing sich Wind unter den heftig schlagenden Drachenflügeln. Der Wind trug den Drachen und ließ uns eine waagerechte Linie, weg von dem Bergkegel, fliegen. Dann begann Berkom zu steigen. Wir wurden immer weiter weg getrieben, aber wir stiegen immer höher. Ich hatte den Wind gut ausgeknobelt. Wir hatten exakt die richtige Stelle getroffen, an der der Wind sich zwischen den umgebenden Bergen fing und nach oben stieg. Berkom drehte sich leicht um sich und schraubte sich in die Höhe. Die tanzenden Bergriesen um mich herum ließen in mir Übelkeit aufsteigen. Meine Magennerven waren mit dieser Art der Fortbewegung immer noch nicht einverstanden. Ich presste den Mund zusammen und konzentrierte mich aktiv auf etwas anderes. Wir durften nicht zu weit abgetrieben werden, sondern mussten an der richtigen Stelle aus der Aufwärtsbewegung ausscheren. Berkom stieg. Dieses einfache und leichte Hochsteigen gefiel ihm. So konnte es bleiben. Ich spürte seine Überraschung, weil es so simpel war. Ich ließ mich nicht beirren oder anstecken. Am äußersten Punkt unseres Trapezes angekommen, riss ich ihn aus seiner Aufgeräumtheit und drängte ihn auf die horizontale Linie. Wir visierten den vor uns aufragenden Berg an. Ich sah, dass wir unseren Kurs ein wenig korrigieren mussten, um in ausreichender Entfernung an ihm vorbeizufliegen. Berkom folgte meiner Anweisung gehorsam. Die ersten Meter trug uns der aufsteigende Wind noch mit, dann wurde es mühsam. Dann wurde es mühsamer. Dann musste der Drache sich anstrengen. Der Wind kehrte sich in dezenten kleinen Böen um und versuchte uns wegzudrücken. Berkom kämpfte dagegen. Ich ließ ihn den Kurs nochmals angleichen und spürte sein mentales Zähneknirschen. Diesmal ließ ich mich nicht überrumpeln und begann frühzeitig mit Atemübungen. Die Konzentration auf die Matrix musste ich gleichzeitig halten. Es war ziemlich verwirrend, denn zugleich hatte ich den Berg auch höchst real vor Augen. Die Erinnerung an einen nasskalten Tag an einem fernen Berghang in den Drachenbergen huschte vorbei und ich verdrängte sie entschlossen. Die Höhenluft würde mich diesmal nicht berauschen. Berkom keuchte. Ich spürte die ansteigende Hitze unter meinen Händen. Der Berg kam näher und je näher er kam, desto stärker wurden die Böen, die uns nach unten drücken wollten. Der Drache erreichte den Berg und der Wind nahm zu und trieb uns gegen den Steilhang. Ich hatte mich vorbereitet. Sekunden vorher wickelte ich mir die Drachenhaut um die rechte Hand und legte sie flach auf den Hals des Drachen.

Dann nahm ich vollen Kontakt auf und ließ mich mit dem Drachen verschmelzen. Es tat weh. Die Flügel zu heben war furchtbar. Der Berg tanzte vor meinen Augen, ich konnte nicht mehr genug Luft bekommen. Die Füße angezogen zu halten war zu anstrengend. Sie hängen zu lassen war der Tod. Keine Luft. Druck. Keine Luft. Schmerz. Eine dunkle Stimme sagte: *»Dreh den Kopf nach rechts.«* Das ging nicht. Der Wind drückte mich nach links. Die Stimme kam wieder. *»Dreh den Kopf nach rechts und folge mit dem ganzen Körper.«* Ich versuchte es. Es war keine Stimme, sondern ein Gedanke, der zu dieser Stimme gehörte. In der Wendung legte ich die Flügel an und streckte den Kopf vor. Wie ein überdimensionierter Pfeil bohrte sich mein Körper in den gegenläufigen Wind und schoss davon. Nach unten. *»Breite die Flügel aus und halte sie fest.«* Ich breitete die Flügel aus und legte alles an Kraft hinein, was ich hatte. Der Wind fing sich unter meinen Flügeln und schleuderte mich nach oben. *»Noch mal. Nach links.«* Ich wendete mich um 90 Grad und bohrte den Kopf erneut in den Wind, legte die Flügel an und verwandelte mich in ein lebendes Geschoss. Diesmal wurde ich noch höher geworfen und musste auf dem Scheitelpunkt flattern, um das Gleichgewicht zu halten. Wie ein Rüttelfalke. Ein Rüttelfalke? Ich wusste plötzlich, was ein Rüttelfalke war. Und tat das Gleiche, was der Falke gemacht hätte. Ich breitete die Flügel aus und ließ mich gleiten. Der Wind kam von vorne und hob mich ein wenig. Ich begann wieder mit den Flügeln zu schlagen. Luft holen. Das Blut rauschte in mir. Das Rauschen wurde lauter. Der nächste Berg huschte auf mich zu. Ich sah ihn nur noch undeutlich. Ein gerastertes Bild schob sich vor meine Augen und zeigte mir einen flachen Abhang. Ich richtete die Flügel auf und drückte sie gegen den Wind und der Schmerz war grässlich. Meine Läufe streckten sich automatisch der Erde entgegen und meine Krallen fuhren in Gneis und Schiefer. Die dunkle Stimme sagte: *»Das war sehr gut.«* Dann war sie weg.

Der Drache schlitterte eine kurze Strecke weit und legte sich keuchend auf die Seite. Ich fiel bei der Landung ohne Gegenwehr von ihm hinunter, aber weil meine Hand in die Drachenhaut gewickelt war, wurde ich heftig zurückgerissen und hing fest. Ich rutschte mit der Schlinge an der Drachenschulter hinunter und knallte gegen seine Brust und den harten Boden. Ich blieb kraftlos liegen und keuchte. Der Drache keuchte. Es dauerte ein wenig, dann fing der Drache an herumzuwirtschaften und zog seine Läufe in eine geordnetere Position. Ich wurde dabei, weil ich immer noch an ihm hing, herumgeschubst. Die Krallen seines rechten Vorderlaufs kratzten über meinen Oberschenkel. Ich hatte nicht genug Kraft, um mich außer Reichweite zu begeben. Ich schnappte immer noch nach Luft. Es dauerte ziemlich lange, bis es wenigstens partiell besser wurde. Irgendwann versuchte ich schwächlich meine Hand aus der Drachenhaut herauszuwinden. Die Schlingen hatten sich fest zugezogen und es fing an wehzutun. Das hatte ich noch überhaupt nicht gemerkt. Ich wurstelte kraftlos herum und es ging nicht. Ich musste mich in die Höhe stemmen und wäre am liebsten gleich wieder umgekippt. An den Drachen gelehnt, fummelte ich an meiner Hand herum und kriegte sie frei. Dann ließ ich mich mit größter Erleichterung gegen den Drachen plumpsen, rutschte an ihm hinunter und streckte die Beine. An den Drachen gelehnt blieb ich sitzen und schnaufte. Tat das gut. Luft einatmen und ausatmen. Ach tat das gut. *Könntest du mich das nächste Mal an deinen Überlegungen etwas frühzeitiger teilhaben lassen?* »Es hätte dir nicht gefallen.« *Diese ganzen Berge gefallen mir nicht. Da macht das auch keinen Unterschied mehr aus*. Ich ließ ein paar besänftigende lila Bläschen aufsteigen. Der Drache plierte mich von der Seite aus schräg an. *Du lügst*. Ach nun ja, man konnte es ja mal versuchen. *Das machen nur Drachen so. Drachenlist und so, du weißt schon*. Ach was? Das störte mich gerade überhaupt nicht. Berkom drehte seinen Kopf zu mir. *Einen Drachen auf dem Wind reiten zu lassen ist sehr unkonventionell. Das war jetzt wirklich interessant.* Diesmal war meine lila Blase echt. Drachen machten so etwas nicht? Na ja, irgendwie hatte ich das befürchtet. »Es tut mir leid. Ich wollte nicht schon wieder eine Konvention verletzen. Aber ich hatte keine andere zündende Idee, wie wir da sonst auf einfache Art und Weise drüberkommen könnten.« Ich konnte endlich wieder normal atmen. Ach war das schön. Ich rutschte ein wenig zur Seite und wergelte mich in eine angenehme Position an meinen Drachen hin. *Auf einfache Art und Weise. Aha*. Ich drehte meinen Kopf und schnupperte zu meinem Drachen hin. Das war Berkoms Geruch. Ach war das gut. »Klar. Bei unseren Luftkampfübungen werde ich von dir noch ganz andere Manöver verlangen.« *Luftkampf*. Ich ließ ein paar große rotgoldene Kugeln aufsteigen. »Das war eine Spitzenleistung. Du warst absolute Spitzenklasse.« Ich nahm noch eine Nase voll Drache. »Ich wollte dabei sein. Diesmal wollte ich dabei sein. War das unangemessen?« *Zusammen in Verbundenheit über diese Berge zu fliegen ist ein Geschenk. Du hast es mir geschenkt.* Eine geöffnete Hand legte sich zart um meine Seele und mit größter Erleichterung ließ ich meine Bindung hineinfließen. Der Drache hatte meine Entscheidung akzeptiert.

Wir erholten uns noch eine Weile von dem Parforceritt und danach suchten wir uns eigentlich nur noch ein vernünftiges Nachtlager.

Für einen wirklich erholsamen Schlaf reichte es ganz klar nicht. Dazu waren wir noch zu hoch und dazu fehlte uns wie immer Wasser und Nahrung. Aber wir berappelten uns so weit, dass wir der nächsten Herausforderung ins Gesicht sehen konnten. Die nächste Herausforderung bestand darin, Wasser und Futter zu finden. Wasser konnten wir tatsächlich auftreiben und es war diesmal kein Schnee, der als kümmerlicher Ersatz herhalten musste, sondern wirklich und wahrhaftig richtiges Wasser. Seltsam, wie man sich über klares, sauberes Wasser freuen konnte. Nein, eigentlich war das nicht seltsam. Es wäre eher merkwürdig gewesen, wenn es nicht so gewesen wäre. Wir tranken uns satt und machten uns an die zweite Aufgabe. Futter. Damit sah es nicht so gut aus. Wir waren einfach noch zu hoch. In der Ferne konnte ich ein paar Punkte in der Luft ausmachen. Der Drachenblick zoomte mir die erstaunlich nahe Aufnahme von ein paar kreisenden Geiern her. Das ging selbst über diese Entfernung? Jedenfalls, wo Geier kreisten, gab es Aas. Berkom zog angewidert die Oberlippe hoch. Kilometerweit für Aas laufen? Wer war er denn? Und der Felsenpork? Also gut, der war erst ganz frisch tot und noch kaum angenagt gewesen. Ich holte sehr tief Luft. Ich war selber schuld, wieso hatte ich auch fragen müssen. Ich wusste schließlich selber, dass wir auch Fleisch von Tieren zu uns genommen hatten, die schon länger als einen Tag lang tot gewesen waren. Allerdings hatten wir die immer selber erlegt. Vielleicht machte das den entscheidenden Unterschied aus. Der Gedanke an gammliges Fleisch ließ mich jedenfalls spontan würgen. Aas schied definitiv aus. Also gut, das war damit geklärt. Also suchten wir uns einen möglichst kurzen Weg in tiefere Lagen, wo das Nahrungsangebot wieder zuträglicher sein würde. Zuträglicher, ha, überhaupt vorhanden, würde es richtiger treffen. Dabei hatten wir noch den Vorteil, jungfräuliches Gebiet vor uns zu haben. Der Drachenpfad verlief immer noch ein gutes Stück nördlich von uns und dort würden sich die jagdbaren Exemplare wahrscheinlich eher rar machen. Wir sollten also hier im Gegenzug sogar letztlich bessere Chancen haben. Ich dachte sogar über Gletscherleichen nach, sozusagen tiefgefrorenen Vorrat. Abergläubisch sollte man auch nicht sein. Wieso hatte ich bloß über so etwas nachgedacht! Das mit dem jungfräulichen Boden wurde uns gründlich verdorben. Als wir auf das Gerippe stießen. Unversehens lag es uns im Weg. Wir bogen um eine Felskante und auf dem nächsten Abhang lag es da. Groß, unübersehbar. Und unverwechselbar ein Drache. Wir schreckten beide zurück und brauchten eine halbe Minute, um uns zu sammeln. Das kommt davon, wenn man den Drachenblick zu oft spielen lässt. Man verliert ab und zu den Bezug zu seiner realen Umwelt. Ich wollte schleunigst weg und Berkom wollte sich das Gerippe ansehen. Ich fand sein Verhalten morbid und Berkom mich hysterisch. *Der Drache ist tot. Das da ist ein blankes Skelett.* »Eben.« Berkom sah mich verwirrt an. »Ein Drachengerippe. Hier ist irgendwas, was in der Lage ist, Drachenhaut zu verputzen. Bist du wahnsinnig, hier bleiben zu wollen?« *Die Zeit macht vor nichts halt, auch vor einem toten Drachen nicht. Das Fleisch von Drachen zersetzt sich im Laufe der Zeit und auch Drachenhaut zerfällt irgendwann einmal, wenn sie nicht mehr genährt wird.* Ich wollte trotzdem keine anatomischen Studien betreiben. Berkom war das egal, er ging und sah sich das Skelett an. Ich starrte auf das Bild. Der lebende Drache beschnupperte den vielleicht vor Jahrhunderten gestorbenen Artgenossen. »Woran ist er gestorben?« *Ich kann nichts feststellen*. Woran starb ein Drache? Totschlag, Gift, Alter. Wurden Drachen krank? Nicht wirklich. Konnte man sie totschlagen? Sehr schwierig. Konnte man sie vergiften? Vielleicht. Es kam auf die Menge oder Art des Giftes an. Herrje, über was dachte ich da nur nach. Ich hatte eben doch einen komischen Beruf gehabt. Berkom kam zu mir zurück und holte mich ab. Sehr nett. Ich hätte es schon geschafft, alleine an dem Drachengerippe vorbeizukommen. So eine hysterische alte Schachtel war ich nun doch nicht. *Alte Schachtel?* Das ging jetzt zu weit, Berkom das zu erklären. Das würde ich mir für später mal aufheben. Das Gerippe war groß. Es konnte gut und gerne ein Felsendrache sein, der da sein Leben ausgehaucht hatte. Ich sah mir den Schädelknochen an. Das Gebiss erinnerte mich schon an ein anderes, höchst bekanntes. Warum hielten sich die Drachen an den Drachenpfad? Gab es rechts und links davon irgendwelche Unbekannten in der Gleichung, die einem das Überleben vermasselten? »Berkom, wie lange ist der Drache tot?« *Keine Ahnung*. Es interessierte ihn nicht. Er interessierte sich auch nicht für meine strategischen Überlegungen. Ich sah zu, dass wir Land gewannen.

Die nächsten beiden Bergketten überquerten wir nochmals im Flug, weil alles andere in dieser Höhenlage nicht ging. Berkom strengte es nicht mehr so an, aber für mich reichte es immer noch lässig. Am Abend ließ Berkom mich zurück und ging auf die Jagd. Er musste dazu ziemlich weit ausholen und hatte leider nicht viel Glück. Jedenfalls kam er ohne etwas für mich zurück und war völlig zerknirscht. Er hatte das magere Etwas, das er mir nicht wirklich beschreiben wollte oder konnte, mit einem Happs verschlungen. Ich unterdrückte mannhaft die Enttäuschung und war mir klar darüber, dass es so und nicht anders sein musste. »Es kommt auch wieder ein anderer Tag.« Wie viele Tage ich ohne Nahrung und mit zu wenig Wasser, dafür aber ziemlich viel Anstrengung überleben konnte, wusste ich nicht. Eigentlich hatte ich auch keine gesteigerte Lust dazu, diese Grenze auszuloten. Also tat ich das, was ich schon längst hätte tun können, aber aus gewisser Besorgnis heraus eben vor mir hergeschoben hatte. Ich ging nachsehen. Und dabei wurde mir ziemlich bald ziemlich schwindelig. Ich kam nicht sehr weit. Der Drachenblick verweigerte sich mir und das war derartig schockierend, dass ich auf mich zurückgeworfen schier aus dem Häuschen geriet. Ich konnte von Glück sagen, dass Berkom zur Stelle war und mich vor dem kompletten Durchdrehen bewahrte. Ich fühlte mich jämmerlich, unbrauchbar, überflüssig. *Postneurotische Hypotonie, keine Sorge, das geht vorbei*. »Schon wieder so eine Entwicklungsphase im Drachengefährtendasein, die du mir vorenthalten hast?« *Nicht wirklich. Ich wusste nicht, ob das dich erwischt oder nicht. Über ungelegte Eier gackert man nicht*. Ich fand diese Vorsicht ungehörig und wäre am liebsten aus diesem absolut unvollkommenen idiotischen, zu nichts Vernünftigem zu gebrauchenden Körper geschlüpft. Blöderweise hatte ich dazu auch noch die Möglichkeit. Der Verlockung dieser offensichtlichen Flucht zu widerstehen war hässlich. Ich grub meine Finger in den lockeren Gesteinsboden, auf dem ich saß und kämpfte mit mir. Der Drache lag jetzt vor mir und hinderte mich erfolgreich daran, den nächstbesten Hang hinunterzurasen. Vor sich selbst davonzulaufen war auch keine Lösung. Was sollte ich nur tun, wenn ich Berkom nicht mehr so unterstützen konnte, wie ich das gerade herausgefunden hatte? Der zweite Ritt über die hohen Berge war mein Werk gewesen! Ich wusste, dass ich es Berkom leichter gemacht hatte, als es anderen Drachen gefallen wäre. Mein Drache profitierte von mir. So funktionierte das doch mit dem Geben und Nehmen. *Idiot. Ich bezahle dich doch nicht dafür, dass du morgens, mittags und abends mich mit deinen Leistungen beeindruckst. Was uns verbindet, ist kein Preis-Leistungs-Verhältnis. Ich dachte, das wenigstens hättest du inzwischen intus.* Meine Verzweiflung fraß mich auf. »Warum hilfst du mir nicht!« Ich schrie den Drachen an und bekam ein Fragezeichen zurück. Damit verlor ich endgültig die Fassung. »Du könntest mich einfach binden und dann wäre Ruhe. Dann müsste ich mich nicht mit diesem bescheuerten Dasein auseinandersetzen, sondern könnte es einfach so hinnehmen, wie es ist! Alles wäre einfacher, für dich, für mich, für jeden!« Ich brüllte in der Gegend herum und versank in einem orangefarbenen Sumpf. *Ich frage mich, wann du damit anfängst, mit deinen Fäusten auf mir herumzuhämmern. Wenn es dir hilft, tue dir keinen Zwang an*. Oh, oh, diese Wutanfälle sollten doch langsam der Vergangenheit angehören? Da war doch was? Ich kroch drei Schritte zur Seite und kugelte mich zusammen. Berkom legte seinen Kopf auf seine Pranken und schloss die Augen. Er ließ mich in Ruhe, aber er bewachte mich. Irgendwann verebbten die Emotionen in mir und ich konnte mich ein wenig entspannen. Ein vager Gedanke flatterte vorbei und ich erwischte eine Impression davon. Er ist jetzt schon so stark, hoffentlich wird er nicht noch stärker. Zum Glück hat er noch nicht kapiert, was er damit anrichten kann und welche Möglichkeiten er hat. Wenn er anfängt, Berge einzuebnen, muss ich mir etwas einfallen lassen. Manchmal wäre es nett, wenn ich auch so einen Tobsuchtsanfall kriegen dürfte, aber dann bekommt er diesen Dackelblick und das ist es dann für mich. Interessantes Kerlchen. Manchmal … Der Gedanke flatterte weiter und ich konnte ihn nicht festhalten. Ich zog die Nase hoch und rollte mich noch mehr zusammen. Es dauerte noch ein paar Stunden, bis ich klein beigab. Dann kroch ich zu meinem Drachen und suchte meinen üblichen Schlafplatz auf. Der Drache ließ mich kommentarlos gewähren.

Wir brauchten noch einen weiteren Tag, bevor ich etwas zu beißen bekam. Zu dem Zeitpunkt ging es mir immer noch nicht wirklich schlecht, aber auch nicht wirklich gut. Ich wunderte mich darüber. Der Drache meinte nur, es würde eine Zeit dauern, bis ich mich spürbar erholen würde, aber ich könne auf dieser Ebene eine ganze Weile durchhalten. »Jeden fünften Tag ein halbes Kaninchen bei voller Leistung?« *Reicht völlig*. Na gut. Dann wollte ich das jetzt mal so akzeptieren. Angenehm überrascht war ich dann, als wir auf eine Herde Jurks trafen. Dass es diese netten Tiere auch auf dieser Seite der Berge gab, fand ich ganz ausgezeichnet. Wir besorgten uns genügend, um geradezu zu schlemmen. Jurks schmeckten wie ein Fünf-Gänge-Menü. Das hatte ich doch schon immer gedacht. Was für ein genialer Tag, trotz Nebel und diesiger Sicht. Wir legten eine Pause in unserer Wanderung ein. Auch hier gab es noch genügend hohe Berge, um uns die Luft knapp werden zu lassen, aber die wirklich gefährliche Passage lag hinter uns. Ich hatte den Drachenblick nicht mehr versucht und ich traute mich auch jetzt noch nicht, noch mal so einen Misserfolg einzukassieren. Der Drache brummte nur, wir hätten noch ein wenig mehr Berge vor uns, dann wäre damit Schluss. Dann gäbe es Wald und solche Dinge. Nun gut, ich hatte nichts gegen eine Pause einzuwenden. Sie war nötig. Die Jurks hatten unseren Besuch übel genommen und sich verdrückt. Für Berkom war das nicht wirklich ein Problem, so schnell kamen Jurks nicht aus der

Reichweite von Drachenflügeln. Aber wir hatten erst mal genug davon. Der Geschmack von Jurks war nicht wirklich aufsehenerregend. Trotzdem blieb uns nichts anderes übrig, denn wir fanden nichts anderes Greifbares im näheren Umfeld. *Winter ist eine saublöde Zeit in den Bergen,* maulte der Drache. Ich konnte dem nur zustimmen. Ansonsten tat ich nicht viel. Ich schlief eigentlich fast ständig, außer wenn Berkom etwas zu fressen anschleifte. Der Anblick eines im Anflug befindlichen Drachen mit der Beute in den Klauen wurde zu etwas Vertrautem. Ich ging nicht mit auf die Jagd, sondern schlief. Es war fast beängstigend, wie viel ich schlafen konnte. Ich begann mich schon zu fragen, ob das eine Art Winterschlaf sei, in die ich verfiel. *Du hast mir doch mal gesagt, das Gehirn lernt im Schlaf? Also, du hast in der letzten Zeit recht viel zu lernen bekommen, also lass dein Gehirn jetzt mal in Ruhe schaffen. Danach geht es dir auch wieder besser.* Nicht nur mein Gehirn hatte einiges zu verkraften gehabt, auch mein Körper. Die diametrale Verschmelzung mit dem Drachen war nichts, was man so einfach wegsteckte. Ich begriff immer noch nicht alles, was in der Gletscherspalte mit mir passiert war, aber ich beruhigte mich so langsam. Die Erkenntnis, dass ich es überlebt hatte und wohl auch weiterhin überleben würde, setzte sich durch.

Wie immer im Leben ging es weiter. Schließlich kam doch ein Morgen, an dem ich mit klarem Kopf aufwachte. Es konnte so bescheuert sein, wie es wollte, aber die Worte, es soll nicht aufhören Frost und Hitze, Sommer und Winter, Tag und Nacht, bewahrheiteten sich mal wieder. Nur wozu, die Frage stellte sich ja immer mal. Ich hockte auf einem breiten Felsband, auf das ich im Laufe des Tages hinaufgeklettert war, um einen besseren Blick auf Berkoms Anflug zu haben. Meistens kam er das Tal, das sich quer vor mir erstreckte, entlanggesegelt. Ich sah ihm inzwischen dabei gerne zu, es war einfach wunderbar, den Drachen im Flug ansehen zu können. Es war auch gut, mitzufliegen. Ich war ganz zufrieden, damit eine Weile auszusetzen. Wie sollte es nun weitergehen? Jahrzehnte dehnten sich vor meinen Augen zu Jahrhunderten. Es gab tatsächlich keinen Grund, dieses Gebirge zu verlassen. Ich konnte hier auch noch in fünf Jahren sitzen. Einzig und allein das mangelhafte Nahrungsangebot war ein starker Anreiz dafür, hier nicht allzu lange verweilen zu wollen. Das war es aber auch schon. Einen anderen Grund gab es nicht. Das war natürlich falsch. Ich war nicht alleine. Ein ziemlich unübersehbarer Vierbeiner war auch noch mit von der Partie. Und bei dem ging das Leben noch von Station zu Station. Mein Privileg war es, dabei sein zu können. Das würde für reichhaltige Abwechslung sorgen. Mein eigener Spielraum hatte sich erheblich vergrößert. Das war für mich zwischenzeitlich selbstverständlich. Falsch. Ich wusste noch lange nicht, was für mich wirklich möglich war und was nicht. Berkom hatte mir nicht gesagt, wie es mit mir weitergehen würde. Ich befürchtete, dass es da noch die eine oder andere Überraschung geben konnte. Unerfreuliche Überraschungen womöglich. Ich knirschte ein wenig mit den Zähnen. Wenn er wollte, konnte er mich sehr gut von seiner Wissensbasis ausschließen. In diesem Fall wollte er es. Meine neuen Fähigkeiten konnten mir ihren Dienst versagen. Nach einem Unfall seine Füße nicht mehr bewegen zu können war auch nichts anderes. Ich knirschte schon wieder mit den Zähnen. Traute ich mich oder traute ich mich nicht? Was, wenn ich verloren hatte, was ich gerade erst in Besitz genommen hatte? Was, wenn ich über das, was mir in meinem neuen Leben so gut gefiel, nicht mehr nach Lust und Laune verfügen konnte? Wie gewonnen, so zerronnen. Verflixter Drache. So nett, wenn jemand da war, dem man die Schuld in die Schuhe schieben konnte. Endlich gab ich es zu. Es gefiel mir. Es gefiel mir, über Felswände zu klettern, vor denen ich mich vor nicht allzu langer Zeit mit Grausen abgewendet hätte. Es gefiel mir, erkennen zu können, wo der Fels absplittern würde und wo nicht. Es gefiel mir, mich nicht von Nebel, Schnee und Graupeln beeindrucken zu lassen und trotzdem genau zu sehen, wohin ich mich wenden musste. Mein Körper mit all seinen fantastischen Möglichkeiten gefiel mir. Meine Arm- und Beinmuskeln zu fühlen gefiel mir und der flache, harte Waschbrettbauch war klasse. Ich schnupperte in den Wind und genoss die Botschaften, die er mir zutrug. Ich wusste bestimmt noch nicht alles, was es zu wissen gab, und es war interessant, das herausfinden zu können. Ich wollte auf kein einziges Fetzchen jetzt mehr verzichten. Ich war gierig darauf, alles das anzuwenden. Mein junger Drache musste seine eigenen Fähigkeiten auch entwickeln und erkunden. Das würde sehr interessant werden.

Ich stand auf und dehnte und reckte mich. Ich schnupperte erneut in den Wind. Wo war mein Drache? Der Drachenblick zeigte mir einen Felsendrachen, der irgendwo auf einem hohen Plateau stand, groß, grau, mächtig, mit einem enormen Hals, seinen Schwanz in einem wunderbar eleganten Bogen geschwungen, konzentriert in das Tal blickend. Seit wann hatte Berkom so einen Hals? Er war nicht mehr so kurz und dick, er schien sich gestreckt und doch an Masse gewonnen zu haben. Und diese mächtige Brust? Ich schauerte kurz zusammen, wie er so dastand. Und konnte mich nicht zurückhalten. Ich berührte ihn und verschmolz mit ihm. Der Felsen unter meinen Tatzen fühlte sich beruhigend stabil an. Gestern war ich in ein Geröllfeld geraten, das war nicht so trivial gewesen. Dieser Ausguck hier war rundum super. Der Wind gab mir ganz klar zu verstehen, wo sich die Jurks verkrochen hatten. Drei Talschleifen weiter gab es ein nettes Nebental. Mal sehen, wie ich mich am besten anschleichen konnte. Oder war ein Überraschungsangriff von oben günstiger? Ich schnupperte nochmals. Leider gab es nur die Jurks in der Nähe. Ich hätte nichts gegen einen Felsenpork gehabt. Er mochte die zwar nicht fressen, aber ich fand es durchaus befriedigend, diese Biester zu dezimieren. Sie waren jetzt schon zweimal lästig geworden. Also gut, keine Felsenporks, sondern Jurks. Es würde ihm auch nicht gefallen. Ich presste meine Krallen in den Fels und fand das sehr zufriedenstellend. Ich spürte meine Kraft anschwellen, dann entfaltete ich meine Flügel und hob ab. Der Wind sang um mich, hob mich, trug mich. Meine Flügel schlugen mit spielerischer Leichtigkeit. Fliegen war das Größte. Wenn er mitflog, war es noch viel besser. Ich fühlte ein Felsenband unter meinen Füßen und mir wurde schwindelig. Ich konnte gerade noch weit genug zurückweichen, bevor ich umkippte. Meine Hände fühlten Felsen und ich keuchte ein bisschen. Dann begann das Blut kräftig durch meinen Körper zu rauschen. Ich schnaufte noch mal und die Gegend verfestigte sich um mich. Eine rotgoldene Blase trudelte vorbei. *Du brauchst nicht gleich mit solchen Experimenten anzufangen, nur weil du entdeckt hast, dass du wieder auf deinen zwei Beinen stehen kannst.*

Okay, okay, ich würde artig sein. Ich hopste das Felsband hinunter und kam schlitternd vier Meter weiter unten zum Stehen. Snowboard ohne Schnee und Snowboard, meine Schuhe fanden es nicht besonders gelungen. Ich sollte die Schuhe zur Seite kicken. Ich ließ es sein und wanderte höchst zufrieden an unseren Lagerplatz zurück.

Dort blieb ich wie angewurzelt stehen und schnüffelte. Wie roch das denn hier? Wir hatten in einer ziemlich tiefen Mulde übernachtet, die Berkom noch ein wenig tiefer ausgescharrt hatte. Der Boden war eher von krümeliger Beschaffenheit gewesen und der Hang war gleich dahinter etwas steiler geworden. Nicht viel, man konnte sich dort noch gut bewegen, also wir beide konnten das. Um die Mulde herum war der Hang etwas sanfter. Ich hockte mich an den Rand der Mulde und zog die Luft tief ein. Dann musste ich mich ziemlich abrupt abwenden und würgte. Es stank. Die Mulde stank erbärmlich. Wie konnte ich da bloß drin geschlafen haben? Ich prallte ein paar Schritte zur Seite und schüttelte mich. Dann roch ich an meinen Händen und dann an meinen Achselhöhlen. Puh. Zeit für ein Bad. Wie lange war es her, dass wir gebadet hatten? Ich hatte es nicht vermisst. Jetzt vermisste ich es schlagartig. Sehr sogar. Meine Hose stank ebenfalls mehr als nur erbärmlich. Sie hatte auch einiges abgekriegt in der letzten Zeit. Ich suchte in der Gegend herum, bis ich eine Stelle mit feinerem Geröll und Steinchen fand, und dort begann ich mich abzuschrubben. Es half wenigstens ein wenig. Berkom sah mir interessiert zu. Ich hatte ihn schon längst bemerkt, aber ich war mit dem Schrubben noch nicht fertig. Schließlich hörte ich auf und seufzte ein wenig, weil ich wusste, dass ich mich jetzt gleich wieder ziemlich blutig machen würde. Nun ja, so war der Lauf der Dinge. Ich ging und holte mir das Jurk und danach schrubbte ich erneut an mir herum. Danach stieg ich kommentarlos auf und wir verließen das Tal. Wir kamen niemals wieder hierher zurück, aber ich vergaß es nie.

Zuvorkommenderweise suchte Berkom sich dann eine Route, die uns ziemlich bald an einen Gebirgsbach brachte. Dort frönte ich dann sämtlicher Badeleidenschaften und Waschorgien, die ich mir nur je hatte vorstellen können. Na ja, zu waschen hatte ich nicht wirklich viel. Andere Junggesellen hatten damit erheblich mehr um die Ohren. Es war zwar nicht wirklich das geeignete Wetter für solche Aktionen, aber das kam mir eigentlich nicht in den Sinn. Daran dachte ich erst, als wir schon längst drei Meilen weiter waren und das klamme Zeug mich ein bisschen schaudern ließ. Am Boden trocknete es doch schneller als im Flugwind in nicht unbeträchtlicher Höhe.

Am nächsten Tag ging es uns fantastisch. Wir fanden eine Herde Schneeziegen. Ich hatte den Geschmack schon fast vergessen. Berkom und ich jagten sie mit größter Begeisterung. Die armen Schneeziegen waren hoffnungslos unterlegen und wir ließen sie stillvergnügt entkommen. Zwei Schneeziegen blieben bei uns. Berkom schnurrte nach dem Fressen und ich konnte mich gerade noch davon abhalten, einzustimmen. Wir tauschten ein paar träge rotgoldene Bällchen aus. In die gemeinsame träge Zufriedenheit hinein zentrierte Berkom dann nebensächlich die Bemerkung, dass ich solche Aktionen wie letzthin, als ich mich über einen x-beliebigen räumlichen Abstand hinweg mit ihm verbunden hatte, auf das absolut Notwendige einschränken sollte. *Es ist anstrengend. Wenn du dich dabei überanstrengst, kannst du dir schaden. Wenn du dir schadest, schadest du auch mir. Es ist ein fundamentaler Unterschied, ob du mich erreichst oder ob du mit mir verschmilzt. Vergiss das mal besser nicht. Ich habe keine Lust, dass du dir aus Dafke mal selber das Gehirn zu den Ohren rauspustest.* Berkom drehte sich wohlig auf die andere Seite. *Es reicht, wenn ich das besorge.* Ach. Na gut. Ich würde es mir merken. Allerdings war es nicht wirklich schwierig gewesen. Mir war nur kurz schwindelig geworden. Ich war ja auch nicht so lange geblieben. *Und wenn der halbe Kontinent zwischen uns liegt, wirst du es immer noch simpel finden. Tu's einfach nicht.* Ja, ja. Ich würde es nicht wieder so leichtfertig anwenden. Ein halber Kontinent zwischen uns? Ich richtete mich auf und warf dem dösenden Drachen einen prüfenden Blick zu. Das war ja wohl ein schlechter Scherz. Der Drache döste demonstrativ vor sich hin. Ich ließ mich wieder zurücksinken und grübelte über etwas anderes nach.

Als Berkom nach der Verdauungspause sich wieder regte, unterbreitete ich ihm das Ergebnis meiner Überlegungen. Ich hatte mir die Gegend, in der wir uns gerade aufhielten, genau angesehen und war zu dem Schluss gekommen, dass es Zeit war, dass wir ein wenig miteinander übten. Das hatte ich ja schon immer gewollt, aber immer war etwas dazwischengekommen. Zugegeben, die Gegend war hier auch nicht wirklich optimal, aber ich wollte doch jetzt mal wenigstens anfangen. Der Drache war skeptisch. *Du bist noch nicht fit genug dafür*. Der Rücken, er kam tatsächlich mit der alten Kamelle an. Dabei sollte er nun wirklich wissen, ob mein Rücken wieder okay war oder nicht. Er war es. Ich hatte ein paar ordentliche Narben zurückbehalten, das hatte sich nicht vermeiden lassen, aber das war es dann auch. Ich suchte mir ein halbwegs ebenes Fleckchen, räumte es leer und begann Liegestützen vorzuführen. Ich führte sie in der Form aus, wie sie die Ärzte inzwischen nicht mehr gutheißen, auf Zehen- und Fingerspitzen und mit nichts anderem als der Nasenspitze den Boden berührend. Bei 80 drehte Berkom mit gerümpfter Nase den Kopf zur Seite und meinte, wenn ich darauf bestünde, könnte ich ja mal was vorschlagen. Das Erste, was wir daraufhin probierten, war furchtbar simpel. Berkom ging den Berghang hinauf und ich überholte ihn rechts und links dicht an seiner Seite vorbei. Der Witz war, dass ich so weit zurückfiel, dass ich seinen schwingenden Schwanz mit austarieren musste. Das machten wir dann auch bergab und es war wirklich nicht so sehr schwierig. Dann drehten wir das Verhältnis um und Berkom musste mich bergauf und bergab überholen. Er kriegte das genauso gut hin und meinte, das wäre ein dummes Spiel. Woraufhin ich ihn das Ganze, allerdings vorsichtshalber bergauf, in vollem Galopp ausprobieren ließ. Na gut, bevor er mich erreichte, nahm er Tempo raus, das kriegte ich genau mit, und trotzdem sprang er ganz ordentlich zur Seite und in die Höhe, um mit seinem Schwanz keinen Schaden anzurichten. Daraufhin war er verschüchtert. In dieser Geschwindigkeit war sein Schwanz eine fürchterliche Waffe. Ich hatte ein kalkuliertes Risiko in Kauf genommen, denn ich hatte seine Bewegungen mitberechnet und hätte genug Zeit zum Ausweichen behalten. Aber das brauchte ich ihm ja nicht auf die Nase zu binden. Wir rannten eine Zeit lang den Berghang hinauf und hinunter und begannen uns beide aufeinander zu konzentrieren. Irgendwann fing es an, mir warm zu werden. Irgendwann stellte ich fest, dass ich eigentlich schon längst mit fliegenden Flanken und schweißgebadet auf dem Hang liegen müsste. Na gut, die Kondition eines Drachengefährten war also doch ein wenig mehr strapazierfähig. Berkom guckte mich an. *Hast du noch mehr auf Lager?* Hatte ich. Auch so simpel. Diesmal wollte ich Berkoms Weg queren, rauf wie runter und natürlich auch umgekehrt. Wir fingen wieder langsam an und steigerten das Tempo und es wurde wirklich interessant. Es war nämlich erheblich einfacher, als die vorherige Übung, obwohl ich mir das anders eingebildet hatte. Dann kam ich dahinter, dass wir automatisch anfingen, uns quasi unterschwellig abzustimmen. Ich versuchte das zu unterbinden und wurde fast zu Tode getrampelt. Der Schreck ließ Berkom röhren und bescherte mir einen Schweißausbruch. »Es muss so gehen. Wir müssen uns auf ganz andere Dinge konzentrieren können und dann muss das auch ohne Verbindung zwischen uns klappen. Dazu üben wir jetzt.« Berkom guckte mich unglücklich an. *Ich will das aber nicht so üben müssen. Ich will dich nicht ausschließen*. Ich legte ihm die Hand auf die Schnauze. »Wenn du es nicht tust, tu ich es. Ich blocke dich ab. Wie eben. Du musst deine Bewegungen auf meine hin abstimmen können und das muss auch ohne Krücke gehen.« *Krücke*. Berkom fand das beleidigend. Hm, es war wirklich keine passende Umschreibung gewesen. Ich schickte ihm eine schickliche lila Fahne und wir übten weiter.

Ich wusste, dass es dem Drachen bald langweilig werden würde. Also variierte ich die Bodenbeschaffenheit. Das fand der Drache auch langweilig, weil es schwieriger wurde, ohne dass es eigentlich erkennbar schwierig war. Ob da ein paar Felsbrocken mehr oder weniger herumlagen, was sollte es. Es machte etwas aus und das fand er blöde. Ich hätte das an seiner Stelle auch blöde gefunden. Ich hatte so etwas schon mal blöde gefunden. Ich war durch eine harte Ausbildung gegangen und da hatte man uns mit genau solchen öden Übungen traktiert. Es hatte sich später als überlebensnotwendig herausgestellt. Deshalb blieb ich stur und überhörte gewisse gereizte Grunzlaute. Wir hatten in den Drachenbergen schon miteinander geübt. Diese Übungen jetzt hatten eine andere Ausrichtung. Berkom begriff das noch nicht. Ich erklärte es ihm auch nicht, sondern hob es mir auf. Diesmal drehte ich den

Spieß um und freute mich schon im Stillen auf die Sekunde, wenn er kapierte, was wir hier machten. Ich hatte auch begriffen, dass es ein Fehler war, auf die optimalen Umstände zu warten. Die traten nie ein. Irgendetwas war immer ungünstig. Wenn man sich darauf versteifte, kam man nie zu irgendetwas. Man musste das nehmen, was sich bot, und das Beste daraus machen.

Nachdem wir einmal damit angefangen hatten, ließ ich auch keine Unterbrechungen mehr zu. Es war mir dabei egal, ob wir lange oder nur kurz trainierten, aber wir übergingen nicht einen Tag. Dabei half uns, dass wir in den Bergen in Zonen kamen, die bei uns fast heimatliche Gefühle hervorriefen. Es gab Schneeziegen. Es gab die kleineren Bergziegen. Es gab immer noch Nebel oder Nieselregen, aber es gab nur ganz wenige und vereinzelte Schneeflocken. Der Himmel war zwar fast immer mit grauen Wolken verhangen und es war trüb, aber das war kein Vergleich zu den Schneestürmen im Hochgebirge. Und hin und wieder gab es sogar Sonnenschein. Wir kamen langsamer voran und hatten nicht den Eindruck, dass das etwas ausmachte. Eine gewisse Neugier trieb uns jetzt voran, aber der Schnee war hinter uns geblieben. Berkom bestätigte, dass der Winter mit dem heftigen Wetter an der anderen Gebirgsseite hängen blieb, und so kam es, dass auf dieser Seite der Berge die Witterung ungleich gemäßigter war. Wir hatten also eher damit zu tun, genügend Wasser zu finden, weil der Regen und Schnee nicht bis hierher kamen. Andere Probleme gingen uns aus dem Weg. Das Raubzeug machte einen hübschen Bogen um einen Drachen und belästigte uns nicht. Berkom suchte immer mal wieder en passant nach Felsenporks, fand aber einfach keine in der Nähe. Er machte seine Enttäuschung darüber nicht öffentlich, aber ich wusste es auch so. Allerdings ging ich darauf nicht ein. Ich war damit beschäftigt, immer neue Aktionen für uns auszudenken. Als wir so weit waren, dass ich versuchen konnte, unter dem rennenden Drachen wegzukommen, ohne dass ich in die Gefahr geriet, von seinen Klauen getroffen zu werden, begann Berkom ein Licht aufzugehen. Er hielt sich noch zurück, aber ich kriegte seine merklich gestiegene Aufmerksamkeit mit. Er checkte unsere Übungen plötzlich ganz anders ab. Ich grinste in mich hinein. Jetzt war es bald so weit.

Eine Woche später saßen wir am späten Nachmittag auf einer hübschen Bergstufe. Ich fand sie hübsch, weil sie sehr groß und ziemlich eben war. Es gab ein paar Schrunden, Löcher und anderes, aber das Gefälle war nicht zu stark. Wir hatten auch nicht so viel Geröll wie sonst vor uns. Berkom hatte in Ermangelung von einem richtigen Bach eine Stelle mit feineren Steinen, sogar teilweise Kieseln gefunden und suhlte sich darin. Nachher war dort eine regelrechte Kuhle entstanden, mit einer Art grobkörnigem Inhalt. Ich ließ Kieselsteine von einer Hand in die andere fallen. Wir hatten eine erfolgreiche Jagd gehabt. Ich hatte allerdings für mich schon überlegt, dass wir das Wandertempo wieder erhöhen sollten, denn die Herden, von denen wir uns ernährten, begannen weniger zu werden. Wir waren für die Jahreszeit noch zu hoch in den Bergen. Die meisten Tiere, die für uns als Nahrung herhalten mussten, hielten sich im Winter doch in tieferen Lagen auf. Und ein jagender Drache vergrämte den Rest der Gesellschaft drastisch. Wir litten keinesfalls solche Not, wie auf unserem Weg hierher, denn Berkom war sehr gut darin, Überraschungsmomente für die Beute in die Jagden einzubauen, aber ich wusste um das Gleichgewicht, das wir nicht zu sehr stören sollten und schon alleine darum war es notwendig, unser Wandertempo wieder anzuziehen. An diesem Nachmittag schien die Sonne ein wenig und das war nach mehreren Tagen im Nebel ein echter Hingucker. Als Berkom zu mir geschlendert kam, blinzelte ich genussvoll in die Sonnenstrahlen und fragte: »Kannst du eigentlich, wenn du mit dem Schwanz um dich schlägst, gleichzeitig dich hin und her wenden?« *Kein Problem.* »Kannst du dich dazu auch in den Wendungen im Zickzack bewegen, also zum Beispiel sternförmig?« Berkom guckte mich an. *Kann ich auch.* »Kannst du das mal vorführen?« Von dem Drachen kam nicht der Hauch eines Vorwurfs, dass ich ihn wie ein kaputtes aufgezogenes Spielzeug und völlig irre anzusehen wie einen Idioten aussehen ließe. Er begann ein einzigartiges Schauspiel vorzuführen. Es sah irre aus. Es sah aus, als hätte ihn irgendetwas gestochen. Es sah aus, als wäre er völlig übergeschnappt. Ich sah mir das eine Weile an und stand dann auf. Berkom hörte nicht auf, sich zu drehen, zu wenden und mit dem Schwanz um sich zu peitschen. In diese Wendungen federte ich hinein, nahm seine Bewegungen auf und begann ihn zu umkreiseln. Das hier war kein Spiel mehr und kein Spaß. In dieser Schnelligkeit und mit dieser Gewalt in den Bewegungen konnte der Drache im Zweifelsfall nicht mehr rechtzeitig stoppen. Wenn einer von uns einen Fehler machte, trug ich nicht vorhersehbare Verletzungen davon. Ich wusste um dieses Risiko. Ich hatte lange darüber nachgedacht und war zu der Überzeugung gekommen, dass es keinen anderen Weg gab.

Berkom war ein Drache. Ich konnte seine Klauen nicht abschneiden. Ich konnte die Masse seines Körpers nicht reduzieren oder wegzaubern. Ich musste ihn so, in all seiner Gefährlichkeit, nehmen, wie er war. Und ich musste lernen, mit diesem Risiko umzugehen. Nicht umsonst hatten wir vieles in den vergangenen Tagen in Zeitlupe geübt. Diese Wendungen waren nicht vom Himmel gefallen. Wir hatten sie schrittweise durchexerziert. Und Berkom hatte darüber nicht mehr gemault, sondern aufgepasst. Wir mussten auf dieser Bergstufe auf die Schrunden und Löcher achten, auf glatte Felsplatten und Felsbrocken. Und wir kreiselten und wirbelten umeinander, bis ich mich zur Seite hechtete und außer Reichweite des Drachen rollte. »Genug.« Ich keuchte und hockte mich hin. Der Drache kam zu mir und schnuffelte mich an. *Klasse. Aber du bist ein wenig übergeschnappt. Du weißt das?* »Von ferne sah das zunächst andersrum aus.« Ich grinste. Ich hatte es geschafft! Mir war kein Härchen gekrümmt worden. Als Nächstes würden wir darangehen, so etwas zu üben, wenn ich ritt, wir würden sogar das Auf- und Absteigen mit einbeziehen. Und dann, am Schluss, würden wir es im Flug machen. Mich überlief eine Gänsehaut vor lauter Erregung. Im Luftkampf einen Drachen zu reiten musste unglaublich sein.

Der Drache lag inzwischen neben mir und ich rieb gedankenverloren die Haut hinter seinem Genick. »Berkom.« Der Drache brummte. »Wie kämpfen Drachen?« Der Drache ruckelte neben mir und legte sich flach hin. Ich kratzte beiläufig weiter. *So wie eben. Ungefähr.* Eine purpurfarbene Linie bildete sich, unscheinbar am unteren Rand meiner Wahrnehmungsmöglichkeit. Ich grinste. »Dann war das eben eine ganz passable Kampfübung.« *Passabel.* Die purpurne Linie stieg um ein paar Fingerbreit. Ich grinste breiter und tippte mit einer Fingerspitze die Linie an. Berkom konnte sich nicht mehr beherrschen und fuhr neben mir in die Höhe, wie wenn ich ihn gepikst hätte. Zwei Meter weiter stieß er einen triumphierenden Schrei aus und die purpurne Linie schwoll zu einer Flutwelle an, in der ich hilflos unterging. Später zeigte ich Berkom all das, was ich noch vorhatte, um uns beide fit zu machen. Wir würden einem Kampf nicht unvorbereitet gegenübertreten. Auch wenn ich keine Ahnung hatte, wie es dazu kommen sollte, aber ich fühlte mich nicht wohl, wenn ich wusste, dass wir darauf nicht ordentlich vorbereitet waren. Erst jetzt wurde ich ruhiger. Ich merkte, wie sehr mir dieser Punkt gefehlt hatte. Egal, ob wir jemals zusammen würden kämpfen müssen oder nicht, aber endlich, endlich spürte ich die in mir aufkommende Sicherheit, die mir so sehr gefehlt hatte. Wenn mein Drache jetzt einen Satz zur Seite machen musste, warum auch immer, würde er mich damit nicht mehr in größte Bedrängnis bringen, weil mein Körper darauf trainiert war, richtig zu reagieren. Berkom schnüffelte an meinem Gesicht herum und konnte es nicht unterdrücken, mich abzulecken. *Das hat dich also die ganze Zeit bedrückt? Wir hätten früher damit anfangen können*. Ich guckte ihn ein wenig beschämt an. »Hätten wir. Wenn ich nicht so dämlich gewesen wäre, uns ständig einen Strich durch die Rechnung zu machen. Und zwischendrin waren wir ausreichend mit Überleben beschäftigt.« Der Drache leckte mich nochmals ab. *Vielleicht wären wir, wenn wir früher angefangen hätten, nicht so gut geworden, wie wir es jetzt sind. Gut Ding will Weile haben*. Ich musste lachen. Der Drache kam nicht ohne Lehrsatz aus.

Wir wanderten und machten unsere Kampfübungen weiter. Berkom fand heraus, dass sich Drachen ganz gut auf den Hinterfüßen drehen oder auch ein paar Schritte laufen können. Ich fand heraus, wie ich dabei unter seinem Bauch durchschlüpfen konnte. Ich kam dahinter, wie hervorragend es funktionieren konnte, wenn ich mich an der Drachenschlinge von ihm gleiten ließ. Unser Weg war von zerwühlten, verkratzten und mit neuen Schrunden bedeckten Hängen gezeichnet. Ich stellte bald genug fest, dass wir uns im Kampf mental nicht wirklich trennen konnten. Es war ein Irrtum, das zu versuchen. Wir scheiterten in derartig regelmäßigen Abständen daran, dass ich es aufgab. Ich reduzierte es nur, so gut es irgend ging. Wir hatten auch ein Ritual entwickelt. Wann immer wir mit unserem Training begannen, stellte Berkom sich vorher vor mich hin und hob seinen Vorderlauf. Und ich sah mir seine Krallen sehr genau an. Wenn man herausbekam, wie man direkt neben herumwirbelnden Tatzen seine eigenen Bewegungen koordinierte und es problemlos klappte, konnte man übermütig werden. Wenn man Sicherheit gewann, wurde man unvorsichtig. Das durfte keinem von uns passieren und darum prägten wir uns jeden Tag neu ein, dass ein Drache ein Drache und kein Lamm war. Unsere Kampfübungen dehnten sich aus. Wir verschandelten halbe Berge. Und Berkom bekam manchmal kaum genug davon. Auf die Jagd zu gehen erschien ihm plötzlich manchmal ziemlich lästig. Dieser Broterwerb störte. Ich hatte ab und zu die Vorstellung, er hätte nichts dagegen gehabt, wenn ich alleine auf Jagd gegangen wäre und er noch ein wenig auf einer Bergstufe hätte herumhopsen können. An dem Tag, als er vor Begeisterung alles um sich herum vergaß, sich mit den Flügeln flatternd mehrere Meter in die Luft erhob und sich, einen heißen Dampfstrahl abschießend, auf einen imaginären Feind direkt an meiner Seite fallen ließ, war mir klar, dass wir eine gewisse Grenze überschritten hatten. Letztlich nutzten uns unsere ausgefallensten Manöver womöglich überhaupt nichts. Letztlich hatte ich immer noch keine Vorstellung, wie wir jemals in einen Kampf verwickelt werden könnten, wo uns diese Fertigkeiten wirklich etwas genutzt hätten. Menschen würden mit Waffen kämpfen, da hatten wir nicht so viel dagegenzusetzen. Raubtiere würden einen ausgewachsenen Drachen nicht angehen, missgeleitete Höhlenbären vielleicht mal ausgenommen. Blieben andere Drachen. Die konnten wir mit unserem Herumgehopse nicht beeindrucken. Es machte Spaß. Es war für uns beide gut. Aber wirklich nützlich wäre es gewesen, wenn wir unsere jagdlichen Fähigkeiten vervollkommnet hätten. Aber einmal angefangen, entwickelte das Ganze eine gewisse Eigendynamik. Als wir die ersten Steig- und Fallflüge versuchten, wurde es mir mulmig. Dann wurde es interessant. Dann fing es an Spaß zu machen.

An einem ziemlich diesigen, hässlich nasskalten Tag ließ ich

Berkom dann eine der für Drachen schwierigsten Darbietungen probieren. Ich stand auf einer spitzen Felsnase und wollte, dass er mich dort abholte. Dazu sollte er das möglichst unbemerkt vollbringen. Einen Drachen sich im Flug anschleichen zu lassen war fast unmöglich. Meine Felsnase war zudem ziemlich niedrig. Und daher musste Berkom im Tiefflug durch ein Nebental herankommen. Tiefflug war für Drachen so gut wie ausgeschlossen. Sie konnten sich so nicht in der Luft halten. Ich ließ ihn in Ruhe die Gegebenheiten austüfteln. Es gab hier ein kleines Luftkissen, das ihm die Aufgabe erleichtern würde. Solche Luftkissen gab es in den Tälern ab und an. Man musste sie nur finden und nutzbringend einzusetzen wissen. Ich schalt mich im Stillen schon wieder einen Narren. Wozu brachte ich einem Drachen um Himmels willen solche Manöver bei? Es war überflüssig. Die völlig abgedrehte Ansicht eines Drachen, der sich im Tiefflug aus einem kleinen Nebental unter den Nebelwolken gedeckt heranschlich, war derartig gespenstisch, dass ich an einen Geist glaubte. Berkom fasste kaum Fuß auf der Felsnadel und ich musste an ihm hochspringen, während er sich noch flügelschlagend einigermaßen in der Luft stabilisierte. Berkom musste mir mit seinem Vorderlauf den nötigen Schwung geben, wie immer, wenn ich ohne weitere Aufsteighilfe auf ihn hochkommen musste. Er konnte also nur mit einem Vorderlauf den Kontakt zum Felsen halten. Ich konzentrierte mich auf die Bewegung der Flügel, spannte die Beinmuskulatur und ließ sie im richtigen Moment explodieren. Ich duckte mich durch den wirbelnden Wind der Flügel und kam wie berechnet den halben Vorderlauf hinauf und Berkom hob mich hoch. Ich kauerte mich über seinen Widerrist und glitt in den Reitsitz, fasste die Drachenhautschlingen und Berkom hob ab. Diesmal stieg er kurz über die Felsnase, dann ließ er sich wieder absinken und mir wurde flau im Magen, als er in kurzem Abstand über den Boden strich. Das war etwas ganz anderes, als sich dem Boden für die Landung zu nähern. Das hier roch nach Abstürzen und Überschlagen! Dann näherte er sich der nächsten Bergwand und zog in der letzten Sekunde nach oben. Ich hatte schon längst den Magen im Mund und schluckte nur noch beharrlich alles herunter, was sich da ansammelte inklusive einer Handvoll Flüche. Berkom stieg und er stieg pfeilgerade nach oben. Er stieß durch die Nebelschicht hindurch und schenkte mir den Anblick der Bergspitzen im goldenen Sonnenschein. Wir waren lange nicht mehr so hoch geflogen.

Ich schnaufte heftig und dann sah ich den hohen Bergkegel im Süden. Er zog mich magisch an. Immer hatte mein Blick sich nach Norden und Westen orientiert, weil dort der eigentliche Drachenpfad verlief. Jetzt plötzlich sah ich diesen Berg und hatte das dringende Bedürfnis, dorthin zu kommen. »Berkom.« Ich flüsterte es nur, aber der Drache hatte schon längst Kurs genommen. Wir flogen drei Tage lang, dann wuchs der riesige Bergstock vor uns empor und füllte unseren ganzen Blick. Dieser Berg stand mehr oder weniger solitär, alles, was um ihn herum sich tummelte, war wesentlich geringer an Höhe. Ich hatte noch nie erlebt, dass ein Berg so bezwingend sein konnte, und ich verstand nicht, wieso das erst jetzt passiert war und dieser Riese mich nicht schon längst angezogen hatte. *Hat er.* Berkom kratzte sich an seinem Kinn, während wir eine kurze Pause einlegten und wieder im Nebel herumwateten. »Wie hat er?« *Du hast immer fleißig nach Nordwesten geguckt und unser Kurs ging immer mehr nach Süden. Du hast das bloß nicht gemerkt. Ich schon. Ich habe mich immerzu gefragt, warum du ständig mir mit dem Drachenpfad in den Ohren lagst, und in der nächsten Sekunde flogen wir schon wieder in die andere Richtung.* Eine lila Schliere zog vorbei, wie peinlich. Ich hatte wirklich nichts gemerkt. Und dieser Berg war das gewesen? Kaum zu glauben. Es war immerhin nur ein Berg. Dazu vermerkte Berkom nichts.

Sonne über dem Kratersee

Ich fing an unruhig zu schlafen. Ich wurde nervig. Ich wollte keine Trainingseinheiten mehr absolvieren, weil es mir über war, mich auf etwas anderes zu konzentrieren als auf diesen Berg. Ich wollte möglichst Tag und Nacht fliegen, bis ich dort war. *Hast du Fieber?* Saublöde Frage. Ein Drache bekam kein Fieber und sein Drachengefährte auch nicht. Außer er sah einen riesigen Bergkegel vor sich. Dann schnappten Drachengefährten über. Ich stand da, gespannt wie ein Bogen, die Fäuste geballt, und witterte nach Süden zu dem Berg hin. Es waren nur noch zwei Tage, dann würden wir ihn erreichen. »Berkom, passiert das anderen Drachengefährten auch? Oder hat auch ein Felsendrachen einen Berg, der ihn so besonders anspricht?« Berkom überlegte. *Keinen Berg. Ein Gebirge. Für Felsendrachen gibt es immer die Drachenberge. Die sind etwas ganz Besonderes*. Ich witterte wieder zu dem Bergriesen vor mir. Ich meinte, ihn fast mit den Fingern zu erreichen, aber ich ließ es sein. Wenn ich jetzt den Drachenblick losließ, würde ich vermutlich wirklich überschnappen. Berkom schnaubte an meiner Seite. Ich erschrak, weil ich ihn nicht bemerkt hatte. *Training?* Oh Gott, wie konnte er das jetzt auch noch von mir verlangen. Berkom zockelte enttäuscht von dannen. Und ich kam wenigstens kurzfristig zu mir. Ich benahm mich wirklich hysterisch. Der Drache hatte immer mitgemacht, wie immer er sich dabei auch gefühlt haben mochte. Und ich stellte fest, dass ich ihn noch nicht ein einziges Mal für seine gigantische Leistung im Tal gelobt hatte. Ich wachte auf. Das war unverzeihlich. Wie alt war ich? So verlor man den Kopf bei seiner ersten Liebe und das hatte ich schon vor einiger Zeit erledigt. »Ich weiß nicht, was in mich gefahren ist. Ich weiß nicht, was mich so derartig aus der Fassung bringt. Das ist nur ein Berg.« Berkom schnarchte ein wenig, höchst wenig überzeugt. »Ich weiß. Komm, lass uns üben. Aber bitte sei nachsichtig. Bitte sei vorsichtig. Ich bin nicht gut drauf.« Der Drache guckte mich völlig verblüfft an. *Das ist das erste Mal*. Jetzt guckte ich ihn verblüfft an. *Das ist das erste Mal, dass du um Nachsicht bittest. Der Berg steigt dir wirklich zu Kopfe*. Berkom grinste mich vorsichtig an. *Wenn es zu schlimm wird, sag es vorher, damit ich dich an die Leine nehmen kann.* »Das würde dir so passen.« Ich versetzte Berkom einen spielerischen Schlag in die Seite und wich seinem zuschlagenden Schwanz aus. Dann jagten wir uns über den ganzen Berg, bis der Drache mich irgendwann platt an den Felsen genagelt hatte und ich keine Chance mehr hatte wegzukommen. *Nicht schlecht.* Berkom murmelte das vor sich hin. Ich hatte klein beigegeben und meine Hände an sein Maul gelegt. »Nicht schlecht. Genau. Du warst sogar fantastisch in diesem Tiefflug im Tal. Ich hab's dir noch überhaupt nicht gesagt, aber das war phänomenal. Wie hast du diesen Flug hingekriegt?« *Die Luftverhältnisse waren so geeignet, aber das weißt du ja schon. Nur, seitdem bin ich immer versucht, mich mal so an die Schneeziegen heranzuschleichen. Das würde so einen Spaß machen. Aber meistens steht da der Wind gerade nicht so günstig.* »Berkom, du wirst jetzt nicht anfangen, irgendwelchen Unsinn zu treiben, nur weil ich dir das beigebracht habe?« Ich erschrak. Auf diesen Gedanken war ich überhaupt nicht verfallen. Der Drache röhrte ein wenig und ich prallte an den Felsen, weil der noch zu nah war, und schlug mir den Kopf ordentlich an. In meinem Gehirn dröhnte es, wie wenn eine Kirchenglocke darin schlagen würde. *Du bist lustig, erst bringst du mir so fantastische Sachen bei und dann soll ich weiterhin wie Graf Koks durch die Gassen wanken?* Wer war um Himmels willen Graf Koks? Und wieso wollte Berkom sich in Gassen aufhalten? Die waren sowieso zu eng und schmal für ihn. Berkom sah mich dezent mitleidig an. *Schon gut. Wir reden nächste Woche weiter. Komm schlafen.* Verwirrt stapfte ich dem Drachen hinterher.

Am nächsten Abend standen wir am Fuß des Bergkegels und ich zitterte ein wenig. Ich traute mich fast nicht, den ersten Abhang hinaufzugehen. Irgendwie hatte ich Angst, der Berg würde über mich herfallen und mich in sich aufsaugen. Ich hatte die ganze Zeit nur eines gekannt, hierherzukommen. Jetzt war ich da und wusste nicht, was ich hier sollte. Stehen bleiben wollte ich nicht. Mich hinsetzen wollte ich auch nicht. Also begann ich den Berg zu besteigen. Berkom fand mich beunruhigend. *Du willst jetzt sofort da rauf?* Ich kratzte mich am Kopf. »Ich glaube, ja.« *Du kannst nicht bis morgen warten?* Mir war nicht danach. *Also gut.*

Dann geh. Berkom seufzte. Er sah mich schon die ganze letzte Zeit so von der Seite an, aber ich konnte darauf nicht eingehen. Ich wusste ja selber, wie verdreht ich gerade reagierte. *Brenn*. Der Drache pustete mir sanft ins Genick. *Mach da oben keinen Scheiß*. Ich sah meinen Drachen ernst an.

Dann legte ich den Kopf in den Nacken und starrte den Berg hinauf. Sein Hang begann sanft. Nur der allerletzte Kegel war so steil, dass ich mich sowieso fragte, wie ich da hinaufkommen sollte. Es gab noch ein paar andere kleinere Nebenkegel, aber der Hauptberg war mächtig. Seine Spitze war von Wolken verhüllt. Sie war immer in Wolken verhüllt gewesen, von Anfang an hatte ich nie sein wirkliches Haupt gesehen. Die Unruhe, die mich die ganze Zeit getrieben hatte, ergriff mich wieder und ich hastete beinahe davon. Ich registrierte nicht mehr, ob der Drache mir folgte oder ob er zurückblieb. Die ersten Hänge blieben wie im Traum hinter mir zurück. Die nächsten drei Stufen hatte ich überwunden, ohne irgendetwas zu merken. Ich raste den Berg hinauf, ohne zu erkennen, dass dieses Tempo mörderisch war. Bei dem ersten gefährlich steilen Stück hangelte ich mich über eine Klamm hinweg, ohne auf meine Zehen oder Finger achtzugeben. Die Dämmerung war vorbei und es wurde Nacht. Direkt hier am Berg zogen keine Nebelschwaden auf, die hielten sich ein wenig weiter entfernt in den letzten Tälern zurück. Aber der Himmel war noch sternenlos, tintenschwarz und stumpf. Unter mir bewegte sich ein dunkler Schatten. Ein großer dunkler Schatten. Ich wusste nicht genau, was das war. Es war mir egal. Mein Kopf war leer gefegt. Ich kletterte über den nächsten Überhang und stand auf dem Beginn eines langen Schutthangs. Von ferne wehte etwas vorbei, das mich von diesem Schutt wegbewegte. Es war eine vage Ahnung von Gefahr. Ich kletterte wieselflink die nächste Wand hinauf und richtete mich auf einem schmalen Felsband auf, dem ich einige Windungen entlang den Berg hinauffolgen konnte. In der tiefen Dunkelheit der Nacht konnte ich nichts mehr erkennen, der Fels an meinen Händen war nicht mehr als eine Ahnung, der Fels unter meinen Füßen schon Vergangenheit. Ich kletterte. Einer der kleineren Nebenkegel ragte über mir auf und versperrte mir den Weg nach links. Ich kümmerte mich nicht um diese Warnung und stieg in die Klamm zwischen ihm und dem Hauptberg ein. Es war kalt, eisig kalt in der Klamm. Ich drückte mich über zwei hässliche Stellen hinweg und gewann Raum. Der Himmel wandelte seine Düsternis in samtiges Schwarz. Über mir thronte der mächtige Hauptberg und direkt vor mir erhob sich sein größter Spross. Von unten hatte dieser Nebenkegel so klein gewirkt, jetzt stellte ich fest, dass er riesig war. Ich kletterte um seinen Fuß herum und arbeitete mich an der Seite in die Höhe. Ich war immer noch in rasender Eile, wusste nicht warum und konnte es nicht ändern. Inzwischen keuchte ich, schwitzte und spürte, wie meine Muskeln vor Erschöpfung zu zittern begannen. Ich spürte es, aber es drang nicht zu mir durch. Mein Körper schien sich von mir abgespalten zu haben und ich flitzte über den nächsten Hang wie ein Felsenhörnchen.

Es kam, wie es kommen musste. Ich versuchte von dem Nebenkegel weg auf den Hauptberg überzuwechseln und wollte dazu einen tiefen Einschnitt überspringen. In der pechschwarzen Nacht sah ich eigentlich nicht, wohin ich springen wollte, und in letzter Sekunde hielt mich ein harter Griff um meine Hand am Felsen zurück. Der Fels zerbröckelte unter meiner Hand und ich rutschte ab. Das Entsetzen, das mich packte, riss mich endlich aus meiner rauschartigen Selbstvergessenheit. Ich blieb an einem Vorsprung hängen und rackerte nervenaufreibende Minuten, bis ich Halt für meine Füße und meinen Körper fand. Dann lehnte ich heftig atmend am Felsen. Mir wurde schwindelig. Ich presste die Finger an den Stein und verfluchte mich in allen Farben und Formen. Dann kletterte ich vorsichtig wieder los. Die nächste Klamm fegte meine Selbstbeherrschung mühelos beiseite. Ich stieg ein und hinauf, als wäre es nichts weiter als eine gemütliche Außentreppe an einem netten kleinen älteren Häuschen auf dem Lande. Ich vergaß restlos alles um mich herum.

Irgendwann später hing ich in einem steilen Felshang fest. Meine tastenden Finger fanden nichts weiter als glatten Fels. Meine Füße hatten ihren Platz auf einem schmalen Sims gefunden, der gerade den Zehen und dem Fußballen Halt bot. Es ging nicht weiter. Ich tastete herum und es ging einfach nichts mehr. Es dauerte mehrere Minuten, bis ich so weit zu mir kam, dass ich diesen

Umstand einigermaßen begriff. Es dauerte noch ein paar Minuten länger, bis ich merkte, dass ich auch nach unten nicht mehr wegkam. Ich hatte mich festgeklettert.

Das war unvorstellbar. Der Drachenblick sagte mir, wohin ich mich wenden musste. Der Drachenblick hatte mich den ganzen Berg hinaufgeführt. Der Drachenblick hatte mich verlassen.

Zum dümmsten Zeitpunkt, den es nur geben konnte, hing ich im Fels fest und erkannte nichts mehr. Der Himmel riss über dem Berg auf und entließ Myriaden von funkelnden Sternen. Sie beleuchteten mein Elend. Ich konnte mich nicht mehr rühren, denn das Wissen um Fels, Wand und Stein war verloren gegangen. Die Kraft meines Körpers schien genauso davonzufließen. Meine Hände zitterten im Schock der Erkenntnis, dass ich nichts mehr tun konnte. Um mich gab es nur glatte Felswände. Wie um alles in der Welt war ich hierhergekommen? Im sanften, funkelnden Licht der Sterne enthüllte sich der grausamen Wahrheit Gesicht. Der Drachenblick hatte mir schon einmal den Dienst verweigert und mich in Wut gestürzt. Die Wut hatte die Verzweiflung nicht hochkommen lassen, die diesmal aus mir herausbrach. Ein Wind zupfte an mir und ließ mich erneut erschauern. Ich kämpfte mich durch meine Emotionen hindurch und wusste, dass ich diesmal keinen Drachen hatte, der mich auffangen würde. Der Teufel hatte mich geritten, dieser teuflische Berg. Es dauerte noch sehr viel länger, bis ich auch darüber hinwegkam. Mein Körper wurde kalt wie der Berg und steif wie Stein. Ich konnte mich nur minimal bewegen, wenn ich nicht haltlos in die ewige Finsternis stürzen wollte. Der Abgrund, der mich rings um mich herum anatmete, war schaurig. Er zog versuchsweise an meinen Fersen, die nur Luft unter sich spürten.

Ich hatte schon einmal diesen entsetzlichen weiten Raum um mich gespürt. Ich hatte es vergessen, aber mein Körper erinnerte sich noch daran.

Diesmal wäre es wirklich sehr einfach. Loslassen, fertig. Ich würde ziemlich sicher nicht einmal irgendetwas spüren. Es gab nichts und niemand, der mich aufhalten konnte. Sehr merkwürdig, ich suchte nach dem Drachen, aber er war weg. Selbst er hatte mich also verlassen. Was konnte ich nun noch tun? Nichts. Ich konnte stur auf diesen wenigen Zentimetern Fels stehen bleiben, bis zum Sankt-Nimmerleins-Tag. Ich konnte aufgeben. Ich konnte versuchen den Drachen zu rufen, aber das hatte auf die eine Art nicht funktioniert und es würde mit meiner vereisten Lunge auch nicht viel mehr werden. Der Drache würde nicht mehr kommen. Nicht hierher. Und selbst wenn er käme, er würde mir nicht helfen können. Von diesem felsigen Fleckchen kam ich so nicht weg.

Die Sterne funkelten. Sie streuten flüchtige Lichtpunkte in die Dunkelheit. Ich versuchte diese kleinen flackernden Lichter zu bündeln, um mir einen Weg zu weisen, aber das klappte nicht. Die Sterne ließen sich nicht packen. Sie zogen sich zurück, ließen dünnen Hochnebel vorbeistreichen und wurden fahl.

Mein Körper begann mir zu entgleiten. Ich merkte es und erschrak. Wenn das geschah, hatte ich keine Chance mehr. Ich tat das Einzige, was mir noch einfiel. Ich griff in mich hinein und sah nach, was noch vorhanden war. Ich tastete und suchte und am Schluss fand ich ein kleines rotgoldenes Kügelchen. Es war sehr klein, aber es war sehr fest, wie eine Murmel. Ich nahm es in die Hand und ließ es auf der Handfläche herumrollen. Schade, wenn man das fallen lassen würde. Ich schloss die Faust darum. Das Kügelchen verströmte Wärme. Ich hob die Faust und die Wärme leuchtete rotgolden durch meine Finger hindurch. Ich ließ die Wärme über den Felsen streichen, das rotgoldene Glühen auf die kalten Steine treffen. Wenig mehr als eine Armlänge über mir erkannte ich einen festen Absatz. Ich konnte nicht sehen, wie weit dieser Absatz sich hinzog, wie viel Platz er bot. Darüber flogen die Nebelfetzen der aufkommenden Morgendämmerung dahin. Ich war auf die Spitze des größten Nebenkegels geklettert. Ich konnte den Absatz nicht kletternd erreichen. Ich hatte fast die ganze Nacht in der Wand mehr oder weniger gehangen.

Es war heller Wahnsinn.

Ich sprang.

Krachend zersprang das Eis, das mich umspannt hatte, barst in Schollen und verflog. Ich löste mich vom Fels und meine Hände griffen nach dem Stein über mir. Ich war sogar zu hoch gesprungen, konnte mich ohne größere Anstrengung abstützen und hochdrücken. Das war wohl mein Glück, denn an den Fingern hätte ich mich nicht hochziehen können, das wäre wahrscheinlich doch zu viel verlangt gewesen. Ich warf mein rechtes Bein hoch, erreichte den Absatz, wurde von dem Schwung überrollt und kippte über. Hinter dem Absatz befand sich eine kurze Kante und dann fiel die Bergspitze in sich zusammen und bildete einen Talkessel. Ich rutschte den Hang hinunter. Die Welt drehte sich, ich überschlug mich mehrmals und kam mit einem kräftigen trockenen Krachen an einem kleineren Felsbrocken zum Halten. Dann lag ich flach atmend dahingeklatscht halb auf der Seite. Es dauerte sehr lange, bis ich die Kieselsteine unter meinen Händen sah. Es dauerte noch viel länger, bis ich den Himmel über mir erkennen konnte. Langsam rötete sich der Himmel und ein paar hellere Nebelschwaden zogen vorbei, aber der Himmel war in der Nacht aufgeklart und das hielt sich noch. Die Sonne begann zu steigen und schickte ihre ersten langen Strahlen an die Bergwände. Etwas zupfte beharrlich an meinem Bein. Das tat es schon die ganze Zeit über, aber ich hatte es noch nicht gemerkt. Jetzt versuchte ich versuchsweise mein Bein wegzuziehen und war sehr erstaunt, als mir das sogar gelang. Wie ein aus dem Nest gefallenes Küken begann ich vorsichtig tastend meine Hände über den Boden zu bewegen, auf dem ich lag. Ich atmete. Ich konnte mich bewegen. Unsicher hob ich meinen Kopf und richtete mich hinter dem kleinen Felsbrocken auf.

Eine stille, ruhige, glatte Fläche dehnte sich vor meinen Augen aus. Es sah wie ein überdimensionaler Spiegel aus. Ich starrte darauf, bis mir die Augen zu tränen begannen. Dann zwinkerte ich und wischte mir über das Gesicht. Ich lebte. Wie seltsam. Denn in mir war alles wund und tot. Ich war alleine. Ich war wirklich und wahrhaftig alleine. Zum ersten Mal, seit ich in dieses seltsame Land gekommen war, war ich unumstößlich alleine. Ich legte den Kopf in den Nacken und blickte in den Himmel. Das hier war grausam. Warum wurde mir das angetan? Der Himmel und wer immer auch sonst noch meine stumme Klage hörte, antwortete nicht. Ich sank zusammen. Die Sonne stieg unaufhaltsam siegreich über Nebel und Wolken hoch. Ihre goldgelben Bahnen brachen sich in dem Spiegel vor mir und sandten blitzende Reflexe in alle Richtungen. Ich kroch um meinen schützenden Felsbrocken herum bis an den Spiegel heran. Seine harte, glänzende Fläche zeigte mir nichts anderes als die umliegenden Felsen und den Himmel, alles, was sich darin spiegelte. Ich kroch noch ein wenig näher und streckte meine Hand aus. Mein Finger traf auf eine kalte Oberfläche und ließ den Spiegel vibrieren. Kleine Schauer breiteten sich aus, kleinste Wellen verwarfen die Glätte.

Mein Spiegel war ein See. Ich kniete mich hin und tauchte meine Hand ins Wasser, ließ das kalte, kristallklare Nass in meine Handfläche laufen, hob meine Hand an meinen Mund und kostete. Das Wasser schmeckte nach Mineralien, rein und tief. Es perlte um meine Zunge. Ich holte tief Luft. Wenn ich das Wasser schmecken konnte, so konnte ich auch vielleicht den Wind spüren? Ich richtete mich auf und blickte unwillkürlich über den See. Und genauso unwillkürlich senkte sich mein Blick auf die Wasseroberfläche und traf auf eine dunkle Gestalt. Irritiert beugte ich mich vor. Die Gestalt bewegte sich auf mich zu. Ich zuckte zurück und die Gestalt wich vor mir aus. Ich verzog verwirrt das Gesicht. Dann beugte ich mich wieder vor.

Ich hatte sehr, sehr lange keinen Spiegel mehr benutzt. Ich hatte, seit ich in diesem Land war, nur einmal mein Gesicht in den Augen eines Drachen sich spiegeln gesehen. Ich starrte auf das Wasser des Sees. Ich wusste wie ich aussah. Ich wusste wie ich ausgesehen hatte.

Das hier war mein Gesicht.

Unzweifelhaft.

Und war es nicht.

Mir wurde schwindelig und ich merkte, dass ich vergessen hatte zu atmen. Ich starrte auf mein Gesicht und fühlte mich sehr merkwürdig. Es kam mir so vor, als würde mein Innerstes sich von den Knochen schälen und in eine neue Form gegossen. Es waren keine großen Veränderungen. Es war mein Gesicht und ich erkannte mich darin. Aber es sah nicht mehr so aus wie das, das der Mann, der einmal einen Berg bestiegen hatte, um getötet zu werden, gekannt hatte. Mein Gesicht war härter und schmaler geworden. Die Knochen waren ausgeprägter. Die Ohren lagen eng an und ich hatte kurze Haare. Nicht der kleinste Flaum zeigte sich auf der Oberlippe, den Wangen, dem Kinn. Ich hatte überhaupt keinen Bart. Verwundert fuhr ich mir über das Gesicht und bekam den spürbaren Beweis dafür, dass ich keinen Bart hatte. Ich hatte es gewusst, zu sehen brauchte man das ja nicht wirklich. Aber es war mir nicht bewusst geworden. Jetzt, wo ich mich sehen konnte, hatte ich den Anblick eines langmähnigen, zotteligen Etwas mit wehendem, verfilztem Bart erwartet. Stattdessen tauchte vor mir ein Gesicht auf, von dem ich wusste, dass Katie ihm hinterhergelaufen wäre. Verdammt. In meinen Augen glitzerte etwas, was früher nicht darin gewesen war. Fünf Männer hätten mich heute nicht mehr den Berg hinaufeskortiert. Sie hätten es von sich aus schön bleiben lassen. Ich bleckte die Zähne und fuhr zurück, wie wenn mich eine Hornisse an die unschicklichste Stelle gestochen hätte. Mein Mund war nicht ungewöhnlich. Ich schnaufte. Der Schreck hatte das Blut in meinen Magen sacken lassen. Dann kroch ich höchst vorsichtig an meinen Spiegel zurück und warf einen unsicheren Blick auf mein Spiegelbild. Das Wasser hatte sich beruhigt und warf ein makelloses, wenn auch dunkles Bild zurück. Die Sonne berührte die gegenüberliegende Talseite mit ihren Strahlen, aber ich hatte keinen Blick für sie. Ich starrte auf mein Spiegelbild. Zaghaft schob ich die Lippen von den Zähnen. Es waren gesunde Zähne. Es war ein gesundes Gebiss. Ich kannte die Art dieses Gebisses. Ich hatte es ab und zu in der größeren Ausfertigung zu sehen bekommen. Fangzähne und Reißzähne. Das Gebiss eines Fleischfressers, das Gebiss eines Raubtiers. Ich schloss den Mund und die Augen. Dann guckte ich mich wieder an. Es half nichts. Das da war jetzt ich. Ein unversehens gnädiges Schicksal hatte wenigstens die Vorderzähne als Schneidezähne belassen. Damit behielt ich doch noch einen menschlichen Zug, den ich mit größter Erleichterung herausdividierte. Ich bleckte die Zähne in einem Anflug von unsicherer Versuchung und das Gesicht vor mir verwandelte sich mit größter Schnelligkeit in das Abbild eines gereizt irritierten Drachen. Ich zuckte schon wieder zurück. Das war schlimm. Ich wollte so nicht aussehen. Mit diesem Gesicht würde ich jeden erschrecken, der mir über den Weg lief.

Ich legte meinen Kopf auf die angezogenen Knie und die Arme darum und versuchte dem geballten Unglück zu entkommen. Es nutzte nichts. Ich kam nicht daran vorbei. Schließlich hörte ich auf, still vor mich hin zu protestieren und entrollte mich.

Die Sonne war höher gestiegen. Der See warf die Helligkeit mit größerer Intensität zurück. Mein Gesicht tauchte klarer und deutlicher aus dem Wasser hervor. Es war durchaus attraktiv. Es strahlte eine untergründige Gefährlichkeit aus, die es noch attraktiver machte. Ich grinste mich ganz leicht an und das Gesicht zeigte mir nichts anderes als ein sehr vorsichtiges, fast verstecktes Lächeln. Ich holte tief Luft. Das ging. Und dann erstarrte ich. Denn ich begriff, dass ich nach etwas suchte, was ich verloren hatte und nicht wiederbekommen würde. Ich suchte nach Wegen, die mir verschlossen waren. Ich hockte an einem See in einem Talkessel, aus dem ich wohl wieder herauskommen konnte – vielleicht –, aber ich würde, so wie ich jetzt da stand, den Berg niemals verlassen können. Denn ich konnte nicht mehr klettern. Ich hatte das Wissen um den Felsen und seine Beschaffenheit verloren. Und ich konnte den Drachen nicht rufen, der mich hätte retten können.

Ich stand auf und reckte mich. Ich würde eine Weile von dem Wasser des Sees leben können und dann sterben. Der Berg hatte mich zu nichts anderem zu sich gerufen. Sanft regte sich etwas in mir. Ich konnte den Talkessel hinaufsteigen und mich einfach fallen lassen. Das ging immer noch. Die Regung wurde stärker. Ich konnte an diesem See bleiben und ziemlich elendiglich zugrunde gehen. Es würde lange dauern. Mit Wasser überlebte ein Mensch sehr lange, viel länger als mit Nahrung und ohne Wasser. Die Regung wurde dominant und wallte in mir hoch. Ich verspürte den ungezügelten Überlebenswillen. Und diesmal wusste ich, dass es meiner war, und meiner ganz alleine. Wenn ich hier herauskam, wie auch immer, und alles verloren hatte, was mir mein neues Leben beschert hatte, so würde ich doch immer noch meinen Drachen sehen können. Ich würde nicht mehr mit ihm so leben können, wie wir es getan hatten, aber ich würde vielleicht einen Weg finden. Und wenn es nicht ging, so würden wir auch dafür eine Lösung finden.

Ich würde nicht aufgeben.

Ich würde kämpfen.

In mir brach der Damm. Verzweiflung floh. Die Kampfeslust stieg in mir hoch und gab der Wut, die in mir schlummerte, Raum.

In tiefstem Blutorange färbte sich der Himmel über mir ein, als unvermittelt die ungezügelte Wut aus mir herausbrach. Ich brüllte meine Kampfansage an das Schicksal hinaus und meine Drachenstimme krachte wie ein Donnerschlag in den Talkessel hinein, brach sich an den Felswänden und füllte den Kegel, bis das Brüllen des Drachen in den Himmel hinaufstieg. Die Sonne erreichte den Grund des Tales und ließ den See in rotgoldenem Feuer aufflammen. Etwas, was tief in mir gebunden gelegen hatte, streifte seine Fesseln ab und witterte die Morgenluft. Ich schrie erneut und in der Gewalt meines Schreis begann der See sich zu kräuseln. Ich blickte ins Wasser und sah, wie sich meine Gestalt verwischte und verschwamm und wie sich ein dunkler Umriss hinter mir erhob. Der schattenhafte Drache richtete sich auf und spannte seine Flügel aus. Die Sonne im Wasser blendete mich. Ich schrie zum dritten Mal und meine Wut sprengte alle Fesseln. Der Berg sprach zu mir. Der riesige Bergkegel, der sich vor mir über meinem Talkessel erhob, schickte mir das befremdliche Wissen um seine tiefe Verbundenheit mit der Erde. Er rief mich mit einer Stimme, die ich verstand und nicht erkannte. Macht brandete in mir auf und ich streckte meinen Arm aus. Meine Hand deutete auf den Bergkegel und schuf eine Verbindung zwischen uns. Die Macht speiste sich aus meiner Wut und wuchs. Risse und Verwerfungen im Gestein glitten vorbei. Ich spürte den unruhigen Pol des Berges, sein Verlangen, dem, was in mir tobte, Ausdruck zu geben.

Es war mein Verlangen.

Es war meine tobende Wut.

Der Berg antwortete mir mit einem machtvollen Stöhnen. Zum vierten Mal erhob ich meine Drachenstimme und eine purpurne Lanze zerschnitt mein Gebrüll. *Brenn!* Der Ruf fuhr durch mich hindurch und schüttelte mich. Ich schrie und der Berg neben mir rührte sich. Mit einem fernen Bewusstsein sah ich, wie sich Lawinen lösten und donnernd hinabstürzten. *Brenn!* Die Macht in mir trank den Berg in sich hinein. Meine rechte Hand begann zu brennen. Mein rechter Arm schien in Flammen aufzugehen. Bis zur Schulter wand sich ein rotgolden glühendes Band um ihn, brannte sich bis auf den Knochen hinein und füllte mich mit Qual. Der Berg riss an mir und gab mir den Weg frei. Die weitaus größere Wut, die sich mir bot, zog an mir. Das flammende Inferno, das tief in mir Blasen zu schlagen begann, ließ das rotgoldene Band wie eine schwache Erinnerung erscheinen. Ich konnte es in glühendem flüssigem Gestein abwaschen. Ich starrte auf meinen rechten Arm und das Band. Eine leise, wohlbekannte Stimme wisperte: »Es ist ein Vulkan. Du kannst ihn nicht wirklich ausbrechen lassen, nur weil du gerade in der richtigen Stimmung dazu bist. Das tut man nicht. Auch du wirst das nicht tun.« Ich seufzte abgrundtief. Man konnte sich so sehr verändern, wie man wollte, gewissen klugscheißenden leisen Stimmen schien man damit nicht zu entkommen.

Ingrimmig griff ich nach der Macht, die in mir sang, und schloss meine Faust um sie. Die Welt um mich erhielt eine gewisse undeutliche Festigkeit. Die Wut wallte trotzig hoch und brandete an meine Deiche. Ich hatte das Wehr geschlossen und die Fluten eingedämmt. Das rotgoldene Band glühte noch um meinen Arm, aber es tat nicht mehr weh.

Auf halber Höhe, zwanzig Meter von mir entfernt, stand der Drache am Hang. Der See waberte in einem ungewissen Leuchten, aber ich hatte das Gefühl, dass mir meine Augen einen Streich spielten. Ich sah hoch. Der Drache war noch da. Ich streckte meinen Arm nach ihm aus und er kam zu mir, wuchs vor mir in die Höhe und ragte vor dem Himmel auf. Ich sackte in die Knie und das Wasser schlug mit kleinen Glucksern Wellen um mich. Dann wurde der See ruhig und glatt. Die Sonne spiegelte sich mit unverminderter Stärke darin, aber jetzt war es heller Schein. Der Drache schnüffelte zu mir hin. *Du bist gezeichnet worden. Für den Rest deines Lebens wirst du das Drachenmal tragen*. Der See warf mein Spiegelbild zurück und ich erschrak nicht, als der Drache es nahm und vor meinen Augen drehte, bis ich meinen eigenen Nacken sehen konnte. Wo sein Fangzahn meinen Hals durchbohrt hatte, trug ich eine weißliche Narbe in Form eines Drachenzahns. Der Drache trat ruhig in den See hinein und stellte sich vor mich. *Du hast mich gezeichnet. Für den Rest meines Lebens werde ich dein Zeichen tragen*. Der Drache öffnete sein Maul und rollte seine Zunge zusammen. Auf dem Gaumen sah ich den klaren, hellen Abdruck einer Hand. Meiner Hand. Ich blickte dem Drachen unverwandt in die Augen. »Solange ich lebe, werde ich dein Gefährte sein.« *Solange ich lebe, sollst du mein Gefährte sein*. Ich stand im seichten Wasser des Sees auf und legte meine Bindungshand auf das Herz des Drachen. Der See ließ sein Wasser um uns in sanften langen Wellen einer fast unmerklichen Dünung spielen. Die Sonne schickte flirrende, glitzernde Reflexe. Einen zeitlos langen Moment hindurch löste ich mich in Sonne, Wasser, Luft und Fels auf. Dann spürte ich die Drachenhaut unter meiner Hand. »Berkom.« Ich flüstere es nur. Sein Einverständnis überflutete mich. Ich stieg noch im Wasser auf ihn auf und Berkom schaffte das unglaubliche Kunststück, ohne Anlauf aus dem Kratersee aufzusteigen.

Wir flogen drei Tage und Nächte ohne Unterbrechung nach Westen und der Vulkan blieb hinter uns zurück. Erst dann wagte es der Drache, mich wieder auf die Erde zurückzulassen. Er war vor einer Schlucht gelandet, in die ein Wasserfall stürzte. Ein kleiner Teich hatte sich davor gebildet und ich lag am Ufer und trank. Unter dem nahe gelegenen Felsüberhang schlief ich trotz des Rauschens und Plätscherns des Wasserfalls wie ein Toter fast zwei Tage lang.

Als ich zu mir kam, hatte Berkom passenderweise Frühstück, Mittagessen und ein abendliches Dinner direkt neben mir platziert. Ich futterte und dann wurde mir postwendend schlecht und ich übergab mich. Nicht sehr lustig. Berkom verscharrte den Dreck und ich schleppte mich kraftlos drei Schritte weiter. Es dauerte zwei weitere ätzende Tage, bis ich so weit stabil war, dass ich mich in dem Teich einweichen gehen konnte. Berkom hatte sich schon mindestens fünfmal darin gewälzt und ich hatte es endlich auch geschafft. Tage später hockte ich auf einem schmalen Sims auf halber Höhe des Abhangs gegenüber der Schlucht und starrte nach Osten. Der Drache wurde unruhig. *Brenn*. Ein warnendes Murmeln. »Ich mache keinen Unsinn. Versprochen.« *Wirklich. Das letzte Mal hast du das auch versprochen*. Ich verzog unwillig das Gesicht. Wenn er anfing, mir diesen Punkt die nächsten paar Jahrhunderte vorzuhalten, würde das sehr lästig werden. *Erinnerst du dich an die Eiskörner bei unserer Gipfelüberquerung? Das waren Staub- und Lavakörnchen, ummantelt von gefrorenem*

Wasser, die von einem Vulkanausbruch vor einiger Zeit stammten und jetzt aus der Atmosphäre zurückkamen, viele Hunderte Kilometer entfernt und zu einer ganz anderen Zeit. Wenn ein Drache von ›einiger Zeit‹ sprach, konnte das eine wesentlich andere Spanne umfassen, als man das so gemeinhin annahm. So ab 500 Jahren vielleicht. »Ich bin kein naturwissenschaftlicher Ignorant.« Ich raunzte den Drachen an. Der seufzte abgrundtief. *Es musste ja unbedingt ein Vulkan sein, den du dir ausgesucht hast. Warum nur. Andere Drachen finden dafür ein nettes kleines Tal oder eine saubere, übersichtliche Hochfläche, aber bei dir musste es unbedingt dieser Monstervulkan sein. Bloß gut, dass der nicht wirklich gerade selber ausbrechen wollte.* Es war ein sehr guter Vulkan, also bitte. *Natürlich.* Der Drache seufzte nochmals. *Geh baden. Vielleicht kühlst du damit ab.* Ich sah Berkom scheel an und ging baden. Das Wasser zischte nicht, als ich untertauchte, aber eine halbe Sekunde lang hatte ich das fast befürchtet.

Berkom machte danach nicht viel Federlesen und flog schnurstracks auf kürzestem Weg die längstmöglichen Strecken, um mehr Entfernung zwischen mich und den Vulkan zu bringen. Ich fand das unpassend. Ich war doch kein Kleinkind, das eine heiße Herdplatte vor Augen hatte. Aber bitte. Jedem Tierchen sein Pläsierchen. Ich konnte, wenn ich nur wollte, auch mit Lehrsprüchen aufwarten.

Mein erster Ausflug verlief dann nicht so, wie geplant. Berkom hatte mich die erste Zeit natürlich bei allen jagdlichen Aktivitäten außen vor gelassen und danach hatte er einfach nicht gefragt, sondern war schlicht verschwunden und dann mit dem Ergebnis aufgetaucht. Ich hatte das erst mal so hingenommen, als vernünftiger Drachengefährte war man ja nicht übermäßig anspruchsvoll. Irgendwann ging es mir auf den Keks. Er könnte ja wenigstens mal fragen. Die gemeinsame Jagd hatte uns doch immer so viel Spaß gemacht. Aber ich konnte mich ja schlecht an seinen Schwanz hängen, wenn er beschloss, sich jetzt mal auf den Weg zu machen. Woraufhin ich dann den Spieß schlicht umdrehte und, während er sich geschäftig davonmachte, selber unser Lager verließ. Ich fand es spannend. Es war ziemlich überraschend für mich, dass ich das konnte. Ich erinnerte mich nur zu gut an meine Ausfallserscheinungen in den ersten Tagen, als wir die Drachenberge verlassen hatten. Jetzt schien es mir keine Schwierigkeiten mehr zu bereiten, mich getrennt von dem Drachen zu bewegen, und ich hatte auch keine Horrorvisionen mehr über Berkom. Seltsamerweise vermisste ich diese Einschränkung in der ersten Sekunde. Ich schalt mich einen Narren und wanderte weiter. Wenige Minuten später war es schon wieder so weit, dass ich mich wunderte, weil ich eben nichts spürte. Kein Zwang riss mich irgendwohin, nichts drehte mir das Gehirn im Kopf herum. Alles war normal. Wie unnormal. Krank war ich jedenfalls nicht. Vielleicht kam das davon, wenn man sich einem Vulkan zu sehr näherte? Nein, ich würde mich von dem Getue einer größeren vierbeinigen Begleiterscheinung nicht anstecken lassen. Ich fand eine kleine Gesellschaft von Schneehasen und schlich mich vorsichtig an sie heran. Die Schneehasen machten Männchen und flitzten davon. Im Anschleichen war ich noch nicht perfekt. Außerdem hatte ich wohl vergessen, den Wind mit einzuberechnen. Ich war ein wenig außer Form, stellte ich konsterniert fest. Also strolchte ich ein wenig weiter und sah nach, ob ich noch etwas anderes auftreiben konnte. Es sah nicht so aus. Das passte mir nun wieder überhaupt nicht, aber ich stellte fest, dass ich mich ziemlich weit von unserem Lager entfernt hatte. Der Nachmittag war vorangeschritten und ich hatte das nicht richtig berücksichtigt. Jetzt würde es doch ein wenig später werden, bis ich wieder in unser Lager zurückkam. Na gut, musste der Drache eben auf mich warten. Die letzte Zeit war es ja immer anders herum gewesen. Was sollte es. Das kleine bisschen schlechtes Gewissen, das sich prompt meldete, wurde sofort unterdrückt. Ich war ja absolut nicht unvernünftig. Mit Gewalt jetzt noch Beute machen zu wollen, würde ich ja nicht versuchen. Ich war doch sehr vernünftig und jetzt auch schon auf dem Rückweg. Es gab keinen Grund für niemanden, in Panik zu verfallen. Sowieso war er bestimmt noch nicht zurück. Außerdem brauchte er mich ja nur zu fragen. Das konnte er ja schließlich wirklich. Eingebautes Handy, sehr praktisch und sehr lästig. Manchmal. Wie Handys eben so waren. Dieses ließ sich noch nicht mal ausschalten. Seit wir den Vulkan erreicht hatten, hatte der Drache mich allerdings nicht mehr über die Distanz hinweg versucht zu erreichen. Wenn das etwas war, was nicht mehr ging? Nun gut, ich kam ja jetzt zurück und schließlich waren wir beide ja keine kleinen Kinder mehr.

Die drei Felsenporks, die mir den Weg zum Lager abschnitten, schienen nicht der Meinung zu sein, dass ich tatsächlich noch irgendwo anders hinkommen sollte. Ich guckte sie höchst überrascht an. Die Biester kamen aber auch herum. Und dann wagten sie sich auch noch in die Nähe eines Drachenlagers? Zwei Felsenporks verlegten mir den Weg nach vorne und einer trennte sich von ihnen und schlich sich von hinten an mich heran. Ich grinste hämisch. Fünf Felsenporks oder drei, das war schon ein Unterschied. Ob ich Berkom jetzt doch noch etwas mitbringen konnte? Er mochte Felsenporks ja. Ich behielt den Felsenpork in meinem Rücken sozusagen im Auge und begann mir ein paar handliche größere Steinbrocken zusammenzusuchen. Leider gab es nicht so sehr viele in meiner näheren Umgebung, aber ein bisschen Munition bekam ich doch zusammen. Dann richtete ich mich auf, visierte die beiden Viecher mir gegenüber an und wog einen Steinbrocken in der Hand. Ich bleckte erwartungsfroh die Zähne und konnte ein deutliches Fauchen nicht unterdrücken. Die beiden Felsenporks stutzten. Sie hoben die Köpfe und spitzten die Ohren. Oh nein, so nicht. Das in mir aufsteigende begeisterte Röhren unterdrückte ich gerade noch. Dann holte ich aus und zog durch. Der Stein flog mit zufriedenstellender Geschwindigkeit auf die Porks zu und traf einen von ihnen am Rücken. Der Pork fuhr zusammen und hüpfte zur Seite, der zweite gab ein leises Husten von sich und ich fuhr herum und raste auf den los, der vorgegeben hatte, sich an mich von hinten heranzupirschen. Dummerweise konnte ich mich nicht beherrschen und stieß ein dumpfes, warnendes Brüllen aus. Zu blöde von mir, jetzt warnte ich dieses Viehzeugs auch noch. Der Pork hatte sich an den Boden gepresst angeschlichen und erschrak heftig, als er mich in vollem Galopp angeschossen kommen sah. Mein dämliches Gebrüll gab ihm den Rest. Er drehte ab und raste davon. Ich bremste und warf mich herum. Dann eben einen von den anderen zweien. Ich würde ja wohl wenigstens einen von ihnen erwischen. Ich preschte zurück und sah die Hinterteile von zwei Porks über den Hügelkamm verschwinden. Das war jetzt absolut unfair. Ich hatte noch nicht einmal ansatzweise meine Munition aufgebraucht. Sie spielten nicht mit. Ein Drache segelte von Norden herbei und landete in durchaus praktischer Entfernung. Weil ich aber noch in vollem Lauf war, musste ich ziemlich heftig bremsen und schlitterte noch ein paar Meter auf den Drachen zu. Den Zusammenstoß konnte ich aber doch noch vermeiden. Nicht vermeiden konnte ich, dass ich Berkom anmachte. »Was willst du denn hier?«, knurrte ich und Berkom pfiff im Gegenzug: *Bist du völlig übergeschnappt? Du kannst mit Felsenporks doch nicht Haschmich spielen!* Das Adrenalin, das erwartungsfroh durch meinen Körper gepulst war, hatte sich noch nicht abgebaut. »Ich hätte sie schon noch erwischt, wenn du nicht dazwischengekommen wärst!« Meine Stimme hatte einen röhrenden Unterton bekommen. *Ach ja, und was hättest du mit ihnen gemacht, wenn du sie erwischt hättest? Den Felsboden vor ihnen aufgerissen und sie in die Spalte purzeln lassen?* Der Drache röhrte jetzt auch. Mein Pulsschlag beschleunigte sich. Ich wendete meine Augen ab, die sich wütend in Berkoms gebohrt hatten, und legte den Kopf schief. »Interessante Idee. Ich sollte das das nächste Mal unbedingt probieren. Es ist etwas exotisch, aber wahrscheinlich ausgesprochen wirkungsvoll.« Der Drache erstarrte. Dann warf er seinen Kopf in den Himmel und stieß einen überraschend leisen Schrei aus. *Du machst mich wahnsinnig*. Ich guckte Berkom überrascht an. Ich hatte das Gefühl, gerade aufzuwachen.

Das mit dem Felsboden aufreißen hatte etwas in mir begierig aufgegriffen und mir ein paar Details mitgeteilt, was ich dafür zu tun hätte. »Äh.« Ich räusperte mich. Dann ging ich zu meinem Drachen hinüber und legte meine Hand entschuldigend auf seine Schnauze. »Es tut mir leid.« Eine kleine Pause. Berkom wartete. Ich kämpfte ein wenig, aber dann musste ich doch nachgeben. Eine gelbe Schliere ringelte sich in die Luft und zerfaserte. »Ich könnte wirklich den Boden aufreißen und eine Spalte entstehen lassen?« Etwas in mir war davon glasklar überzeugt. Berkom seufzte. Er hatte viel zu seufzen in diesen Tagen. *Etwas tun zu können, bedeutet ja wohl kaum, dass du es auch tun musst. Und von Ausprobieren und Herumexperimentieren war auch nicht die Rede*. Eine lila Blase, die zerplatzend einen lila Schauer kleiner

Bläschen hinterließ. Ich war ein Kotzbrocken. Wieso hatte der Drache mich nicht schon längst in der Luft zerrissen und gevierteilt! So grässlich hatte ich mich ja nicht einmal in den schlimmsten Phasen meiner Teenagerzeit benommen. *Wenn du es wenigstens ab und zu noch merkst, ist die Hoffnung ja noch nicht verloren.*

Ein Bussard strich über uns hinweg und stieß seinen schrillen Ruf aus. Ich hatte schon sehr lange keinen Bussard mehr gesehen. Wir mussten deutlich tiefer hinuntergekommen sein. Mir ging auf, dass das Tal, in dem ich stand, mit Flechten und Moos bedeckt war. Es gab sogar ganze Flecken mit kurzem Gras. Ich hatte neben mir gestanden. Eine andere Erklärung gab es nicht dafür. Was hatte Berkom doch gesagt? ›Andere Drachen finden dafür ein nettes kleines Tal oder eine saubere, übersichtliche Hochfläche, aber bei dir musste es unbedingt dieser Monstervulkan sein.‹ Wofür fanden Drachen ein nettes Tal? Andere Drachen? *Ruhig. Ruhig.* Ein sanfter Windhauch fächelte über meine Stirne und mein hochschießender Puls sackte ab. Das konnte er also immer noch, mich aktiv und gewollt beeinflussen und ich konnte mich dagegen immer noch nicht wehren, wenn ich es nicht schaffte, ihn rechtzeitig abzublocken. Im Durchschnitt gelang mir das zu einem verschwindend kleinen Prozentsatz. Ein gewisses Maß an Ausgeliefertsein hatte also überdauert. *Drachen haben gewisse Fähigkeiten.* Klar. Das war mir ziemlich sofort aufgefallen. *Nein, sie haben Macht. Das hat nichts mit Zauberei oder so etwas zu tun. Sie können sich dieser Macht bedienen, um die natürlichen Gegebenheiten zu verändern, aber nicht indem sie etwas herbeizaubern oder irgendetwas Übernatürliches vollbringen. Das hat damit nichts zu tun.* »Es ist so, als würde ich einen Baum ausreißen, obwohl ich eigentlich dafür nicht die Kraft hätte. Wenn ein Drache seine Macht einsetzt, dann kann er den Baum ausreißen. Aber er sagt dazu nicht Abrakadabra und er schießt auch keinen magischen Energiestoß ab.« *Sehr anschaulich. Du brauchst nicht, wenn wir uns irgendwann mal einem Wald nähern, anzufangen, den plattzumachen, nur um nachzusehen, ob du das kannst. Okay?* »Berkom.« Mir wurde etwas flau um die Magengegend. »Der Vulkan.« *Ja, netter Berg. Etwas groß, aber sonst ganz okay. Was ist mit ihm?* »Ich wollte den wirklich ausbrechen lassen?« *Du warst jedenfalls ganz gut dabei.* Scheiße. *Na, nimm's nicht so schwer. Es ist ja gut gegangen. Und ansonsten bin ich ja da und kann dich zügeln, wenn es sein muss. Du kriegst das auch noch besser in den Griff, keine Sorge. Wenn man die Macht entdeckt, spielt sie einem manchmal ihre Streiche*. »Das mit an die Leine legen war ernst gemeint von dir?« *Brenn, du würdest mich selber darum bitten. Wenn es sein müsste, hätten wir beide damit kein Problem. Bevor du Wälder niederlegst und Vulkane ausbrechen lässt, ja, gewiss, da würde ich dich stoppen*. Das war keine schöne Vorstellung. Ich hoffte doch sehr, dass ich dieses unvorstellbare Reservoir, das ich in mir entdeckt hatte, nicht so auf die Menschheit loslassen würde. Ein Drache als Wächter war auch eine exotische Vorstellung.

Endlich machte es klick in meinem Verstand. Drachen hatten Macht. »Berkom, wann hast du deine Macht entdeckt?« Der Drache schüttelte sich. *Gar nicht. Das kommt noch*. Scheiße. Ich fluchte schon wieder. Eine schlechte Angewohnheit, aber manchmal waren die Zeiten einfach danach. »Wirst du mir wenigstens rechtzeitig Bescheid geben, bevor du diesen Horror durchmachst?« *Brenn, ich lerne durch dich eine ganze Menge. Ich habe auch darüber jetzt eine viel bessere Vorstellung. Vielleicht wird es für mich damit ganz leicht. Wir werden sehen. Und wenn nicht, passe ich auf. Dir wird nichts passieren*. »Schafskopf«, brüllte ich den Drachen an, »es geht um dich! Wenn es so weit ist, werde ich dir helfen. Aber ich muss dir dann auch helfen können.« *Okay. Ich weiß nicht, wann es passiert, in Minuten und Sekunden oder Tagen. Wenn es so weit ist, wirst du mich beraten*. Ich starrte den Drachen konsterniert an. Berkom grinste mich an. *Das war es doch, was du mir mal gesagt hast. Du würdest mich beraten. Keine Sorge, habe ich nicht vergessen. Ich werde darauf zurückkommen*. Diesmal ging ich dem Drachen nicht auf den Leim.

»Drachen haben Macht. Okay. Gebongt. Du hast keinen Ton von Drachengefährten gesagt.« Dem Drachen war es sichtlich unangenehm. *Also gut, Drachengefährten haben normalerweise keinen Anteil daran. Diejenigen, deren Bindung sehr stark ist, können manchmal mit ihrem Drachen zusammenwirken. Dann können sie auch an der Macht teilhaben. Aber die Macht gehört immer dem Drachen. Drachengefährten sind stärker, tödlicher und ausdauernder als jeder andere Mensch. Das müssen sie sein, um ihrem Drachen folgen zu können. Aber die Macht gehört dem Drachen.* Der Drache schnarchte ein wenig. *Du hast einfach ein anderes Potenzial. Wäre schade drum gewesen. Es ist sowieso egal, weil es jetzt so ist, wie es ist. Du bist mit mir verbunden und das bleibst du für den Rest deines Lebens. Ich werde schon dafür sorgen, dass du auf dem Teppich bleibst.* »Also kann man mich als eine Art Laune der Natur betrachten? Wie eine Art weißes Kaninchen?« *Nicht ganz.* Jetzt grinste Berkom unübersehbar. *Ein weißes Kaninchen mit einem braunen Fell.* Er platzte schier. Ich konnte es leider nicht verhindern. Ich lief geradezu lila an. Berkom fiel auf die Seite und ruderte mit den Füßen in der Luft herum, während er vor Vergnügen quietschte. Nachdem wir dann das Ergebnis von Berkoms Jagd vertilgt hatten, sinnierte ich ein wenig über die Felsenporks nach. Drei konnte ich in die Flucht schlagen, okay. Was war mit fünf, oder einer ganzen Meute? Würden die auch vor meiner Drachenstimme Reißaus nehmen? Wie kämpfte man gegen einen Felsenpork? Ich ließ Berkom damit in Ruhe. Nur hatte ich die dumpfe Vermutung, dass er sehr gut wusste, worum meine Gedanken kreisten.

Unser erster gemeinsamer Jagdversuch endete mit einem vollständigen Fiasko. Berkom versuchte erst gar nicht, ohne mich beim nächsten Mal aufzubrechen. Mich einmal suchen gehen zu müssen war wohl einmal zu viel für einen Drachen. Natürlich konnte er mich orten. Er hatte das nur verächtlich schnaubend abgetan. Wenn ich glaubte, ich könne mich vor ihm dünne machen, sei ich schiefgewickelt. Damit war das Thema gegessen. Wir hatten uns ein sehr angenehmes Seitental ausgesucht, um auf die Jagd zu gehen. Das Tal weitete sich nach ein paar sanften Bögen in einen recht netten Talkessel und wir hielten hinter einem hohen Felsblock an. In dem weiten Tal graste eine Herde Rakuz. Sie erinnerten mich an Wasserschweine. Ob das hier nun Schweine oder Nagetiere wie die echten Wasserschweine waren, interessierte mich nur am Rande. Sie rochen jedenfalls saugut. Berkom fand das genauso und schüttelte danach mental den Kopf. Wenigstens einer musste vernünftig sein und den Überblick behalten. Da ich den Überblick schon seit Längerem verloren hatte, um genau zu sein, seit ich kopfüber in ein Drachennest gepurzelt war, war er dafür zuständig. Ich konnte mich manchmal nicht des Eindrucks erwehren, dass ihm diese Sicht der Dinge sehr gut gefiel. Jetzt jedenfalls rochen wir die Rakuz, die von ihrem Glück beziehungsweise Unglück noch nichts wussten und friedlich vor sich hin grasten. »Eigentlich sind sie ja recht klein«, wisperte ich Berkom zu, nachdem ich hinter dem Felsblock hervorgelinst hatte. *Besser ein wohlschmeckender Happen als viel und dafür mit scheußlichem Geschmack.* Diese durchaus zulässige Einstellung teilte ich irgendwie nicht ganz. Von den Rakuz brauchte Berkom viel mehr, um satt zu werden, als bei einem größeren Tier. *Die Rakuz sind da, vor unserer Nase, was anderes nicht.* Na gut. Das Tal half uns nicht unbeträchtlich. Der Großteil der Herde graste in der Nähe eines kleinen Seitentals, das an einer hohen Felswand endete. Wenn wir die Herde dort hineintreiben konnten, würden wir sie leicht erwischen können. Ich kletterte in den Felsen über die Herde hinweg und schlich mit dem Wind an, Berkom blieb auf unserer Seite zurück. Als ich dabei war, vom Felsen herunterzuschlittern, gab ich Berkom das Startzeichen und der Drache brach dröhnend in das Tal hinein. Die Rakuz taten, was wir erwartet hatten. Sie flüchteten. Und da ich von der anderen Seite ihnen den Weg abschnitt, taten sie auch das, was wir beabsichtigt hatten, sie flüchteten in das kleine Seitental. Einige entkamen zwar auch ins Tal hinein, aber das war unwesentlich. Wir standen am Eingang zu dem Tal und mir gefiel die Vorstellung plötzlich nicht mehr, dass wir uns nun auf die Rakuz stürzen würden. Sie konnten uns ja nicht entkommen, sie hatten keine Chance. Das war keine Jagd. Das war Gemetzel. Der Drache schmatzte ein wenig und ich sagte: »Berkom, wir lassen sie laufen.« Der Drache brauchte einige Sekunden, bis er anhielt und mich mit einigen Fragezeichen in den Augen anglotzte. *Geht es dir nicht gut? Das da drin ist unser Futter. Das Thema ist doch wohl durch.* Ja, war es auch. »Berkom, die Rakuz hatten keine Chance. Das ist nicht fair. Wir lassen sie laufen.« Der Drache fing an auf mich zuzudriften. *Jetzt pass mal auf. Da vorne gibt's ein paar hervorragend schmeckende Filetstückchen und du kannst deine Grillen woanders ausleben.*

»Nein, Berkom, ich lasse das nicht zu. Wir lassen die Rakuz laufen.« Ich machte eine flinken Bogen und wich dem Drachen aus, bevor er mich umwerfen und alleine durch seine körperliche Dominanz zurückdrängen konnte. Ich warf ein graues Tuch aus, breitete es über die Rakuz, die sich am Ende der Schlucht auf einen Haufen zusammengedrängt hatten. Der Drache erstarrte. *Das tust du nicht. Das machst du sofort rückgängig.* Ja, solange mein Bann über den Rakuz lag, würde der Drache sie tatsächlich nicht anfassen. *Bist du völlig verrückt? Du kannst das doch nicht mit den Rakuz machen! Brenn, hör auf damit!* Ich dachte ja gar nicht daran. »Lass uns gehen. Dann können die Rakuz auch verschwinden.« Der Drache machte einen halben Schritt zur Seite und ich war zu langsam. Sein Schwanz schlug zu und holte mich von den Füßen. Ich krachte auf den Talboden und schmeckte Gras. Eine Faust fuhr durch meinen Kopf und riss mir das Tuch aus den Händen. Ich heulte auf und wollte mich wehren, aber die Faust war schon wieder weg. Ich konnte mich nicht bewegen, denn eine breite Tatze lag auf meinem Rücken und nagelte mich auf dem Talboden fest. *Steh auf, aber mach keine Dummheiten. Wenn du versuchst wegzulaufen, hole ich dich zurück. Du kannst dir jetzt ansehen, was du angerichtet hast.* Die Tatze verschwand und ich drehte mich vorsichtig auf die Seite und stand auf.

Die Rakuz waren unter meinem Tuch ganz ruhig gestanden, ganz am Ende der Schlucht, immer noch in ziemlicher Entfernung von uns. Jetzt stand kein einziges mehr. Sie lagen in einem wirren Haufen vor der Steilwand, dem Ende der Schlucht. Ich guckte verwirrt. Der Drache gab mir einen kräftigen Stoß in den Rücken. Ich stolperte vorwärts und bekam schon den nächsten Stoß, bevor ich überhaupt richtig in den Tritt gekommen wäre. Der Drache ließ mir dazu keine Chance, er trieb mich vor sich her und ich war immer mehr konsterniert. Dann standen wir vor den Rakuz. Sie waren alle tot und es war unverkennbar, dass sie versucht hatten, in einer einzigen Art von Amoklauf die Wand hinaufzuklettern. Die meisten hatten das nicht einmal richtig versucht, sondern sich schlicht den Schädel an der Felswand eingerannt. Ich schnarchte erschreckt, fuhr zurück und kassierte einen neuerlichen Schlag in den Rücken, der mich wieder vortrieb. *Sieh's dir an. Das hast du angerichtet.* »Aber wieso denn, ich habe doch nichts gemacht.« Der Drache fauchte mir in den Nacken und ich ging fast in die Knie. *Das sagen immer alle. Die klassischste Ausrede, die es seit Anbeginn der Zeiten gibt. Ich bin gespannt, ob ich es noch mal erlebe, dass jemand etwas anderes einfällt.* Der Drache fauchte mich nochmals an und diesmal war sein Atem heiß. Diesmal stolperte ich und ging wirklich in die Knie.

Der Drache legte seine Reißzähne um mein Genick und die Welt wurde fahl für mich. *Bevor du einen Bann über ein Lebewesen legst, musst du dir klar darüber sein, ob das Lebewesen das auch aushält. Die Rakuz haben keinen Körper, der das kompensieren könnte. Ihr Gehirn hält das nicht aus.* Ich hatte die Tiere umgebracht. Schlicht und ergreifend. Ich hatte sie schützen wollen und hatte sie damit getötet. Die Drachenzähne sorgten mit ihrer Präsenz dafür, dass ich mich nicht rührte, wie sehr ich auch in meinem Inneren heulte und wütete. Ich kniete und starrte auf den Haufen der toten Rakuz und fühlte mich nur noch erbärmlich.

Die Drachenzähne verschwanden. *So, und jetzt geh und friss.* Ich quietschte vor Entsetzen auf und wollte wegbrechen. Der Drache hatte das vorausgesehen und klatschte mir mitleidlos seinen Schwanz um die Beine. Ich fiel erneut auf die Schnauze. »Du meinst das nicht ernst.« Ich murmelte es in das Gras hinein. *Doch, ich meine das sehr ernst. Du gehst jetzt und frisst dich satt.* Ich konnte das nicht. *Wenn du nicht selber gehst, schleife ich dich dorthin. Du wirst fressen.* Ich konnte das nicht. Der Drache ließ mir keine andere Wahl.

Es war das grausamste Mahl, das ich je erlebt hatte. Aber der Drache hatte recht. Die Rakuz waren tot. Sie liegen zu lassen, um ein anderes Tier für unsere Nahrung zu töten, war indiskutabel. Es war die bitterste Medizin, die ich schlucken musste. Ich schluckte sie.

Tage später stand Berkom auf einem lotrecht abfallenden Felsen. Ich hockte zu seinen Füßen. Unter uns breitete sich eine wilde Landschaft aus, die wir mit unseren Sinnen in uns hineintranken. Hügel und Berge, sanft geschwungene Täler und Wald. Ich staunte über den Wald. Ich hatte vergessen, was Wald war. Ich kannte nicht einmal mehr den Geruch von vielen Bäumen. Jetzt drang er zu mir, reich und betäubend in seiner Stärke. Überwältigt legte ich meine Hand auf den Vorderlauf, der wie eine Säule neben mir aus dem Boden ragte. Ich spürte das aufgeregte Zittern in meinem Drachen. Das hier war Neuland für ihn, im wahrsten Sinne des Wortes. Er war begierig darauf, es kennenzulernen. Aber er wusste auch nicht, was ihn hier erwartete, und er hatte ein kleines bisschen Scheu. Er kannte nur Gebirge, Felsen. »Sollen wir zum Drachenpfad zurückkehren?« Der Drachenpfad verlief immer noch sehr viel höher im Norden, wir waren erheblich weiter in den Süden abgekommen, als das Felsendrachen sonst so gemeinhin passierte. Hier hatte wohl kaum je zuvor ein Felsendrache gestanden. Berkom zitterte noch ein wenig mehr vor Erwartung und Neugier und auch diesem aufregenden Spritzer Angst. Wenn er dieses Land betrat, war er der erste Felsendrache, der das tat. Für Drachen eine wirklich unglaubliche Angelegenheit. *Lass uns ausprobieren, ob es sich so gut anfühlt, wie es aussieht.* Ich stieg auf und Berkom flog los. Wir zogen eine lange Schleife über die nächsten Hügel, blickten über das Land, entdeckten Bäche und den ersten kleinen Fluss. Der zog Berkom an.

Wir landeten auf einer weiten Talsohle und fühlten uns wie Eroberer. Berkom schnüffelte in dem hohen Gras herum und ich strich mit meinen Händen darüber, riss Grashalme aus und roch an ihnen. Die Erde war feucht. Die Grashalme waren bräunlich und schlapp, wintermüde und trotzdem aufregend. Berkom tappte zielstrebig zu dem kleinen Fluss hin und ließ sich ohne Weiteres in ihn hineinfallen. Dann war er ein wenig über die Tiefe des Wassers und seine Strömung irritiert. Dann begann er das toll zu finden. Dann begann er vorsichtig darin herumzustrampeln und ich hatte den unglaublichen Anblick eines versuchsweise schwimmenden Felsendrachen vor Augen. Es sah putzig aus. Das Flüsschen, denn mehr war es nicht, reichte Berkom an seiner tiefsten Stelle gerade bis zum Bauch, aber es reichte, um ihm das Gefühl zu vermitteln. Berkom kam fast nicht mehr heraus. Ich überlegte, ob es in diesem Land auch Meer gab. Dann würde ich ein größeres Problem bekommen, so stand es zu befürchten. »Gab es unter deinen Vorfahren auch Fischsaurier?« *Unter meinen Vorfahren gab es überhaupt keine Saurier. Wie kann man das nur im Traum annehmen!* Berkom schüttelte sich und spritzte mich ausgiebig nass. Ich hüpfte zur Seite und war mal wieder zu langsam, dafür jetzt so nass, dass ich nicht mehr ins Wasser zu gehen brauchte. Berkom warf sich anschließend in das schlappe Wintergras und wälzte sich und dabei zerwühlte er den Boden so gründlich, dass er sich mit der feuchten Erde ziemlich eindreckte. »Jetzt kannst du dich gleich wieder waschen gehen, so steige ich nicht auf dich drauf.« Berkom ließ sich das nicht zweimal sagen und hüpfte ins Wasser. Es gab einen überlauten Platscher und eine angemessen große Fontäne und ich war nicht mehr nur ein bisschen nass, sondern triefte. Jetzt schüttelte ich mich und verbiss mir eine Schimpfkanonade, denn die wäre zwecklos gewesen. Berkom tollte in dem Fluss herum, wie ein kleiner Junge im Nichtschwimmerbecken. Wenn es jetzt noch eine Rutsche gegeben hätte … Ich fing unwillkürlich an zu lächeln. Der Drache fuhr mit dem Maul ins Wasser, nahm so viel auf wie möglich und pustete es als Wasserstrahl davon. Dann produzierte er eine Art Wasserdampf. Der Fluss wurde trübe, weil der Drache den Untergrund aufwühlte, und ich schüttelte mich nochmals.

Dann gewann meine Natur die Oberhand. Ich begann zu wittern und unsere nähere Umgebung zu durchforsten. Das stellte sich als durchaus nützlich heraus. Ich stieß ziemlich bald auf eine größere Präsenz, eine ziemlich große Präsenz, eine Art dunkle Nebelwolke, die über den Boden heranrauschte, dicht, und die unbestimmten Ärger auszustrahlen schien. Ich rief Berkom scharf zu mir. Wir hatten eine Menge Lärm gemacht und anscheinend waren wir hier nicht alleine. Berkom merkte, dass ich etwas entdeckt hatte, und kam zu mir. Er witterte und war nicht besonders alarmiert. *Ein Walddrache*. Das sagte er so lapidar, als hätte ich den Briefträger angekündigt. »Berkom!?!« Ich hatte eine unscharfe Vorstellung von einem grünlichen Monster, das Berkom mir vor langer Zeit in den Drachenbergen vorgeführt hatte. Ich hatte die Verwandtschaft damals nicht als besonders freundlich eingestuft. Ich schien recht mit dieser Einschätzung gehabt zu haben. Berkom trat vor mich und meinte nur: *Lass mich das machen*. Oh gut, ich hätte sowieso nicht gewusst, wie man einen fremden Drachen formgerecht begrüßte. Die dunkle Nebelwolke kam um die

Flussbiegung gewalzt und hielt an. Dann schien sich der Nebel abzusenken und aus den Schwaden schälte sich der Anblick eines großen, grünen, scheußlichen Drachen. Er sah wie ein Drache aus. Felsendrachen waren eher kompakt und klein, wendig und kraftvoll in der Bewegung. Der Walddrache war groß, hatte einen langen Hals mit kleinen Schuppen und einen lang gezogenen Rücken, der in einem ebenfalls ziemlich langen Schwanz mit lauter kleinen Dornen auslief. Der Halskamm wurde von einer Reihe hässlicher Stacheln gekrönt und genauso scheußliche Stacheln wuchsen an den Seiten seines Kopfes. Er hatte relativ kurze und kräftige Beine mit ziemlich langen Krallen, wie es mir vorkam. Ich fand ihn unerquicklich. Der Walddrache fauchte. Er schien auf den Besuch eines Felsendrachen nicht eingestellt gewesen zu sein. Er fauchte erneut und diesmal kam eine kleine Wolke mit heißem Dampf aus seinen Nüstern. Ach, ach, warf er gerade den Hochofen an, um uns mit einer kleinen Demonstration mit Drachenfeuer zu beeindrucken? Berkom gab ein warnendes Husten von sich. Dann fauchte er seinerseits. Der Walddrache hielt inne. Die beiden Drachen beäugten sich und ich fühlte mich ziemlich merkwürdig. Die Spitze des langen Drachenschwanzes des Walddrachen zuckte in kleinen nervösen Bewegungen hin und her. Berkom stand ganz ruhig da. Der Walddrache blähte die Nüstern und nahm eine Prise Felsendrache. Dann fiel das rot gerandete Auge des Walddrachen auf mich. Er hob seinen Kopf und legte ihn schief, als er mich fixierte. Dann fuhr etwas wie eine Gartenharke durch meinen Kopf. Ich keuchte überrascht auf und unwillkürlich schlug ich nach den Zinken, die in mir herumkratzten. Die Harke knallte gegen meine Finger und genauso reflexartig packte ich zu und hielt sie fest. Der Walddrache röhrte und dieses Geräusch ließ mir die Haare zu Berge stehen. Es war ein reibendes, kratziges Geräusch, keinesfalls so rund und prall, wie ich es von Berkom kannte – oder mir. Ich prallte ein paar Meter zurück und ließ los. Berkom schlug mit dem Schwanz und röhrte ebenfalls. Der Walddrache machte einen Schritt zur Seite und bekam mich damit voll in den Blick. Er begann jetzt ebenfalls mit dem ganzen Schwanz zu schlagen, nur leicht, aber es genügte, um meine Sinne auf die nächste Alarmstufe zu heben. Berkom machte zwei Schritte zur Seite und schob sich zwischen den Walddrachen und mich. Der Walddrache fauchte und es klang in meinen Ohren sehr gereizt. Aber um ehrlich zu sein, Fauchen klang immer gereizt. Es war schließlich ein Zeichen dafür, dass etwas nicht so war, wie man es eigentlich haben wollte. Oh gut, ich verstand also den Walddrachen. Wie brachten wir das Tier dazu, abzuziehen oder uns abziehen zu lassen? Noch war keiner der beiden Drachen auf den anderen losgegangen, noch war es möglich, sich gütlich zu trennen.

Ich überlegte verzweifelt, was ich tun konnte, um die Situation zu deeskalieren. Unwillkürlich tat ich das, was man mir früher beigebracht hatte. Ich entspannte mich. Und aus dieser Entspannung heraus ließ ich eine capriblaue Schliere aufsteigen und zerfasern. Der Walddrache erstarrte. Berkom stieß ein tiefes Röhren aus und raste aus dem Stand los, auf den Walddrachen zu. Er machte einen Bogen und traf mit voller Geschwindigkeit zentral platziert mitten in den Bauch des Walddrachen. Er hatte solche Wucht in den Stoß gelegt und der Walddrache war so überrascht, dass er sich nicht genügend abstützte. Er verlor das Gleichgewicht, torkelte zwei Schritte zur Seite und Berkom rammte seinen Schädel erneut in den Bauch des taumelnden Walddrachen. Der Drache kippte um. Unfeierlich landete er auf der Seite und ruderte mit Beinen, Schwanz und Hals herum. Es gab ein Getöse und Dreck, Gras und Erde wurden hochgeschleudert. Berkom flitzte um die schlagenden Füße des Walddrachen herum und hatte dessen Kehle im Fang, bevor ich Luft geholt hatte. Ich vergaß das, sondern erstarrte. Der Walddrache blieb still liegen. Berkom knurrte. Ich bekam eine blaugrüne Fahne gezeigt, die in hellstes Mintgrün verblasste. Berkom ließ den Drachen los und trat zurück. Der Walddrache blieb liegen und bewegte sich nicht. Das Grün tauchte wieder auf und wurde zu Türkis. Das Türkis gewann an Intensität und Strahlkraft. Berkom schnaubte. Er trat noch zwei Schritte zurück. Dann zog er sich Schritt um Schritt bis zu mir zurück. *Sitz auf.* Ich gehorchte, ohne zu zögern. Der Walddrache holte seine Füße unter seinen Leib und hob den langen Hals. Sein Kopf schwebte in überraschender Höhe. Er sah mich an und seine Augen waren braun. Seine Stacheln hatte er angelegt. Vorsichtig spürte ich zu ihm hin und bekam einen kräftigen Schlag auf die Finger. Diese

Handschrift kannte ich. Nur zu gut. Ich zuckte zusammen und zog mich zurück. Berkom drehte um und ging langsam, aber mit sicherem Schritt um die nächste Biegung des Tals. Danach wandte er sich sofort dem Hang zu und wir verließen das Tal.

Erst als wir eine nicht zu geringe Entfernung zwischen uns und dieses Tal gebracht hatten, hielt Berkom an. Ich war stumm geblieben und er hatte auch nichts gesagt. Ich hatte nur bemerkt, dass wir unwillkürlich den Weg zurück zum Gebirge eingeschlagen hatten. »Ist er weg?« Ich fragte es sehr behutsam. *Nein, ist er nicht. Aber er kommt auch nicht hinter uns her.* Oh, gut. *Gut*? Berkom schüttelte sich und ich fiel fast von ihm herunter. *Du könntest dich ja einmal, wenigstens ein einziges Mal, heraushalten! Es ist auch so kompliziert genug, sich mit seinen Verwandten zu arrangieren. Würde es dir etwas ausmachen, wenn du das nächste Mal nicht dazwischenquäkst?* Ich hatte dazwischengequäkt? Ich hatte eher das Gefühl gehabt, dass der fremde Drache ein unerquickliches Interesse an mir an den Tag gelegt hatte. *Klar. Nachdem du ihm demonstrativ erklärt hast, dass du ein Trottel bist! Wenn du schon mit einem Walddrachen sprechen willst, dann solltest du das auch in seiner Sprache tun und ihm nicht irgendwas an den Kopf knallen, das er nicht verstehen kann!* Ich hockte völlig überrumpelt auf meinem Drachen. *Und bevor du dann anfängst, einem fremden Drachen wirklich lästig zu fallen, solltest du eigentlich mal nachfragen, ob das überhaupt erwünscht oder erlaubt ist. Ein Drachengefährte sollte wenigstens das allerkleinste Maß an Umgangsformen haben!* Ich war noch konsternierter. *Du bist eine Pest!* Der Walddrache war nicht wirklich freundlich gestimmt gewesen, oder hatte ich das falsch interpretiert? *Glücklich über uns war er jedenfalls mal nicht.* Und wir waren ohne irgendwelche Blessuren weggekommen? Berkom stimmte mir zu. Dann war das doch sehr erfolgreich gewesen. Und warum rüffelte er mich zusammen? Berkom trompetete schwach in den Himmel hinauf. *Wenn sich Drachen unterhalten, hält sich der Drachengefährte natürlich raus. Er existiert praktisch nicht. Und keinesfalls fängt er an, mit irgendwelchen Erläuterungen um sich zu werfen und Aufmerksamkeit auf sich zu ziehen. Außerdem*, jetzt grunzte mich Berkom wirklich gereizt an, *was sollte das mit dem*

Blau? Der Walddrache konnte dich überhaupt nicht verstehen. Du hättest Grün wählen müssen. Die Drachen sprachen nicht alle die gleiche Sprache? *Natürlich nicht. Walddrachen sprechen ganz anders als Felsendrachen.* »Oh. Das wusste ich nicht. Tut mir leid.« Berkom machte einen Hüpfer und holte mich damit von seinem Rücken. Was er absichtlich gemacht hatte, denn jetzt hatte er mich da, wo er mich haben wollte. Im Dreck auf dem Rücken liegend vor seiner Nase. So konnte er mich viel besser herunterputzen. *Dann solltest du dich das nächste Mal kundig machen, bevor du deine Nase in die Luft streckst und eine kluge Bemerkung zum Besten geben willst!* »Du hättest mir das ja vorher sagen können.« Es war höchst ungerecht. Berkom fauchte mich an, aber er tat es nur mit halber Kraft. Ich wusste nur zu gut, warum. Schließlich hatte mein Eingreifen den Walddrachen so aus dem Konzept gebracht, dass Berkom der entscheidende Schritt möglich geworden war. Wir wären keinesfalls so billig davongekommen, wenn ich nicht eingegriffen hätte. Dumme Sache. Ich schwieg und Berkom schnaufte nochmals heftig durch. Dann sammelte ich mich zusammen und versuchte erfolglos den Dreck von mir abzuklopfen. Ich war immer noch nass von dem Gespritze und daher klebte der Dreck an mir. Ich zuckte die Schultern. Dann wendete ich mich entschieden den konstruktiven Dingen des Lebens zu. »Jagd?« Berkom ließ mich aufsitzen und wir suchten uns ein paar fette Brackengänse, wie die großen Gänse, die es hier gab, hießen.

In den ruhigen Minuten, die der Mahlzeit folgten, lehnte ich am liebsten an Berkom und ließ meine Gedanken schweifen. Meistens schweiften sie nicht sehr weit, sondern versackten in dem Drachen und ich fühlte unsere Verbundenheit mit größter Zufriedenheit.

Diesmal fragte ich ihn nach der Sprache der Walddrachen und vor allem nach dem, wie sich ein Drachengefährte denn üblicherweise bewegte. Dabei stellte sich heraus, dass ich gar nicht so viel falsch gemacht hatte. Der Drachengefährte ging den Drachen möglichst weiträumig aus dem Weg und verhielt sich still und unauffällig. Berkom schnaubte schon wieder. *Du warst weder still noch unauffällig*. Ich fand das durchaus. Ich hatte eine ganze Weile zugesehen, wie sich zwei Drachen angefaucht hatten.

Normalerweise hätte ich schon viel früher meinen Senf dazugegeben. Aber so blöd war ich ja nun nicht, dass ich die Situation nicht erst mal sondieren würde. Der Dialekt der Walddrachen interessierte mich natürlich auch brennend. *Du solltest überhaupt nichts sagen*. Ja, gut, okay. Aber wenn ich etwas sagen musste, dann wollte ich wenigstens das Richtige von mir geben. Grün wäre hier also ganz etwas anderes, als was ich so gewohnt war. Und Gelb? *Versteht ein Walddrache nicht. Aber Wüstendrachen haben alle Gelbtöne in sich, vom gleißenden hellsten Weißgelb der Sonnenstrahlen auf einem Salzsee bis zum tiefsten Ocker des Schattens am Mittag*. Das war ja furchtbar. Wenn ich mit meinem Verständnis losgezogen wäre, hätte ich mich nicht nur blamiert, ich hätte nicht nur Kauderwelsch von mir gegeben, sondern wäre falsch verstanden worden. Das hätte ganz schön fatale Folgen nach sich ziehen können. Ich überlegte mir, dass ein Schnellkurs in Fremdsprachen dringend angebracht war. »Warum hat der Walddrache mich angefasst?« *Er hat gemerkt, dass du nicht so stumpf bist wie die anderen Drachengefährten und wollte dich ansehen. Es ist natürlich sehr ungehörig, wenn man das einem Drachen verbietet*. Ich sollte es hinnehmen, dass ein fremder Drache in meinem Kopf herumwirtschaftete? Das kam nicht infrage. Berkom seufzte. *Du solltest dir eine Strategie dafür überlegen. Das ist das Äußerste, was ich dir empfehlen kann. Es ist eigentlich überhaupt ein Unding. Ein Drachengefährte ist anderen Drachen gegenüber so lange offen, bis sein eigener Drache das ausschließt*. Um Himmels willen. Ich war so von Berkoms Wohlwollen abhängig? *Ich bin der Drache*. Ich hatte doch genau gewusst, worauf ich mich da eingelassen hatte. Ich hatte schon ein paar Mal mitgekriegt, wie der Hase hoppelte. Ich wusste sogar, warum das so eigentlich besser war. Es war zum Kotzen. Mir war zum Kotzen. Schade um die schöne Brackengans. Ich sollte solche Gespräche nicht nach dem Essen führen. Da ließ man besser seinen Bauch in Ruhe verdauen. »Ich glaube, wir sollten uns von anderen Drachen möglichst fernhalten. Sie scheinen alle nicht sehr freundliche Gastgeber zu sein.« Berkom plierte mich an. Er hatte seinen Hals ausgestreckt und sein Kopf lag in der größtmöglichen Entfernung von seinem Körper auf der Erde. Ab und zu spielte seine gespaltene Zunge zwischen den Vorderzähnen heraus und schmeckte den Boden, die Erde, das Gras. Ich lehnte an seiner Schulter und hatte meine Füße ebenfalls ausgestreckt. *Hosenscheißer*. Also bitte. Ich bleckte versuchsweise ein wenig die Zähne. Das hatte ich nicht mehr gemacht, seit ich das Ergebnis in einem Kratersee hatte besichtigen dürfen. *Das ist auch sehr ungehörig*. Na bestens. Ich durfte also wie ein Nippes in der Gegend herumstehen, mich von allen betatschen lassen und nicht mal mit den Augen zwinkern? Ein genussvolles Stöhnen ertönte an meiner Seite. *Geeenaauu*. »Das wird eine anstrengende Angelegenheit für dich werden, ich sehe schon. Du wirst den anderen Drachen viel zu erklären haben, wenn du ihnen ständig verbieten musst, mir zu nahe zu treten. Du wirst ja wohl nicht das Risiko eingehen und abwarten, dass meine Selbstbeherrschung verloren geht. Wenn ich dann anfange, die anderen Drachen zur Sau zu machen, wäre das noch schlechter. Besser du sagst ihnen gleich, dass sie ihre Finger von mir lassen, und dann könnt ihr euch wenigstens über etwas Sinnvolles streiten, statt euch nur einfach so aus Daffke gegenseitig anzufauchen.« Berkom drehte sich und wendete seinen Hals, sodass ich plötzlich sein Maul auf meinen Füßen liegen hatte. Ich war ein wenig verrutscht und musste mich mit den Händen abstützen, um nicht halb unter den Drachen zu geraten. In der Situation war ich ziemlich hilflos. Der Drache seufzte genießerisch. *Das ist mein Brenn, so wie ich ihn kenne und liebe*. Der Drache schmatzte ein wenig. *Wie war das doch mit Bauchkratzen? Wir wollten das doch irgendwann mal einführen. Vielleicht ist es jetzt bald mal so weit*. Ich richtete mich auf, hielt mich mit der einen Hand am Drachenmaul fest und begann mit der andere Hand den Backenknochen zu kratzen. Der Drache schnurrte. »Das ist mindestens so gut wie Bauch kraulen.« Berkom schnurrte tiefer. Ich kratzte weiter und überlegte derweil, wie ich es anfangen sollte, einer Gartenharke die Zinken zu verbiegen, ohne dass es derjenige merkte, dem die Gartenharke gehörte.

Wir machten eine gemütliche Pause, denn Berkom stellte fest, dass der Walddrache gewillt schien, uns wirklich in Ruhe zu lassen. *Er war schon ein älteres Semester, die wollen auch nicht mehr Stress als unbedingt notwendig. Ich denke, er hat gemerkt, dass wir ihm nicht wirklich ans Leder wollten*. So konnte man es auch interpretieren, wenn man dem anderen an die Kehle fuhr. Wir hatten uns einen ordentlich hohen Berg mit einer ziemlich platten Kuppe gesucht, von dem man einen schönen Blick hatte. Allerdings konnte man uns dort auch sehr gut stehen sehen, aber das fiel mir erst etwas später ein. Jedenfalls verbrachten wir einige Zeit damit, die Gegend genauer zu inspizieren, ob uns noch weitere vierbeinige Exemplare der Drachenzunft unliebsam in die Quere kommen würden. Mein Drachenblick war nicht so klar wie im Gebirge. Es ging zwar, aber ich fühlte mich irgendwie unwohl dabei. Er funktionierte auch nicht auf wirklich weite Strecken hin. Berkom sagte dazu nicht viel. Hier schien es wirklich eine gewisse instinktive Zuordnung zu geben. Wenn das so war, dann waren wir gehandicapt. Walddrachen würden ihren Drachenblick ungehemmt spielen lassen können, wir aber nicht. *Wir kommen schon hin*. Berkom hob den Schwanz angeberisch. Dann witterte er hinaus. *Ich will wissen, was da hinten noch ist*. Der Wald war etwas, was ihn interessierte. *Nein, noch weiter dahinten*. Er hielt kurz inne. *Wald ist auch interessant. Ich weiß eine ganze Menge über Wald durch dich. Jetzt kann ich es selber ansehen*. Eine ferne Erinnerung an Hirsche streifte mich. Er wollte Hirsche sehen. »Jetzt ist Winter. Da ist das nicht so aufregend. Im Herbst, wenn Brunftzeit ist, dann ist was los.« *Okay. Dann lass uns im Herbst wieder hier sein*. Ansatzlos ging Berkom auf die Hinterfüße, spannte seine Flügel aus, schlug mit ihnen und hielt sich so. Ich legte einen hastigen Zwischenspurt ein, um genügend Abstand zu bekommen. Das hier erinnerte mich frappant an etwas, was ich mal früher gezeigt bekommen hatte. Mein Jungdrache wollte die Welt erkunden. Nichts da mit im Gebirge herumdrücken. Ich holte tief Luft. Dann sollten wir uns auf den Weg machen. Ich wollte auch wissen, was dahinten geboten war.

Die Rengsten

Wir flogen los und stellten ziemlich schnell fest, dass Fliegen im Flachland ganz anderen Gesetzmäßigkeiten gehorchte als das Fliegen im Bergland. Die Luftströme waren im Grunde viel langsamer, sie bewegten sich in erheblich längeren Bahnen. Dafür konnten sie aber erheblich mehr Wucht entfalten. Wir flogen zunächst keine wirklich großen Strecken, denn es war einfach zu interessant, immer wieder irgendwo eine Stippvisite einzuschalten. Wirklich schnell kamen wir dabei nicht voran, aber das kapierte ich dann auch sofort, Schnelligkeit spielte für Berkom keine Rolle. Eigentlich hatte er schon recht damit, er hatte ein paar Jahre mehr Lebenszeit vor sich, als ich das gewöhnt war. Stattdessen ergötzte er sich daran, nochmals hier herumzuschnüffeln und dort eine kleine Jagd einzuschieben. Das war das Einzige, was er wirklich von sich aus tat und was ich unausgesprochen billigte. Wir jagten auf kurze Distanz. Vielleicht bewegten wir uns damit im Zickzack oder ein wenig diffus vor und zurück, aber wir versuchten uns damit etwas unauffälliger durch die Lande zu bewegen. Ich hatte inzwischen meine Antennen auf Dauerempfang geschaltet, und so einen Fauxpas, wie sich in aller Größe auf einer Bergspitze zu drapieren, ließ ich auch nicht mehr zu. Berkom maulte darüber, weil er keinen Grund für meine Vorsicht sah. Er war aber kein Spielverderber und ich begriff, dass er in dieser Hinsicht meine größere Erfahrung anerkannte. Dummerweise konnte ich mich des Eindrucks nicht erwehren, dass er das nur vorschob, um meine Unruhe zu dämpfen. Wenn ich mich damit besser fühlte, durch dieses Land zu schleichen, also bitte. Dann schlich ein netter Drache eben mit. Letztlich wäre Berkom nur von meiner Nervosität angesteckt worden, was er nicht wollte. Er wollte diesen Ausflug genießen.

Das Land um uns erschien uns sanft. Die Berge waren nicht zu hoch und schroff, sondern flacher und runder. Natürlich konnten wir dem Wald nicht widerstehen. Berkom stand und schnüffelte an den Tannen und Fichten herum, dass es nur so eine Pracht war. Ich betrachtete einen Felsendrachen inmitten von Nadelbäumen und hätte mich über diesen Anblick kugeln können. Berkom fand mich unmöglich. Was war denn daran nun so lustig? »Ein Felsendrachen inmitten von Tannen. Das sieht urkomisch aus.« Ich konnte mein Lachen fast nicht unterdrücken. Berkom riss einen Tannenzweig ab und mümmelte auf dem herum. Dann spuckte er ihn aus und verzog das Maul. *Bäh. Schmeckt scheußlich.* Ich schluckte krampfhaft und konnte es dann nicht mehr aushalten, sondern begann prustend zu lachen. Berkom schlug ein wenig mit dem Schwanz und holzte dabei zwei kleinere Fichten ab. Irritiert über das Krachen der umstürzenden Bäume drehte er sich um und sah nach, was da passiert war. Ich erlitt einen neuerlichen Lachkrampf. Berkom warf mir einen unwirschen Blick zu und beschnüffelte die frisch gefällten Fichten. *Komisches Zeug, wenn das so einfach umfällt.* Ich bekam keine Luft mehr und giggelte schon wieder. Schließlich ließ ich Berkom auf einer größeren Waldlichtung zurück. Ein paar riesige alte Bäume waren umgestürzt und hatten mächtig Raum geschaffen. Berkom hatte dort genug zu untersuchen, um sich eine ganze Weile zu unterhalten, und ich ging alleine auf die Jagd. Ich wollte es jedenfalls mal versuchen, ausdrücklich ausgemacht hatte ich das nicht. Eigentlich wollte ich nur ein wenig die nächste Umgebung abklären. Aber ich war jetzt schon lange nicht mehr selber jagen gewesen und ich wollte doch zu gerne wissen, ob mir das im Wald gelingen würde.

Das hier war ein anderer Wald, als ich es von früher her gewöhnt war. Es gab keine geschotterten Wanderwege. Es gab auch keine Trimm-dich-Pfade. Es gab auch keine Fußwege. Es gab ein paar Wildwechsel und die waren durchaus mager gesät. Ansonsten gab es Wald, Nadelwald, ziemlich dicht und schlicht unwegsam. Ab und zu ging es über kleineres Felsgestein bergab oder bergauf, dann kam ich besser voran. Ich fand dann ziemlich überraschend eine kleine Quelle, die aus dem Waldboden hervorsprudelte. Ich kniete mich an ihr nieder und trank. Die Quelle selber kam zwischen ein paar Gesteinsbrocken hervor, danach bildete sie ein kleines Bächlein, das ziemlich bald im Waldboden versickerte. Der Boden war weich und er war ziemlich aufgewühlt. Ich betrachtete die Spuren mit größtem Interesse. Ich ging in die Hocke, dann kniete ich mich hin und schnupperte am Boden. Ich roch die nasse Erde. Das war ein guter Geruch. Aber er war auch nicht mehr. Und das irritierte mich ungemein. Da hätte mehr sein müssen. Ich vermisste etwas. Es hätte ein heimatlicher Geruch sein müssen. Heimatlicher Geruch war, was der reine, starke Bergwind mit sich trug, der Geruch von Schneefeldern, Lawinen und Geröll, Felsen und Gestein. Ich schüttelte mich und starrte auf die Spuren vor mir. Dann schnupperte ich erneut. Ich konnte diesen Geruch nicht zuordnen. Er war, wenn man die Erde herausdividierte, aufregend anregend. Ich spürte, wie das Adrenalin in die Gänge kam. Das hier würde Spaß machen. Ich verfolgte die Spuren weiter und stellte fest, dass es hier einen Pfad gab, der sogar ganz ordentlich zertrampelt war. Er schien häufig benutzt worden zu sein. Je weiter man sich von der Quelle entfernte, umso trockener wurde der Boden, er war bald nicht mehr so zertrampelt und die Spur nicht mehr so deutlich. Aber der Duft war in meiner Nase unverwechselbar verankert. Er führte mich um mehrere große Fichtenschonungen herum und über zwei kleinere Hügel hinweg und dann verschwand er in einem dichten Gebüsch kleinerer Fichten.

Ich blieb stehen. Hier roch es viel stärker. Uuh, war das toll. Es kribbelte in meiner Magengrube. Dann raschelte es seitlich von mir und etwas, was wie ein Wildschwein aussah, trat aus dem Gebüsch. Es sah wie ein Wildschwein aus, es hatte allerdings etwas größere Hauer. Ähem, viel größere Hauer. Es hatte heimtückische, leicht geschlitzte Äugelchen, mit denen es mich beäugte. Es war so groß wie ein kleines Kalb. Wenn es den bekannten Wildschweinen ähnelte, würde es versuchen mich aufzuschlitzen. Wenn es den bekannten Wildschweinen ähnelte, würde es mich als potenzielles Futter betrachten. Wildschweine waren Allesfresser und vertilgten auch mal Fleisch. Prost Mahlzeit. Mein Herz klopfte mit größerer Intensität. Ich spannte die Beinmuskulatur an. Wildschweine erlegte man altertümlich mit einer Lanze oder im Normalfall mit einem Gewehr. Beides hatte ich gerade nicht da. Wenn das der Fall war, und man begegnete einem Wildschwein, dann sah man zu, dass man auf einen Baum hinaufkam. Ich wollte das nicht. Mal sehen, was passierte, wenn ich angriff. Vielleicht konnte ich es genauso, wie Berkom den Walddrachen, umwerfen und dann, hmm, was dann? Das wildschweinartige Wesen knapste wütend mit den Zähnen. Dann grunzte es. Oh prima, das konnte ich auch. Ich grunzte zurück. Dann fauchte ich etwas und begann mich zu ducken. Das Wildschwein zuckte zusammen, dann stellte es den kümmerlich dünnen Schwanz hoch und machte zwei trippelnde Schritte nach vorne. Hach, es machte mit und rannte nicht davon. Klasse. Ich fletschte vor Begeisterung die Zähne und röhrte und das Wildschwein machte einen Satz zur Seite und drehte ab. Ich sprintete los und erreichte damit, dass das Wildschwein abbremste und sich erneut drehte. Grunzend stellte es sich mir entgegen und ich machte in der letzten Sekunde einen Sprung zur Seite. Das Wildschwein machte die gleiche Ausweichbewegung und wir krachten zusammen. Ich bekam etwas Borstiges zu fassen und flog mich überschlagend in die nächsten Fichten hinein. Das Schwein überkugelte sich mit mir zusammen und wir krachten in das Holz mit nicht unbeträchtlicher Wucht. Ich wurde wieder zurückgeschleudert und prallte erneut gegen das Schwein, dann landete ich ein paar Meter weiter auf dem weichen Waldboden, rollte mich herum und federte auf die Füße. Das Schwein nicht. Es lag neben einem ziemlich großen Baum und tat nichts. Ich schnaufte. Ich wartete auf den nächsten Angriff. Also, um genau zu sein, es wäre der erste echte Angriff gewesen. Bisher war es eher etwas wie Ausweichen gewesen. Nichts passierte, außer dass sich mein Atem beruhigte.

Ich schlich mich vorsichtig zu dem Wildschwein hin. Es hatte sich das Genick angebrochen, so unglücklich war es an den Baum geknallt. Das war Pech. Es tat mir leid. So hatte ich das nicht vorgehabt. Was mich nicht hinderte, mich neben das Schwein zu hocken und zu schnuppern. Es roch verdammt gut. Es war genau der Geruch, dem ich gefolgt war. Ich packte es und brach ihm das Genick. Ein grauer Schatten brach mit ziemlich lautem Krachen durch die nächstgelegene Fichtenwand und knickte ein paar Bäumchen um. Ich fuhr herum und ging mit angelegten Ohren wütend fauchend in Angriffsstellung. Das hier war meine Beute und die würde mir keiner abnehmen, auch kein Walddrache. *Ruhig*. Der graue Schatten materialisierte sich vor meinen Augen. Es war überhaupt kein Schatten und es war kein Walddrache.

Eigentlich schade. Ich richtete mich auf und witterte zu Berkom hin. Na gut, dann konnte er mitfuttern. Das erleichterte mir dann gleich das Transportproblem. Berkom kam vorsichtig näher und schnüffelte zu dem toten Wildschwein hin. Dann kam er noch zwei Schritte näher und ich machte ihm Platz. Entfernt bemerkte ich, dass er immer noch ab und zu *Ruhig* äußerte. Ich war ruhig. Er durfte natürlich an meine Beute ran. Er schon. Es war meine Beute. Ein leiser Fauchton entwich meiner Kehle. *Ruhig*. Ich guckte den großen Berg toter borstiger Haut an. Dann hob ich meine Hände und fuhr mir über das Gesicht und durch die Haare. »Berkom, was ist das?« Ich guckte meinen Drachen an und der ließ den Atem ein wenig entweichen. *Ein Waldratze*. Okay, so hieß das also hier. Lebten Waldratzen auch in Rotten? *Ja, manchmal schon*. Es konnte also theoretisch mehr geben, wo einer war. Nett. Eine sanfte orangefarbene Schliere zog vorbei. Das war zwar höchst widersprüchlich, aber ich fand es angemessen. Wir brauchten nur einen Waldratzen, um satt zu werden. Man sollte die anderen wirklich in Ruhe lassen. Das war eine gute Idee. *Du hast nichts dagegen, wenn du mich das nächste Mal rufst, bevor du dich an Waldratzen machst? Ich jage die nämlich auch sehr gerne*. Nein, ich hatte überhaupt nichts dagegen. Ich bekam ein wenig ein schlechtes Gewissen, weil Berkom das Vergnügen an der Jagd verpasst hatte. Ich sollte nicht so eigensüchtig sein. Das nächste Mal würde ich ihn vorher informieren. Ich seufzte zufrieden. Dann stapfte ich zu dem Waldratzen und zerrte ihn ein wenig so hin, dass Berkom bequem Platz hatte. »Komm futtern.« Erst zwei Stunden später fiel mir ein, dass Berkom überhaupt nicht wissen konnte, ob ihm die Jagd auf Waldratzen Spaß machte oder nicht, weil er sie noch nie gejagt hatte. Aber da waren wir an den Waldrand gekommen, lagen in einem kleinen Gebüsch und käuten sozusagen wieder. Es war einfach zu gemütlich, um solchen Fragen nachzugehen, und so duselte ich weiter genüsslich vor mich hin.

Die Nacht war nicht so angenehm. Wir hörten diverse Käuzchen, ich hörte die Mäuse rascheln, wir hörten, dass es tatsächlich noch eine Menge Waldratzen gab, denn die Rotte zog nicht so sehr weit von unserem Schlafplatz vorbei auf die Wiese vor uns. Sie vollführten dort ziemlich viel Krach und das war beim Schlafen hinderlich. Berkom grunzte ein wenig, woraufhin die ganze Rotte sehr schnell verschwand. Danach wurde es besser. Ich schlief trotzdem unruhig. Die Geräusche, die ich hörte, mischten sich in meinem Kopf von alten Erinnerungen zu neuen Erkenntnissen. Es war anstrengend und am Morgen war ich viel müder als am Abend zuvor. Ich wollte den Wald verlassen, er war mir ein wenig über. Berkom wollte noch nicht weg. Er wollte noch weiter darin herumpuzzeln und ich meinte, wenn er das müsse, dann solle er eben alleine gehen. Er könne auch gerne alleine einen Waldratzen besorgen, ich hätte nichts dagegen. Berkom hatte für mich extra ein paar Fichtenäste abgerissen, damit ich es mir noch bequemer machen konnte. Es wäre nicht nötig gewesen, aber so kaschierte ich ein wenig unseren Aufenthaltsort und fühlte mich danach wohler. Berkom krachte in den Wald hinein und ich versuchte zu dösen. Es hielt sich in Grenzen. Irgendwann war mir das dann auch zu blöd, hier herumzuliegen, und stand auf. Ich könnte ja wenigstens mal was trinken gehen.

Durch die Wiese floss ein kleines Bächlein und Berkom hatte natürlich seinen morgendlichen Trunk schon erledigt. Ich hoppelte also ebenfalls zu dem Bach und schwappte mir auch noch gleich eine Ladung Wasser ins Gesicht, in der Hoffnung, dass es mir damit besser gehen würde. Na ja, das Ergebnis überwältigte mich nicht gerade. Dann ärgerte ich mich ein bisschen über mich selber. Das hier war ein ausgezeichneter Wald, Berkom hatte eine Menge Spaß damit, das alles kennenzulernen, ich hatte eine Wiese mit winterlichem Gras und einen netten Bach und dann war ich schlechter Laune, bloß weil ich mal schlecht geschlafen hatte. Ich hatte so lange keinen Wald gehabt und keine Wiese und jetzt sollte ich mich darüber freuen. Stattdessen vermisste ich ein paar kahle Felshänge. Doofer Kerl. Früher hatte ich Wälder interessant gefunden. Meistens hatte ich nicht so viel Zeit gehabt, um mich dort aufzuhalten, wie ich es mir gewünscht hätte. Jetzt konnte ich es und jetzt war es auch nicht recht? Ich schüttete mir noch eine Handvoll Wasser ins Gesicht und rubbelte mich ab und dann wanderte ich ein wenig am Bach entlang. Es war ein schöner Vormittag, heute schien sogar ein wenig die Sonne. Es lag eine Ahnung von Frühling in der Luft. Ich guckte nur so rein interessehalber nach, ob es in dem Bach Fische gab. Ich hatte keinen Appetit auf Fisch, das war vorbei. Die Warnung kam ein wenig zu spät. Der Bach machte eine kleine Biegung und ein paar dürftige Büsche hatten sich dort angesiedelt. Der Waldrand war ziemlich nahe gerückt und hatte einen Knick gemacht. Ich erstarrte vor den Büschen am Bach, denn hinter dem Knick machte ich eine Bewegung aus. Der Morgen war absolut windstill. Ich schalt mich das größte Rindvieh auf Gottes schöner Welt, denn ich hatte nicht aufgepasst. Wie oft durfte mir das noch passieren, bevor ich in größere Probleme geriet? Dies hier waren nicht mehr die Drachenberge. Ich sollte das wirklich kapiert haben. Ich hatte es ja auch schon ganz gut hingekriegt, aber ab und zu hatte ich noch diese idiotischen Aussetzer. Es war zu doof, wenn man sich daran erinnerte, wie man mit dem Großvater zusammen zum Angeln an den kleinen Bach in der Nähe des Urlaubshäuschens gewandert war und dann nicht darauf aufpasste, was in der Realität vor sich ging.

Ich stand wie festgenagelt vor den Büschen und wollte weg. Ich konnte nicht weg. Die Bewegung im Knick hielt an und kam in der Deckung des Waldrands auf mich zu. Ich wollte weg. Ich konnte nicht. Ich wusste, was sich dort bewegte. Es hatte zwei Beine. Ich bekam eine Gänsehaut. Aus dem Wald trat ein Mann und blieb stehen. Die Sonne ließ ihn mich klar erkennen. Er war groß, schlank, drahtig. Er trug Lederkleidung mit Pelz in einem zeitlos schlichten Schnitt, mit dem er in vielen verschiedenen Zeitaltern und an verschiedensten Orten der Welt nicht besonders aufgefallen wäre. Er hatte halblange Haare und einen gestutzten Bart. Über dem Rücken trug er einen Bogen und Pfeile hatte er auch, dazu ein Messer. Langsam machte er ein paar weitere Schritte auf mich zu, dann blieb er erneut stehen. Ich fühlte mich entzweigerissen. Die eine Hälfte wollte nichts wie weg, die andere zitterte. Ich stand wie festgefroren. Der Mann blinzelte zum Himmel hinauf und sagte: »Ein schöner Morgen heute. Es ist viel wärmer als gestern. Die Sonne macht doch eine Menge aus.« Seine Stimme war ziemlich dunkel, leise und angenehm. Ich konnte mich immer noch nicht rühren. »Es ist nett, mal jemanden zu treffen, der auch gerne am Morgen einen Spaziergang macht.« Der Mann machte noch einen weiteren Schritt. Er war jetzt schon ziemlich nahe. Er war so nahe, dass ich ihn riechen konnte. Was ich tat. Wenigstens meine Nüstern konnte ich blähen. Sein Geruch war der Geruch nach Wald. Er roch gesund und kräftig und das war beruhigend. »Wir könnten ein Stück zusammen gehen.« Erschreckt machte ich drei Schritte. Der Mann blieb ruhig stehen. Er sollte nicht in dieser Richtung weitergehen, sonst würde er auf Berkom treffen. Ich musste ihn schleunigst dahin zurückbringen, wo er hergekommen war. Am besten war es wirklich, wenn ich mit ihm mit ging. Dann konnte ich ihn unauffällig aus der Gefahrenzone lotsen. »Das ist eine gute Idee«, wollte ich eigentlich sagen. In Wirklichkeit bekam ich ein seltsames Kieksen heraus, räusperte mich und quetschte etwas Ähnliches wie »Okay« hervor. Der Mann schien sich nicht zu wundern, sondern drehte sich langsam um und folgte mir im Abstand versetzt hinterher. Er ging auf der Wiese, ich tapste am Bach entlang. Das war sehr unangenehm und der Mann schloss sofort auf, um mit mir auf gleicher Höhe nebenherzugehen. Ich atmete ein wenig leichter. »Ich habe mein Lager ein paar Kilometer weiter, wenn es passt, können wir uns dort kurz hinsetzen und eine kleine Pause einlegen.« Ich brachte erneut nicht viel mehr als das dürftige »Okay« zustande. Inzwischen zitterte ich mehrheitlich innerlich, aber der Wunsch, den Menschen aus Berkoms Reichweite zu entfernen, war dominant. »Sind Sie alleine?« Die dümmste Vorgehensweise, die man sich ausdenken konnte. Ich konnte leider zurzeit nicht denken. Der Mann nahm es immer noch gelassen hin. »Ja, ich lebe alleine. Es gibt hier keine anderen Menschen. Ich liebe die Einsamkeit der Wälder.« Etwas wollte mich auf den Widerspruch in sich hinweisen, aber ich konnte darauf nicht eingehen, der Wunsch, den Mann aus der unmittelbaren Nähe des Drachen zu entfernen, war größer als alles andere.

Er ging mit einer ruhigen Selbstverständlichkeit neben mir her, entspannt und wachsam, und ich wusste, dass er sehr schnell reagieren konnte, wenn es nötig sein sollte. Er war gut darin, in den Wäldern zu leben. Im nächsten Moment stolperte ich und wäre fast über meine Füße gefallen. Ich verstand diesen Mann und redete mit ihm. Ich sprach richtig zu ihm und unterhielt mich nicht so wie mit Berkom? Ich verstand den Mann und er verstand mich? Ich war derartig perplex, dass ich abrupt stehen blieb und mich zu dem Mann wendete. Der war bereits stehen geblieben, als ich stolperte, und sah mich mit einer gewissen Wachsamkeit an. »Sie verstehen mich?« »Gewiss. Ihr sprecht völlig normal.« Ich schüttelte mich und schnüffelte irritiert. Das war nun wirklich seltsam. »Kommt, meine Hütte ist nicht mehr weit weg, dort können wir uns in Ruhe unterhalten.« Eine leise Warnung stieg in mir hoch. Ich blähte erneut die Nüstern. Der Mann schnitt mir den Weg zur Deckung im Wald ab. Er ging einfach los und ich folgte ihm kurz darauf. Jetzt hatte er mich im Rücken, aber das schien ihn nicht sonderlich zu stören. Er ging zielstrebig weiter und schien sich nicht besonders um mich zu kümmern. Das stimmte nicht, wie ich wusste, aber es machte es für mich leichter. Jedenfalls war der Weg zum Wald für mich frei und das war gut so.

Der Geruch nach Mensch verdichtete sich vor uns und damit war mir klar, dass das Lager nicht mehr weit weg sein konnte. Inzwischen floss der Bach in einem Tal und das verengte sich immer mehr. An seinem Ende verschwand der Bach durch den Einschnitt zwischen zwei Hügeln und der Wald rückte sehr nahe an ihn heran. Dort stand eine kleine Holzhütte am Waldrand, in der Nähe des Baches, den Hügelkamm im Rücken. Der Wald zog sich an der Seite auf den Hügel hinauf und ließ ein Stück frei. Ich blieb stehen und sah mir das aufmerksam an. Es war eine einfache Hütte, gebaut aus stabilen Baumstämmen, nicht unähnlich zu dem, was man in der kanadischen Wildnis auch gebaut hätte. Der Mann war ebenfalls stehen geblieben und hatte sich halb zu mir umgedreht. Er wartete geduldig, dann machte er eine einladende Handbewegung. Ich setzte mich wieder in Bewegung und wir gingen auf die Hütte zu. Eine gewisse Unruhe kam in mir hoch. Wir waren jetzt so weit weg vom Drachen, wie ich es wahrscheinlich hinkriegen konnte. Ich sollte jetzt schleunigst zusehen, dass ich Berkom wegbrachte. Aber andererseits hatte dieser Mensch mich in sein Haus eingeladen und es war äußerst unhöflich, nachdem man die Einladung angenommen hatte, dann nicht auch wenigstens anstandshalber hineinzugehen. Der Mann öffnete die Türe und trat ein. Ich musste ein wenig den Kopf einziehen, weil der Türstock für mich eine Idee zu niedrig war. Ich ging ein paar Schritte in die Hütte hinein. Sie hatte nur einen einzigen Raum und das erschien mir auch völlig ausreichend, wenn man wie dieser Mann alleine lebte.

Die Türe fiel mit einem leisen Knacken ins Schloss und ich fuhr herum. Das klang nicht gut. Ungewollt fauchte ich. Der Mann stand still vor der geschlossenen Türe. »Ruhig.« Verdammt, er kannte auch dieses Zauberwort? Ich wich zurück, bis ich an der anderen Seite der Hütte an der Wand landete. Auch nicht gut, ich ging wieder etwas vor, um Platz zu haben. In der Hütte war sowieso wenig Platz. Es gab eine Feuerstelle und einen Tisch mit einem Stuhl und neben dem Fenster stand ein grober Holzklotz, der als Schemel dienen mochte. Dazu gab es in der Ecke bei der Feuerstelle ein Lager aus Reisig und Tannenzweigen mit Decken. Auf einem Bord standen einfache Schüsseln und Schalen, was man zum Kochen von einfachen Mahlzeiten brauchte. Ich schielte um mich, ob es etwas wie ein Küchenmesser gab. Anscheinend nicht, das einzige Messer hatte augenscheinlich er. Nun gut. Das sollte mich nicht wirklich aufhalten. »Ruhig. Niemand will Euch etwas tun. Es wird Euch nichts geschehen. Ruhig.« Ich holte zitternd Luft. »Ruhig. Alles wird gut. Ruhig.« Natürlich würde alles gut. Irgendwann würde ein Drache auf dem Dach von dieser Hütte landen und den Zweibeiner vor mir zermatschen. »Ihr solltet mich jetzt gehen lassen.« Ich kriegte den Satz sogar ohne Zischlaute über die Lippen. Selbst das Fauchen und Knurren hatte ich unter Kontrolle. Als ich das merkte, entspannte ich ein paar Bauchmuskeln. Na also, ging doch. Der Mann lachte leise. »Keine Sorge, Ihr könnt gehen, wenn Ihr wollt.« Ach? »Aber ich dachte, wir könnten uns etwas zu trinken nehmen und noch ein wenig unterhalten. Ich habe heute nicht mehr so viel vor. Nun, was haltet Ihr davon?« Nach meiner Meinung gefragt zu werden brachte mich kurzfristig aus dem Konzept. »Also gut.« Ich quetschte das hervor und fühlte mich dämlich. Da wurde man freundlich eingeladen und reagierte wie eine gereizte Schlange. Unwillkürlich kratzte ich mich am Kopf. Wie ein gereizter Drache? Der Mann atmete erneut leise aus und entspannte sich ebenfalls ein Stück weit. Mein Unterbewusstsein hatte seine Anspannung registriert und entsprechend gehandelt. Gut, wenn es wenigstens etwas gab, was noch normal reagierte. Der Mann trat von der Türe weg und ich fühlte mich um einiges besser. Dann ging er langsam im Raum herum, stellte Bogen und Pfeile in die Ecke und kam mir dabei unwillkürlich näher. Ich hopste von ihm weg und schalt mich einen Narren. Ich benahm mich wirklich wie ein absoluter Hinterwäldler. Der Mann stellte zwei Becher auf den Tisch und eine Kanne und dann setzte er sich auf den Stuhl und gab mir den Wink, mir den Holzklotz vom Fenster zu nehmen und mich zu ihm zu setzen. Er hatte sich mit dem Rücken zur Türe gesetzt und ich nahm ihm gegenüber Platz. Damit hatte ich die Wand hinter mir und die Türe vor Augen und das war besser als nichts. Noch besser wäre es gewesen, wenn ich an der Seite hätte sitzen können, um sofort zur Türe hinausgelangen zu können. So konnte er mir diesen Weg immer noch versperren. Aber man konnte eben nicht alles haben. Die Türe im Rücken zu haben wäre noch übler gewesen. Das Fenster im Rücken zu haben wäre auch nicht besser. Der Mann goss aus der Kanne eine Flüssigkeit in beide Becher und schob einen in meine Richtung. Ich nahm ihn auf und meine Finger schmiegten sich um etwas völlig Ungewohntes. Geschirr. Ein Becher. Ich überlegte, ob es gebrannter Ton war oder Steingut, im Grunde hatte ich mich früher nie für solche Dinge interessiert. Interessiert hatte mich nur der Inhalt von einem Becher. Das tat es immer noch. Ich roch an der Flüssigkeit. Wasser. Ich roch nochmals. Der Mann trank unbekümmert und gab mir damit zu verstehen, dass er nicht vorhatte, mich zu vergiften. Nun gut, er hatte ja auch nicht ahnen können, dass ich heute zu Besuch kommen würde. Es sei denn, er hätte Berkom und mich auf jenem Berg stehen sehen und danach wenigstens ungefähr unsere Route verfolgt. Als wir uns dann so unproblematisch seiner Hütte näherten, hatte er dann nur den richtigen Moment abpassen müssen. Und wozu bitte schön? Wenn er recht bei Trost war, hätte er eher Land gewonnen. Mit einem Drachen legte man sich nicht an, wenn man zwei Beine und ein paar kümmerliche Pfeile hatte. Als ich so weit in der Betrachtung gekommen war, nahm ich einen Schluck und analysierte ihn. Es war Wasser. Ich schluckte beruhigt und trank nochmals. Der Mann atmete etwas tiefer aus. War doch was drin? Nein, er war nur froh, dass ich sitzen blieb. Ich saß in einer Hütte und trank aus einem Becher. Meine Faust umklammerte die Tischkante und ich hatte mich gerade noch so weit im

Griff, dass ich den Becher hinstellte. Meine Hand zitterte und ich legte sie flach auf den Tisch und drückte sie auf die Tischplatte. So ging das nicht. Einatmen, ausatmen. Okay, es wurde besser.

»Ich bin schon länger hier in der Gegend. Sie hat mir gefallen. Ich bin Waldläufer.« Der Mann sprach gelassen, als wäre ihm nichts aufgefallen. Ich räusperte mich. Wie schön. Und was war ich? »Mein Name ist Dies Rastelan.« Und wie hieß ich? Brenn von der Erde? Brenn aus dem Drachennest? Brenn mit Dem, der von den Bergen kommt. »Brender Berge.« »Sehr erfreut, Eure Bekanntschaft zu machen.« Ich schielte fast. Ein Waldläufer mit solchen geschliffenen Umgangsformen kam mir etwas spanisch vor. »Ebenfalls.« Wenn er mich jetzt nach meinen Geschäften in dieser Gegend fragte, würde ich mich zwicken. »Ihr seid noch nicht lange hier, nicht wahr?« Das war eine rhetorische Frage. Sonst hätte er mich ja schon früher eingesammelt. »Nein, ich bin auch nur auf der Durchreise.« Waldläufer waren vielleicht wie Walddrachen froh, wenn sie wussten, dass man sich nicht an ihrem Revier vergreifen wollte. Dies Rastelan lächelte ein wenig. »Ja, das kann ich mir vorstellen. Das ist auch so üblich, wenn man vom Gebirge her kommt. Ihr hattet bestimmt keine einfache Zeit, im Winter in den Bergen.« Ich starrte den Waldläufer an. Er lächelte mich immer noch an. Es war ein beruhigendes Lächeln und ich hatte den Verdacht, dass er im Geiste ständig ›ruhig, ruhig‹ deklamierte. Mir kam der beunruhigende Gedanke, dass ich nachsehen könnte, was er vorhatte. Mir kamen andere beunruhigende Gedanken und ich packte erneut den Tisch. Wie schön, dass der so stabil war. Er gab Halt. »Wie kommt Ihr darauf, dass ich aus dem Gebirge komme?« Dies Rastelan sah mich ein wenig abschätzend an. »Nicht für dumm halten, das ist nicht nötig. Ihr lauft mitten im Winter praktisch unbekleidet durch die Gegend und es macht Euch überhaupt nichts aus. Ihr braucht keine Sorge zu haben, ich habe wirklich nichts im Sinne, was Euch oder sonst jemandem schaden könnte.« Er holte tief Luft. Ich starrte ihn an. Er wusste, wer oder eher noch was ich war? »Es sind schon mehr aus dem Gebirge gekommen?« Das konnte nicht sein, das wusste ich. Berkom war der erste Felsendrache, der hier gelandet war. »Nicht oft. Einmal. Das ist aber nur eine Geschichte aus der sagenumwobenen Vergangenheit.

Was ich sonst weiß, habe ich von anderen Waldläufern erfahren, die weit von hier im Norden wandern.« Der Drachenpfad. Er stieß dort auch irgendwann einmal auf Gebiete, die von Menschen betreten wurden. Wie ging das dort mit Drachen und Menschen? Vielleicht konnte dieser Mann mir dazu etwas sagen. Plötzlich wurde mir klar, dass ich hier die Chance hatte, Erkundigungen einzuziehen. Ich nahm den Becher und trank erneut. Dies Rastelan nahm den Krug und schenkte mir nach und die Handlung erschien mir so merkwürdig vertraut, dass ich mich in mir verschoben fühlte. Dann rückte die Hütte wieder an ihren Platz und ich wusste wieder, wo ich war und wer oder was. »Ihr müsst Euch nicht entschuldigen. Ich weiß von meinen Kollegen, wie es ist, wenn man plötzlich wieder auf Menschen trifft. Ich freue mich sehr, dass ich Euch getroffen habe. Wenn es Euch recht ist, können wir ein paar Dinge besprechen.«

Es war mir sehr recht. Ich hatte gerade wieder genug damit zu tun, mir klarzumachen, dass ich in einer Hütte auf etwas Ähnlichem wie einem Schemel saß. Der Holzklotz war sehr groß und schwer. Ich hatte ihn höchst unproblematisch vom Fenster zum Tisch getragen. Meine antrainierte Vorsicht teilte mir gerade unerwünscht mit, dass ich alleine damit mich schon verraten hatte. Kein Mensch trug so etwas einfach mal mit links in der Gegend herum. Also gut, der Waldläufer hatte ja auch schon verraten, dass er mich richtig klassifiziert hatte. Ich brauchte mich nicht zu verstellen. Ich hatte ein paar weitere unübersehbare Schnitzer gemacht. Ich kämpfte schon wieder damit, dass ich einem Menschen gegenübersaß. Himmel, ich sollte mich auf das konzentrieren, was jetzt wesentlich war, nämlich Informationen zu sammeln. Außerdem hatte der Waldläufer mir höchst selbstverständlich Wasser angeboten und nicht etwa Bier oder etwas Ähnliches. Gab es hier Bier? Wie würde ich darauf reagieren? Ich wusste so vieles nicht mehr. Der Waldläufer wartete geduldig, bis ich so weit war, mich ein wenig sortiert hatte. »Ihr habt auf mich gewartet?« Nach mir ausgespäht hätte es besser getroffen. Mein Misstrauen war erwacht. Der Waldläufer sah mich mit neuerlicher Wachsamkeit an. Vielleicht hatte ich ein paar Dinge für seinen Geschmack zu schnell auf die Reihe gekriegt. Vielleicht waren andere Drachengefährten erheblich eingeschränkter als ich, wenn sie zum ersten Mal wieder mit einem ehemaligen Artgenossen konfrontiert wurden. »Ich weiß recht gut, welche Drachen sich in meinem Gebiet aufhalten. Es war unübersehbar, dass ein neuer Drache dazugekommen war. Von den anderen Waldläufern war keine Nachricht gekommen, dass einer von ihren Drachen das Gebiet gewechselt hatte. Es konnte also nur ein neuer Drache über das Gebirge gekommen sein. Ja, und deshalb habe ich Ausschau gehalten, ob es sich um einen unverbundenen Drachen handelt.« Der Waldläufer lächelte noch einmal leicht. »Es ist ein großes Glück, dass ich auf Euch gestoßen bin.«

Mein Gehirn schlug Loopings. Der Waldläufer hatte ein Gebiet, das er kontrollierte. Er kannte die Drachenpopulation. Ach, ach. Er war eine Art Drachenranger? Es gab eine ganze Kette von solchen Waldläufern, die das ganze Gebiet unter Beobachtung hielten? Kein Drache kam hier durch, ohne dass er registriert wurde? Und er wurde sogar so weit unter die Lupe genommen, dass die Waldläufer überprüften, ob es dazu einen Drachengefährten gab oder nicht? Wenn ich mich richtig erinnerte, sollte es kaum Drachengefährten geben können, denn die Drachen hätten dazu auf Menschen treffen müssen, was bis in diese Gegend hinein nicht so häufig der Fall sein konnte. Das stank zum Himmel. »Um genau zu sein, die Waldläufer überprüfen die ankommenden Drachen, ob sie auch noch zusätzlich die potenzielle Gefahr für irgendwelche Menschen mitbringen, einen davon für sich zu kassieren?« Ich holte ein wenig Luft. »Und wie schön, in diesem Fall ist das schon ausgestanden, dieser Drache hat schon ein Opfer gefunden?« Der Waldläufer erstarrte. Ich grinste ihn ein wenig an. »Nicht für dumm halten, wir können dabei bleiben.« Jetzt wurde seine Nasenspitze ein wenig bleich. Ich hatte ihn beeindruckt. In der nächsten Sekunde schimpfte ich mich einen Hornochsen. Ein Rindvieh war ich schon gewesen, jetzt kam der Hornochse noch dazu. Hatte ich denn wirklich alles vergessen, was ich mal gelernt hatte? Man drohte nicht, wenn man herausbekommen wollte, was gespielt wurde. Man stellte sich lieber als liebenswerten Trottel dar. Der bekam alles heraus, was er wissen wollte und meistens noch ein paar interessante Details mehr. Das hatte ich mir gründlich versaut. Der Waldläufer hatte den klaren Beweis dafür, dass ich ein nicht zu unterschätzender Gegner war. Ganz unabhängig davon, dass ich auch noch einen Drachen in petto hatte.

»Also gut. Ihr wisst Bescheid. Dann kann ich mir einiges sparen.« Ich wusste leider überhaupt nicht Bescheid. »Die Drachen sollten über einen gewissen Sperrgürtel möglichst nicht hinauskommen. Danach geraten sie in ziemlich dicht besiedeltes Gebiet und dort käme es zwangsläufig zu unliebsamen Zwischenfällen. Wir versuchen das also auszuschließen. Das ist die Aufgabe der Waldläufer. Wir beobachten die Drachen.« »Wie schafft Ihr es, die Drachen davon abzuhalten, sich weiter weg zu bewegen?« »Zu einem gewissen Prozentsatz ist das nicht nötig. Die Drachen finden manchmal ein angemessenes Gebiet, das sie bewohnen möchten. Das finden sie sogar manchmal recht schnell. Andere wandern noch länger herum. Wir versuchen die Konfrontationen mit Menschen zu vermeiden, entweder indem wir die Bevölkerung warnen oder indem wir den Drachen in ein Gebiet lotsen, in dem es für ihn ideale Bedingungen gibt.« Hübsch. »Was passiert, wenn das nicht klappt und der Drache eigensinnig darauf besteht, weiterzuwandern? Die Gegend wird immer dichter besiedelt und man kann ihm nicht mehr so wirklich aus dem Weg gehen. Was passiert dann?« Dies Rastelan hustete leicht. »Die meisten Drachen sind nicht dumm. Wenn zu viele Menschen auftauchen, ist es ihnen auch unangenehm und meistens ziehen sie sich dann doch dahin zurück, wo es für ihresgleichen zuträglicher ist, zu leben.« Ich kannte einen jungen Drachen, der von dieser Aussicht keinesfalls begeistert wäre. Er war gerade über die Berge gekommen, nur um hier abgefangen zu werden? Da würde er nicht mitspielen. Meistens zogen sie sich zurück? »Gab es in Eurem Gebiet schon mal solche Drachen, die nicht kooperativ waren?« Der Waldläufer seufzte. »Nein, die gab es hier noch nicht. Es ist eine ruhige Gegend. Es kommen wenige Drachen hier durch. Weiter im Süden wird es für Drachen auch schwieriger zu leben. Die Umwelt ist dort für sie nicht mehr so geeignet.« Ich erhaschte ein vages Bild von einer Gegend, die von Savanne zu Steppe wurde und dann in Wüste überging. Wüstendrachen waren also eher die ruhigeren Typen? Na gut. Felsendrachen kamen über den Drachenpfad, im Norden musste es also häufiger zu Drachenbewegungen kommen. »Warum habt Ihr Euch denn dann dieses langweilige Stück Gegend ausgesucht?« Ich stellte diese unverfrorene Frage nicht ohne Grund. Ich wollte wissen, wie der Waldläufer reagierte. Dies Rastelan verzog überrascht das Gesicht und guckte mich leicht verärgert an. Diese erste ansatzweise normale Regung fand ich interessant. »Ich habe es mir nicht ausgesucht. Es wurde mir zugeteilt.« Ich nahm noch einen Schluck Wasser. Ich begann mich zu entspannen. Innerlich begann ich interessiert Witterung aufzunehmen. Wenn ich mein Gegenüber damit überraschte, dass ich mich für gänzlich andere Dinge interessierte als die, auf die er gepolt war, konnte ich ihm vielleicht etwas entlocken, was er mir vorenthalten wollte? »Der Norden ist das Filetstück für Waldläufer, was?« Ich seufzte ein wenig. »Der Süden ist auch nicht schlecht. Nettes Wetter und so, und Wüstendrachen sind nicht wirklich die große Plage. Aber hier, das ist wirklich nichts, um das man sich reißen müsste.«

Der Waldläufer guckte mich an und seine Augen wurden etwas größer. Ich grinste ihn jetzt höchst offensichtlich an und ließ ein verdecktes Zähneblecken hineinspielen. Die Augen des Waldläufers wurden noch größer. »Hast du was ausgefressen und bist strafversetzt worden?« Dies Rastelan hustete und wendete sich leicht zur Seite. Oh, gut, das hatte voll getroffen. Er hatte was ausgefressen. Ich lehnte mich ein wenig zurück und beobachtete ihn demonstrativ. Dann lehnte ich mich wieder über den Tisch und den Becher und gab mir eine höchst ungezwungene Pose. Der gute Kumpel, mit dem man ein Glas trank und mit dem man die hässlichen Ungerechtigkeiten der Welt bequatschen konnte. »Okay, ich bin nicht freiwillig hier. Aber ich werde alles in meiner Macht Stehende tun, um Euch zu helfen. Euch und Eurem Drachen. Wir werden den Plan durchgehen und zusammen werden wir eine gute Lösung finden, da bin ich sicher.« »Was war es?« Ich war nicht gewillt, so leicht einzulenken. Ich wollte wissen, woran ich war. Warum kassierte man in diesem Land eine Strafversetzung? Und wer hatte das überhaupt veranlasst? Ein Gericht? Ein absolutistischer Herrscher? Eine Volksfront? Dies Rastelan hustete schon wieder. Es war ihm unangenehm, dass ich mich von dem Thema nicht abbringen ließ. »Ich habe eine falsche Entscheidung getroffen.« Ich hatte auf den Becher in meiner Hand gestarrt. Jetzt hob ich den Kopf und sah Dies Rastelan genau in die Augen. »Geschenkt.« Diesmal drang ich durch. Er vergaß seine Vorsicht. »Es war ein Komplott, ein schändliches Komplott. Ich war zu nahe an die entscheidende Stelle am Fürstenhof gekommen und das wollte mein schärfster Konkurrent nicht zulassen. Und anstatt es in einem fairen Wettstreit auszutragen, schmiedete er dieses erbärmliche Komplott.« Ich blickte wieder auf den Becher in meiner Hand. »Besser, durch Falschspiel zu Fall zu kommen, als selber durch Falschspiel zu gewinnen.« Ich blickte wieder hoch. »Besser, man läuft sich in einem beschissenen Wald die Füße wund und kann sich dafür selber ins Gesicht sehen, als man prunkt in Samt und Seide und ist dafür ein schleimiger Aal.« Ein Fürstenhof. Aha. Und eine gewisse Bürokratie. Er sah nicht ganz so aus, wie ich mir einen Höfling vorgestellt hätte. Aber wahrscheinlich hatte das Leben hier draußen ihm auch einiges abverlangt. Die Manieren, die mir für einen Waldläufer zu geschliffenen erschienen waren, begannen ins Bild zu passen. Mein Gegenüber starrte mich an wie ein Weltwunder. »Ihr versteht das?« »Klar, ich komme ja nicht von einem anderen Stern.« Ich wollte es sagen und verschluckte mich gerade noch rechtzeitig. Ich hatte keine Ahnung, ob das hier ein anderer Stern war oder was sonst. Ich sollte meine gänzliche Unkenntnis über dieses Land nicht ganz so offensichtlich kundtun. Sonst stand zu befürchten, dass ich womöglich das Objekt der Begierde wurde. Berkom würde es nicht gefallen, wenn man mich zu wissenschaftlichen Zwecken in ein hiesiges Pendant von Forschungslabor steckte und dann auseinandernahm.

»Ich dachte immer, wenn man von einem Drachen berührt wird, vergisst man alles.« Der Waldläufer sah mich völlig überrascht an. »Nicht alles. Vieles, aber nicht alles.« Ich sah ihn mit einer gewissen Besorgnis an. »Ich erinnere mich ganz gut daran, an einem Tisch gesessen zu haben. Jetzt erinnere ich mich wieder daran. Ich weiß vielleicht nicht genau, wo dieser Tisch gestanden hat, aber ich weiß, was ein Tisch ist und wozu man ihn verwendet.« Vielleicht kam ich mit diesem Ausweg hin, den der Waldläufer mir hier unabsichtlich gezeigt hatte. Vielleicht aber auch nicht unabsichtlich. Vielleicht vergaßen die echten Drachengefährten ja wirklich so ziemlich alles? Ich wusste das nicht. Wie viel wusste mein Waldläufer darüber? Dies Rastelan sah mich erneut mit einer gewissen Vorsicht an. »Euer Drache?« Ich hob fragend eine Augenbraue. »Wo ist er?« Ich lächelte sonnig. »Er geht ein bisschen im Wald spazieren. Er mag Wald sehr gerne.« Mal sehen, wie viel Ahnung dieser Waldläufer hier hatte. Ob er mir den Walddrachen abkaufte, wenn er doch wusste, dass wir über das Gebirge gekommen waren? Kamen Walddrachen auch über das Gebirge? Ich hatte das ziemlich sichere Gefühl, dass sie kaum über dieses Gebirge kommen konnten. Sie flogen nicht so gut. »Und er hat Euch einfach so gehen lassen?« Ich lächelte noch sonniger. »Nein, natürlich nicht. Der Drache hat mir gesagt, ich solle am Bach bleiben.« Mal sehen, wie viel Seemannsgarn der Waldläufer vertrug. »Wenn der Drache mich bei sich haben will, holt er mich zu sich.« »Ihr habt ein Männchen?« Männchen. Mir verging das Grinsen. »Es ist ein männlicher Drache, ja.« Meine Stimme hatte einen leise grollenden Unterton bekommen. Der Waldläufer registrierte es zufrieden. Ich hatte wohl eine Norm erfüllt. Über seinen Drachen sprach ein Drachengefährte mit einer ordentlichen Portion Stolz. Drachenstolz. Na gut, das kriegte ich ohne jegliche Verstellung sofort sehr gut hin.

»Was passiert im Norden mit den Drachen, die sich nicht abfangen lassen wollen?« Dies Rastelan hatte gerade einen Schluck Wasser nehmen wollen und verschluckte sich. Schade. Jetzt hatte er Zeit, um sich eine nette Geschichte auszudenken. Ich wollte die Wahrheit wissen. Das hier gefiel mir nicht. »Man versucht sie abzudrängen.« »Wie?« Unwillkürlich sah ich eine Jagdgesellschaft zu Pferd, die mit Hunden, bewaffnet mit Schwertern, Lanzen und Pfeil und Bogen, aufbrach. Es war eine große Gesellschaft und mir wurde flau im Magen. Menschen konnten die Pest sein, hatte Berkom gesagt. Er hatte wohl recht. Vielleicht hatte er sogar gewusst, was ich hier entdeckte. Vielleicht hatte er absichtlich mir nichts darüber erzählt. Vielleicht hätte er es nicht gutgeheißen, dass ich hier einiges erfuhr. Mir wurde ein wenig warm. »Man macht ziemlich viel Lärm. Drachen mögen das nicht so sehr. Meistens gelingt es, sie damit zu verscheuchen.« Lärm. Ich hatte eine Jagdgesellschaft gesehen. »Machen das die Waldläufer? Das geht doch kaum, oder? Man braucht dafür viel mehr Menschen.« »Nein, die Waldläufer machen das nicht. Meistens sind es ein paar Bauern, die man dafür anheuert.« Oh, oh. Mein Waldläufer log wie gedruckt. Nein, er log nicht. Plötzlich wusste ich es. Mir wurde sehr warm. Sie machten das wirklich. Sie heuerten irgendwelche Burschen an, um die Drachen zu vergrämen. Es war ein Job auf Leben und Tod und meistens waren es irgendwelche abgerissenen Vagabunden, die sich damit ein schönes Stück Geld verdienen wollten und sich darum auf dieses Wagnis einließen. Wenn sich aber ein hoher Herr ankündigte, der Lust auf ein wenig Drachenjagd verspürte, dann gab es auch das. Waldläufer im Norden zu sein bedeutete, dass man ein gutes Geschäft mit Drachenjagden machte. Man wurde reich damit. Wie hoch war wohl die Abschussprämie für einen Drachen? Aufstieg auf der Karriereleiter? Dieser Waldläufer hier war nicht sonderlich vorsichtig. Er hatte keine Ahnung davon, wie ein Drachengefährte tickte. Er projizierte seine Gedanken so offensichtlich, dass ich ein Depp gewesen wäre, wenn ich sie nicht mitbekommen hätte. Mein Glück, mein Unglück. Ich bekam etwas viel zu schlucken. Wenn man im Norden mit Drachenjagd die Karriereleiter emporklomm, sollte das im Süden auch gehen. Das Glück hatte Dies Rastelan geküsst. Er hatte einen zusätzlichen Drachen. Und dann begriff ich, wo das Problem lag.

Ich war das Problem. Man konnte ungebundene Drachen jagen, aber bei einem gebundenen Drachen ging das nicht mehr. Der Drachengefährte war im Weg. Mir wurde noch ein wenig wärmer. Was sollte er jetzt mit mir Unglücksraben anfangen? Ich war ja gutgläubig mitgegangen, völlig von der Rolle, wie es mit einem frisch gebundenen Drachengefährten ja auch sein musste. Jetzt hatte er mich hier, mein Drache war weit weg und völlig ahnungslos. Er würde mich nicht suchen gehen, das hatte ich ja gerade bestätigt. Der Drache würde mich nicht gleich vermissen. Hatte ich auch gerade bestätigt. Dreimal großer Hornochse. Besser hatte ich mich dem Waldläufer gar nicht auf dem Präsentierteller überreichen können! Ich trank einen Schluck und zog die Kanne zu mir her, um mir nachzuschenken. Jetzt stand sie in passender Entfernung. Ich konnte sie dem Waldläufer über den Schädel ziehen, wenn er unerquickliche Aktionen versuchen sollte. Ich konnte damit ein Messer abwehren. Sehr nützlich, so eine große Kanne in Reichweite zu haben. Dies Rastelan sah mich mit einer bestürzenden Mischung aus Mitleid, Traurigkeit und ein klein wenig Verwunderung an. »Wenn ein Drachengefährte dabei ist, geht es natürlich viel einfacher. Dann kann man ja auf den Drachen einwirken.« Um des Himmels und aller Heiligen willen. In mir loderte es wild und heiß empor. Das konnte nicht ernst gemeint sein! Sie griffen sich den Drachengefährten, sperrten den ein und erpressten damit den Drachen, zu tun, was sie wollten? *Brenn? »Es ist gut, Berkom, keine Sorge, es ist okay.«* Was passierte, wenn man einen Drachengefährten folterte? Ich unterdrückte erfolgreich ein Zähneknirschen. *Brenn? Was ist los? Wo bist du? »Keine Sorge, Berkom, ich bin nicht in Gefahr.«* »Vielleicht ist es eine sehr gute Idee, wenn wir uns in eine Gegend zurückziehen, wo wir niemandem zu nahe kommen.« Der Waldläufer sah mich überrascht an. Er hatte wohl nicht mit einem derartigen Einlenken gerechnet. Vielleicht kam es ihm auch nicht gelegen. Vielleicht passte es ihm aber auch sehr und er lockte uns in eine hübsche Falle. Das Feuer in mir brannte. Dies Rastelan war ein Schurke. Er war mir nicht so vorgekommen. Hatte ich mich so getäuscht? Ich war mir sicher, dass ich die eigentliche Wahrheit erkannt hatte, aber was wollte der Waldläufer wirklich selber?

Entschlossen überlegte ich mir eine Strategie, die es mir erlaubte, den Spieß umzudrehen. *»Berkom.«* Ich rief nach meinem Drachen und die Antwort kam so prompt, dass er darauf gelauert haben musste. Ich schickte ihm das Bild von Bach, Tal und Hütte. Ich schickte ihm das Bild von Dies Rastelan, dem Waldläufer. Ich bat und erklärte und bat. Gleichzeitig trank ich Wasser und sah Dies Rastelan unbedarft an. Ich kriegte die verschärfte Mehrgleisigkeit problemlos auf die Reihe. Wie gut, dass wir das im Drachengebirge schon geübt hatten. »Könnt Ihr mir ein Gebiet zeigen, das für mich und meinen Drachen geeignet sein könnte?« »Ja, natürlich.« Der Waldläufer sah mich immer noch überrascht an. »Wie?« »Was wie?« Jetzt war er völlig irritiert. »Wie wollt Ihr mir dieses Gebiet zeigen?« »Oh, ich kann es Euch draußen aufzeichnen. Wir brauchen nur ein Stück freien Boden, dann werdet Ihr verstehen, was ich meine.« Sehr hübsch, das kam mir entgegen.

Wir standen auf und traten aus der Hütte. Warum er mich noch mal hinausließ, war mir unklar, aber ich war froh darum. Aus der Türe zu kommen war kniffelig genug. Ging er voraus, konnte er mir die Türe vor der Nase zuschlagen. Ging ich zuerst, hatte ich ihn im ungedeckten Rücken. Letzteres war problematischer, also ging ich hinterher. Ich bekam keine Türe vor den Kopf geknallt. Er musste etwas anderes vorhaben. Ich auch. Ich reckte mich vor der Türe ein wenig. Es war gut, wieder draußen zu sein. Ich fühlte mich besser. Der Waldläufer sah mich ein wenig belustigt an. »Es ist nicht so einfach, was? Ihr habt Euch in dem geschlossenen Raum bemerkenswert gut gehalten. Die meisten Drachengefährten halten das zunächst kaum länger als einige Minuten aus. Dann werden sie so kribbelig, dass man sie wieder hinauslassen muss.« Eine gefährliche Vorstellung, von mir in einem Käfig aus kräftigem Holz mit Eisenbeschlägen, huschte vorbei. Das konnte kein Zufall sein. Er hatte so einen Käfig nicht, aber er überlegte, wie er es anstellen konnte, mich in so etwas hineinzukriegen. Mitleid. Wunderbar. Er wusste, was es für einen Drachengefährten bedeutete, in einem geschlossenen Raum zu sein, und er dachte über einen Käfig für mich nach. Ich durfte nicht mit den Zähnen knirschen. Und traurig war er, weil er mir so übel mitspielen musste? Zu seinem eigenen Vorteil, aber in seinen Augen auch zu meinem Vorteil letztlich. Mit einem gefangenen Drachengefährten und einem zahmen Drachen im Gefolge könnte er einen triumphalen Einzug am Fürstenhof halten. Die anderen Waldläufer würden nur noch dumm aus der Wäsche gucken und seinem einstigen Konkurrenten würden im Handumdrehen die Felle davonschwimmen. Wenn er dann richtig fest im Sattel säße, könnte er mich und den Drachen an einer angemessenen Stelle aussetzen. Er wollte uns ein besonders schönes Gebiet schenken. Er gab es als Laufenlassen aus. Ich erkannte es als Aussetzen. Ich verhinderte erfolgreich, dass ich die Fäuste ballte und ihm ins Gesicht schmetterte.

Wir brauchten ein Stückchen freie Erde, damit Dies Rastelan eine Landkarte zeichnen konnte, und ich wusste, dass es das ein wenig weiter vorne am Waldrand gab. Die Landkarte wollte ich mir noch ansehen, denn dann bekam ich vielleicht ein besseres Gespür für dieses Land. Der Waldläufer sah sich um und ich ging kommentarlos davon. Das brachte den Mann ziemlich schnell auf die Beine, er hastete hinter mir her und rief: »Halt, bleibt doch da, es passiert Euch nichts.« Na, der war lustig. Ich blieb stehen, schließlich wollte ich ja, dass er mitkam. »Da vorne gibt es ein Stück freien Boden, okay?« Der Waldläufer stoppte relativ abrupt. Er war hastig hinter mir hergekommen. Das empfand er nun als peinlichen Fehler. Man rannte der entweichenden Beute hinterher und verjagte sie damit umso gründlicher. Schön. Er war also auch ein wenig von der Rolle. Das würde sich gleich noch mal gewaltig verstärken. Aber jetzt sollte er erst mal zeichnen. Ich marschierte zielstrebig weiter und kümmerte mich seelenruhig nicht um meinen unfreiwilligen Kumpan. Dann checkte ich noch ein paar Eckpunkte ab. Wenn der Waldläufer auch nur ein wenig Hirn im Kopf hatte, würde er jetzt den Braten riechen. Ich war ja nicht ganz gemein, sondern gab ihm sogar noch eine unübersehbare Warnung. Ich hatte ihn im Rücken und es machte mir herzlich wenig aus. Das hätte ich keinesfalls unter normalen Umständen geduldet. Wir gingen einige fünfzig Meter am Waldrand entlang zurück und der Wald hatte dort ein hübsches Tannendickicht. Ich schnüffelte vorsichtig, aber nun ja, es ging so eben. Wie gut waren Waldläufer nun wirklich? Dieser hier war damit beschäftigt, mich unter seine Kontrolle zurück zu bekommen. Die war ihm gerade höchst unpassenderweise komplett entglitten.

Er stand vor dem Flecken nackten Erdbodens und sah mich misstrauisch an. Nein, ich war ganz artig. Ich war interessiert. Ich guckte fragend zurück. Dies Rastelan zuckte mit den Schultern und suchte sich einen kleinen Stock. Er begann in der Erde herumzuritzen und ich beugte mich zu ihm herunter. Ein begnadeter Kartenleser war ich nie gewesen, aber mit Geografie kam ich schon immer ganz leidlich zurecht. Ich betrachtete die groben Striche und bastelte mir zusammen, was es darstellen sollte. Dies Rastelan zeigte auf eine Stelle. Hier befanden wir uns. Dort war das Gebirge, dort die Wüste. Das bewohnte Gebiet war nahe. Sehr nahe. Wenn man sich überlegte, dass wir vor nicht zu langer Zeit einem Walddrachen begegnet waren, erschienen mir die menschlichen Siedlungen, die Dies Rastelan andeutete, unverständlich nahe. Das konnte nur gut gehen, wenn man wenige Drachen auf

Wanderschaft hatte und sich die Drachen, die hier lebten, sehr standorttreu verhielten. Mochte alles in diesem Fall zutreffen. Konnte aber auch eine Falle sein, um uns in eine Richtung zu dirigieren, die für seine Pläne günstig war. Wie fing man einen Drachengefährten, ohne mit dem Drachen in Konflikt zu geraten? Ich hatte das dumpfe Gefühl, dass es besser für mich wäre, wenn ich darauf eine Antwort finden würde. Dann könnte ich eine Gegenstrategie entwickeln. Ich seufzte ein wenig. Das Leben erschien mir plötzlich sehr kompliziert. Noch hatte ich die Verwandtschaft von Berkom keinesfalls im Griff, da tauchten auch schon die lästigsten Wesen überhaupt auf, die es gab. Zweibeiner. Eine Pest. Ich verstand Berkom plötzlich nur zu gut. Ich hatte plötzlich die deutliche Anwandlung, dem ganzen Spiel ein Ende zu machen.

Neben mir raschelte es im Gebüsch und ein Drachenkopf erschien aus dem Tannengrün. *Hübsche Zeichnung*. Er grinste mich an und zeigte Dies Rastelan einen unübersehbaren Eckzahn. *»Lass das, Berkom. Er kann dich nicht verstehen.« Doch, doch, kann er. Er versteht sehr gut, dass er sich besser nicht rühren sollte*. Der Mann neben mir stand stocksteif da und starrte entgeistert auf den im Grün schwebenden Drachenschädel. Ich sah den Waldläufer unbeteiligt an und äußerte dann, als wäre es das Selbstverständlichste auf der ganzen Welt: »Ach ja, Dies Rastelan, das da ist der Drache, zu dem ich gehöre.« Ich guckte ihn weiterhin höchst unbeteiligt an, wie eine Schnecke ein Salatblatt. »Er wollte auch gerne die Landkarte sehen, die du gezeichnet hast. Ich glaube, er findet sie interessant. Du hattest doch einen Plan, nicht wahr. Nun, dann erzähl mal.« Dies Rastelan stand immer noch da, wie wenn er zu einer Salzsäule erstarrt wäre. »Keine Sorge, er versteht jedes Wort von dir. Ich glaube, er versteht auch noch eine ganze Menge mehr.« Ich ging die entscheidenden Schritte zur Seite. Wenn Dies Rastelan sich zu irgendeiner Aktion durchringen wollte, hatte er jetzt ganz schlechte Karten. Ich hatte dem Drachen Raum gegeben und dem Mann den Weg auf die Wiese abgeschnitten. Das begriff er sofort und sah mich erwachend an. Ich überlegte, ob er bereit war, den Drachen zu vergessen. Wenn er mir das Messer an den Hals setzte, könnte er der Meinung sein, dem Angriff entgehen zu können und doch noch zu gewinnen.

Ich lockerte meine Schultern und sah ihn mit einem kleinen, erwartungsvollen Lächeln an. »Also, wie war doch gleich der Plan? Oder hat Plan A nicht geklappt und jetzt geht gerade auch Plan B den Bach runter?« Dies Rastelan fuhr zusammen. Dann wurde er bleich. »Vergiss es. Vergiss es sofort.« Mehr als diese Warnung konnte ich ihm nicht geben. Natürlich hatte ich Berkom nichts von den Gedanken dieses Waldläufers mitgeteilt. Aber nachdem ich so wenig Mühe gehabt hatte, sie zu entziffern, mochte das für den Drachen auch gelten. Dann war Dies in höchster Lebensgefahr. Berkom machte wenig Federlesen. Er trat aus dem Gebüsch, in dem er sich versteckt hatte und auf uns gewartet hatte. Es krachte ziemlich und der graue Drache erschien. Der Waldläufer wurde noch eine ganze Schattierung bleicher. Ich registrierte, dass er jetzt anders roch. Deutlich schärfer und gleichzeitig ätzend. Er roch nach Angst. Dies Rastelan taumelte ein paar Schritte nach hinten und ich zog mit, behielt ihn weiterhin zwischen mir und dem dichten Waldrand. Der kalte Schweiß trat dem Mann auf die Stirn und rann ihm die Wangen hinunter. Ach, ach, einen Drachen so aus der Nähe zu sehen, war er doch nicht gewöhnt? Was war das denn für ein Drachenranger, sah zum ersten Mal einen Drachen aus der Nähe und kippte aus den Latschen. Ich fing an, hämisch zu grinsen, und kassierte eine Art Kopfnuss. Berkom fand, dass ich mich unpassend benahm. Mal wieder. Zum Glück hatte ich mich sehr gut im Griff und Dies Rastelan hatte so viel damit zu tun, Berkom anzustarren, dass er diese kleine Panne nicht mitbekam. »Ruhig. Es wird dir nichts geschehen.« Ich sagte das ganz langsam und sehr betont und der Waldläufer schaffte es, seine Augen von dem Drachen zu lösen und mich anzustarren. Das fand ich nun nur partiell besser. Angestarrt zu werden war in jedem Fall nicht besonders erstrebenswert. »Der Plan, Dies. Der Plan. Ich glaube, mein Drache ist erpicht darauf, etwas zu hören.« Dies Rastelan öffnete den Mund und brachte ein unartikuliertes Krächzen hervor. »Ah, der Plan war nicht so gut. Okay. Dann werden wir also einen neuen Plan überlegen.« Ich hielt kurz inne. Kriegte er überhaupt noch etwas mit? »Das hier ist ein Drache, der sich nicht einsperren lässt. Wir werden weiterziehen. Dies, es hat keinen Zweck, sich etwas anderes zu überlegen. Mein Drache wird weiter ziehen als alle Drachen, die du kennst.« Dann tat ich etwas, was ich überhaupt nicht vorgehabt hatte. Ich drehte mich um und sah Berkom bittend an. Er verstand zwar auch nicht, warum ich tun wollte, worum ich bat, aber er tat es. Ich stieg drachengemäß auf. Dies Rastelan konnte nicht mehr bleicher werden. Er konnte nicht noch mehr schwitzen. Ihm blieb nur noch eines übrig. Und das tat er. Er fiel auf die Knie und flüsterte: »Verzeiht.« Er hatte geglaubt, den Himmel vor sich zu sehen, und blickte jetzt in die Hölle. Ich legte Berkom die Hand auf den Hals und bat erneut. Das hier war sehr verwirrend für den Drachen und ich würde später einiges zu erklären haben. Aber ich konnte einfach nicht anders handeln.

Er war der erste Mensch, der mir begegnet war, er konnte so widerlich sein, wie er wollte, aber ich konnte ihn nicht einfach töten.

Ich glitt von dem Drachen und blieb neben ihm stehen, die Hand auf seinen Vorderlauf gelegt. Berkom wendete seinen Hals und blickte mich an. Und ich sah lange Sekunden meinen Drachen an, spürte unsere Verbindung. Ich schickte ihm ein paar kleine, sanfte rote Bläschen. Der Drache drehte sich um und ich kam auf Dies Rastelan zu. Der Mann starrte mich an wie den Morgen nach einer langen Nacht. Ich blieb in etwas Abstand vor ihm stehen. Er zitterte nicht mehr. »Es ist ganz anders, als man es mir gesagt hat.« Mit größerem Erstaunen sah ich, dass er nicht einfach erschüttert war, sondern dass das, was er gesehen hatte, ihn im Innersten berührt hatte. »Das ist«, er schluckte krampfhaft, »wunderbar.« Dann lachte er freudlos. »Abgeschmacktes Wort. Tausendmal in den Mund genommen für nichts und wieder nichts. Aber hier passt es so gut wie nichts anderes. Ich hatte keine Ahnung.« Dann riss es ihn auf die Beine. »Und im Norden tun sie dann …« Ich unterbrach ihn. »Dies, es ist nicht so, wie du denkst. Alles ist anders. Auch das hier ist anders.« Ich sah die Tränen hinter seinen Augen glitzern. Kein Krieger, ein Höfling, verbannt vom Fürstenhof, aller Hoffnung beraubt, jemals wieder das tun zu können, was er sich für sein Leben vorgestellt hatte, alleine in der Wildnis. Er hatte sich nicht schlecht geschlagen, wie mir schien. Er hatte sich eine Chance ausgerechnet. Weshalb ihm gram sein, wenn er die zu nutzen versucht hatte. Er hatte immerhin zumindest fest vorgehabt, mir und dem Drachen nicht wirklich zu schaden. Vielleicht konnte man ihn wirklich am Leben lassen. Ich ließ mich im Schneidersitz nieder und wartete. Dies Rastelan stand vor mir wie der begossene Pudel persönlich. Also machte ich eine einladende Handbewegung und daraufhin setzte er sich auch hin. Es sah so aus, als wären seine Beine zu Gummi geworden. Nun ja, ein leibhaftiger Drache von Angesicht zu Angesicht hatte manchmal solche Auswirkungen. Ab und zu kam das schon vor. »Vorschlag zur Güte. Ich versuche dein Leben zu retten. Dafür wirst du mir alles an Informationen geben, was ich brauche, und du wirst meine Fragen beantworten. Wenn ich etwas Wesentliches vergesse, wirst du mich darauf aufmerksam machen. Und du wirst dir überlegen, wie ein Drache dieses Land durchqueren kann, ohne dass es zu etwas Ähnlichem wie einem Krieg wird.« Der Waldläufer schluckte. Dann holte er tief Luft. »Ja. Gut. Aber.« Ich sah ihn unverwandt an und unter meinem Blick wurde er schon wieder bleich. »Ja. Alles, was Ihr wollt.«

Ich quetschte den Waldläufer nach Strich und Faden aus. Er begann nach wenigen Minuten zu schwitzen. Diesmal war es kein kalter Schweiß. Ich stellte bald fest, dass ich richtig geraten hatte. Er hatte eine sehr gute Position am Hof der Fürstin bekleidet, die dieses Fürstentum regierte. Die Heimtücke einer missgünstigen Hofschranze hatte er nicht auf der Rechnung gehabt. Seine Nähe zur Fürstin hatte ihm den Kopf gerettet, aber die Chance auf Rehabilitation hatte man ihm verwehrt. In diesem Wald praktisch eingesperrt, hatte er keine Möglichkeit, seine Unschuld zu beweisen. Und dann fiel ich ihm sozusagen in den Schoß, kein Wunder, dass er in Blütenträume versunken war. Dies Rastelan erzählte vom Fürstenhof, er erzählte von den Dörfern und Weilern und ich begann zu verstehen, wie die Menschen hier lebten. Hochhäuser, U-Bahnen, Autos und Flugzeuge kamen tatsächlich nicht vor. Dafür Schwerter. Ich seufzte. Fechten hatte nicht ganz vorne auf meinem Lehrplan gestanden. Dann grinste ich. Ich würde kein Schwert brauchen, mit einem Drachen als Reittier. Dies Rastelan wäre am liebsten zwei Meter weiter weg in den Boden versunken. Ich guckte ihn überrascht an. Er zitterte. »Bitte, wenn ich etwas nicht richtig beantwortet habe, ich werde Euch nichts verheimlichen, ich will doch alles tun, was ich kann.« Was war jetzt kaputt? Wieso hatte er plötzlich diese Panikattacke? »Es ist okay. Es ist alles im rosa Bereich.« Er sah mich scheu an. Und ich begriff endlich, dass ich, wenn ich so grinste wie eben, einen für Menschen ziemlich drachenartigen Eindruck hinterließ. Mein Grinsen erschreckte Menschen zutiefst. Es hatte auch mich erschreckt, als ich es zum ersten Mal im Wasser eines Kratersees gesehen hatte. Ich fühlte mich beschämt. »Dies, ich will dir nichts tun. Jetzt nicht. Solange du keine krummen Dinger versuchst, die meinem Drachen oder mir schaden, hast du von mir nichts zu befürchten.« Ich räusperte mich. »Im Gegenteil, du musst mir ein paar Dinge beibringen.« Der nächste Satz war hart für mich. »Ich weiß nicht mehr, wie ich mit Menschen umgehen soll.« Ich kaute ein wenig darauf herum, aber das war die Wahrheit. Wenn ein Grinsen bereits einen durchaus gestandenen Mann erschreckte, was würde dann zum Beispiel auf einem Marktplatz geschehen? Wie sollte ich Berkom durch die Lande bringen, die er sehen wollte? Welchen Weg konnte ich einschlagen?

Dies Rastelan sprach mit mir, bis der Tag sich neigte. Dann sah ich nach, was Berkom machte. Er wartete geduldig auf mich, nicht sehr weit weg, aber er hatte feinfühlig Abstand gewahrt. Ich war ihm so dankbar. Er hatte tatsächlich einen Waldratzen besorgt und wartete auf mich mit dem Abendessen. Ich hatte Hunger. Dies Rastelan war er inzwischen vergangen. Ich stand auf. »Okay, für heute machen wir Schluss. Ich gehe jetzt essen. Das würde ich dir auch empfehlen. Du wirst ja wohl was in deiner Hütte haben, oder musst du noch jagen?« Der Waldläufer sah mich an wie ein Kaninchen die Schlange. »Nein, ich brauche heute nicht auf die Jagd. Ich war gestern erfolgreich, es ist noch genug übrig.« Ich konnte mich nicht zurückhalten und grinste ihn trotz der Wirkung oder gerade deswegen an. »Keine Sorge, mein Drache und ich sind Selbstversorger. Wir werden dir nicht zur Last fallen.« Der Waldläufer wurde schon wieder bleich. Auf den Gedanken war er noch nicht verfallen, dass er schon heute im Drachenfeuer als leckeres Menü gebraten werden könnte. »Okay, halte dich fern, solange der Drache frisst.« Und solange ich mitaß. Das wollte ich ihm ersparen. Mir auch. »Du kannst in deiner Hütte bleiben und schlafen.

Aber wehe, wir erwischen dich woanders. Wehe, du versuchst uns zu linken. Ich habe keine Lust, dich anzubinden. Ich habe keine Lust, dich zu suchen.« Diesmal grinste ich nicht mehr, sondern zeigte ihm die Zähne. »Aber glaube mir, weder der Drache noch ich brauchen das. Wenn er Lust dazu hat, zerquetscht er dich, egal, wo du bist. Denn er kennt dich.« Das war nicht nett, und zugegeben, ich fühlte mich auch nicht nett dabei. Aber Dies Rastelan hatte ein paar unerfreuliche Momente gehabt und ich wollte mir später keine Vorwürfe machen müssen. Berkom hätte das sowieso anders gelöst. Ich womöglich auch. Darüber wollte ich lieber gar nicht nachdenken. Ich hatte genug über anderes nachzudenken. Der Waldläufer begann zufriedenstellend zu bibbern und ich drehte mich schroff um und ging davon. Menschen waren die Pest. Wer hatte das doch gleich gesagt?

Kurz hinter der nächsten Buschreihe am Waldrand blieb ich stehen und schnaubte. Der Angstgeruch war mit der Zeit erträglicher geworden, aber jetzt war ich froh, ihn aus der Nase zu kriegen. So schnell konnten sich die Fronten ändern. Es kam eben darauf an, auf welcher Seite der Drache stand. Ich schüttelte mich und konnte mich gerade noch davon abhalten, mich mit Erde abzuschrubben. Ich würde den Menschengeruch schon aushalten. Und Berkom musste sich an ihn gewöhnen. Damit konnte er gleich anfangen. Ich kam um die Ecke und sah einen großen grauen Schatten im diffusen Licht der Dämmerung auf der Wiese vor mir. Er wirkte sehr bedrohlich. Ich blieb still stehen und wartete. Irgendwann löste sich der Nebel vor meinen Augen auf und ich konnte Berkom klar erkennen. Er kam auf mich zu und schnüffelte zu mir hin. Dann brummte er. Das hatte er noch nie getan, diesen Ton kannte ich von ihm nicht. Es war ein dunkles Geräusch, vibrierend tief aus der Kehle. »Er ist ein Mensch, Berkom. Wie ich es war.« Ich hatte es ihm vorher gesagt. Berkom schnüffelte erneut. Dann trat er vollends zu mir hin und sah mich an. *Solange du weißt, wer du bist.* »Und wo ich hingehöre?« Ich legte die Hände an Berkoms Hals und ließ meine ganze Erleichterung über den Drachen hereinbrechen. Ich hatte einen Menschen getroffen und ich lebte noch. Der Drache fuhr mir mit seiner Zunge übers Gesicht. *Abendessen.* Ach war es schön, wieder mit meinem

Drachen zusammen zu sein. Diverse Zwänge, die den ganzen Tag auf mir gelastet hatten, fielen von mir ab. Die Gesellschaft von Menschen war höchst anstrengend. Drachen waren viel einfacher um sich zu haben. Berkom sagte nichts dazu. Wir beschäftigten uns mit dem Waldratzen. Zwischendrin horchte Berkom kurz. »Was ist?« *Er ist in seiner Hütte. Es ist okay.* Wir suchten uns ein geeignetes Plätzchen zum Übernachten in Sichtweite von der Hütte, denn wir wollten es uns nun doch etwas einfacher machen. Dies sollte ruhig wissen, dass der Drache draußen, sozusagen auf seiner Türschwelle, schlief.

Berkom war neugierig und er wollte nun endlich seine Erklärungen. Ich versuchte mein Bestes. Es genügte ihm nicht. Er wollte wissen, warum ich diesen Tanz aufgeführt hatte. Schließlich war ich nicht mehr in der Lage dazu, Berkom zu widerstehen. Es hätte sowieso keinen Zweck gehabt. Er hatte längst mitbekommen, dass hier nicht alles so war, wie ich es vorgab. Ich gab auf. Letztlich war der Drache eben stärker als ich. Berkom holte sich, was er wissen wollte, und ich krallte die Fäuste in die Erde. Ich hatte mein Bestes getan, um Dies zu retten. Wenn es nicht gereicht hatte, durfte ich mir keine Vorwürfe machen. Der Drache blieb liegen. Ich hing in den Sielen und war mehrheitlich fertig. Eine Drachenbefragung war nicht gerade so leicht wegzustecken. Aber Berkom blieb ruhig liegen. Er ging nicht, die Hütte einzureißen und den Bewohner zu zermatschen. Er guckte mich unter halb geschlossenen Augen an. *Man tappt nicht wie ein Monster durch die Lande und vernichtet den erstbesten Menschen, der einem über den Weg läuft. So oder so ähnlich war das doch, oder?* Er machte eine kleine Pause und mir wurde mulmig. *Aber jemand anderes hatte heute bereits ein paar solche Anwandlungen, was?* Der Drache rührte sich ein wenig und legte sich bequemer hin und ich rutschte ein wenig in der Gegend herum, um mich entsprechend unterzubringen. *Der Waldläufer ist nicht dumm. Er kann uns eine ganze Menge nutzen. Ich wäre nicht erfreut, wenn du die Geduld mit ihm verlieren würdest. Kapiert? Benimm dich anständig.* Ich bekam fast einen Hustenanfall vor Schreck. »Du meinst, ich soll tun, was er sagt?« *Ich meine, du hörst dir an, was er sagt, und dann sage ich dir, was Sache ist. Im Übrigen werde ich morgen vielleicht einfach dableiben und selber zuhören. Das könnte die Sache abkürzen.* »Berkom, das ist keine gute Idee. Vor dir hat er doch noch viel mehr Angst. Dann kriegt er womöglich keinen vernünftigen Satz über die Lippen.« Der Drache lächelte gönnerhaft. *Keine Sorge, er muss mich ja nicht sehen, ich kann mich ja hinter der nächsten Ecke aufhalten.* Und dann kam seine ultimative Breitseite. *Du bist ganz schön gut im Ausfragen und du bist ganz schön hinterhältig. Ich hätte dir das auf Anhieb gar nicht zugetraut. Chamäleons haben noch mehr in der Hinterhand, als ich dachte.* Ich hatte in meinem alten Beruf ein paar fiese Tricks auf Lager haben müssen, um zu überleben. Das hatte augenscheinlich überlebt. Na ja, schlechte Angewohnheiten hielten sich ja am zähesten.

Am nächsten Morgen stellte ich fest, dass Dies Rastelan die Möglichkeit ins Auge gefasst hatte, das wir uns in Luft aufgelöst hätten. Er war peinlich berührt, dass wir noch da waren. Er hatte es befürchtet. Ich lud mich zum Frühstück ein und betrachtete voller Widerwillen die Sachen, die Dies auf den Tisch stellte. Ich stand sowieso in der Hütte fast unter Strom. Schließlich griff ich mir kommentarlos den Krug und ging zum Bach, um Wasser zu holen. Ich hatte den Eindruck, Dies hätte nichts gegen etwas Stärkeres gehabt. Ich wusste immer noch nicht, wie ich auf Bier oder Wein reagieren würde. Ich wollte es auch nicht wissen. Heute schnappte ich mir den Holzklotz und platzierte ihn neben dem Herd. Dies rutschte ergeben mir gegenüber an die Fensterseite. Ich packte den Becher und goss mir ein. Ich hatte große Lust, den Becher an die Wand zu knallen. Ich hatte große Lust, irgendetwas an die Wand zu knallen. Ich hockte in dieser dämlichen Hütte herum und musste mir schon wieder die Ohren volllabern lassen. Warum konnte ich nicht mit einem netten kleinen Drachen ein bisschen durch die Gegend fliegen! Diese Hütte ging mir auf den Geist. Mein Gegenüber räusperte sich und ich fuhr schier aus der Haut. »Wir können draußen frühstücken.« Der Vorschlag war goldrichtig. Leider hockte draußen der Drache im nächstbesten Gebüsch und ich war ziemlich sicher, dass Dies das nicht übersehen würde. Wir blieben besser drinnen. Wenn Berkom mithören wollte, konnte er das auch von dort aus. Vielleicht wurde es ihm ja auch langweilig. *Kaum.* Ich hatte Zahnschmerzen. Meine Haut kribbelte.

Die Hütte stank. Dies stank. Ich stank. Ich hatte mich gestern nicht auf der Erde gewälzt, das hätte ich tun sollen. Grässlich. Dies begann zu frühstücken und mir wurde zur Abwechslung übel. Das Zeug konnte er essen? Ich erinnerte mich daran, dass ich so etwas früher auch mal gegessen hatte. Dies hatte sich eine Art Müsli gemacht. Ich schnupperte ansatzweise hin und mein Magen fand es nicht angebracht, sich damit noch näher auseinanderzusetzen.

»Schlimm?« Ich starrte den Waldläufer grantig an. Gestern wäre er bei so einem Blick in den Boden versunken. Heute hielt er ihn ziemlich gelassen aus. Hatte er über Nacht einen Kurs in Abhärtung gemacht? Oder fühlte er sich obenauf, weil wir in seiner Hütte hockten? Als ob mich das aufhalten könnte. Eine warnende, dezent dunkelrote Blase trudelte vorbei. Okay, ich riss mich ja schon am Riemen. »Gut geschlafen?« Ich konnte diese kleine Gemeinheit nicht unterdrücken. »Kaum. Wie auch.« Dies sah nicht besonders übernächtigt aus. Er hatte sich also in seinem Bett zusammengerollt und nicht die halbe Nacht einem Drachen Rede und Antwort stehen müssen. Glänzend. Ich wurde sauer. Noch eine dunkelrote Blase. Ach zum Kuckuck. »Ihr müsst das nicht unbedingt tun. Wir können wirklich rausgehen.« Dies löffelte sein Müsli. »Trinkt wenigstens etwas. Das kriegt keiner so nebenbei hin. Das zweite Mal in einem geschlossenen Raum zu sein ist meistens erheblich schwieriger als das erste Mal. Beim ersten Mal sind sie sowieso völlig verdreht, beim zweiten Mal kriegen sie schon mehr mit, was los ist. Dann wird es übler.« Dies kaute ein paar Bissen. Ich trank verbissen. »Wirklich, wenn es zu schlimm wird, tut mir und Euch einen Gefallen und geht raus. Ich werde warten.« Klar wirst du das, du Bürschchen. Ich trank, umklammerte den Becher und krallte meine freie Hand in die Tischplatte. Ich würde nicht klein beigeben. »Euer Drache lässt Euch solche Sturheiten durchgehen?« Irgs, was war denn das? Ich starrte Dies Rastelan perplex an. Das lief heute Morgen aber gar nicht gut. »Was mein Drache mir gestattet oder nicht, spielt hier ja wohl keine Rolle.« »Falsch. Das spielt eine große Rolle.« Dies kaute ungerührt weiter. Mehr als alles andere war es dieses ungezwungene Verhalten, was mich dazu brachte, wieder mehr zu mir zurückzufinden. Die Wände der Hütte bedrängten mich nicht, sie standen ganz friedlich um mich herum. Es gab eine Tür und ein Fenster. Es stank auch nicht zum Himmel, sondern vom Bett kam der Geruch von Fichten- und Tannenzweigen.

»Warum?« »Wenn er Euch ein klein wenig Luft lässt, können wir den Weg ins Landesinnere leichter gestalten. Wenn er Euch an der kurzen Leine führt, wird es schwieriger. Der Schlüssel seid in jedem Fall Ihr, denn Ihr müsst das Bindeglied zwischen den anderen Menschen und dem Drachen sein.« Ich guckte in den Becher und ließ den Kopf ein wenig hängen. »Er ruft mich. Er sagt, was er will.« Ich sah unglücklich hoch. »Er will dieses Land erkunden. Ich will nicht, dass ihm etwas passiert.« »Er hat Euch immer unter Kontrolle?« »Hat er.« Zumindest so, wie es Dies Rastelan verstand. Der Rest war zu kompliziert, um das zu erklären. Außerdem ging das den Waldläufer nichts an. Der seufzte ein wenig und löffelte weiter. »Schade. Ich dachte schon, ich hätte einen Volltreffer gelandet.« Ich guckte ihn fragend an. »Es gibt eine alte Sage. Dort wird davon berichtet, dass durch diese Lande hier ein Drache mit seinem Gefährten zog. Sie vollbrachten die unglaublichsten Dinge. Es hieß, irgendwann einmal würde er zurückkommen. Sie waren ein unschlagbares Paar. Seitdem gibt es bei uns die Sage vom Drachenreiter.« Dies holte Luft und ich wäre gerne zum Fenster hinaus gesprungen. »Aber ich sehe schon, Ihr seid ein Drachengefährte.« Als ob das ein Makel gewesen wäre. »Drachenreiter sind keine Sage, sondern schlicht Unsinn. Einen Drachen nur zu reiten ist einfach unmöglich.« Dies sah mich interessiert an. »Aber Ihr habt gestern auf ihm gesessen. Ihr habt den Drachen bestiegen.« »Wie jeder Drachengefährte.« Ich wurde ungeduldig. »Natürlich kann ich meinen Drachen reiten. Aber ein Drachenreiter ist etwas anderes.«

Ich war schon halb vom Hocker hoch und auf dem Weg zur Türe, als ich merkte, was ich tat. Oh nein, so nicht. Er würde mich nicht mit seinen halbgaren Fragen aus dem Konzept bringen. Ich wollte wissen, wie ich mit Berkom in diesem Land zurechtkommen konnte. Ich setzte mich entschieden wieder hin und Dies sah mich verständnisvoll an. »Also gut.« Ich knurrte zwischen zusammengebissenen Zähnen hindurch. »Wie kann ich mit dem Drachen weiterkommen? Wie sieht das Land vor uns aus? Wo sind die

Zentren des Fürstentums? Gibt es noch mehr Fürstentümer? Wo ist das Ende der Welt?« Dies sah mich überrascht an und dann begann er schallend zu lachen. Mir wurde etwas warm. Ich spürte, wie ein leichter roter Hauch die Wände der Hütte verfärbte. Dies sah mich lachend an und hob die Hände hoch. »Okay, okay, ich ergebe mich. Ich werde Euch auch die Sterne am Firmament erklären, wenn Ihr es wünscht.« Dann ließ er die Hände sinken und sah mich sinnend an. Mir wurde noch ein Stückchen wärmer. Der rote Hauch bekam eine orangefarbene Tendenz und wurde zu einer durchaus sichtbaren Verfärbung. *Brenn, nein. Lass das*. Der Drache entzog mir die Farbe und die Wände tauchten in schlichtem Braun vor meinen Augen auf. Ich hätte am liebsten gebrüllt. Dies sah mich besorgt an. »Geht es Euch nicht gut?« »Der Weg, Dies, der Weg. Wie es mir geht, ist völlig nebensächlich.« Ich quetschte es zwischen zusammengebissenen Zähnen heraus. Der Waldläufer stand auf und ging zur Türe. Er machte sie langsam auf und sagte ruhig: »Ich gehe jetzt mal raus, wenn Ihr Lust habt, könnt Ihr ja nachkommen.«

Ich explodierte. Der Holzklotz flog um und ich packte den Waldläufer, bevor der noch eine weitere Bewegung hatte machen können. Dann stieß ich ihn in die Hütte zurück und knallte die Türe zu. Die Hütte erschauerte. Dies lag neben dem Fenster. Ich hatte ihn durch die halbe Hütte geschleudert. Er sah mich höchst beunruhigt an und ich hielt mich an der Türe fest. Ich spürte, dass er sich nicht zu rühren wagte. Ich überlegte, ob ich etwas sagen konnte oder ob es ein Röhren werden würde. Ich war mir nicht sicher und winkte lieber, dass er sich wieder hinsetzen sollte. Dies stand sehr vorsichtig auf und setzte sich sehr langsam hin. Er ließ mich nicht aus den Augen und erwartete augenscheinlich einen weiteren Ausfall meinerseits. Ich ließ die Türe los, klaubte den Holzklotz auf und knallte den auf den Hüttenboden. Dann setzte ich mich hin und begann ein paar Atemübungen zu machen. Das Röhren rutschte aus der Kehle weiter nach unten. »Er weiß alles. Er hat mich gestern ausgefragt. Er ist draußen gleich neben der Hütte.« Einatmen, ausatmen. »Ich weiß nicht, was er mit dir vorhat. Ich glaube nicht, das es eine gute Idee von dir wäre, ihm vor die Schnauze zu geraten.« Jetzt wurde Dies bleich und begann fast augenblicklich zu schwitzen. Das Frühstück hatte ich ihm erfolgreich vergällt. Ich war über mich selber wütend. Ich müsste wirklich nicht so reagieren. Wahrscheinlich wäre überhaupt nichts passiert, wenn er hinausgegangen wäre. Dafür war Dies Rastelan jetzt gewarnt. Nun gut, so schlimm war das auch nicht. Er konnte ja nicht annehmen, dass der Drache mich einfach mit einem wildfremden Kerl irgendwo herumsitzen ließ. Er musste davon ausgehen, dass bei einem Drachengefährten auch der dazugehörige Drache in der Nähe war. »Ihr könnt natürlich den Drachensperrgürtel entlangziehen. Ich würde den anderen Waldläufern Bescheid sagen und sie würden euch so gut wie möglich durchbringen. Das wäre nicht einfach, aber machbar.« Dann kämen wir nach Norden, zu dem Drachenpfad. »Das ist eine dämliche Alternative und du weißt, dass wir das auch wissen.« »Ja, ich wollte es nur der Vollständigkeit halber erwähnen, nicht dass man mir später mal Vorwürfe machen kann.« Ich kam wieder ein wenig zu mir. Das da vor mir war ein Höfling, der sich mit den Unwägbarkeiten von Politik und Machtspielen auskannte. Das sollte ich besser nicht vergessen. Was hatte Berkom gesagt? Der Waldläufer ist nicht dumm. Vielleicht war er sogar gewieft. Ich sollte aufpassen.

»Wie wäre es, wenn Ihr mit dem Drachen eine Weile hier in der Gegend bleiben würdet.« Dies Rastelan streckte seine Hand aus und gebot meinem Widerspruch Einhalt. »Ich weiß, der Drache will weiter. Aber das macht so keinen Sinn. Ihr werdet sehr bald auf Dörfer stoßen, das habe ich Euch gestern auf der Karte ja gezeigt.« Er sah mich fragend an und ich nickte. »Ihr müsst eventuell in die Dörfer gehen und mit den Leuten reden, bevor der Drache kommt, weil es sonst zu genau den Katastrophen kommt, die Ihr vermeiden wollt.« So weit konnte ich folgen. »Für Drachengefährten ist es am Anfang sehr schwierig, mit Menschen zusammenzukommen.« Dies Rastelan sah mich wieder mitleidig an und ich wäre ihm am liebsten an die Gurgel gefahren. »Ihr müsstet das ein wenig trainieren. Dann könntet Ihr die westliche Route beibehalten. Die wäre nicht schlecht, weil Ihr nicht auf viele Dörfer stoßen würdet, aber wenn, wären es etwas größere Ansiedlungen. Die ließen sich einfacher umgehen als die vielen kleinen, verstreuten Ortschaften, die es in nordwestlicher Richtung gibt.« »Menschen trainieren.« Mir wurde schlecht. »Ja, es gibt nicht sehr weit von hier ein kleines Dorf. Dort könnte ich Euch unterbringen. Die Menschen dort würden mit Euch schon klarkommen, denke ich. Ihr könntet ein bisschen üben.« Dies Rastelan sah mich an wie ein Hund, der einen Knochen ausgebuddelt hat und ihn seinem Herrchen präsentiert. War das nicht ein schöner Knochen? Herrlich. »Wie soll das mit dem Drachen in einem Dorf gehen?« Dies lachte. Ich grollte. Er verschluckte sich fast und wurde mit Mühe ernst. »Überhaupt nicht natürlich. Der Drache bleibt hier oder im Wald oder sonst wo. Natürlich kann er nicht mit ins Dorf.« Dies lachte schon wieder. »Ausgeschlossen. Wo ich bin, ist der Drache, und umgekehrt. Die Idee ist eine Kateridee.« Dies hörte auf zu lachen und guckte mich unentschlossen an. »Aber anders geht es nicht. Ihr müsst lernen, mit Menschen zurechtzukommen, und Ihr müsst es irgendwo lernen, wo es nicht auffällig ist, wenn Ihr zu viele Fehler macht.« Oder zu auffällige Fehler, wie Waldläufer-Weitwurf zum Beispiel. Ich war nur froh, dass er sich nichts gebrochen, oder sich keine sonstigen Blessuren geholt hatte. Menschen waren so fragil. *Drachengefährten sind das auch, vergiss das nicht.* Ich hatte plötzlich schlagartig Sehnsucht nach meinem Vulkan. Das brachte mich kurzfristig völlig aus dem Konzept. Dies Rastelan merkte das und ich hatte das Gefühl, wie wenn er sich am liebsten irgendwo verkrochen hätte. So rutschte er nur sehr vorsichtig zur Seite. »Lass das, ich drehe dir nicht den Hals um. Dafür habe ich einen Drachen.« Der Mann sah mich entgeistert an. Ich stieß ein hustendes Schnauben aus. »Guter Witz, was.« »Sehr guter.« Der Waldläufer äußerte das ziemlich matt und saß immer noch auf der Kante. Dafür stellte ich fest, dass ich mich immer noch in der Hütte befand und dass ich es aushalten konnte. Trotzdem, die Idee war unmöglich, darüber brauchte gar nicht weiter diskutiert zu werden.

»Was ist weiter im Süden? Außer Wüste mit Wüstendrachen?« »Na ja, dort gibt es zwar nicht so viele Menschen, aber es gibt auch weniger Jagdmöglichkeiten für Euren Drachen. Wir müssten uns überlegen, wie wir die Route planen, und dann versuchen, dort in passenden Abständen eine Kuh oder etwas Ähnliches für ihn bereitzuhalten.« Das klang ziemlich utopisch. Berkom sollte sich über eine Kuh hermachen? Also gut, Kühe waren zu einem nicht unbeträchtlichen Teil dazu da, gegessen zu werden, aber so? Das war ja widerlich. Ich verzog das Gesicht und Dies Rastelan registrierte es. Es schien, als ob wir nicht viele Wahlmöglichkeiten hätten. Wie war das mit der Falle? Ein Käfig für mich und ein Halsband für Berkom? *Sieh nach, ob er lügt.* Klasse. *Du solltest das können.* Na, noch besser. Ich hätte meinen Drachen verwünschen können. Ich begann ein wenig zu schwitzen. Das war nicht einfach, jetzt mal eben so nachsehen zu gehen, und das bei einem wildfremden Menschen. Okay, bei einem Menschen eben. Bei einem guten Bekannten wäre es wahrscheinlich noch schrecklicher. Ich umklammerte schon wieder den Tisch und Dies Rastelan sah aus, als überlege er, ob er zum Fenster rausspringen sollte. So ging das nicht. Wenn ich mich so verkrampfte, würde es sowieso in die Hose gehen. Also begann ich mit der aktiven Entspannung und versuchte das auch auf den Waldläufer zu projizieren. Es gelang mir insofern, als er sich wieder ein wenig mehr zum Tisch hin wendete und damit wieder mehr mir zu, aber er war noch angespannt und sehr auf der Hut. Wie sollte ich da unerkannt nachforschen, ob er uns gerade verschaukeln wollte oder nicht! Ich ließ meine Hand zu dem Becher wandern und es gelang mir, einen großen Schluck Wasser zu trinken, ohne dass der Becher in meiner Hand wackelte. Das heißt, meine Hand war ruhig. Ich zerquetschte den Becher auch nicht. Noch ein Fortschritt. Ich kratzte mich am Kopf. Diese kleinen Übersprungshandlungen sollten zur Entspannung der Lage weiter beitragen. Sie lenkten automatisch ein wenig ab. Ich schlug meine Beine übereinander und begann mit der rechten Hand auf die Tischplatte zu trommeln. Das lenkte noch mehr ab. Ich merkte, wie Dies Rastelan mich von der Seite aus ansah und schlich mich in seinen Kopf. Der Kontakt war grässlich. Es war in keinster Weise so wie mit Berkom. Ich fühlte mich wie der miese kleine Einbrecher höchstpersönlich. Es war so gruselig, dass ich sofort wieder verschwand. Ich hatte allerdings genug gesehen, um ziemlich sicher sagen zu können, dass Dies keine bösen Hintergedanken wälzte. Die Hand ins Feuer würde ich dafür nicht legen, aber immerhin.

Ich fuhr mir mit der Hand über die Stirn und merkte, dass ich immer noch schwitzte. Hatte der Waldläufer etwas gemerkt? Er sah unverändert aus. Ich brauchte jetzt eine Luftveränderung. Dringend. Ich kriegte es ungefähr so hin, dass ich würdevoll zu der Türe schritt und sie langsam und geordnet öffnete. Genauso langsam und würdevoll verließ ich die Hütte und schritt gravitätisch einige Meter weiter. Stehen zu bleiben und Luft zu holen war dann nicht mehr drin. Ich drehte ab und spurtete in Richtung Waldrand. Meine Selbstbeherrschung war doch etwas bröckelig. *»Berkom!?!«* Wo war bloß der Drache? Ich rannte praktisch in ihn hinein. Ich fiel ihm sozusagen vor die Füße und japste wie ein Hund nach stundenlanger Jagd. *Und? Lügt er? »Nein, ich glaube, nicht. Aber das ist, Berkom, ist das für dich auch so? Bei mir?«* Ich brabbelte fast und der Drache meinte, ich sei etwas dämlich. *Natürlich nicht. Also gut. So wie der Waldläufer es schildert, erscheint die Sachlage ja klar. Du wirst in diesem Dorf dir das nötige Rüstzeug besorgen und ich werde noch ein bisschen hier im Wald herumstromern. Eine Woche sollte dafür reichen.* Ich starrte meinen Drachen an. Das war nicht sein Ernst. Er wollte mich verlassen? *Quatsch. Ich werde immer da sein, das weißt du doch. Aber der Waldläufer hat recht. Wenn wir Dörfern nahe kommen, gibt es für mich ein Problem. Wenn du das aus dem Weg räumen kannst, dann wirst du das wohl tun. Oder?* Ich liebte rhetorische Fragen. »Du willst mich alleine lassen.« Darüber kam ich nicht hinweg. *Nein. Ich lasse dich nicht alleine. Aber du wirst ein paar Tage in einer Hütte schlafen und nicht neben mir. Ich denke, das solltest du schaffen*. Ich fühlte mich wie durch die Mangel gedreht. Berkom wollte unbedingt weiter. Er hätte wahrscheinlich auch zugestimmt, wenn der Waldläufer es für nützlich angesehen hätte, wenn er sich ein Schleifchen an die Schwanzspitze gebunden und vorgegeben hätte, er wäre ein Yorkshireterrier. Ich verlegte mich auf wortloses Bitten. Der Drache musterte mich eindringlich. *Du kriegst das schon hin. Du solltest schon ernsthaft versuchen, deine Schutzinstinkte in den Griff zu bekommen. Das ist für alle Drachengefährten eine notwendige Übung. Nur weil du in den letzten Tagen nicht mehr diese morgendlichen Attacken hattest, heißt es noch lange nicht, dass du über den Berg bist*. Mir fiel ein, warum es sowieso nicht funktionieren würde. *»Ich verstehe die Sprache* *der Menschen hier nicht und ich spreche sie auch nicht. Dass Dies Rastelan mich versteht, liegt bestimmt an einem besonderen Training für Waldläufer.«* Mir wurde um ungefähr 200 Prozent wohler, diverse Felsbrocken purzelten mir von der Seele und ich entspannte mich äußerst erleichtert. Damit war diese Schnapsidee vom Tisch. Gut, dann konnten wir also endlich anfangen, uns konstruktive Gedanken zu machen. *Vergiss es. Natürlich sprichst du die Sprache der Menschen. Und sie verstehen dich genauso gut, wie das früher der Fall gewesen ist. Drachen sprechen alle Sprachen dieser Welt. Du hast mein Blut in dir. Für dich gibt es keine Sprachbarrieren. Du machst manchmal Fehler, wie bei dem Walddrachen, aber Drachen und Menschen verstehen deine Sprache. Brenn, keine Chance. Du wirst in das Dorf gehen und lernen, was es dort für dich zu lernen gibt. Zieh das mit Dies Rastelan glatt. Und dann komm wieder her, damit wir den Rest besprechen*. Ich starrte Berkom an und glaubte meinen Ohren nicht zu trauen. Nein, nein und nochmals nein. Es ging nicht darum, ob ich das tun konnte. Ich wollte das nicht tun! Der Drache sah mich an und dieser Blick war unzweifelhaft sehr klar und deutlich. Mir knickten die Beine weg und ich begann zu würgen. *Du brauchst keine Angst zu haben. Sie werden dich nicht fressen*. Ich erstarrte. Berkom hatte recht. Ich hatte Angst. Ich hatte Angst vor Menschen. Das war die schlichte Wahrheit. Berkom legte seinen Kopf an mich und ich schloss die Augen und sackte gegen ihn. Das war alles zu viel am Morgen auf nüchternen Magen ohne Frühstück. *Das kriegst du bestimmt auch hin. Du bist ja nicht dumm und du bist auch nicht auf den Kopf gefallen. Andere Drachengefährten haben das auch geschafft*. Was kriegte ich auch hin? *Frühstück*. Vor meinen Augen erschien eine Schale mit Müsli. Mein Magen krampfte sich zusammen und ich würgte erneut. *Du wirst es schon schaffen, einen Anstandshappen zu essen*. Ach, war das aber tröstlich. Mein Drache setzte also sein Vertrauen in mich. Schön. Ich vertraute mir in dieser Hinsicht weniger. Überhaupt nicht, um ehrlich zu sein.

Ein Dorf. Menschen. Mir wurde erneut schlecht. Ich hatte Angst. Schiere Angst. Der Anblick einer Großstadt, der Anblick vom mittäglichen Gewimmel an einer banalen Straßenkreuzung in einem banalen Geschäftsviertel ließ mich zusammenfahren. Ich stand an der Ampel und wartete darauf, dass das Signal umsprang. Danach ging ich mit Dutzenden anderer Menschen über die Straße und drängte mich durch das Gewühl. Die Welt verwischte sich vor meinen Augen und festigte sich wieder. Ich bekam einen Bahnsteig gezeigt, kurz bevor ein Zug einfuhr, ich bekam gezeigt, wie der Zug einfuhr, wie die Reisenden aus- und einstiegen, und ich stieg selber ein und suchte mir einen Sitzplatz in einem Abteil mit drei anderen Reisenden. Dann verschwamm wieder alles um mich herum und ich stand in einer Hotelhalle, ging zu einem Aufzug und fuhr mit einer Handvoll fremder Menschen zusammengedrängt mehrere Stockwerke hoch. Die Welt kippte weg und ich sah in die Augen meines Drachen. *Du kannst es.* Also gut, ich konnte es. Es führte kein Weg daran vorbei. Ich packte den Drachen halb blind und zog mich an ihm hoch. Die ersten Schritte waren ziemlich schwankend, nach ein paar Metern ging es besser, aber ich fühlte mich immer noch ziemlich unsicher auf den Beinen.

Irgendwo vor mir war diese vermaledeite Hütte mit diesem vermaledeiten Waldläufer. Mir wurde etwas leichter zumute und ich begann so langsam wieder etwas zu erkennen. Da war diese Hütte. Dies Rastelan stand davor. Warum hatte ich Depp diesen Waldläufer am Leben gelassen! Ich hätte mir einiges an Ärger erspart, wenn ich es anders angepackt hätte. Ich torkelte in die Hütte und fand den Tisch. Ich fand den Holzklotz und ließ mich fallen. Dies Rastelan war mir nachgekommen, stand neben der Türe und sah mich leicht fassungslos an. »Der Drache fand die Idee mit dem Dorf gut.« Ich kriegte es mühsam herausgequetscht, aber ich brüllte es nicht. Ich stellte fest, dass meine Hände zittern. Ich versuchte das Zittern zu unterdrücken und schaffte es nicht. Gott, wie ich das alles hasste. »Glotz nicht so dämlich, sondern komm her. Ich war dagegen. Ich habe die Diskussion mit meinem Drachen verloren. Also, ich gehe in dieses dämliche Dorf. Was muss ich da beachten?« Ich schaffte es nicht einmal, Luft zu holen, sondern fauchte den Waldläufer an. »Also was! Mach schon.« Der Waldläufer starrte mich immer noch an. »Diskussion mit einem Drachen?« Er flüsterte das fast. »Ja, und ich habe sie verloren. Das macht sehr wenig Spaß, das kann ich dir versichern.

Also, jetzt erkläre mir, was es mit diesem Dorf auf sich hat. Mein Drache hat nicht so furchtbar viel Geduld, okay?« Ich hatte nicht so furchtbar viel Geduld, um ehrlich zu sein. Wenn ich es denn tun musste, wollte ich es möglichst hinter mich bringen. Ekelhaft schmeckende Medizin schluckte man besser schnell und auf einmal, so viel hatte ich immerhin in meinem Leben gelernt. Der Waldläufer kam praktisch auf Zehenspitzen zu seinem Stuhl geschlichen und starrte mich an wie das siebte Weltwunder. Ich fauchte erneut und er zuckte sichtlich zusammen. Dann räusperte er sich und meinte, das wäre mal etwas, was ich besser nicht mehr machen sollte. Wenn ich gereizt wäre, sollte ich lieber mit der Faust auf den Tisch schlagen, das würden Menschen besser verkraften als mein Fauchen. Er sagte nicht, dass ich dabei ungemütlich drachenartig aussah, aber das konnte ich mir selber zusammenreimen. Seine weiteren Verhaltensmaßregeln waren in ähnlicher Richtung gehalten und ich hatte immer mehr das Gefühl, dass ich brüllen müsste. Ich hatte das alles gewusst. Es war nichts wirklich Neues. Wenn ich gereizt auf den Tisch schlug, durfte ich das natürlich auch nur mit dem bisschen Wucht, das ein Mensch mit Gereiztheit verband. Das hatte natürlich nichts mit der Gereiztheit eines Drachen zu tun. Ich war gereizt. Ich war es in höchstem Maße. Ich schwitzte Blut und Wasser bei der Vorstellung, in dieses Dorf gehen zu müssen. Ich hatte größte Lust, die Worte von Dies Rastelan zu nehmen und diesem Waldläufer in die Kehle zurückzustopfen. Ich hatte eine Menge damit zu tun, das nicht Realität werden zu lassen. Ich schwitzte und der Waldläufer sah mich an, als hätte er etwas Falsches gegessen. Dabei hatte ich Bauchgrimmen. Ganz zum Schluss stand er auf und ging zu seiner Lagerstatt. Dort zog er eine schmale Kiste hervor, klappte sie auf und holte eine Art Hemd, eine Hose und weiche Stiefel, alles aus Leder, hervor.

Ich starrte die Sachen an. Mit meiner zerfetzten Hose und Jacke, die nur noch als bessere Lumpen durchgehen konnten, könnte ich unmöglich in dem Dorf oder sonst wo auftauchen. Meine Schuhe waren mir irgendwann im Gebirge an den Füßen zerfallen und ich hatte das nicht mal mehr registriert. Ich starrte den Waldläufer nur noch mit einer nicht mehr nachvollziehbaren Mischung aus Angst, Widerstreben, Ärger und Widerwillen an.

»Bitte, probiert es wenigstens. Wenn es nicht passt, muss ich erst versuchen, ob ich im Dorf andere Kleidungsstücke bekomme, aber die werden Euch viel weniger zusagen, das kann ich Euch jetzt schon versprechen.« Dann müsste ich außerdem warten, bis Dies Rastelan wieder hier bei der Hütte auftauchte, und er könnte in dem Dorf irgendwelche krummen Dinger vorbereiten. Oh nein, das denn doch nicht. Ich grapschte mir die Kleidungsstücke und stapfte mehr oder weniger wutschnaubend zur Türe hinaus.

Ob Dies Rastelan aufatmete oder nicht, entging mir vollständig. Ich trabte zu meinem Drachen und erstattete Bericht. Wie gewünscht. Ein Drachengefährte durch und durch, wie es sich gehörte. Ich fand alles zum Kotzen, aber das, so kam es mir vor, ging mir so, seit wir Dies Rastelan kennengelernt hatten. Was hatte der Drache denn mit dem Waldläufer vor, solange ich in diesem vermaledeiten Dorf steckte? Er würde ihn ja wohl nicht frei herumlaufen lassen können. Ich hatte so diverse Ideen dazu. Berkom wollte das nicht mit mir besprechen, sondern wollte sich über Kleider unterhalten. Ich hatte schon wieder das dringende Bedürfnis, zu brüllen, und musste es schon wieder unterdrücken. Das würde mir mindestens ein Magengeschwür einbringen, da war ich mir sicher. Wenn man das Bedürfnis zu brüllen zu oft unterdrückte, bekam man Magengeschwüre. Bestimmt war mir deswegen so schlecht. Berkom schnarchte mich an. Er machte aus seiner Gereiztheit über mich keinen Hehl und ich fand die Welt ungerecht und mich schamlos benachteiligt. *Zieh dich aus. Die alten Kleider bleiben hier.* Ich zog mich kommentarlos aus und stand nackt vor dem Drachen, drehte meine alte Jacke in den Händen und starrte sie an. Ich konnte sie nicht vernichten. Ich konnte es nicht ertragen, wenn der Drache das Letzte, was mich mit meinem alten Leben wirklich verband, zerstörte. Das war der einzige, der letzte Punkt, den es noch gab, und ich schaffte es nicht. Darüber kam ich nicht hinweg.

Immer noch nicht. Vielleicht nie. Vielleicht konnte ich das nicht, weil ich trotz allem, was geschehen war, immer noch wusste, wie ich vormals gelebt hatte. Der Drache sah mich mit einem klein wenig Mitleid an. *Du kannst das nicht anbehalten. Kein Mensch trägt so eine Jacke in dieser Welt. Jeder, der die Risse in ihr sieht, wird sich fragen, wer das gemacht hat.* Ich erschauerte. Mein Drache versuchte es mir leichter zu machen. Ich konnte meine Sachen nicht vernichten. Ich legte sie auf die Erde und dabei spürte ich, dass die Taschen nicht leer waren. Ich fasste hinein und zog ein Stückchen Eierschale heraus, hielt es in der Hand und mir wurde heiß. Wenn ich mit dieser Eierschale irgendwo auf dieser Welt erwischt wurde, wäre es um jegliche Tarnung geschehen. Kein Mensch vor mir hatte die Bruthöhle eines Drachen betreten und lebend wieder verlassen. Kein Mensch war aus den Drachenbergen durch die Drachenlande gekommen. Diese Eierschale war der sichtbare Beweis für meine Andersartigkeit und konnte damit zu meinem Untergang führen und damit auch zur Vernichtung meines Drachen. Berkom hatte recht. Ich konnte das alles nicht mitnehmen. Ich konnte es immer noch nicht vernichten. Die Eierschale nicht, das Stückchen Strick nicht, das zerfasert und halb zerknautscht immer noch in meiner Tasche steckte, einen verfleckten, scharfkantigen Stein nicht und auch das Tuch nicht, mit dem man mich einstmals geknebelt hatte. Es war alles noch da, ich hatte unbewusst die ganze Zeit darauf achtgegeben, aber jetzt musste ich mich davon trennen. *Wir können es vergraben, und wenn wir zu den Drachenlanden zurückkehren, können wir hier vorbeikommen und es wieder mitnehmen*. Vergraben. Ja, das war möglich. Aber wenn wir zurückkehrten, um in den Drachenlanden zu leben, würde das in Jahrhunderten der Fall sein. Bis dahin würde keine Jacke einer anderen Welt mehr existieren. Bis dahin würde alles, was an meine andere Existenz erinnerte, zerfallen sein. Es ging nicht.

Der Drache sah sich prüfend um. *Nimm es mit*. Er ging am Waldrand entlang, an der Hütte vorbei und stieg den dahinter ansteigenden Hügel hinauf. Ich folgte ihm, so wie ich war, durch das Heidekraut. Berkom fand ein paar Felsen nahe dem Wald und sah sich erneut um. Dann begann er zu graben. Zwischen den Felsen fuhren seine Pranken in das Erdreich und hoben Erde, Steine und kleine Felsbrocken heraus. Das Loch war ziemlich tief. Dafür war es nicht sehr groß. Er legte den Kopf schief und begutachtete sein Werk. Als er zufrieden war, machte er einen Schritt zur Seite. *Lege deine Sachen da hinein und versiegele die Kammer.*

Wenn du es luftdicht verschließt, werden deine Sachen die Zeiten überdauern. Ich sah den Drachen verwirrt an. Wie sollte ich das tun? Berkom lachte nicht, er grinste nicht. Er sah mich ernst an. *Du kannst das.* Ich schüttelte den Kopf. Wie sollte ich das können, das war unmöglich. *Wie muss eine solche Kammer beschaffen sein?* Ein leiser Hauch, eine Ahnung von Grabkammern von Pharaonen, Hügelgräbern von keltischen Fürsten und im Eis konservierten Mumien zog durch meinen Geist. Eine durchsichtige gelbe Kugel materialisierte sich vor meinen Augen. Es war ein kleiner Klumpen Bernstein, in dem eine Fliege eingeschlossen war. Die Fliege hatte die Jahrhunderte überdauert und würde noch weitere Jahrhunderte überdauern, wenn die Welt so lange existierte, in der diese kleine Kugel aus Bernstein in einem gut gesicherten Tresor lag. Der Tresor befand sich vor mir. Ich öffnete ihn. Die kleine Kugel aus Bernstein war eine Schatulle geworden. Ich legte sorgfältig alle meine Sachen hinein und schloss den Deckel aus Bernstein, dann machte ich die schwere Panzerstahltüre zu und hob den Tresor auf. Er war sehr schwer. Er war furchtbar schwer. Ich keuchte vor Anstrengung, meine Muskeln brannten und mein Herz pochte gegen meine Rippen, aber ich gab nicht nach. Ich hob ihn hoch. Meine Füße zitterten, meine Arme zitterten. Ich setzte den Tresor vor meinen Füßen ab und er versank vor meinen Augen im Erdboden. Die Erde erzitterte und schlug Wellen, dann glättete sie sich vor meinen Augen und ich fiel keuchend gegen den Drachen. Berkom war hinter mich getreten und verhinderte, dass ich den Hügel hinunterfiel. Ich schnappte noch einige Zeit nach Luft und fühlte mich wie ausgewrungen. Schließlich konnte ich den Himmel über mir wieder sehen. Die Heide war unverändert. Nur direkt vor meinen Füßen befand sich ein halbrunder Felsstein zwischen lauter anderen Felsbrocken. Er war etwas ungewöhnlich, relativ groß und sehr ebenmäßig rund. Ich guckte. Ich fuhr mir mit den Händen über das Gesicht und merkte, dass mir der Schweiß in Strömen ausgebrochen war und in den Augen brannte. Ich war am ganzen Körper klatschnass geschwitzt. Ich tastete nach meinem Drachen und fand seine beruhigende Präsenz hinter mir. *Interessant.* Ich hielt mich an Berkom fest. So konnte ich stehen. Ich wusste nicht so genau, was ich gemacht hatte. *Du hast deine Sachen vergraben. Jetzt werden sie hier warten, bis wir wiederkommen werden, um sie zu holen. Kein anderes lebendes Wesen wird sie berühren können, nur du oder ich. Interessant.* Ich lehnte an Berkom und holte tief Luft. Niemand außer Berkom oder mir würde meine Sachen herausholen können. So hatte ich das gewollt. Ruhe zog in mein Gemüt. Ich blickte den Hügel mit der Heidefläche hinauf zu dem Himmel, der leicht grau geworden war. Wolken zogen über die Heidelandschaft hinweg und ich spürte meinen Drachen hinter mir. Ich spürte, wie die Ruhe in mir ihre Mitte fand und mich füllte. »Es ist gut. Jetzt ist es gut.« Langsam löste ich mich von meinem Drachen und wir stiegen von dem Heidehügel hinunter.

Ich brauchte nichts mehr zu sagen. Die neue Lederkleidung lag da, wo ich sie fallen gelassen hatte. Ich sammelte sie ein und ging zu dem Bach. Dann wusch ich mich. Es hatte überhaupt nichts mit irgendwelchen rituellen Reinigungsritualen zu tun, sondern war sehr prosaisch. Wer sich schon mal in einem kleinen Bach in einer Wiese komplett von Kopf bis Fuß gewaschen hat, weiß, was ich meine. Anschließend zog ich die Lederkleidung an und probierte, wie mir das Zeug passte, das eigentlich für einen etwas kleineren und auch, nun ja, schon immer etwas schlanker gebauten Menschen geschneidert worden war. Es passte irgendwie. Ich hatte nur ganz kurz die Anwandlung, meinen Drachen anzuraunzen, aber die Ruhe des Hügels steckte mir so tief in den Knochen, dass ich das nicht übers Herz brachte. Dieser Platz war für uns etwas Besonderes geworden und das würde ich nicht zerstören. Wenn Berkom auf seine Art mich in das Dorf brachte, so tat er es. Ich akzeptierte das.

Dies Rastelan stand immer noch neben der Hütte. Jetzt starrte er mich an, wie wenn ich ein Geist wäre. Er hatte vermutlich gesehen, wie ich mit Berkom den Hügel hinaufging, er hatte wohl auch gesehen, wie wir zurückkamen. Jetzt kam ich vom Bach her und er erblickte einen Menschen. Vermutlich sah er etwas, was einem Menschen so nahe kommen konnte, wie mir das wohl auf Anhieb möglich war. Und was er nicht wusste, aber ich sehr wohl, ich roch auch so weit wie irgend möglich unverfänglich. Dem Waldläufer war das wahrscheinlich in der Sekunde nicht bewusst, aber mein starker Drachengeruch hatte ihn genauso beeinflusst wie sein Angstgeruch mich. Ich blieb vor Dies Rastelan stehen und senkte den Kopf ein wenig. Es war nicht viel, aber es reichte, um seine Augen erneut größer werden zu lassen. Da wusste ich, dass ich es schaffen konnte. Ich würde mich als Mensch durchmogeln können. »Und mit welcher Geschichte soll ich in deinem Dorf Unterkunft erhalten?« Meine Stimme war sanft und der Waldläufer hüpfte schier einen Schritt zur Seite. Dann trat er auf mich zu und packte meinen Arm. Er fasste fest zu und keuchte: »Das glaube ich nicht. Das ist nicht möglich. Das seid Ihr nicht. Das ist eine Täuschung.« Ich blieb ruhig unter dem harten Griff und wehrte mich nicht. »Was Täuschung ist oder nicht, das überlasse mir. Ich bin immer noch Brender Berge, der Drachengefährte, der ins Dorf gehen wird.« Ich sah den Waldläufer ruhig an. »Das ist etwas, was du niemals vergessen solltest. Niemals.« Leise sog ich die Luft ein und ließ einen blauen See um mich entstehen. Es war ein Versuch und ich hatte keinen anderen, den ich als Versuchskaninchen nehmen konnte. Der arme Dies, er wusste gar nicht, was ich alles mit ihm ausprobierte. Der blaue See schwappte über den Mann hinweg und ich sah, wie sich die nervöse Spannung in ihm lockerte. Seine Hand fiel von meinem Arm und er sah mich endlich einmal ruhig an. »Gut.« Ich war mit der Wirkung sehr zufrieden. *Das ist wirklich gut, aber du solltest es etwas abstimmen. Wenn du zu viel nimmst, schlafen sie dir ein. Das willst du wahrscheinlich wirklich nicht, es ist zu auffällig. Und überhaupt, vergiss nicht, dass so etwas auch nicht spurlos an dir vorbeigeht. Wenn du das ganze Dorf schlafen legst, bist du nachher auch zum Wegwerfen.* Der Drache passte auf. In gewissem Sinne überwachte er mich, und entgegen dem, was ich sonst dazu zu sagen gehabt hätte, fühlte ich mich plötzlich ein wenig leichter. Wenn Berkom mich nicht ganz verließ, war immer noch jemand da, der mich vielleicht vor wirklich dicken Hunden bewahren konnte. Dann mochte das alles viel leichter sein. Leider machte der Drache das sofort zunichte. *Nein, Brenn, ich werde dich nicht an der Hand halten. Die Verantwortung liegt bei dir.* Ein kleines goldrotes Kügelchen flog vorbei, es zog ein paar noch kleinere Bläschen hinter sich her. Ich ließ den blauen See versickern und meinte zu Dies, dass wir jetzt in der

Hütte nachsehen sollten, ob ich für meinen Ausflug ins Dorf noch irgendetwas notwendigerweise mitnehmen müsste. Der Mann ging mit mir mit und ich merkte, dass meine Ruhe ihn immer noch beeinflusste. Menschen schalteten nicht ganz so schnell um, wie ich das jetzt gewöhnt war. Aha. Ich würde es mir merken. Sehr merkwürdig. Ich hatte den Eindruck, dass ich in der nächsten Zeit noch ab und zu ›merkwürdig‹ denken würde über Dinge, die mir doch eigentlich völlig geläufig gewesen waren.

Der Waldläufer stand ein wenig verloren in seiner Hütte und sah mich an, als würde er erst jetzt so langsam wieder aufwachen. Hatte er etwas gemerkt? Nein, augenscheinlich nicht, oder er hielt das immer noch meinem veränderten Aussehen zugute. Ich probierte ein zuvorkommendes Lächeln. Dies reagierte nicht ganz so wie gewünscht, weil er mich schon wieder völlig verwirrt musterte. Na gut, vermutlich war das das Beste, was ich von ihm im Moment erwarten konnte. Er war augenscheinlich erheblich tiefer getroffen, als ich das erwartet hatte. Die Mutation vom Drachengefährten zum Menschen schien mir besser geglückt zu sein, als ich es mir vorgestellt hatte. Das ließ doch sehr hoffen. »Hast du so etwas wie Papier und einen, hrm, Stift?« Gab es hier Stifte oder nahmen sie Gänsefedern? Dies Rastelan krauste die Stirn. Doch, er hatte Papier, und doch, er hatte einen Stift. Das Papier war nicht besonders toll, aber ich hatte auch nicht mit einer Hochglanzbroschüre gerechnet. Der Stift war etwas Ähnliches wie ein Bleistift. Die Mine war aber augenscheinlich nicht aus Blei oder dem, was man in meiner Zeit verwendet hatte. Dafür schien der Stift fester zu sein, was ich nützlich fand. Gab es auch einen Radiergummi? Es gab einen, aber das war eine Art Schwamm und Dies hatte dafür immer sein Messer verwendet, genauso wie zum Spitzen des Stiftes. Ich hatte kein Messer. Dies hatte nur sein Jagdmesser. Das sollte er behalten. Mit seinem Messer in dem Dorf aufzutauchen wäre bestimmt ungünstig gewesen. Mich mit einem Messer überhaupt irgendwohin zu lassen war ziemlich sicher eher ungünstig. Ich faltete das Papier zusammen und steckte den Stift dazu. Das war zwar mehr als kümmerlich, aber besser als nichts. Ein Buch wäre ja am besten gewesen, aber das hatte Dies nun wirklich nicht zu bieten. Im Grunde war ich mir darüber im Klaren, dass ich auf die Einfalt der Dörfler setzen musste. Dies konnte mir keine Grundausstattung mitgeben, die mein Auftreten in dieser Welt untermauert hätte. Er konnte sie mir auch nicht beschaffen, denn das hätte ich nicht zulassen können. So weit traute ich Dies einfach nicht.

Vor der Hütte sah ich nach Osten am Waldrand entlang. Berkom ließ sich nicht blicken, aber das war auch nicht nötig. Er war da. »Dies, ich gehe jetzt. Du wirst hier in dieser Hütte bleiben. Der Drache hat dich immer im Blick, vergiss das nicht. Du kannst jagen, was du zu deinem Unterhalt brauchst, aber auch nicht mehr. Du wirst keine Kontrollgänge in deinem Revier vornehmen. Wenn das den anderen Waldläufern auffällt, wirst du dir dafür eine Ausrede zurechtlegen. Meinetwegen hast du eine Grippe gehabt. Eine Kopfgrippe.« Dies sah mich mit leicht hochgezogenen Schultern an. Es war für ihn eine harte Nuss, dass ich ihn unter der Kuratel eines Drachen alleine zurückließ, es wurde ihm erst jetzt so richtig bewusst. »Der Drache wird dir nicht nahe kommen, wenn du dich so verhältst. Er wird dir auch nichts tun. Aber wehe, du versuchst einen Ausfall. Du wirst nicht sehr weit kommen.« Ich sah ihn eindringlich an. »Merke dir das. Menschen sind so ungläubig, die glauben nur das, was sie sehen und anfassen können.« Das Riechen unterschlug ich, weil Menschen an dieser Stelle wirklich behindert waren, so schlecht war ihr Geruchssinn ausgebildet. »Der Drache ist da, auch wenn du ihn nicht siehst, nicht hörst und nicht anfassen kannst. Du solltest das wirklich glauben und dich danach richten. Einen Drachen anzufassen wäre für dich momentan sowieso eine sehr ungesunde Übung. Kapiert?« Der Waldläufer nickte ergeben. »Und Ihr? Wie werdet Ihr Euch im Dorf einführen?«

Ich hatte mir eine nette Geschichte ausgedacht und keine Lust, sie von Dies zerpflücken zu lassen. Meine Frage vorhin war rein rhetorisch gewesen und ich hatte nur die Wirkung meiner Stimme ausprobieren wollen. Also äußerte ich nur sehr wortkarg: »Ich werde mich als Drachenforscher ausgeben.« Dies starrte mich schon wieder an und diesmal blieb ihm der Mund offen stehen. Ich fand das eher ungehörig. Meine Idee war doch brillant. Ich konzentrierte mich auf den Weg ins Dorf. Am einfachsten sollte ich mich ziemlich streng nach Süden wenden und einen Bogen schlagen. Ich wollte eher von Süden her auf das Dorf zukommen, das erschien mir für Fragen nach meinem Woher und Wohin am zuträglichsten zu sein. Der Waldläufer im Süden war ein älterer Mann mit Namen Magellstan. Das musste reichen. Ich wollte jetzt los, sonst würde ich es überhaupt nicht mehr schaffen. Dies klappte seinen Mund zu. »Vermutlich ist das die beste Idee, die man nur haben konnte. Wieso bin ich nicht darauf gekommen! Wissenschaftler sind meistens ein wenig wunderlich. Da wird man Euch sehr vieles nachsehen. Nur«, Dies sah mich doch skeptisch an, »wie ein Wissenschaftler seht Ihr nicht gerade aus. Aber das wird den Dorbewohnern nicht wirklich auffallen.« Er holte ein wenig Luft. Vermutlich ließ er gerade in Gedanken ein paar ihm bekannte Wissenschaftler vom Hof der Fürstin Revue passieren und krümmte sich innerlich bei dem Vergleich zwischen diesen hochgelehrten und geehrten Männern und mir. Dann kam eine höchst unangenehme Nachfrage. »Könnt Ihr denn lesen und schreiben? Im Dorf gibt es zumindest eine ältere Chronik und die werden sie Euch bestimmt zeigen, wenn Ihr mit dieser Geschichte ankommt.« Oh du lieber Himmel, was wusste ich denn. *»Berkom?«* Der Drache schickte mir ein mentales Schulterzucken. Er war der Meinung, dass ich, wenn ich eine Sprache sprechen und verstehen konnte, die restlichen Fertigkeiten auch da sein sollten. Aber er wusste wirklich nicht, ob ich lesen und schreiben konnte. Drachengefährten kamen höchst selten in die Verlegenheit, solche Fertigkeiten zu demonstrieren. Ich zuckte mit den Schultern. Mir würde etwas einfallen. Dies sah mich leicht käsig an und ich schlug ihm fröhlich auf die Schulter, was ihn in die Knie gehen ließ. »Mach's gut, benimm dich ordentlich und in ein paar Tagen bin ich wieder da. So lange wirst du es schon mit meinem Drachen aushalten. Sei nett zu ihm und reize ihn nicht.« Ich grinste ihn höchst drachenmäßig an und zerstörte bewusst die Aura der Menschlichkeit, die ich die ganze Zeit gepflegt hatte. Dies starrte mich erneut entgeistert an und dann stahl sich ein überaus erleichtertes Lächeln auf seine Züge. Das war der Drache, den er in mir kannte, und damit befand er sich wieder auf bekannt hartem Boden.

Von Berkom verabschiedete ich mich nicht. Er war da oder

auch nicht, so wie es ihm passte oder so wie ich ihn rief. Zumindest so viel hatte ich inzwischen wieder kapiert. Ich zog Hose und Stiefel aus und platschte durch den Bach. Ziemlich lästig, diese Kleidung, aber ich war sehr zufrieden mit mir, dass ich sie schon die ganze Zeit über ohne große Anstrengung am Leib behalten hatte. *Hab sie ein bisschen behandelt.* Berkom schickte mir noch einen aufmunternden Gedanken hinterher und ich seufzte ein wenig. Dann kletterte ich auf der anderen Seite des Baches den Hügel hinauf und verschwand im Wald. Direkt in der ersten Deckung drehte ich mich um. Die Hütte war noch zu sehen, aber nicht viel mehr als das Dach. Der Waldläufer war nicht mehr zu sehen und den Drachen sah ich auch nicht. Das Wiesental dehnte sich vor meinen Augen, der Wald schien sich auszubreiten. Ich war alleine. Zum ersten Mal, seit ich auf dieser Welt gelandet war, würde ich nicht in wenigen Stunden oder spätestens des Abends zu meinem Drachen zurückkehren. Ich war physisch jetzt wirklich alleine. Ich drehte mich um und verschwand im Wald.

Die erste Zeit schlich ich fast durchs Gebüsch, angespannt und auf der Hut, als würde ich mich durch feindliche Linien bewegen. Irgendwann kam ich darauf, dass das völliger Quatsch war, und begann zügig zu marschieren. Hier würde mich nichts und niemand übel überraschen. Der Waldläufer der Südlande kam nicht hierher, dies war noch das Gebiet von Dies Rastelan. Drachen gab es hier auch nicht. Dies war die Pufferzone zwischen Drachensperrgürtel und dem von Menschen besiedelten Land. Die grässlichen Dinge, die die Menschen Drachen antaten, konnten sich jetzt ungehindert vor mir ausbreiten. Ich kämpfte mit der Vorstellung, wie das sein konnte, wenn mein eigener Drache doch so eine unvorstellbare Macht hatte. Gut, auch Drachenmacht hatte ihre Grenzen. Kein Drache konnte einen ganzen Kontinent voller Menschen versklaven. Aber so etwas wie die Drachenjagd im Norden sollte einfach unmöglich sein. Berkom meldete sich völlig unvorhergesehen und ich merkte nur zu deutlich, dass ich durchaus nicht so alleine war, wie ich es mir eben eingebildet hatte. *Die Felsendrachen, die im Norden über den Drachenpfad kommen, sind Jungspunde. Sie haben keine Ahnung vom Leben. Sie sind dumm und jung und daher eine leichte Beute.* Leichte Beute, nun ja, wohl nach Drachenvorstellung. Aber in gewisser Weise musste es doch stimmen, denn kein Mensch mit einem dicken Portemonnaie würde sich einem wirklich großen Risiko für Leib und Leben aussetzen. Dazu waren diese hohen Herren im Allgemeinen zu ängstlich. Sie hatten zu viel zu verlieren. »Berkom, du bist doch auch noch jung. Ich will nicht, dass du zu so einer Beute wirst.« Ich glaubte das belustigte Röhren meines Drachen zu hören. *Ich bin jung, aber ich habe deine Erfahrung. Da kommt kein anderer Drache mit.* Ich bekam eine gelinde Ahnung davon, dass mein Drache inzwischen anders tickte als seine Altersgenossen. Trotzdem, auch er würde durch die Entwicklungsstufen des Drachenlebens gehen.

Ich sog den Duft des unberührten Waldes um mich her tief in meine Lungen. Dann blieb ich stehen und lauschte. Zum ersten Mal kam die Erinnerung mit durchschlagender Kraft über mich. Ich roch Wald und nur Wald. Ich hörte Wald und nur Wald. Hier roch ich kein Auto. Ich hörte keinen Verkehrslärm. Ich schüttelte mich und ging energisch weiter. Der Wald wurde dichter und ich hatte einige Zeit damit zu tun, die Richtung nicht zu verlieren und mich durchzuschlagen. Irgendwann bekam ich Durst. Ich begann nach Wasser zu suchen, vorzugsweise natürlich in der mir passenden Richtung. Der Drachenblick zeigte mir zuverlässig die sich bietenden Möglichkeiten. Ich entschied, erst noch aus dem Wald hinauszukommen und dann den Bach, der von der Waldläuferhütte her floss, anzuvisieren. Es war ein wenig meine Übervorsicht gewesen, die mich über den Bach hinweg bis in dieses Gebiet hineingetrieben hatte, aber ich wollte einfach einen ausreichend großen Bogen schlagen. Wenn ich es richtig berechnete, sollte ich eigentlich am frühen Abend ins Dorf gelangen. Das war die beste Zeit, um Aufnahme zu erhalten, und das ohne großes Nachfragen. Ein Reisender würde doch schließlich gastfreundlich aufgenommen werden. Ich hoffte das doch sehr. Der Wald zog sich noch ein Stückchen hin, aber dann stand ich an seinem Rand und spähte ins offene Land. Vor mir bot sich nichts wesentlich anderes als das, was ich hinter mir gelassen hatte. Eine Wiese und nicht weit entfernt wieder ein kleineres Wäldchen und eine kleine Buschreihe, die den Verlauf des Baches markierte. Ich holte tief Luft. Es ging los. Jetzt ging es wirklich los. Der Bach hatte hier eine etwas tiefere Böschung, die etwas lehmiger war. Ich ging längs und suchte nach einem geeigneten Überweg. Schließlich fand ich etwas Ähnliches wie eine Furt. Ich platschte durch das Wasser und dann trank ich, bevor ich die gegenüberliegende Böschung erklomm und durch die Büsche hinaustrat. Der Nachmittag war tatsächlich schon weiter vorangeschritten. Die Dämmerung würde nicht mehr so lange auf sich warten lassen. Ich suchte nach dem Weg ins Dorf. Vor mir konnte ich Wiesen sehen und dann kamen die ersten Äcker. Es war nicht mehr so weit, aber ich würde noch eine gute halbe Stunde zu gehen haben. Also machte ich mich auf den Weg. Ich war jetzt wachsam. Jetzt konnten mir jederzeit Menschen begegnen. Ich war aufgeregt. Und dann wurde mir etwas sehr Überraschendes klar. Ich hatte keine Angst mehr. Die Aufregung kam woanders her. Das Chamäleon in mir war erwacht und streckte sich. Ich war noch nie ein Wissenschaftler gewesen, das würde mir bestimmt Spaß machen. Eine Hälfte in mir begann sich mit ein paar utopischen Lehrsätzen zu beschäftigen, die jedem Dörfler den Schweiß auf die Stirn treiben würden. Die andere Hälfte registrierte die Landschaft und begann das alles hübsch säuberlich abzulegen, damit ich im Zweifelsfall auf meine Kenntnisse zurückgreifen konnte. Zwischendrin blieb ich stehen und schickte den Drachenblick nach Süden. Ich würde wenigstens rudimentär etwas darüber sagen können müssen, wie die Gegend aussah, durch die ich angeblich gekommen war. Die Reichweite des Drachenblicks würde dafür hoffentlich ausreichen.

Vor mir zeichnete sich eine magere Spur in der Wiese ab. Ein Ackerrand gab eine neue Begrenzung. Das Feld lag winterstill da, aber vor mir konnte ich es leise blinken sehen. Licht schien durch die aufziehende Dämmerung. Das Dorf sandte mir seine ersten Wegweiser entgegen. Ich suchte am Ackerrand entlang, dann kam der nächste Acker dazu und die Spur wurde deutlicher, schließlich hatte ich einen richtigen Feldweg unter den Füßen. Ich summte leise vor mich hin. Das Ackerland roch nach schlafender Erde, aber es roch auch nach Menschen. Die ersten Häuser tauchten vor mir in der Dämmerung auf. Sie waren nicht besonders groß oder besonders imposant, aber sie erinnerten mich in fataler Weise an die Häuser von Dörfern, die ich in vielen Ländern der Erde gesehen hatte. Im Kern war dieses Dorf nichts anderes als jedes Dorf, das ich schon einmal gesehen hatte. Dann verwarf sich das Bild vor mir, wurde unscharf und rutschte zurück. Das hier war das Dorf, das in der Nähe des Drachensperrgürtels lag. Und ich hatte hier meine Rolle zu spielen und aufzupassen, damit ich genug lernte, um meinen Drachen heil dahin zu bringen, wohin auch immer er gelangen wollte. Ein Hund schlug an und auch das rührte leise an Bekanntes. Aber jetzt war es leise und würde meine Sicht nicht mehr trüben. Ich ließ meine Schultern ein wenig einsacken und minderte meinen Gang. Ich war müde von einem langen Tagesmarsch und hoffte auf ein Quartier. Ich hatte vielleicht schon länger keinen Menschen mehr getroffen und freute mich auf Gesellschaft. Ich ging an den ersten Häuschen vorbei und betrat so etwas Ähnliches wie eine Straße. Eine Dorfstraße eben, ungepflastert, aber unzweifelhaft eine Art Straße. Der Geruch nach Menschen, nach Dorf wurde durchdringend. Die nächsten Häuschen lagen etwas enger beieinander und ich ging noch ein wenig langsamer, kämpfte darum, die Kontrolle über meine Nase zu behalten. Der nächste Hund begann zu bellen und vor mir öffneten sich ein paar Türen. Nicht nur ein Hund, sondern drei oder vier kamen wild kläffend auf mich losgestürzt und ich blieb starr stehen. Menschen mit Lampen kamen herbei und ich kniff ein wenig die Augen zusammen, denn der Schein blendete. Das störte niemanden, sondern ich wurde umringt und angeleuchtet. Die Hunde kläfften immer noch und tanzten um uns herum, und ich senkte ein wenig mehr den Kopf.

»Wer seid Ihr?« »Wo kommt Ihr her?« Ich wartete auf die dritte Frage, die dazu gehörte, aber die blieb aus. In meiner früheren Welt wäre fast sofort auch noch eine vierte Frage gekommen, aber auch diese würden sie hier erst später stellen. Ich ließ meine Stimme leise und müde klingen. »Ich komme aus dem Süden und bin lange gewandert. Habt ihr ein Plätzchen, wo ich ruhen kann?« Die Dorfbewohner verstummten kurzfristig, denn mit einer solchen Formulierung hatte bestimmt noch nie ein Wanderer bei ihnen um ein Nachtquartier nachgesucht. Dann schob sich ein größerer Mann in den Vordergrund und hielt mir seine Lampe fast ins Gesicht. Ich schreckte ein wenig zurück, aber viel Ausweichmöglichkeit hatte ich nicht, denn inzwischen war noch ein Haufen mehr Menschen aufgetaucht. Die ersten Kinder schienen auch herumzulaufen. Der Auflauf war also perfekt. »Ich bin der Schmied hier. Ihr könnt bei mir übernachten, wenn Ihr wollt.« Ich atmete erleichtert auf und meine Dankbarkeit war diesmal durchaus nicht gespielt. Sie hatten mich so weit akzeptiert, dass sie mich nicht gleich davonjagten. Die ganze Gesellschaft zog hinter dem Schmied her und ich überlegte mir schon, ob der hier auch als Schankwirt eine Konzession bekommen hatte, seit der Waldläufer das letzte Mal da gewesen war. Davon hatte er mir nämlich nichts berichtet. Dann stellte sich aber heraus, dass der Schmied seine Werkstatt in einer nach vorne offenen Scheune untergebracht hatte, die so groß war, dass ein nicht zu kleiner Teil der Dorfgemeinschaft dort Platz fand. Dazu gab es das Feuer aus der Esse, was ein gemütliches Beisammensein durchaus unterstützte.

Auf wundersame Art und Weise fanden sich Bänke und Tische zusammen und ich saß plötzlich neben dem Feuer, umringt von den harten Bauerngesichtern, die mich ausgesprochen aufmerksam beobachteten. Auf genauso wundersame Art und Weise drückte mir jemand eine Schale mit heißer Suppe in die Hand und einen Löffel und auch der Rest der Dorfbewohner hatte plötzlich Brot und sonstiges Essen vor sich stehen. Vielleicht war ich gerade richtig zur Abendbrotzeit aufgetaucht und das Dorf hatte einhellig beschlossen, heute beim Schmied zu essen, um den seltsamen Fremden zu besichtigen, der hier so unangemeldet hereingeschneit war. Ich saß jedenfalls hübsch ganz hinten und hatte die ganze Gesellschaft vor mir. Die Lampen, die jetzt auf den Tischen standen, erhellten zusammen mit dem Feuer die Scheune ausreichend, sodass ich meine menschliche Gesellschaft sehen konnte. Die Hunde kläfften nicht mehr, sondern rannten um die Tische herum und suchten nach Essensabfällen. Frauen und Kinder schienen sich im vorderen Teil der Scheune munter zu unterhalten. Die Männer saßen um mich herum und ich hatte so gut wie keine Chance, hier herauszukommen, wenn es ungemütlich werden sollte. Na gut, diese Vorsicht war ja auch angebracht. Sie bekamen hier bestimmt nicht viel Besuch, also wurde ich noch wahrlich zuvorkommend behandelt. Außerdem, und das begriff ich sofort, waren sie ziemlich ausgehungert nach Neuigkeiten aus der weiten Welt, eher aus dem nächsten Umfeld, zum Beispiel der nächstgelegenen größeren Stadt und aus dem Fürstentum überhaupt. Ich fühlte mich wie ein fahrender Sänger und höchst deplatziert, da ich ja mit überhaupt keinen Neuigkeiten aufwarten konnte. Die Enttäuschung würde groß sein, aber das war mir auch vorher schon klar gewesen und ich hatte Zeit genug gehabt, um meine Rolle ordentlich einzustudieren. Also löffelte ich die Suppe und verkniff mir jeden Hinweis meines Magens, dass das sehr unziemlich sei, was ich ihm da zumutete. Gleichzeitig versprühte ich mental Dankbarkeit um mich, was die Dörfler nicht sehen oder hören, aber dafür vielleicht spüren konnten. Der Schmied saß mir gleich gegenüber und von Dies Rastelan wusste ich, dass er hier die Respektsperson war, auch wenn eigentlich der ab und zu auftauchende Vogt, zu dessen Gebiet das Dorf gehörte, die von der Fürstin eingesetzte weltliche Macht darstellte. Aber der Vogt kam selten, die Fürstin war eine sagenhafte Gestalt und der Schmied das, was die Dorfbewohner tagtäglich vor Augen hatten.

»Nun«, fing der Schmied an, nachdem ich die Suppe gegessen, mich herzlich bedankt und ein kleines Stück Brot bekommen hatte. Dazu wanderte von irgendwoher auch noch ein Krug bis zu mir und ich schnupperte Bier. Das war nun nicht besonders lustig. Wasser wäre mir erheblich lieber gewesen. Ziemlich zum gleichen Zeitpunkt brach die Welt in zersplitternden Gerüchen auseinander. Ich bekam keine Luft mehr. Die vielen Menschen um mich, auch wenn es realistisch betrachtet gar nicht mal so viele waren, schnürten mir die Luft zum Atmen ab. Die Schmiede mit ihrer erst recht starken Ausdünstung wurde übermächtig. Ich krallte mich in der Stimme des Schmieds fest und fand mühsam wieder zurück. »… Ihr kommt also aus dem Süden?« Jetzt kam Frage drei und tatsächlich, auch Frage vier war in dieser Welt verankert. »Wohin wollt Ihr und was tut Ihr?« Ich versuchte mich ein wenig zu entspannen. »Mein Name ist Brender Berge. Ich erforsche Drachen.« Die Dorfbewohner wurden totenstill. Ich redete unbekümmert weiter. Wissenschaftler, die nach ihrem Forschungsgegenstand befragt wurden, hatten die Angewohnheit, zu jeder Tages- und

Nachtstunde mit Begeisterung ihrem Sujet nachzugehen und jedem mit den spitzfindigsten Haarspaltereien auf die Nerven zu gehen. »Ich war jetzt im Süden und wollte mich mit den dortigen Drachenspezies bekannt machen, aber das war nicht so einfach. Der Waldläufer Magellstan hat mich an den hiesigen Waldläufer, Rastelan, verwiesen.« Na bitte, damit hatte ich schon alle mir bekannten Eckpunkte einfließen lassen und jetzt waren sie bestimmt schon halb davon überzeugt, dass alles, was ich von mir gab, auch wirklich stimmte. »Rastelan soll über einen sehr gut zu erforschenden Walddrachen verfügen. Ich bin schon außerordentlich gespannt. Bisher waren die Walddrachen, die ich erforschen wollte, nicht sehr zugänglich. Aber von Rastelan wird behauptet, dass er recht gut mit den Drachen zurechtkäme. Jedenfalls hieß es, dass die Drachen hier im Gebiet überaus friedfertig wären. Daher habe ich mich auch dazu entschlossen, hier meine Forschungen zu intensivieren. Es wird bestimmt sehr interessant werden.« Der Schmied räusperte sich. »Ihr wollt in das Sperrgebiet gehen? Das ist doch von der Fürstin verboten worden.« »Gewiss, gewiss«, ich nickte eilfertig mit dem Kopf, »unsere Fürstin hat dafür ja auch die besten Gründe. Allein die Wissenschaft kann sich mit diesen Einschränkungen natürlich nicht zufriedengeben. Wie Ihr bestimmt wisst, wurde in der Haberna-Korporitas-Akte von Zackäus dem Vierten festgehalten, dass für die wissenschaftliche Forschung der Zugang zu den Ressourcen und Ländern freigegeben werden soll, soweit«, hier hob ich den Zeigefinger und machte ein leicht dümmliches Gesicht, »des Gegenstands der Forschung nicht schon der besonderen und aufopferungsvollen Betrachtung durch andere Wissenschaftler in vorzüglichster Hinsicht gedacht wurde oder wird.« Die Dorfbewohner schwiegen. So einen Satz hatten sie wahrscheinlich noch nie in ihrem Leben zu hören bekommen. Ich war auch ordentlich stolz darauf, ihn so schön hingekriegt zu haben. Der Schmied erholte sich als Erster und wollte gerade wieder ansetzen, als ich unbekümmert dazwischenfuhr und eine längere Litanei über den Segen der wissenschaftlichen Forschung im Allgemeinen, Speziellen und ganz Besonderen von mir zu geben begann. Die Dorfbewohner begannen mich lange nicht mehr so interessant zu finden wie am Anfang. Sie begriffen auf der Stelle, dass von einem Forscher kein Beitrag zu den sie interessierenden Gerüchten aus Stadt und Land zu erwarten war. Damit war meine Rolle als Bänkelsänger abgehakt und ein nicht zu kleiner Teil der Bevölkerung entschied, dass es ganz gut war, dass ich beim Schmied gelandet war, der sich mit mir weiterhin abplagen durfte. Das Gespräch begann allgemeiner zu werden und die ersten Herren wurden vom Rest der Familie nach Hause verfrachtete. Kinder und Hunde wurden eingesammelt und der Kreis um mich wurde kleiner. Ich war dankbar dafür, denn es fiel mir zunehmend schwerer, in dieser Ecke sitzen zu bleiben. Von dem Bier hatte ich natürlich auch nichts getrunken, was nicht weiter schlimm war, da ich keinen Durst hatte, aber es würde irgendwann einmal auffallen. So gähnte ich verhalten herzhaft und entschuldigte mich danach und hatte das Vergnügen, dass der Rest der Gesellschaft sich erstaunlich schnell auf die Socken machte.

So schnell, wie Tische und Bänke aufgetaucht waren, so wundersam schnell waren sie auch wieder verschwunden und der Schmied stand mit zwei oder drei anderen Männern bei mir und schlug mir vor, dass ich im Stall neben dem Heuboden schlafen könnte. Ich musste etwas überrascht geguckt haben, denn er beeilte sich, mir zu erklären, dass dort eine Kammer leer stand. Eigentlich hatte er sagen wollen, dass dort sein Knecht wohnte, aber der hatte schon vor längerer Zeit das Dorf verlassen, um anderswo sein Glück zu finden, und bislang hatte der Schmied keinen Nachfolger gefunden. So stand die Kammer leer und ich war mehr als glücklich über diesen Umstand. Der Schmied wiederum war glücklich, dass ich die Kammer gnädig akzeptierte, auch wenn sie nur für einen Knecht gedacht war. Inzwischen hatte die Gesellschaft eine gewisse Hochachtung vor mir bekommen, weil ich so schön wissenschaftlich reden konnte und das alles höchst wichtig geklungen hatte. Eine derartig bedeutsame Person konnte man nicht einfach in irgendeine Scheune stecken. Schließlich befand man sich hier zwar am Ende der Welt, aber nicht ohne zu wissen, was sich gehörte. Ich stieg mit dem Schmied in die Kammer hinauf und dankte ihm für diese Unterkunft und wie erfreut ich sei, hier so gut aufgenommen zu werden. Das meinte ich auch wirklich aus ganzem Herzen so. Ein junges Mädchen schlüpfte an uns vorbei und brachte mir einen Krug mit Wasser und eine Decke für das Bett. Dann ließen mich meine Gastgeber alleine und ich stieß die Luft aus und setzte mich auf das Bett.

Menschen. Uff, ich hatte es bis hierher geschafft. Diese Menschen sahen so aus, wie Menschen aussehen sollten. Zumindest das war doch etwas, was mir erfreuliche Sicherheit gewährte. Sie rochen auch so, aber das war mir früher keinesfalls so sehr aufgefallen. Danach sah ich mir die Kammer an. Ein Bett, ein Stuhl, ein kleiner Tisch, ein paar Haken an der Wand, die Kanne mit Wasser und eine Schüssel dazu mit einem Lappen, es war richtig luxuriös. Die Kammer hatte ein halbblindes Fenster, die Bodenbretter passten nicht immer ganz zusammen und ich konnte an manchen Stellen in den Stall hinuntersehen. Staub und Dreck waren flüchtig zusammengekehrt worden, selbst das hatten diese freundlichen Menschen für mich getan. Ich blieb still sitzen und wartete darauf, dass sich alles in mir langsam beruhigte. Dann stand ich auf und öffnete das Fenster. Die Kammer roch nicht wirklich angenehm, aber das war für unbewohnte Räume normal, auch wenn sie so wie dieser über einem Stall lagen. Das offene Fenster brachte nur partielle Erleichterung. Ich roch das Dorf. Ich hörte das Dorf. Ich hörte die Pferde unter mir im Stall. Die Pferde waren nicht so ruhig, wie man sich das von Tieren bei Nacht dachte. Ich hoffte nur, dass sie mich nicht zu sehr mit einem Drachen in Verbindung brachten, sondern dass es die übliche Unruhe dieser Tiere war, die von unten heraufdrang. Ich überlegte mir, dass zumindest die Dorfhunde mich nicht als Drachen klassifiziert hatten, und das machte mich erheblich ruhiger. Ich strich mit der Hand über das Bett. Es war nicht mehr als ein grober Rahmen, in dem auf einer harten Unterlage Stroh und Heu aufgeschichtet worden war, darüber hatte man eine Decke gebreitet. Es roch nicht einmal schlecht. Stroh und Heu waren frisch. Versuchsweise legte ich mich hinein. Nun ja. War das ein bekanntes Gefühl oder nicht? Ehrlicherweise musste ich zugeben, dass es in mir keine Erinnerung wachrief. Aber das Dorf tat es durchaus.

Es handelte sich um ein gutes, altmodisches Dorf und war nicht mit dem Pendant vergleichbar, das ich zu früheren Zeiten kennengelernt hatte. Dieses Dorf hier mit seiner gut funktionierenden

Struktur war in meiner alten Welt längst zerfallen gewesen. Es spielte keine Rolle, wo man sich aufhielt, Drogen und Kriminalität gab es dort genauso wie in der Stadt, Ruhe und Frieden gab es dort genauso wenig oder viel wie in der Stadt, und in manchen zu Geisterdörfern verfallenen ehemaligen Wohnstätten einer Bevölkerung, die sich längst nur noch in den größeren Ballungsräumen zentriert hatte, hatte sich stattdessen eine hässliche Nebengesellschaft breitgemacht. Ich war zu oft in solchen Geisterdörfern gewesen und es waren nie die erfreulichen Jobs gewesen, die mich dorthin gebracht hatten. Die ausufernde Informationsgesellschaft hatte in meiner alten Welt das, was man unter Dorf verstand, plattgemacht, es gab keine wirklichen Unterschiede mehr. Hier erschien es also viel leichter, mit der Dorfbevölkerung klarzukommen. Und ich wusste, dass das ein ordentlicher Denkfehler gewesen wäre, wenn ich dem aufgesessen wäre. Denn eine funktionierende Dorfgemeinschaft reagierte wie ein Seismograf und würde mich viel schneller und viel tiefgreifender entlarven, als es mir in einem Dorf meiner alten Welt mit seiner oberflächlichen vorbeihuschenden Beliebigkeit hätte passieren können. Ich wusste, dass ich hier viel stärker aufpassen musste und ganz anders gefordert werden würde.

Ich stand wieder auf und trat an das Fenster. Die Häuser waren jetzt fast alle dunkel, aber wirklich still war es nicht. Ich hörte mit meinen angespannten Sinnen, wie eine Katze über den Hof des übernächsten Hauses huschte und in der dortigen Scheune auf Mäusejagd ging. Keine Jagd. Heute nicht, morgen nicht, die ganze nächste Zeit nicht. Langsam stieß ich die Luft aus und rief meinen Drachen. *Brenn?* Erstaunlich. Er war da, vertraut und wohl und stark. »Was hast du gefressen?« Blöde Frage von mir. *Waldratzen.* Sollte ich jetzt eifersüchtig sein? »Ich hatte eine nette Suppe.« Ja, okay, Berkom musste wissen, ob ich mit dem Essen zurechtkam oder ob ich schon an dieser ersten Hürde gescheitert war. »Ich habe hier ein nettes Einzelzimmer mit Blick auf den Dorfanger. Ich wohne beim Schmied. Alle sind sehr nett zu mir. Bislang scheinen mir auch alle meine Geschichte abgenommen zu haben.« Ob Berkom das alles jetzt auch nett finden musste, wusste ich nicht. Ich unterdrückte erfolgreich den Wunsch, bei dem Drachen zu sein und schickte etwas Ähnliches wie einen Gute-Nacht-Gruß über die Felder. Dann nahm ich die Decke vom Bett und legte mich auf den Fußboden. Ich versuchte zu schlafen, aber es wurde nicht viel daraus. Mit der Decke war es viel zu warm. Es war überhaupt ziemlich warm. Ich befand mich in einem Zimmer. Grässlich. Ich legte mich so hin, dass meine Nase genau über einer Spalte im Fußboden lag und ich ungehindert den Stall unter mir abkriegte. Dadurch wurde es mir ein wenig leichter, aber auch nur ein wenig. Es war ein zermürbender Kampf gegen den Wunsch, die Kammer zu verlassen und wenigstens unten im Stall zu übernachten. Ich konnte mir das nicht leisten. Kein Wissenschaftler war so verschroben, es sei denn, er würde eine Untersuchung von Heuläusen durchführen. Wieso war ich nicht auf den Gedanken verfallen! Ich stand auf und trank Wasser und es half auch nicht weiter. Ich stellte mich ans Fenster und legte mich abrupt wieder hin, denn ein Wissenschaftler stand nicht ganze Nächte lang am Fenster herum und das Dorf hatte Augen, so viel wusste ich doch noch.

Endlich krauchte die Morgendämmerung über die Bäume und Dorfdächer und die Hähne taten mit Eifer das, was sie in den Dörfern meiner alten Welt möglichst nicht mehr hatten tun dürfen. Ich hustete und versuchte endlich diese Vergleiche abzustellen. Ich lebte hier. Basta. Nun gut, es war nicht verkehrt, sich klarzumachen, wo die Fußangeln steckten, und da konnte mir alles, was ich je gelernt hatte, behilflich sein. Dann musste man die Unterschiede natürlich auch bedenken. Es war ziemlich anstrengend, dazu noch meine neue Natur zu verbergen. Ich begann mich leicht schizophren zu fühlen. Also legte ich die Decke aufs Bett, zerwühlte das ein wenig, wie wenn ich doch darin geschlafen hätte, verwischte irgendwelche Spuren auf dem Boden und legte Papier und Stift schön sichtbar auf den Tisch. Als Wissenschaftler war ich leider eine völlige Niete, aber so tun als ob, darin sollte ich gut sein. Draußen nahm das Leben seinen Fortgang und ich lauschte ohne jegliche Zurückhaltung. Eine Frau unterhielt sich mit der Nachbarin über den Neuzugang und fand mich interessant. Ach herrje. Die andere fand mich attraktiv. Das hatte mir noch gefehlt. Ich nahm den Wasserkrug und trank und hatte damit mein Frühstück schon erledigt. Dann stellte ich fest, dass mein Körper die Suppe verarbeitet hatte, und bekam gewisse Probleme, weil ich absolut keine Vorstellung hatte, wie das sich hier in diesem Dorf nun regelte. Bevor es zu drängend wurde, kraxelte ich in den Stall und verzog mich dort in eine Ecke. Den Pferden war es wurst und die beiden Hunde, die bereits um diese Zeit durchs Dorf streunten, war meine Anwesenheit auch nur noch ein halbes Schnuppern wert. Ich hatte hier geschlafen, also gehörte ich für sie dazu. Ich krabbelte wieder in meine Kammer hinauf, zog das Hemd aus und begann mich zu waschen. Das war ausgesprochen merkwürdig. Ich fingerte mit dem Lappen herum und war sehr froh, dass ich alleine war. Zum Glück gab es keinen Spiegel. Das hätte mir dann wahrscheinlich den Rest gegeben. Dafür war ich mit der Morgentoilette gerade so fertig und hatte mich wieder angezogen, als die junge Frau von gestern Abend auftauchte und mich zum Frühstück bat. Sie guckte mich scheu von der Seite an und ich dachte nur, dass ich froh sein könnte, dass ich präsentabel hergerichtet war. Blöder Hund, schoss es mir danach sofort durch den Kopf, das Fräulein war hier höchstwahrscheinlich ganz andere Anblicke gewöhnt. Ich tappte hinterher und wurde von dem Schmied sehr gewählt begrüßt. Ich hatte den Verdacht, dass er sich die halbe Nacht den Kopf zermartert hatte, bis er eine mir angemessene Wortwahl beieinander hatte.

Das Frühstück stand wieder in der Scheune und machte einen durchaus grundsoliden Eindruck. Ich hatte es gewusst und es drehte mir erfolgreich den Magen um. Ich wurde vermutlich ein wenig bleich und der Schmied rückte mir zuvorkommend eine Bank hin. Danach kam die halbe Nachbarschaft vorbei, um ebenfalls guten Morgen zu wünschen und den Fremden bei Tageslicht zu betrachten. Ich unterdrückte jegliches Zähneknirschen und übte mich in höflicher, zutraulicher Wissenschaftlermiene. Während der Schmied kräftig zulangte, versuchte ich mir eine Art Müsli zusammenzumixen, die meinem Magen nicht zu viel abverlangen würde. Die kleine Handvoll, die dabei herauskam, ließ den Schmied ziemlich erstaunt meine Figur betrachten. Er schien darüber nachzudenken, wie man von ein paar Nüssen so einen Bizeps bekam. Ich hatte es ja gewusst. Mein Wissenschaftlerdasein war in einem solchen Dorf nicht so einfach durchzuhalten, wie das auf den ersten Blick erschien. Danach kam der härtere Teil. Der Schmied begann mich in aller Freundlichkeit auszufragen und er machte das nicht einmal schlecht. Ich fing an, mich zu entspannen und wohlzufühlen. Mit so was kannte ich mich bestens aus. Ich hatte meinem Job früher durchaus erfreuliche Seiten abgewinnen können. Das hier gehörte mit dazu. Eine gute Show abzuliefern machte einfach Spaß. Es hatte mir auch dann Spaß gemacht, wenn mein Leben davon abhing, und das war praktisch immer der Fall gewesen, aber damit konnte man sich im Laufe der Zeit arrangieren. Man durfte es nur nicht völlig vergessen. So wie ich hier meinen Drachen und den Zweck meiner Reise nicht vergessen durfte. Die Scheune war der perfekte Ort für mich, um das Leben im Dorf direkt und ohne Umschweife mitzubekommen. Ich saß sozusagen mittendrin und das vereinfachte mir einiges. Natürlich war ich damit auch eher in den Fokus der Dörfler gerückt, aber das wäre in jedem Fall so gewesen. Auch wenn ich gestern eine Enttäuschung gewesen war, heute war ich wieder neu und man konnte noch mal probieren, ob man nicht doch irgendein nützliches Gerücht aus mir herauspressen konnte.

Der Schmied und einige andere, eher als honorig einzustufende Herrschaften hatten ein durchaus tiefer gehendes Interesse an meiner Forschertätigkeit bezüglich der Drachen. Sie wollten wissen, worauf das Ganze abzielte, und sie wollten für sich entscheiden können, wie sie daraus Nutzen ziehen konnten oder ob ich ihnen womöglich sogar eher schaden würde. Ich ließ sie über ihre Erfahrungen mit den Drachen plaudern und das war ein Thema, für das sie sich rasch erwärmten. Der Morgen war frisch und die Scheune nicht gerade eine heimelige Kneipe, aber die Diskussion war bald lebhaft im Gange und ich konnte mich mehrheitlich aufs Zuhören beschränken. Ab und zu musste einer meiner Gesprächspartner dann doch zur Arbeit abziehen, aber der Schmied bekam heute so viel Kundschaft, wie sonst wohl selten an einem winterlichen Vormittag. Ich sah ziemlich deutlich, dass diverse Gerätschaften nur deswegen zur Reparatur angeschleppt wurden, damit man die Gelegenheit hatte, dem Fremden auf die Pelle zu rücken. Ich fand es anstrengend, aber andererseits konnte der Schmied so meine Kost und Logis ausgleichen. Vielleicht verdiente er sogar noch etwas, dann hatte er wenigstens auch etwas davon. Das

Problem, dass ich kein Geld hatte, um für meine Unterkunft etwas zu bezahlen, hatte Dies Rastelan abgetan. Im Dorf würde man für die Gastfreundschaft keinen Heller verlangen, das wäre ungebührlich gewesen. Und der Reisende bezahlte auch nichts, sondern stellte sich eben für die Fragen der Dörfler zur Verfügung. Das gerade darin mein Manko bestand und ich eigentlich zahlungsunfähig war und wie ich damit fertig werden wollte, das hatte ich selber auszuknobeln gehabt. Manches andere aus dem Dorfleben bekam ich auch mit. Das mit der Morgentoilette zum Beispiel. Manche wählten dafür wirklich den kürzesten Weg.

Im Laufe des Vormittags blieb mir dann nicht verborgen, dass sich das Dorfleben doch etwas anders abspielte als sonst. Die Dorfstraße wurde von auffällig vielen kleineren und kleinsten geschäftig herumeilenden Frauentrupps in den unterschiedlichsten Besetzungen belebt. Nachdem die gleiche Dame mit dem gleichen Inhalt ihres Korbes zum dritten Mal an mir vorbeigekommen war, nur jedes Mal in wechselnder Begleitung, wurde mir leicht warm. Ich begriff sehr gut, was da ablief, und es gefiel mir sehr wenig. Männer reagierten auf solche Vorkommnisse meistens ungut und damit wäre meines Bleibens hier nicht von langer Dauer. Ob ich dann ausreichend vorbereitet war, um Berkom sicher und heil durchs Land zu schleusen, war mir eher unklar. Ich fühlte mich auch ein wenig scheußlich dabei. Ich war ja nun wirklich kein Filmstar und Autogramme würde ich auch nicht geben.

So war ich mehr als erleichtert, als ein ältlicher Herr zu mir kam und mich höflich in sein Haus einlud, um mir die berühmte Chronik des Haradas von Paschhenen zu zeigen. Ich zeigte mich ausreichend überrascht, hier so ein Werk vorzufinden und der ältere Herr strahlte mich an. Ich ließ mir erzählen, wie diese Chronik hierhergekommen war. Der ältere Herr war von Haus aus Werkzeugmacher und ich durfte die Chronik in seiner Werkstatt besichtigen. Dort hatte er nämlich einen Tisch, auf dem er sein kostbares Werk ausbreitete. Ich war überrascht. Ich hatte eine Art Pergamentrolle erwartet oder etwas Ähnliches wie eine Handschrift. Dies war aber ein durchaus richtig gebundenes Buch, wenn auch nicht laminiert oder Ähnliches, wie das bei Büchern meiner alten Welt der Fall gewesen war. Wenn man dort überhaupt noch Bücher um sich gehabt hatte und nicht nur virtuell unterwegs gewesen war. Dieses Buch war gebunden und es war sogar gedruckt worden. Das Papier fühlte sich dick an und der Einband war aus einem starken Karton. Ich atmete ein wenig auf. Ich würde mich nicht blamieren, denn ich konnte lesen, was da stand. Die Schrift war klar und deutlich, nicht verschnörkelt oder besonders ziseliert und es gab keine Malereien oder sonstigen Verzierungen. Es war ein letztlich nüchternes Schriftwerk. Ganz zum Schluss enthielt es das Bildnis des Haradas von Paschhenen und ich sah einen für meine Begriffe recht asiatisch wirkenden Typ. Ich blätterte vorsichtig in dem Buch herum und sah mir dann aufmerksam die Titelseite und das Impressum an. Dann blickte ich den älteren Herrn überrascht an. »In Origliami gedruckt? Wie außergewöhnlich.« Ich hatte leider keine Ahnung, wo Origliami lag, aber der ältere Herr strahlte mich an und erklärte mir daraufhin, wie tatsächlich erstaunlich dies sei, wo man doch vom Buchdruck in Origliami sonst nichts wisse. Also er zumindest nicht. Das erstaunte mich dann nicht so sehr, denn ich las ein wenig im Vorwort herum und kriegte mit, dass Origliami sehr weit weg im Südwesten lag und eigentlich, wenn ich das Buch richtig verstand, ein Ozean dazwischen lag. Merkwürdigerweise hatte dieser Aspekt sich in der Erzählung meines Buchbesitzers nicht niedergeschlagen. Ich wurde sehr vorsichtig. Wenn das der Fall war, war das Buch vielleicht in einer fremden Schrift geschrieben, die ich aufgrund des Drachenblicks lesen konnte, obwohl ich sie eigentlich überhaupt nicht verstehen können dürfte, wenn alles mit rechten Dingen zugehen sollte. Das war ein Aspekt, der es mir schon wieder warm werden ließ. Ich fragte also den älteren Herrn, ob er das Buch lesen könne, und stolz bekam ich gleich eine Kostprobe. Die Kostprobe erstreckte sich allerdings nicht auf das Vorwort und ich merkte, dass dies tatsächlich in einer anderen Sprache abgefasst worden war als der Rest des Buches. Mir wurde noch ein Stück wärmer. Tatsächlich konnte mir der Drachenblick also ganz unvermutete Schwierigkeiten bereiten. Ich zeigte mich dann noch an der Werkstatt interessiert und der ältere Herr kam so richtig in Fahrt und ich bekam einen umfassenden Abriss seiner Tätigkeit als solcher und was hier im Dorf als besonders wichtig angesehen wurde.

Anschließend brauchte ich etwas frische Luft, aber das gelang mir nicht so wirklich gut, denn als ich auf die Dorfstraße zurückkam, sah ich eine kleine Bande grinsender Bengel herumlungern. Sie sahen so aus, als hätten sie auf mich gewartet. Bei meiner Ansicht jedenfalls stoben sie davon. Als ich zum Schmied zurückgeschlendert kam, wurde ich dort recht leutselig empfangen. »Ihr seid durch die Rengsten gekommen, über die Furt nach Süden, wirklich der schnellste Weg, wenn Ihr von Magellstan zu Rastelan kommen wollt. Allerdings hättet Ihr auch die Rengsten entlanggehen können, um Rastelans Hütte im Wald zu erreichen. Oder wird der Waldläufer Euch hier abholen?« Die Dorfjugend hatte sich den Spaß gemacht und meine Spuren zurückverfolgt. Ich konnte von Glück sagen, dass ihnen am Bach der Jagdeifer ausgegangen war. Vielleicht war es aber auch der Gedanke, dass dahinter bald der Sperrgürtel begann, der sie davon abgehalten hatte, durch den Bach zu waten. Jedenfalls hatte ich mit meiner Vorsicht und dem großen Bogen, den ich geschlagen hatte, doch recht gehabt. »Nein, der Waldläufer wird mich wohl nicht unbedingt abholen kommen, aber ich hätte die Hütte im Wald in der Nacht nicht gefunden und kam so lieber in Euer Dorf. Ich werde, wenn es Euch recht ist, dann bald aufbrechen.« Die Waldläufer hatten ein einfaches Kommunikationsmittel, um sich gegenseitig schnell über Drachenbewegungen zu informieren. Sie nutzten tatsächlich Tauben. Es war also ein zulässiger Schluss des Schmieds, dass Rastelan darüber Bescheid wusste, dass ich anreiste. Ich hatte wohl daran getan, den Schmied nicht zu unterschätzen. Jetzt war er füglich darüber aufgeregt, dass ich seine Frage dahingehend falsch verstanden hatte, dass er mir seine Gastfreundschaft nicht länger gewähren wollte. Dabei hatte er mir doch nur freundlich auf den Zahn fühlen wollen. Stattdessen wurde ich also davon überzeugt, dass ich unbedingt noch von der anstrengenden Reise ausruhen sollte, bevor ich mich in das ungleich noch viel anstrengendere Abenteuer der Drachenforschung stürzen würde. Und heute könne ich sowieso nicht abreisen, da man zu Ehren dieses hochgeschätzten Gastes vorhatte, ein Fest zu veranstalten. Peinlich, wenn der Hauptakteur, zu dessen Ehre man sich so viel Mühe geben wollte, eigentlich gar keinen Wert darauf legte. Viel lieber wäre es mir gewesen, wenn ich mich still und ruhig hätte absetzen können.

Die Aussicht auf ein Fest ließ eine gewisse Panik in mir aufsteigen und ich begann in mich hinein zu fluchen. Das war natürlich auch schlecht, denn der Schmied sah mich vorsichtig an und fragte, ob mir das nicht recht sei. So viel zur Feinfühligkeit von Menschen, auch wenn sie einer Arbeit nachgingen, die durchaus nicht unerhebliche Kraft benötigte. Muskelkraft und Geisteskraft schlossen sich eben auch in einem Dorf am Rande der Welt nicht gegenseitig aus. Ich hatte also eine Weile damit zu tun, zu beteuern, wie sehr ich mich freute und wie geehrt ich mich fühlte und was für ein unerwartetes Erlebnis das für mich sein würde, wo ich sonst kaum die Gelegenheit hätte, an solchen Lustbarkeiten teilzunehmen. Der Schmied fand diese Erklärung sofort nachvollziehbar, ein Wissenschaftler hockte eben mehr über seinen Studien als auf dem Festplatz. Danach bekam ich von der Dame des Hauses noch ein warmes Fladenbrot aufgedrängt, weil die Mittagszeit bereits vorbeigegangen war, solange ich bei dem Werkstattmeister gewesen war, und ich konnte erfolgreich einen Krug Wasser ergattern und kam so um Bier und Ähnliches drum herum. Ich suchte mir einen Platz, wo ich mein verspätetes Mittagessen oder eigentlich eher den Imbiss einigermaßen ungestört herunterwürgen konnte, aber das gelang mir nicht. Ich verzog mich hinter die Schmiede, wo sich der Gemüsegarten in winterlicher Ruhe befand, und ging noch ein Stückchen weiter, bis ich auf eine Wiese kam, wo wohl zu schönerer Jahreszeit die Pferde oder Kühe weideten. Dort setzte ich mich unter einen kahlen Baum und lehnte mich gegen den Stamm. Es war furchtbar anstrengend, unter Menschen zu sein. Auch hier roch ich das Dorf durchdringend, hörte die Geräusche, konnte aber wenigstens einmal durchatmen. Ich blickte über die Weide hinweg auf die Felder nach Westen. Der Blick wurde durch einen ziemlich schroff ansteigenden Hügel und kahle Wälder begrenzt. Hier gab es Laubbäume. Im Gebirge hatten wir viel mehr Tannen und Fichten gesehen. Es waren diese Kleinigkeiten, die ich mir wieder aneignen musste, die mir keine Mühe machten, aber es musste in meinem Gehirn ein paar Mal klicken und dann war es ja auch wieder gut. Das Klicken musste man ihm halt ermöglichen. Realistisch betrachtet ging es im Dorf wahnsinnig gut. Ich hatte viel weniger Mühe, als ich es für möglich gehalten hatte, vor allem nach den Erfahrungen mit Dies Rastelan. Ich wusste allerdings auch genau, warum es mir im Dorf so viel leichter fiel, mit den Menschen umzugehen. Ich tat hier das, was ich von Berufs wegen zu tun gelernt hatte, und das gab mir ungemein viel Sicherheit und kompensierte einen ganzen Haufen. Im Unterschied zu früher war es diesmal sogar recht einfach. Wenn meine Tarnung als Wissenschaftler aufflog, war nicht so viel kaputt. Sie würden mich vielleicht für einen wüsten Scharlatan halten und zum Dorf hinausjagen, aber das würde es auch schon sein. Damit kam ich unproblematisch klar. Eine Polizeistreife würde hier nicht aufkreuzen, um mich wegen Vorspiegelung falscher Tatsachen einzulochen.

Die junge Frau, die mir das Wasser gebracht hatte und mich zum Frühstück abgeholt hatte, stand schon eine ganze Weile im Schatten des Hauses und beobachtete mich. Ich hatte das registriert, aber so getan, als hätte ich nichts gemerkt. Sie war hübsch. Sehr hübsch. Und ich hatte einen Job zu erledigen. Und sowieso war das kein Thema mehr. Also guckte ich sinnend über die Felder und die junge Frau war schließlich verschwunden. Ich seufzte tief. Es war ja schon blöde, so wie es war. Idiotischerweise kam mir Katie in den Sinn und dann auch noch Mary, Susanna, Deborah und noch ein paar andere. Das war jetzt erst recht unproduktiv. Unter kahlen Bäumen zu sitzen war anscheinend ungesund.

Ich stand auf und trottete ins Dorf zurück, wo man mich bereits heiß und innig vermisst hatte. Um genau zu sein, sie hatten genau gewusst, wo ich steckte, aber wohl angenommen, ich würde irgendwelchen tiefsinnigen Gedanken nachhängen müssen, weil sich das für Wissenschaftler so gehörte. Wenn sie gewusst hätten, worüber ich nachgedacht hatte, wäre ihre Hochachtung sofort für immer perdu gewesen. So hatte der Buchbesitzer der Chronik ganze Arbeit geleistet und von meinem offensichtlich geschulten wissenschaftlichen Blick für die Buchdruckkünste in Origliami geschwärmt. Ob das nun hilfreich war oder nicht, jedenfalls hielt mich jeder nun für einen ausgesucht klugen Kopf und vor mir wurden erstaunlicherweise plötzlich diverse Lebensproblematiken ausgebreitet, nach denen ich nie im Leben zu fragen gewagt hätte. Leider wurde von mir dann auch eine Analyse erwartet mit möglichst einfacher Lösung und da war ich überfordert. Mein analytisches Denken mochte ja noch Schritt halten, aber dann eine einfache Lösung auszuspucken, das war nicht drin. Ich verstand dann allerdings auch, dass es darum nicht unbedingt ging. Viel mehr ging es darum, einer unbefangenen Instanz seine Schwierigkeiten zu schildern. Solange ich Verständnis zeigte, war damit meistens schon der Zweck der Übung erreicht. Mein schlechtes Gefühl stieg in astronomische Höhen. Vormittags hatte ich erfolgreich die Männer aufgebracht, indem ich ihre Frauen auf die Füße brachte, jetzt machte ich dem Dorfältesten Konkurrenz oder der Dorfhexe oder wer auch immer hier die Funktion der Klagemauer hatte. Denn so etwas gab es immer und überall. Es sich mit einer solchen Instanz zu verscherzen war immer schlecht. Ich hockte auf dem Dorfplatz herum und konnte mich nicht verdrücken. Es war mir peinlich. Schließlich tauchte meine junge Frau wieder auf, um mich zu erlösen. Ich folgte ihr nur zu gerne und eine Schar junger Kerle, die sich in der Nähe zusammengerottet hatte, zog enttäuscht ab. Anscheinend hatten sie sich gerade dazu durchgerungen gehabt, mich kollektiv zu befragen, ob sie in der weiteren Welt nicht vielleicht doch bessere Chancen haben würden als in diesem Dorf.

Die Scheune beim Schmied war diesmal noch enger mit Bänken und Tischen bestückt und mir wurde bei diesem Anblick himmelangst. Das würde ich nicht aushalten, mich in dieser Enge über Stunden von Menschen bedrängen zu lassen. Und es ging schon recht lustig zu vor der Schmiede. Mein gestriges Abendessen war wohl so eine Art Vorgeschmack gewesen. Ich ließ mich schlicht direkt am Ende der Scheunenwand auf einer Bank nieder und machte gute Miene zum wie auch immer gearteten Spiel. Dem Schmied missfiel meine Platzwahl natürlich in höchstem Maße, da er mir den Ehrensitz neben seinem schönen Feuer andienen wollte. Ich blieb, wo ich war, und versicherte leutselig, dass mir hier nichts fehlen würde, die Scheune ein wunderbarer Ort für so eine schöne Feier wäre und ich alles bestimmt sehr genießen würde. Woraufhin die gesammelten Honoratioren sich mannhaft von ihren gemütlichen Plätzen am Feuer lösten und sich an meinem kalten und zugigen Platz niederließen. Sie wollten mich noch ein wenig mehr über meine Studien über Drachen aushorchen und ich wollte inzwischen ein wenig mehr über ihre Pläne bezüglich meiner Drachenmission herausfinden. Ich erzählte von den Wüstendrachen, obwohl ich über die nicht mehr wusste als das vage Bild, das Berkom mir vor langer Zeit in den Drachenbergen gegeben hatte. Die Männer fanden es unglaublich, dass ich mich diesen Wesen nähern wollte. Das konnte eigentlich nicht gut gehen. Ich stellte fest, dass sie eine ziemlich tief sitzende Angst vor Drachen hatten, und überlegte mir, dass mir das früher auch nicht anders gegangen wäre. Eigentlich war das die ganz normale und vernünftige Art und Weise, wie man sich Drachen näherte beziehungsweise eben nicht näherte. Deswegen war mir der Norden immer noch ausgesprochen suspekt. Was ging dort bloß vor sich, wenn solche grausigen Dinge geschehen konnten? Ich verstand es weniger denn je. Aber andererseits war ein Dorf, das in der nächsten Nähe zum Sperrgebiet lag, wohl auch dafür prädestiniert, von Menschen bewohnt zu werden, die sich gerade sehr gut von diesem Gebiet und ihren Bewohnern fernzuhalten imstande waren. Sonst wäre das Dorf doch eher entvölkert worden, so stand es zu vermuten, auch wenn man nur einen ältlichen zahnlosen Walddrachen als Nachbarn hatte.

In der Zwischenzeit hatte sich praktisch das ganze Dorf eingefunden und es ging lustig zu. Es ging sogar so lustig zu, dass ein paar Burschen aus irgendwelchen Winkeln Instrumente hervorgezogen hatten und trotz der kühlen Witterung zu musizieren begannen. Ich hörte zu und sah die Instrumente an und versuchte mal wieder, in diesem Fall vergeblich, das Pendant dazu aus meiner alten Welt aus meinem Kopf zu graben. Die Musik passte nicht wirklich zu dem, was man so gängig bei uns zu hören bekommen hatte. Die Instrumente hatten auch nicht den Klang von Synthesizern und E-Musik. Es war eben richtig live und unverdorben. Einer der Burschen sang dann auch eine Art Ballade, jedenfalls konnte ich mir vorstellen, dass es so etwas sein konnte. Den Text verstand ich nicht und das war schon wieder etwas sehr Vertrautes. Jedenfalls versuchte ich die Melodie zu ergattern und wippte ein wenig im Takt mit. Ein paar kleinere Kinder begannen in einer Art Ringelreihen herumzuhopsen. Ich wurde schier verrückt. Ein paar Minuten lang erkannte ich so viel von früher, erkannte sogar Dinge aus Zeiten, die ich nur aus der Erzählung von meinen Großeltern kannte, und dann funkte plötzlich etwas dazwischen, was ich noch nicht einmal unbedingt klassifizieren konnte, und das Bild verzerrte sich und wurde zu etwas Fremdem. Das Fremde verwischte sich und wurde zu etwas Bekanntem. Ich fühlte mich, als ob mir jemand die Haare vom Kopf abziehen würde. »Wir sind recht froh, wenn die Drachen uns hier in Ruhe lassen. Ihr werdet sie mit Euren Studien doch nicht aufscheuchen?« Diese Frage war so ziemlich der Dreh- und Angelpunkt, denn alles war den Dörflern recht, nur nicht, dass ein leibhaftiger Drache über ihre Felder stapfte. Ich ließ meine Frisur in Ruhe und begann mir noch mehr Sorgen darüber zu machen, wie ich es anstellen sollte, mich mit Berkom durch bewohntes Gebiet zu bewegen. Letztlich hatten die Dorfbewohner trotz ihrer großen Nähe zu diesen Tieren nur eine ziemlich ungenaue Vorstellung von dem, was ein Drache war. Hauptsächlich war es ein großes, gefährliches und Furcht einflößendes Wesen, und wenn sie nicht dummerweise hier wohnen würden, würden sie sich auch lieber weiter weg aufhalten. Das war die eine Sache, aber es gab noch den anderen Punkt. Sie lebten hier, hatten hier ihre Felder und wollten auch nicht wegziehen. Der Boden war gerade so fruchtbar, dass er für ihren Unterhalt gut sorgte, und anderswo gab es doch eher Missernten und auch viel mehr missgünstige Nachbarn. Da waren die Drachen gerade wieder recht. Sie hielten ihnen anderes Gesindel vom Hals. Ich merkte, dass die Menschen hier sich in nichts, aber auch gar nichts von denen unterschieden, die ich verlassen hatte. Beruhigend. Beunruhigend. Dann gab es also auch die Spielarten von Gangstern, die ich in- und auswendig kennengelernt hatte. Ach nett.

Ich klinkte mich wieder in die Gespräche rund um mich ein und gab einen kleinen Schwank aus meinem verflossenen Leben zum Besten. Es war überraschend, wie gut er passte. Die Gesellschaft johlte. Der Schmied brachte mir ein kleines Glas und sah mich erwartungsfroh an. Ich schnupperte. Das roch stark. Oh Shit. Die ganze Gesellschaft war inzwischen in bester Stimmung und dazu gehörten nicht nur Gesang und Weib, sondern auch Wein. Dies hier war die stärkste Variante, Schnaps. Man konnte doch wirklich hinkommen, wohin man wollte, dieses Getränk kriegten sie überall zustande. Irgendwie. Es roch nicht mal schlecht, aber ich war mir immer noch nicht sicher, ob das eine gute Idee war. Es blieb mir nur nichts anderes übrig, wenn ich nicht als völliger Trottel und Spielverderber mir alles zunichtemachen wollte, was ich mir gerade mühselig aufgebaut hatte. Der Schmied guckte mich immer noch an und ein Haufen Männer rund um mich herum machte es ihm nach. Also nahm ich das Glas und trank den Schnaps aus. Ex und hopp, wie es sich gehörte, und die Gesellschaft war hocherfreut. Ich spuckte nicht, weder Gift noch Galle und auch kein Feuer. Letzteres beruhigte mich am meisten. Im Gegenteil, mein Magen gab ein sanftes Glühen von sich und schien an dem Schnaps nichts auszusetzen zu haben. Ich musste unwillkürlich so ein zufriedenes Gesicht gemacht haben, dass die Menge um mich in ein erfreutes Gelächter ausbrach. Ihr Wissenschaftler entpuppte sich als ein gar nicht so zimperliches Mannsbild. Ich rückte in ihrer Achtung auf und gleichzeitig wurde ich für sie eher zu etwas, was sie kannten. Der Schmied holte seine Schnapsflasche und schenkte nach und rund um mich herum sprossen weitere Schnapsgläschen aus dem Tisch. Der Schmied erzählte, wo und wie er seinen Schnaps herstellte und rechts und links wurden andere Rezepte beigesteuert. Mir blieb nicht viel anderes übrig, als auch einen zweiten Schnaps zu trinken, aber dann kam zum Glück das Essen. Es war Essen, das der winterlichen Zeit angemessen war. Ich malträtierte meinen Magen und vertraute auf den Schnaps. Zu trinken gab es zum Essen natürlich Bier und auch darum konnte ich mich nicht drücken. Bier war nun nie meine große Leidenschaft gewesen, aber ich machte mit und trank ein paar Schlucke. Es schmeckte mir nicht. Na gut, man konnte nicht alles haben. Die Musik wurde lauter und in meinen Ohren auch ein wenig fetziger. Die Gesellschaft schien auch lauter zu werden. Sangen da jetzt ein paar mehr mit als zu Anfang? Das eine oder andere Pärchen verschwand um irgendwelche Ecken und ich fing an mich sauwohl zu fühlen. Mein Magen schnurrte. Der Schmied erschien erneut mit seinem Schnaps und die Honoratioren plierten mich ausgesprochen wohlwollend an. Sie fingen an über Gott und die Welt zu parlieren und ich hörte zu und beschränkte mich auf semikluge Einwürfe. Dann fragte ich sie nach ihren Feldern und wie es sonst so zuging in ihrem Leben, nach dem Markt, was sie verkauften, ob sie Vieh hatten, und damit ließ ich es gut sein, weil ich niemanden misstrauisch machen wollte. Das Ganze ging sowieso in einer Art schunkelndem Singsang unter und ich entdeckte, dass ich ganz zufrieden mitschunkelte. Ich entdeckte, dass ich entspannt vor mich hin grinste, ohne dass jemand erschrak und vor mir die Flucht ergriffen hätte. Ich fühlte mich noch wohler. Das war ja mal nett. So ein außergewöhnlich nettes Dorf. Ich war ziemlich dämlich gewesen, mich gefürchtet zu haben. In mir machte sich eine gemütliche Wärme breit. Das hier war ja eine richtig nette Party.

Ein paar Honoratioren hockten inzwischen doch am Feuer und nickten immer wieder ein. Ein paar andere Honoratioren wurden von den restlichen Familienmitgliedern eingesammelt. Die Gesellschaft begann sich langsam aufzulösen und ich überlegte, dass ich jetzt in diese kalte Kammer hinaufkriechen sollte, wo ich wieder nicht würde schlafen können. Was blieb mir anderes übrig. Ich dankte dem Schmied für die außerordentliche Ehre, die mir hier widerfahren war, und kam ohne weitere Probleme die schmale Treppe in mein trautes Domizil hinauf. Es gab ja sogar ein Geländer, also, was wollte ich mehr. Das Fenster hatte offen gestanden und die Luft war ein wenig besser geworden, aber ich schnaubte trotzdem. Dann zog ich mir das Hemd über den Kopf, um mich wenigstens noch kurz abzuwaschen, aber die Kanne mit dem Wasser fehlte. Ich guckte irritiert durch das Zimmerchen und hörte die leisen, schnellen Schritte vor der Türe zu spät. Die Kanne wurde selbstverständlich mit frischem Wasser für die Nacht präsentiert und ich stand ziemlich blöd da und starrte meine junge, hübsche Überbringerin des köstlichen Nasses an. Diese stand mit der Kanne in der Hand da und errötete sanft. Mir wurde warm. Ich hielt es für die Nachwehen des Schnapses und trat auf die junge Frau zu, um ihr den Krug abzunehmen. Dabei kam ich ihr unabsichtlich zu nahe und streifte sie, und sie ließ das Wasser fast fallen. Woraufhin ich zugriff und die Kanne vor dem Zerbrechen bewahrte, nur hatten wir das Ding jetzt beide halb kniend einander gegenüber in den Händen, was uns erstaunlich nahe zueinandergebracht hatte. Wir richteten uns auf und die junge Frau hob ihr Gesicht und sah mich an. Sie war wirklich hübsch, ihr Mund war voll und ihre Augen hatten diesen aufreizenden Aufschlag, der mir schon immer so gut gefallen hatte. Ich nahm den Krug aus ihren Händen und stellte ihn auf den Tisch und dann wusste ich nicht so recht weiter. Sie wusste es dafür ganz gut. Als sie merkte, dass ich gewillt war, an dem Tisch Wurzeln zu schlagen, kam sie auf mich zu. Alleine ihre Bewegung ließ mich tief Luft holen. Warme kleine Finger legten sich auf meine nackte Brust und ich spürte einen sanften Druck, dem ich unwillkürlich nachgab.

Die Kammer war wirklich klein. Ich landete ziemlich schnell und ohne es richtig zu begreifen, im Heu und Stroh in der Ecke und stieß mir den Schädel an. Das brachte mich ein wenig zu mir. Ich versuchte mich aufzurichten und erreichte damit nur, dass sie mich etwas deutlicher zurückdrückte. Außerdem setzte sie sich nonchalant auf meinen Oberschenkel und begann zielsicher meine Oberarme zu streicheln und zu drücken. »Ihr müsst von der langen Reise bestimmt ganz verspannt sein.« Sie murmelte das und begann meine Schultern zu streicheln und ganz vorsichtig zu massieren. Die Berührung war so federleicht, dass mich ein Schauer überlief und ich sah, wie ihre Augen eine Schattierung dunkler wurden. Ich räusperte mich und versuchte anzumerken, dass ich keinesfalls verspannt wäre und die Massage ja gut gemeint, aber nicht notwendig wäre. So weit kam ich nicht, denn sie beugte sich ein wenig tiefer zu mir und murmelte, dass ich mich besser entspannen sollte. Ich roch ihren Duft. Roch sie nach Blütenblättern oder Heide? Kurzfristig drehte sich die Kammer um mich und ich klammerte mich am Holz des Bettrahmens fest. Na bravo. Ein leises Kichern drang zu mir und das war mir ebenfalls nur zu vertraut. »Nein. Nicht.« Ich kriegte das wenigstens noch verständlich heraus, aber meine Stimme war rau und es klang nicht wirklich so echt überzeugend. »Nein?« Sie rutschte ein wenig mehr auf mich drauf und damit hatte ich sie auf dem Schoß, was eine ziemlich heikle Stelle war. Mir wurde ziemlich warm. Ich befürchtete inzwischen, dass das nicht mehr der Schnaps war. Sie beugte sich erneut zu mir und ihre Haare fuhren mir kitzelnd über das Gesicht. Ich schnupperte erneut unwillkürlich und schon waren ihre Hände wieder überall und ich stellte fest, dass ich immer noch das Holz des Bettrahmens umklammerte. Dämlicher Hund. Es ging nicht und ich wusste es nur zu genau. »Ihr dürft das nicht.« Das war nun die tollste Ausrede, die ich vorbringen konnte, und ich bekam die entsprechende Antwort. »Aber es gibt doch niemanden, der mir das verbieten könnte. Ihr seid der geschätzte Gast und es ist richtig und gut, sich um Euer Wohlbefinden zu kümmern.« »Aber Ihr kennt mich doch überhaupt nicht.« Ich hätte mich selber prügeln können, denn das war die nächste vernunftlose Ausflucht, die mir auch nichts weiter einbrachte als ein leises Lachen. Inzwischen machte sich leider mein Körper selbstständig und das fühlte sie nur zu genau. Es schien ihr ausgesprochen gut zu gefallen. Sie rutschte jedenfalls noch ein wenig auf mir herum und ich konnte ein gedämpftes Stöhnen nicht unterdrücken, was ihr noch mehr Spaß zu machen schien. »Ihr seid klug und so groß und stark. Ich wusste nicht, dass Gelehrte so groß und stark sein können. Ich hatte immer eine ganz andere Vorstellung von ihnen.«

Ich kämpfte schon längst auf verlorenem Posten und kriegte die Kurve nicht mehr. Das Einzige, was mir noch übrigblieb, um die Katastrophe zu verhindern, war meine Demaskierung. Ich musste meine Tarnung auffliegen lassen. Das war bitter, denn so hatte ich mich noch nie in die Enge treiben lassen. Ich fluchte noch nicht mal vor mich hin, weil ich zu beschäftigt war. Inzwischen hatte sie sich langsam so weit zu mir heruntergebeugt, dass ihr Oberkörper meinen berührte, und das schickte elektrische Stromstöße in einer genau richtig dosierten Spannung durch meinen Körper. Ich seufzte und ihr Mund fuhr an meiner Wange entlang, eine feuchte, sengende Spur hinterlassend. »Es geht nicht.« Ihre Hände hatten sich jetzt um meinen Nacken geschlungen und spielten dort ihr verheerendes Spiel. Ihr Haar spülte über mich hinweg und ich sah ihren Mund so verlockend nah vor mir, halb geöffnet, und ihr Duft verdrängte alles andere. »Ich bin nicht der, für den Ihr mich haltet.« Es tat nicht einmal weh, so nachgeben zu müssen. Ihr Mund tastete sich an meiner anderen Wange entlang zu meinem Ohr und sie biss leicht hinein. In mir rührte sich etwas zwingend und fordernd. Ihre Zunge fuhr um mein Ohrläppchen und ihre Stimme flüsterte: »Also doch. Ich wusste es doch gleich. Ihr seht viel zu gut aus, um ein Gelehrter zu sein.« Ihr Mund streifte meinen und war schon wieder weg und an meinem anderen Ohr flüsterte ihre süße Stimme: »Wie gut, dass Ihr kein Gelehrter seid. Dann wird es bestimmt noch viel besser.« Ihr Oberkörper rieb sich leicht an meinem und ich keuchte und brachte nur noch heraus: »Aber Ihr wisst nicht, wer ich wirklich bin.« Sie lachte glockenhell und ihre Stimme schwang sich betäubend über mich. »Aber das spielt nun wirklich keine Rolle. Wisst Ihr den Spruch denn nicht?« Kein Spruch, ich stöhnte, bitte jetzt nicht. Ich wollte nichts mehr hören, ich wollte sie haben, jetzt, hier und sofort. Aber er kam trotzdem.

»Ein Reiter ohne Pferd ist nur ein Mensch und selbst ein Drachenreiter ist ohne Drachen auch nichts anderes als ein Mensch.« In mir riss die Decke aus Verlangen und Begierde und ein glühend roter Strom sprudelte ungezügelt hoch. Der satte tiefe Ton meiner Drachenstimme schüttelte den Stall, grollte über das Dorf und hallte über die Felder bis in den dunklen Wald der Winternacht. »Ich aber bin ein Drachengefährte.« Ich stand mitten in der Kammer und das Mädchen lag zusammengekrümmt an der Wand. In mir loderte das Feuer und ich hörte nichts mehr als das Toben von glühendem flüssigem Gestein. Das Mädchen bewegte sich und richtete sich auf. Sie kniete sich hin und ich sah ihre stumpfen schwarzen Augen. In mir rührte sich das Brüllen des Drachen, aber ich ließ es in dem Ausbruch der Elemente in mir untergehen. Ich schritt wohl die Treppe hinunter, aber genauso gut hätte der Boden sich unter meinen Füßen öffnen können und ich wäre geflogen. Die Pferde, die über meinen Drachenschrei in schierer Panik ihren Stall zertrümmert hätten, standen unter einem leichten Bann, den ich in letzter Sekunde über die Tiere des Dorfes gebreitet hatte. Ich trat vor die Türe und sah die Menschen, die in diesem Dorf wohnten. Sie standen vor dem Stall, still und ruhig hatten sie sich versammelt, Kinder, Männer und Frauen, Alte und Junge, schlicht alle. Ich sah ihre Gesichter und sah, dass sie leer gefegt waren von der Gewalt meiner Drachenstimme. Dann knieten sie vor mir nieder und der wütende Ansturm des Feuers in mir versiegte. Stattdessen wollte eine Art Heulen aus meiner Kehle entweichen. Ich stand erstarrt und konnte mich nicht rühren. Das war unsäglich grauenvoll. Dann sah ich ihre Augen. Sie waren ebenfalls schwarz und stumpf geworden und dieser Anblick erschreckte mich zutiefst.

Ich drehte mich um und rannte. Ich wusste nicht, in welche Richtung ich rannte, es war mir auch egal, ich wollte nur noch flüchten. Ich lief nicht einfach, sondern hetzte davon, wie wenn Tod und Teufel mir auf dem Fuße nachsetzten. Ich kriegte nicht mehr mit, wohin mich meine Füße trugen, sondern sah nur noch eine kniende Menschenmenge und ihre leer gefegten Gesichter, die mich anstarrten. Ich hatte keine Ahnung, wie lange oder kurz ich gerannt war, als ich mitten im Lauf gegen einen massiven Widerstand krachte. Ich wurde zurückgeschleudert, überschlug mich und blieb völlig desorientiert liegen. Ich sah nichts mehr als wirbelnde Schatten. Aber meine Finger spürten Steine unter sich und ich klammerte mich an ihnen fest. Meine Sicht klärte sich und ich hatte eine schemenartige Vorstellung von etwas grau und weiß Verwaschenem. Dann gab es in meinem Kopf einen rasiermesserscharfen Schnitt und der Drachenblick schenkte mir die gerasterte Ansicht eines großen Felsblocks, um den sich kleinere Geröll- und Gesteinsmassen häuften. Ich rappelte mich auf und kletterte mit affenartiger Geschwindigkeit in den Felsen hinein, immer noch mehrheitlich auf etwas Ähnlichem wie einer Flucht. Der Fels war ziemlich hoch und ich verschwand zwischen ein paar weiteren Felsbrocken weiter oben, verkroch mich in einer tiefen Nische zwischen ihnen und es war mir gänzlich gleichgültig, wo dieser Felsen hergekommen war. Die Nische war sogar ein wenig höhlenartig, denn es gab die Andeutung eines Überhangs weiter oben und ich presste mich an Fels und Gestein. Beruhigend umschloss er mich von drei Seiten. Der Bann, den ich gelegt hatte, zerfaserte und löste sich auf. Ich konnte immer noch nicht richtig sehen, aber der Drachenblick zeigte mir nichts anderes als Felsen. Was hatte ich nur angerichtet! Ich konnte meinen Schrecken noch nicht einmal hinausbrüllen, denn ich wusste nicht mehr, mit welcher Stimme ich schreien sollte. Meine menschliche Stimme wollte schreien, aber in meiner Kehle steckte ein Wolfsgeheul und dahinter lauerte die Drachenstimme. Verzweifelt schlug ich die Arme über meinem Kopf zusammen und verkroch mich noch mehr in mich und den Felsen. Das Grauen begann mich zu schütteln, dann wurde der Schock zu groß.

Als ich wieder zu mir kam, lag ich verkrümmt vor der Felswand und fühlte mich hundeelend. Zuerst wusste ich überhaupt nicht, wo ich war. Dann fiel mir ein, dass ich nicht wissen konnte, wo ich war. Dann merkte ich, dass mir der Kopf wehtat. *Wenn man mit voller Gewalt mit dem Kopf gegen einen Felsen rennt, holt man sich mehr als eine Beule. Wenn man ein Drachengefährte ist, spaltet man sich wenigstens nicht ganz den Schädel.* »Berkom.« Ich flüsterte es schwächlich. *Bleib liegen. Das ist das Einzige, was dir im Moment am besten hilft. Liegen bleiben und schlafen.* Ich tat, was der Drache vorschlug.

Beim nächsten Mal war das Erwachen einfacher. Die Sonne schien mir auf die Füße. Meine Finger fuhren über die dünne Schicht von Staub, feinstem Geröll und Sand, auf dem ich lag. Darunter spürte ich den großen Felsblock. Ich blieb liegen und spürte zu ihm hin. Er antwortete mir mit festgefügter Stabilität. Er stand hier und hier würde er noch sehr lange Zeit stehen. Bis Wind und Wasser ihn abgeschliffen hatten, würden viele, viele Jahre vergehen. Ich schloss die Augen erneut und begann zu atmen. Die reine Luft von Stein und Fels brachte unendliche Erleichterung. Entsetzen, das ich nicht zuordnen konnte, flaute langsam ab. Ich öffnete die Augen erneut und konnte den Felsen klar erkennen. Auch andere Erkenntnis drang bis zu meinen Gehirnzellen vor. Ganz vorsichtig betastete ich meinen Kopf. Oh ja, da gab es eine Beule, und oh ja, da tat es weh. Der Drache hatte es über die Distanz ganz richtig diagnostiziert. Ich war in Panik gegen den Felsblock gelaufen und hatte mir den Schädel ordentlich angerammt. Wahrscheinlich hatte ich eine leichte Gehirnerschütterung davongetragen. Ich fühlte mich ein wenig zittrig. Ich musste sehr schnell gewesen sein, wenn ich mir so den Schädel angerannt hatte. Auch Drachengefährten konnten nicht vor sich selber davonlaufen, das hatte ich mir also durchschlagend bewiesen. Ich hatte mich ordentlich und auf der ganzen Linie disqualifiziert. Meine Ausbilder würden sich im Grab umdrehen, wenn sie diese miserable Leistung hätten miterleben müssen. Bloß gut, dass sie nicht hier waren. Es reichte, wenn ich vor Scham im Boden versank. Das funktionierte auch nicht so richtig, weil ich auf einem massiven Felsen lag. Ich kriegte nicht einmal das vernünftig hin. Bevor noch weitere dumme Gedanken in meinem angeschlagenen Schädel herumzusirren begannen, meldete sich verschämt der Durst. Mir war überhaupt nicht danach, nach Wasser zu suchen. Ekelhafterweise meldete der Drachenblick ungefragt, dass es hier nicht weit weg Wasser gab. Ich müsste mich nur ein paar Schritte weit schleppen. Oder kriechen, das würde auch gehen. Also raffte ich mich auf, denn die Erfahrung lehrte, dass der Durst nicht nachlassen würde. Ich versuchte sogar, ob ich stehen konnte. An den Fels gelehnt wurde mir zwar ziemlich schlecht, aber die Welt tanzte nur gebremst auf und ab und so tastete ich mich vorsichtig aus meiner Nische heraus. Ich musste den oberen Teil des Felsblocks umrunden und dann noch ein Stück hinunterklettern. Dann gelangte ich auf ein kleines Plateau, das man ziemlich bequem von unten erreichen konnte. Dort fand ich eine Schale mit Wasser, eine Schale mit Obst und Brot und in ein weißes Tuch eingeschlagen mein Hemd vor. Ich guckte wie ein Auto. Hatte ich jetzt Halluzinationen? Ich nahm aus rein praktischer Erwägung die Wasserschale in die Hand und trank. Keine Halluzination oder konnte man auch Halluzinationen trinken? Die Wanderer in der Wüste lernten, dass das nicht ging. Vorsichtig nahm ich das Brot zur Hand und schnupperte daran. Nein, es war alles nicht gefährlich, aber meinem Kopf gefiel diese Übung nur partiell. Ich blieb sitzen und rief nach meinem Drachen.

Wie sollte es jetzt weitergehen? An meinem Versagen gab es nichts zu rütteln. Mit der Gehirnerschütterung würde ich noch eine kurze Pause brauchen, bevor ich flugtauglich war. Berkom nahm das Ganze nicht so tragisch, er meinte schlicht, ich solle bleiben, wo ich sei. Und falls ich zu bedeppert sei, um herauszufinden, wo ich nun steckte, dann würde er mich auch so finden. Das brachte mich auf die Füße und ich begann mich versuchsweise zu orientieren. Auch das fand mein Kopf keine wirklich gute Idee, aber ich konnte wieder etwas besser sehen. Auf dem Plateau stehend blickte ich über einige kahle Baumwipfel hinweg auf Felder und Wiesen. Dahinter lag das Dorf. Ich erinnerte mich, dass ich den Felsen gesehen hatte, als ich auf der Weide gesessen hatte. Ich war wirklich nicht sehr weit weggelaufen, aber mein Instinkt hatte mich pfeilgrade zu dem einzigen größeren Felsen geleitet, den es hier im Umkreis gab. Dieser Fixpunkt hatte meinen Instinkten mehr zugesagt als eine lange Flucht zurück zur Hütte von Dies Rastelan. Ich lehnte am Felsen hinter mir und schickte die Information an Berkom. Ich bekam ein mentales Schnauben zurück, das mich schmerzvoll zusammenzucken ließ. *Immerhin, wenn du völlig durchdrehst, weiß ich nun, dass du wenigstens so schlau bist, dich an einen vernünftigen Ort zu flüchten. Mit deinen Instinkten ist alles in Ordnung.* Ich sagte überhaupt nichts mehr. Das schien den Drachen nachdenklich zu stimmen. *Okay, an einer Gehirnerschütterung stirbst du nicht. Wir brauchen nicht noch mehr Durcheinander anzurichten, als sowieso schon passiert ist. Ich versuche Dies Rastelan loszuschicken. Du wartest ab. Kapiert? Du bleibst, wo du bist, und kurierst deinen Dachschaden aus.* Das war so ziemlich das Übelste, was passieren konnte, aber ich hatte es mir ja selber zuzuschreiben. Jetzt musste ich darauf hoffen, dass der Waldläufer irgendwie die Gemüter beruhigte. Es war genial ätzend. Mein Kopf begann zu brummen. Zur Strafe aß ich das Brot auf und zog das Hemd an. Selbst Papier und Bleistift waren von den Dorfbewohnern eingepackt worden. Dann schleppte ich mich in die Nische zurück und schlief erschöpft wieder ein.

Minotaurus

Eine verschwommene Warnung rüttelte mich aus diesem Schlaf. Es war dunkel geworden, ich musste also den restlichen Tag geschlafen haben oder es war schon ein weiterer Tag vergangen. Mein Kalender war in diesem Land sowieso nur sehr spärlich auf den neuesten Stand gebracht worden. Ich wusste zuerst weder, wo ich war, noch warum ich jetzt aufwachte. Über mir schienen Sterne an einem klaren Himmel. Dann hörte ich, warum ich aufgewacht war. Ich hörte Stimmen, leise, sehr leise, aber unverkennbar Stimmen. Ich richtete mich vorsichtig auf und schlich aus meinem Versteck. Um den Felsen herum lehnte ich mich an den Stein und verschmolz mit den Schatten der sternklaren Nacht. Ich konnte auch von hier aus das Dorf und die Felder sehen, nicht so gut, wie von dem Plateau aus, weil hier doch Baumkronen im Weg waren, aber sie waren ja unbelaubt und so sah ich wenigstens etwas. Ich sah schwankende Lichter. Es waren viele. Die Stimmen wurden ein wenig lauter und sie erschienen mir seltsam. Das Ganze erschien mir mysteriös und ich verfügte mich auf das Plateau, um besser sehen zu können, was da los war. Ein von Fackeln beleuchteter Zug kam über die Felder vom Dorf aus auf meinen Felsen zu. Die Stimmen wurden lauter und klarer und ich erkannte, dass es ein Gesang war, den ich hörte. Wie seltsam. Die Sterne schienen groß und voll und tauchten die Welt in ihr farbloses Licht, ließen die Felder winterlich aufscheinen, feine Nebelschleier diffus ausleuchtend. Der Zug kam näher und ich hörte den Gesang klarer durch die nächtliche Stille. Ich bekam eine Gänsehaut und meine Haare stellten sich auf. Die Menschen trugen weiße Gewänder, zumindest das Sternenlicht ließ sie weiß erscheinen. Das war ganz und gar nicht lustig. Das erinnerte fatal an seltsame Riten und Gebräuche aus sehr viel früheren Zeiten, an die ich überhaupt nicht denken mochte und schon gar nicht im Zusammenhang daran, dass das Ganze womöglich mir gelten mochte.

Verdammt, ich kannte diese Welt nicht, ich wusste nicht, welche Religionen oder Bräuche hier verankert waren. Ich wusste nicht, ob es so etwas wie Opfer gab, und legte überhaupt keinen Wert darauf, selbst das Opfer abzugeben oder sonst etwas damit tun haben zu müssen. Das hier sah nicht gut aus. Ich presste mich an den Felsen und überlegte fieberhaft, was ich tun könnte. Am besten verschwand ich und dann hatten sie das Nachsehen. Andererseits, wenn sie mich für irgendein bescheuertes Ritual ausersehen hatten, würden sie mich ziemlich sicher ziemlich hartnäckig suchen. Sie hatten mich ja augenscheinlich auf diesem Felsen auch sehr schnell gefunden. Schalen mit Wasser, Obst und mein

Hemd sprachen plötzlich eine wundersam klare Sprache. Gott im Himmel, ich würde nicht mal ansatzweise schnell genug laufen können, um die geringste Chance zu haben, ihnen zu entkommen. Mein Schädel fühlte sich an, als hätte ich ihn mit Reißnägeln gefüllt. Wenn ich nicht weglaufen konnte, konnte ich mich verstecken. Der Fels bot dazu leider nicht ausreichend Möglichkeiten. Mich aus meiner kleinen Nische herauszerren zu lassen, fand ich nicht spritzig. Aber ich konnte auch nicht hier stehen bleiben und darauf warten, dass sie mich holten. Ich hatte einen Ausweg, aber vor dem grauste es mich entsetzlich. Ich wollte nicht nochmals meine Drachenstimme erheben müssen. Ich befürchtete, dass sie mich vorher wehrlos einsammeln konnten, bevor ich mich dazu würde durchringen können. Die Drachenstimme hatte ich erst zum zweiten Mal benutzt und ich wusste nicht einmal, ob sie mir überhaupt so zur Verfügung stand. Und ob sie nochmals so wirken würde, wusste ich auch nicht. Vor allem würde es letztendlich nichts nutzen. Ich konnte die Dörfler nicht unter meinen Willen zwingen. Wenn sie mich opfern wollten, würden sie es tun, denn ich konnte sie nicht ständig anbrüllen. Ich fand keinen richtigen Ausweg. Mein Drache war zu weit weg. Er konnte nicht schnell genug bei mir sein, um mich zu retten. Und außerdem hätte ihn das auch nur in eine unkalkulierbare Gefahr gebracht. Das wiederum hätte mich aufgewühlt und meine Aktionsfähigkeit beschnitten. Nein, damit kam ich besser alleine klar.

Ich starrte den Lichterzug an und mich schauderte nochmals. Dann zog ich mich von dem Plateau zurück und stieg den Felsen hinauf. Leise suchte ich mir die richtige Stelle. Ich ließ den Drachenblick schweifen und fand, was ich suchte. Menschen mochten den Felsen über das Plateau problemlos erreichen, aber auf seiner Rückseite war er steil und unwegsam genug, um ihnen Probleme zu bereiten. Und sie würden den Fels nicht umstellen können, dazu waren sie zu wenige Menschen. Ich blieb still auf dem Fels stehen und wartete, ein dunkler Schatten vor den funkelnden Sternen. Der Zug stockte am Fuß des Felsens, staute sich und dann löste sich eine kleinere Gruppe. Sie kamen den Weg zu dem Plateau hinauf, der Gesang war jetzt mehrteilig, er schien von der größeren Gruppe, die zurückgeblieben war, refrainartig heraufzuschallen, während die kleine Gruppe, die auf dem Plateau anhielt, einen Text sang, den ich nicht verstand. Sie blieben auf dem Plateau, keiner versuchte den Felsen weiter hinaufzusteigen. Sie standen im Kreis und die Fackeln blakten in einem nächtlichen Lufthauch. Dann kam Bewegung in die Gruppe, ich sah von meinem Standort fast über ihnen nicht, was sie taten, aber bald zogen sie sich zurück und verließen den Felsen. Unten formierte sich der Zug erneut und schlängelte sich über die Felder zurück zum Dorf. Ich blieb auf dem Felsen stehen, bis sie fast das Dorf erreicht hatten, ihre Stimmen verhallt waren und ihre Fackeln im Nebeldunst zu verschwimmen begannen. Dann ging ich hinunter auf das Plateau. Um die Ecke tretend blieb ich im Schatten des Felsens wie angenagelt stehen.

Das Plateau lag im weißlichen Sternenlicht. Sie hatten ihre Gaben erneuert und sie hatten mir noch mehr mitgebracht. Eine schlanke Gestalt verharrte neben den Schüsseln, in ein weißes Laken gehüllt, aber unverkennbar für mich. Ihr Geruch traf meine zitternden Nüstern. Was hatte das jetzt zu bedeuten? Ich blieb still stehen und die junge Frau rührte sich ebenso wenig. Das Blut war mir in den Magen gesackt bei diesem unvermuteten Anblick, jetzt begann mein Herz zu schlagen. Und wie. Mein Körper dröhnte unter seinem Schlag. Wärme pulste durch mich hindurch und ich legte meine Hand fest auf den Felsen, spürte die Ruhe und Besonnenheit, die dort auf mich warteten, zapfte diese Quelle an und trat schließlich hinaus. Das Mädchen rührte sich immer noch nicht, es kniete neben den Schalen und hatte jetzt den Kopf gesenkt. Langsam ging ich neben ihr in die Hocke. »Warum seid Ihr hier?« Meine Stimme klang hart und unvermutet schroff und ich erwartete halb, dass sie aufschreiend davonstürzen würde. Sie rührte sich nicht, auch ihr Kopf blieb gesenkt und ihre Stimme antwortete leise: »Ich bin eine Gabe für Euch.« Ich begann leicht zu zittern. Das gefiel mir noch viel weniger, wie wenn ich offensichtlich das Opfer gewesen wäre. »Eine Gabe? Warum?« »Um Euch gnädig zu stimmen.« Ich runzelte die Stirne und das schien zumindest eine Reaktion hervorzurufen, wenn auch eine unerwünschte. »Bitte, Herr, nehmt unsere Gaben an. Bitte, wir werden tun, was Ihr wünscht, um Euch nicht zu erzürnen.« Ihre Stimme flehte, mein Stirnrunzeln musste sie gesehen haben, obwohl sie immer noch beharrlich den Blick auf den Boden gerichtet hielt. Das wurde immer schlimmer. »Ich bin nicht erzürnt und ich brauche keine Gaben. Das ist alles ein Missverständnis.« So weit schien sie mir nicht folgen zu können. »Eure Gaben sind gut gemeint, das ist alles sehr nett von Euch gedacht, aber es ist nicht nötig. Ich bin es, der Euch gegenüber nicht ehrlich war, denn ich habe Euch meine wahre Natur verheimlicht. Ich bin es, über den Ihr erzürnt sein könntet, und mit Recht. Sie können Euch nicht einfach hierlassen, das ist falsch. Bitte, geht ins Dorf zurück und sagt ihnen, wie wahnsinnig leid mir alles tut und dass ich ...« Ich kam nicht weiter, denn jetzt schrie sie. Es war ein leiser weher Ruf, der mir fast den Schweiß aufs Gesicht trieb. »Ihr wollt mich nicht annehmen? Das dürft Ihr mir nicht antun! Ich bin Euer und Euer allein. Bitte schickt mich nicht zurück. Bitte, das dürft Ihr mir nicht antun!« Und ersterbend flüsterte sie: »Das dürft Ihr meinem Dorf nicht antun.« Ich konnte nicht anders. Ich packte sie an ihren Armen, drehte sie zu mir, legte meine Hand unter ihr Kinn und hob ihren Kopf. Dann sah ich sie an. Sie weinte ganz leise und ich kam mir wie ein Ungeheuer vor. Und begriff schlagartig. Denn ich war nichts anderes für diese Menschen. Ein Ungeheuer, dem sie aus ihrer Sicht die Dinge brachten, die notwendig waren, um sie, da das Ungeheuer nun mal da war, vor seinem Zorn zu schützen. In diesem Fall wohl vor dem Zorn, einen Drachen zu rufen, der ihr Dorf verwüsten, ihre Felder vernichten und ihr Vieh verbrennen konnte.

»Nein!« Ich konnte nicht anders; als die Erkenntnis mich mit betäubender Wucht traf, schrie ich und meine Stimme überschlug sich in Entsetzen. Ich prallte zurück, kam auf die Füße und war zwischen den Felsen verschwunden, bevor ich wusste, was ich tat. Bebend lehnte ich zwischen den Steinen und hatte das Gefühl, dass die Erde sich vor mir auftun sollte. Es war grausam und furchtbar. Kurzfristig schien sich alles in mir zu verknoten und in einem wirren Knäuel sich windend und drehend mein Inneres nach Außen zu kehren. Ich presste die Stirn an den Felsen und mein angeschlagener Schädel reagierte mit wohltuendem Schmerz. Ich drehte mich um, drückte meinen Rücken an den Stein und legte meine Hände an den Kopf. Aus meinem Kopf sprossen noch keine Hörner. Ich war wenigstens für Augen sichtbar noch nicht zu etwas Ähnlichem wie dem Minotaurus mutiert. Aber sichtbar oder nicht, sie behandelten mich nicht anders, als ob ich jener Minotaurus wäre. Ich hatte kein Labyrinth, aber einen Felsen, was völlig ausreichte, ich hatte ihre Gaben schon einmal akzeptiert und inzwischen auch eine Jungfrau, und jetzt fehlte nur noch der Held, der mich erlegen würde. Es brauchte keinen Stierkopf, es ging sehr gut auch ohne. Der Fels war nicht hoch genug. Ich wusste es, und es brachte mich schier um den Verstand. Ich hatte den Strick nicht da und auch den scharfkantigen Stein nicht. Ich könnte die Schalen zerdeppern und probieren, ob die Scherben scharf genug waren. Ich befürchtete, dass sie es nicht sein würden. Ich war nicht nur ein Ungeheuer, sondern auch noch ein ungehobeltes dazu. Eine junge Frau hockte in der Nacht auf einem Felsen alleine herum und ich brüllte sie an. Ich hatte dieses arme Mädchen zutiefst verletzt, das nun gar nichts dafürkonnte. Sie hatte einzig und alleine getan, was die halbe weibliche Bevölkerung des Dorfes sich überlegt hatte, und dafür war sie nun mir zum Fraß vorgeworfen worden. Ich musste das wieder geradebiegen. Wenn ich schon sonst alles versiebt hatte, wenigstens das Mädchen musste ich hier herausbringen.

Ich ging zurück und fühlte mich immer mehr entsetzlich. Die junge Frau saß noch genauso da, wie ich sie verlassen hatte. Sie weinte immer noch. Ich fühlte mich wie das letzte Stück Dreck. »Bitte«, meine Stimme schwankte ein wenig und ich beugte mich zu ihr hinunter, »kommt mit.« Ich reichte ihr meine Hand und sie ergriff sie ein wenig zitternd. Ich führte sie aus dem kalten Sternenlicht in den Schutz des Felsens und bedeutete ihr sich hinzusetzen. Dann holte ich die Schalen, die die Dörfler dagelassen hatten, und bot ihr Essen und Trinken an. Sie sah mich mit großen, dunklen Augen an und nahm, was ich anbieten konnte. Sie aß und trank und sie tat es, während sie mich unverwandt ansah. Wenigstens weinte sie nicht mehr. »Ist Euch kalt?« Vielleicht zitterte sie vor Kälte und nicht aus Angst vor dem Minotaurus. Ich konnte kein Feuer anzünden, aber ich könnte ihr wenigstens mein Hemd anbieten. Sie schüttelte leicht den Kopf. Also war es doch der Minotaurus. Ich biss ein wenig die Zähne zusammen. »Müsst

Ihr dieses weiße Laken tragen?« Ich konnte es nicht verhindern. Sie konnte meine Frage völlig falsch auffassen, aber ich konnte den Anblick dieses weißen Tuchs nicht mehr ertragen. Langsam stand sie auf und begann das Tuch von ihrem Körper zu wickeln und entfaltete sich unter dem Licht der Sterne. Es war zauberhaft, wenn es nicht so schrecklich gewesen wäre. Sie ließ das Tuch fallen und ich begriff, dass sie meine Frage falsch aufgefasst hatte. Also holte ich das Tuch und legte es ihr um die Schultern, ließ es nicht mehr wie ein Opfergewand aussehen, sondern wie die Stola, die sie zu einem festlichen Empfang tragen würde. Es war alles Quatsch, aber ich versuchte, soweit es mir nur irgend möglich war, die verhängnisvolle Atmosphäre zu durchbrechen. »Ihr braucht Euch nicht zu fürchten. Ich werde Eurem Dorf nichts tun und auch mein Drache nicht. Und schon gar nicht werde ich Euch etwas antun.« Ein Seufzer kam von ihren Lippen. Jetzt fühlte ich mich ausgesprochen hässlich. »Ich bin kein Minotau…« Ich verschluckte den Rest, denn damit fing sie nichts an, aber es wäre doch leichter gewesen. Ich holte tief Luft. Es musste sein. »Ich bin kein solches Ungeheuer, wie Ihr denken mögt.« Ach herrje, war das fürchterlich. »Ich bin nicht in Euer Dorf gekommen, um euch allen übel mitzuspielen. Wirklich nicht. Bitte, glaubt mir.« Sie sah mich jetzt wenigstens nicht mehr so verstört an. »Was kann ich tun, damit wenigstens Ihr mir glaubt?« Sie ließ das Tuch fallen und machte eine klare Bewegung auf mich zu. »Nehmt die Gaben an.« Ich fuhr zurück, als hätte sie mich gebissen, und machte mir sofort Vorwürfe, als ich sah, wie sie in sich zusammensackte. »Das könnt Ihr nicht wirklich wollen. Ich habe schon viel zu viel von ihnen angenommen. Das aber ist unmöglich. Kein Mensch kann so übergeben werden.« Sie sah mich an und ich sah, dass sie litt. »Aber wenn Ihr mich zurückweist, wird man mich aus dem Dorf vertreiben. Ich werde heimatlos. Und sie werden große Angst haben, dass Euer Zorn über sie kommen wird, weil sie die falsche Wahl getroffen haben.« »Blödsinn.« Ich knurrte und sie schreckte entsetzt zurück. Glänzend. Ich machte das ganz hervorragend. »Ich brauche nichts, um besänftigt zu werden, ich brauche diese Gaben nicht, ich würde, wenn es Sinn macht, ihre Äcker pflügen, um sie für Essen und Unterkunft zu entschädigen, aber das macht eben keinen Sinn, also biete ich es ihnen auch nicht an.« Sie runzelte verwirrt die Stirne und ich begriff, dass sie meiner Logik nicht folgen konnte. Nun ja, es war auch eine etwas wirre Logik und wahrscheinlich hier völlig fehl am Platze. »Ich bin nicht über Euch verärgert.« Ich fühlte mich hilflos. Sie sah mich jetzt mit großen Augen an. Sie glaubte mir keinen Ton. Also versuchte ich es von der anderen Seite. »Ihr seid süß und jung und alles, was sich ein Mann wünschen kann. Es ist alles in Ordnung mit Euch. Ihr seid begehrenswert und liebenswert. Aber …« Aber was. Ich seufzte und sie sah mich jetzt mit neuer Aufmerksamkeit an. »Warum wollt Ihr mich dann nicht?« Ich kam mir vor wie auf einem Karussell. Ich konnte es drehen und wenden, wie ich wollte, ich kam immer wieder an der gleichen Stelle an. Sie konnte mich nicht verstehen, weil sie in ihrer Sicht der Dinge gefangen war. Und mich stieß sie mit ihrer einfachen Sichtweise immer wieder auf den schmerzhaften Knackpunkt, den ich nicht mehr überwinden konnte.

»Ich werde Euch nicht anrühren. Das verbietet sich. Ich bin kein Mensch.« Vielleicht verstand sie die brutale Wahrheit, die mich schier zerriss. Sie lachte. Sie lachte wahrhaftig. Jetzt war es an mir, sie anzustarren. »Aber das weiß doch jeder. Ihr habt mit Eurer Drachenstimme gesprochen und Eure Macht gezeigt.« »Und trotzdem …?« Sie antwortete nicht, sondern senkte erneut den Kopf. Ich stand auf und trat gegen den Rand des Plateaus hin. »Ich werde gehen. Sobald ich kann, werde ich weggehen. Dann habt Ihr keine Schwierigkeiten mehr und im Dorf wird keiner wissen, ob und was hier auf dem Felsen passiert ist. Ihr könntet einfach schweigen. Dann würde Euch nichts passieren.« »Nein. Bitte. Ihr dürft nicht weggehen und mich alleine lassen.« Ihr Flehen war diesmal hastig und unüberhörbar aufgeregt. »Aber das ist das Einzige, was ihr alle wollt. Das ist das Einzige, was ihr euch alle doch wünscht, dass ich nicht mehr da bin und damit auch Euer Dorf nicht mehr gefährden kann?« »Ja, ja. Gewiss.« Sie erschrak. Sie kam hinter mir her und hängte sich an mich. »Nein, Ihr dürft nicht fortgehen. Sie würden mich dafür bestimmt furchtbar bestrafen.« Ich spürte ihren bebenden Körper sich an meinen drücken und ich fühlte, wie mir die Luft in der Kehle stecken blieb. Der Minotaurus sprengte den Griff ihrer zarten Arme und packte ihren

Nacken. »Warum ist es so wichtig, dass ich hierbleibe?« Ich starrte sie aus kurzer Entfernung an und meine Zähne fletschten sich in der Ahnung von Gefahr. Sie erstarrte völlig. »Bitte, Herr. Bitte.« Ich gab sie nicht frei und ich gab nicht nach. »Warum?« Meine Stimme war heiser geworden und ein leiser warmer Hauch zog vorüber. Sie hob ihre Hände und krampfte sie zusammen in der universalen Bittgeste, die jeder Frau geläufig ist und die einem Mann die Schamröte ins Gesicht treiben sollte. »Warum?« Das Mädchen gab nach, ihre Augen starrten mich schreckgeweitet an und sie war bleich geworden unter dem Licht bleicher Sterne. Schweißtropfen sammelten sich auf ihrer Stirn und glitzerten verräterisch wie Eiskristalle. Die Wärme in mir wurde stärker. »Sie denken, dass Euer Drache nicht bei Euch ist. Sie denken, dass Ihr alleine seid. Sie wollen den Waldläufer holen, damit er Euch unschädlich machen kann. Wenn ich Euch nicht hier bei dem Felsen halten kann, sondern wenn Ihr fortgeht, kann der Waldläufer Euch vielleicht nicht mehr so einfach erreichen. Dann müssten wir die nächsten Dörfer alarmieren, damit Ihr doch noch gefangen werden könntet. Aber solange Euer Drache nicht bei Euch ist, würden unsere Nachbarn es uns nie verzeihen, wenn wir nicht alles versucht hätten, um Euch zu bannen.«

Ich tat ihr willentlich nichts. Der Grimm, der mich schlagartig packte, richtete sich nicht gegen sie. Ich hatte nicht einmal den leisesten Impuls, ihr etwas zu tun. Es war mir schlagartig sogar völlig gleichgültig, ob sie sich freiwillig für diese Horrormission gemeldet hatte oder ob die Dörfler ihr keine andere Wahl gelassen hatten. Ich glaubte ihr auf Anhieb, dass sie im Dorf nicht mehr bleiben konnte, wenn sie bei mir versagte. Sie würde auch in keinem anderen Dorf in der Nähe unterkommen, denn jeder würde sie davonjagen. Sie hätte bei dieser wichtigsten Aufgabe für ihre Dorfgemeinschaft versagt und Versager jagte man davon und nahm sie keinesfalls irgendwo anders auf, weil sie auch dort versagen würden. Sie würde jämmerlich über die Straßen dieses Landes streifen müssen und nicht wissen, ob sie jemals irgendwo unterkommen würde. Im Winter war das ein mehr als hartes Los. Lieber versuchte sie mit allen Mitteln, den Minotaurus zu umgarnen. Der Held war ja schon im Anmarsch und vielleicht, ja vielleicht hatte der

Minotaurus sie bis zu seiner Ankunft nicht gefressen. Vielleicht lag er befriedigt und erschöpft in einer Ecke und konnte dem Helden höchst simpel übergeben werden. In jedem Fall, egal ob er sie befleckt hatte oder nicht, wäre sie die gefeierte Märtyrerin ihres Dorfes, geehrt und gehätschelt für ihre großmütige Tat zum Wohle des Dorfes und aller anderen Dörfer rundherum. Ich hatte einen entscheidenden Fehler gemacht. Ich hatte vergessen, Dies Rastelan danach zu fragen, wie sie Drachengefährten neutralisierten, wenn sie keinen Käfig zur Verfügung hatten. Mir ging ein furchtbar unangenehmer Gedanke durch den Kopf und unwillkürlich verkrampfte sich mein Griff nochmals. Dann wurde mir bewusst, dass der Körper des Mädchens in meiner Hand erschlafft war. Ich hatte ihren Nacken immer noch umspannt und meine Hand hatte zugedrückt. Ich ließ den schlaffen Körper auf den Boden sinken und kniete mich hin. Sanft legte ich meine Hand an ihre Seite und fühlte, ob sie noch atmete. Dann griff ich an ihren Hals und suchte nach dem Puls. Ich fand beides, flach und flackernd, aber sie lebte noch. Weil meine Hand nicht ihre Kehle umspannt hatte, hatte ich sie nicht erwürgt, aber ich hatte wahrscheinlich ihre Halsschlagader abgedrückt und damit diese Ohnmacht provoziert.

»Berkom.« Ich rief nach meinem Drachen und biss mir auf die Lippen, weil mein Schädel zu bersten drohte. Ich hätte mir das Gehirn nicht dermaßen anschlagen müssen, dann wäre das hier nicht so fürchterlich schmerzhaft. *Schwierigkeiten*. Er wusste es bereits. Ich hatte damit gerechnet, dass er es wusste. Er wusste allerdings nicht, wie weitgehend die Schwierigkeiten waren. »Ist der Bote aus dem Dorf schon bei Dies Rastelan eingetroffen?« *Gestern. Ich habe ihn gehen lassen, weil ich das ja sowieso vorhatte. Ich dachte mir schon, warum sie nach ihm geschickt haben.* Mir war schwindelig und übel. Mein Gehirn brauchte eine Pause und ich hatte ihm zu viel zumuten müssen. »Berkom, bitte sieh nach, wo er ist.« Mein Drache stutzte nicht einmal. Er musste wissen, wie jämmerlich mir zumute war. *Er sitzt beim Schmied und sie knobeln aus, wie sie dich unschädlich machen können*. Mein reizender Gastgeber. Na gut. Mein Drache machte keinen Vorschlag, mich abholen zu kommen oder das Dorf anzugreifen, und das zeigte mir mehr als alles andere, wie stark wir verbunden waren. Er wusste, dass ich einen anderen Plan hatte, wenn er bestimmt auch nicht wusste, was der alles umfasste. »Ich muss das mit Dies Rastelan in Ruhe besprechen. Wenn sie ihn nicht alleine zum Felsen lassen, werde ich sie daran hindern müssen. Vielleicht, Berkom, vielleicht gibt es eine Chance, wie du in die Länder kommst, die du sehen willst. Es wird nicht so gehen, wie du es dir gedacht hast. Oder willst du nicht mehr?« Ich musste ehrlich sein. Ich sah jetzt einen Weg, aber er würde nicht einfach sein. Und ich würde Dies Rastelan für diesen Plan gewinnen müssen. Bestimmt würde der Weg auch nicht dem entsprechen, was Berkom sich wünschte. Aber ich hatte hier und jetzt sehr durchschlagend gezeigt bekommen, wie die Menschen auf Drachen und Drachengefährten reagierten, und das konnte ich nicht unter den Teppich kehren.

Ich will nicht zurück. Das war eindeutig. Berkom bekam mein ungeteiltes Einverständnis. Er bekam es, trotz allem, was ich damit verbinden musste. Aber schließlich, wer wusste, wie es wirklich laufen würde. Hoffen konnte man immer noch auf bessere Gelegenheiten und Zeiten.

Dann beugte ich mich erneut zu dem Mädchen. Sie war immer noch nicht bei Bewusstsein und sie würde es auch eine ganze Weile nicht sein. Aber ihr Herzschlag hatte sich stabilisiert und sie atmete freier. Also hob ich sie auf und trug sie zu meiner Nische, auch wenn mein Kopf dazu bemerkte, dass er zu platzen gedächte. Dann legte ich mich neben sie und schlief ein. Berkom würde über mich wachen. Er war es dann auch, der mich weckte. Es war wie ein zartes Flügelrauschen, das mich an der Nase kitzelte. Ich hatte nicht gedacht, dass er so vorsichtig mit mir umgehen würde, aber anscheinend war mein Schädel für ihn etwas, worauf man aufpassen musste. Zuerst sah ich nach dem Mädchen. Sie lag so, wie ich sie hingebettet hatte, und sie schlief immer noch. Das konnte ein gutes oder ein schlechtes Zeichen sein, aber ich hatte keine Zeit, mich weiter um sie zu kümmern. Wenigstens lag sie hier geschützt.

Ich schlich mich auf den Felsen hinaus und kroch an den Rand, bis ich das Dorf im Blick hatte. Es war noch nicht helllichter Morgen, sondern das Zwielicht der kommenden Dämmerung herrschte. Frühnebel zogen vorbei und im Dorf brannten zu viele

Lichter. Sie kamen tatsächlich, um mich zu holen. Dunkle Gestalten huschten über das Feld auf den Felsen zu. Der Drachenblick ließ sich nicht täuschen. Sie hatten eine auseinandergefächerte Formation gewählt, um den Felsen weiträumig abzuriegeln, aber sie wussten, dass sie damit keine Chance gegen mich haben würden. Inzwischen war ich auch wieder so weit zu mir gekommen, dass ich mich fragte, warum sie nicht versucht hatten, mich mit einem Pfeil zu erledigen. Ich war kein ganzer Hornochse. Selbst die kleinen Bögen konnten mit ihren Pfeilen einen Menschen tödlich verwunden, auch eine Steinschleuder konnte das. Man brauchte dazu weder ein Gewehr noch eine Panzerfaust. Aber sie hatten es nicht einmal versucht. *Keiner greift einen Drachengefährten so einfach offen an. Das trauen sie sich denn doch nicht.* Nun gut, wenn Berkom das sagte. Ich würde trotzdem in Zukunft besser auf Pfeile aus dem Hintergrund achten. Ja, ja, ich war davon überzeugt, dass es eine Zukunft für mich geben würde. Jetzt war ich davon überzeugt. Der Minotaurus hatte sich in Luft aufgelöst. Hiermit kannte ich mich bestens aus. Eine Bande heranschleichender Taugenichtse würde mich nicht in Verlegenheit stürzen. Einzig Dies Rastelan war der offene Posten im meiner Rechnung. Ob er mitspielen würde, war nicht eindeutig vorhersehbar. Trotz der hervorragenden Perspektive, die ich ihm würde anbieten müssen, würde ich ihm eine ganze Menge abverlangen, und ob er sich dazu durchringen konnte, wusste ich nicht. Ich guckte wieder nach den Dorfbewohnern und stellte fest, dass sie freundlicherweise genau das taten, was ich ihnen auch geraten hätte. Sie hielten Abstand zum Felsen und mir. Eine kleine Gruppe hatte sich zusammengefunden und hielt letzten Kriegsrat, dann löste sich eine einzelne Gestalt und kam auf den Felsen zu. Ich wartete lange genug, bis ich Dies Rastelan erkannte. Dann zog ich mich leise auf die andere Seite des Felsens zurück. Ich hatte nicht umsonst gestern die Gegebenheiten besichtigt.

Ich hörte Dies das Plateau heraufkommen. Er gab sich keine Mühe, leise zu sein, und das konnte entweder ein gutes Zeichen sein (er wollte offen mit mir sprechen) oder ein schlechtes (er dachte, er könne mich in Sicherheit wiegen). Ich stand still im Schatten des Felsens und wartete. Ich konnte hören, dass er das

Plateau untersuchte, er fand wohl auch die etwas durcheinandergeratenen Teller und das weiße Tuch, das ich gestern nicht mitgenommen hatte. Der Waldläufer ging den Felsen hinauf, und jetzt, ja jetzt bewegte er sich vorsichtig und leise. Aha, so ganz ohne war das also doch nicht. Er würde sich nicht auf unsere Freundschaft berufen, so hatte es den Anschein. Er musste jetzt das Mädchen finden und würde feststellen, dass sie immerhin noch lebte. Und dann würde er sich fragen, wo ich geblieben war. Ich brauchte mich nicht einmal anzustrengen, um zu hören, was er tat. Entweder war er ein lausiger Waldläufer oder mein Hörsinn war erheblich besser entwickelt als früher. Er probierte, ob man von der anderen Seite um den Felsen herum gelangen konnte. Konnte man. Aber nicht er. Dann suchte er nach einem Weg nach oben. Tja, den gab es für ihn auch nicht. Offensichtlich konnte er also nur auf einem einzigen Weg weiterkommen, und dass er hier auf mich stoßen würde, war ihm auch klar. Das missbehagte ihm sichtlich, denn ich hörte, dass er doch nicht unbeträchtliche Anstrengungen unternahm, um mich zu umgehen. Ich lächelte. Mir in die ausgebreiteten Arme zu laufen, war wohl kaum eine Erfolg versprechende Strategie. Es blieb ihm nichts anderes übrig. Er hoffte wohl, dass ich mir einfach einen anderen Schlafplatz gesucht hatte, warum auch immer, und drückte sich zaghaft am Felsen entlang auf die Freifläche oberhalb des Plateaus. Die Dorfbewohner hatten mich in der Nacht dort stehen sehen, sie wussten also, dass ich diese Stelle kannte, und sie hatten das Dies Rastelan bestimmt gesagt. Er kam. Und er stellte fest, dass ich nicht da war, wo er es vermutet hatte. Er sah mich nicht. Das irritierte ihn doch so sehr, dass er schlicht auf den Felsen hinaustrat und sich um die eigene Achse drehte. Dann blickte er über die Baumwipfel zum Dorf, als ob ich sie auf irgendeine magische Art und Weise ausgetrickst haben könnte, jetzt im Dorf stand und eine Hütte um die andere in Feuer aufgehen lassen würde.

Ich war leise aus dem Schatten getreten und blieb in der Mitte vor dem Felsen stehen. »Ich brenne kein Dorf nieder und mein Drache wird das auch nicht tun, Dies. Es sei denn, wir werden dazu gezwungen.« Er erschrak so dermaßen, dass ich in der ersten Sekunde dachte, er würde mir den Felsen hinunterpurzeln. Dann fuhr er wie von der Tarantel gestochen herum und erstarrte. »Wo? Wie?« Nicht sehr intelligent, was er da von sich gab, aber immerhin sprach er mit mir und versuchte nicht aus dem Schreck heraus irgendeine Dummheit. »Ich war die ganze Zeit hier und ich habe mich nicht aus Nebel und Felsen materialisiert.« Ich bleckte meine Zähne, um ihn auf Abstand zu halten. »Das kann ich nicht, aber ich werde es vielleicht noch lernen. Anderes, Dies, anderes kann ich dafür sehr gut. Und das solltest du dir merken. Wenn du ein dummes Spiel beginnen willst, fliegst du den Felsen hinunter und die Bagage da unten wird mich kennenlernen. Ich habe mich gezügelt, aber ich kann auch anders.« Er starrte mich an und ich merkte, wie sein Plan, was auch immer er sich ausgedacht haben mochte, in sich zusammenbrach, wie ein labbriges Kartenhaus. Sehr gut. Dann konnte ich ihn vielleicht weich klopfen. »Ihr wisst?« »Wo die Sonne aufgeht? Wo ich hergekommen bin? Welchem Irrtum die Dörfler aufgesessen sind? Was hast du dir nur dabei gedacht? Du wusstest doch am besten, dass der Drache da ist.« Dies schnaufte und ich lachte leise. »Sie hat geredet, was hast du dir denn gedacht? Dass ich völlig den Kopf verliere, wenn ich einen Rockzipfel sehe?« Blöderweise war das ja fast passiert, aber das brauchte er ja nicht zu wissen. »Was glaubst du, denke ich mir, wenn eine Menge weiß gekleideter Menschen Fackeln schwenkend des Nachts bei einem Felsen auftaucht? Nichts?!?« Dies schluckte. »Setz dich.« Er reagierte nicht, sondern starrte mich immer noch ziemlich entgeistert an. »Setz dich hin!« Ich hob meine Stimme um einen leisen zischenden Zwischenton und es zog ihm die Beine weg. Ich setzte mich ebenfalls hin, und zwar so, wie die Indianer es taten. Das hatte ich früher mal geübt, man konnte, wenn man es draufhatte, tatsächlich ganz fix aufstehen.

»Der Drache hat dich gehen lassen. Er war der Meinung, dass wir das hier gemeinsam zu einem vernünftigen Ende bringen werden.« Ähem, das hatte Berkom nun überhaupt nicht gemeint, aber auch das brauchte Dies ja nicht zu wissen. Er brauchte im Grunde eine ganze Menge nicht zu wissen, wenn es nach mir ging. »Wie ich sagte, weder mein Drache noch ich wollen hier einen Aufruhr veranstalten. Aber der Drache wird den Sperrgürtel verlassen, daran hat er keinen Zweifel gelassen. Ich denke, wir sollten zuvor dafür sorgen, dass die Situation im Dorf sich beruhigt. Wie kann man die Dörfler also davon überzeugen, dass ich sie nicht zu fressen gedenke und mein Drache auch nicht?« Der arme Dies. Er schluckte und schluckte und dann räusperte er sich verzweifelt. »Waldläufer haben manchmal die Notwendigkeit, ausbrechende Drachen einzufangen. Wir müssen dazu in ganz seltenen Fällen auch die dazugehörigen Drachengefährten, hrm, besänftigen.« Ich grinste schon wieder. Dies reizte mich dazu. »Ich weiß. Ihr steckt sie in einen schönen stabilen Käfig. Hatten wir schon. Weiter.« Dies schluckte erneut krampfhaft. »Wenn wir keinen Käfig haben, müssen wir sie zunächst mit einem Kraut unter Kontrolle bringen. Man kann es ihnen zum Inhalieren geben oder ins Essen mischen, in jedem Fall dämpft es ihren Willen so weit, dass sie …« Hier kam er nicht mehr weiter. »… zahm werden?«, half ich freundlich aus. Dies begann zu schwitzen. Das schien sehr vielen Menschen so zu gehen, wenn sie mit mir zu tun hatten, stellte ich fest. »Aha. Drogen. Na genial. Und ich vermute, dass jeder Waldläufer ein kleines Depot mit diesen Drogen zur Verfügung hat, so für alle Fälle.« Verflixt, darauf hätte ich auch selber kommen können. Drogen gab es einfach überall, wohin man auch immer kam. Warum sollte es sie ausgerechnet hier nicht geben. Wenn man den Willen lähmte, konnte der Drache mich dann noch erreichen? *»Berkom?« Mit diesem Früchtchen bin ich vorsichtig umgegangen? Ich sollte ihm die Haut vom Rücken abziehen. Schönen Gruß*. Na prima, Berkom war jetzt nicht mehr gut zu sprechen. Das ließ nichts Gutes für meinen Plan erhoffen. Ich fing auch an zu schwitzen. Das würde ein hartes Stück Arbeit werden, so stand es zu befürchten. »Also gut, du wolltest hier heraufklettern, mit diesem Kraut herumwedeln und hoffen, dass ich eine ausreichende Dosis abbekomme. Danach hättest du mir ein rosa Bändchen umgebunden und mich wie ein Schweinchen im Dorf vorgeführt.« Eher wie einen Tanzbären mit Ring durch der Nase. Egal. Dies sah aus, als würde er gleich doch noch den Felsen hinunterspringen. Ich zeigte ihm mit meinem schönsten fiesesten Lächeln die ganze Palette meiner Drachenzähne und versetzte ihm den Todesstoß. »Okay, dann machen wir es so.« Dies verschluckte sich und bekam einen Hustenanfall und gleichzeitig schienen ihm die Augen aus dem Kopf kugeln zu wollen. So ein hoher Blutdruck am frühen Morgen musste ungesund sein. »Natürlich machen wir es nicht genauso. Dein Kraut kannst du dir sonst wohin stecken. Aber ich werde mit dir mitgehen und du wirst die Dörfler davon überzeugen, dass von mir und dem Drachen jetzt keine Gefahr mehr ausgeht. Dann sollte es uns gelingen, uns geordnet abzusetzen.« Dies starrte mich an und schien zu befürchten, dass ihm gleich der Himmel auf den Kopf fallen würde. »Du kannst dir schon mal eine geeignete Route überlegen, wie wir möglichst wenige Ansiedlungen streifen. Du hattest schon mal so eine Karte aufgezeichnet, du erinnerst dich?« Etwas anderes musste auch geregelt werden. »Wir werden etwas zu essen brauchen, Proviant für dich und etwas zu fressen für den Drachen und mich. Das sollte mit deiner Route zusammenpassen. Hirschragout mögen wir besonders. Waldratzen sind auch lecker. Also plane das mal besser so in der Richtung mit ein.« Jetzt knirschte er leise mit den Zähnen. Ah, gut, er kam wieder zu sich. Ich brauchte ihn schließlich aktionsfähig, nicht mit verdrehten Augen durch die Gegend wankend. »Das ist völlig unmöglich.« Dies holte Luft. »Das kann ich nicht machen. Ich würde meinen ganzen Berufsstand verraten. Ich würde alle Welt verraten und ins Unglück stürzen. Ich kann Euch nicht einfach so gehen lassen.« Perfekt, ich hatte ihn schon fast da, wo ich ihn haben wollte. »Du sollst uns ja auch nicht einfach so gehen lassen. Du wirst uns eben begleiten, bis wir aus dem Gröbsten raus sind. Dann hast du alles getan, was man von dir nur verlangen kann, und sogar noch mehr. Vergiss nicht, du hast sowieso keine andere Chance. Falls du nicht mitspielst, breche ich dir gleich das Genick. Du kannst wählen.« Dies schluckte schon wieder. »Und der Drache? Wird er mitmachen?« »Der Drache ist derjenige, der keine Lust hat, hier zu versauern. Also wird er tun, was sinnvoll ist. Keine Sorge, mit ihm wird es keine Schwierigkeiten geben.« Manchmal musste man unangebrachten Optimismus versprühen, um ans Ziel zu gelangen. Dies hockte vor mir und sah unglücklich auf den Boden. Ich hatte ihn bildschön eingekesselt. Falls er den Braten jetzt nicht roch, würde ich den Sack zumachen können. »Also gut, wir probieren es, aber auf Eure Verantwortung. Wenn der Drache sich nicht so verhält, wie er sollte, kann ich für nichts garantieren.

Und ich tue es auch nur unter Protest, weil Ihr mir keine andere Wahl lasst.« »Gewährt.«

Ich schnaufte innerlich einmal durch. So weit, so gut. Jetzt kam der härtere Part. Ich sah kurz nach, was die Dorfbewohner machten. Sie hatten sich hauptsächlich bei den Feldern am Fuße des Felsens versteckt. Hinten an der Rückseite des Felsens stand keiner. Ich hätte jederzeit also von dort aus verschwinden können, und auch wenn mein Kopf noch längst nicht okay war, so war ich mir jetzt doch leidlich sicher, dass ich alle, auch Dies, hätte abhängen können. Dass dieser Felsen für mich wie eine Einladung zum Spaziergang war, konnten sie sich eben überhaupt nicht vorstellen. Ich unterdrückte gerade noch ein abfälliges Schnauben. Menschen waren manchmal ziemlich kopfblind und sahen die einfachsten Dinge nicht. Dass der Drachengefährte eines Felsendrachen sich in Felsgestein bewegen konnte wie kein anderer, hätte ihnen auch klar sein müssen. Mein Waldläufer war auch kopfblind. Ich würde trotzdem mit ihm zusammenarbeiten müssen. Ich würde es schon schaffen.

»Also gut, dann lass die Dorfbewohner nicht länger warten. Die Sonne steigt hoch und sie werden in ihren Verstecken sonst noch unruhig.« Dies zuckte zusammen. Als ob er sich nicht denken konnte, dass ich nachsehen würde, wo der Rest der Jagdgesellschaft blieb. Ich stand aus meinem Indianersitz leichtfüßig auf und Dies strampelte sich wie ein Kleinkind bei den ersten Laufversuchen in die Höhe. Dann bedeutete ich ihm, dass er gefälligst voranzugehen hatte. Na ja, jetzt noch. Wir kamen zu meiner Nische zurück und sahen, dass das Mädchen aufgewacht war. Sie saß an den Fels gelehnt da und summte verträumt eine Melodie vor sich hin. Die Morgensonne war jetzt tatsächlich durch die Nebel gebrochen und beschien sie. Es war ein zauberhaftes Bild und es rieselte mir leise den Rücken hinunter. Warum war sie noch da, wenn sie aufgewacht war und der Weg für sie frei war? Sie wusste, dass ihre Mission gescheitert war. Was hatte sie hier gehalten? Dies hatte seinen Schritt verhalten, jetzt trat er langsam auf sie zu. »Guten Morgen.« Ich ließ Dies den Vortritt, vielleicht war es besser, wenn sie mich überhaupt nicht sah. »Guten Morgen.« Das Mädchen schaute Dies an und lächelte ihn freundlich an. »Wie nett, dass Ihr vorbeikommt. Setzt Euch zu mir und erzählt mir eine Geschichte.« Dies erstarrte und mir lief noch ein weiterer Schauer den Rücken hinunter. Dann setzte sich der Waldläufer langsam zu dem Mädchen und sah sie forschend an. »Geht es Euch gut?« »Oh ja, natürlich. Ich liebe Geschichten. Ihr werdet mir bestimmt eine schöne erzählen können.« Sie sah sich kurzfristig suchend um, als ob sie erkannte, dass hier etwas auf entsetzliche Art und Weise nicht stimmte, aber dann trat wieder das sonnige Lächeln auf ihr Gesicht und sie schaute Dies erwartungsvoll an. Der nahm ihre Hand in seine und hielt sich leicht fest. »Wollt Ihr denn hierbleiben?« »Warum nicht? Dies ist doch ein schöner Ort, um Besuch zu haben und Geschichten zu hören?« Dies kämpfte, ich merkte, dass seine Schultern krampfhaft zuckten. »Seht mich an, kennt Ihr mich noch?« Das Mädchen sah ihn aufmerksam an, sie schien kurzfristig wirklich über seine Frage nachzudenken, aber dann stahl sich wieder dieses nichtssagende, freundliche Lächeln in ihre Augen und sie sagte: »Der Morgen ist so schön. Es ist so nett, wenn man Besuch bekommt.« Der Waldläufer drehte sich zu mir um und seine Augen waren voller Trauer. Meine eigene Trauer spiegelte sich in ihnen. Langsam trat ich vor. Das Mädchen sah mich genauso lächelnd an und lud mich ebenfalls ein, bei ihr Platz zu nehmen. Ich legte ihr die Hand auf die Stirne. Sie war kühl, sie hatte kein Fieber. »Wie heißt Ihr?« Sie sah mich interessiert an und lauschte meiner Stimme. Das war aber auch schon alles. »Sagt mir, wo kommt Ihr her?« Diesmal schien sie ein wenig in sich hineinzuhorchen. Ihre Stirne verzog sich in Falten, als sie angestrengt nachdachte. »Aus dem Dorf?« Dies sah sie aufatmend an. »Ja, gewiss, Ihr kommt aus dem Dorf.« Das Mädchen sah uns mit strahlenden Augen an. »Es ist ein schönes Dorf. Nicht wahr.« Dann wanderten ihre Augen an uns vorbei, an den Felsen vorbei und sie begann wieder eine Melodie zu summen. Es war kein Lied, es war nichts als eine völlig unsinnige Aneinanderreihung von Tönen, die sie genauso absichtslos vor sich hin trällerte.

Dies' und meine Augen trafen sich, er ließ ihre Hand los und stand auf und ich trat zur Seite. Er sah mich mit einem Blick an, der mich hätte in den Boden bohren sollen. »Was habt Ihr ihr angetan?« Ich hatte sie zu fest gepackt. Die unterbrochene Blutzufuhr hatte ihr Gehirn nicht ausreichend mit Sauerstoff versorgt und das hatte ihr Gehirn geschädigt. Mit Zeit und Ruhe würde das eine oder andere wieder besser werden, aber wenigstens war sie nicht gelähmt oder sonst groß behindert. Nur das Wissen um ihre Umwelt schien sich auf merkwürdige Art und Weise von ihr zurückgezogen zu haben, sie schien wie durch einen Schleier von der Welt getrennt zu leben. »Nimm sie und bring sie zu den Dörflern zurück. Sie haben sie mir opfern wollen, nun sollen sie für sie sorgen. Sie hat keine Schmerzen, sie leidet nicht. Das wenigstens ist ihr erspart worden und das ist mehr, als es diese Dorfbewohner ihr zugedacht hatten.« Dies sah mich mit einer gewissen Auflehnung an und mein Blick wurde hart. Da wich er einen Schritt zurück. Ich sah das Mädchen an und meine Miene wurde weich. »Nimm sie, wickele sie in das weiße Tuch, bringe sie ins Dorf und sage den Dorfältesten, dass sie von der Drachenzunge berührt worden ist.« Ich trat zu ihr hin und legte meine Hand an ihre Wange. Sie hörte nicht auf zu trällern, aber ihr Blick wanderte zu mir und sie lächelte mich an, mit jenem sonnigen Lächeln, das nun ihre Welt vergoldete. »Sage ihnen, dass sie jetzt etwas ganz Besonderes ist. Sie sollen gut auf sie achtgeben. Und wer weiß, wenn sie es richtig anfangen, so wird sie vielleicht im Laufe der Zeit für ihr Dorf ein Segen sein.« Dies sah mich nachdenklich an, dann trat er herzu und reichte dem Mädchen seine Hand. Sie ergriff sie höchst selbstverständlich und stand auf. Dann führte er sie auf den Weg zum Plateau. »Dies!« Der Waldläufer blieb stehen und sah sich um. »Bring sie ins Dorf. Sie soll nicht von diesen Bauern über die Felder davongejagt werden. Ich werde hier auf dich warten. Nimm die Gesellschaft dort unten mit. Sie könnten nur in ihr eigenes Verderben laufen, wenn sie hierblieben. Und Dies«, ich sah ihn ruhig an, »lass das Kraut da. Es würde seltsam aussehen, wenn du mit genauso viel vom Felsen herunterkletterst, wie du mitgebracht hast, und es sollte trotzdem seine Wirkung entfaltet haben. Lass alles da.« Der Waldläufer griff kommentarlos in seine Tasche und ließ ein Päckchen fallen. Dann drehte er sich um und ging mit der jungen Frau davon.

Ich holte tief Luft. Ich wusste nicht, ob es so laufen würde, wie ich es mir überlegt hatte, denn ich wusste nicht, ob Dies jetzt, da er die Gelegenheit hatte, nicht doch falsch spielen würde. Aber eigentlich glaubte ich das nicht von ihm. Er hatte damals am Fürstenhof nicht deshalb verloren, weil er ein begnadeter Falschspieler war. Von uns beiden war ich darin wohl der Bessere. Was mir nicht unbedingt zur Ehre gereichte, aber man lernte eben immer das, was einem so zusagte. Ich holte mir das Päckchen und ging dann wieder auf den Felsen hinauf, blieb im Schatten und wartete darauf, was passierte. Ich hörte bald darauf das Rascheln und Poltern, als die Menschen ihre Verstecke verließen. Rastelan sprach laut und deutlich zu ihnen, ich hatte den leisen Verdacht, dass er befürchtete, ich könne mithören. Was ich ja auch tat. Doch, ja, er nahm die ganze Gesellschaft mit. Und ich sah auch, dass sie ihm folgten, ein Haufen, der ab und zu misstrauische Blicke zu dem Felsen warf, aber vorne weg ging ein weißer leuchtender Fleck und führte sie zu ihrem Dorf zurück. Ich ließ mich gegen den Felsen sinken, schloss die Augen und hob das Gesicht zur Sonne. Mein Schädel brannte. Es hatte ihm nicht gefallen, solche Akrobatik zu vollführen. Ich brauchte kein Kraut, um mich beschränkt zu fühlen. »Berkom.« Ich fühlte mich plötzlich ziemlich einsam. Ich wusste warum. Ich hatte keine Lust auf meinen Plan, aber mir war nichts, aber auch überhaupt nichts anderes Praktikables eingefallen. Also würde ich den Tanzbären geben müssen, egal wie sehr mich das ankotzte. »Wo bist du?« Dass der Drache nicht mehr im Wald Waldratzen herumscheuchte, wusste ich auch so. Aber mein Kopf wollte lieber noch auf der einfacheren Schiene fahren. Berkom schlabberte die Rengsten aus und kratzte schon mehrheitlich den Boden auf, um endlich mitzumischen. Genial. Ob er den Felsen erreichen könnte, ohne vom Dorf aus gesehen zu werden? Kaum. Also war es besser, wenn er dort blieb und ich ihn rief, wenn sich im Dorf die Gemüter ausreichend beruhigt hatten. Oder auch nicht, dann würde ich ihn auch brauchen. Shit, ich brauchte ihn eigentlich immer. Ich brauchte ihn jetzt. *Du musst mich nicht wirklich anfassen, um zu wissen, dass ich da bin. Sieh dir lieber dieses Kraut an. Ich möchte damit keine unliebsamen Überraschungen erleben.*

Ich packte das Päckchen aus. Es war in festes, ölhaltiges Papier gewickelt und es waren längliche, fasrige Stängel. Unvoreingenommen hätte ich früher so etwas als eine Art Räucherstäbchen klassifiziert und behandelt. Was anscheinend ja auch gepasst hätte, denn Dies hatte ja gesagt, man könne das Zeug inhalieren, also würde man es wahrscheinlich dazu anstecken. Schade, kein Feuerzeug da, um es auszuprobieren. *Du sollst es nicht probieren, sondern kennenlernen, Schafskopf*. Also nahm ich einen der Stängel und zerbröselte ihn vorsichtig. Dann roch ich daran. Mein Kopf reagierte postwendend. Das Zeug fand er ungemein abstoßend. Mir wurde übel und schwindelig. Im ersten Impuls wollte ich das Päckchen wieder verschnüren und zur Seite legen, aber dann hatte ich eine andere Idee. Wenn die Waldläufer das Zeug den Drachengefährten unterjubeln konnten, dann durfte es eigentlich keine derartige Wirkung erzeugen, zumal in praktisch unfertigem Zustand. Ich wusste, was es war, da lag der Hase im Pfeffer. Also musste es ja übel riechen. Wie roch es aber wirklich? Ich schnupperte erneut. Es war ein leichter, feiner Duft, der eher an Safran erinnerte, und daher probierte ich ein winziges Bröselchen. Es schmeckte scharf und eher bitter. Es schien etwas zu sein, was man zum Würzen verwenden konnte. Damit würde man keinen Drachengefährten gefährden können, denn wir aßen nichts Gewürztes. Oder aß nur ich nichts Derartiges? *Die wenigstens können in ihrer Transformation so weit gehen wie du. Du warst schon vorher etwas weiter, als das üblich ist*. Ich schnupperte noch mal und beachtete meinen protestierenden Kopf nicht. Der Duft war eher unverfänglich als der Geschmack. Würde das auch bei einem Drachen wirken? Welche Dosis würde man da brauchen? Um ihn wirklich entscheidend zu dämpfen, viel zu viel. Beruhigend. Blieb also der schwächere Teil, der Drachengefährte. Mir kam ein neuer Gedanke, ich ließ den Drachenblick auf die Stängel los. Und der ließ das Packet in grellen gelben Farben aufscheinen, die mir in der Seele wehtaten. Ich schaltete sofort wieder ab. Das tat weh, und wie. Ich packte das Zeug wieder ein. Wenn mein Drachenblick darauf so reagierte, sollte ich in der Lage sein, mich zu schützen. Ob ich es nun brauchte oder nicht, es war nützlich, das zu wissen. Anschließend schleppte ich mich auf das Plateau und trank aus, was an Wasser noch da war. Viel war es nicht, aber ich war im Moment nicht mehr besonders anspruchsvoll. Danach zog es mich in die Nische und ich schlief schlicht ein, bevor ich mir etwas anderes einbilden konnte. Ich schlief, bis ich die Schritte von Dies hörte. Ich kam nicht so schnell zu mir, wie ich vorgehabt hatte, und Dies war schneller da, als es mir zuträglich erschien. Er kriegte mit, dass es mir nicht ganz so toll ging, wie es auf ihn gewirkt hatte. Er stand vor mir und ich war noch dabei, mich zu berappeln. Ich kassierte einen nachdenklichen Blick aus seinen nussbraunen Augen. Also blieb ich einfach sitzen und lehnte mich nur an den Felsen. Der gab mir ein wenig Sicherheit für das, was jetzt kommen musste.

»Also gut, und wie geht es jetzt weiter?« Dies hockte sich hin. »Ihr wollt das also wirklich durchziehen?« Wollte ich, wollte ich nicht, wollte ich. »Der Drache zieht weiter, Dies, und ich werde ihm das ermöglichen. Wenn das der Weg ist, dann gehe ich den.« Ich grinste ein wenig und es geriet leider etwas kläglich. »Wenn ich mich dafür im Dorf zum Narren machen muss, werde ich das überleben. Also, sag schon, was kommt jetzt?« Dies zog vorsichtig einen Strick aus seiner Tasche. »Ich werde Euch binden. Dann gehen wir in das Dorf. Dort werde ich den Dörflern zeigen, dass Ihr vollkommen friedlich seid, und dann können wir das Dorf verlassen.« Mich fesseln zu lassen war keine angenehme Vorstellung, aber ich hatte das schon mehrmals über mich ergehen lassen müssen und hatte es noch immer überlebt. Also würde ich das auch diesmal schaffen. Ich hielt Dies kommentarlos meine Hände hin und er zuckte zurück. Dann versteifte sich seine Kinnpartie und er schlang den Strick um meine Handgelenke. Als er fertig war, hatte er immer noch ein ganzes Stück von dem Strick übrig, das er in der Hand behielt, eine Leine, an der er mich abführen konnte. Sehr nett. Aufstehen und einen Waldläufer auf die Füße zu treiben war das eine, hinter ihm herzuzockeln das andere. Auf dem Weg über die Felder übte ich den ergebenen, sanften Blick eines gebändigten Ungeheuers. Ein wenig die Schultern einfallen zu lassen und den Schritt leicht schwankend zu gestalten war psychologisch nützlich. Das galt einerseits für mich, weil ich mich damit besser mit meiner Rolle identifizieren konnte, und es galt für die Dörfler, die mir meine Zähmung besser abkaufen würden. Ich hatte sie schon einmal gelinkt, ich musste jetzt also überzeugend demütig sein.

Dies warf einen besorgten Blick zurück, als er merkte, dass ich unsicher auftrat. Dann stolperte er. »Verdammt, du hast mir fast deinen ganzen Vorrat an Kraut verabreicht, was glaubst du eigentlich, wie es mir jetzt geht?«, knurrte ich ihn an. Dies blinzelte und riss sich zusammen.

Die Dorfbewohner hatten sich zusammengerottet und erwarteten uns vor dem Dorf. Ich schwankte noch ein wenig mehr, kurzfristig verstärkt aus dem Wissen heraus, dass ich jetzt ein wenig Spießrutenlaufen durfte. Der Geruch nach Menschen überkam mich mit einer grässlichen Gewalt. Am liebsten wäre ich auf den Hacken umgekehrt und davongestürmt. Ich sah nochmals diese Menge auf Knien vor mir und konnte nur mit Mühe ein Schaudern unterdrücken. Der Strick spannte sich leicht und ich torkelte hinter Dies her. Die Menschenmenge teilte sich vor ihm und ich wurde durch ihre Mitte hindurchgezogen. Dies hielt jetzt den Strick in einer deutlichen Anspannung. Ich spürte die Blicke der Menschen und ich roch sie mit einer aufreizenden Aufdringlichkeit. Ich roch ihre Erregung und das machte es für mich deutlich schwerer. Auf dem Platz vor der Schmiede angekommen blieb ich mit gesenktem Haupt stehen und die Dörfler stellten sich um uns herum in einem weiten Kreis auf. »Wie ihr seht, waren wir erfolgreich.« Dies hatte seine Stimme erhoben und sprach mit einem Anflug von Autorität, die ihm plötzlich überraschend gut zu Gesicht stand. »Der Drache ist besiegt. Er wird euer Dorf nicht antasten und eure Felder sind vor ihm sicher.« Die Menge brach in vereinzelte Hurrarufe aus und ich krümmte mich ein wenig mehr. Der Schmied trat einen kleinen Schritt vor und musterte mich misstrauisch. »Ihr seid Euch Eurer Sache sicher? Er hat uns überzeugende Beweise für seine wissenschaftliche Bildung geliefert. Er kannte sich mit Origliami aus und er wusste sehr viel, und jetzt seid Ihr Euch sicher, dass er befriedet ist?« Dies lächelte den Schmied an. »Er hat genug von dem Kraut bekommen, dass es einen Ochsen umwerfen würde. Keine Sorge, er tut niemandem mehr etwas an.« Ein paar andere Männer machten zweifelnde Gesichter und Dies herrschte mich an: »Auf die Knie mit dir.« Ich blieb etwas verdattert stehen und Dies rupfte rücksichtslos an meinem Strick. Daraufhin kam ich so weit zu mir, dass ich wirkungsvoll strauchelte und mich vorsichtshalber ganz hinfliegen ließ. Halb zusammengekrümmt drückte ich das Gesicht ein wenig mehr in den Straßenstaub und machte die Augen halb zu. Dann ließ ich alle Spannung aus meinem Körper entweichen und verströmte eine zartblaue Wolke. Eine helle Kinderstimme rief: »Guck mal, Mami, er hat sich wehgetan.« Die Platzwunde an meinem Schädel hatte ein wenig geblutet und das sah man jetzt, wo ich zu ihren Füßen lag, ziemlich deutlich. Die Menge räusperte sich und bewegte sich mit scharrenden Füßen. Das Ungeheuer lag wehrlos und verletzt vor ihnen im Dreck und das war nun etwas anderes, als sie es sich gedacht hatten. Ich rührte mich nicht und ließ weiterhin dünnen blauen Rauch um mich aufsteigen. Hoffentlich reichte das. Es reichte. Die Dorfhexe kam mit einem Gefäß angehumpelt, das sie Dies in die Hand drückte. »Damit könnt Ihr die Wunde einreiben, dann heilt es besser.« Dies starrte die alte Frau an, starrte den Krug an, den er plötzlich in Händen hielt, und starrte dann mich an. Ich betete ein wenig, dass er jetzt keinen Fehler machte. »Also gut, wenn Ihr das wünscht.« Dies ließ den Strick fallen und die Menge sog erschreckt die Luft ein und machte unisono einen Schritt rückwärts. Dies kniete sich bei meinem Kopf nieder und die Menge stöhnte verhalten auf. Der Waldläufer verzog grimmig das Gesicht und zerteilte mein Haar an der Wunde. Es tat weh und ich hielt eisern still. Die Menge stöhnte erneut auf, Dies nahm ein wenig von der Salbe aus dem Krug und rieb sie mir auf die Platzwunde. Er machte es durchaus vorsichtig, aber auch das tat weh und ich gab leise, aber durchdringend genug, dass die Dörfler es auch hörten, einen Wehlaut von mir. Dies stand auf, ging von mir weg und ließ den Strick, wo er war. Ich lag auf der Dorfstraße herum und rührte mich wohlweislich nicht. Die Dorfhexe bekam ihr Allheilmittel wieder und Dies blieb vor mir stehen. »Er tut euch wirklich nichts mehr. Ihr könnt es glauben.« »Ihr wagt Euch so nahe an ihn heran?« »Ihr könnt ihn sogar loslassen und Ihr könnt ihn anfassen?« Die Dörfler wurden munterer. Dies warf einen einigermaßen herrischen Blick in die Runde. »Ich bin ein Waldläufer und wir können Drachen und Drachengefährten im Zaum halten. Dafür wurden wir ausgesucht und geschult. Das wisst ihr doch.« »Also hat er einen Drachen?« »Ein Drache, wo ist sein Drache?« Die Dörfler wurden noch munterer und ich fühlte mich nicht so wirklich gut dazu imstande, noch mehr blaue Luft zu produzieren. Diese blöde Kopfverletzung. »Der Drache ist nicht hier. Er war es nicht und er wird auch nicht hierherkommen.« Dies holte tief Luft und ließ seine Stimme laut und sicher über den Platz schallen. »Ich werde das Dorf jetzt mit ihm verlassen. Dann werden wir in ausreichend sicherer Entfernung von euch den Drachen rufen und dann werde ich ihn und den Drachen hier wegbringen.« Die Dorfbewohner bewegten sich unruhig hin und her. »Ihr wisst doch, dass er einen Drachen haben muss. Ich kann den Drachen durch ihn kontrollieren und ihn habe ich unter Kontrolle, oder zweifelt ihr daran?« »Nein, Nein.« Die Menge kam wieder zu einem Halt und ich atmete flach weiter. Das Übelste sollte damit durchgestanden sein. Wenn wir jetzt noch aus dem Dorf kamen, hatten wir es geschafft. Vorerst.

Dies klaubte den Strick auf und ruckte erneut heftig an ihm. Ich rührte mich versuchsweise, und die Menschen, die inzwischen wieder näher gerückt waren, machten fast einen Satz rückwärts. Also ganz trautem sie dem Braten nicht. Ich richtete mich sehr langsam und vorsichtig auf und kassierte einen neuerlichen Ruck von Dies, der mich nochmals in den Dreck schickte. Hässlich. Das hätte er sich auch sparen können. Ich zog den Kopf ein und krabbelte eingeschüchtert schleunigst auf die Füße, wo ich mich ausreichend kläglich hinstellte und begaffen ließ. Das war jetzt nicht wirklich lustig und ich war sehr froh, dass Dies zielsicher losmarschierte und mich am Stick hinter sich her abschleppte. Die Dörfler machten hastig Platz und ich schwankte hinter meinem Führer her. »Übertreibt nicht«, zischte Dies mir zwischen zusammengebissenen Zähnen an der letzten Hütte zu. »Sonst glauben sie noch, der Drache nimmt Euch nicht mehr für voll, wenn Ihr so mickrig seid, wie Ihr das gerade vorgebt.« »Wie Ihr befehlt.« Ich stolperte einen Zahn schneller hinter ihm her, betrachtete die harte Kinnpartie von Dies und fand das ganz passend. Er sah damit bestimmt recht zupackend und eindrucksvoll aus. Man nahm ihm damit bestimmt ab, dass er in der Lage war, einen widerspenstigen Drachengefährten auf die Knie zu zwingen. Wenn der unter Drogen stand, gewiss.

Wir hatten den Weg, den ich ins Dorf gekommen war, eingeschlagen, direkt auf die Rengsten zu. Ich dirigierte Dies auf einen Feldweg, der uns erheblich weiter weg vom Dorf an den Waldrand bringen würde. Der Drache sollte dem Dorf wirklich besser nicht zu nahe kommen. Berkom wartete bereits auf uns. Inzwischen war es hoher Nachmittag und mir war leicht flau zumute. Mir wurde mit jedem Schritt flauer. Ich musste jetzt ziemlich bald Farbe bekennen. Zehn Meter vor uns brach der Drache aus dem Gebüsch neben dem Bachlauf und Dies machte schier einen Salto. *Prächtige Idee*. Berkom schnarchte und der Waldläufer prallte zurück. Ich versuchte das Seil um meine Hände loszuwerden und schaffte es nicht schnell genug. Also ließ ich es sein und trappelte schleunigst auf Berkom zu. »Es ist eine gute Idee. Du wirst sehen, dass es wirkt. Du wolltest doch weiterkommen und so schaffen wir das auch.« Der Drache schnarchte erneut und Dies suchte noch ein bisschen mehr Zwischenraum zwischen sich und uns zu bringen. Waren wir auch weit genug vom Dorf weg, damit kein vorwitziger Teenager das hier zu deutlich mitbekam? *Und du glaubst, dass ich mich auch so vorführen lasse wie du? Mit einem Strick gefesselt? Wie kannst du nur so etwas ertragen?* Ich hielt meine gefesselten Hände vor mir hoch und sah sie interessiert an. »Ach, du glaubst, das macht etwas aus?« Ich fauchte ansatzlos zurück. »Du solltest wissen, dass ich meine Fesseln trage, wann und wie es mir passt.« Ich brüllte und der Drache mähte mit seinem peitschenden Schwanz eine kleine Buschreihe um. Vielleicht kam ich mit einem blauen Auge davon. *Du bist verrückt*. »Ganz im Gegenteil. Du wirst es mögen.« Der Drache röhrte überrascht auf und ich zeigte ihm ungerührt eine Menschenmenge auf einem großen Platz, ihn in der Mitte und alle standen bewundernd um ihn herum und waren sprachlos darob, so etwas erleben zu dürfen. Es war selbstverständlich eine größere Stadt und kein popeliges Dorf. Und es waren alles recht anständige Bürger und keine tumben Saufkumpane. *Saufkumpane?* Ich fluchte still und leise in mich hinein. Wieso konnte ich nicht besser aufpassen? Ich war ein selten dämliches Stück. Wahrscheinlich war mein lädierter Schädel daran schuld. Hoffentlich war das der Grund. Der Drache hatte seinen Kopf schief gelegt und fixierte mich äußerst unangenehm.

Du hast dich betrunken? Ich räusperte mich erfolglos. »Es waren nur ein paar Schnäpse. Also ich war nicht wirklich betrunken. Ein wenig beschwipst allenfalls.« *Das war das Erste, was dir in den Sinn kam, als ich dich einmal von der Leine gelassen habe, dich zu betrinken?* Der Drache fixierte mich immer noch. *Und eine Frau? Das auch noch?* Oh verflucht, was wusste er denn noch alles? »Es ist schließlich nichts passiert. Es ist alles im Lot und wir werden dahin kommen, wohin du willst. Das war doch schließlich der Zweck der Übung.« Der Drache brüllte mich an, wendete sich zur Seite und holte mit seinem Schwanz aus. Ich versuchte auszuweichen und kriegte es mit meinen gefesselten Händen nicht schnell genug hin. Der Schwanz holte mich von den Füßen und ich landete im Dreck. Das war heute einfach zu oft dran, um noch spaßig zu sein. Berkom brüllte mich erneut an und dann durfte ich seine Zähne in Nahaufnahme betrachten. *Wenn du nur mit deinen Eingeweiden denken kannst, werde ich dich lehren, das in Zukunft zu unterlassen.* Ein durchdringendes Dunkelrot überspülte mich und ich holte zitternd Luft. *Und was den Zweck der Übung angeht, den hast du wohl überhaupt gänzlich aus den Augen verloren!* Ich drehte mich blitzschnell zur Seite weg und der heiße Dampfstrahl, den Berkom aus seinen Nüstern ausstieß, traf zischend direkt neben meinem Rücken auf den Boden. Es dampfte, als die kalte Erde so unverhofft mit dem brühend heißen Wasserdampf in Berührung kam. Ich rollte mich zu einem kleinen Ball zusammen und deckte meine schutzbedürftigsten Körperteile vor den Drachenkrallen. Wenn Berkom mir zu nahe kam, sollte er mich wenigstens nicht so zerfetzen. Der Drache fetzte ein paar Erdschollen aus dem gefrorenen Boden und schleuderte sie eine Kleinigkeit durch die Luft. Dann brüllte er mich erneut an und als das keine weitere Reaktion von mir zur Folge hatte, schnarchte er mich zur Bekräftigung nochmals an. Ich konnte den Kopf nicht weiter einziehen, aber ich hätte es getan, wenn ich gekonnt hätte. Ich blieb liegen und das war nicht mit dem zu vergleichen, was ich im Dorf getan hatte. Es war so grundverschieden, dass der Drache stehen blieb und ein paar Meter von mir abließ. *Also gut. Was hast du dir dabei gedacht? Und dieser Hampelmann da drüben soll dazu taugen, uns zu führen?* »Er kennt die Gegend. Er kann eine

Route wählen, die für uns günstig ist.« *Das kann der Drachenblick auch.* »Aber der Drachenblick kennt nicht die gesellschaftlichen Strukturen in diesem Land und darum könnten wir uns irren. Der Waldläufer kann von uns wie ein Schild gebraucht werden. Keiner wird darauf kommen, dass es anders ist, als er zu sehen erwartet. Du weißt doch, Menschen sehen immer das, was sie zu sehen erwarten.« *Wie Drachen?* Ich versuchte erneut erfolglos, den Kopf einzuziehen. Berkom schnarchte durchdringend. *Hör schon auf. Ich werde alles an dir dranlassen. Diesmal noch.* Sehr vorsichtig entrollte ich mich. »Du willst mich auch nicht mehr durchbeißen?« *Das überlege ich mir noch.* Das Dunkelrot flachte ab und ich merkte, dass ich damit aufhören konnte, vor mich hin zu zitterten. Aber das saß noch sehr nah unter der Oberfläche.

Also gut, dann mach dem Zweibein da drüben klar, dass wir uns jetzt auf den Weg machen. Ich richtete mich vorsichtig auf und kämpfte mich auf die Füße. Auch das war mit gefesselten Händen nicht so einfach, wie man es eigentlich annehmen konnte. Dies hatte noch ein paar Meter mehr Distanz zugelegt und sah aus, als ob er sich wünschte, auf dem Mond zu sein. Ich hielt ihm meine Hände auffordernd hin und er glotzte mich an. »Dies. Ich bin es.« Ich holte ein wenig Luft. Das war nicht schlecht. Es ging schon besser als vor einer halben Minute. »Dies, mach den Strick los.« Der Mann begann sich zu regen und ich war ganz froh darüber. Er kriegte den Strick von meinen Händen gefummelt und ich rieb meine Handgelenke dankbar. Ein wenig hatte der Strick eingeschnitten. Wir würden uns dafür etwas ausdenken müssen. Was trugen Drachengefährten, um in der Öffentlichkeit geziemend auftreten zu können? Ein Halsband? »Also gut, dann lass uns von hier verschwinden. Der Drache ist einverstanden mit unserem Plan.« Jetzt holte der Waldläufer tief Luft. »Ihr denkt, dass ich noch weiter mit Euch mitkomme? Ich sollte Euch aus dem Dorf schaffen und den Drachen vorbeibringen. Das war doch der Plan?« »Du wirst uns begleiten, bis wir hier aus dem Gröbsten raus sind. Das war der Plan. Ich glaube nicht, dass du unsere Abmachung vergessen hast, oder? Du hast zugestimmt, oder?« Ich hatte mich inzwischen schräg hinter Dies positioniert. Er konnte jetzt nur noch nach vorne auf den Drachen hin ausweichen, was er natürlich nicht tun würde, oder direkt in die Rengsten hineinfallen. Das würde er auch nicht so ohne Weiteres tun. »Ich glaube nicht, dass wir aus dem Gröbsten heraus sind. Der Drache glaubt das auch nicht, im Übrigen. Ich glaube, du wirst uns noch eine Weile weiterführen. Müssen.« Dies Rastelan fing wirklich an zu zittern. Er begriff ganz gut, worauf ich abzielte. Jetzt begriff er es. Er keuchte auf und ich sagte mitleidlos: »Du hast dir das doch gewünscht. Du wolltest den Drachen und mich in der Öffentlichkeit vorführen. Du darfst das jetzt wirklich tun. Es gibt dazu einen Lehrspruch.« Endlich konnte ich auch mal mit so was punkten. »Man bekommt meistens, worum man sehr bittet. Man sollte sich also wirklich gut überlegen, worum man bittet.« Ich warf einen sichernden Blick auf meinen Drachen. »Das gilt im Übrigen nicht nur für Menschen, sondern auch für Drachen. Er hat das inzwischen kapiert.« Dies Rastelan bekam weiche Knie. »Ihr meint, ich solle mit dem Drachen zusammen …« »Wir machen eine kleine Reise und du wirst uns führen. Wenn wir uns einem Dorf nähern müssen oder wir es aus sonstigen Gründen nicht vermeiden können, mit Menschen in Kontakt zu kommen, wirst du dafür sorgen, dass sie uns als ungefährlich einstufen. Das haben wir eben in dem Dorf doch gut geübt, nicht wahr. Du wirst das überzeugend hinbekommen. Aber wenn wir die Route einschlagen, die du dir überlegt hattest, müssten wir das mit einem Minimum an Kontakten hinkriegen.« Dies Rastelan streckte seine Hände abwehrend vor. »Ihr bringt mich um. Wenn ich meinen Posten verlasse, können die Drachen ungehindert über die Dörfer hier herfallen. Das wäre für keinen Waldläufer akzeptabel. Ihr wisst doch, warum ich diesen Posten bekommen habe! Ihr wisst es doch! Mir wird man so eine Pflichtvergessenheit nicht durchgehen lassen. Sie werden mich diesmal wirklich köpfen.« Er wurde bleich. Er tat mir ein bisschen leid, aber nur ein bisschen. »Du weißt ganz gut, welches Gebiet du hier zu bewachen hattest. Es ist überhaupt keines. Du hast einen alten Walddrachen und das ist es. Im Süden hängen ein paar Wüstendrachen herum, die sowieso nicht bis zu dir kommen. Im Norden spielt auch nicht die große Musik, weil sich alles eher in Richtung Drachenpfad verläuft. Über das Gebirge kommt kein Drache. Also ist dein Dorf hier nicht wirklich in Gefahr. Das weißt du sehr gut.

Im nächsten Dorf oder wo immer du möchtest, kannst du aber an Magellstan oder auch den Kollegen im Norden eine Nachricht schicken, dass sie ein wenig auf deinen alten Walddrachen mit aufpassen, solange du Wichtiges für den Fürstenhof zu erledigen hast. Du wolltest doch nicht wirklich für den Rest deiner Tag in diesem Wald herumhocken?« Dies starrte mich an und zitterte weiter. »Du wolltest eine Chance. Voilà, du hast sie. Und ansonsten«, ich grinste Dies Rastelan an und war erfreut darüber, dass ich das schon wieder hinkriegte, »kein Risiko, kein Spaß.« Danach machte ich kurzen Prozess und trieb Dies ein paar Schritte auf den Drachen zu. Er musste sich an Berkom gewöhnen und der musste sich an die enge Nähe mit einem Menschen gewöhnen. Wobei ich den Verdacht hegte, dass Berkom die wenigsten Probleme mit dieser neuen Situation haben würde. Dies war der Schwachpunkt. Ich hatte noch keinen Plan, wie ich es anstellen sollte, ihn rund um die Uhr zu bewachen, damit er mir nicht im ersten Moment abhandenkommen konnte. Wir würden bis zur ersten größeren Stadt einen Kleinkrieg auszufechten haben. Wenn wir dort gewesen waren, würde ich es hoffentlich so gedeichselt bekommen, dass er danach keine andere Wahl mehr haben würde.

Der Waldläufer sah noch immer mehrheitlich paralysiert aus. Ich konnte ihn gut verstehen. Er hatte sich das Ganze so ganz anders ausgemalt. Er hatte keine Ahnung gehabt, wie ein Drache wirklich war. Er hatte es noch nie mit einem jungen Felsendrachen zu tun gehabt. Und vermutlich auch noch nie mit einem echten Drachengefährten. Er hatte jetzt einen ganz guten ersten Eindruck bekommen und der hatte ihn fast um den Verstand gebracht. Ich überlegte mir, wie ich mich wohl früher gefühlt haben würde, wenn etwas Ähnliches wie ein Elefant in ein paar Meter Abstand herumgetobt hätte. Dafür hatte Dies Rastelan sich beachtlich gut gehalten. Das sollte mich hoffnungsvoll stimmen. Er würde es schon schaffen. Jetzt schaffte er erst einmal ein paar Schritte bis in die Nähe des Drachen und blieb nach Luft schnappend stehen, als ich aufhörte ihn zu bedrängen. »Dies, der Drache tut dir nichts. Du kannst mir das glauben oder auch nicht. Ich weiß, dass du das im Moment nicht so wirklich für möglich hältst. Aber er weiß, dass Menschen nicht so viel vertragen wie Drachengefährten. Er wird mit dir niemals so umgehen, wie er das mit mir tut. Er wird von dir auch nie das verlangen, was er von mir verlangt. Aber das, was du tun kannst, das wird er haben wollen. Und er wird es bekommen, mache dir da keine falschen Hoffnungen. Das Beste, was du tun kannst, ist, dass du uns einen guten Weg aussuchst. Und den skizzierst du jetzt bitte.« Ich ließ eine kleine Pause einfließen. »Bitte.« Dies sah mich erheblich verwirrt an. Er hatte wohl nicht damit gerechnet, dass ich mit diesem übermächtigen Gewaltpotenzial im Rücken so etwas wie eine Bitte formulieren würde. Höflichkeit schien er zuallerletzt erwartet zu haben. Dann räusperte er sich mit einem Anflug von Verzweiflung. »Wir können durch den Wald in Richtung Rutania gehen. Rutania ist eine etwas größere Ansiedlung in westlicher Richtung. Dazwischen liegen nur ein paar wenige Höfe und die können wir leicht umgehen. Wenn Ihr darauf besteht«, hier holte Dies erneut verzweifelt Luft, »wenn Ihr wirklich darauf besteht, dass ich mitkomme, dann werde ich in Rutania die notwendigen Dinge für diese Reise besorgen müssen. Ich weiß nicht, wie Ihr über das Gebirge gekommen seid, ohne Decken und Proviant, aber ich kann so nicht reisen.« Er kriegte einen leicht trotzigen Zug um den Mund. »Menschen können das eben nicht.« Ach, ach, sollte ich mich getäuscht haben und er berappelte sich erheblich schneller, als ich das gedacht hatte? Dann würde ich die Gangart anziehen können. Schön, ich nahm nochmals ein wenig Geschwindigkeit heraus. Es konnte ja auch das Gegenteil der Fall sein. Manchmal bäumte man sich in letzten Zuckungen auf und brach dann gänzlich zusammen. Einen zusammenbrechenden Waldläufer konnte ich nicht gebrauchen. Ich bekam eine dunkelrosa Schliere. Berkom fand meine Überlegungen passend. Ich fühlte mich damit gleich erheblich besser. »Dies, wenn du wirklich Proviant brauchst, dann hole das aus dem Dorf. Mein Drache und ich können uns im Wald versorgen, aber das kannst du nicht. Du hast nichts bei dir, was dir dabei helfen könnte. Die Dorfbewohner werden sich nicht wundern, wenn du das Allernötigste von ihnen holst. Dass der Drache da ist, haben sie jetzt unzweifelhaft mitbekommen. Sie werden froh sein, wenn du zurückkommst und sie damit wissen, dass du noch lebst. Du musst ihnen sagen, dass alles geklappt hat. Wenn du einfach verschwindest, werden sie Angst bekommen.« Dies Rastelan sah mich an, als würde er aus dem Koma aufwachen. »Natürlich. Ihr habt recht. Ich habe nicht richtig nachgedacht.« Ich lächelte ihn an. Diesmal war es ein freundliches Lächeln und Dies staunte mich erneut an. »Das wundert mich nicht. Du hast gerade dein Leben in die Hand genommen. Das ist eine ziemlich ausfüllende Angelegenheit. Ein paar Kleinigkeiten können da schon verloren gehen.« Ich lächelte ihn erneut an. »Geh in das Dorf und hole dir, was du brauchst und was das Dorf dir geben kann. In Rutania können wir dann den Rest deiner Ausrüstung vervollständigen.« Er guckte mich jetzt höchst misstrauisch an. »Und Ihr, was werdet Ihr machen?« »Solange du im Dorf bist? Oh, ich glaube, ich werde sehen, dass der Drache und ich etwas zu beißen bekommen. Ich habe jetzt ein paar Tage praktisch Diät gelebt und ein bisschen was aufzuholen. Also, ich schlage vor, dass wir uns dort hinten an der Waldecke bei Anbruch der Nacht treffen. Das sollte reichen, dass du deine Angelegenheiten im Dorf regelst.« Jetzt sah er so erleichtert aus, dass er mir fast leidtat. Er hatte eine Schonfrist bekommen. Er hatte noch nicht begriffen, dass es ein Test war. Ihn erst laufen zu lassen und dann von selbst zurückkommen zu lassen würde ihn ganz schön fordern. Wenn er das schaffte, würde unser Weg leichter werden.

Und in Wirklichkeit wirst du die ganze Zeit aufpassen, was er treibt. Du bist niederträchtig und heimtückisch. Na ja, ich wollte mir nichts vorwerfen. *Brenn, du spielst mit gezinkten Karten. Wenn er dahinterkommt, wird er nicht nur ein bisschen verschnupft sein.* Ich hatte das gewusst. *»Ich hätte ihn nicht anders dazu bekommen. Und anders hätte ich den Weg für uns ins Landesinnere nicht ebnen können.«* Diesmal war es mein Drache, der den Kopf anfing einzuziehen. *Du hast das alles auf dich genommen, nur weil ich diese Idee habe, das Land hier anzusehen? »Berkom, auch ich möchte nicht wie ein wildes Tier in einem Gebiet eingesperrt werden, das man den Drachen mal gerade so zugesteht. Und ich möchte genauso gut wie du wissen, wie das Land hier wirklich aussieht. Ich möchte auch wissen, wie die Menschen hier leben. Und ich möchte das mit dir gemeinsam erleben. Es ist auch mein Wunsch. Und ich bin leider nicht schlau* *genug, um einen anderen praktikablen Weg für uns zu finden.« Du bist trotzdem ein ziemlich großherziger Kindskopf.* Berkom schickte mir ein paar rotgoldene Kügelchen und hielt mir seinen Kopf hin, damit ich seine Backenknochen kratzen konnte. Inzwischen war ich längst an Dies Rastelan vorbei zu meinem Drachen geschritten. Ich kratzte ihn mit größtem Behagen. Ich hatte Berkom vermisst. Ich war endlich wieder mit meinem Drachen zusammen. Es ging mir so unglaublich viel besser. Ich bekam noch ein paar rotgoldene Kügelchen. *Guck nach dem Zweibein.* Ich hatte Dies fast vergessen. Der Waldläufer stand da und starrte uns an. Ich trat zu ihm zurück und konnte meine Erleichterung darüber, endlich wieder mit meinem Drachen zusammen zu sein, nicht verbergen. Der Waldläufer schluckte. »So schwer war das für Euch?« Schlaues Kerlchen. »Ich habe meinen Drachen noch nie so lange verlassen.« Es hatte keinen Zweck, ihm an dieser Stelle etwas vormachen zu wollen. Er hatte genug gesehen, um seine eigenen Schlüsse zu ziehen. Dies schüttelte leicht den Kopf. »Dieser Drache und Ihr …« Er verstummte verwirrt. Aber er sprach nicht weiter. Dann hob er seine Hand, die sich um einen Strick gekrampft hatte. Er wickelte den Strick auf und hielt ihn mir hin. »Wenn ich in das Dorf komme, sollte ich den nicht dabei haben. Ich würde Euch im Normalfall an einen schönen stabilen Baum gebunden haben, damit Ihr und der Drache in angemessener Entfernung und trotzdem ordnungsgemäß wartet, bis ich euch wieder holen komme. Ich werde nicht sagen, wo ich euch beide gelassen habe; nur dass ihr euch im Wald aufhaltet, das werde ich den Dörflern sagen. Sie werden dann keine Lust haben, nachsehen zu wollen, wie ein Drache aus der Nähe aussieht, weil so etwas im Wald suchen zu müssen nicht spaßig ist.« Gut, er fing wieder an zu denken. Und er konnte eine Situation also auch ganz gut analysieren. Vielleicht war er noch viel brauchbarer, als ich es mir gedacht hatte. Dies marschierte zurück ins Dorf und ich wendete mich dem Drachen zu.

»Abendessen.« Ich hatte Hunger. Plötzlich hatte ich sogar ziemlich viel Hunger. Berkom sah mich wissend an. Er schien hintergründig zu grinsen. Ich wurde misstrauisch und wollte nachsehen, aber er kam mir zuvor. *Auf der anderen Seite von diesem Wässer-*

chen da. Es war ein Reh und ich war durch die Rengsten hindurchgeplatscht und am anderen Ufer in der nahen Wiese verschwunden, bevor Berkom ausgeredet hatte. Meine Dankbarkeit kam erst wieder zum Vorschein, nachdem ich mich in der Rengsten vom gröbsten Blut befreit hatte. Ich hatte wenigstens noch in einem allerletzten Anflug von Vernunft die schöne Lederkluft ausgezogen, bevor ich mich ziemlich haltlos auf das Reh gestürzt hatte. Nachher klaubte ich die verstreuten Kleidungsstücke zusammen und fühlte mich ein wenig beschämt, weil ich so wenig Selbstbeherrschung hatte. Der Drache war ebenfalls durch die Rengsten gewechselt und fraß den Rest auf, den ich übrig gelassen hatte. Danach blieben wir noch ein wenig am Bachlauf sitzen und ich genoss einfach und schlicht, wieder Berkom neben mir zu haben. Berkom guckte nach dem Waldläufer und war zufrieden. Dies schien in dem Dorf keinen Unsinn zu treiben. Ich war sowieso zufrieden. *Deinem Kopf geht es wieder besser, was?* Meinem Kopf ging es ganz erheblich besser, seit ich ein dickfelliges und dickschädeliges kleines Ungetüm neben mir wusste. *Na ja, für das erste Mal, dass du alleine unterwegs warst, hast du dich zwar nicht mit Ruhm bekleckert, aber es hätte schlimmer ausgehen können*. Ich war in leutseliger Stimmung und kratzte schon wieder den Kopf meines Drachen. Ach war das gut. Irgendwann schließlich konnte ich mich vor den Notwendigkeiten unserer weiteren Reise aber doch nicht drücken. »Berkom, es wird nicht einfach sein, mit Dies Rastelan zu reisen. Wir können hier nicht fliegen. Es wäre viel zu auffällig. Und ich kann dich auch nicht reiten, weil er zu Fuß überhaupt nicht mitkommen würde. Wir werden sehr langsam vorankommen. Das ist nicht erfreulich. Ich hatte immer gedacht, wir würden nachts fliegen. Damit hätten wir größere Siedlungen einfacher umgehen können, aber jetzt geht das nicht mehr. Selbst wenn der Waldläufer sich irgendwo ein Pferd borgen könnte, würde uns das nicht wirklich helfen. Kein Pferd geht mit einem Drachen mit. Und außerdem, wo ein Pferd oder ein Mensch entlangpasst, da ist noch lange kein gangbarer Weg für einen Drachen.« Die Schwierigkeiten begannen sich vor mir aufzutürmen. Der Drache schnupperte mich an. *Dein Kopf macht wirklich Fortschritte*. Ich wurde dezent ungehalten. Ich entdeckte, dass mein Plan völlig unpraktikabel war, und der Drache interessierte sich für die Beule, die ich mir aus lauter überflüssiger Dummheit geholt hatte. *Immer eins nach dem anderen. Lass den Zweibeiner erst mal wieder hier auftauchen. Wenn das geklappt hat, werden wir sehen, wie wir weiterkommen und wie wir das gestalten. Dann können wir uns die nächsten Schritte überlegen.* Es blieb sowieso nichts anderes übrig und ich versank ansatzlos wieder in dem übermächtig angenehmen Gefühl, meinen Drachen riechen, fühlen und mich an ihn lehnen zu können. Ich begann ein wenig mit den Farben der Wolken zu experimentieren, die an dem sich der Dämmerung zuneigenden Himmel aufzogen. Berkom schnaufte mich an. *Lass das, du überanstrengst dich nur. Außerdem sollten wir so langsam zu unserem Treffpunkt wandern. Der Waldläufer ist gleich da.* Ich hatte das Gefühl aufzuwachen und der Drache schickte mir ein mentales Schmunzeln. *Du hast so nett gedöst. Ich habe das schon richtig vermisst. Alleine zu dösen ist ausgesprochen langweilig.*

»Berkom!« Das war bestimmt zu diesem Zeitpunkt eine eher unangebrachte Streicheleinheit, aber ich hob mir diese Worte für schlechtere Zeiten auf. Dann saß ich auf und ritt über die Wiese, bis wir wieder durch die Rengsten und die Buschreihen brachen und den Waldläufer aus seiner Unruhe über unsere Abwesenheit erlösten. Er hatte schon fast Panik bekommen, weil wir nicht am vereinbarten Treffpunkt auftauchten. Ich rutschte von Berkom und der Waldläufer hob ein kleines Bündel auf. »Marschbereit?« Er verzog das Gesicht. Er hatte irgendwie wohl gehofft, dass wir uns darüber freuen würden, dass er nicht abgehauen war. Ich konnte mir nicht verkneifen, ihm doch noch zum Ende des Tages einen kleinen Schwinger in die Magengrube zu versetzen. »Du hast eine weise Entscheidung getroffen, dass du hier aufgetaucht bist. Der Drache hätte dich wirklich alle gemacht, wenn du etwas anderes versucht hättest. Und wenn du eine einzige falsche Nachricht abzusetzen versuchst, denke immer schön daran, dass in vorderster Front du stehen wirst. Den ersten Pfeil, der auf uns abgeschossen wird, den wirst du kassieren. Also überlege dir vorher, ob du irgendwelchen Unsinn versuchst oder ob du nicht besser daran tust, wenn du uns schnellstmöglich weiterbringst.« Dies starrte mich wütend an. Ich hatte die Magengrube zielsicher getroffen. »Auch wenn Ihr mich für einen kompletten Idioten zu halten scheint, aber so dumm bin ich nicht! Ich bin vielleicht nicht als Waldläufer zur Welt gekommen, aber ein bisschen was habe ich über die Macht der Drachen auch gelernt. Ich werde Euch nicht unterschätzen und ich werde mich danach richten«, schnappte er zurück. Gut, dann wusste ich, dass er zumindest heute Nacht nicht versuchen würde, sich abzusetzen. Das würde erst akut werden, wenn wir uns Rutania näherten. Ich konnte heute Nacht endlich wieder richtig schlafen. Und das tat ich auch. Dies Rastelan beobachtete mit einem faszinierten Schaudern, wie der Drachengefährte zwischen die mörderischen Pranken eines Angst einflößenden Giganten krabbelte und in völliger Zufriedenheit zu schnarchen begann. Dies Rastelan sah mit größerem Missbehagen, dass der Gigant seinen Kopf entspannt auf den Boden gestützt hatte und ihm trotzdem einen wissenden kleinen Seitenblick unter halb geschlossenen Lidern gönnte. Dies Rastelan wickelte sich mit einem sehr merkwürdigen Gefühl in die aus dem Dorf mitgenommene Decke ein. Er hatte sich gut über fünf Meter von dem Drachen entfernt unter eine Art kleines Gebüsch gedrückt und er verbrachte dort eine sehr unruhige und abwechslungsreiche Nacht.

Rutania

Der Weg nach Rutania war anstrengend. Er war für Dies Rastelan sehr anstrengend, weil er lernen musste, die Furcht einjagende übermächtige Gegenwart des Drachen auszuhalten. Er hatte nicht die Möglichkeit, mit dem Drachen direkt zu kommunizieren, wie es bei mir von der ersten Sekunde an der Fall gewesen war. Dafür musste er auch nicht mit dem damit verbundenen Durcheinander klarkommen. Er beschränkte sich auf das, was Menschen eben tun konnten, er lernte aus allen Bewegungen und Regungen des Drachen, dessen Wünsche und Vorstellungen herauszufinden und ihn damit in gewissem Sinne zu verstehen. Er kam mit einer gewissen Geschmeidigkeit mit der neuen Situation zurecht, die mir zu denken gab. Höfling am Hof der Fürstin dieses Landes zu sein bekam ein paar neue Facetten dazu, zumindest wenn man darin so gut sein wollte, wie Dies Rastelan das gewesen war. Berkom lernte, den Geruch von Menschen nicht nur auszuhalten, sondern auch zu verstehen und ihn dann im Zweifelsfall neutralisieren zu können. Es nutzte nichts, wenn man über den Angstgeruch eines Menschen selbst in Panik verfiel. Wir beide lernten, den Geruch richtig zu klassifizieren. Es war nützlich zu wissen, wann er wirklich größere Panik unserthalben signalisierte oder ob sich seine Angst auf etwas anderes bezog. Meistens hatte er vor Berkom Angst. Wir konnten also nicht ganz so viel üben, wie es mir recht gewesen wäre. Berkom und ich lernten auch andere feinere Anzeichen richtig zu deuten, Anzeichen, die Dies Rastelan überhaupt nicht richtig zu bemerken schien. Ich kam mir manchmal vor wie ein Hund, der den Umgang mit seinem Herrchen lernte. Häufig war das ziemlich ätzend, denn letztlich lernte ich den Menschen neu zu erfassen und das machte mir herzlich wenig Spaß. Ich hatte schließlich selbst mal zu dieser Sorte gehört. Viel mehr Spaß machte es mir, wenn ich mit Dies ein wenig experimentierte. Ich probierte vorsichtig die eine oder andere Seite meiner Drachenmacht an ihm aus und Berkom gab es irgendwann auf, mit mir darüber zu streiten, ob man das tat oder nicht. Er fand es irgendwie ungehörig. Ich wusste, dass ich Dies manchmal wie eine Labormaus behandelte. Ich fand es auch ziemlich ungehörig, aber ich konnte es mir trotzdem einfach nicht verkneifen. Es war wie ein Jucken, das ich anders nicht stillen konnte. Ob Dies davon sehr viel mitkriegte, wusste ich nicht, weil er darüber nie sprach und sich auch nie beklagte. Das vergaß ich ihm nie. Ansonsten war er für mich wirklich schwer zu ertragen. Ich hatte endlich meinen Drachen wieder bei mir und dann hatte ich da plötzlich einen Klotz am Bein. Und ich war mit dem Drachen nicht mehr alleine. Das war für mich eine besondere Herausforderung. Der arme Dies hatte ein paar schwierige Stunden mit mir zu überstehen, weil ich ihn am liebsten auf den Mond gekickt hätte und mich dazu, weil ich auf die Schnapsidee verfallen war, dass dieser lausige Waldläufer Berkom und mir auf irgendeine geheimnisvolle Art und Weise nützlich sein sollte. Danach bekam ich ab und zu unerklärliche Anwandlungen von Aggressivität gegen Dies, die Berkom sehr zielsicher beobachtete und genauso zielsicher im Keim erstickte, was meistens für mich bedeutete, dass ich mental Prügel bezog. Inwieweit Dies verstand, warum ich jetzt schon wieder mit dem Drachen stritt und dabei kurz und bündig den Kürzeren zog, wusste ich auch nicht. Ich war danach ausreichend damit beschäftigt, meine psychischen Wunden zu lecken und hatte erst recht keinen Sinn für Waldläufer.

Irgendwann war ich dann so weit, dass ich kapierte, dass ich hauptsächlich mit zwei Dingen kämpfte. Eines waren die Schutzinstinkte, die mich dazu trieben, den Drachen selbst vor dem Waldläufer zu verteidigen, wie unsinnig das auch immer sein mochte. Es war in höchstem Maße unsinnig, zumindest solange wir uns im Wald zwischen dem Dorf und Rutania herumtrieben. Aber genauso wurde mir schließlich klar, dass ich in Dies einen Rivalen in der Gunst des Drachen witterte, und zwar in umso stärkerem Maße, je mehr Dies sich unwillkürlich dem Drachen zu nähern lernte und besser mit ihm klarkam. Ich kriegte eine ganze Weile lang die lila Färbung meiner Umgebung nicht mehr in den Griff, als ich verstand, was ich da gemacht hatte. Danach wurde es besser. Es gab nur einen einzigen Dollpunkt, über den ich nicht hinwegkam. Ich konnte die Anwesenheit von Dies nicht ertragen, wenn ich mit dem Drachen aß. Am ersten Morgen hatte der Waldläufer sich nur darüber gewundert, dass Berkom und ich nichts weiter brauchten, als Wasser zu saufen. Er hatte also alleine gefrühstückt und dann kam der mittägliche Imbiss. Dies hatte erwartet, dass ich mitessen würde, und war etwas mehr irritiert, dass ich dazu überhaupt keine Neigung zeigte. Er musste sich Sorgen gemacht haben, wie er mit dem bisschen Essen, das er aus dem Dorf mitgebracht hatte und das er tragen konnte, mich mitversorgen sollte. Am Nachmittag ließen wir den Waldläufer dann einfach alleine und gingen auf die Jagd. Das klappte zweimal, dann fand ich nach der Mahlzeit kein Wasser, um mich zu säubern. Dies erkannte, warum ich auf seinen Proviant verzichtete. Er wurde grau im Gesicht und das Entsetzen, das seine

Gesichtszüge zerfallen ließ, brannte sich wie Säure in mein Gehirn. Ich konnte regelrecht verfolgen, wie das Bild, das er sich von mir gemacht hatte und das mich als Menschen erkannte, weil ich doch irgendwie immer noch, oder vielleicht sogar durch den Kontakt mit ihm verstärkt, menschliche Züge gewonnen hatten, zerbröckelte und auseinanderfiel. Ich hätte mich nur zu gerne umgedreht und irgendwo verkrochen. Stattdessen stand ich da wie erstarrt und kämpfte mit Trauer und Verlust und Dies war es, der sich schließlich abwandte und mit zuckenden Schultern um seine Fassung rang.

Er machte tagelang kein Feuer mehr, sondern aß nur das Nötigste. Schließlich hockte ich mich eines Mittags zu ihm. Dies sah mich sehr misstrauisch an und ich nahm das Stück Brot, das er vor sich liegen hatte, und brach eine Ecke davon ab. Den Rest legte ich ihm wieder vor die Nase. Dann begann ich das Brot zu essen und kaute darauf herum, wie wenn es aus Gummi wäre. »Wenn es hilft, dann esse ich mit dir. Aber ich glaube, es hilft nicht wirklich.« Dies unterdrückte ein Schaudern, aber er schaffte es nicht ganz. »Was weißt du darüber, was ein Drachengefährte ist?« Dies schaute auf das Brot vor sich und wäre am liebsten weggerannt. »Die eine Hälfte sind Mythen, die andere Hälfte sind Gerüchte, die dritte Hälfte sind Fehlinformationen und am Schluss bleibt etwas übrig, was man nicht wirklich wissen will?« Dies starrte weiterhin sein Brot an. Ich kaute wieder eine Runde. »Dann glaubt man eine Menge besser erkannt zu haben. Und dann stellt man fest, dass das, was man beruhigt als Falschmeldung abgelegt hatte, vielleicht doch ein Körnchen Wahrheit enthält. Wenn man sich aber geirrt hat, hat man sich vielleicht an noch mehr Stellen geirrt. Und so gerät alles ins Wanken.« Ich hatte das Brotstückchen tatsächlich heruntergewürgt und klopfte mir die Hände ab. »Versuche es mal damit. Du bist ein Mensch und isst gebratene Tauben. Dazu brauchst du ein Feuer. Ich bin ein Drachengefährte, esse Waldratzen und brauche dazu kein Feuer.« Dann stand ich auf und ging zu Berkom hinüber. Der schenkte mir einen Blick aus halb geschlossenen Augen und ließ mich in Ruhe. Er war dabei, die Gegend zu erkunden, und dabei störte ich ihn auch nicht. Am Abend machte Dies ein kleines Feuer und ich konnte wieder ein wenig freier atmen.

Rutania streckte uns bald seine ersten Fühler entgegen. Dies musste viel häufiger kleinere Umwege machen als bislang. Die wenigen Höfe, die wir gestreift hatten, hatten wir immer schlicht im Schutz der Dunkelheit hinter uns gelassen. Jetzt ging das nicht mehr. Die Gegend war zu dicht besiedelt und schließlich hielt Dies an. Wir hatten einen eher lichten Waldgürtel erreicht und vor uns sahen wir erneut eine breite Flucht Felder und am Horizont schien es sogar etwas Ähnliches wie eine Obstbaumplantage zu geben. Der Drachenblick zeigte mir jedenfalls Bäume, die in Reih und Glied gepflanzt worden waren, und auch wenn ich sie in ihrem kahlen Zustand nicht richtig auf die Entfernung hin klassifizieren konnte, so erinnerte es mich einfach an die Obstplantagen, die ich früher gekannt hatte. Jetzt mussten wir endlich zu einem Entschluss kommen, wie wir vorgehen sollten. Sollte Dies Rastelan alleine in diese Mischung aus größerem Dorf oder kleinerer Stadt, je nachdem, wie man es sehen wollte, gehen oder sollte ich mitgehen? Mir gefiel es nicht, hier so auf die Meinung des Waldläufers angewiesen zu sein. Er musste eigentlich wissen, ob er einen gezähmten Drachengefährten mitnehmen würde oder ob er ihn vorsichtshalber mit seinem Drachen vor der Stadt deponierte. Eigentlich wollte ich furchtbar gerne mitgehen und andererseits hatte ich gehörig Manschetten davor, wieder entweder aus der Rolle zu fallen, was hier deutlich unangenehmere Folgen haben würde, oder es nicht auszuhalten, mich begaffen zu lassen. Aber andererseits wollte ich doch auch dafür sorgen, dass Dies Rastelan keine Gelegenheit bekam, sich abzusetzen. Dazu brauchte ich eine etwas größere Ansiedlung. Ob Rutania dafür nützlich war, wusste ich einfach nicht. »Was kommt hinter Rutania?« Dies kratzte den Boden vor sich leidlich frei und begann eine Skizze. »Es kommt darauf an, wo Ihr nun wirklich hinwollt. Wenn wir die eingeschlagene Richtung beibehalten, kommen wir in die lauteren Gärten von Hohkracht. Dahinter schließt sich Hagstorn an, das ist eine ziemlich große Stadt, und danach kommt man in den Wald von Pakkan. Dorthin hatte ich vor, Euch zu bringen. Der Wald ist ein ziemlich ungemütlicher Ort.« Hier verschluckte sich Dies und bekam einen Hustenanfall. Das hatte er vermutlich nicht erzählen wollen. Berkom grinste. Ich vermutete, dass er auch ein wenig mit

Dies geübt hatte und der jetzt ab und zu ein paar Dinge zum Besten gab, die er eigentlich hatte verschweigen wollen. »Ich meine«, Dies schluckte krampfhaft, »es ist ein wilder Wald und ich dachte, das wäre für Drachen genau richtig.« Er schwitzte. Das war nur die halbe Miete. Ich sah ihn tadelnd an. »Dies, Dies. So nicht.« Der Waldläufer wechselte seinen Blick zwischen mir und dem hinter mir stehenden Drachen und schluckte nochmals. »Okay, okay. Der Wald ist wild. Dort leben ein paar üble Gestalten, die sich im Fürstentum nicht mehr blicken lassen können.« »Gesetzlose?« Dies nickte ergeben. Ich grinste ihn an. »Dann passt du bestens mit dazu. Du bist ja jetzt auch ein Gesetzloser.« Dies wurde ein wenig bleich. Er schluckte schon wieder. »Also, sie können Euch nichts tun, aber weil sie da sind, halten die meisten anderen Menschen sich von dem Wald fern. Deshalb bin ich auf ihn gekommen. Dahinter gibt es dann nichts mehr, das Land wird öde und dann kommt die Spalte von Sandragrab. Die Spalte kann man nicht wirklich umgehen, wir wissen nur, dass sie sich bis in die Wüste im Süden erstreckt, und was man sieht, ist eben einfach nur ödes Land. Es lohnt sich nicht, sich durch den wilden Wald zu schlagen, um dann dort an der Spalte hängen zu bleiben, und der Rest ist auch nichts, mit dem man was Vernünftiges anfangen könnte.« Dies haspelte ein wenig vor sich hin und ich dachte bei mir, dass er doch noch etwas verschwieg. Aber andererseits hatte er aus allen Möglichkeiten die herausgepickt, die ihm für uns am erfolgsversprechendsten erschien. Ob sie Berkom gefiel, wusste ich nicht. Ich hätte lieber einen Abstecher ins Landesinnere gemacht und ein paar Städte heimgesucht. Aber vermutlich war das eine ausgesprochen schlechte Idee mit einem Drachen als Begleiterscheinung und es war wirklich besser, wenn wir uns darauf beschränkten, das Fürstentum an dieser Stelle zu durchstreifen. Berkom wackelte ein wenig mit dem Kopf. Er war genauso unentschieden wie ich. Dies schwitzte weiter. »Nach Süden hin kommen wir unweigerlich in die Wüstenregionen, das hatten wir ja schon besprochen. Nach Norden zu ist alles sehr viel stärker besiedelt. Es gibt dort ein paar größere Städte. Dort liegt auch die Hauptstadt mit der Burg der Fürstin und ihrem Hof.« Nein, das hörte sich nicht wirklich einfach an. *»Berkom?« Du willst in den Wald.*

»Ich glaube, das ist vernünftig. Ich sage nicht, dass es besonders aufregend ist. Aber es ist vernünftig. Wir können dann ja mal nachsehen, wie weit der Wald bis ins Landesinnere reicht und von dort aus ein paar Ausflüge unternehmen?« Berkom seufzte. *Also gut. Es ist aber ziemlich langweilig, wenn man immer ein vernünftiger Drache sein muss. »Sei zufrieden. Du hattest auch deinen Spaß mit Dies, gib es nur zu.«* Der Drache wirbelte ein wenig verspielt den Schwanz hin und her und Dies wurde noch eine Schattierung bleicher. »Okay, Dies, okay«, beruhigte ich den Waldläufer, »wir werden es mit diesem Weg probieren. Wir beide gehen jetzt nach Rutania. Berkom wartet hier auf uns. Wir können ihn dann entweder nachholen oder, wenn es zu gefährlich wäre, dann kann er nachts das Dorf überfliegen und wir treffen uns auf der anderen Seite.« Berkom war für Nachkommen. Dies war dafür, dass wir beide blieben, wo der Pfeffer wächst. Wir machten es so, wie ich vorgeschlagen hatte.

Rutania war noch einen halben Tagesmarsch entfernt und so kamen wir ziemlich spät am Abend dort an. Ich roch diese kleine Ansiedlung schon meilenweit voraus und konnte mich auf das, was mich erwarten würde, einstimmen. Dies guckte mich ab und zu skeptisch von der Seite an, während wir nebeneinanderher gingen. Wir waren so noch nie zusammen unterwegs gewesen und er kam jetzt nicht umhin, festzustellen, dass ich größer war als er. Größer und bedeutend kräftiger. Leider auch sehr schnell und geschmeidig. Er hatte wirklich überhaupt keine guten Karten, wenn er versuchen sollte, mich anzugreifen. Dafür war er als Mensch durchaus gut drauf, als Kämpfer hätte ich ihn nicht mehr unterschätzt. Er hatte als Waldläufer eine ganze Menge dazugelernt, was er als Höfling bestimmt früher nicht gekonnt hatte. Er war mit dem Messer erstaunlich gut und mit Pfeil und Bogen auch. Und er war sehr gut trainiert, den ganzen Weg bis hierher hatte er mit mir und dem Drachen problemlos Schritt gehalten. Ich wusste inzwischen auch, dass er durchaus energisch sein und sich durchsetzten konnte, wenn es sein musste. Komischerweise kam ich drauf, dass ich ihn irgendwie mochte. Ich stellte überrascht fest, dass ich die Vorstellung, dass er in Rutania versuchen könnte, uns zu linken, absolut nicht mochte. Ich räusperte mich ein wenig und Dies guckte mich erneut von der Seite an. »Es ist vielleicht nicht so passend, wenn du mich ansiehst, wie wenn ich dir gleich den Kopf abreißen könnte. Du hast mich unter Kontrolle, versuche das in deinem Gedächtnis zu fixieren. Außerdem, was auch immer du vor uns verheimlichst, im Moment haben weder der Drache noch ich vor, dich zu einem Geständnis zu zwingen. Du darfst dein Geheimnis noch ein wenig länger hüten.« Der Waldläufer bekam eine leicht rötliche Hautfarbe im Gesicht und fuhr mich wütend an. »Das könnte euch so passen, nicht wahr? Ihr packt mich einfach, sobald es euch in den Kram passt, und das war's dann, oder etwa nicht?« Jetzt war ich es, der überrascht stehen blieb. Dies rannte ein paar Schritte weiter und fuhr dann herum. Ich guckte ihn wohl derartig belämmert an, dass sich die Zornesfalten in seinem Gesicht glätteten. »Das wusste ich nicht. Du hast das wirklich geglaubt? Dass wir dich benutzen und dann wie einen verbrauchten Wischlappen in der nächstbesten Abfalltonne entsorgen?« Blankes Unverständnis glänzte mir aus Dies' Augen entgegen. Ich hatte mich ein wenig überrumpeln lassen und in mein altes Leben zurückgegriffen. Abfalltonnen gab es hier keine. Das war mir schon länger nicht mehr passiert! Ich würde viel besser aufpassen müssen. »Dies, das hat keiner von uns beiden vor. Wirklich nicht. Was auch immer du von uns hältst, was du glaubst oder nicht, aber wir wollten und wollen dir nichts Böses. Und keinesfalls wollen wir dir etwas antun.« Ich holte ein wenig Luft. »Im Gegenteil. Wenn es irgendwie möglich ist, dann will ich tun, was ich kann, damit du wieder an den Hof zurückkannst oder wohin auch immer du gehen möchtest. Ich möchte, dass du rehabilitiert wirst.« Dies starrte mich an. »Warum wollt Ihr das für mich tun? Ich bedeute Euch nichts.« Ich breitete ein wenig die Hände aus. »Ich weiß auch nicht genau, warum. Vielleicht weil du der erste Mensch bist, der mir begegnet ist, nachdem …« Ich brach ab. Der Waldläufer trat auf mich zu und sah mich fest an. »Vielleicht kann ich Euch das glauben. Also gut, ich werde es probieren. Aber gnade Euch Gott, wenn Ihr mich hintergeht.« Er legte seine Hand auf meinen Arm und ich merkte, dass er ein wenig zitterte. Er hatte mich noch nie zuvor wirklich angefasst. »Ihr seid wandelbar wie ein Geschak. Ich sehe Euch an und dann dreht Ihr

Euch um und zeigt mir ein ganz anderes Gesicht. Ihr wusstet ganz genau, dass die Dörfler Euch im Staub sehen wollten. Aber statt Erniedrigung und Entwürdigung habt Ihr ihr Mitleid erregt und das ganze Dorf wäre am liebsten über seine Füße gefallen, um Euch zu hätscheln, anstatt Euch dafür zu verprügeln, dass Ihr sie zuerst an der Nase herumgeführt und danach verknechtet habt.« Geschak. Unwillkürlich musste ich nach Berkom gegriffen haben, denn ich sah eine Art kleinen Waran. Er sah wirklich einem Waran täuschend ähnlich. Und er konnte wie ein Chamäleon die Farbe an seine Umgebung anpassen. *Geschaks sind mit Chamäleons verwandt. Sie sind die größte Unterart der Wandelbaren.* Berkom schickte mir noch einen passenden Nachsatz. *Ich hätte dich nie als Geschak bezeichnet. Du hast es so schon überlebensgroß genug.* Ich schickte eine Art kleinen Nasenstüber zurück und hielt Dies meine Hände hin.

»Binden?« Wir waren Rutania jetzt nahe genug, dass wir jederzeit auf irgendwelche Bürger dieser Metropole stoßen konnten. Dass das bisher noch nicht passiert war, hing nur damit zusammen, dass wir uns aus dem am spärlichsten besiedelten Gebiet her näherten, wo es keine Handelsstraßen oder andere wichtige Verbindungswege gab. Zum Süden hin verirrte sich kaum jemand. »Nein.« Der Waldläufer schüttelte seinen Kopf. »Von dem Dorf bis hierher muss es jedem Waldläufer gelungen sein, die Kontrolle sicher halten zu können. Sonst würde er nie und nimmer einen Drachengefährten in die Stadt mitnehmen. Wenn ich Euch mitbringe, dann darf ich Euch nicht mehr fesseln müssen.« Das war eine große Erleichterung für mich. Dies musste mir das angesehen haben. Jetzt war er es, der grinste. »Wir werden in Rutania als Erstes einen Krämer aufsuchen. Dort bekommt Ihr dann eine Ledermanschette. Das kennzeichnet Euch dann als ungefährlich.« Dies grinste immer noch. Da kam noch mehr. »Ich werde eine Kette bekommen. Wenn ich schlafe oder aus sonstigen Gründen nicht direkt auf Euch aufpassen kann, werdet Ihr angekettet.« Ich starrte den Waldläufer durchdringend an. Das hatte er also die ganze Zeit verheimlicht. Er hatte gewusst, dass das ziemlich heftig für mich sein würde. Also gut. Ich lächelte Dies sanftmütig an. »Wenn du das sagt. Wir werden uns die Kette gemeinsam aussuchen.« Der Waldläufer sah mich an, seine Augen wurden ein wenig größer und dann fluchte er leise: »Geschak.« Ich behielt meine sanftmütige Miene bei und murmelte: »Wenn du das sagst. Aber ich würde das an deiner Stelle in Rutania nicht äußern. Es könnte irgendjemand auf falsche Gedanken bringen.« Dies fluchte trotzdem nochmals. Dann gab er mir einen nicht gerade sanften Stoß und von der Minute an hatte ich vor ihm herzugehen.

Rutania entpuppte sich als durchaus annehmbar große Siedlung. Es gab ein paar vorgelagerte Höfe und dann wurde unser Weg zu einer Art Straße. Wir trafen ein paar Menschen, dann trafen wir ein paar mehr Menschen. Ich bekam einen leicht sorgenvollen Blick, weil alle, aber auch alle uns anstarrten, wie wenn sie ein Kalb mit zwei Köpfen sehen würden. Das konnte ja noch heiter werden. Dies Rastelan hatte zu mir aufgeschlossen und begann leise auf mich einzureden. »Wir müssen nicht bis ins Zentrum von Rutania gehen, sondern werden uns am Rand halten. Seht auf den Boden, wenn es anfängt, schwer zu werden. Entspannt Euch. Ich weiß, dass Ihr das könnt. Ihr habt es schon mal hingekriegt. Es sind nur einfache Menschen, niemand ist hier, der Euch oder dem Drachen etwas tun will. Denkt daran. Es sind keine Krieger hier, das sind alles einfache und ungefährliche Menschen. Niemand will Euch angreifen.« Ungefährliche Menschen gab es nicht. Rutania war nicht so klein. Hier wohnten ein paar mehr Menschen. Ein paar mehr Menschen auf einem Haufen ergaben einen Mob. Ich begann schleunigst mit meinen Atemübungen. Und ich begann mich darauf zu konzentrieren, ein wenig blaue Luft auszuatmen. Ich versuchte diese Luft möglichst von Dies wegzudirigieren, damit der nicht davon beeinträchtigt wurde. Das gab mir ausreichend etwas zu tun, sodass ich die Blicke der Menschen nicht mehr so stark beobachten konnte. Wir gingen jetzt durch eine ununterbrochene Reihe von Hütten, die mit der Zeit etwas größer wurden und einen sozusagen gesetzteren Eindruck machten. Zum Glück war es jetzt bereits so dämmrig, dass der größte Verkehr abgeflaut war. Dann erreichten wir einen kleinen Platz und Dies Rastelan dirigierte mich an einer Schänke vorbei zu einem Haus, das sich als Geschäft eines Gemischtwarenhändlers entpuppte. Der kleine Platz war immer noch ein wenig belebt und aus der

Schänke hörte ich nicht unbeträchtlichen Lärm. Am liebsten wäre ich an dieser Stelle geflüchtet. Dies legte mir seine Hand auf die Schulter und ich ging fast in die Knie. »Ruhig. Ruhig.« Wunderbar, die Zauberworte, die ich so lange nicht mehr gebraucht hatte, taten auf geheimnisvolle Art und Weise ihre Wirkung. Ich zog den Geruch von Dies Rastelan in meine Nase und setzte diesen bekannten Duft gegen alles das, was auf mich einstürmte.

Dann klärte sich mein Kopf. Das hier war nicht New York City, Time Square, sondern eine kleines Städtchen und ich war nicht Godzilla, sondern ein friedlicher Drachengefährte. Punktum. »Okay.« Ich hörte, wie Dies neben mir erleichtert aufatmete. Dann schob er mich in den Laden hinein. Die Türe klappte zu und ich zuckte zusammen. Dies verkniff sich gerade noch ein ›Ruhig‹, aber ich hörte es trotzdem. Der Ladenbesitzer kam hinter ein paar Kisten und Säcken hervorgekrochen und ich begann mit einer gewissen Art von Verzweiflung mich auf das zu konzentrieren, was ich um mich herum sehen konnte. Es war unverkennbar einem Tante-Emma-Laden verwandt. Ich konnte eine ganze Reihe von Gegenständen erkennen, die sich überhaupt nicht von dem unterschieden, was es auch in meiner alten Welt gegeben hatte. Die Lampe, die den Laden jetzt erhellte, hatte eine etwas ungewöhnliche Form. Ich schnupperte hin, um festzustellen, ob es Petroleum war, was hier zum Brennen benutzt wurde, oder Wachs und Dies gab mir einen leichten Stoß. Ich machte also zwei Schritte weiter in den Laden hinein und der Ladenbesitzer machte ungefähr fünf rückwärts. Dies schob mich zur Seite und trat an mir vorbei. Der Ladenbesitzer erkannte den Waldläufer unzweifelhaft und zog beunruhigend schnell den richtigen Schluss. Er guckte mich jetzt an, als sei ich etwas, dem man einen Maulkorb verpassen müsste. »Keine Sorge. Ihr kennt mich und meinen Stand.« Der Ladenbesitzer war ein kleines Männchen mit einem nicht unbeträchtlichen Bauchumfang und er verneigte sich jetzt, während er weiterhin einen sicheren Abstand zu mir beibehielt. »Gewiss.« Die Stimme war hoch und quäkend und der Mann verströmte nur so Angst und Unsicherheit. Ich begann vorsichtshalber alle anderen Gerüche in diesem Laden zu sortieren. Mich interessierte vor allem einer. Dies musste ab und zu seine Vorräte aufgestockt haben und das hatte er nicht in dem Dorf tun können. Dort gab es nicht, was er brauchte. In Rutania gab es Händler, es war also vorstellbar, dass er hier eingekauft hatte. Vielleicht hatte er einen anderen Laden bevorzugt, den er mit mir im Schlepptau jetzt nicht ansteuern konnte, weil er zu ungünstig für einen halb ausgeflippten Drachengefährten lag. Aber der Ladenbesitzer kannte Dies Rastelan. Entweder war er schon früher hier gewesen oder er trug eine Art Uniform, die ihn als Waldläufer kennzeichnete und mir war das bislang nicht klar geworden. Wenn es so war, dann hatte jeder, der Dies Rastelan hinter mir gesehen hatte, gewusst, wer beziehungsweise was vor ihm ging. Dann war nicht alleine unsere etwas ungewöhnliche Marschformation und auch nicht die schlichte Tatsache, dass wir Fremde waren, für das Aufsehen verantwortlich, dass wir verursacht hatten. Ich fand den Geruch nicht heraus und das beruhigte mich ein wenig. Nur ein wenig, weil ich mir nicht hundertprozentig sicher war, ob ich den feinen Duft aus dieser Fülle von Gerüchen herauskristallisieren konnte. Eingepackt und in der hintersten Ecke vergraben, würde ich es vielleicht nicht riechen. Andererseits, Dies Rastelan konnte es kaum vor mir verbergen. Wenn er das Beruhigungsmittel mitnahm, würde ich es unzweifelhaft mitbekommen. Ich wurde beträchtlich ruhiger, als ich mit meinen Überlegungen so weit gekommen war. Das Aufsehen, das wir erregt hatten, passte andererseits ganz gut zu meinem Plan. Also konnte ich mich jetzt wirklich entspannen. Es lief alles bestens. Dies warf mir einen forschenden Blick zu. Ich senkte ein wenig den Blick und begann unbeteiligt auszusehen und Dies sah mich an, wie wenn er einen ungezogenen Pinscher erblickte.

»Ich brauche noch das Übliche für ihn.« Der Ladenbesitzer sah mich immer noch höchst missfällig an. »Er ist also noch neu? Das ist ungewöhnlich. Hier hat es so etwas doch überhaupt noch nie gegeben.« Dann schien ihm einzufallen, dass ich vermutlich nicht alleine gefangen genommen worden war. »Herr, Ihr seid sicher …?« Dies wurde einen ganzen Kopf größer. »Wie könnt Ihr wagen zu zweifeln? Ihr kennt die Regeln und Gesetze. Tut Eure Pflicht.« Der Ladenbesitzer knickte erneut zusammen und murmelte: »Stets Euch zu Diensten, gewiss, stets zu Diensten.« Dann begann er rückwärts zu kriechen und verschwand zwischen irgendwelchen Regalen und klapperte und kramte ziemlich hektisch herum. Kurz darauf lud er seine Ausbeute auf den Ladentisch. Ich konnte mit äußerster Mühe verhindern, dass ich die Zähne bleckte. Er hatte eine durchaus größere Kollektion von Ketten angeschleppt. Ich erkannte Fußfesseln und sonstiges Zeug, was mich überhaupt nicht erfreute. Was es doch in diesen Tante-Emma-Läden so alles gab. Der Ladenbesitzer verschwand nochmals und kam dann mit ein paar Lederstücken an. Dies sah das alles mit deutlichem Missfallen an. »Das ist alles, was Ihr habt?« Der Händler zog den Kopf ein und murmelte untertänig: »Das ist, was ich Passendes habe.« Dies zog eine Augenbraue hoch und der Ladenbesitzer klappte erneut zusammen und huschte davon. Dann brachte er ein Paket an, das in Papier eingeschlagen war, und faltete es vorsichtig auseinander. Darin kam eine Art längerer Rock zum Vorschein, weite Bahnen, die aus feinstem Leder übereinandergelegt vernäht worden waren. Dies begann vergnügt das Leder zwischen den Fingern zu reiben. Jetzt war er es, der schnupperte. »Ah, aus Harraun. Nicht schlecht. Das könnte hingehen.« Der Händler sah aus, als würde Dies ihn gerade ermorden. »Aber Ihr könnt doch nicht wirklich …« Jetzt war es Dies, der einen unbeteiligten Blick auf den Händler warf. »Holt das Maßband.« Der Händler krabbelte davon und sah höchst unglücklich aus. Er hatte einen Fehler gemacht. Dies nahm ihm das Maßband aus der Hand und trat zu mir. »Hand her.« Brav streckte ich meine linke Hand aus. Wenn es denn sein musste, so würde ich wenigstens nicht meine Bindungshand dafür hergeben. Die Ledermanschette würde den halben Unterarm umspannen, zumindest so, wie Dies es abmaß. Der Händler guckte inzwischen nicht mehr nur unglücklich, sondern eher grimmig. »Wer wird mir bezahlen, was ich mit dem Rock verliere?« Dies sah ihn herablassend an. »Seid froh, dass Ihr das Leder überhaupt verkauft. Wer in Rutania würde so etwas bei Euch haben wollen? Ihr werdet darauf sitzen bleiben, solange Ihr dieses Geschäft führt. Es war sowieso eine Fehlinvestition. Ihr könnt mir aber drei Lagen aus dem Rock schneiden, denn ich werde noch Proviantbeutel und eine zusätzliche Schnur brauchen.« Dem Händler fielen fast die Augen aus dem Kopf. »Herr«, brachte er entsetzt hervor und Dies Rastelan sah ihn an wie ein Insekt. »Nun, Ihr habt gehört.« Damit wandte er sich den Ketten zu und begann in denen herumzuwühlen. Der Händler schluckte und verzog sich mit seinem Heiligtum, das er nun opfern musste. Ich trat an den Tisch und guckte mir auch die Ketten an und Dies fauchte: »Zurück!« Ich hopste artig wieder an den Platz, an dem ich gestanden hatte. Wie war das damit gewesen, dass wir die Kette zusammen aussuchen würden? Dies begann sich in dem Laden noch ein wenig weiter umzusehen und ich wäre am liebsten hinausdiffundiert.

Ich stand schon eine ganze Weile in einem Laden herum. Die Türe war zu. Es war eng. Es stank. Ich begann leise zu schwitzen. Dies wanderte ein wenig weiter und holte sich ein paar andere Dinge aus den Regalen und ich begann das nicht mehr mitzukriegen. Ich hatte die Fäuste geballt und konzentrierte mich auf Atemübungen. Der Waldläufer kam zurück und musterte mich prüfend. »Wenn es nicht mehr geht, könnt Ihr draußen vor der Türe warten. Aber Ihr müsstet knien und ich glaube, das wird Euch nicht zusagen. Also seht zu, dass Ihr die Fassung behaltet.« Hatte er noch ein paar Gemeinheiten mehr verschwiegen? Ich hatte das dringende Bedürfnis, mit den Zähnen zu knirschen. Der Händler kam wieder angeschnauft und legte mit einer unübersehbar leidenden Miene den verschandelten Rock auf die Theke. Das war aber schnell gegangen. War es nicht. Er hatte lediglich ein Stück Leder herausgeschnitten, das er jetzt dem Waldläufer hinhielt. Der musterte das Stück und meinte dann, er würde das für heute Abend akzeptieren. »Morgen werdet ihr mir zwei Stücke zur Auswahl bringen, die ihr bei einem Sattler machen lasst. Ihr werdet hier in der Nähe ja wohl einen Sattler haben? Sonst wird auch ein Schuster hingehen, zur Not. Die Schnürung muss sauber über Kreuz geführt werden und unterfüttert sein, ich dulde keinen Pfusch.« Und dann sah er den Händler ruhig an. »Dazu ist das Leder auch wirklich zu schade.« Das schien dem kleinen Mann wie Öl die Kehle hinabzufließen und er sah gleich erheblich glücklicher aus. »Wisst Ihr einen ruhigen Schlafplatz? Wir werden ein wenig Platz brauchen und sollten eher ungestört bleiben.« Der Krämer sah mich erneut mit größtem Missfallen an. Ich schien so etwas wie die Pest zu haben. »Um die Ecke gibt es eine Herberge. Dort wird man Euch vielleicht aufnehmen.« Das »vielleicht« hatte er mit Absicht dazugesagt, da war ich mir sicher. »Gut«, sagte Dies, »dann könnt Ihr die Proviantbeutel ebenfalls herrichten lassen, und was ich hierhin gelegt habe, verpacken. Ihr werdet dann morgen früh vor Tagesanbruch die Sachen in die Herberge bringen.« Der Krämer verbeugte sich erneut und Dies kam zu mir. Er schob den Ärmel meines Lederhemds hoch und legte mir das breite Lederband, das der Händler aus dem Rock geschnitten hatte, um das Handgelenk. Es war zu groß und Dies holte sich eine Schnur, um es festzubinden. Ich guckte auf das Ergebnis und fand es ausgesprochen hässlich. Ich hatte das dringende Bedürfnis, es loszuwerden. Ohne darüber nachzudenken, zog ich an der Schnur und verschob das ganze blöde Gebilde, das der Waldläufer da zusammengebastelt hatte. Dies packte mich ohne Vorwarnung an der Kehle und kickte mir in die Kniekehlen. Das kam so schnell und überraschend, dass ich vor ihm lag, bevor ich überhaupt etwas mitkriegte. »Lass das.« Er zischte mich an und ich hatte das Gefühl, als müsste ich das Dach von diesem traurigen Unterschlupf einer mickrigen Wühlmaus in die Luft sprengen. In der nächsten Sekunde versetzte der Waldläufer mir eine Ohrfeige, die mich umwarf und stellte seinen Fuß auf meine Schulter. Dann packte er meinen Arm und befestigte das Lederband wieder neu. Er band es etwas fester und ließ mich dann erst nach einer kurzen Gedenksekunde wieder auf die Füße. Sehr eindrucksvoll. Dem Händler waren die Augen noch nicht ganz aus dem Kopf gekugelt, aber es fehlte nicht viel.

Dies trat an den Ladentisch und es klirrte unangenehm. Dann waren wir endlich draußen, aber die Welt hatte noch nicht wieder ganz die Konsistenz, die ich von ihr gewöhnt war. Inzwischen war ich so weit, dass ich intensiv in Blau dachte. Es ging. Ich merkte, dass Dies wieder seine Hand auf meine Schulter gelegt und mich in eine Straße geschoben hatte. Ich merkte, dass ich ein wenig wankte. Das konnte nicht wirklich von diesem Lederstück um mein Handgelenk herrühren. Schließlich war das nicht mehr als ein Lederstück? Dies pochte an eine Türe und hielt mich dabei immer noch fest. Er redete mit jemandem und dann merkte ich, dass er mich irgendwohin bugsierte. Der Schock von einem Schwall eiskalten Wassers ließ mich nach Luft schnappen und die Welt tauchte aus dem ungewissen Wabern um mich herum auf. Wir befanden uns in einem kleineren Innenhof. Gegenüber konnte ich in einer offenen Scheune Pferde stehen sehen, daneben gab es eine Remise mit einer wirklichen Kutsche und nebendran den obligatorischen Misthaufen, alles beleuchtet von einer Stalllaterne. Es war dunkel. Ich lehnte an einem Brunnen, der in der Mitte des Hofes stand und war zu einem gewissen Teil klatschnass. Ich schüttelte mich, verspritzte ein wenig Wasser und Dies fragte: »Wieder anwesend?« Ich nickte. »Gut«, sagte der Waldläufer, »wir werden hier über Nacht bleiben. Wenn Ihr mir versprecht, dass Ihr keinen weiteren Anfall bekommt, oder wenn Ihr mich rechtzeitig ruft, dann werde ich Euch hierlassen. Der Wirt hat mir ein Zimmer zum Hof gegeben, gleich hier zu ebener Erde. Ich werde das Fenster offen lassen und Ihr könnt mich also zu jeder Zeit erreichen.« Er sah mich forschend an. »Der Hof hat eine hohe Mauer, der Stall hat keine Fenster und das Tor dort drüben ist mit einem ordentlichen Balken verschlossen. Die Herberge hat eine Türe und davor liegt die Küche und es schlafen noch ein paar mehr Menschen dort im Haus. Habt Ihr mich verstanden?« Hatte ich. Er hatte mir deutlich gesagt, dass ich nicht davonlaufen sollte. Das hatte ich wirklich nicht vor. Der Hof war ein Geschenk des Himmels. Ich seufzte vor Erleichterung, dass ich nicht wieder in einem geschlossenen Raum eingesperrt werden würde. Dies Rastelan sah mich abschätzend an. »Schlaft. Das ist das Beste, was Ihr tun könnt. Ihr werdet morgen genug Kraft brauchen. Also ruht Euch jetzt aus.« Dann sah er mich leicht grinsend an. »Ihr habt das ganz gut gemacht. Der Krämer ist jedenfalls jetzt sicherlich davon überzeugt, dass Ihr ein Pacivakant seid. Dass keiner nach dem Drachen gefragt hat, dürft Ihr ihnen nicht übel nehmen. Sie sind weder an befriedete Drachengefährten noch Drachen gewöhnt. Um ehrlich zu sein, Ihr hattet natürlich völlig recht. Hier sind Drachen, obwohl ihre Siedlung verhältnismäßig betrachtet sozusagen noch in deren direktem Einzugsgebiet liegt, im Grunde völlig unbekannt. Hierher ist noch nie ein Drache gekommen.« Er grinste mich erneut an. »Und lasst die Ledermanschette in Ruhe.« Dann ging er einfach zum Haus und verschwand durch die Hintertür.

Ich blieb bei dem Brunnen sitzen. Ich war ganz zufrieden damit, hier noch eine Weile zu sitzen und mich zu sortieren. Dann rief ich Berkom und erzählte ihm eine ganze Menge über Rutania und fühlte mich danach um Längen besser. Der Brunnen tat das Übrige dazu. Ich trank lange und das Wasser schmeckte himmlisch. Ich setzte mich wieder neben ihn und begann friedlich die Luft zu analysieren und den Rest. Holzfeuer. Stimmen. Menschen. Das war eine Herberge, keine Gaststätte, und eine leise Erinnerung an Hotels zog an meinen Augen vorbei. Ich wurde ruhiger und fand Dies Rastelan in seinem Zimmer, wie versprochen, zu ebener Erde und zum Hof hin. Er hatte tatsächlich das Fenster geöffnet und er nahm sein spätes Nachtmahl in seinem Zimmer zu sich. Eine dumpfe Ahnung beschlich mich, dass dies hier die Herberge für sehr gut betuchte höhergestellte Persönlichkeiten sein musste, wenn Dies Rastelan ein Zimmer für sich alleine hatte. Ich überlegte, wie er wohl das alles bezahlte, was er hier geordert hatte, inklusive der Anfertigung von Ledermanschetten. Ich schnupperte zu den Pferden hin. Sie rochen gut. Also schön, nicht in dem Sinne, dass es mir den Speichel in den Mund getrieben hätte. Sie waren gesund und munter, gut gepflegt und kräftig. Der Hof war sauber. Das fiel mir jetzt selbst in der Dunkelheit auf. Er roch einfach so. Ich begann mich noch mehr zu entspannen. Das hier war eine sehr gut geführte Herberge und ich war dem Schicksal mehr als dankbar, dass wir nicht in irgendeiner kleinen Kaschemme gelandet waren, wo ich vor dem Feuer bei den Hunden hätte übernachten müssen. Dies Rastelan stand am Fenster und beobachtete mich. Ich tat ihm den Gefallen und legte mich hin. Der Brunnen war aus schönem Stein gehauen worden. Ich drückte mich an den Stein und fühlte mich so zufrieden, wie es mir in dieser Situation wohl möglich sein konnte. Und dann schlief ich tatsächlich ein. Was ein bisschen Stein unter freiem Himmel doch für eine Wirkung haben konnte.

Noch vor Tagesanbruch schreckten mich schlurfende Schritte hoch. Ich stand angriffsbereit angespannt da, bevor der unglückliche Tropf, der das ganze ausgelöst hatte, ›Papp‹ sagen konnte. Er merkte im Halbschlaf, dass sich auf dem Hof etwas regte, was dort normalerweise nicht hingehörte, und erschrak. Dann sah er mich und erschrak heftig. Ich stellte fest, dass es sich vermutlich um den Pferdeknecht handelte, der die Rösser füttern gehen wollte. Anscheinend hatte man nicht allen Mitarbeitern den neuesten Stand der Dinge erzählt. Mangelnden Informationsfluss gab es hier also auch. Dem Knecht musste ich wie eine Art Tiger vorgekommen sein, denn ich roch, dass er sich wirklich übermäßig erschreckt hatte. Er tat mir leid, aber ich brauchte selbst eine kurze Zeit, um mich wieder abzuregen. Dann wartete ich darauf, ob er von selber wieder verschwinden würde. Er kam schließlich auf diesen glorreichen Gedanken und rannte zur Hintertür. Daraufhin schlenderte ich zum Schlafzimmer von Dies und betrat es nonchalant durch das Fenster. Dies hatte mitgekriegt, dass sich draußen etwas getan hatte, und war bereits auf den Füßen. Ich zuckte mit den Schultern. So etwas kam eben vor. Der Waldläufer konnte sich damit beschäftigen, ob ich jetzt besser hierblieb oder ob der Knecht gleich die Kündigung eingereicht hatte. »Ihr hättet ihn nicht derartig zu erschrecken brauchen.« Dies raunzte mich an und ich schnupperte verhalten zu ihm hin. Er roch nicht gut. Um ehrlich zu sein, das Zimmer roch nicht gut. Ich wollte wieder raus in den schönen Hof. Ich brauchte keine Beleuchtung, um mitzukriegen, dass Dies eine ausgesprochen schlechte Nacht verbracht hatte. Ach herrje, das konnte dann heute ja heiter werden. »Frühstücke doch erst mal«, meinte ich ganz wohlgesinnt, um nett zu ihm zu sein, »dann sieht die Welt meistens wieder etwas freundlicher aus.« Anscheinend war das genau das Falsche. Der Waldläufer zuckte jedenfalls wie unter einem Hieb zusammen und runzelte die Augenbrauen so stark, dass ich das selbst in dem mäßigen frühmorgendlichen Licht sehen konnte. »Habt Ihr …« Ich guckte Dies fragend an. Eigentlich war er inzwischen nicht mehr so auf den Mund gefallen, wenn er etwas von mir wollte. »Ihr habt gestern gehungert?« »Das weißt du doch, du warst doch den ganzen Tag dabei.« Ich verstand zuerst nur Bahnhof, dann kapierte ich, wo das Problem lag. Mein Waldläufer hatte die ganze Nacht über in seinem Zimmer Blut und Wasser geschwitzt, weil er mich frei und ledig mit all den netten saftigen Pferdesteaks zusammengelassen hatte. Ich wurde wütend. Zuerst erschrak dieser dämliche Pferdeknecht über mich und dann meinte Dies, er könne mich nicht eine halbe Stunde neben einem Pferdestall alleine lassen. Das verdiente eine kleine Lektion. »Aber wenn du mich gerade daran erinnerst, dann gehe ich jetzt mal frühstücken.« Sagte es und schwang mich wieder aus dem Fenster in den Hof. Dies versuchte mich noch zu greifen und fiel fast aus dem Fenster, weil er ins Leere grapschte. Ich marschierte über den Hof zu meinem Brunnen und verströmte eine gewisse eisige Höflichkeit. Dann trank ich ausgiebig und setzte mich schließlich auf die Umrandung, zog ein Knie an und lehnte mich an den Stein. Ein paar rote Wölkchen am Himmel gaben dem Morgenlicht eine ausgesprochen drohende Stimmung. Ich fand das passend.

Brenn, was ist los? Der Klugscheißer auch noch. Ich hatte einen rabenschwarzen Start in diesen Tag erwischt und wohl den gestrigen noch nicht ganz verdaut. Vielleicht hatte ich eine ganze Menge noch nicht richtig verdaut. Ich drückte meine Finger unter die Schnur der Ledermanschette und ließ sie mit einem kurzen trockenen Ruck reißen. Dann schmiss ich das blöde Lederstück auf den Boden und war erst mal etwas zufriedener. Dies war mir nicht nachgekommen und das war ganz gut so. Ich wusste nicht, ob ich beide, den Drachen und den Waldläufer, gerade vertragen hätte, und vielleicht wäre ich doch sehr aus der Rolle gefallen. So konnte ich mich darauf beschränken, meinen Drachen anzustänkern. Der stänkerte ein bisschen zurück und erklärte mir, wie dämlich ich mich aufführen würde, weil ich ja in dieser interessanten Stadt wäre und er hier in diesem langweiligen Wald herumhängen müsste. Am Schluss verpasste er mir das absolute K.o.-Argument. *Es war schließlich deine Idee. Du wolltest das ja unbedingt so durchziehen*. Ich hatte es befürchtet. Ich würde, sobald ich mich auch nur ein Jota danebenbenahm, diese Worte von beiden zu hören bekommen. Dies hatte manchmal ziemlich viel Ähnlichkeit mit dem Drachen, das fiel mir jetzt auch mal so zwischendrin ein. In manchen Punkten eben. Das konnte ja nur noch besser werden. Ich begann mich so richtig mit Wonne in die schlechte Stimmung hineinzusteigern, als sich die Hintertüre der Herberge öffnete. Heraus kam Dies mit zwei weiteren Männern. Einer war der Pferdeknecht, das andere war ein großer, honorig aussehender Mann.

Inzwischen war es hell genug, man konnte schon recht viel

sehen. Ich fluchte ordentlich in mich hinein. Besuch war jetzt nicht angesagt. Ich war nicht repräsentabel hergerichtet. Deshalb versuchte ich etwas, was ich experimentell schon mal probiert hatte, aber ohne die Wirkung wirklich auszutesten. Ich schickte Dies eine deutliche Warnung. In grellem Orange knallte ich ihm eine Warnbarke vor die Nase. Dabei blieb ich weiterhin unbeteiligt auf meinem Brunnen sitzen und behielt die Gruppe nur aus den Augenwinkeln im Blick. Ich merkte, dass Dies einen halben Rumpler machte, den er geschickt kaschierte. Dann schien er mich aufmerksam anzusehen und blieb stehen. Er begann auf seine beiden Begleiter einzureden und das Ganze bekam eher den Touch einer Besichtigungstour und weniger von ›Guten Tag und auf die Knie‹. Ich rührte mich überhaupt nicht und der große Mann schickte seinen Knecht los, damit der sich tatsächlich um die Pferde kümmerte. Danach palaverten die beiden noch miteinander, dann drehte sich der Mann um und ging zur Hintertüre zurück. Dies kam auf mich zu. Langsam. Vorsichtig. Unsicher. Ich hätte mit Wonne die Zähne gebleckt und ihm einen näheren Blick auf sie gegönnt. Ich kämpfte um Selbstbeherrschung und merkte, dass ich früher nicht so viele Probleme damit gehabt hatte. Vielleicht wurde es Zeit, dass ich mich besser in den Griff kriegte. »Okay«, murmelte der Waldläufer mir zu, nachdem er sich bis in eine gewisse Nähe zu mir geschafft hatte, »was ist los?« Ich deutete lässig auf den Boden neben dem Brunnen und murmelte zurück: »Das ist los.« Dies guckte das abgerissene Lederteil an, guckte mich an, guckte wieder runter. »Das war also wirklich eine Warnung von Euch?« »Das war wirklich eine Warnung von mir.« Dies guckte nach dem Pferdeknecht, der jetzt damit beschäftigt war, seinem Job nachzugehen. »Der Wirt wollte sichergehen, dass Ihr nicht wirklich gefährlich wärt. Ihr habt den Knecht zu Tode erschreckt.« »Er wird immer noch ausreichend Angst haben; solange ich hier bin, wird er seines Lebens nicht mehr froh. Aber das kann ich nicht ändern, auch wenn ich für ihn Samba tanzen würde.« Dies warf mir einen merkwürdigen Blick zu. Dann bückte er sich und sammelte Leder und Schnur ein. »Ich weiß, dass es Euch schwerfällt. Aber es geht nicht anders.« Ich verzog den Mund. »Ich weiß, ich weiß. Es war meine Idee. Also sollte ich es auch durchziehen.« Dies betrachtete mich überrascht. Ich grinste ein wenig betrübt und der Waldläufer begriff, dass mein Drache schon vor ihm da gewesen war. Daraufhin hielt er mir das Lederdings hin und ich ließ es mir gottergeben eben wieder umbinden. Es sah noch bescheuerter aus als vorher. Dann folgte ich Dies ins Haus. Er blieb dort nur ausreichend lange, um sich kurz mit dem Wirt zu unterhalten, dann dirigierte er mich hinaus.

Draußen war es noch ziemlich ruhig. Um drei Ecken herum wurde es lebhafter. Schließlich kamen wir zu einer Werkstatt und Dies hieß mich dort einzutreten. Es roch nach Staub und Filz, aber vor allem roch es nach Leder in allen Variationen. Geschirre hingen und lagen überall herum, Sättel und Lassos. Dazwischen hockte ein junger, kräftiger Bursche und riss aus einem umgedrehten Sattel dessen Füllung heraus. Er bekam fast rote Ohren, als er den hohen Besuch bemerkte, stand eilig auf und rannte in den Hintergrund der Werkstatt. Alsbald erschien der Sattler selbst, ein drahtiger, nicht zu kleiner Mann mit kräftigen Händen. Er musterte mich eher abschätzend als ablehnend oder abwertend und dann wandte er sich Dies zu und machte so etwas wie eine Art Referenz. Dies konnte das erheblich besser und ich merkte, wie der Sattler das sehr wohl registrierte. Dann traten beide an einen Tisch und überließen mich und den jungen Burschen sich selbst. Ich wusste inzwischen, dass man von mir erwartete, schlicht mich wie Luft zu verhalten. Der Junge wusste das nicht. Er strolchte en passant näher und bekam rote Backen. »Seid Ihr wirklich so gefährlich, wie man sagt?« Er fragte es leise und mit einer Art Augen im Hinterkopf, die mich gut erkennen ließen, dass er den Sattlermeister nicht unterschätzte, aber durchaus mit ihm umgehen konnte. »Ich bin überhaupt nicht gefährlich«, flüsterte ich zurück. Der Junge zuckte ein wenig zusammen, kriegte das aber bewundernswert schnell in den Griff. »Habt Ihr wirklich mit einem Drachen zusammengelebt?« »Ich gehöre zu einem Drachen. Das ist ein wenig mehr, als mit ihm zu leben.« »Und wo ist der Drache jetzt?« »Er wartet auf mich.« »Werdet Ihr ihn hierherbringen?« »Nein, ich glaube nicht, dass der Waldläufer das vorhat.« Der Junge warf einen Blick auf die beiden Männer, die am Tisch in ihr Gespräch vertieft waren. »Ihr tut jetzt, was er sagt?« »Gewiss.« »Aber wenn Ihr könntet, dann würdet Ihr das nicht mehr machen?« »Du meinst, dann würde ich anfangen zu wüten und dich in Stücke reißen und diese nette kleine Stadt in Schutt und Asche legen?« Der Bursche bekam große Augen und wollte zwei Schritte rückwärts machen. Ich war schneller und hatte ihn an der Schulter gepackt, bevor er davonlaufen konnte. »Kannst du mir sagen, warum ich das tun sollte? Ein paar naseweise Fragen sollten dafür doch wirklich nicht ausreichend sein, oder? Und warum, um Himmels willen, sollte ich etwas gegen eure Häuser haben? Und wieso sollte mein Drache etwas gegen euch haben? Sieh mal, ich habe hier in einer sehr guten Herberge geschlafen. Alle sind freundlich zu mir gewesen. Warum sollte ich also etwas anderes für euch empfinden als Freundlichkeit? Wenn du das Fremde, das du nicht verstehst, mit Respekt kennenzulernen versuchst, kannst du schon mal Fehler machen. Aber du wirst bestimmt nicht als unhöflicher Trampel jemanden beleidigen, bei dem du es besser nicht tätest.« Der Junge stand still unter meiner Hand und ich ließ ihn los. Er lief nicht davon, sondern sah mich jetzt interessiert an. »Und wenn Euch jemand etwas Übles antun wollte? Dann würdet Ihr ihn töten?« »Der Waldläufer ist dafür da, mich zu schützen. Bevor jemand mich angreift, müsste er den Waldläufer aus dem Weg räumen. Nur«, hier lächelte ich ein ganz klein wenig und ließ die Andeutung eines Fangzahns aufblitzen, »ich würde keinem raten, sich an meinem Waldläufer vergreifen zu wollen.« Der Junge guckte mich fasziniert an und dann sah ich, wie ein Lachen der Erleichterung in ihm hochsteigen wollte. Ich warf einen Blick zum Tisch und der Junge schluckte das Lachen hinunter. Aber er sah mich mit leuchtenden Augen an und verschwand dann ziemlich schnell und höchst unauffällig aus dem Laden.

Dies Rastelan drehte sich um und winkte mich zu sich her. Der Sattler rückte nur einen halben Schritt zur Seite. Dies machte eine auffordernde Handbewegung und ich hielt ihm meine Befriedungshand hin. Er wickelte das verunglückte Lederstück ab und dann hielt er mir eine Manschette hin, die ganz anders aussah. Diese Manschette war passgenau geschnitten. Sie bestand aus zwei Lagen Leder, wovon eine weiter vorgezogen war. Von oben bis unten waren feine Ösen in den Seiten eingehämmert worden. Das

Leder war geschmeidig und umspannte meinen Arm sanft, aber durchaus angenehm spürbar. Durch die Ösen war ein Stück Lederschnur gezogen worden, das rund und fest genäht war. Dies drapierte die eine Lage der Manschette über die andere und zog die Schnüre über Kreuz an. Die untere Lage Leder polsterte die Ösen perfekt ab. Dies band einen eleganten und festen Knoten und ich bestaunte meinen Arm. Das fühlte sich gänzlich anders an. Ich schüttelte ihn versuchsweise ein wenig und ballte meine Faust. Es ging prächtig. Das Leder gab nach und passte sich an, aber es rutschte nicht und engte mich nicht ein. Dies machte ein zufriedenes Gesicht und der Sattler bekam einen ansatzweise begeisterten Blick. Danach packte Dies meine Hand und zog mir die Manschette wieder aus und ich machte ein dummes Gesicht. Der Sattler fand das amüsant und Dies griff auf den Tisch und holte ein zweites Exemplar hervor. Das war ähnlich geschnitten, auch mit den zwei Lagen, aber es hatte keine Ösen, sondern zwei dünne Metallschienen mit Zähnen. Ich starrte die Manschette perplex an. Dies probierte sie mir an und hakte die Metallschienen ineinander. Sie griffen fest und Dies klappte am oberen Ende einen feinen Haken über das Kopfteil. Damit waren die Schienen fixiert und die Manschette saß. Das war jetzt also wohl die Art Reißverschluss, die es hier gab? Mehr als interessant. Ich schnüffelte fast an meinem Arm und Dies bewegte ihn hin und her, um zu fühlen, wie sich das Metall dazu verhielt. Ich spannte meine Armmuskulatur an und der Sattler bekam eine gesunde Gesichtsfarbe. Die Manschette hielt. Dies klappte den Haken wieder auf, zog kurz an der Metallschiene und die Manschette fiel mir vom Arm. »Schön.« Der Waldläufer wandte sich an den Sattler. »Das scheint beides zu funktionieren und ich bin mit Eurer Arbeit einverstanden. Ich werde beide nehmen.« Der Sattler freute sich sichtlich. Vermutlich erhoffte er sich, dass er Aufträge bekommen würde, weil wir ja seine Ledermanschetten in der Welt draußen vorführen würden.

Die Tür ging auf und herein kam noch ein als Handwerker erkennbarer Mann. Ich sah mich um, ob ich mich irgendwie in eine Ecke verziehen könnte, aber Dies wollte, dass ich mein Hemd auszog. Irritiert tat ich das und der Waldläufer gab mir ein Hemd, das der Neuankömmling dabei gehabt hatte. Ich zog es an, und der Mann, den ich jetzt mal als Schneider einschätzte, begann an mir herumzuzupfen, was mir eine leidende Miene entlockte. Der Sattler grinste fast und der Schneider schien vor mir so viel Respekt zu haben wie vor einer Matrone, die ein Ballettkostüm bestellt hatte. Diese Erfahrung hatte ich immer wieder gemacht. Sobald Menschen mit Krieg und Kampf nichts mehr zu tun hatten, würden Handwerker sich in ihre Profession stürzen und den Blick für mögliche Gefahren dabei gänzlich aus den Augen verlieren. Wenn sie in ihrem Beruf gut waren. Wenn sie Stümper waren, würden sie nicht für gutes Geld auch nur auf zehn Meter gegen den Wind an etwas herangehen, das vielleicht mal unangenehm werden könnte. Der Schneider war dafür ein Paradebeispiel. Der Sattler hatte dagegen noch genug Vorsicht im Blut, dass er auf mich achtgab. Aber er war ebenfalls davon überzeugt, dass ich nichts Ungebührliches tun würde. Und siehe da, die Werkstatt stellte plötzlich kein Problem mehr dar. Die gestrige Attacke in dem Krämerladen schien kein Thema mehr zu sein. Der Schneider war mit meinem Hemd so weit zufrieden und maß dann ungeniert weiter an mir herum. Ich ließ alles über mich ergehen und Dies stand mit über der Brust gekreuzten Armen da und sah mit einem ziemlich herrischen Blick zu. Ihm schien das gut zu gefallen. Der Schneider klaubte zusammen, was er brauchte, ich durfte mich wieder anziehen und kriegte die neue Manschette mit dem Lederband um. Dies gab noch ein paar Instruktionen, dann scheuchte er mich nach draußen.

»Wir gehen jetzt zur Meldestelle und danach zurück zur Herberge. Dann sollten wir bald aufbrechen können.« Es waren erheblich mehr Menschen auf den Straßen und Dies ließ mich in zwei Schritt Abstand vor sich hergehen. Man machte uns durchaus Platz. Und dann tauchten aus den Nebenstraßen die Burschen auf. Zuerst waren es ein paar, dann eine Handvoll. Sie gingen vor uns her und mein Sattlerjunge steckte mitten im Pulk. Sie schienen zu wissen, wo wir hinwollten, denn sie gaben so etwas wie eine Eskorte ab und ich musste sehr aufpassen, weiterhin eine sanfte, unbeteiligte Miene aufzubehalten. Am liebsten hätte ich laut gelacht, so amüsant war diese Horde. Die Menschen, die sie anmarschiert kommen sahen, machten schon von sich aus Platz und die halbe Aufmerksamkeit hatten sie für sich, weil jeder zuerst überlegte, was die Gesellschaft im Sinne haben könnte. Dann kriegten sie mich in den Blick und dann waren wir auch schon vorbei. Hinterherzugaffen war längst nicht so anstrengend auszuhalten, wie von vorne Ausweichen, Starren, Tuscheln und am besten noch eine Art gekreuzte Finger sehen zu müssen. Die Meldestelle befand sich leidlich nahe dem Zentrum und inzwischen hatte sich herumgesprochen, dass da etwas los war. Die üblichen Zuschauer fanden sich ein und Dies sorgte dafür, dass ich schleunigst in dem ziemlich großen Haus verschwand, das der Sitz der Behörde war. Ich war ja schon so gespannt darauf, wie die Bürokratie hier ausgeprägt war.

Ich wurde gänzlich enttäuscht. Es gab nicht mehr als ein eher nüchternes Zimmer, in dem ein Mann und diesmal, schau an, eine Frau an Tischen saßen. Die Frau sah auf, guckte irritiert und ihr Kollege ergriff mannhaft einen Zettel und einen Stift. Dies verteilte erneut sehr bestimmt seine Instruktionen und ich konnte überhaupt keinen Pferdefuß daran entdecken. Er machte genau das, was ich ihm geraten hatte, er schickte sowohl an den Waldläufer im Süden wie im Norden die Nachricht, dass er in wichtiger Mission abgerufen worden sei und so lange, bis er oder sein Nachfolger seinen Posten einnehmen würde, beide sein Gebiet mit überwachen sollten. Der Beamte blickte uns etwas sorgenvoll an. »Und wie lauten nun Eure Anweisungen? Habt Ihr die Depesche dabei?« Dies ließ sich überhaupt nicht aus der Ruhe bringen. »Ich bin auf dem Weg nach Hagstorn, um dort mit dem Festungskommandanten zusammenzukommen. Dort liegt meine offizielle Beglaubigung.« Der Beamte verzog leicht spöttisch den Mund, schielte zu mir hin und lispelte: »Das wird wohl so sein. Ihr wisst ja wohl über Pakkan Bescheid, wenn Ihr Euch nach Hagstorn begebt.« Damit drehte er sich um und holte von einem Stapel Blätter eines, versetzte ihm einen Stempel und kritzelte darauf herum. »Ich gebe Euch eine vorläufige Passage. Ihr könnt das in Hagstorn dann ja mit der dortigen Meldestelle abrechnen.« Ich verstand nur Bahnhof und Dies sah den Beamten an wie eine Laus, die seinen Weg besser nicht kreuzen sollte. Er nahm das Papier entgegen, faltete es und steckte es in einer demonstrativen Art und Weise ein, die dem

Beamten einen etwas sorgenvolleren Blick abrang. Inzwischen schien draußen so etwas Ähnliches wie die Stadtwache aufgezogen zu sein, um die Menschenmenge, die sich aus lauter Gemeinschaftssinn zusammengefunden hatte, wieder zu zerstreuen. Wo ein paar Menschen zusammenstehen, stellt der Rest sich einfach zur Gesellschaft auch noch dazu, irgendetwas zumindest leidlich Interessantes wird es dann schon geben. Wir gingen schnurstracks wieder zur Herberge zurück und diesmal gab es keine jugendliche Eskorte und weniger Gestarre, aber ich war trotzdem sehr froh, als ich in der Herberge verschwinden konnte. Der Innenhof hatte fast eine heimelige Anziehungskraft auf mich. Dies ließ mich dort alleine und ich verschwand gen Misthaufen, was sich als nötig herausstellte. Danach ging ich versuchsweise die Pferde etwas mehr aus der Nähe ansehen. Sie nahmen es nicht tragisch und das freute mich.

»Pacivakant!« In Dies' Stimme schwang ein leicht zitternder Unterton mit, der ein paar Warnsignale bei mir auslöste. Ich eilte zu ihm und sah ihn wohl so fragend an, dass er leicht den Kopf schüttelte. Daraufhin befleißigte ich mich wieder meiner artigen Miene und Dies holte mich ins Haus. Der Herbergsvater stand in der Nähe der Küche und diverse Köpfe guckten dort aus der Türe. Dies schob mich außer Sicht um eine Ecke, stellte sich vor mich und der Herbergsvater äußerte mit durchdringender Stimme: »Ihr könnt ihn dort hinten im Verschlag beim Gemüsegarten füttern.« Zum größten Glück kriegte er nicht mit, wie mir meine Gesichtszüge entglitten. Das schlug dem Fass wirklich den Boden aus. Dies tickte wohl nicht mehr richtig? »Wir haben alles so vorbereitet, wie Ihr es wolltet. Der Hase ist ganz frisch.« »Bist du von allen guten Geistern verlassen?« Ich zischte und Dies rammte mir seine Faust in die Seite. »Verschwindet besser, wenn er das Blut riecht, kann es sein, dass er heftig wird.« Ich hörte eiliges Getrappel und versuchte Dies' Drängen abzublocken. »Geht schon.« Dies fluchte und es hörte sich eher so an, als ob ich vor lauter Gier nicht mehr wüsste, wohin. Also ging ich den Gang entlang und kam richtig im Gemüsegarten heraus. Dort gab es einen Schuppen und Dies ließ keinen Zweifel daran, dass ich da drin verschwinden sollte. Hier draußen reichte es mir jetzt endgültig, ich fuhr wütend herum und Dies ließ seine Faust auf meinen untersten Rippenbogen krachen. Das stoppte mich so weit, dass er mir unterdrückt zuzischen konnte: »Sie beobachten uns alle, also tut Euch und mir den Gefallen und geht in diesen Schuppen. Und esst.« Ich kriegte noch einen etwas harmloseren Faustschlag, der mich ein paar Schritte zurücktrieb, und Dies setzte sofort nach. Er hielt seine Stimme immer noch bedeckt, und während er mich zu dem Schuppen hindrosch, sagte er: »Bitte.« Noch ein Fausthieb, der aus der Ferne wahrscheinlich erheblich heftiger aussah, als er es wirklich war, und nochmals seine leise Stimme: »Bitte.« Dann hatte er mich am Schuppen, hielt mich kurzfristig gegen die Wand gedrückt und öffnete mit der anderen Hand die Türe, um mich dann mehr oder weniger in den Schuppen hineinzuschleudern. Rumms war die Türe zu und durch die lückenhaften Holzbohlen, aus denen die Wände bestanden, kam genügend Licht herein. Ich holte erst mal tief Luft. Ich roch Hase. Ich roch Blut. Es war ein Stallhase und er war wirklich noch nicht lange tot und sie hatten ihn neben eine große Schüssel mit Wasser gelegt. Ich wusste, dass ich durch die Wände des Schuppens hätte brechen können. Nur wozu. Es war, wie es war. Und letztlich hatte ich seit bald zwei Tagen nichts mehr gegessen. Ich zog mich aus und aß, wusch mich und zog mich wieder an und Dies stand eisern vor der Tür des Schuppens und wachte über meine Mahlzeit. Ich klopfte leise an die Türe und Dies guckte mich an, als würde er eine Explosion erwarten und als hätte er sie verdient. Ich hielt ihm kommentarlos die Befriedungshand hin, damit er die Ledermanschette wieder festbinden konnte. Ich merkte, dass er in den Schuppen linste, um zu sehen, was ich gemacht hatte. Ich kriegte auch sehr gut mit, dass er mich musterte, ob ich noch irgendwo blutig war. Ich ließ das alles über mich ergehen, weil ich wusste, dass er damit fertig werden musste wie ich auch. Er sah das Hasenfell und sonst nichts. Der Schock, als er mich anblickte, war durchaus größer, als ich gedacht hatte. Ich hatte gehofft, dass er inzwischen etwas mehr Bescheid wusste. »Es war ein junger Stallhase. Deren Knochen sind nicht so hart. Und der Drache ist auch nicht da. Es wäre schade drum gewesen.« Dies wurde weiß um die Nasenspitze und ich leckte mir bewusst sichtbar die Lippen für alle Zuschauer. Das brachte ihn sehr schnell wieder auf die Füße. »Okay. Zurück auf den Hof. Geht schon.«

Ich ging und versuchte einen zufriedenen Eindruck zu machen. Der Hase hatte letztlich ja auch gut geschmeckt, an dem war nichts auszusetzen gewesen. Es war mühsam. Beim Steinbrunnen suchte ich etwas von der Ruhe der Nacht. Es gelang nicht ganz, es war doch ein Stück zu harter Tobak gewesen. Aber es gelang mir wenigstens, eine Eskalation zu vermeiden. Ich wusste nicht, wie lange es dauerte, bis Dies vor mir stand. Ich hatte auf sein Näherkommen nicht wirklich geachtet, sondern immer noch irgendwie vor mich hin gebrütet. Er stand vor mir und sagte ganz leise: »Verzeiht.« Er wusste genau, was er hier von mir verlangt hatte. Ich rührte mich immer noch nicht und ich spürte eine ordentliche Portion Traurigkeit in ihm darüber, dass er mir das hatte antun müssen. Warum er das hatte tun müssen, damit kämpfte ich noch. Ich streckte meine Befriedungshand aus und legte meinen Arm in der Ledermanschette auf seinen Unterarm, ließ den Kopf gesenkt und murmelte zum Boden hin: »Und jetzt?« Dies Rastelan zog scharf die Luft ein. Er hatte meinen Arm umgefasst wie ich seinen und jetzt schob er seine andere Hand unter mein Kinn und hob meinen Kopf an. Er sah mir in die Augen und er sah aus, als sähe er ein Gespenst. »Ihr habt doch nichts genommen? Seht mich an, Ihr habt nichts genommen, oder?« Ich schüttelte leicht den Kopf unter seinem Griff und er starrte mich immer noch entgeistert an. »Woher wisst Ihr das dann? Woher kennt Ihr die traditionelle Unterlegenheitsgeste? Woher wisst Ihr, dass ich das in aller Öffentlichkeit nach so einem Auftritt wie eben bei der Fütterung würde verlangen müssen?« Diese Empathie würde mir noch mal größere Schwierigkeiten bereiten. Der Drache hatte schon häufig genug gestutzt und jetzt fing ich das Gleiche auch bei Dies an! Irgendwann würde es schiefgehen. »Brender, bitte, tut mir das nie an. Ich könnte es nicht ertragen, wenn ich Euch irgendwann einmal wirklich gebunden und betäubt sehen müsste!« Das war nun das Allerunwahrscheinlichste, was ich von dem Waldläufer zu hören erwartet hätte. »Nehmt das Kraut nicht. Und wenn Ihr es nehmen müsst, dann versucht möglichst bald darauf die Innereien eines Vogels zu essen. Es spielt keine Rolle, ob es eine Amsel oder eine Ente oder ein Huhn ist. Es neutralisiert die Wirkung so weit, dass Ihr damit fertig werden könnt.« Er sah mich immer noch leidlich entsetzt an und ich verstand immer weniger. »Das Kraut wirkt auch bei Menschen, es erzeugt einen starken rauschartigen Zustand. Wenn man es bei einem Drachengefährten zu stark einsetzen muss, kann es manchmal auch den Waldläufer erwischen. Deswegen wissen die Waldläufer auch das Gegenmittel dazu.« Einmal hatte ich den Waldläufer nicht in irgendeine Ecke getrieben, einmal tat er etwas freiwillig, vielleicht zum wirklich ersten Mal, und er schenkte mir einen der wichtigsten elementarsten Teile des Geheimwissens der Waldläufer. Er lieferte sich zu einem gut Teil mir aus, denn im Moment war ich derjenige, der das Kraut hatte. Ich sah zu Dies hoch und es gab nur eine Antwort: »Danke.« Der Waldläufer starrte mich immer noch an und dann fluchte er. »Entweder ich bin völlig bescheuert oder Ihr seid der verteufeltste Künstler der Maskerade, der mir je in meinem Leben begegnet ist.« Ich stand auf, drehte mich ein wenig aus der Profilansicht und dann war ich es, der den Arm von Dies festhielt, und er merkte diesen Unterschied sofort. Ich zeigte ihm versteckt einen Eckzahn mit einem kleinen Grinsen und murmelte ihm zu: »Gib es endlich zu. Los, gib es zu.« Dies glotzte mich ein wenig an und ich konnte ein rotgoldenes Kügelchen nicht zurückhalten. Er würde das nicht verstehen, aber ich konnte es trotzdem nicht zurückhalten. Wie unter einem Zwang murmelte Dies: »Okay. Ihr seid gut. Ihr seid verteufelt gut.« Dann machte er sich praktisch frei und ich hatte den Eindruck, dass er sich gerade noch davon abhielt, die Stirn abzuwischen. Das hätte gerade nicht gut gepasst. Denn das Haus beobachtete uns bei unserem kleinen Intermezzo mit höchstem Interesse.

»Es wird Zeit, dass wir hier verschwinden.« Dem pflichtete ich bei. Noch eine Fütterung würde ich nicht überleben. Also gingen wir rein und Dies hoffte darauf, dass der Schneider bald fertig werden würde. Der Krämer hatte tatsächlich geliefert, ohne dass ich es gemerkt hatte. Peinlich. Dies hatte alle Zeit der Welt gehabt, wenn er mich hätte austricksen wollen. Der Sattler tauchte auf und brachte die fertig genähten Packtaschen und Proviantbeutel. Der Rock war wirklich ziemlich draufgegangen bei alle dem, was der Waldläufer aus ihm hatte anfertigen lassen. Ich stand in einer Ecke herum und versuchte unbeteiligt zu wirken. Dies nahm das Papier, das der Sattler ihm hinhielt, las es und zeichnete es ab.

Dann kam der Schneider und lieferte nicht nur Hemd und Hose, sondern auch einen flotten Hut. Dies setzte sich den auf, drehte ihn ein wenig und hätte mich fast nach meiner Meinung gefragt. Na gut, er unterließ das dann doch gerade noch. Vielleicht nicht mal deswegen, weil ich ein ausgewachsener Pacivakant war, sondern weil ich vermutlich in seinen Augen keinen Geschmack für die Modetorheiten dieser Epoche hatte. Ich begann dezent darüber nachzudenken, dass mein Waldläufer früher mal den Hang zum Gecken gehabt haben mochte. Inzwischen war er ja sehr gediegen geworden, aber das Leder aus Harraun hatte er doch gleich einkassiert. Der Schneider bekam auf seinen Wisch auch eine Unterschrift und Dies packte ein.

Ich betrachtete den nicht unbeträchtlich angewachsenen Proviant und runzelte sorgenvoll die Stirn. Würde ich jetzt auch noch den Packesel geben müssen? Dies hatte das aus den Augenwinkeln beobachtet und jetzt war er es, der sich amüsierte. »Ja, ja, das Leben ist hart.« »Dies, wie hast du all das bezahlt, was du hier geordert hast? Und wie bezahlst du diese Unterkunft? Sie muss teuer gewesen sein.« Dies sah mich immer noch versonnen amüsiert an. »Ich habe bei der Meldestelle einen bestimmten Etat und den habe ich noch so gut wie nie groß angetastet. Also buche ich jetzt davon ab. Ich unterschreibe die Forderungen der Händler und Handwerker und diese können das entweder eintauschen oder bei der Meldestelle einlösen.« Bargeldloser Verkehr, na sauber. Und bezahlt wurde mit der Unterschrift. Ach herrliche Zeiten für jeden, der ein bisschen zu fälschen verstand. »Und wenn du überziehst?« »Dann werde ich eingezogen.« Ich guckte irritiert. »Festungshaft und so. Man kennt die Höflinge im Fürstentum. Keiner würde es wagen, sich so etwas zuschulden kommen zu lassen.« Ich musste es wissen. »Und wenn du es gar nicht warst, der den Zettel unterschrieben hat?« Dies musterte mich sinnend. »Bevor der Drache Euch erwischt hat, was seid Ihr da doch gleich noch mal gewesen? Da hat wohl noch etwas überlebt?« Das Thema wollte ich nicht weiter vertiefen. »Ich meinte ja nur, denn ich weiß nicht, wie viel dein Konto noch hergibt. Ich wollte nur vorschlagen, ob du nicht fragen kannst, ob du auch ein Pferd ordern könntest. Dann kämen wir besser voran.« »Wenn ich nicht den Verdacht hätte, dass Ihr schon wieder ein Spielchen treibt, würde ich glauben, dass Ihr wirklich nur dem aus dem Weg gehen wollt, dass Euer Drache ein paar Packtaschen zu tragen bekäme, natürlich nachdem Ihr sie bis zu ihm transportiert hättet.« Ich sah Dies würdevoll an. »Dieser Gedanke lag mir ferne. Natürlich bin ich davon ausgegangen, dass du einen Diener mit dem Gepäck vorausschicken würdest. Aber wie der Drache darauf reagieren würde, das hat mir natürlich Sorgen bereitet. Und man soll sich ja immer um konstruktive Vorschläge bemühen.« Dies lachte schallend und presste sich die Hand auf den Mund. Es war sehr unpassend, in der Herberge so aus der Rolle zu fallen, und ich betrachtete missbilligend einen giggelnden Waldläufer. »Geschak.« Er machte ebenfalls ein würdevolles Gesicht. »Du bleibst hier und bewachst die Sachen. Ich werde das Pferd aussuchen gehen.« Er sah mich von der Seite aus an. »Wir werden überlegen, wie wir das Tier an den Drachen gewöhnen, aber die Gärten von Hohkracht werde ich nur standesgemäß betreten.« Standesgemäß. Das ließ mich ein wenig innerlich das Gesicht verziehen. Mein davongelaufener Waldläufer hatte, wenn überhaupt, dann gerade einen ziemlich schlechten Stand. Dafür gab er mächtig an.

Während ich darauf wartete, dass Dies ein Pferd aussuchte, zog ich die Ledermanschette mit den Metallschienen an. Ich wollte ausprobieren, ob die wirklich so gut saß wie die andere. Es dauerte. Und dauerte. Auf dem Innenhof begann es herumzuklappern. Es klapperte noch ein wenig länger. Dann klapperte es erneut. Schließlich kam ein Knecht und holte die Sachen. Er wollte die Sachen holen und fiel fast aus dem Zimmer hinaus, als er bemerkte, dass ich drin war. Er kam aber doch wieder hereingeschlichen und beäugte mich die ganze Zeit, als ob ich eine vielleicht schlafende oder vielleicht auch nicht schlafende Raubkatze wäre. Ich befürchtete, er würde daraus eine haarsträubende Geschichte zusammenreimen. Jetzt hatte er etwas, um im Wirtshaus anzugeben und beim anderen Geschlecht zu punkten. Ich verhielt mich still und fand Menschen mehrheitlich anstrengend. Schließlich kam Dies mich einsammeln. Er war nicht mal darüber erbost, dass ich die Sachen nicht bewacht hatte, sondern hatte forttragen lassen. Ich folgte ihm nur zu gerne, denn still und alleine in einem

Zimmer zu sitzen war keine ganz gemütliche Übung für mich. Dies hatte einen Dunkelbraunen mit breiter Blesse und einer weißen Fessel ausgesucht. Er hatte die neu erstandenen Proviantbeutel und Packtaschen befestigt und saß mit leichtem Schwung auf. Interessant. Reiten hatte demnach zu den Fertigkeiten eines Höflings am Fürstenhof gehört. Gut, das würde unseren Weg wirklich vereinfachen. Wenn Dies sein Konto überzogen hatte, nun dann hatten sie ja Gelegenheit, ihn in Hagstorn einzubuchten. Der Wald war dann nicht mehr so weit weg, den würden Berkom und ich auch ohne ihn finden. Die Alternative war natürlich erheblich amüsanter. Wir würden die Festung sprengen, Dies herausholen und dann im Wald ein zünftiges Räuberleben führen. *Du spinnst*. Ich schickte Berkom den Anblick einer aufgehenden Sonne. Wir verließen Rutania und ich lebte noch. Ich hatte mich nicht zum Narren gemacht, also nicht mehr als unbedingt nötig. Dies hatte es auch überlebt. Ich glaubte nicht, dass er etwas unumkehrbar Schlechtes getan hatte.

In meinen Augen hatte sich im Gegenteil alles genauso entwickelt, wie es in den Plan passte. Dies brachte einen Pacivakant mit seinem Drachen durch das Land. Das wusste jetzt jeder. Ich hatte jeden Grund, den man sich nur wünschen konnte, um hier unterwegs zu sein. Der Drache hatte jetzt ebenfalls eine Legitimation. Dies Rastelan konnte uns nicht mehr verlassen, er würde uns führen müssen und sicher durch das Land bringen. Der Drache grummelte. *Das wäre das erste Mal, dass ein Plan sich so einfach umsetzen lässt. Irgendwo gibt es immer einen Pferdefuß. »Da wir gerade von Pferdefuß sprechen, Dies hat jetzt ein Pferd. Er reitet. Du solltest dich von dem Pferd erst mal fernhalten, damit nichts passiert. Wir werden uns noch darüber unterhalten, wie wir das in den Griff kriegen.«*

Dies ritt mitten durch Rutania hindurch. Er trug den neuen Hut mit einem feschen Schwung und ich stellte fest, dass er einen ganz anderen Eindruck machte, wenn er ritt. Vielleicht machte er einen anderen Eindruck, weil er nicht mehr der verfemte Waldläufer war, sondern einer, der auszog, seinen Ruf zurückzugewinnen. Ich schritt neben dem Pferd her und hatte keine Mühe mitzuhalten. Außerhalb von Rutania mochte das anders werden, aber im Moment war ich froh, dass ich ausschreiten konnte. Die Menschen in den Straßen waren keine gaffende Menge mehr, sondern schlicht Fußgänger, in ihren Geschäften unterwegs, wie wir auch. Und wenn es jetzt etwas anzugaffen gab, dann verteilte es sich eher, denn Dies Rastelan bekam jetzt seinen Teil an Aufmerksamkeit ab.

Die lauteren Gärten von Hohkracht

Rutania verließen wir auf einer breiten, ebenen, sauberen Straße. Die Häuser, die diese Straße säumten, waren allesamt gut und großzügig gebaut. Wer hier wohnte, hatte es zumindest zu ein klein wenig Wohlstand gebracht. Was dann folgte, waren keine kleinen Gehöfte, wie ich sie bislang gesehen hatte, sondern große Höfe. »Dies, die Gärten von Hohkracht, wie ist es dort?« Dies blickte forschend nach vorne. »Die lauteren Gärten von Hohkracht.« Er zügelte den Braunen ein wenig, weil der die breite Straße zum Losdonnern nutzen wollte. »Das sind die Gärten, in denen die wichtigsten Männer und Frauen des Fürstentums ihren Wohnsitz nehmen, wenn sie aufs Land ziehen. Wenn die Fürstin wichtige Verhandlungen nicht in der Burg führen will, so sind die Gärten von Hohkracht ihre erste Wahl. Wenn sie hohen Besuch hat, dem sie die Schönheit unseres Landes zeigen will, dann kommt sie hierher.« Diese Gärten mussten dem Paradies nahekommen, so klang das. Jetzt war ich noch mehr gespannt darauf. Dies sah zu mir herunter. »Wie schnell könnt Ihr ausdauernd laufen?« Konnte ich mit dem Pferd mithalten? Der Braune war jetzt ziemlich ungeduldig und tänzelte herum. Ich hatte schon ein paar Mal ausweichen müssen und hatte das dumpfe Gefühl, dass Dies das für normal hielt, weil ich ja an einen herumtänzelnden Drachen gewöhnt war. »Probieren wir es. Ansonsten werde ich auf dieser Straße bleiben, bis ich Euch eingeholt habe.« Dies ließ den Braunen traben und der tat das zügig. Ich konnte zwar mithalten, aber ich wusste, dass ich das Tempo nicht über Tage hinweg würde halten können. Aber das wäre ja auch nicht nötig. Bald würden wir Berkom rufen und dann konnte ich ebenfalls reiten. Wir würden von den Gärten vielleicht nicht einmal viel sehen, wenn wir sie in der Nacht überfliegen würden. Dies trabte und ich hatte den Eindruck, dass er es genoss. Wir waren unterwegs, bis die Nacht ihre dunklen Finger über das Land ausstreckte.

»Hat Euer Drache schon gejagt?« Dies sah sich um und ich konnte die Frage bejahen. Berkom hatte ausreichend gefressen, er würde sogar eine gewisse Zeit hindurch nicht wirklich dringend Nachschub benötigen. Bei mir war das ein wenig anders, aber durch den Hasen hatte ich auch einen kleinen Aufschub bekommen. Gelobt sei die Herberge mit ihrem Schuppen. »Das Land hier ist überall kultiviert. Wir müssen uns eine geeignete Stelle suchen, damit der Drache zu uns stoßen kann und wo wir auch über Nacht bleiben können.« Einfach sich an den Straßenrand zu verkrümeln schied wohl aus. Dies bog bei nächster Gelegenheit von der Straße ab und ritt ein Stück weit zwischen Wiesen, Feldern und kleinen Waldstücken dahin. Für mich sah das schon sehr lauschig aus. Dies lachte. »Das hier ist Farmland. Was hier wächst, dient dem Unterhalt von Hohkracht.« Schließlich blieb er stehen. »Viel besser bekommen wir es nicht hin. Lasst den Drachen kommen.« Ich konzentrierte mich auf Berkom und schickte ihm die Ansicht unseres Aufenthaltsorts und den Plan, wie er uns finden würde. Die breite Straße war dafür sehr nützlich. Ich hoffte, er würde die richtige Abzweigung finden. *Dich rieche ich zehn Meilen gegen den Wind*. Witzbold. Der Braune graste zufrieden mit dem Schweif schlagend und fand es anscheinend sehr passend, dass er nicht mehr in der Stadt in einem engen Stall leben musste. Ich war mir nicht sicher, was er demnächst dazu zu sagen hatte, wenn er dem letzten Mitglied unserer Reisegesellschaft vorgestellt werden würde. »Dies, der Drache sollte besser am anderen Ende von dieser Freifläche landen. Wir können dann das Pferd und ihn langsam der Mitte zu zusammenbringen, bis das Pferd es nicht mehr aushält.« Berkom pfuschte mir dazwischen. *Wenn es durchgehen will, kannst du es doch bannen. Du hast damit doch schon oft genug herumgespielt. Jetzt tue mal was Vernünftiges*. Hu, ein Tier so zu bannen hatte ich überhaupt noch nicht versucht. Ich war mir nicht sicher, ob ich das konnte. Es sollte ja nicht einfach nur still stehen und die Gegenwart des Drachen ertragen, sondern es sollte sich eigentlich völlig normal verhalten. Ich begann daran herumzuknobeln. Schließlich suchte ich mir ein paar Luftstränge, färbte sie blau ein und wob ein Netz daraus, das ich über das Pferd stülpte. Dann betrachtete ich mein Werk und beobachtete, was das Pferd tat. Es tat nichts. Das heißt, es graste weiter, schlug weiter ab und zu mit dem Schweif und blickte ab und zu auch in die Gegend. Als der Drache sich mit einem unüberhörbaren Rauschen ankündigte, stand Dies auf und nahm die Zügel kurz. Das Pferd hob interessiert den Kopf und ich prüfte meine blauen Schnüre. Ob sie hielten? Der Drache flog über uns hinweg und das Pferd machte zwei verspielte Sätzchen zur Seite. Das war aber auch alles. Der Waldläufer war immer noch völlig angespannt und das alleine hätte für ein Pferd schon gereicht, um ihm Flucht und Gefahr zu signalisieren. Dies schien das nicht zu merken. Ich merkte es. Das Pferd tolerierte es. Berkom landete und dann sah ich seinen großen Schatten auf uns zukommen. *Nicht schlecht. Der Gedanke ist nicht schlecht*. Er betrachtete mein Netzwerk und kam noch ein paar Schritte näher. Der Waldläufer beobachtete ihn und das Pferd mit Argusaugen. *Du hättest ihm auch ein Netz verpassen sollen*. Mir war in der gleichen Sekunde der gleiche Gedanke gekommen. Wenn einer es verpatzte, dann der Mensch. Das Pferd schnoberte ein wenig in Richtung des Drachen, es roch ihn jetzt. Aber mein Netz hielt die Emotionen gebremst und so blieb panisches Durchgehen aus. »Dies, probiere, ob du es mit dem Drachen führen kannst. Dann können wir uns ein Nachtquartier suchen.« »Der Drache?« »Er wird Abstand halten.« Dies ging los, das Pferd folgte ihm und ich blieb stehen und beobachtete mein Netz. Es schwang ganz friedlich um das Pferd herum und schien es weder zu behindern, noch hatte ich das Gefühl, dass es von ihm herunterrutschen würde. *Du solltest auch mitkommen*. Wie recht Berkom hatte. Das musste ich jetzt auch noch probieren. Ich begann hinter Dies hinterherzugehen und Berkom blieb in der Nähe. Er kam immer mal wieder ein wenig näher, als es mir eigentlich lieb war, und Dies schien ab und zu das gleiche Gefühl zu haben, aber mein

Netz schützte das Pferd zuverlässig. Der Waldläufer war sehr überrascht. Dann wurde er nachdenklich. Dann sah ich, wie er von mir zu dem Drachen blickte und wieder zurück. »Im Moment bin ich es«, gab ich ihm recht. Es hatte sowieso keinen Zweck, ihm etwas vormachen zu wollen. Er sollte wissen, was ich tat, damit er im Zweifelsfall auch wusste, was passierte, wenn er mir etwas über den Kopf zog. Dann wäre sein Ross sehr schnell ganz woanders, darüber sollte er sich klar sein.

Das Problem mit dem Nachtquartier löste sich in Wohlgefallen auf. Dies steuerte den Hof an, zu dem die Felder gehörten. Berkom und ich würden in dem letzten Waldstück vor den Hofgebäuden bleiben und er würde das Pferd unterstellen und selbst dort übernachten. Bevor wir uns trennten, griff er in eine seiner Satteltaschen und gab mir ein eingewickeltes Päckchen. Ich schnaubte. Es war ein Hühnchenschlegel. Gekocht. Widerlich. Warum taten sie nur so etwas Unnatürliches. »Ihr könnt hier nicht jagen. Bitte esst das, es ist das Beste, was ich Euch bieten kann. Bitte keine Jagd.« Ich nahm den Hühnerschlegel widerstrebend an, denn nach dem Hasen brauchte ich jetzt momentan nichts. Aber das Huhn würde morgen noch ungenießbarer geworden sein und so sollte ich es wenigstens jetzt probieren. Berkom schnupperte ebenfalls und verzog die Nase. Dann klirrte es und Dies warf mir die Kette zu. Überrascht fing ich sie auf. »Ihr solltet Euch anbinden, denn ich bin mir nicht sicher, ob nicht einer vom Hof nachsehen wird, ob auch alles seine Richtigkeit hat. Vielleicht tut es auch niemand und sie glauben nur zu gerne, dass der Pacivakant und der Drache passend versorgt sind. Aber ich möchte es nicht darauf ankommen lassen.« Dann trennten wir uns und ich hatte zum ersten Mal das Gefühl, dass ich Dies Rastelan den Rücken zudrehen durfte. Vielleicht. Das Hühnchen stellte eine größere Belastung dar. Ich war geneigt, es wegzuwerfen. Dann packte ich es aus und würgte es hinunter. Die paar Knochen hielt ich zwar dem Drachen hin, aber der guckte mich nur pikiert an. Also aß ich die auch noch auf und behauptete, dass mein Magen es, ohne zu protestieren, akzeptiert hätte. Der Drache drapierte den Schwanz in einem hohen Bogen auf die Seite und ging davon. Er glaubte mir kein Wort.

Berkom zog mit mir zum Wald, wir suchten uns ein hübsches

Plätzchen und ich schwelgte in Drache. Berkom fand die Kette lächerlich. Ich wickelte sie um einen Baum und mir um die Ledermanschette und dann kroch ich zu meinem Drachen. Es würde niemand kommen, aber wie Dies gesagt hatte, sicher war sicher. Ich würde mich an das Tragen der Kette gewöhnen, genauso wie ich mich an die Ledermanschette gewöhnt hatte. Sie störte mich schon überhaupt nicht mehr, allerdings war sie ja auch ausnehmend gut gefertigt worden. *Aber lange nicht so gut wie Drachenhaut.* Ich fingerte verschlafen an den beiden Schlingen herum, die Berkom getreulich um den Hals trug. »Natürlich nicht. Nichts und gar nichts und überhaupt nichts kann mit Drachenhaut verglichen werden.« Dann merkte ich überrascht, dass ich das Netz über dem Pferd immer noch festgehalten hatte. Mit einer gewissen Erleichterung ließ ich es in die Nachtluft zerfasern und wergelte mich an den Drachen hin. *Rutania?* Der Drache wollte auch noch den Rest wissen. Ich war angenehm entspannt. »Hol es dir selber.« Berkom schnupperte mich erstaunt an. Dann kam die Hand und stöberte durch mich hindurch, aber ich war so glücklich, bei Berkom zu sein, dass ich es ohne Schweißausbruch überstand. Berkom legte seinen Kopf kratzgerecht vor mich hin. *Nicht ganz schlecht.* Also bitte, ich hatte mich wunderbar zusammengerissen. Rutania stand noch. Was wollte er noch mehr? Ich bekam einen ganz zarten Nasenstüber und dämmerte höchst zufrieden weg.

Der Morgen kam mit einem fahlen Sonnenschein, den wir fast mit Begeisterung begrüßten. Die letzten Tage waren wir immer unter einer Wolkendecke herumgekrochen und überhaupt war die Sonne meistens weniger zum Vorschein gekommen. Winter war keine erfreuliche Jahreszeit, entschied ich. Aber man konnte es überleben. Berkom und ich suchten nach einem netten kleinen Wässerchen, um uns zu erfrischen, und ich überlegte, ob ich so lange die Kette sich selbst überlassen konnte. Besser nicht, entschied ich. Es hätte schlecht ausgesehen, wenn wir uns die ganze Nacht vorbildlich benommen hatten, um den guten Eindruck, den niemand bemerkt hatte, dann zum Schluss noch zu schrotten. Berkom fand es lächerlich. Dann fand er kein wirklich in der Nähe befindliches Wasser, sondern nur eine Art Loch. Ich guckte mir das selber an und grinste über den Drachenblick. »Das ist der

Brunnen auf dem Hof. Klasse, wir sollten dort mal alle aufwecken. Ich habe so langsam auch Durst.« Berkom sah mich mit schief gelegtem Kopf an und dann ließ er ein aufforderndes und äußerst durchdringendes Röhren los. Ich sah mir an, was auf dem Hof passierte und fand es besser als Fernsehen und Kino zusammen. Die Menschen kugelten nur so aus ihren Betten und auf den Hof hinaus. Dies hastete in wirklich unziemlicher Hast fast nur halb angekleidet dazu und begann eine längere Erklärung, die etwas merkwürdig wirkte, weil ihm das Hemd noch halb aus der Hose heraushing. Er kam. Er zog sich vollends fertig an, während er durch das Feld auf unseren Lagerplatz zustapfte, und ich stupste Berkom an. »Er ist tierisch sauer.« Berkom hatte selber zugesehen und grinste ebenfalls. Den Tag mit einem solch kleinen Späßchen beginnen zu können machte Laune. Dies hatschte durch die ersten Baumreihen und stolperte über ein paar Wurzeln. Er fluchte. Kräftig. Laut. *Er hat was dazugelernt, seid du bei ihm bist.* Berkom gab sich fachmännisch. Ich legte mich noch ein bisschen behaglicher zwischen die Pranken von Berkom und klimperte mit der Kette. Dies kam um die Ecke und erstarrte ob dieses Bildes. »Guten Morgen, Dies. Schön, dass du uns holen kommst. Ich hoffe, wir haben euch alle nicht geweckt, aber auf einem Hof gibt es ja normalerweise keine Langschläfer. Und du wolltest heute auch bestimmt nicht zu spät aufbrechen.« Wenn Blicke morden könnten … Der Drache und ich grinsten einträchtig und Dies konnte sich schließlich gegen ein Lächeln auch nicht mehr wehren. »Zwei Kindsköpfe vereint, das wird mir das Leben schwermachen, ich sehe es schon. Also gut, was steht an, dass ihr beiden nach mir jammern musstet?« »Der Brunnen. Wir brauchen Wasser und der Brunnen ist das Nächste, was es hier in der Gegend gibt. Sonst müssten wir erst ein bisschen weiter laufen und ich dachte, das würde dir nicht unbedingt gefallen. Berkoms Spuren sind unübersehbar und vielleicht geht etwas kaputt, wenn wir so querfeldein marschieren.« »Also gut, dann werde ich dafür sorgen, dass ihr auf dem Hof saufen könnt. Aber wartet, bis ich euch hole. Und seid nicht zu ungeduldig. Ich werde ein wenig Zeit brauchen, bis ich alle wieder beruhigt habe und dann darauf einstimmen kann, dass jetzt ein Drache kommen wird. Also bitte, ihr braucht mich nicht zu rufen und schon gar nicht in dieser Lautstärke. Ein paar Dezibel weniger hätten es im Übrigen auch getan.« Dies sah uns strafend an, dabei grinste er selber. Dann sah er mich abschätzend an. »Am besten lassen wir die Kette dran, dann gibt das den Menschen auf dem Hof ein besseres Gefühl. Ihr kommt ja anscheinend damit klar.« Ich hatte geschlafen und das Teil hatte mich nicht besonders gestört. Berkom fühlte, dass ich nicht ganz einverstanden war. Der Drache war ziemlich mitleidslos. *Klar, im Wald herumzusitzen, wo es keiner sieht, das kann ja jeder. Schwanz einziehen gilt nicht. Du willst doch auch was zu trinken haben? Und du willst sicher nicht, dass ich dursten muss, bloß weil dir das jetzt nicht so ganz glatt den Hals runterläuft?* Na ja, es war doch was dran. Eben hatten wir die Menschen so hübsch erschreckt und jetzt sollte ich vor denen so auftreten. Berkom richtete sich auf und ich rutschte an ihm herunter. *Ich war noch nie auf einem Hof. Das wird bestimmt interessant*. Was war um Himmels willen an einem einfachen Bauernhof interessant? *Du hast so was schon x-mal gesehen, aber ich noch nie.* Okay, okay, wir würden eine Besichtigung machen. »Aber bleib aus dem Hühnerstall draußen. Die Hennen würden deinen Besuch bestimmt nicht schätzen.« Berkom zeigte mir einen Eckzahn. Er hatte auch was dazugelernt, seit ich bei ihm war.

Dies kam uns abholen und führte mich wie einen Kampfhund an der Kette. So kam es mir jedenfalls vor. Es gefiel mir überhaupt nicht. Berkom schnupperte in der Gegend herum und guckte sich schier die Augen aus dem Kopf. Er legte einen Zahn zu und Dies begann leise zu schwitzen. *»Nicht so schnell. Wenn du mit Schmackes in den Hof rumpelst, kriegst du nur die Hälfte mit.«* Vor dem Hof blieben wir stehen und mir fiel jetzt erst ein, dass ich überhaupt nicht überprüft hatte, ob der Drache überhaupt Platz hatte beim Brunnen. Hier musste man nicht mit überdimensionierten Schleppern hantieren, also war vielleicht der Eingang auch etwas schmaler? Nein, es war alles schön weitläufig. Der Hof wurde von den verschiedenen Gebäuden eingefasst, an den Seiten die Wirtschaftsgebäude und an der Stirnseite das Wohnhaus. Davor stand eine kleine Menschenansammlung und harrte des unerhörten Schauspiels eines saufenden Drachen. Der Brunnen hatte einen großen steinernen Trog und er war wohlgefüllt. Berkom stand am Hofeingang und wendete seinen Kopf hin und her. Sein Schwanz schlug verspielte kleine Wirbel. Das war interessant. Er durchforschte die Scheunen und Ställe und dann fuhr sein Geist durch das Haus, streifte den Gemüsegarten und die Menschen im Hof. Dies stand vor uns und wartete geduldig. Dann ruckte er ein wenig versuchsweise an der Kette und ich folgte ihm zum Brunnen. Dort tauchte ich meine Hände ins Wasser und trank. Der Drache kam dazu und begann ebenfalls zu saufen. Die Menschenansammlung trieb nach vorne und ich hörte ein paar »Ohs« und »Ahs«. Berkom hob den Kopf und das Wasser tropfte von seinem Maul. Er blickte auf die Menschen und diese staunten ihn an. Er hob ein wenig den Schwanz und drehte sich ein klein wenig. Es war das dezenteste Imponiergehabe, das ich bislang von ihm zu sehen bekommen hatte. Er bekam dafür noch ein paar mehr »Ahs« und »Ohs« und tauchte nochmals sein Maul ins Wasser. Er hatte schon längst genug gesoffen, aber er genoss die Bewunderung anscheinend nur zu gerne noch ein bisschen länger.

Die Bewunderung schlug in Angst um. Das geschah von einer Sekunde auf die andere und ich erstarrte. Hinter mir ertönte etwas Ähnliches wie ein Quietschen. Wir hatten Besuch bekommen. Ein Kleinkind hatte sich selbstständig gemacht und hockte neben der Spitze des Drachenschwanzes, die auf dem Boden lag. Es grabschte nach dem Schwanz und die Menge gab ein leises Stöhnen von sich. *»Berkom, bitte bleib stehen. Bewege dich nicht mehr. Halte den Schwanz still. Halte vor allem den Schwanz still, auch wenn du gekniffen wirst.«* Ich wechselte einen Blick mit Dies, zog an der Kettenschlinge, die ich um das Handgelenk trug, löste die Kette, ließ sie fallen und ging gemächlich und ohne Hektik auf das Kleinkind zu. Das sah mich höchst zutraulich an, quietschte erneut vor Begeisterung und patschte auf den Drachenschwanz. Das hatte mir jetzt noch gefehlt. *»Berkom, halte den Schwanz still.«* Ich beugte mich langsam zu dem Kind hinunter, griff es, hob es hoch und trug es weg. Der Drache rührte sich um kein Jota, wofür ich ihm unausgesprochen mächtig dankbar war, das Kind dagegen begann zu strampeln und zu kreischen. Ich hatte ihm sein neuestes Spielzeug weggenommen, unverschämt. Die Menschenansammlung gab immer noch Anspannung, Angst und Erregung von sich und an einer Stelle war die Angst wie eine dunkle Aura konzentriert. Dazu kam von dort unterschwellig Ärger geflutet, Ärger darüber, nicht richtig aufgepasst zu haben. Aber die Angst war übermäßig dominant. Ich richtete meine Schritte auf die Frau hin, die das alles verströmte, und sie kam mir dann tatsächlich ein paar Schritte entgegen, ungewiss, ob sie es sich trauen sollte, aber gleichzeitig von dem Kind in meinem Arm angezogen. Das Kreischen des Kindes tönte über die Stille des Hofes und füllte ihn entnervend. Die Frau riss mir das Kind aus den Händen und verschwand in der Menschenansammlung. Die Reihen öffneten sich für sie und dann schlossen sie sich vor mir. Die Männer des Hofes bildeten eine frontal geschlossene Linie und ich blieb ruhig stehen. Das Kindergeschrei wurde leiser, aber weiter geschah nichts. Die Angst flaute ein wenig ab, aber nicht ganz und ich bekam nichts als ein abwehrendes Starren. Ich wartete noch eine Sekunde lang, dann begann ich mich zurückzuziehen, rückwärts, Schritt um Schritt zu dem Drachen hin. Ich brauchte ein paar Meter mehr, bis ich mich umdrehen und zu dem Drachen gehen konnte. Dies ging an uns vorbei und ich lehnte mich ein wenig an Berkom. Ich hörte und spürte, wie die Angst zurückwich und sich Erleichterung Bahn brach. Die Menschen begannen sich zu regen, sie klopften Dies auf die Schultern und begannen durcheinanderzureden. Sie bedankten sich bei ihm. Er kriegte den Dank, den sie mir verweigert hatten, und ich hatte nur noch einen Wunsch, nämlich hier verschwinden zu dürfen. Der Drache wendete seinen Hals und legte ihn halbwegs um mich, denn er wusste nur zu gut, was es mich kostete, ruhig stehen zu bleiben und das auszuhalten. Dies kam zu uns und ich erkannte in seinen Augen, dass er genauso gut wie Berkom Bescheid wusste. »Ihr könnt draußen im Wald auf mich warten, wo Ihr genächtigt habt. Ich werde mein Pferd satteln lassen und dann brechen wir auf.« Ich sagte nichts, weil ich meiner Stimme nicht traute, sondern drehte mich um und ging. Berkom folgte mir auf dem Fuße.

Das Beste, was ich danach zustande brachte, war, dass ich rechtzeitig das blaue Netz für das Pferd fertig kriegte und auf Berkom aufsaß. Als Dies über das Feld auf uns zugeritten kam, traten wir aus dem Wald und ich sah, wie der Waldläufer sein Tier verhielt. Das hier war etwas anderes als alles, was er bislang gesehen hatte. Er sah zum ersten Mal wirklich, wie es wirkte, wenn ein Drachengefährte auf einem Drachen auf einen zugeritten kam, aus dem Wald heraus in den Sonnenschein des frühen Vormittags. Es beeindruckte ihn zutiefst. Wir ritten auf die Straße zurück und ich konzentrierte mich auf mein Pferdenetz. Ich schaffte es, das Netz beim Reiten zu halten, und diese Aufgabe hinderte mich erfolgreich daran, anderen Gedanken zu viel Raum zu geben. Ich begann das Netz ein wenig löchriger werden zu lassen. Nur wenig, aber kleine Nuancen des Drachengeruchs ließ ich durchsickern. Das Pferd war fröhlich. Es hatte eine gute Nachtruhe gehabt, war gut gefüttert worden und es durfte erneut spazieren gehen, was es sichtlich genoss. Es hatte Gesellschaft, etwas zu große Gesellschaft zwar, aber Pferde waren Herdentiere und es fand es darum trotzdem ausgesprochen nett. Dazu kam ein umsichtiger, versierter Reiter und das Sattelzeug drückte auch nirgends. Ich stellte fest, dass ich das Pferd durchaus verstand und bekam eine beunruhigende Sekunde lang fast Panik darüber, jetzt womöglich die Kommentare des letzten Eichelhähers auf unserem Weg zu verstehen. Die Welt würde für mich in einem Gewirr von Worten untergehen und ich würde den Verstand verlieren. *Das Netz*. Berkom holte mich wieder zurück und ich fasste mich. Es war gerade kein Eichelhäher hier, um mich ungefragt zu belästigen.

Wir bogen auf die Straße ab und setzten unseren gestern begonnenen Weg fort und ich war froh, dass die Straße so breit und sauber war, denn Berkom konnte auf ihr problemlos laufen. Dies schlug wieder einen flotten Trab an und Berkom lief mit. Dies legte probeweise auch einen Kanter ein und das Pferd machte einen kleinen Satz vor Begeisterung. Das hier machte so einen Spaß. Berkom hätte auch liebend gerne einen Satz gemacht, aber er beschränkte sich darauf, mit dem Schwanz einen kleinen Trommelwirbel zu veranstalten. Ihm gefiel die neue Situation am besten. Er hatte mich bei sich. Er hatte einen schönen Weg unter den Pranken. Er durfte rennen! Nun ja, er rannte immer noch verhalten, denn er hielt gut Abstand zu dem Pferd und Dies ließ es nicht zu schnell werden. Unsere Straße führte durch lichten Laubwald und an den Wegrändern säumten ihn kleinere Buschreihen. Diese kleinen Büsche zeigten einen grünen Flaum und je weiter wir kamen, desto stärker wurde dieses Grün, bis die ersten Blätter zu erkennen waren. Die Sonne schien weiterhin und der Himmel nahm eine blassblaue Färbung an. Ab und an zweigten Wege von unserer großen Straße ab, aber wir waren immer noch alleine unterwegs. Ein einsames Stück Land, so schien es zu sein. Um die Mittagszeit machte Dies wieder einen Abstecher von der Straße herunter und suchte sich eine geeignete Wiese, um zu rasten. Das Pferd war inzwischen nicht mehr so übermütig, sondern schien begriffen zu haben, dass wir nicht nur ein wenig spazieren gehen wollten, sondern wirklich reisten. Ich hatte mein Netz noch weiter vergröbert und inzwischen drang der Drachengeruch schon mit fast voller Intensität zu ihm durch. Der Braune wollte jetzt lieber grasen und solange der Drache nicht anfing, auf es zuzurennen, oder ähnliche dramatische Aktionen versuchte, war es geneigt, ihn weiterhin als Herdengenossen zu akzeptieren.

Dies packte einen Imbiss aus. Er war durchaus gut versorgt worden und wir würden nicht zwingend auf Kost und Logis in diesen Gärten angewiesen sein. Unser Rastplatz unterschied sich von allen anderen bisherigen Plätzen. Die Wiese, auf der wir lagerten, hatte einen grünen Rasen, und das war sehr verwunderlich, weil wir bislang an wintermüdes Gras gewöhnt waren. Die Bäume und Büsche machten einen irgendwie zivilisierten Eindruck. Und dann sah ich so etwas wie ein Bauwerk. Es stand in einiger Entfernung von unserem jetzigen kleineren Weg und es sah aus wie eine kleine Säule. »Das ist eine Rufsäule für das zu diesem Weg gehörenden Landhaus.« »Rufsäule?« »Wenn man eine Nachricht hat, kann man von dort aus das Landhaus erreichen und muss nicht bis ganz dorthin gehen. Die Landhäuser liegen oft ein Stück weit von der Straße entfernt und es wäre mühsam, wenn man alle direkt ablaufen müsste. Boten können so schneller ihre Nachrichten übermitteln.« Nun ja, besser als drahtlose Telegrafie. »Natürlich, wenn es wirklich wichtige Nachrichten sind, werden sie direkt übertragen, das wäre sonst zu umständlich. Die Säulen haben nicht mehr die gleiche Bedeutung wie früher.« Aha, die modernen Zeiten hatten auch hier Einzug gehalten. Dies ging mit keinem Ton auf den Hof ein und ich war ihm ausgesprochen dankbar dafür. Wir ritten bald weiter, aber jetzt gingen wir es ruhiger an, denn das Pferd war an Langstreckenmärsche nicht so gewöhnt. Ich konnte mein Netz weiter abbauen und es fand den Drachen nicht so schrecklich, als dass sich die Anstrengung einer rasenden Flucht rentiert hätte.

Als wir das Pochen von anderen Pferdehufen hörten, blieb ich mit Berkom stehen. Die Geräusche sich nähernder Pferde kamen von vorne und Dies galoppierte hastig davon. Bald danach kam er zurück und berichtete, dass wir auf eine Abordnung getroffen waren. Die Hausherrin der nächstgelegenen Besitzung hatte uns zu einem Nachmittagstee eingeladen. Es war also bekannt, dass wir hier entlangreisten. Dies kratzte sich fast am Kopf. »Wir können das schlechterdings nicht ausschlagen. Es handelt sich um Majorandin Kettarin. Wenn wir vorbeireiten, wird sie beleidigt sein und eine beleidigte Majorandin kann ich mir nicht leisten.« Das Problem war weniger der Drache. Den wollte die Majorandin natürlich sehen, um damit dann bei der nächsten Soiree angeben zu können. Das Problem war, dass hier nicht nur die Majorandin wohnte, sondern noch eine ganze Reihe weiterer hochdekorierter Hofschranzen und jede würde sich mit einem Drachenbesuch schmücken wollen. Wir würden nur noch im Schneckentempo vorankommen, und wie lange der Drache dabei mitmachen würde, das wussten wir beide nicht. Jetzt machte es ihm noch Spaß, beim dritten Dinnerstopp würde er vielleicht anders reagieren. Und die Hochwohlgeborenen, die dann nicht in den Genuss unserer Gesellschaft kamen, waren dann vermutlich eingeschnappt und es war ihnen egal, ob sie dafür noch ein heiles Dach über dem Kopf hatten. Ich hatte ja gewusst, warum ich Dies mitnehmen wollte. Es brauchte einen guten Tourmanager für eine Showgröße vom Kaliber eines Felsendrachen. »Werden wir auch noch mit Zuschauern am Wegesrand rechnen müssen?« Ich kriegte schon wieder gewisse panikauslösende Vorstellungen von fähnchenschwenkenden Volksmassen, durch die ich meinen Drachen dirigieren musste. »Nein, dazu sind nicht genug Menschen hier. Es gibt ja nur die verstreut liegenden Landsitze mit ihren Bewohnern und dem Personal und zur Winterszeit sind auch nicht alle bewohnt.« Ich atmete erleichtert auf. »Dann lass uns der Majorandin guten Tag sagen, du kannst den Tee auf der Veranda nehmen, während Berkom den Goldfischteich vernichtet, und dann gehen wir wieder. Das Ganze sollte in einer halben Stunde zu erledigen sein, was meinst du?« Dies sah mich zweifelnd an. »Wer kommt denn noch auf unserer nächsten Route? Und wen könntest du sinnigerweise mit deiner Übernachtung in bodenloses Glück stürzen?« Dies blinzelte mich konsterniert an. »Na ja, ein Drache, der zum Tee kommt, ist ja schon was. Ein Drache, der über Nacht bleibt, ist natürlich besser. Du solltest dir den Kandidaten dafür gut aussuchen.« Dies blinzelte nochmals und ich schickte ihn los, damit die Abordnung der Majorandin uns nicht ungebührlich auf die Pelle rückte. Ich ging mit Berkom zu Fuß, denn der Anblick eines reitenden Pacivakanten würde nicht gut passen. Dies ließ mich den Hemdärmel hochkrempeln, damit die Ledermanschette ausreichend zur Geltung kam. Dann ritt er hoheitsvoll davon, ich trabte neben ihm her und Berkom blieb ein paar Schritte hinter uns.

Der Landsitz der Majorandin stellte sich als Herrenhaus südamerikanischer Ausprägung heraus. Es gab eine Säulenhalle und einen Vorplatz von der Größe eines halben Flugplatzes. Es gab Blumenrabatten, die trotz der winterlichen Stimmung bereits mit einem erstaunlichen Flor von winterharten Gewächsen prunkten. Die Majorandin hatte die Gnade, uns auf den Stufen ihrer hochherrschaftlichen Treppe zu empfangen. Ein Pferdeknecht musste sich herbeitrauen und Dies' Braunen in Empfang nehmen. Ich blieb unten stehen und Berkom kam zu mir. Dies trat zu der Majorandin, einer ziemlich ausladenden Person mit ausgesprochen gesunder Gesichtsfarbe, und machte eine hoffähige Referenz. Das wurde alles gnädig aufgenommen und die Dame musterte Berkom und mich ungeniert. »So stimmen die Nachrichten aus Rutania also tatsächlich. Aus dem Dorf ist noch nie etwas Wichtiges gekommen, bis jetzt, wie es scheint. Es war sehr unglaubwürdig, aber jetzt sehe ich, dass die Nachricht wirklich keine Falschmeldung ist. Ihr führt einen Pacivakant durch unser Land …« Dies unterbrach die Majorandin ungezogen und bat darum, dass man uns beide nicht allzu lange herumstehen lassen sollte. Die Majorandin zog die Augenbrauen hoch und gebot, dass man uns beiden erlauben solle, in ihrem Garten zu lustwandeln. Ein Diener wurde dazu auserkoren, uns dorthin zu geleiten, und der schwitzte dabei so, dass es wirklich unangenehm stank. *»Berkom, sei anständig. Das hier ist für Dies wichtig. Versaue es ihm nicht.«* Der Drache wirbelte ein wenig erfreut mit seinem Schwanz herum und der Diener machte einen Satz nach vorne. *Was ist das hier? Es riecht komisch.* Wir hatten den Garten erreicht und er war voller Ziersträucher und Pavillons, einem lustig sprudelnden kleinen Bächlein, das von anmutigen Brückchen überspannt wurde, und ich starrte auf dieses wohlkomponierte Ensemble mit leichtem Grausen. Wenn Berkom drei Schritte machte, war dieses Prunkstück der Gartenarchitektur Matsch. Vielleicht sollten wir uns darauf beschränken, den Zierbach leer zu trinken. Hoffentlich beeilte sich Dies. Inzwischen hatte sich alles, was zwei Beine hatte und nicht damit beschäftigt war, der Majorandin und ihrem Besuch aufwarten zu müssen, am Haus versammelt und starrte Berkom und mich an. Der Diener hatte sich schleunigst verdrückt und war der bewunderte Mittelpunkt der kleinen Schar. Mir war unwohl. Ich wollte hier weg und Berkom begann mit dem Schwanz zu schlagen, weil er meine Abneigung spürte und nicht genau einordnen konnte. Dabei riss er nur drei kleinere Büsche und einen größeren Strauch aus, aber mir wurde dezent warm. *»Bitte, Berkom, hör auf damit. Das hier ist so was wie eine Miniaturwelt. Man muss damit vorsichtig umgehen, sonst ist es kaputt und dann sind die Gastgeber betrübt.« Komische Sitten*. Ich fand es unangenehm, angestarrt zu werden. Das war jetzt nicht das erste Mal, aber es wurde leider nicht besser. Vielleicht lag es auch daran, dass es missbehaglich war, nutzlos herumstehen zu müssen. Ich begann die Minuten zu zählen und als ich auf die unmäßige Zahl von fünf Minuten gekommen war, meinte ich leise zu Berkom, er könne Dies rufen, damit wir weiterreiten konnten. Er hatte bestimmt inzwischen seinen Tee bekommen und die dazugehörenden süßen Tortenstückchen würden ihm sowieso nur den Magen verderben. Berkom stieß einen halblebigen Trompetenton aus und die Menschen am Haus spritzten auseinander. Dies erschien ausreichend schnell und kam zu uns. »Aufbruch, Dies, lass uns gehen.« Er sah mich und den Drachen vorsichtig an und dann nickte er zu meiner großen Erleichterung. »Okay. Aber das nächste Mal werdet ihr euch ein wenig länger zusammennehmen müssen.« »Wir werden uns langsam steigern, Dies, langsam. Am Ende von diesen Gärten werden wir wahrscheinlich in der Lage sein, bei einer Thronbesteigung den Krönungszug in die Kirche anführen zu können.« Dies starrte mich an und ich grinste gequält zurück. Daraufhin schüttelte er nur den Kopf und verschwand, um sich artig zu verabschieden, und ich machte, dass ich mit Berkom aus diesem vermaledeiten Garten hinauskam.

Danach kam es, wie es kommen musste. Der Weg führte noch ein kleines Stück durch den Laubwald, dann machte er einen eleganten Bogen und wir standen vor einer mit sanften, kleinen, flachen Hügeln bestückten Parklandschaft. Es hätte auch ein wirklicher überdimensionierter Golfplatz sein können. Es gab kleine Wäldchen. Es gab Wiesen. Es gab kleine Baumgruppen. Es gab kleine Seen und Teiche. Und da und dort hineingesprenkelt sah man die fast durchgängig weißen Villen und Herrschaftshäuser liegen, inmitten von prachtvoll arrangierten landschaftsarchitektonischen Highlights. Dies saß auf seinem Braunen und trank das Bild in sich hinein, wie einer, der schon fast am Verdursten gewesen war. Ich stand mit Berkom daneben und mir verdrehte es fast die Eingeweide. Das also war das versprochene Paradies. Der Drache witterte hinaus und dann schnaubte er. Er nieste fast. Ich hätte es ihm sehr gerne gleichgetan. *Das gefällt ihnen? »Sieh dir Dies an. Dann weißt du, dass es ihnen sehr gefällt.« Haben sie einen Knall? »Nein, aber sie mögen es, alles so einzurichten, dass es für sie überschaubar ist und handhabbar. Geregelt und regulierbar. Wenn etwas sich ihrer Kontrolle entzieht, ist es gefährlich und dessen entledigt man sich besser sofort. Es geht ungefähr so: Was nicht für mich ist, ist gegen mich. Was gegen mich ist, muss vernichtet werden.«* Berkom schüttelte sich. *Das ist kein guter Standpunkt.* Ich legte Berkom die Hand auf die Schulter. *»Menschen sind die Pest?« Nicht immer,* Berkom schnaufte leise zu Dies hin, *aber immer wieder.* »Kommt!« Dies wendete seinen Braunen uns zu und ich sah ein leises Blitzen in seinen Augen, das neu war und von wiedererwachendem Esprit erzählte. Er warf seinen Braunen herum und galoppierte mit donnernden Hufen in die sanfte Landschaft hinein und ich schritt mit Berkom hinterher. Das Land vor uns zeigte sich mit einem frühlingshaften Hauch, der schon mehr als eine Ahnung war. Es schien eine gewisse sonnenwarme Ausstrahlung zu haben. Berkom schnüffelte ständig hin und her, sein Kopf war in dauernder Bewegung und ich versuchte, möglichst wenig an mich herankommen zu lassen. Hätte ich so etwas früher auch einmal schön gefunden? Jetzt hätte ich am liebsten Berkom bestiegen und ein paar von diesen so sorgfältig gestutzten Bäumen und so hingebungsvoll drapierten Gehölzgruppen zertrampelt und umgelegt. Ich bekam die Anwandlung, die sanften Hügel platt drücken zu wollen und ein paar richtige Spalten in die geknechtete Erde zu ziehen. Berkom war es, der mir ein deutliches Nein setzte. *Ein Baum ist immer noch ein Baum, ob er nun dreist in irgendeine Form geschnitten wurde oder ob er sich in einem Urwald ans Licht kämpfen muss. Das hier ist Land, von Menschenhand geformt und für Menschen geformt, und du brauchst es deswegen nicht zu verdammen. Es mag uns nicht gefallen, aber wir müssen hier auch nicht bleiben. Ob eine Wiese voller Gänseblümchen oder eine Rosenrabatte, ich werde nicht darüber richten, was schöner oder sinnvoller oder besser ist. Ich denke, dass beides einen Sinn hat. Und ich bin sehr froh, dass ich hier gewesen bin.*

Dies wartete auf uns unter einer Baumgruppe und der Abend ließ einen Vorboten über den Himmel streichen. »Wir können dort vorne unser Nachtquartier nehmen. Wenn er zu Hause ist, so wohnt dort Kederline Branston, ein ehemaliger Minister am Hof der Fürstin.« So, Minister gab es hier also auch. »Wofür war er zuständig?« »Für den Straßenbau, Brücken, Transporte und solche Dinge.« Ich guckte meinen Waldläufer an. Selbst seine Haare schienen vor Leben zu sprühen. »Er kann dich vielleicht ein wenig auf den neuesten Stand bringen? Oder wenigstens auf das, was er für den neuesten Stand hält. Und dann kannst du vergleichen, was du weißt und was er weiß, und daraus ein paar Schlüsse ziehen.« Dies guckte mich an wie ein Weltwunder und dann begann er zu lachen. Er lachte schallend und ohne jeglichen Zwang. Seine Fröhlichkeit sprudelte so unvermutet und unverfälscht hoch, dass Berkom und ich ihn völlig verwirrt ansahen. »Wie konnte ich nur ohne Euch leben. Das Leben wäre nur halb so lustig und gewiss nur halb so interessant.« Er lachte immer noch. »Ich habe selten eine prägnantere Definition für das bekommen, was man am Hofe mit Informationsbeschaffung umschreibt. Nur habt Ihr es treffender formuliert.« Nun gut, wenn ich mich gerade zum Narren gemacht hatte, so hatte es wenigstens Dies Spaß gemacht und das war ja auch was wert. Wahrscheinlich brauchte er wirklich keine Ratschläge von einem Drachengefährten für das, was sein ureigenstes Geschäft war. Wir ritten weiter und Minister a. D. Branston war zu Hause. Er war erfreut und geehrt über unseren Besuch und würde uns gerne über Nacht beherbergen. Ich blieb mit Berkom außer Sicht und auch das war dem Minister sehr angenehm. Einen Drachen aufzunehmen, den man gar nicht sah, war wohl das höchste aller Kunststücke und dafür gebührte Dies eine entsprechende Würdigung. Schade, dass der Minister a. D. war und keinen Orden mehr dafür verleihen konnte. Ich berichtete Berkom, was in dem großen Haus abging, in dem Dies logierte, während wir uns in einen Semiurwald verdrückt hatten. Berkom giggelte. Ich war geneigt, den Minister nachzumachen und tat es nicht, weil es despektierlich gewesen wäre. Immerhin war er Minister gewesen und damit einer der höchsten Repräsentanten des Fürstentums. Wenn er jetzt zur Senilität neigte, konnte er nichts dafür. Er war wirklich schon alt. Ich hatte die Kette mitgenommen, aber heute würde ich sie nicht brauchen. Der Minister ging nicht mehr auf die Pirsch und seine Dienstboten zeigten auch überhaupt keine Neigung, sich mit Drachen beschäftigen zu wollen.

Wir würden einen sehr netten Abend und eine geruhsame Nacht verbringen können. Hätten wir fast auch. Leider kamen uns ein paar Vierbeiner dazwischen. Berkom hob plötzlich in der Dämmerung den Kopf und lauschte. Ich war schon ein wenig eingedöst und bekam es zu spät mit. Der Drache war auf den Füßen und dann war er auch schon auf und davon. Das ging so schnell, dass ich mich erst vom Boden aufklaubte, als es bereits vorbei war. Berkom hatte mich bei seinem überstürzten Aufbruch schlicht ein paar Meter zur Seite geschleudert, ich war in eines der sorgfältig als wild wuchernd drapierten Pflanzenensembles gefallen und hatte diverse Schäden angerichtet. Als ich Berkom erreichte, stand er über seinem erlegten Wild. Er atmete noch nicht einmal schwer. Das Tier musste ihm sozusagen ins Maul spaziert sein. Es war eine Hirschkuh mit gescheckten Fell. Das machte mich nicht so sehr froh. »Berkom, wir sollten hier nicht jagen. Dies hat das doch ausdrücklich gesagt. Du weißt das doch auch. Was soll das?!?« *Das war keine Jagd. Das lief fast in mich hinein.* Berkom war meine Argumentation durchaus klar. *Ich habe so was noch nie zuvor gerochen. Es schmeckt bestimmt ausgezeichnet. Es gibt noch mehr davon, das eine wird niemand fehlen.* Er wusste ganz genau Bescheid. *Hei, komm schon, sei kein Spielverderber. Das war eine superschnelle Nummer, das hat niemand mitgekriegt. Komm schon futtern.* Ich kriegte einen dicken Hals. »Es spielt keine Rolle, ob es niemand mitkriegt, es spielt keine Rolle, ob es niemand merkt, nur eines spielt eine Rolle, nämlich dass wir eine Abmachung hatten und du dich nicht daran gehalten hast. Und bei der nächsten Abmachung passiert das dann wieder und so weiter und so weiter. So läuft das nicht. Und du solltest den Hirsch eigentlich jetzt auch nicht fressen, weil du ihn überhaupt nicht hättest schlagen dürfen. Wenn Dies morgen kommt, wird er total enttäuscht sein.« Der Drache wirbelte ein wenig mit dem Schwanz herum. *Das ist ein doofes Land, wenn man sich nur an dies und das und jenes halten soll und nie machen kann, was man will. Und ständig muss man auf diese albernen Zweibeiner Rücksicht nehmen.* »Ähem.« Ich stutzte und hätte mir fast die Augen gerieben. Es wurde Zeit, dass wir den wilden Wald erreichten und Berkom wieder fliegen durfte. Dann war er etwas ausgelasteter.

Natürlich vertilgten wir die Hirschkuh. Sie tot herumliegen zu lassen war nun wirklich Verschwendung und der Minister war bestimmt nicht mit Hirschbraten zu erfreuen. Leider gab mir nämlich das gescheckte Fell zu denken, ich befürchtete, dass es sich um ein Tier aus einer eher zahmen Herde gehandelt hatte, und dessen Fehlen würde doch auffallen. Also beichtete ich Dies am Morgen unseren Ausrutscher und der sah Berkom so enttäuscht an, dass der sich am liebsten hinter einem Busch verkrochen hätte. »Damadas sind fast zahm. Sie leben überall hier in Hohkracht. Wenn der Drache seine Pfoten nicht bei sich behalten kann, sollten wir darüber nachdenken, ob wir ihn in Zukunft anbinden. Ich dachte, er hätte so viel Selbstbeherrschung, dass er die drei Tage mit Anstand hinter sich bringen könnte, die wir brauchen, bis wir im Wald sind. Dort kann er dann Waldratzen jagen, soviel er will.

Dabei wollte ich heute ein Zicklein für ihn organisieren. Aber gut, das hat er sich ja jetzt verscherzt.« Dies seufzte geplagt. »Ich werde dem Minister den Schaden ersetzen müssen. Ich kann nur hoffen, dass er es nicht schlecht aufnimmt.« Der Anblick eines schuldbewussten Drachen war umwerfend, aber wir verzogen beide keine Miene und betrachteten ihn einhellig missbilligend. Danach statteten Berkom und ich ungefähr vier verschiedenen Tümpeln in der Umgebung unseren Besuch ab, bis wir beide uns wieder eingekriegt hatten. Berkom wälzte sich am Schluss in einer besonders hübschen moorartigen Angelegenheit und ich hatte das dumpfe Gefühl, dass er eben ein sorgfältig angelegtes Sumpfbiotop vernichtet hatte. Die lauteren Gärten von Hohkracht waren für uns beide nicht wirklich zuträglich und das beruhte wohl auf Gegenseitigkeit.

Dies hatte sich gründlich geirrt. Paradies sah für uns anders aus. Ich stand mit Berkom wartend am Wegesrand und plötzlich packte mich mit unglaublicher Intensität die Sehnsucht nach den Drachenbergen. Das Gefühl war so stark, dass ich in die Knie ging. Ein leiser lila Hauch zog vorüber. Der Drache hatte Heimweh und es unabsichtlich in voller Stärke projiziert. »Du brauchst keine Entschuldigung.« Ich legte meine rechte Hand auf seinen Vorderlauf. »Solange ich lebe, werde ich dein Gefährte sein.« Meine Stimme war rau, aber die Farben des Regenbogens kreuzten sich am Himmel und spielten ihre eigene Melodie.

Geht Dies Rastelans Plan auf? Welches Spiel spielt Brenn wirklich? Was erwartet den Drachengefährten und seinen Drachen auf der anderen Seite von Tashaa?

Freuen Sie sich auf

Die Drachen von Tashaa

Band 2

Moorluft

Fantasyroman